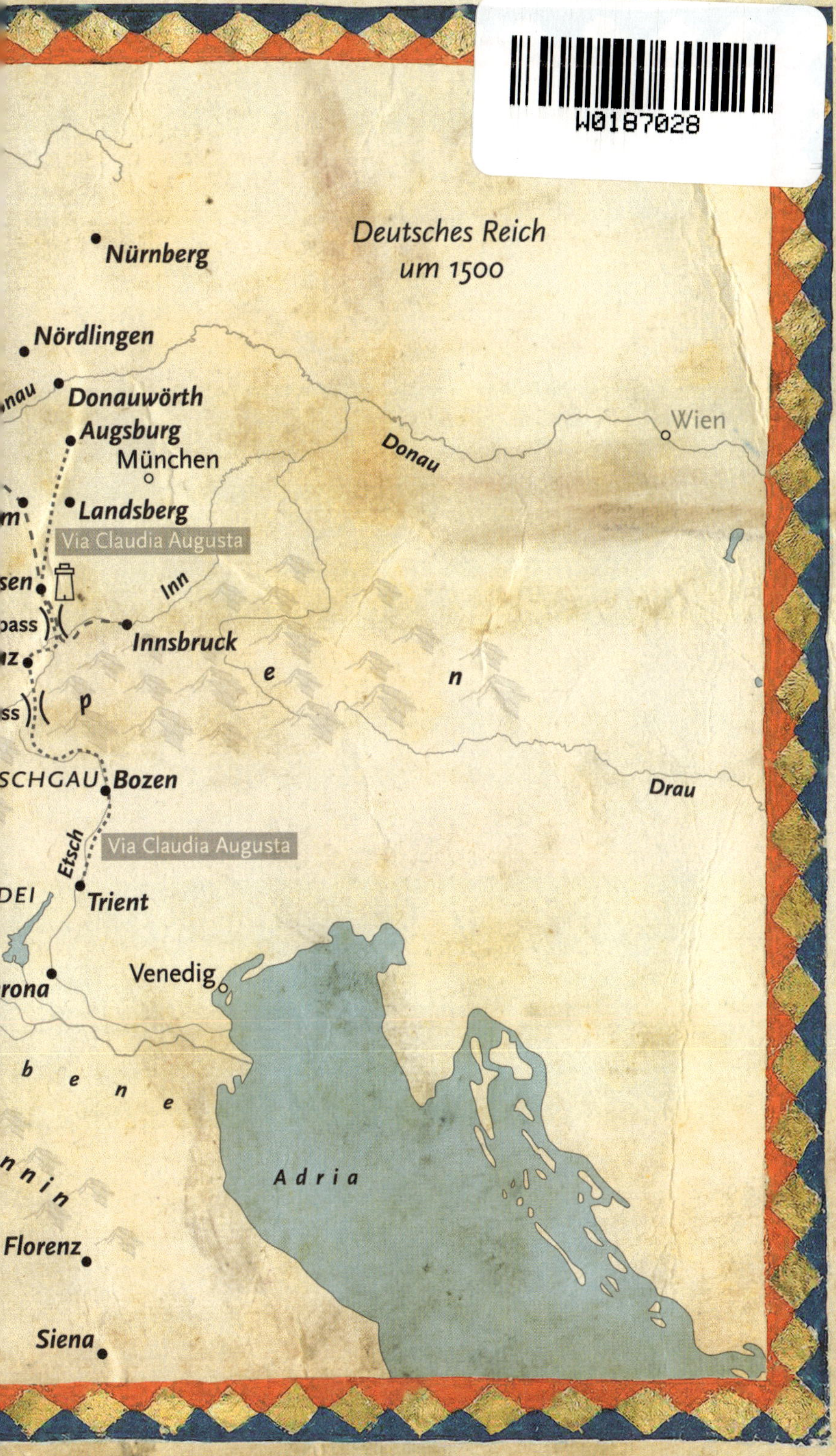

Deutsches Reich
um 1500
Nürnberg
Nördlingen
Donauwörth
Augsburg
München
Landsberg
Via Claudia Augusta
Donau
Wien
Inn
Innsbruck
Bozen
Drau
Etsch
Via Claudia Augusta
Trient
Venedig
Adria
Florenz
Siena

Oliver Pötzsch

Der Spielmann

Oliver Pötzsch

Der Spielmann

Die Geschichte des
Johann Georg Faustus

List

MIX
Papier aus verantwortungsvollen Quellen
FSC® C014496
www.fsc.org

List ist ein Verlag der Ullstein Buchverlage GmbH

ISBN 978-3-471-35159-8

Dieses Werk wurde vermittelt von der
Autoren- und Projektagentur Gerd F. Rumler

Gesetzt aus der Sabon
bei LVD GmbH, Berlin
Druck- und Bindearbeiten: GGP Media GmbH, Pößneck
Printed in Germany

Für Aliahmad Alizade
So klug und ehrgeizig wie Faust und so liebenswert
und lebensfroh wie Margarethe.
Auf verschlungenen Pfaden zum Ziel.

Den Teufel spürt das Völkchen nie, und wenn
er sie beim Kragen hätte.

Johann Wolfgang von Goethe,
FAUST I, VERS 2181/82 (MEPHISTOPHELES)

Historische Anmerkung

Um das Jahr 1500 reiste durch das Deutsche Reich ein Mann, von dem nicht viel überliefert ist. Doch die spärlichen Quellen und die unzähligen Legenden, die sich um ihn ranken, haben Historiker zu dem Schluss kommen lassen, dass es ihn wirklich gegeben hat. Er war der größte Zauberer seiner Zeit, ein Hochstapler, Astrologe und Quacksalber, dabei so klug und belesen wie ein Dutzend Gelehrte und so durchtrieben wie die Borgias. Schon kurz nach seinem gewaltsamen Tod erschien ein Buch über ihn, das als erster deutscher Bestseller gelten darf. Dramatiker wie Christopher Marlowe und Johann Wolfgang von Goethe ließen ihn in ihren Stücken auftreten, auf den Bühnen der Straße war er allgegenwärtig. Seine Figur gilt bis heute als Sinnbild eines ruhmsüchtigen, rastlosen Menschen, der sich mit dem Teufel einlässt, durch diesen viel Ansehen und Reichtum erwirbt – und am Ende mit seiner Seele bezahlt.

Sein Name war Johann Georg Faustus.

Dies ist seine wahre Geschichte.

Prolog

Knittlingen im Kraichgau, 27. Oktober
Anno Domini 1486

Im Herbst, als die Kinder verschwanden, kamen die Gaukler in die Stadt.

Mit offenem Mund stand der kleine Johann in einer Nische des Oberen Stadttors und beobachtete den lärmenden, tanzenden, singenden Zug bunter Menschen. Wie eine kleine Armee überquerten sie die Zugbrücke über den morastigen Stadtgraben, durchschritten das weit geöffnete Tor und füllten Knittlingen mit Leben. Vorneweg schlugen zwei fremdländisch aussehende, dunkelhäutige Männer Rad, dazwischen stolzierte eine Handvoll Spielleute mit Einhandpfeifen, Sackpfeifen und Tamburinen. Es folgten maskierte Seiltänzer, ein buckliger Zwerg im Narrenkostüm, Schwerter schwingende Schaufechter und ein leibhaftiger zottiger Bär, der von einem Riesen an einer Kette geführt wurde. Noch nie hatte Johann eine solche Pracht gesehen! Fast so, als wäre der Kaiser selbst in die kleine Pfälzer Stadt gekommen. Die geduckten Steinhäuser erstrahlten mit einem Mal in einem seltsamen Glanz, und ein exotischer Geruch umwölkte Johanns Nase – der Geruch der fernen Welt.

Einer nach dem anderen zogen die Gaukler an ihm vorbei, gefolgt von einer Schar lachender Kinder, die wie er sehnsüchtig auf diesen Tag gewartet hatten. Einer der Seiltänzer zwinkerte ihm zu, jemand lachte und gab ihm einen Stups, der ihn zurücktaumeln ließ. Erst jetzt merkte Johann, dass er vor lauter Staunen und Schauen zu weit auf die Straße hinausgetreten war. Die Räder eines Fuhrwerks rollten nur um Haaresbreite an ihm vorbei; tiefe Furchen gruben sich in den vom letzten Regen noch nassen Boden. Von den umliegenden Hügeln und Wäldern senkte sich feuchter, kalter Herbstnebel über die Stadt, doch Johann spürte ihn nicht; er starrte weiter auf die nicht enden wollende Karawane von Menschen, Karren, Pferden und Ochsen, die unter lautem Getöse in die Stadt einzog.

Woher sie wohl alle kommen?, dachte er. *Aus dem großen Nürnberg? Aus den welschen Landen hinter den Alpen oder vielleicht sogar von jenseits des Meeres? Dort, wo Kopffüßler, Löwen und Drachen wohnen …*

Für ihn selbst hörte die Welt schon hinter den nächsten Hügeln des Kraichgaus auf, dahinter begannen die Sagen, Märchen und Legenden. Wann immer seine Mutter die Kraft dazu aufbrachte, erzählte sie ihm Geschichten, vom schlafenden Kaiser Barbarossa, von Rittern, Gnomen und Feenköniginnen, vom Schwarzen Mann im Wald, von den Reichstagen in Augsburg und Nürnberg und von rauschenden Festen. Johann saß auf ihrem Schoß und lauschte gebannt ihrer sanften Stimme.

Nach den Gauklern folgten die vielen Händler, einige mit rumpelnden Fuhrwerken, andere nur mit einer Kraxe auf dem gebeugten Rücken. Wie jedes Jahr am Simonis-Judae-Tag, dem Feiertag der beiden Apostel, stellten sie ihre Stände entlang der Marktstraße auf, die vom Oberen Stadttor zur Leonhardskirche führte. Der Herbstmarkt war der größte Jahrmarkt Knittlingens, mit dem Cantate-Markt im Frühling. Aus Bretten, Pforzheim, ja sogar aus dem fernen Heidelberg strömten die Menschen herbei, um hier ihre Waren feilzubieten.

Seit Wochen schon freute sich Johann auf diesen Tag. Er war acht Jahre alt, der Markt im letzten Herbst nur noch eine ferne Erinnerung. Schon am frühen Morgen war er zum

Stadttor gelaufen, um die ersten Spielleute, Kaufleute und Tandler abzupassen, doch erst jetzt, gegen Mittag, füllte sich der Ort. Als auch der letzte Händler durch das Tor gezogen war, folgte Johann dem Zug hinein in die Stadt. Marktschreier balgten sich um die besten Plätze nahe der Kirche, ein bärtiger, bereits betrunkener Wanderprediger verkündete von einem Weinfass aus den baldigen Weltuntergang, die Musikanten spielten zum Tanz auf, mit lauten Schlägen wurde gegenüber dem Gasthaus »Zum Löwen« das erste Weinfass angezapft. Es roch nach Maische, Most, Pferdemist, Rauch und dem Kochdunst aus den vielen Garküchen, der Johann verführerisch in die Nase stieg. Eine erste Ahnung von Schnee lag in der Luft. Die Bauern sagten, dass mit dem Simonis-Judae-Tag jedes Jahr der Winter bereits leise, aber eindringlich an die Tür klopfe.

Ganz Knittlingen hatte sich für diesen Tag fein gemacht. Die reichen Bauern trugen wie beim Kirchgang Schauben und weiße Barchenthemden, die Frauen bedeckten ihr Haar mit Tüchern, die zu kunstfertigen Hauben gebunden waren. Für Johann war es schwer, zwischen all den lärmenden, lachenden, feilschenden Erwachsenen ein Durchkommen zu finden. Gelegentlich traf er im Gewühl auf andere Kinder aus dem Ort, die rothaarigen Bäckerszwillinge Josef und Max, den breitschultrigen Sohn vom Schmied, der mit seinen zwölf Jahren schon so stark war wie ein Ochse, den kleinen, schmächtigen Hans vom »Adler«-Wirt unten am Graben. Doch wie so oft wichen sie Johann aus oder tuschelten, kaum dass er an ihnen vorbeigegangen war. Johann hatte sich so sehr daran gewöhnt, dass es ihm fast nicht mehr auffiel. Nur gelegentlich, wenn er wieder einmal mit seinen Träumen allein durch die Wälder rund um Knittlingen wanderte, durchbohrte ihn noch ein Schmerz.

Seine Mutter meinte, er solle sich nicht weiter um die anderen Kinder kümmern. Er sei anders als sie, klüger, aufgeweckter, eben nicht ihresgleichen. Von edlem Blut, hatte sie einmal erklärt, auch wenn Johann nicht wusste, was sie damit sagen wollte.

Tatsächlich wurde Johann in der Deutschen Schule drüben im Spital, die er seit letztem Jahr besuchte, schnell langweilig. Was den übrigen Schülern schwerfiel, das Auswendiglernen, das Rechnen, das wenige Latein aus dem Katechismus, ging ihm leicht von der Hand. Gelegentlich verbesserte er sogar den Lehrer, einen alten, verbitterten Mann, der in Knittlingen auch der Frühmesner war. Oft hakte Johann nach, erkundigte sich nach anderen Ländern, dem Lauf des Mondes, der Kraft des Wassers – doch egal, was er wissen wollte, der Alte hatte keine Antwort darauf. Und wenn die anderen Buben Johann schlugen, stand er nur daneben und grinste verstohlen.

»Pass doch auf, du Zwerg! Wenn du mir noch mal auf die Zehen trittst, schlag ich dir das neunmalkluge Gesicht zu Brei!«

Ludwig, der kräftige, zwei Jahre ältere Sohn des Knittlinger Pflegverwalters, hatte ihm einen Hieb in die Magengrube versetzt. Johann keuchte und hielt sich den Bauch, doch er wehrte sich nicht. Ludwig überragte ihn um fast zwei Köpfe. Die Worte seiner Mutter fielen Johann wieder ein. Wenn er wirklich von edlerem Blute war als die anderen Kinder, warum hatte Gott ihn dann so verflucht klein geraten lassen? Gerne hätte er weniger Verstand, aber dafür ein wenig mehr Muskeln besessen, die einzige Währung, die unter Kindern wirklich zählte.

»Jetzt verzieh dich schon!«, drohte Ludwig und pulte sich den Rest einer geräucherten Wurst aus den Zähnen, das Fett tropfte ihm vom Kinn. »Wisch dir den Arsch mit Büchern, anstatt anderen Leuten im Weg herumzustehen!«

Johann schwieg und suchte schnell das Weite, bevor Ludwig noch einmal zuschlug. Endlich hatte er sich mithilfe spitzer Ellenbogen bis zu dem kleinen Platz vor der Kirche durchgekämpft. Hier hatten die Gaukler in der Zwischenzeit ihre Bühne aufgebaut – ein paar Holzlatten und Bretter auf vier Fässern, auf denen sie ihre Kunststücke darboten. Ein Spielmann rührte die Trommel, ein anderer schlug auf ein Becken und kündigte so die nächste Nummer an. Eben waren Jongleure an der Reihe, die bunte Holzkugeln und brennende Fackeln durch die Luft warfen und erst im letzten Moment wieder auffingen – zum wohligen Entsetzen der Knittlinger.

Johann klatschte eifrig, auch bei der nächsten Darbietung, bei der der bucklige Zwerg einige Knittelverse auf Wein, Weib und Gesang zum Besten gab und dann von dem Riesen in einen Humpen, groß wie ein Fass, getaucht wurde. Die Leute lachten laut und grölten, sodass Johann die leise Stimme neben sich zunächst überhörte. Erst als ihn jemand am Ohr zog, zuckte er zusammen. Im ersten Augenblick glaubte er, es wäre wieder Ludwig, der ihm eine Abreibung verpassen wollte.

»He, bist du taub? Hat dich einer der Spielleute verzaubert, dass du hier wie ein tumber Fels herumstehst und Löcher in die Luft starrst?«

Johann drehte sich um und lächelte erleichtert. Vor ihm stand Margarethe, Ludwigs jüngere Schwester. Sie trug ein graues Kleid, dessen blütenweiße Schürze unten bereits mit Mist besprenkelt war, die strohblonden Haare hingen ihr wie so oft wild ins Gesicht. Margarethe war eines der wenigen Knittlinger Kinder, das Johann gut leiden konnte und sich mit ihm abgab. Schon zweimal hatte sie ihn vor den anderen Buben beschützt, indem sie mit ihrem Vater gedroht hatte. Sogar Ludwig hörte auf sie. Zwar hatte Johann hinterher nur umso mehr Prügel kassiert, doch es hatte nicht so wehgetan wie sonst. Er hatte einfach die Augen geschlossen und an Margarethes blondes Haar gedacht, das wie Stroh im Sommer leuchtete. Allerdings gab es ein Problem: Immer wenn Margarethe ihn ansprach, war sein Mund zunächst versiegelt. Es war wie verhext! Auch jetzt brachte er kein Wort heraus.

»Du magst die Gaukler, nicht wahr?«, fragte Margarethe und biss in einen rot gefleckten, prallen Apfel.

Johann nickte stumm, und Margarethe fuhr kauend fort: »Hast du gewusst, dass die Gaukler und Spielleute Kinder des Teufels sein sollen?« Sie schüttelte sich. »Die Kirche sagt das. Wer zu ihrer Musik tanzt, den geleiten sie direkt in die Hölle.« Unvermittelt dämpfte sie ihre Stimme und schlug ein Kreuz. »Vielleicht haben sie ja auch die Kinder mitgenommen. Zuzutrauen wär's ihnen.«

»Red keinen Unsinn!«, fuhr Johann sie an. »Die Wölfe haben sie geholt, das sagen auch die Jäger. Und die werden es wohl wissen!«

Trotz des Jubels und Gelächters fröstelte ihn plötzlich, als stünde er allein irgendwo in der Wildnis. Vier Kinder waren in den letzten Wochen verschwunden, der siebenjährige Fritz aus Knittlingen, dessen erst fünfjähriger Bruder und zwei Mädchen aus dem benachbarten Bretten. Die beiden Brettener Mädchen hatten im Wald gespielt; Fritz, der Sohn vom Metzger in der Marktgasse, und sein Bruder, das kleine Peterle, hatten eine Sau durch den nahe gelegenen Eichenlohwald getrieben, die allein zurückgekehrt war. Die Leute meinten, wilde Tiere hätten die Kinder gefressen. Andere sprachen von hungrigen, zu allem entschlossenen Gesetzlosen, die in den Wäldern hausten und zartes rosa Kinderfleisch noch lieber mochten als gewildertes Reh. Jemand hatte in der Ferne, am Rande der bewaldeten Hügel, Rauch aufsteigen sehen; ein Geruch wie von verbranntem Fleisch habe in der Luft gelegen.

Johann biss die Zähne zusammen und starrte schweigend auf die Gaukler auf der Bühne. Beim Rauch, der von den Sudpfannen zu ihnen hinüberwehte, wurde ihm plötzlich übel.

Verbranntes Fleisch …

Ehrfürchtiges Geraune unterbrach seine Grübeleien. Margarethe drückte seine Hand, und er zuckte zusammen. Ein Schauder überlief ihn, und er konnte nicht sagen, ob es an Margarethes Berührung lag oder an den verschwundenen Kindern, an die er eben noch gedacht hatte.

Oder an dem Anblick vor ihm.

»Siehst du, hab ich es nicht gesagt?«, zischte Margarethe. »Schau dir den Kerl an! Der kommt doch geradewegs aus der Hölle.«

Tatsächlich sah der Mann, der eben die Bühne betrat, wie ein leibhaftiger Dämon aus. Er war lang und hager und trug einen schwarz-rot gestreiften Mantel, der an ihm flatterte wie die Flügel einer Fledermaus. Sein Gesicht war so bleich, als flösse kein Blut in ihm, die Nase scharf geschnitten, was ihm das Aussehen eines Raubvogels verlieh. Auf seinem Kopf thronte ein breiter schwarzer Filzhut mit roter Feder, wie bei einem fahrenden Scholasten.

Am unheimlichsten aber waren seine Augen, die schwarz und tief wie Sumpftümpel schimmerten. Sie kamen Johann vor wie die Augen eines Greises im Gesicht eines viel jüngeren Mannes. Als diese Augen über die lärmende Menge glitten, verstummten die Zuschauer ganz plötzlich. Einen Moment lang glaubte Johann, die Blicke des Mannes auf sich zu spüren, wie gierig tastende Finger. Dann hob der Fremde langsam und andächtig den Kopf und sah hinauf zum wolkenverhangenen Himmel. Mittlerweile hatte es leicht zu nieseln begonnen.

»Die Sterne ...«, begann er mit einer Stimme, die gleichzeitig leise und doch so durchdringend klang, dass sie auf dem ganzen Kirchplatz zu hören war. Sie hatte einen leicht fremdländischen, weichen Klang, wie ihn Reisende aus dem Westen, jenseits des Rheins, manchmal pflegten.

»Die Sterne lügen nicht! Jetzt am Tag sind sie unsichtbar, und doch sind sie da. Leuchten über uns, weisen uns den

Weg – einen Weg, der für jeden von uns vorgezeichnet ist.« Er machte eine dramatische Pause, und sein Blick glitt wieder über die Menge. »*Ah, oui, c'est vrai!* Ich kann diesen Weg für euch sehen. Denn ich bin ein Magister der sieben Künste und Bewahrer der sieben mal sieben Siegel! Ein Doktor der schwarzen Krakauer Universität!«

»Ein Zauberer«, flüsterte Margarethe. »Hab ich's doch gewusst!«

Johann schwieg und lauschte weiter den Worten des unheimlichen Fremden, der sich nun wie ein Priester mit weit ausgebreiteten Armen an die Umstehenden wandte.

»Gibt es hier jemanden, der seine Zukunft wissen möchte?«, fragte er laut. »Jede Frage einen Kreuzer.« Er lächelte schmal. »Wem ich den baldigen Tod prophezeie, der erhält seine Antwort gratis.«

Ein paar Zuschauer lachten, doch es klang hohl und ängstlich. Eine gespannte Stille hatte sich über den Platz gelegt. Schließlich meldete sich ein junger, stämmiger Bauernsohn, und der Fremde holte ihn zu sich auf die Bühne.

»Was willst du von mir wissen?«, fragte der Zauberer den sichtlich zitternden Burschen, während eine fleckige Münze den Besitzer wechselte.

»Ich, nun ...«, begann der Bauer umständlich. »Meine Elsbeth und ich, wir sind seit über einem Jahr ein Paar. Doch noch immer hat uns der Herrgott kein Kind geschenkt. Ich möchte gerne wissen, ob es das Schicksal gut mit uns meint.«

Der Fremde nahm die Hand des Mannes, eine schwielige, von der Feldarbeit gezeichnete Pranke, und beugte sich ganz nahe darüber. Für Johann sah es fast so aus, als würde er an der Haut riechen, ja sie schmecken und lecken wie ein Tier einen Salzstein. Eine ganze Weile verging, während er über die Handfläche strich und dabei leise, fast nicht hörbare Worte murmelte. Schließlich richtete er sich wieder auf.

»Deine Frau wird ein Kind im Leib tragen, noch vor dem

nächsten Frühling. Und es wird ein Junge! Er wird gesund und kräftig sein, denn er wird geboren unter dem Sternbild der Fische. So haben die Sterne gesprochen!«

Der Mann hob die Hände, und ein schwarzer Rabe flog wie aus dem Nichts hinauf zum Himmel. Erstaunt schrien die Leute auf, weiter hinten fiel eine ältere Magd stöhnend in Ohnmacht.

Unter tiefen Verbeugungen verließ der Bauer die Bühne, und ein weiterer ängstlicher Kunde folgte ihm. Gespannt sah Johann zu, wie der unheimliche Fremde nacheinander noch eine gute Ernte, einen von Gott gesegneten Hausbau, den richtigen Tag der Saat und drei weitere gesunde Söhne und Töchter Knittlingens prophezeite. Zwei Krähen entflogen seiner eben noch leeren Hand, Spielkarten mit fremdartigen blutroten Symbolen rieselten wie von Geisterhand zu Boden, und aus seinem weiten Schlapphut zauberte er eine leibhaftige schwarze Katze. Johann war so gebannt, dass er fast das Atmen vergaß. Noch nie hatte er so etwas gesehen. Dieser Mann musste wirklich ein Zauberer sein! Er hatte sie allesamt verhext, und nun standen sie unter seinem Bann.

Schließlich war die Vorstellung vorüber, der Fremde verbeugte sich und verließ mit würdevollen Schritten das Podest. Nun erklommen die Akrobaten die Bühne und begannen mit ihren Faxen. Doch egal, wie hoch sie auch sprangen, welche Salti sie schlugen, Johann erschien plötzlich alles fad und abgeschmackt. Er hatte wirkliche Zaubereien gesehen, hatte einen Blick in eine fremde Welt hinter der irdischen geworfen! Und nun sollte das alles schon wieder vorüber sein? Johann zitterte vor Enttäuschung. Selbst Margarethes Anwesenheit konnte ihn nicht besänftigen. Noch immer stand sie neben ihm, hielt seine Hand. Die lustigen Harlekine und Jongleure gefielen ihr augenscheinlich weitaus besser als der unheimliche Zauberer.

»Wie hat er das gemacht?«, sagte Johann immer wieder,

mehr zu sich selbst. »Wie hat er das gemacht? Wie hat er den Raben und die Krähen fliegen lassen und die Katze herbeigezaubert? Was ist sein Geheimnis?«

»Raben, Krähen und schwarze Katzen! Ich sag doch, er ist mit dem Teufel im Bunde!«, schimpfte Margarethe, ohne den Blick von den Gauklern zu lösen. »Und nun sei still, sonst träum ich noch von dem Kerl. Brr! Ich hoffe, er reist noch heute wieder ab.«

Dieser Gedanke erschreckte Johann zutiefst. Wenn der Fremde wirklich heute abreiste, würde er nie erfahren, was hinter den Zaubereien steckte! Verstohlen sah er sich um. Wo war der Mann überhaupt? Neben der Bühne, wo die anderen Gaukler auf ihren Auftritt warteten und die Umstehenden mit Späßen unterhielten, war er jedenfalls nicht zu sehen. War er etwa bereits fort?

Johann ließ Margarethes Hand los und näherte sich vorsichtig der Bühne. Margarethe war von den Akrobaten so gebannt, dass sie sein Verschwinden gar nicht bemerkte. Johann schlug einen Bogen und ging links an der Kirche vorbei. Auf der anderen Seite, abseits der Marktstraße, war es merklich ruhiger. Ein blinder Bettler tappte mit seinem Stock über das mit Mist besprenkelte Pflaster, ein Betrunkener übergab sich in einer dunklen Ecke, sonst war kein Mensch zu sehen. Grauer Herbstnebel waberte durch die Gassen. Fast schien es Johann, als wären die Schwaden hier viel dichter als auf der anderen, belebten Seite der Kirche, beinahe zähflüssig.

In diesem Moment entdeckte er den Karren.

Der Wagen stand ein wenig abseits, gleich neben dem jetzt verlassenen Rathaus. Eine Plane aus fleckigem Stoff war darüber gespannt, darauf prangten seltsame Zeichen und Runen, die Johann nicht lesen konnte. Ein alter, müder Gaul versenkte seinen Kopf in einen Eimer mit Hafer, der um seinen Hals gebunden war. An der Außenseite des Wagens hing, direkt über dem Kutschbock, ein großer rostiger Käfig mit zwei

Krähen und einem Raben. Leise quietschend bewegte er sich im Wind.

Wie hat er das gemacht? Wie hat er den Raben hervorgezaubert …?

Wie unter einem Bann näherte Johann sich den Vögeln, die unruhig im Käfig auf und ab flatterten. Und wenn sie nun wirklich verzaubert waren? Leise, auf Zehenspitzen, ging er auf den Käfig zu, streckte die Hand aus …

»Falls du Hunger hast, kann ich dich nur warnen, die Viecher sind verflucht zäh. Außerdem lösen sie sich in deinem Bauch auf und kommen zurück zu mir, ihrem Erschaffer. Du hättest also nicht viel davon.«

Johann fuhr herum und starrte in das Gesicht des bleichen Fremden, der direkt hinter ihm stand und ihn von oben herab ansah. Wie hatte der Mann sich nur so unbemerkt nähern können? War das etwa auch ein Zauber?

Der Mann runzelte kurz die Stirn, dann verzogen sich seine Lippen zu einem Lächeln. Kleine, spitze Zähne wie die eines Raubtiers waren dahinter zu sehen.

»Ach, sieh an! Du bist der Junge, der vorhin in der ersten Reihe stand.« Die Augen des Fremden funkelten vergnügt. »Na, in deinem offenen Mund hätte eine ganze Scheune Platz gehabt.« Neugierig beugte er sich über Johann, der nun einen leichten Geruch von Schwefel wahrnahm. »Wie alt bist du, Kleiner?«

»Ich … ich bin acht«, krächzte Johann, der sich plötzlich sehr unwohl fühlte. Mit einem Mal schien es um ihn herum viel, viel kälter zu werden, wie im tiefsten Winter. Nur noch von fern, wie durch eine dicke, verschlossene Tür, drangen die Musik und der Lärm des Markts zu ihm herüber.

»Hm …« Der Mann schien zu überlegen, er hielt den Kopf ebenso schief wie die lauernden Vögel im Käfig neben ihm. Schließlich, nach einer gefühlten Ewigkeit, richtete er sich zu seiner vollen Größe auf.

»Und wie heißt du?«, fragte er abrupt.

»Ich … ich … heiße Johann Georg, Sohn des Großbauern Jörg Gerlach«, erwiderte Johann. »Aber meine Mutter nennt mich Faustus.«

»Soso, Faustus … Was für ein schöner und doch seltsamer Name.« Der Mann lächelte. Kurz glaubte Johann, in den schwarzen Augen ein Blitzen zu sehen, wie Wetterleuchten hinter regenverhangenen Wolken. »Dann weißt du sicher auch, was dieses lateinische Wort bedeutet?«

»Es bedeutet ›der Glückliche‹«, antwortete Johann eifrig. »Oder auch ›der Glück Bringende‹, ›der Gesegnete‹. Meine Mutter sagt immer, ich sei unter einem guten Stern geboren. Sie glaubt, dass das Schicksal Großes mit mir vorhat.« Er zuckte mit den Achseln. »Wenn ich auch nicht weiß, was sie damit meint. Sie sagt, ich sei von edlem Blut.«

»Von edlem Blut? Oho! Dafür müsstest du dich öfter waschen.« Der Mann lachte. »Auf alle Fälle scheint deine Mutter eine kluge und auch ehrgeizige Frau zu sein. Nicht selten geht der Mensch den Weg seines Namens.« Plötzlich packte er Johann am Arm und zog ihn ganz nah zu sich heran. Er öffnete Johanns Faust und betrachtete die Handfläche. Etwas daran schien ihn zu irritieren, er beugte sich noch tiefer darüber. Wieder, wie schon zuvor auf der Bühne, roch er daran, kurz glaubte Johann, eine raue Zunge auf seiner Haut zu spüren, wie die eines Ziegenbocks.

Dann begann der Mann zu murmeln, es klang wie eine uralte Beschwörung.

»Die Linien … die Linien …«, flüsterte er. »Tatsächlich …« Er starrte Johann an. »Weißt du, wann du geboren bist, Junge?«

Johann zögerte. Es hatte ihn immer gewundert, dass seine Mutter den Tag seiner Geburt so genau kannte. Üblicherweise wussten Kinder nur ihren Namenstag. »Am … am 23. April, im Jahre des Herrn 1478, am Fest des heiligen

Georg«, sagte er schließlich. »Meine Mutter meinte, ich soll mir diesen Tag gut merken.«

Erneut legte der Mann den Kopf schief. »Der Tag des Propheten, hm …« Seine Finger krallten sich in Johanns Schulter, sie schmerzten wie lange, spitze Nägel. »Vielleicht sollte ich doch …«

In diesem Moment war eine Art Fiepen zu hören, ein hoher, klagender Laut, der Johann eine unsägliche Angst einjagte. Es klang, als ob jemandem die Luft abgeschnürt würde, wie kurz vor dem Ersticken. Panisch drehte er sich um. Zuerst dachte er, es seien die Krähen oder der Rabe gewesen, doch das Geräusch war eindeutig aus dem Karren gekommen. Nun ertönte es wieder, ein leises Wimmern und Heulen. Auch der Fremde hatte es bemerkt.

»Katzen«, sagte er lächelnd. »Gleich fünf winzige Blagen hat meine alte Selena geworfen. Ich werd sie wohl allesamt ersäufen müssen, wenn sie weiter so jammern.«

Das Geräusch verstummte abrupt.

»Vergiss, was du gehört hast! Glaub mir, es ist besser für dich.«

Mit diesen Worten ließ der Zauberer Johann los. Er griff nach dem Käfig, wandte sich um und ging auf den Kutschbock zu. Eilig stieg er hinauf, stellte den Käfig neben sich ab und nahm die Zügel in die Hand. Die schwarzen Vögel musterten Johann mit kleinen, bösen Augen.

»Muss weiter«, sagte der Zauberer mit ungeduldiger Stimme. »Bis die Sonne untergeht, will ich in Bruchsal sein. Es gibt noch viel zu tun. Sehr viel, und man wird nicht jünger!« Er lachte laut und meckernd, dann wurde sein Blick plötzlich wieder ernst.

»Die Linien«, murmelte er ein weiteres Mal. »Geboren am Tag des Propheten …« Ungläubig schüttelte er den Kopf. »Nun, kleiner Faustus, mag sein, dass wir uns irgendwann einmal wiedersehen. Die Sterne lügen nicht!«

Er schnalzte mit den Zügeln, und der Karren setzte sich in Bewegung.

Während der Wagen langsam auf das Untere Tor zurollte und in den Herbstnebel eintauchte, hörte Johann noch einmal den hohen, klagenden Laut. Im letzten Augenblick, kurz bevor der Karren hinter einem der letzten Häuser verschwand, ging ein Zittern durch die Plane, sie dehnte und wölbte sich, als würde jemand verzweifelt von innen dagegendrücken. Dann zog sich der Nebel vor den Wagen wie ein weißer Vorhang.

Noch eine ganze Weile blieb Johann in der Mitte der Gasse stehen, unfähig, sich zu rühren. Er kam sich vor wie in einem Traum. Was war Zauber, was Wirklichkeit? Endlich schüttelte er sich und ging mit zitternden Knien um die Kirche herum, zurück zum lärmenden Markt, wo ihn die Menschenmassen sofort mit sich rissen. Die Gaukler spielten zum Tanz auf, die Krüge kreisten, und während die Sonne langsam hinter den Stadtmauern unterging, feierten die Knittlinger den Tag der Apostel Simon und Judas, den vielleicht letzten warmen Tag des verbliebenen Jahres.

Schon jetzt wusste Johann: Wie viele Jahre auch vergehen mochten, er würde den Zauberer nie vergessen.

Erster Akt

Der Mann aus dem Westen

1

Anno Domini 1494,
acht Jahre später …

Die Sonne brannte so heiß, als wollte sie die Welt entzünden.

Mit geschlossenen Augen lag Johann auf dem Rücken und ließ die Wärme in seinen Körper fließen. Der Winter war lang gewesen und in einen feuchten, klammen Frühling übergegangen. Es hatte viel geregnet und auch gehagelt, die erste Saat war von einem sintflutartigen Gewitter fortgespült worden, wie so oft in den letzten Jahren hier im Kraichgau, nördlich des Schwarzwalds. Erst jetzt im Juli schien der Sommer wirklich angekommen zu sein. Das Korn stand hoch auf den Feldern rund um Knittlingen und bot ein wunderbares Versteck, um zu dösen, zu träumen, sich vor der Arbeit zu verstecken.

Oder für den ersten, heimlichen Kuss.

Johann blinzelte, fast unmerklich wandte er den Kopf und sah, dass Margarethe ebenso reglos dalag wie er und die Wärme genoss. Seit einer ganzen Weile schwiegen sie schon, während der Wind sanft über die Ähren strich und von fern das Tschilpen der Schwalben herüberwehte. Heute, am Tag des Herrn, blieben die meisten Knittlinger Bauern zu Hause oder suchten eine der vielen Weinschenken auf, nur wenige arbeiteten auf den Feldern. Ein uraltes, verwittertes Steinkreuz inmitten eines Roggenfeldes bildete den Mittelpunkt ihres Verstecks, Johann hatte den Boden darum erst gestern platt getrampelt. Solange man dort saß oder lag, konnte einen keiner sehen.

Es war das perfekte Liebesnest.

Es hatte ihn einige Überwindung gekostet, Margarethe hierher zu locken. Seit Tagen war er um sie herumgestrichen, hatte aber nicht den Mut aufgebracht, sie anzusprechen. Schließlich hatte er ihr einen verschlüsselten Brief geschrieben, wie er das schon öfter getan hatte. Das war seit einigen Jahren ihr kleines Geheimnis. Johann pikste mit einer Nadel winzige Löcher in einzelne Buchstaben, zusammen ergaben sie eine Botschaft.

Diesmal lautete die Botschaft, dass sie ihn hier treffen sollte und er ihr ein neues Kunststück zeigen würde. Was dieses Kunststück war, hatte er nicht geschrieben.

In den letzten Jahren war Johann oft hinüber zum Knittlinger Pfleghof gegangen, der nur einen Steinwurf weit von dem Haus seiner Eltern entfernt lag. Solange er denken konnte, lachte Margarethe über seine Gaukeleien und hörte ihm zu, wenn er ihr Äsops Tiergeschichten erzählte oder etwas aus den lustigen griechischen Komödien, die er in der Maulbronner Bibliothek aufgestöbert hatte. Früher hatten sie oft im Heu gespielt oder sich im großen Fruchtkasten des Pfleghofs versteckt. Doch mittlerweile waren sie keine Kinder mehr, erster schwarzer Flaum zeigte sich in Johanns Gesicht, vor ein paar Monaten war er sechzehn geworden, ebenso wie Margarethe. Ihr warfen die Knittlinger Burschen schon seit Längerem begehrliche Blicke zu.

Aus dem kleinen, ungekämmten, strohblonden Gör mit dem schmutzigen Kleid war ein aufgewecktes Mädchen geworden, das beinahe zur Frau gereift war. Ihre Haut war im Gegensatz zu vielen anderen Mädchen ihres Alters nicht braun gebrannt, sondern fast marmorweiß wie die einer vornehmen Prinzessin, gesprenkelt mit Sommersprossen; unter ihrem Mieder wogte trotz ihrer jungen Jahre ein üppiger Busen. Vor allem aber war Margarethe die Tochter des Knittlinger Pflegverwalters und damit die beste Partie der Stadt. Und er, Johann Georg Gerlach, zweitjüngster Sohn des Großbauern Jörg Gerlach, hatte es geschafft, sie mit in die Felder zu nehmen.

Blieb nur die Frage, wie es nun weiterging.

Verlegen rekelte Johann sich und gähnte laut. Margarethe drehte ihm den Kopf zu. Ihre Augen waren blau wie die Kornblumen, die im Roggenfeld wuchsen. Sie streckte sich und richtete sich auf.

»Hast du nicht gesagt, du wolltest mir ein neues Kunststück zeigen?« Sie sah ihn halb neugierig, halb herausfordernd an. »Deshalb sind wir doch hierhergekommen. Oder hattet Ihr mit mir armem, unschuldigen Weibsbild vielleicht etwas anderes vor, Herr Johann Georg Faustus?« Wie so viele andere im Ort sprach sie seinen Spitznamen mit spöttischem Unterton aus, trotzdem nahm er es ihr nicht übel.

»Nein, nein.« Hastig erhob sich Johann und nestelte unter seinem Wams einen Packen abgegriffener Spielkarten hervor. »Das hier ist …«

Er brach ab, als er Margarethes enttäuschtes Gesicht sah. »Du willst mit mir Karten spielen? Das machst du besser mit den Burschen im Wirtshaus.« Sie drohte mit dem Finger. »Wenn sie dich nicht vorher einsperren!« Das Spiel mit Karten war ziemlich neu und von der Obrigkeit nicht gern gesehen, die Kirche nannte die Karten deshalb auch »das Gebetbuch des Teufels«.

»Warte doch erst einmal ab!« Johann hielt ihr den Stapel wie einen Fächer hin. »Hier, nimm eine Karte, irgendeine. Und denk dabei an deinen Liebsten.«

»Was fällt dir ein, du frecher Kerl. Den Teufel werd ich tun!« Margarethe kicherte. Trotzdem griff sie sich eine Karte. Sie überreichte sie Johann, der sie mit theatralischer Gebärde aufdeckte.

Es war der Herzbube, der eine Rose in der Hand hielt.

Mit einem triumphierenden Lächeln steckte Johann die

Karte zurück in den Stapel. »Offenbar hast du doch an deinen Liebsten gedacht.«

»Das war reiner Zufall. Lass es mich noch mal versuchen.« Erneut nahm Margarethe eine Karte, und wieder war es der Bube mit der Rose. Als der Trick auch beim dritten Mal gelang, klatschte sie begeistert in die Hände, so wie sie es früher oft getan hatte. »Wie hast du das gemacht?«, fragte sie ungeduldig. »Nun sag schon!«

Johann grinste. Es waren diese Unschuld und ihre Begeisterungsfähigkeit, was ihn an Margarethe so faszinierte. Sie schien nie traurig, nie grübelte sie so wie er. Ihr Lachen war glockenhell, und wenn er es quer über den Kirchplatz hörte, schwanden auch seine düsteren Gedanken, die ihn manchmal wie träge Motten umschwirrten.

»Es ist Magie«, verkündete er mit theatralischer Stimme.

»Magie? Pah, von wegen! Du bist nichts weiter als ein Scharlatan. Na warte!«

Margarethe riss ihm die Karten aus der Hand, die in einem wilden Regen zu Boden flatterten. Lachend fiel sie über ihn her, und schon bald balgten sie sich wie zwei junge Hunde. Ein wohliger Schauer durchfuhr Johann. Auch früher hatten sie schon miteinander getollt, doch das Gefühl, das sich nun bei ihm einstellte, wenn Margarethes Schenkel an den seinen rieben, war neu.

Neu und sehr, sehr schön.

»Was ist denn das?«, fragte Margarethe kichernd und legte ihm die Hand an den Schritt. »Etwa ein weiterer Stapel Karten?«

Im Grunde war Johann in Margarethe verliebt, seit er denken konnte. Unter all den Knittlinger Mädchen, von denen ihm die eine oder andere gelegentlich einen anzüglichen Blick zuwarf, war sie die Einzige, die ihn wirklich interessierte. Doch nach wie vor fiel es ihm schwer, ihr dies zu zeigen. Eigentlich galt er als äußerst schlagfertig, seine knappen Reden waren meist von beißendem Spott begleitet, und viele Knittlinger schimpften ihn deshalb vorlaut und neunmalklug – allein bei Margarethe fehlten ihm immer noch oft die Worte, wie schon als kleiner Bub. Auch jetzt fiel ihm keine Antwort auf ihre kokette Frage ein.

»Da … da ist nichts«, erwiderte er matt.

»Ist nichts? Das will ich sehen, ob der Herr Faustus, Knittlingens größter Gaukler und Aufschneider, nichts in der Hose hat!«

Margarethe wollte ihn zu Boden drücken, doch Johann war schneller und warf sich auf sie.

»Aufschneider!«, keuchte sie, ihre Augen funkelten in einer Mischung aus Furcht und Verlangen. »Du bist nichts weiter als ein Aufschneider. Gib es zu!«

Johann hatte gehofft, sie mit dem Kartentrick beeindrucken zu können. Seitdem er vor nunmehr acht Jahren den unheimlichen Zauberer auf dem Jahrmarkt gesehen hatte, war er von Taschenspielertricks fasziniert – sehr zum Leidwesen seines Vaters, der so etwas für ketzerischen Unfug hielt. Johann zauberte Münzen aus Ohren, steckte lebendige Mäuse in seine Taschen, woraufhin sie unter viel Geschrei und Gekreische unter Margarethes Schürze wieder hervorgekrabbelt kamen, jonglierte mit Bällen, Messern und Fackeln und verwandelte sauren Wein in süßen, indem er über den Becher pustete. Sooft Gaukler und Spielleute in die Stadt kamen, schaute er ihnen ihr Handwerk ab. Manchmal erklärten sie ihm ihre Tricks, und er übte heimlich im Stall hinter dem Haus. Dadurch war sein Ruf unter den Knittlingern nicht gerade besser geworden. Die Leute hielten die Gaukelei für ein Gewerbe des Teufels – auch wenn sie den fahrenden Spielleuten in ihren schrill bunten Gewändern gern zusahen.

Während sie durch das Feld tollten, spürte Johann in seiner Hosentasche den kleinen ledernen Beutel, den er heute früh noch eingesteckt hatte. Darin befand sich ein seltsames Pulver, das er von einem reisenden Gaukler erst letzte Woche für eine dicke Scheibe Speck und zwei Eier erworben hatte. Wenn man es entzündete, rauchte, blitzte und knallte es. Johann hatte gehofft, Margarethe damit später noch imponieren zu können.

Doch vielleicht brauchte er das Pulver auch gar nicht mehr.

»Ha! Jetzt hab ich dich!«

Mit einem Schrei warf sich Margarethe erneut auf ihn. Ihre Hände drückten Johanns Arme zu Boden, was er sich nur zu gerne gefallen ließ. Ihr Gesicht war jetzt ganz nahe über dem seinen, er konnte ihren warmen Atem riechen und ihr Haar, das schwach nach Honig, Heu und Sonne duftete. Ihre Hüften rieben aneinander, er spürte Margarethes schweißnasse Haut unter dem dünnen Kleid. Auf diesen Moment hatte er schon so lange gewartet.

Eigentlich sein ganzes Leben.

»Du … du … Scharlatan«, keuchte Margarethe. »Johann Georg Gerlach, du bist nichts weiter als ein Scharlatan. Aber zugegeben, ein sehr … liebreizender Scharlatan.«

Plötzlich bekamen ihre Augen etwas Verträumtes, sie beugte sich noch tiefer über ihn, bis sich ihre Lippen fast berührten.

»Du bist etwas Besonderes«, sagte sie leise und strich ihm die kohlschwarzen Strähnen aus dem Gesicht. »So anders als all die anderen Burschen. Was ist dein Geheimnis, Johann Faustus? Sag mir, was ist dein Geheimnis …?«

Johann stand der Schweiß auf der Stirn. Es war so heiß und schwül wie in einem Backofen, sein Mund war ganz ausgetrocknet.

»Margarethe, ich …«, flüsterte er.

Finger krallten sich in seinen Oberarm und rissen ihn abrupt empor. Margarethe schrie überrascht auf, als auch sie von einer Hand gepackt und hochgezogen wurde. Zwischen ihnen stand Johanns Vater, ein stämmiger, stiernackiger

Mann mit sonnenverbranntem Gesicht, er schüttelte die beiden Jugendlichen wie zwei junge Katzen. Schließlich ließ er Margarethe los und verpasste gleich darauf Johann eine schallende Ohrfeige, dass er rücklings ins Korn fiel.

»Verdammt, was fällt dir Burschen ein?«, schrie Jörg Gerlach seinen halbwüchsigen Sohn an. »Die Tochter des Pflegverwalters! Bist du noch bei Trost? Du kannst bloß beten, dass ihr Vater nichts davon erfährt, sonst prügelt er dich von einem Stadttor zum anderen!«

»Aber wir haben doch gar nichts gemacht!«, beteuerte Margarethe.

Gerlach hob den Finger, er zitterte vor Zorn. »Ich bin nicht dumm, Mädchen! Ich weiß, was ich gesehen habe. Ihr seid keine Kinder mehr. Mir macht ihr nichts vor!« Abfällig streifte sein Blick Johann, der noch immer zwischen den Ähren lag und sich ein Rinnsal Blut von den Lippen wischte. Dann wandte er sich wieder Margarethe zu. »Viel zu lange habe ich geduldet, dass mein Sohn dir schöne Augen macht. Mit seinen verfluchten Taschenspielereien verzaubert er dich, und du gehst ihm auf den Leim wie eine dumme Drossel!«

»Aber, Vater ...«, begann Johann und rieb sich die glühende Wange. Er versuchte, seine Wut zu dämpfen. Wenn er den Vater jetzt noch weiter reizte, würde er ihm den Umgang mit Margarethe vollends verbieten. »Es ... es ist wirklich nichts geschehen.«

»Nichts geschehen?« Gerlach drehte sich abrupt zu ihm um. »Weißt du denn nicht, was du mit deinen Gockeleien anrichtest? Margarethe ist einem Brettener Kaufmannssohn versprochen! Und der wird keine zur Frau nehmen, die schon ein anderer begrapscht hat. Dann erhöht mir der Knittlinger Pflegverwalter aus Rache den Zins! Wegen dir bin ich ohnehin schon das Gespött der ganzen Stadt. *Du* ruinierst meinen Ruf nicht noch weiter. Du nicht!« Mit seinen Füßen zerstampfte er die Spielkarten, die verstreut auf dem Boden lagen. Der Bube mit der Rose lugte kot- und dreckverschmiert unter seinem Absatz hervor.

»Teufelszeug!«, keuchte Gerlach.

Johann rückte ein Stück weg. Dass Margarethe einem Kaufmannssohn versprochen war, war bislang nur ein Gerücht gewesen, sie selbst hatte es nie erwähnt. Doch mit den Worten seines Vaters war das Gerücht nun Wirklichkeit geworden – und der Traum von ihm und Margarethe zerplatzt wie eine Seifenblase. Das schmerzte viel mehr als die Ohrfeige.

»Teufelszeug!«, schrie Jörg Gerlach ein weiteres Mal und zerriss den Herzbuben in kleine Fetzen. »Vermaledeites, ketzerisches Teufelszeug! Gemacht für Gaukler, Lumpen und Betrüger!«

Noch nie hatte Johann seinen Vater so wütend erlebt, sein Gesicht war puterrot vor Zorn. Es war, als würde nun alles herausbrechen, was schon lange in ihm gärte. Sie hatten sich noch nie gut verstanden, doch in letzter Zeit war die Distanz zwischen ihnen immer größer geworden. Johanns ältere Brüder, Karl und Lothar, hatten die ganze Liebe des Vaters. Er nahm sie mit zu Ausritten, sie begleiteten ihn auf Märkte in der Nachbarschaft, und Karl, der Älteste, durfte mit dem Vater im Wirtshaus sogar am gleichen Tisch sitzen und mit ihm Wein trinken. Die Gerlachs waren eine angesehene Großbauernfamilie, ihr Haus stand gleich neben der Knittlinger Kirche. Und schon jetzt war klar, dass Karl den Hof erben würde, während Lothar, der im Pfleghof beim Schmied als Geselle arbeitete, irgendwann dessen Esse übernahm. Die beiden Jüngeren, Johann und der erst siebenjährige Martin, würden hingegen leer ausgehen.

»Ich will dieses picklige Brettener Bürschlein nicht zum Mann!«, begehrte Margarethe jetzt auf. Sie war aufgesprungen und hatte die Hände in die Hüften gestemmt. »Ich hab ihn erst zweimal gesehen, aber das reicht mir. Der Adalbert

Schmeltzle ist dumm wie Stroh, und seine Zähne sind schief wie die eines Ackergauls. Eher geh ich ins Kloster!«

Jörg Gerlach verzog höhnisch das Gesicht. »Ich fürchte, das hast du nicht zu bestimmen, Mädchen. Das machen immer noch die Väter miteinander aus. Und jetzt lauf nach Hause, bevor sich noch herumspricht, dass du hier mit meinem Sohn im Korn liegst. Und du ...« Er drehte sich zu Johann um. »Du solltest besser auch auf dem schnellsten Weg heimgehen. Der Mutter geht es wieder schlechter, sie hat nach dir gerufen.« Er schüttelte den Kopf. »Schämst du dich denn nicht? Während du hier im Korn herumtollst, hustet deine Mutter so heftig, als wäre heute ihr letzter Tag auf Erden! Hast du nicht versprochen, dich um sie zu kümmern – wenn du sonst schon zu nichts nütze bist?«

Johann, der aufgesprungen war, krümmte sich wie unter einem Hieb. Sein Vater schien zu merken, wie das schlechte Gewissen an ihm nagte, und setzte nach.

»Der Pfarrer meinte nach der Messe, er werde ihr wohl schon bald die Letzte Ölung geben. Wer weiß, wie lange sie noch unter uns weilt.« Grimmig nickte er. »Vielleicht ist es besser, wenn es nun bald zu Ende mit ihr geht. Für sie, für uns alle ...«

»Wie kannst du so über die Mutter reden? Du ... du ...«

Johann hob den Arm wie zum Schlag, erst im letzten Moment ließ er ihn wieder sinken. Unvermittelt wandte er sich um und begann zu rennen. Durch die hohen Ähren stürmte er davon, der Stadt entgegen, beinahe blind und taub vor Trauer. Auch Margarethes verzweifelte Rufe vernahm er nicht mehr, stattdessen stolperte er auf das Stadttor zu, in den Augen Tränen der Wut und der Verzweiflung. Auch wenn er wusste, dass sein Vater ihm nur wehtun wollte, ahnte er doch, dass es im Grunde die Wahrheit war.

Seine Mutter lag im Sterben.

Mit zusammengepressten Lippen rannte Johann weiter, durch das offene Stadttor hindurch, vorbei an dem dösenden Wächter. Jetzt um die Mittagszeit waren die Gassen von Knittlingen wie ausgestorben. Selbst im Schatten war es unerträglich heiß, seit Wochen hatte es nicht mehr als ein paar Tropfen geregnet. Ungeachtet der Hitze lief Johann hinauf zur Kirche, die auf einem flachen, nach Norden hin abfallenden Hügelkamm lag. Aus den Wirtshäusern ringsum drang das Gelächter der Bauern und Handwerker, die nach der Sonntagsmesse zum Frühschoppen eingekehrt waren. Jemand rief ihm etwas zu, doch er blieb nicht stehen. Die grausamen Worte seines Vaters hallten noch in ihm nach.

Wer weiß, wie lange sie noch unter uns weilt …

Er hätte seine Mutter nicht allein lassen sollen, nicht so lang! Sein Vater wusste immer, wie er ihn am schlimmsten treffen konnte. Seit Jahren schon kränkelte die Mutter, die letzten Monate war sie gar nicht mehr aus dem Bett gekommen. Oft saß Johann bei ihr und las ihr aus Büchern vor, die er in der Maulbronner Bibliothek entdeckt und mit nach Hause genommen hatte. Oder er erzählte ihr Geschichten, die er in den Knittlinger Wirtshäusern von Reisenden aufgeschnappt hatte. Heute war der erste Tag seit Langem, an dem er nicht wenigstens für ein paar Stunden an ihrem Bett gesessen hatte.

Stattdessen war er hinaus auf die Felder gegangen und hatte sich mit einem Mädchen zum ersten Kuss getroffen. Einem Mädchen, das einem anderen versprochen war.

Schon heute Morgen hatte die Mutter arg gehustet, ihr Schleim war von roten Fäden durchzogen gewesen. Im Grunde war sie, solange Johann denken konnte, nie richtig gesund gewesen. Und ebenso lange hatte der Vater ihre Krankheit mit einer Kühle und Teilnahmslosigkeit behandelt, die Johann geradezu unheimlich war. Manchmal kam es ihm so vor, als wäre sein Vater insgeheim froh, wenn sie starb.

Wäre sie ein alter Gaul, würde er ihr vermutlich den Gnadenstoß verpassen und sich nach einem jungen Pferd umsehen. Aber so überließ er es Johann, sich um seine kränkelnde Ehefrau zu kümmern.

Über die Jahre hatte Johann durch die vielen Besuche beim Knittlinger Bader einiges an medizinischem Wissen mitbekommen und in der nahe gelegenen Klosterbibliothek etliche Bücher über Heilkunde gelesen. Die meisten davon erschienen ihm allerdings unbrauchbar. Es war viel von Höllenodem, Hexenschwefel und frommen Sprüchen die Rede, wirksame Rezepturen fand man darin eher weniger. So war es oft mit Büchern. Immer wenn man mehr erfahren wollte, beriefen sie sich auf Gott oder den Teufel.

Außer Atem erklomm Johann die letzte Steigung. Das Haus der Gerlachs lag oben am Hang, zwischen Leonhardskirche und Pfleghof. Es war ein stattliches, mehrstöckiges Anwesen mit angebauter Scheune und etlichen Ställen für Kühe, Pferde und Kleinvieh. Jörg Gerlach besaß rund um Knittlingen über sechzig Morgen Land und war damit einer der reichsten Bauern des Ortes. Ein Dutzend Mägde und Knechte arbeiteten für ihn.

Johann eilte durch die Tür, vorbei an der alten, tief gebeugten Magd, die im Gang am Herd eben ein Feuer entzündete. Auch seine beiden älteren Brüder Karl und Lothar waren da. Sie saßen am Tisch in der Stube und löffelten gierig Eintopf aus einer Holzschüssel. Vermutlich kamen sie gerade von der Arbeit. Mit ihren breiten Kreuzen und den starken Armen wurden sie auch am Sonntag zum Dreschen gebraucht. Johann hingegen war immer noch klein und eher schmächtig, zur Feldarbeit war er kaum zu gebrauchen. Als die beiden Brüder Johann kommen hörten, sahen sie verärgert auf.

»Hat dich der Vater endlich gefunden, du Faulpelz!«, brummte Karl, der Ältere. »Wenn du schon nicht auf dem Feld hilfst, kannst du wenigstens nach der Mutter sehen.« Er deutete auf die Tür zur Kammer. »Nun geh schon hinein, bevor sie wieder das ganze Bett und die Binsen besudelt.«

Johann biss sich auf die Lippen. Weder Karl noch Lothar hatten sich je um die Mutter gekümmert. Ihr Interesse an ihr schien an dem Tag erloschen, als sie die beiden Wonneproppen nicht mehr stillen konnte. Sie hatten die Mutter förmlich ausgesaugt. Seit Jahren schon empfanden Karl und Lothar die schwache, kränkelnde Frau im Hinterzimmer nur noch als Belastung.

»Jetzt geh schon!«, knurrte Lothar. »Oder muss ich dir erst Beine machen, du Schmalhans? Wir haben geracktert, während du vermutlich mal wieder nur Löcher in den Himmel gestarrt hast!«

Der Rauch des Kaminfeuers zog nur schlecht durch die Öffnung in der Decke ab. Durch den beißenden Qualm hindurch ging Johann schnellen Schritts über den niedrigen, mit rußigen Balken gestützten Flur nach hinten zur Kammer. Zaghaft klopfte er an, doch es kam keine Antwort. Nach kurzem Zögern trat er ein.

Im Raum roch es nach Kräutern, Erbrochenem und modrigen Binsen. Es war düster, denn die Fensterläden waren geschlossen, sodass kaum Licht eindrang. Der Bader vertrat die Meinung, die Sonne sei schädlich für die Mutter, schon das bloße Tageslicht könne auf lange Sicht tödlich sein. Auf dem Tisch in der Mitte der Kammer brannte ein einzelner Kienspan. Es gab eine grob gezimmerte Truhe, ein Kreuz an der Wand und ein Bett, in dem seine Mutter bleich und mit geschlossenen Augen unter einer dünnen Wolldecke lag. Für einen kurzen Moment glaubte Johann, sie wäre wirklich tot. Doch dann blinzelte sie und lächelte ihn an.

»Ah, mein Faustus«, sagte sie mit rauer Stimme. »Bist du zurück von deinem Spaziergang?«

Johann hatte ihr nicht erzählt, dass er sich mit Margarethe treffen wollte, wobei sie wohl etwas ahnte. Er nickte nur schweigend und strich ihr die schweißnassen Haarsträhnen aus der Stirn.

Das Gesicht der Mutter war klein und faltig wie bei einem aus dem Nest gefallenen Vogelküken, das Haar dünn und grau. Früher, in jungen Jahren, war sie eine wahre Schönheit mit blonden Ringellocken gewesen. Doch die Geburten von vier Kindern und ebenso viele Totgeburten sowie die zehrende Krankheit hatten aus ihr trotz ihrer noch nicht einmal vierzig Sommer eine alte Frau gemacht. Nur ihre Augen strahlten noch das Feuer aus, das den Bauern Gerlach wohl einst verzaubert hatte. Das und die große Mitgift, denn Johanns Mutter stammte aus einem reichen Bürgerhaus, der Großvater war einst in Mainz ein angesehener Goldschmied gewesen.

»Tu mir den Gefallen und öffne die Fensterläden«, bat sie Johann. »Ich möchte die Sonne sehen.«

»Aber der Bader …«, begann Johann.

»Der Bader ist ein elendiger Quacksalber«, unterbrach ihn seine Mutter hustend. »Und nun mach schon, bevor ich hier in der Dunkelheit wie eine Blume verwelke.«

Johann stieß die Läden auf, und sofort war der Raum in helles Licht getaucht. Staubflocken flirrten wie kleine Sterne durch die Luft, draußen roch es nach Sommer und Heu.

»So ist es besser. Komm, setz dich zu mir.« Sie deutete auf das Bett. Johann ließ sich neben ihr nieder, und die Mutter strich ihm über den Kopf. »Du hast so schönes schwarzes Haar, wie das Gefieder eines jungen Raben«, flüsterte sie.

»Der … der Vater meinte, es ginge dir schlechter«, sagte Johann leise.

Statt einer Antwort begann seine Mutter erneut zu husten, Johann reichte ihr einen alten schmutzigen Lappen. Sie spuckte hinein und ließ ihn danach kraftlos fallen. Zu seinem Erschrecken sah Johann, dass wieder einmal Blut daran klebte, wie schon öfter in den letzten Tagen. Doch er schwieg, auch um seine eigene Angst nicht noch ärger zu machen.

»Berichte mir, was sich die Reisenden in den Wirtshäusern erzählen«, bat seine Mutter schließlich.

Johann zögerte kurz. Dann fing er an zu sprechen, wobei seine Stimme mit der Zeit immer fester wurde. Früher hatte sie ihm von der weiten Welt erzählt, nun war er ihr Fenster nach draußen. Seit Jahren schon hielten sie es so.

»In Speyer haben sie einen Straßenräuber gerädert, der mit seiner Bande die Reichsstraße unsicher gemacht hat«, begann er. »Fünf Kaufleuten soll er eigenhändig die Kehle durchgeschnitten haben. Der Hans Harschauber vom »Löwen«-Wirt hat die Hinrichtung mit eigenen Augen gesehen, es war ein großes Spektakel mit vielen Hundert Zuschauern!«

»Und weiter?«, fragte die Mutter mit geschlossenen Augen, ihr Atem ging ruhig.

»Nun, im benachbarten Württemberg murren die Bauern wegen des zu kalten Frühlings, der schlechten Ernte und der hohen Abgaben. Etliche sind letzten Winter verhungert oder in die Wälder gegangen. Graf Eberhard ist wohl ein recht strenger Landesherr. Ach ja, und bei Venedig hat es einen großen Fisch an Land gespült. Er soll so riesig sein wie der Kölner Dom!«

Seine Mutter lachte, woraufhin sie ein weiterer Hustenanfall übermannte. »Was sind denn das für Schauergeschichten!«, keuchte sie. »Und so was glaubst du?«

»Ein venezianischer Händler ist im »Löwen« abgestiegen. Er hat es selbst erzählt!«

Seit ein paar Jahren führte eine neue Poststraße, die von den Niederlanden bis nach Tirol und von dort weiter über die Alpen ging, unmittelbar an Knittlingen vorbei. Mit den berittenen Boten kamen auch viele Reisende in die Stadt. Wann immer er konnte, saß Johann an einem versteckten Platz im Gasthaus »Zum Löwen« und lauschte ihren Geschichten. Auch seine Mutter hatte das früher, als sie noch gesünder war, oft getan. Die Fremden erzählten von einer Welt, die viel größer, bunter und herrlicher war, als Johann je zu träumen wagte.

»Gib mir deine Hand, mein Junge«, forderte ihn die Mutter plötzlich auf. Johann rückte näher und streckte den Arm aus. Fest drückte sie die Hand, so fest, dass es Johann fast ein wenig schmerzte. Er hatte gar nicht gewusst, dass seine Mutter noch so viel Kraft besaß.

»Mein kleiner Johann«, flüsterte sie. »Mein Faustus, mein Glückskind.«

So nannte sie ihn nur, wenn sie allein waren. Einmal hatten seine älteren Brüder den Kosenamen gehört und ihn wochenlang damit aufgezogen. Sie wussten, dass ihn die Mutter verhätschelte, und waren deshalb eifersüchtig.

»Warum nennst du mich Glückskind, wenn ich doch gar kein Glück habe?«, fragte er. »Keiner mag mich, und der Vater meint, ich sei ein rechter Faulpelz und Schwächling. Hätte immer nur Flausen im Kopf.«

»Ach, der Vater. Lass den alten Sturkopf doch reden, wen kümmert's?« Sie lächelte, und kurz sah Johann in ihren Augen das junge, schöne blond gelockte Mädchen von einst. Jung und schön wie Margarethe, mit einem ebensolchen glockenhellen Lachen.

»Ich weiß, dass mehr in dir steckt«, fuhr sie fort und tätschelte seine Hand. »Du stellst eben zu viele Fragen, das mögen die Leute nicht. Sie glauben nur das, was sie sehen und was schon immer so war. Du aber blickst hinter die Dinge. Das hast du immer schon getan, bereits als kleiner Junge.« Sie hob ein wenig den Kopf. »Wie geht es dir in der Lateinschule?«

»Gut. Sehr gut sogar.« Johann nickte. Der Gedanke an die Schule hellte seine Stimmung ein wenig auf.

Die Mutter hatte vor einigen Monaten durchgesetzt, dass er in die höhere Lateinschule gehen durfte, obwohl seine Schulzeit eigentlich bereits beendet war. Der Vater war zunächst dagegen gewesen, wohl vor allem deshalb, weil die Lateinschule teuer war und eigentlich nur den reichen Bürgerssöhnen offenstand. Doch Jörg Gerlach hatte schnell gemerkt, dass seiner Frau dieses Anliegen sehr wichtig war und er sonst wohl nie seine Ruhe finden würde. Seitdem lernte Johann Latein und erfuhr so einiges über Grammatik, Arithmetik und sogar ein wenig über Astronomie. Die Stunden in der Lateinschule waren neben den Ausflügen zum nahe gelegenen Kloster Maulbronn Johanns kleine Fluchten aus dem grauen Alltag der Stadt. Manchmal träumte er davon, an einer Universität zu studieren, in Heidelberg oder noch weiter weg. Aber er wusste, dass der Vater ihm dies niemals erlauben würde.

»Pater Bernhard hat uns letztens die Himmelskörper und die Sternbilder erklärt«, fuhr er fort. »Er meinte, es gebe Gelehrte, die behaupten, dass nicht die Erde der Mittelpunkt des Himmels ist, sondern die Sonne.«

»Was für eine Ketzerei!« Die Mutter schmunzelte. »Das lass nur nicht den Knittlinger Pfarrer hören.«

»Am nächsten Sonntag will der Pater mit uns in der Nacht die Sterne beobachten, vom Kirchturm aus. Er hat sogar ein Astrolabium! Damit zeigt er uns die Sternbilder, mit denen sich die Seeleute auf ihren Fahrten orientieren. Kassiopeia, den Großen Wagen, die Fische, den Skorpion …« Johann zögerte.

»Was hast du?«, wollte seine Mutter wissen.

»Du hast oft gesagt, dass ich unter einem guten Stern geboren bin. Deshalb weiß ich auch so genau den Tag meiner Geburt. Was für ein Stern war es denn?«

»Nun, welcher wohl, du Dummerjan?« Die Mutter zwinkerte ihm zu, und wieder glaubte er, in ihren Augen das junge Mädchen von einst zu sehen. »Es war der Jupiter, der Glücksplanet! Wer unter dem Jupiter geboren ist, mit dem hat Gott Großes vor. So einer besitzt eine tiefe Sehnsucht nach Freiheit und Erkenntnis. Nie zufrieden ist er, sondern will allen Dingen auf den Grund gehen. Ein Schürfender im Bergwerk des Wissens, ein ewig Suchender. Und einer, der die Menschen führen kann.«

»Woher weißt du das alles?«

Sie stockte plötzlich. »Ein … ein kluger Mann hat es mir einmal gesagt, ein sehr kluger, weit gereister Mann. Er war ein Weiser, trotz seiner noch jungen Jahre. Er sagte mir, dass das Schicksal auf dich ganz besonders herabschaut. Deshalb habe ich dich auch Faustus genannt. Es war der Einfall dieses Mannes. Geboren am Tag des Propheten, das hat er damals gesagt.«

Johann runzelte die Stirn. So hatte die Mutter noch nie mit ihm geredet. Ganz verschwommen erinnerte er sich daran, dass schon einmal jemand von einem Propheten gesprochen hatte. Es war der Zauberer gewesen, den er an jenem denkwürdigen Jahrmarktstag vor vielen Jahren kennengelernt hatte.

»Wer war dieser Mann?«, wollte er wissen.

Wieder zögerte die Mutter. »Er ist weggegangen, vor langer Zeit. Er … er kam aus dem Westen …« Ein neuer Hustenanfall schüttelte sie. Diesmal war er so heftig, dass Johann fürchtete, sie würde ersticken. Als sie ihm schließlich kraftlos den schmutzigen Lumpen entgegenstreckte, war er rot von Blut. Johann sprang vom Bett auf.

»Du … du brauchst eine Arznei«, sagte er. »Und zwar schnell! Ich werde gleich zum Bader gehen.«

Seine Mutter schloss die Augen und atmete schwer. »Vergiss den Bader. Ich hab dir schon oft gesagt, er ist ein Quacksalber. Nicht besser als die vielen, die sich auf den Jahrmärkten herumtreiben. Alles, was ich brauche, ist Ruhe. Ruhe und die Geschichten, die du mir erzählst.«

Tatsächlich war der Knittlinger Bader ein alter Saufkopf, der glaubte, alle Krankheiten mit Aderlass und Purgieren heilen zu können. Von neuen Heilkünsten, aber auch vom alten Wissen der Mönche und arabischen Gelehrten hielt er nichts. Doch einen Arzt gab es nicht in Knittlingen, und der Stadtphysicus im nahe gelegenen Bretten war viel zu teuer.

»Dann ... dann gehe ich hinüber ins Maulbronner Kloster«, schlug Johann vor. »Pater Antonius weiß sicher ein Mittel. Er hat uns schon öfter geholfen.«

Doch die Mutter antwortete nicht mehr, sie schien zu schlafen. Ihr Atem ging schwach, aber wenigstens wieder ruhiger. Johann drückte ihre Hand.

»Ich werde nach Maulbronn gehen, zu Pater Antonius«, flüsterte er. »In ein paar Stunden bin ich wieder da. Versprochen.«

Noch einmal strich er ihr über die Wange. Dann verließ er leise die Kammer.

* * *

Eine ganze Weile sah ihm die Mutter nach. Selbst als die Tür schon lange hinter Johann zugefallen war, lag ihr Blick noch auf dem wurmstichigen, mit Astlöchern durchsetzten Tannenholz. Als Kind hatte sich Elisabeth Gerlach immer einen Prinzen erträumt, einen Mann, der sie mit seinem weißen Ross weit weg in ferne Länder brachte. Doch alles, was sie bekommen hatte, war ein versoffener Knittlinger Großbauer. Die anderen Mädchen hatten gesagt, Jörg Gerlach sei eine gute Partie, ein Bär von einem Mann und vor allem vermögend. Doch sein Geist war beschränkt, seine Seele wollte nicht fliegen, ihm reichten ein Krug Braunbier und ein dampfender Acker.

Schon bald nach der Heirat hatte Elisabeth gemerkt, dass sie mit Jörg Gerlach nicht glücklich werden würde. Aber wen kümmerte das schon? Keiner hatte gesagt, dass Glück und Freude in einer Ehe eine Rolle spielen sollten. Eine Ehe war dazu da, Kinder zu bekommen und die Arbeit im Haus und auf dem Feld gerecht zu verteilen. Und so schloss Elisabeth immer, wenn Gerlach sie bestieg und schnaufte und stöhnte, die Augen und träumte von ihrem Prinzen auf dem weißen Pferd und von den fernen Ländern.

Vier Söhne hatte sie geboren und war darüber krank und schwach geworden. Zwei waren wie ihr tumber Vater und einer, der jüngste, ein liebenswerter Krüppel, der vermutlich immer auf Hilfe angewiesen sein würde.

Nur Johann war anders.

Sie hatte es sofort gespürt, als er als Neugeborenes in ihren Armen lag. Diese wachen Augen, die alles aufzunehmen schienen, die die Welt aufsaugten wie ein Schwamm. Sie hatte immer gewusst, dass das Schicksal Großes mit ihm vorhatte.

Und auch der Mann aus dem Westen hatte es ihr gesagt und dabei seltsam gelächelt. Der schöne junge Mann mit dem rabenschwarzen Haar, weich wie Seide.

Ihr Prinz.

Elisabeth Gerlach schloss die Augen und träumte davon, dass der Mann zurückkam und sie auf seinem weißen Ross mitnahm, weit weg, in ein Land, wo es keine Krankheit und keine Schmerzen gab.

Geboren am Tag des Propheten …

»Mein Faustus«, murmelte sie. Sie hustete wieder und spuckte Blut in die Binsen. Dann schlief sie ein, ein winziger, verdorrter Körper, ausgezehrt von dem bisschen Leben, das ihr vergönnt war.

* * *

Draußen vor dem Haus wurde Johann von seinem kleinen Bruder Martin empfangen. Er schien auf ihn gewartet zu haben und lächelte erfreut, als Johann aus der Tür trat.

»Ha, h…h…hier bist du also!«, rief er. »Die Margarethe hat gesagt, ich würde dich bei der Mutter finden.« Als Johann nicht innehielt, sondern einfach weiterging, bemühte sich

Martin, mit dem großen Bruder Schritt zu halten. In seinen grob geschnitzten Holzpantinen lief er neben Johann her. Martin war klein und schmächtig, sein Rücken leicht verwachsen, fast zu einem Buckel, und besonders wenn er aufgeregt war, stotterte er. Manchmal, wenn Johann nicht in der Nähe war, nannten ihn die anderen Kinder Narr oder Zwerg.

»W…w…was ist denn los?«, wollte Martin wissen. »W… wo willst du hin?« Er zwinkerte verschwörerisch. »G…gehst du wieder zaubern? Ich sag's auch nicht weiter!«

Johann seufzte. Der siebenjährige Martin hing wie eine Klette an ihm. Karl und Lothar waren beide schon zu alt, um mit ihrem bedauernswerten kleinen Bruder zu spielen, außerdem schämten sie sich für ihn. Also klammerte der Kleine sich an Johann. Oft lief Martin ihm hinterher, wenn Johann allein im Wald seine Zauberkunststücke üben wollte. Wie ein Hündchen sprang er auf und ab, kletterte auf Bäume am Wegesrand, löcherte ihn mit Fragen und ließ sich nicht abschütteln. Trotz allem liebte Johann seinen kleinen Bruder über alles, er war ihm viel ähnlicher als Karl und Lothar. Trotz seines Stotterns und des Buckels war Martin klug und wissbegierig, und ebenso wie Johann hing er mehr an der Mutter als am Vater, der mit dem kleinen, verkrüppelten Nachzügler ebenfalls nicht viel anfangen konnte.

»Ich hab jetzt keine Zeit für dich«, sagte Johann, während er weiter hastig ausschritt. »Die Mutter ist schwer krank. Ich gehe rüber ins Kloster, um eine Arznei zu holen.«

»Dann n…nimm mich mit!«, bat Martin.

»Das dauert zu lange«, erwiderte Johann kopfschüttelnd. »Ich will so schnell wie möglich wieder zurück sein.« Er blieb stehen, beugte sich zu Martin hinunter und sah ihn ernst an. »Aber ich habe eine wichtige Aufgabe für dich, hörst du? Bleib bei der Mutter und kümmere dich um sie. Wisch ihr den Schweiß von der Stirn, bring ihr heißes Wasser und kehr das alte Binsenstroh zusammen, das riecht schon wie der

Tod. Wenn es ihr schlechter geht, dann hol den Bader, verstanden?«

Martin nickte stumm. Am Blick seines Bruders erkannte er, dass dieser es ernst meinte.

»Und du k…k…kommst auch bald wieder zurück?«, fragte Martin ängstlich.

Johann klopfte ihm auf die Schulter. »Deshalb will ich ja allein gehen, damit ich schneller wieder da bin. Und jetzt geh rein zur Mutter. Sie braucht dich.«

Martin gehorchte, und Johann machte sich auf den Weg. Mit eiligen Schritten lief er über die Marktstraße auf das Obere Stadttor zu, das er kurz darauf erreichte. Knittlingen war eine kleinere Stadt mit zweitausend Seelen. Ein von Bächen gespeister, nach Abwässern stinkender Graben umschloss die Stadtmauer, in der Mitte lagen die Kirche und der Pfleghof. Seit Urzeiten war die Stadt ein Lehen des Maulbronner Klosters, das auch den Pflegverwalter stellte. Das Kloster selbst befand sich etwa eine Stunde Fußmarsch entfernt.

Johann ließ die Stadt hinter sich und wandte sich nach rechts, wo die alte Reichsstraße nach Südosten führte. Der Weg war staubig und trocken, an diesem Sonntag waren nur wenige Reisende unterwegs. Weiter vorne konnte Johann im Dunst ein Fuhrwerk erkennen, ein einzelner Reiter preschte an ihm vorbei, ansonsten blieb es ruhig.

Viele Male war er diese Straße schon gegangen, er kannte jeden Schritt, jeden Baum, jeden Acker am Wegesrand. Die Straße wand sich durch die Kornfelder, vorbei an flachen Weinhängen und führte dann steil auf den Wald zu. Johann betrachtete die Felder und Weinhänge, die wie Schachmuster zur Linken und Rechten lagen. Alles rund um Knittlingen war wohlgeordnet, alles hatte seinen angestammten Platz – Bauern, Mönche, die mächtigen Kraichgauer Rittergeschlechter, der Pfalzgraf in Heidelberg und über ihm der König und der Papst. Manchmal kam es Johann so vor, als wäre er der Einzige, der in dieses Weltengefüge nicht hineinpasste.

Der Streit mit seinem Vater ging ihm durch den Kopf. Schon oft hatte er sich nachts im Bett gefragt, warum sie immer aneinander gerieten. Vermutlich lag es daran, dass sie so verschieden waren. Sein Vater war ein kräftiger Mann mit buschigem braunen Vollbart und breitem Kreuz, er dagegen eher zierlich und sehnig, mit rabenschwarzem Haar und für sein Alter ein wenig zu klein. Auch in ihren Gedanken, Wünschen und Vorstellungen von Glück trennten die beiden Welten. Glück bedeutete für Jörg Gerlach meist nur ein Glas guten Weins, ein Zwiefacher auf der Fiedel und eine gute Ernte.

Was das Glück für Johann bedeutete, darüber war er sich selbst noch nicht im Klaren.

Oben auf der Kuppe passierte er die uralte Knittlinger Richtstätte, ein gemauertes Geviert mit einem bereits in die Jahre gekommenen Galgen. Zurzeit hing dort keiner, doch schon oft war Johann hier an Hingerichteten vorbeigegangen, deren verfaulte Überreste sachte im Wind hin und her schaukelten. Der deutsche König höchstpersönlich gewährleistete auf den Reichsstraßen Sicherheit, und damit diese erhalten blieb, hängte man Straßenräuber und Diebe stets an erhöhten Stellen nahe der Straße – als allseits sichtbare Warnung für andere Übeltäter. Für Johann waren diese stinkenden Leichen eine Erinnerung daran, wie vergänglich alles Irdische war.

Auf dem letzten steilen Stück hatte er seinen Schritt verlangsamt, jetzt oben auf dem Berg rannte er wieder, bis sein Herz heftig pochte. Seine Gedanken gingen wild durcheinander. Die Sorge um die Mutter, der Streit mit seinem Vater, aber auch die Gefühle Margarethe gegenüber, all das tobte wie ein Sturm in seinem Kopf. Er überholte ein Ochsenfuhrwerk, das gemächlich auf das Kloster zuzockelte, der Bauer auf dem Kutschbock war in der Hitze beinahe eingenickt. Kurz darauf hörte der Wald auf, und die Straße schlängelte sich hinab in ein liebliches Tal, das von Weinhängen begrenzt war. Zur Linken lag das weithin bekannte Kloster Maulbronn.

Es war ein mächtiger Bau aus Sandstein mit einer Mauer, hinter der die Kirche und etliche weitere Gebäude hervorragten. Acht Wehrtürme und ein massiver Wehrgang zeigten, dass die Mönche gewillt waren, ihren Besitz zur Not auch zu verteidigen. Allerdings war dies schon lange nicht mehr vorgekommen. Maulbronn wuchs und gedieh, wie so viele Klöster im Reich.

Johann betrat die Abtei durch ein massives Tor, welches in einen Hof führte, der an der Rückseite von einer weiteren Mauer begrenzt wurde. Hier im vorderen Teil befanden sich die weltlichen Einrichtungen, die Bäckerei samt Kornkasten, die Schmiede, eine Mühle und eine Herberge für Pilger und Reisende. In den kleinen, engen Gassen zwischen den einstöckigen Sandsteinhäusern herrschte das übliche Gedränge. Zwei Laienbrüder in braunen Kutten rollten ein leeres Weinfass in Richtung der Kelterei, ein zottiger Hund hob sein Bein an der Viehtränke neben der Herberge und bekam vom Wirt einen Tritt, während eine Gruppe Pilger in staubigen Reisemänteln nach einem Quartier suchte, in der Schmiede dahinter ließ ein breitschultriger bärtiger Mönch den Hammer auf ein Stück Eisen sausen. Dazwischen schritten, vertieft in stille Gebete, die Priestermönche, die im Gegensatz zu den Laienbrüdern rasiert waren und weiße Gewänder mit schwarzem Skapulier trugen. Viele von ihnen waren Adlige, die ein einfaches Leben suchten – oder als Zweit- und Drittgeborene von der Erblinie ausgeschlossen waren.

Johann liebte das Maulbronner Kloster, vor allem die Gelehrsamkeit und das Gefühl von Ewigkeit, die das Gebäude ausstrahlte. Hier war es, als würde die Zeit stillstehen. Die Mauern aus Sandstein waren viele Hundert Jahre alt, das Wissen, das dahinter gehortet wurde, legendär. Johann besuchte die Abtei, so oft es ging, und übernahm von Knittlingen aus auch kleine Botengänge. Gelegentlich durfte er sogar die Klosterbibliothek aufsuchen, was jedes Mal ein wahres Fest war. So viele Bücher, so viele Antworten auf seine Fragen! Eigentlich war es Außenstehenden, noch dazu einem gerade mal sechzehnjährigen Halbwüchsigen, nicht gestattet, die erhabene Bibliothek zu betreten. Doch Johann besaß einen mächtigen Freund und Fürsprecher in Maulbronn, der ihm sogar von Zeit zu Zeit erlaubte, einzelne Bücher heimlich mit nach Hause zu nehmen. Ihn wollte er auch heute aufsuchen.

Er wandte sich an einen vorübereilenden Laienbruder, der ein quiekendes Schwein durch die Gassen zum Schlachter trieb. »Gottes Segen sei mit Euch, Bruder«, grüßte er, fast schon wie ein Geistlicher. »Wisst Ihr, wo ich Pater Antonius finden kann?«

»Na, wo wird er wohl sein, Junge?« Grinsend deutete der Mönch hinüber zur hohen Klosterkirche. »Drüben im Krankenbau, wie so oft. Ein böses Sommerfieber hat den Cellerar und auch den Prior erwischt, von einigen der einfachen Brüder ganz zu schweigen. Er hat alle Hände voll zu tun.«

Johann nickte dankend und machte sich auf den Weg hinüber zur Kirche, die hinter der rückwärtigen Mauer aufragte. Hier begann der geistliche, stille Teil des Klosters. Der Pförtner, der den Jungen bereits kannte, ließ ihn brummend passieren. Der Klosterbibliothekar von Maulbronn war ein guter Freund von Pater Bernhard, seinem Lehrer in der Lateinschule. Doch Pater Antonius arbeitete nicht nur als Bibliothekar, sondern auch als Arzt, seine Heilkenntnisse waren weit über Maulbronn hinaus bekannt. Sicher hatte er ein Mittel, das der Mutter helfen konnte.

Andächtig betrat Johann die Kirche, deren Sandsteinquader in blauen und roten Farben gestrichen waren. Durch die hohen Fenster fiel in langen Streifen Licht auf den Altar und den angrenzenden Chor mit seinem prächtigen, mit Schnitzereien verzierten Gestühl. In einer Seitenkapelle las ein Mönch leise murmelnd eine Messe. Johann hatte einmal gehört, dass die Zisterzienser früher selbst auf den Feldern für ihren Unterhalt gearbeitet hatten, doch das war lange her. Mittlerweile verwalteten sie ein Vermögen, das von Generation zu Generation wuchs. Allein in der Umgebung nannte Maulbronn mehr als ein Dutzend Dörfer sein Lehen. Die Bauern zahlten brav ihre Abgaben, wenn sie auch hier und da murrten. Doch so war es eben seit Urzeiten: Ritter kämpften, Mönche beteten – und die Bauern buckelten.

Und was werde ich später einmal tun?, fragte sich Johann, während er unter dem hohen Kreuz am Altar vorüberging. *Was hat der Herrgott für mich vorgesehen?*

Er verließ die Kirche durch den stillen Kreuzgang und wandte sich nach rechts, wo er über einen Gang schließlich die Infirmerie, den Krankenbau, erreichte. Zur Linken und Rechten standen Betten, in denen etliche hustende Mönche unter dünnen Decken lagen. Ein junger Pater streute eben frische Binsen am Boden aus, ein weiterer Bruder, ein alter grauhaariger Mann, goss dampfendes Wasser in eine Schüssel mit Kräutern. Sofort breitete sich ein aromatischer Duft in dem lang gezogenen, hohen Raum aus. Als der Alte die heraneilenden Schritte hörte, hob er den Kopf. Ein müdes Lächeln zeigte sich auf seinem Gesicht.

»Johann!«, rief er lachend. »Ich hätte mir denken können, dass du heute kommst. Es ist Sonntag, dein freier Tag.« Sein Gesicht wurde ernst. »Aber ich muss dich leider enttäuschen. Ich habe zu viel zu tun, um mit dir in die Bibliothek zu gehen.« Er deutete auf die besetzten Betten, aus denen erneut Husten und Geschniefe zu hören war. »Du siehst ja selbst, es ist ein böses Sommerfieber, das uns zu schaffen macht. Erst gestern ist der gute alte Pater Jeremias daran gestorben, wenn auch hochbetagt. Friede seiner Seele.« Er seufzte tief und schlug ein Kreuz. »Nun, wie geht es meinem alten Freund,

Pater Bernhard von der Knittlinger Lateinschule? Ich hoffe, wenigstens er ist wohlauf?«

»Pater Bernhard ist gesund und lässt Euch grüßen«, erwiderte Johann. »Doch meine Mutter ist schwer krank.«

Der andere Mönch, ein glattrasierter junger Mann in schneeweißer Kutte, sah stirnrunzelnd von seiner Arbeit auf. Bei den Zisterziensern herrschte das Schweigegebot, oft verständigten sie sich nur mit Handzeichen. In den Krankensälen wurde das Gelübde zwar nicht ganz so streng ausgelegt, trotzdem galten auch hier die Ordensregeln.

Pater Antonius winkte Johann in eine Nische etwas abseits der Betten und ließ sich dort berichten. Schließlich nickte er ernst. »Hm, es ist Blut, was sie aushustet, sagst du? Ich möchte es nicht beschwören, aber ...« Er zögerte, und Johann sah ihn flehend an.

»Was ist? Bitte sagt es mir!«

Pater Antonius seufzte. »Du weißt, dass es deiner Mutter schon sehr lange nicht mehr gut ging. Wenn der Körper schwach ist, schleichen Krankheiten herbei und nisten sich wie Würmer ein. Üble Krankheiten, wie die Weiße Pest.«

Johann schloss kurz die Augen, um sich seine Angst nicht anmerken zu lassen. Von der Weißen Pest hatte er bereits gehört. Oft brachten sie Reisende und Pilger aus Venedig, Genua oder Rom mit. Die Betroffenen wurden immer schwächer, sie schliefen viel, husteten und schwanden immer mehr dahin, wie Blätter im Herbst. Vom Volk wurde die Krankheit deshalb auch Schwindsucht genannt. Sie war nicht ganz so schlimm wie die Schwarze Pest, aber wie diese führte sie letztlich zum Tod.

»Und es gibt kein Mittel dagegen?«, hauchte Johann. »Ihr kennt doch so viele Arzneien, Pater, bitte!« Ein dicker Kloß steckte ihm im Hals. Wenn Pater Antonius kein Mittel kannte, dann konnte wohl nur noch der gütige Herrgott seiner Mutter helfen.

»Hm, es gibt vielleicht ein Mittel.« Pater Antonius wiegte den Kopf. »Allerdings verwahre ich es nicht hier, sondern unten im Lager.« Er zögerte, dann klopfte er Johann auf die Schulter. »Eine Zeit lang wird man mich in der Infirmerie wohl entbehren können. Komm mit, dann zeige ich dir auch noch etwas anderes. Vielleicht kann dich das etwas aufmuntern.«

Pater Antonius schob den Jungen vor sich her. Sie gingen wieder hinüber in den Kreuzgang, wo einige Mönche an einem sprudelnden Springbrunnen standen und sich leise unterhielten. Beim Anblick Johanns stockten sie, aber der Pater ließ sich davon nicht beirren. Gemeinsam betraten die beiden einen Nebenraum, von dem aus eine Treppe in eine etwas niedriger gelegene Kammer hinabführte, die durch schmale, hohe Fenster erhellt wurde.

Es roch muffig und gleichzeitig aromatisch, vermischt mit einem leicht metallischen, ätzenden Geruch, den Johann sich nicht erklären konnte. Fässer und Kisten waren neben etlichen Regalen an den Wänden gestapelt, von der Decke hingen gepökelte Schinkenkeulen, Würste und trockene Kräutersträuße. Auf der gegenüberliegenden Seite stand auf einem langen Tisch eine seltsame Apparatur, die Johann entfernt an eine Obstpresse erinnerte. Ein paar geöffnete Kisten lagen davor, und auf dem Steinboden glitzerten im Nachmittagslicht Eisenstifte wie die ausgebrochenen Zähne irgendeines Wunderwesens. Von der Apparatur schien auch der metallische Geruch auszugehen.

»Was ist denn das?«, fragte Johann verwundert.

»Das wollte ich dir eben zeigen. Ha, wusste ich doch, dass ich dich damit überraschen kann! Es ist eine Druckerpresse.« Pater Antonius zwinkerte spitzbübisch und ging auf die Presse zu. »Der Prior und ich haben beim Abt durchgesetzt, dass das Kloster sich eine anschafft. Wir haben sie billig erworben, von einem Kloster nahe Worms, zusammen mit ein paar Kisten lateinischer und griechischer Bücher für unsere Bibliothek. Wenn die Presse demnächst in Betrieb genommen wird, wird sich hier einiges ändern. Und nicht nur hier.« Die Arme des Paters holten zu einer weiten Geste aus. »Ein neues Zeitalter bricht an, ich spüre es deutlich! All das neue Wissen, nicht nur aus Italien, sondern auch von den spanischen Mauren und aus dem fernen, von den Heiden eroberten Konstantinopel. Die Wiederentdeckung der alten lateinischen, griechischen, ja sogar der jüdischen Manuskripte, und jetzt lassen sie sich auch noch alle drucken und vervielfältigen! Stell dir vor, alles, was die Menschheit je erdacht hat, gerinnt zu Buchstaben – und noch in vielen Jahrhunderten kann man es lesen, es wird unsterblich! Ich freue mich, dass ich dies auf meine alten Tage noch miterleben darf.«

Johanns Augen wurden groß. Er hatte bereits von solchen Druckerpressen gehört, aber noch nie eine gesehen. In Knittlingen kursierten von Zeit zu Zeit einzelne gedruckte Flugblätter, oft mit kirchlichem Inhalt. Auch die Spielkarten, die Johann von seinem ersparten Geld gekauft und der Vater in den Dreck getreten hatte, waren solche Drucke gewesen. Die Seiten solcher Bücher waren aus Papier und kein fleckiges Pergament, mit Eisengallustinte beschrieben, so wie dies bei den vielen alten Büchern in der Maulbronner Bibliothek der Fall war.

Bislang mussten Mönche jedes Buch mit der Hand abschreiben, um es zu vervielfältigen, doch neuerdings übernahm diese Arbeit immer öfter eine Presse; die jeweils benötigten Buchstaben wurden aus Blei und Zinn gegossen. Was früher Monate, ja Jahre gedauert hatte, war nun oft schon an einem Tag erledigt. Es fiel Johann schwer, sich vorzustellen, wie viele Bücher damit in kurzer Zeit erzeugt werden konnten. Hunderte? Tausende? Schon jetzt gab es doch so viele, dass er sie niemals alle lesen konnte!

Während er nachdenklich um die Presse herumstrich und die metallischen, mit Druckerschwärze beschmierten Stifte mit den spiegelverkehrten Buchstaben betastete, nahm Pater Antonius eine kleine Tonflasche aus einem Regal an der Wand.

»Diese Arznei habe ich erst letzte Woche mithilfe eines alten klösterlichen Rezeptbuchs hergestellt«, erklärte er. »Das Buch befand sich in einer der Kisten aus dem Kloster bei Worms.« Der Pater lächelte. »Hauptsächlich handelt es sich dabei um ... nun ja ... Käseschimmel.«

Johann sah ihn erstaunt an. »Käseschimmel?«

»Außerdem Schafdung und Honig.« Pater Antonius hob die Hand. »Ich weiß, das klingt ein wenig absonderlich. Aber es ist ein altes Rezept, das auch bei der Weißen Pest helfen soll. Du musst deiner Mutter ja nicht unbedingt verraten, woraus es besteht.« Er reichte Johann die mit einem Korken sorgfältig verstöpselte Flasche. »Gib ihr heute davon zu trinken und dann jeden Tag die ganze nächste Woche über, jeweils morgens und abends. Ein Gebet dazu kann auch nicht schaden.«

»Danke, Pater.« Johann wollte eben mit der Arznei nach draußen eilen, als sein Blick auf eins der Bücher in den Kisten neben der Druckerpresse fiel. Johanns Latein war nach einigen Monaten auf der Lateinschule schon viel besser geworden, und so starrte er verwundert auf Titel und Verfasser.

Speculum Astronomiae ...

»Spiegel der Astronomie«, murmelte er. »Von Albertus Magnus, ehrwürdiger Bruder der Dominikaner und Bischof von Regensburg.«

Die Astronomie, das wusste Johann von Pater Bernhard, war das Wissen über die Sterne, ebenso wie die Astrologie. Ihm fiel ein, dass seine Mutter erst heute wieder über die Sterne und den Tag seiner Geburt geredet hatte. Dass sich auch kirchliche Gelehrte damit auseinandersetzten, war ihm neu.

»Glaubt denn auch die Kirche an die Macht der Sterne?«, fragte er Pater Antonius.

»Nun, es ist ein schmaler Grat zwischen dem, was die Kirche glaubt und was sie als Ketzerei verdammt«, erwiderte der Mönch. »Die Sterne sind ein Ausdruck von Gottes Willen, so sagt es der Papst – und eben auch der große Albertus Magnus, der dieses Buch vor über zweihundert Jahren verfasst hat. Selbst Bischöfe lassen sich gelegentlich Horoskope stellen.« Pater Antonius schmunzelte. »Auch wenn ich selbst nicht so recht daran glauben mag. Albertus Magnus hat übrigens auch über Alchemie und Zauberei geschrieben. Manche sagen, er sei selbst ein Zauberer gewesen. Nur, was ist böser Zauber? Und was Gottes Wille? Warum fragst du?«

»Es … es ist nur …« Johann wollte dem Pater eben von seinem Gespräch mit der Mutter erzählen, als ihm einfiel, wie lange er schon hier im Kloster war. Er musste dringend heim nach Knittlingen! Seine Mutter brauchte die Arznei, und zwar so schnell wie möglich.

»Ich habe leider kein Geld bei mir«, sagte Johann zögernd. »Aber ich bin sicher, mein Vater wird dafür aufkommen.« Insgeheim bezweifelte er das. Der Vater drehte jede Münze zweimal um, auch bei früheren Arzneien hatte er dem Kloster schon Wucher und Kurpfuscherei vorgeworfen.

»Du musst deinen Vater nicht bemühen.« Pater Antonius winkte ab. »Es ist ein Geschenk der Kirche. Wenn du mich fragst, haben die Knittlinger Bauern uns Mönchen schon mehr als genug bezahlt. Möge Gott deine Mutter schützen und die Medizin ihr helfen.«

»Vielen Dank, Pater!« Hastig drückte Johann die Hand des Paters, dann eilte er hinaus, wobei er das wertvolle Fläschchen unter sein Hemd stopfte. Das Gespräch mit Pater Antonius hatte ihn ganz vergessen lassen, wie schlecht es seiner Mutter ging. Er musste sich sputen, wenn er vor der Abenddämmerung noch nach Hause kommen wollte.

Johann verließ die Kirche und lief vorbei an Schmiede und Herberge durch die Klosterpforte und auf den Berg zu, der Maulbronn von Knittlingen trennte. Die Sonne stand bereits tief, die Bäume warfen lange Schatten. Mit dem Fläschchen an der Brust rannte Johann die Steige hinauf, bis er oben im dicht belaubten Buchenwald ankam. Sein Schritt war jetzt viel leichter, und auch die Sorgen drückten nicht mehr gar so schwer. Bestimmt würde das Mittel seiner Mutter helfen, Pater Antonius hatte noch immer recht gehabt. Alles würde gut werden! Und wenn er das nächste Mal nach Maulbronn kam, würde ihm der Pater sicher noch mehr über diesen Albertus Magnus erzählen, der vielleicht ein Zauberer gewesen war.

Schon bald hatte Johann das Hochgericht erreicht. Jetzt in der Dämmerung wirkte es viel unheimlicher als noch vor ein paar Stunden. Der Galgen lag bereits im Dunkeln, die Äste einer nahe stehenden Ulme ächzten im Wind, fast so, als machte ein Gehenkter seinen letzten Atemzug.

Und tatsächlich wartete dort jemand.

Auf der gemauerten Plattform saßen drei Gestalten. Als Johann sich der Richtstatt näherte, sprangen sie von der Mauer und kamen geduckt auf ihn zu.

Johann zuckte zusammen. Kurz glaubte er, dass Straßenräuber ihm auflauerten, doch dann erkannte er drei Burschen aus dem Ort. Sie waren ein wenig älter als er, und er kannte sie gut. Zwei von ihnen hatten Johann früher manchmal verprügelt, wenn er im Unterricht in der Deutschen Schule wieder zu viele Fragen gestellt hatte. Der Dritte jedoch war der Gefährlichste.

Es war Ludwig, Margarethes großer Bruder.

Ludwig war mittlerweile fast achtzehn, einen Kopf größer als Johann, pockennarbig und mit verschlagenem Blick. Oft trieb er sich mit Johanns älteren Brüdern herum, soff und raufte mit den Burschen aus den benachbarten Dörfern. Seit Johann denken konnte, quälte Ludwig ihn. Er hatte es noch nie gern gesehen, dass sich seine jüngere Schwester mit dem Außenseiter und neunmalklugen Quertreiber des Ortes traf. Auch für Johanns Taschenspielereien hatte Ludwig nicht viel übrig. Obwohl er manchmal mit neidischem Blick zusah, wenn Johann mit Hühnereiern und Tüchern Margarethe und deren Freundinnen verzauberte. Ludwigs kraftstrotzender, triumphierender Gang verriet Johann, dass er diesmal nicht mit einem Jux und ein paar lockeren Worten davonkommen würde.

»Schau an, dein kleiner verkrüppelter Bruder hat also recht gehabt«, höhnte Ludwig. »Wir mussten den Zwerg nur ein wenig schütteln, und schon hat er ausgepackt. Du warst mal wieder drüben in Maulbronn bei den Pfaffen. Hast ihnen wohl mit ihrem Pergament den Arsch abgeputzt.« Ludwig hasste Bücher, das war schon in der Schule so gewesen und hatte sich nicht geändert.

»Ich habe eine Arznei für meine Mutter geholt«, erwiderte Johann mit fester Stimme und tastete dabei heimlich nach dem Fläschchen unter seinem Hemd. »Sie ist schwer krank.«

»Wann ist deine Mutter eigentlich nicht krank?«, spottete Ludwig und sah sich Beifall heischend nach seinen beiden jüngeren Freunden um. »Wisst ihr, was die Leute sagen? Sie sagen, die Dirne Elisabeth hätte sich die französische Krankheit eingefangen. Ist mit irgendeinem welschen Söldner ins Bett gestiegen, und seitdem lässt Gott sie dafür büßen.«

»Wie hast du meine Mutter genannt? Sag das nicht noch mal, oder ... oder ...« Johann trat einen Schritt auf Ludwig zu. Sein Zorn war jetzt größer als seine Angst, seine Stimme zitterte. Schon öfter hatten ihn die Jungen aus der Stadt damit aufgezogen, dass seine Mutter früher mit anderen Männern gesehen worden war. Sie hüteten sich allerdings, dies im Beisein von Johanns Vater zu tun, der solche Anschuldigungen stets mit heftigen Prügeln beantwortete. Trotzdem hatte die Mutter in Knittlingen einen gewissen Ruf.

»Oder was?«, fragte Ludwig höhnisch. Als keine Antwort

kam, ätzte er weiter: »Deine Mutter ist eine Hure. Hast du verstanden? Eine dreckige Hure! Und ich werde nicht zulassen, dass meine Schwester auch eine wird.«

Das war zu viel für Johann. Vor Wut bebend, hob er die Hand zum Schlag, als ihm mit einem Mal klar wurde, warum ihm Ludwig hier mit den beiden anderen Jungen aufgelauert hatte: Irgendwer musste ihn und Margarethe im Feld gesehen haben! Und nun gebärdete sich Ludwig als Aufpasser seiner kleinen Schwester. Selbst wenn er sich jetzt mit Ludwig prügelte – das Gerücht war in der Welt, und es schadete Margarethe mehr als ihm selbst. Immerhin wollte ihr Vater sie mit einem Brettener Kaufmannssohn verloben. Er musste sich zusammenreißen, Margarethe zuliebe.

»Hör zu«, versuchte Johann zu beschwichtigen. »Was immer du auch gehört hast, zwischen mir und Margarethe ist nichts, was ...«

»Für Ausreden ist es jetzt zu spät«, fuhr Ludwig hasserfüllt dazwischen. »Du hast schon lange eine Abreibung verdient. Packt ihn euch!«

Auf Ludwigs Kommando traten die beiden anderen Jungen auf Johann zu. Geistesgegenwärtig griff er in seine Tasche, in der er heute Mittag das Pulver versteckt hatte. Es roch scharf und ätzend und war eigentlich dafür gedacht, mit lautem Zischen und Knallen zu explodieren. Doch auch wenn Johann es nicht entzünden konnte, würde es ihm vielleicht auch so gute Dienste leisten. Mit einer weit ausholenden Bewegung warf er es einem der Burschen ins Gesicht, der sich daraufhin heulend die Augen rieb und auf die Knie fiel.

»Er hat mich geblendet!«, wimmerte er. »Das Schwein hat mich geblendet, ich bin blind!«

»Das wirst du büßen!«, schrie Ludwig und stürmte auf Johann zu. Er versuchte zu fliehen, doch Ludwig hielt ihn fest. Er war zwei Jahre älter und viel stärker, ein Bulle von einem Kerl. Johann hatte nicht den Hauch einer Chance.

Während der geblendete Junge sich noch heulend am Boden wälzte, warfen sich Ludwig und der dritte Schläger auf ihn. Johann schlug wild um sich, doch es half nichts. Sie hatten einen Viehstrick dabei, mit dem sie ihn an Händen und Füßen banden, bis er als verschnürtes, zuckendes Bündel vor ihnen lag. Ludwig sah auf ihn herab und grinste. »Na, wie gefällt dir das, du Klugscheißer? Jetzt nutzen dir auch deine Zaubereien nichts mehr.« Er wandte sich an seinen Begleiter.

»Und jetzt lass ihn uns hinter die Richtstatt tragen!«, befahl er. »Wie einen räudigen Verbrecher.«

Zu zweit packten sie ihn und schleppten ihn hinüber zu dem brüchigen Mauerwerk mit dem Galgen, der in der Dämmerung wie ein riesiger mahnender Finger zwischen den Bäumen aufragte. Als sie um die Ecke bogen, ahnte Johann bereits, was sie mit ihm vorhatten.

Hinter der Richtstatt lag ein gewaltiger, fast hüfthoher Ameisenhügel.

Johann schrie und zappelte, doch die beiden Jungen achteten nicht auf ihn. In dem Hügel waberte und wuselte es nur so von roten Insekten, die emsig dabei waren, Tannennadeln und kleine Zweigstücke herbeizutragen. Ein wenig entfernt lagen, halb verborgen in der Erde, ein Totenschädel und ein paar bleiche Knochen, die wohl von einem früheren Gehenkten stammten. Sorgfältig hatten die Waldameisen sämtliche Sehnen und Fleischreste abgeknabbert.

Die Buben zogen Johann die Hose über die Knie und schlugen ihm mit stachligen Tannenzweigen auf den nackten Hintern, bis ihm das Blut an den Beinen hinablief. Er tobte, schrie und brüllte vor Schmerz und vor Zorn über diese Schmach – doch hier oben, weitab von Knittlingen, hörte ihn keiner. Das Fläschchen, das er bislang noch fest umklammert hatte, fiel zu Boden, und Ludwig trat es mit dem Fuß weg wie Unrat.

Dann drosch er weiter wie von Sinnen auf Johann ein. »Du denkst wohl, du bist etwas Besseres, hä?«, keuchte Ludwig.

»Ha, was helfen dir jetzt deine ganze Schlauheit und deine blöden Sprüche? Was nützen dir deine ketzerischen Zaubereien?«

Endlich ließ Ludwig schwer atmend den blutbeschmierten Zweig los, das Prügeln hatte ihm den Schweiß auf die Stirn getrieben.

»Jetzt hinein mit ihm!«, rief er den anderen zu. »Das wird dem Dreckschwein eine Lehre sein, sich mit meiner Schwester im Feld zu vergnügen.«

Der dritte Schläger tappte halb blind auf sie zu, sein verquollenes Gesicht eine Fratze des Hasses.

»Eins, zwei, DREI!«, befahl Ludwig. »Gesegnete Mahlzeit, ihr kleinen Biester.«

In einem weiten Bogen warfen die drei Burschen Johann mitten hinein in den wimmelnden, wogenden Ameisenhügel.

Augenblicklich begannen die Insekten zornig auszuschwärmen. Sie krochen über Johanns nackten, blutigen Hintern, bissen ihn zu Hunderten und versprühten ihre ätzende Flüssigkeit, die auf der verletzten Haut brannte wie Feuer. Johann schrie wie noch nie zuvor in seinem Leben, der Schmerz raubte ihm fast den Atem. Er wälzte sich hin und her, er zerrte an seinen Fesseln, doch die Ameisen waren überall, in den Haaren, den Ohren, den Augen, im Mund, auf der Haut ... Eine mörderische Armee kleiner Soldaten, die ausgezogen war, ihn zu vernichten. Es gab kein Entkommen.

Lachend wandten sich die drei Schläger ab.

»Ach, und deine Arznei ...« Ludwig drehte sich noch einmal zu ihm um, während Johann zuckte und zappelte wie ein Hase im Fangeisen. Margarethes Bruder hob die verkorkte Flasche auf, die neben dem Ameisenhügel lag.

»Wenn die Weißkittel dir das hier gegeben haben, ist es ohnehin nur Wasser mit Essig oder was sie sonst den Kranken für teures Geld unterjubeln«, sagte Ludwig. »Auch dein Vater sagt das. Er wird also nichts dagegen haben, wenn wir damit die Ameisen füttern. Es wird den kleinen Biestern sicher vorzüglich munden.«

Er zog den Korken von der Flasche und goss den kostbaren Inhalt langsam auf die Erde, wo er zwischen den Tannennadeln eine Lache bildete und schließlich im Boden versickerte. Angeekelt rümpfte Ludwig die Nase.

»Bah, wie das stinkt! Ich sag doch, bloß teurer Hokuspokus. Deine Mutter kann dankbar sein, dass sie das hier nicht trinken muss.« Er gab den anderen ein Zeichen. »Kommt, wir gehen. Wenn er wirklich zaubern kann, wird er sich ja wohl auch selber befreien können.«

Feixend zogen die drei Burschen von dannen und ließen den schreienden, stöhnenden, wimmernden Johann allein zurück. Die Ameisen bissen wie mit Nadeln. Johann musste an die abgenagten bleichen Knochen ganz in der Nähe denken, brüllend wälzte er sich in dem Haufen hin und her. Nach einer Weile gelang es ihm, gefesselt, wie er war, wenigstens ein Stück weit weg zu robben. Eine schlammige, feuchte Kuhle, in der die Wildschweine wohl noch letzte Nacht gewühlt hatten, linderte die schlimmsten Schmerzen. Nach und nach ließen die Ameisen von ihm ab, bis auf ein paar wenige, die weiter auf seiner Kopfhaut und in seinen Schamhaaren wuselten, auf der Suche nach einem unsichtbaren Gegner.

Erst als die Sonne schon lange untergegangen war, hatte Johann sich endlich von den Fesseln befreit. Mit letzter Kraft humpelte er, verdreckt und blutend, auf das dunkle Knittlingen zu.

Als er am Haus der Eltern anlangte, war seine Mutter tot.

2

Die nächsten Tage und Wochen durchlebte Johann wie einen bösen, nicht enden wollenden Traum.

Er hatte seine Mutter nur noch einmal kurz gesehen, bevor sie sie zu Grabe trugen – wie eine kleine vertrocknete Puppe, fast unwirklich war sie ihm erschienen. Jetzt im Sommer verwesten die Leichen schnell, und so fand die Beerdigung auf dem Friedhof der Leonhardskirche schon am nächsten Tag statt. Fast alle Knittlinger Bürger waren da und auch die Tagelöhner, Mägde und Knechte. Sie drückten dem schweigenden Witwer die Hand, strichen Johann und Martin über den Kopf. Lothar und Karl standen teilnahmslos daneben, die Mienen kühl und ausdruckslos, als wäre irgendein ferner Verwandter verschieden. Auch Margarethe und ihr Vater waren gekommen, doch sie hielten sich im Hintergrund. Johann war erleichtert, dass Ludwig nicht erschienen war. Vielleicht hätte er Margarethes Bruder vor Zorn und Verzweiflung gleich hier auf dem Friedhof mit einem Stein erschlagen.

Der Pfarrer sprach ein kurzes Gebet, als der Sarg sich in die Grube senkte – dann war Johanns Mutter nur noch Vergangenheit.

Am Ende war es sehr schnell gegangen. Offenbar hatte die Mutter in ihren letzten Stunden noch einmal nach Johann gerufen und viel Blut gehustet. Irgendetwas Wichtiges, so schien es, hatte sie ihm noch mitteilen wollen. Als der kleine Martin eben zum Bader aufgebrochen war, war sie dann ganz allein gestorben. Bei all der Aufregung, der Trauer fragte keiner, warum Johann mit zerrissenen, blutverschmierten Hosen vom Kloster heimgekehrt war und wo die Striemen an seinem Körper herrührten. Sein Vater hatte ihn nur kurz und strafend angeblickt.

Den gleichen Blick warf er ihm auch jetzt auf der Beerdigung zu. »Warum warst du nicht bei ihr?«, flüsterte er Johann zu. »Du hättest dich um sie kümmern sollen, nicht dein dummer verkrüppelter Bruder. Stattdessen treibst du dich irgendwo herum und prügelst dich. Das alles ist allein deine Schuld!«

Johann schwieg, das Gesicht aufgedunsen und rot von den vielen Tränen, die er in der Nacht zuvor vergossen hatte. Er wusste, dass sein Vater im Unrecht war, trotzdem nagte ein Schuldgefühl an ihm. Wäre er doch nur schneller aus dem Kloster zurückgekehrt! Vielleicht hätte die Medizin in Pater Antonius' Fläschchen seiner Mutter noch helfen können. Er verriet dem Vater nicht, was bei der Richtstatt vorgefallen war, vermutlich hätte er ihm ohnehin nicht geglaubt. Stattdessen stapfte er in den nächsten Tagen allein durch die Wälder, Weinhänge und Hügel rund um Knittlingen, wenn er nicht in der Lateinschule bei Pater Bernhard war – die einzigen Stunden, die ihm etwas Ablenkung brachten. Margarethe bekam er in dieser Zeit kaum zu Gesicht, und wenn, dann war immer Ludwig in ihrer Nähe, der ihn finster und drohend anblickte und die Schwester schnell zur Seite zog. Johann schrieb Margarethe Briefe in ihrer Geheimschrift, doch sie antwortete nicht.

Seine Wunden verheilten in den nächsten Tagen und Wochen, aber der Schmerz blieb. Der Schmerz und eine stille Sehnsucht nach Rache. Niemals würde er vergessen, was oben an der Richtstatt vorgefallen war. Seine Mutter war fort, für immer! Er fühlte sich schrecklich allein auf der Welt. Daran änderte auch nichts, dass der kleine Martin nun fast gar nicht mehr von seiner Seite wich – fast so, als hätte er Angst, dass nach der Mutter auch noch der geliebte Bruder verschwinden könnte.

Jeden Abend stand Johann vor dem kleinen, schiefen Kreuz auf dem Friedhof. Er betete und haderte mit Gott, er stellte viele Fragen, doch er bekam keine Antwort.

So verging der Sommer, und der Herbst kam mit Nebel, Wind und Regen. Die Ernte war eingebracht, es folgte die Traubenlese, und die Leute fieberten bereits dem nächsten Simonis-Judae-Jahrmarkt entgegen, dem Höhepunkt des Jahres. Das ewige Rad des Lebens drehte sich weiter.

Bei der Traubenlese war jede Hand gefragt, die Schule fiel in dieser Zeit aus. Tag für Tag, bei Sonne, Wind und Regen, stand Johann mit den anderen Knittlinger Burschen und Mädchen in den Feldern und den Weinhängen, pflückte die Trauben, warf sie in seine Kraxe auf dem Rücken und brachte die Last schließlich zu den drei Kelterhäusern im Pfleghof, wo die Trauben gepresst wurden. Es war eine harte Arbeit, bei der einem der Rücken schmerzte, als hätte jemand mit dem Stock darauf eingeprügelt. Trotzdem ging Johann täglich am frühen Abend zum Grab der Mutter und stellte einen frischen Strauß Blumen neben das Kreuz.

Als er an einem besonders nebligen Tag von einem seiner Friedhofsgänge nach Hause kam, saß sein Vater breitbeinig am Stubentisch, vor sich einen halb geleerten Krug Wein. Jörg Gerlachs roter Kopf zeigte Johann, dass der Vater schon einiges getrunken hatte, wie so oft in den letzten Wochen. Die Leute behaupteten, es läge an der Trauer um die geliebte, wenn auch leicht wunderliche Ehefrau. Doch Johann wusste es besser. Sein Vater war ein Säufer, war es schon immer gewesen. Jetzt, nach dem Tod der Mutter, gab es nur keinen mehr, der ihm Einhalt gebot.

»Ich hab dem Pater gesagt, dass du nach der Traubenlese nicht mehr in die Lateinschule gehen wirst«, wandte sich

Gerlach an seinen Sohn. Seine Augen waren schmierig und rot, das Gesicht teigig wie ein Hefekloß.

Johann prallte zurück wie von einer Wand. »Aber ... aber warum?«

»Was du dort lernst, ist nur unnützes Zeug! Außerdem ist die Schule viel zu teuer. Warum sollst du diesen ganzen Kram lernen, wenn du später doch nur den Stall ausmistest?«

»Ist es das, was du mit mir vorhast, ja?« Johann starrte den Vater an, seine Stimme bebte. Es war das erste Mal seit Langem, dass der Vater überhaupt das Wort an ihn richtete. Und nun das. Kein Beileid, keine warmen Worte, sondern nur das Ende seiner Träume. »Ein Stallbursche soll ich also werden?«, sagte er leise.

Jörg Gerlach zuckte mit den Schultern. »Ich brauche im Haus weder einen Pfarrer noch einen Gelehrten. Was hast du denn erwartet? Ich habe vier Söhne, aber nur Karl wird den Hof erben. Und zu etwas anderem als zum Stallausmisten oder zur Traubenlese bist du ohnehin nicht zu gebrauchen. Oder willst du vielleicht gebratene Tauben herbeizaubern und im Knittlinger Graben Milch und Honig fließen lassen? Steht so was in deinen ach so gelehrten Büchern?« Gerlach lachte und nahm einen tiefen Schluck, er lallte nun immer mehr. »Wie hat dich die Mutter immer genannt? Faustus, der Glückliche? Viel zu lange hat sie dich verhätschelt! Gewöhn dich daran, dass jetzt andere, weniger glückliche Jahre anbrechen. Es ist an der Zeit, Johann, dass du das wahre Leben kennenlernst und aufhörst, zu lesen und zu träumen. Du wirst es mir noch einmal danken! Ja, danken wirst du es mir! Hast du verstanden, du ... du Gaukler! Du Nichtsnutz!«

Die letzten Worte hörte Johann nicht mehr. Er hatte sich bereits abgewandt und stürmte aus dem Haus. Was hatte er nur getan, dass der Vater ihn bei jeder Gelegenheit quälen musste? Die Lateinschule war der letzte Lichtblick in seinem Leben gewesen – jetzt, da die Mutter tot war und Margarethe ihn offenbar nicht mehr besuchen durfte oder wollte. Insgeheim hatte er gehofft, dass er nach der Lateinschule vielleicht als Laienbruder ins Kloster eintreten könnte, als Gehilfe von Pater Antonius. Doch dafür brauchte er den Lateinunterricht!

Pater Antonius selbst hatte er schon lange nicht mehr gesehen. Der alte Mönch war in den letzten Wochen zum Prior ernannt worden, nachdem der vorherige Amtsinhaber an dem vermaledeiten Sommerfieber gestorben war. Seitdem war er bis über beide Ohren mit Verwaltungsaufgaben beschäftigt und hatte für die Sorgen eines träumenden Heranwachsenden keine Zeit mehr.

Ohne Ziel lief Johann durch die nebligen, ins Abendlicht getauchten Knittlinger Gassen und die Marktstraße hinunter, bis er plötzlich vor dem Gasthaus »Zum Löwen« stand. Es kam ihm wie eine Fügung des Schicksals vor. Hier hatte seine Mutter als junges Mädchen immer gesessen und den Berichten der Reisenden gelauscht. Und auch Johann selbst war gerne hier gewesen. Doch seit dem Tod der Mutter mied er den Ort, weil er ihn zu sehr an sie erinnerte.

In diesem Augenblick sah er den Wagen.

Er stand neben dem Wirtshaus, gebunden an einen der Poller, wo sonst die Pferde der Boten ihr Heu bekamen. Obwohl es acht Jahre her war, erkannte Johann ihn sofort. Es war jener Wagen, mit dem der Zauberer damals den Knittlinger Jahrmarkt besucht hatte. Noch immer prangten die seltsamen Runen auf der fleckigen Leinwand, selbst der alte Gaul, der seinen Kopf in einem Futterkübel vergraben hatte, schien noch derselbe zu sein. Mit einem Mal überkam Johann eine seltsame Unruhe, seine Sorgen traten in den Hintergrund. Neugierig öffnete er die Wirtshaustür und blickte in die Stube.

Seitdem die Postroute an Knittlingen vorbeiführte, war der »Löwe« immer gut besucht. Allerlei Fremde fanden hier Quartier, gelegentlich waren welsche, ja selbst französische Zungen zu hören oder ein Deutsch, das fast nicht mehr zu verstehen war. Auch jetzt saßen einige Reisende neben etlichen Einheimischen an den zerkratzten Tischen bei einem Krug Wein. Weiter hinten herrschte Tumult. Eine ganze Gruppe Knittlinger, darunter auch Margarethes Vater, der Pflegverwalter, standen zusammen und verdeckten so den Tisch dahinter. Es wurde gemurmelt, aber auch laut debattiert. Hans Harschauber, der Wirt, kam mit einem Humpen auf Johann zu. Er lächelte und klopfte dem Jungen auf die Schulter.

»Na, mein Großer«, begrüßte er ihn. Harschauber war einer der wenigen Knittlinger, die ihn immer mit Respekt behandelten. »Holst du ein Fässchen Wein für deinen Vater? Freut mich, dass du dich wieder mal blicken lässt. Zu viel Trübsalblasen tut keinem gut.«

Johann schwieg. Wie unter einem Bann sah er sich im Raum um, doch den, den er suchte, fand er nicht. Harschauber folgte seinem Blick. Augenzwinkernd deutete der Wirt auf die Gruppe Knittlinger vor dem Tisch.

»Ein reisender Astrologe ist bei uns eingezogen«, erklärte er leise. »Er bleibt wohl bis zum Simonis-Judae-Markt. Doch schon jetzt zieht er dem Herrn Pflegverwalter das Geld aus der Tasche!« Harschauber lachte. »Der lässt sich eben sein Horoskop erstellen. Vermutlich erfährt er gerade, dass er es noch zum Kaiser bringt.«

»Ein ... ein Astrologe?« Johanns Herz schlug schneller. Er näherte sich der lärmenden Schar, bis er endlich einen Blick auf den Tisch dahinter werfen konnte.

Dort saß der Zauberer.

Ebenso wie sein Wagen hatte er sich nicht verändert. Wie vor acht Jahren trug er den weiten Filzhut mit der roten Feder und den schwarz-rot gestreiften Mantel, der seine Gestalt noch länger und hagerer erscheinen ließ, als sie ohnehin schon war. In dem überaus blassen Gesicht schimmerten die schwarzen Augen wie im Alter angelaufene Kupferknöpfe, die Nase darunter stach scharf hervor. Johann schätzte, dass der Zauberer etwa vierzig bis fünfzig Jahre zählte. Doch auf den zweiten Blick war er sich auf einmal nicht mehr sicher. Der Mann hätte ebenso gut viel älter, aber auch viel jünger sein können. Vor ihm auf dem Tisch lagen fleckige Pergamentrollen, die verwirrende Tabellen und Zeichnungen zeigten, wie die auf dem Wagen. Der Pflegverwalter stand daneben und lauschte andächtig den Worten des Fremden.

»1494 ist ein gutes Jahr für Euch«, sagte dieser soeben und fuhr mit seinen dünnen, langen Fingern über die Dokumente. Noch immer hatte seine Stimme den weichen, fremdartigen Klang des Westens. Johann vermutete, dass er aus dem Elsass oder sogar aus Frankreich stammte. »*Oui*, 1494 ist gut. Doch 1495 wird noch besser, für Euch und auch für die Stadt! Dann nämlich steht die Sonne im Löwen und der Mond im Saturn, ein heißer Sommer und eine gute Ernte winken dem Land. Hm, allerdings …« Er machte eine bedeutsame Pause.

»Was ist?«, fragte der Pflegverwalter, auch die ihn umstehenden Knittlinger verstummten in gespannter Erwartung.

»*Mon dieu!* Ich sehe böses Wetter im April, viel Sturm und Hagel. Haltet also einen Vorrat an Saat zurück, Ihr werdet ihn noch brauchen.«

Die Leute murmelten, und der Pflegverwalter knetete seinen Hut, den er schon die ganze Zeit über gedankenverloren in den Händen gehalten hatte. »Habt Dank, Magister«, erwiderte er leise. Er ließ ein paar Münzen auf den Tisch rollen. Doch der Fremde verzog nur angewidert die Nase.

»Was glaubt Ihr, wer ich bin?«, knurrte er, und plötzlich klang seine Stimme so rau wie das Kläffen eines alten Köters. »Ein Scharlatan oder Hochstapler? Das reicht nicht! Für die paar Kreuzer bekommt Ihr vielleicht das Sprüchlein irgendeines dahergelaufenen Kräuterweibleins, aber kein anständiges Horoskop. Ich habe in Avignon, Krakau, ja sogar in Paris studiert!«

»Und wenn ich mich weigere, mehr zu zahlen?«, fragte der Pflegverwalter forsch. »Was wollt Ihr dann machen? Das Horoskop ist bereits gestellt.«

Der Fremde lächelte, doch nur kurz, dann wurden seine Lippen schmal wie zwei Striche, die Augen fixierten sein Gegenüber. Das Licht darin war erloschen, sie blickten so finster wie das kalte schwarze All.

»Bezahlt mich. Nur die Sterne und ich wissen, was geschieht, wenn Ihr es nicht tut.«

Der Fremde hatte sehr leise gesprochen. Trotzdem schien ihn jeder der Umstehenden genau verstanden zu haben. Eine Weile herrschte eine im Wirtshaus unvertraute Stille. Schließlich legte der Pflegverwalter schweigend zwei silberne Münzen auf den Tisch, setzte den Hut auf und wandte sich zum Gehen. Die anderen folgten ihm, wobei sie sich noch etliche Male ängstlich nach dem Fremden umsahen. Am Ende war nur noch Johann übrig.

»Tumbes Bauernpack«, sagte der Zauberer, wobei Johann nicht wusste, ob er zu ihm sprach oder zu sich selbst. Der finstere Mann rollte seine Pergamente wieder zusammen und steckte die Münzen ein. Beiläufig blickte er hoch und sah Johann vor sich stehen.

»Was willst du?«, knurrte er. »Die Fragestunde ist zu Ende, Junge. Geh nach Hause, so wie die übrigen Schafsköpfe.«

»Ich … ich …«, stotterte Johann. Plötzlich wusste er selbst nicht mehr, was er hier eigentlich wollte. Er hatte den Zauberer trotz all der Jahre nicht vergessen. Und nun spürte er wie damals die eigentümliche Faszination, die der Fremde ausstrahlte, aber auch etwas, das ihm Angst machte.

Mit einem Mal veränderte sich die Miene des Mannes, er runzelte die Stirn. »Augenblick mal, dich kenne ich doch! Du bist der Junge, den ich hier schon mal getroffen habe, oder nicht? Lass mich deine Hand sehen.« Sein Arm zuckte hervor wie eine Schlange, packte Johanns Hand, und er begann darin zu lesen. Schließlich lächelte er. »Tatsächlich, du bist es! Johann Georg Faustus, nicht wahr? Der Glückliche.«

Johann wich verwundert zurück. »Ihr ... Ihr kennt immer noch meinen Namen? Nach all den Jahren?«

Der Fremde lachte und ließ Johann los. »Namen sind Schall und Rauch, aber die Linien lügen nicht. Daran habe ich noch jeden wiedererkannt. Wie geht es deiner Mutter?«

»Sie ... sie ist vor ein paar Wochen gestorben«, antwortete Johann leise. »Es war wohl die Weiße Pest.«

»Das tut mir leid.« Der Fremde nickte. »Ich hätte nur zu gern ein paar Worte mit ihr gewechselt. Nun denn ...« Er raffte die Pergamente zusammen und stand auf. »Ich muss mich noch um das Pferd kümmern und dann hoch in meine Kammer gehen und den Raben und die Krähen füttern. Wenn du willst, kannst du morgen wiederkommen. Da biete ich meine Dienste wieder hier im ›Löwen‹ an. Bis zum Jahrmarkt bin ich in der Gegend unterwegs, mal hier, mal da.«

»Was sind das für Dienste?«, wollte Johann wissen.

»Ach, das Übliche.« Der Fremde zuckte mit den Schultern. »Ich erstelle Horoskope, lese aus der Hand, manchmal ist auch ein wenig Hydromantie oder Pyromantie dabei. Was die Leute eben so wünschen.«

»Pyro... was?« Johann stutzte. »Ist das etwa Magie? Seid Ihr ein Magier?«

Der Mann lachte. »Ha, nenn mich bloß nie einen Magier! Ich will nicht auf dem Scheiterhaufen landen. Die Kirche kann Zauberer und Magier nicht gut leiden.« Er hob den Finger. »Nein, ich bin kein Magier, sondern ein Astrologe. Ein fahrender Magister, bewandert in den Künsten der Alchemie und ...« Er zwinkerte Johann zu. »Nun ja, ich gebe zu, auch ein wenig in der Art von Magie, wie man sie an der Universität von Krakau lehrt. Aber wohlgemerkt der weißen Magie, nicht der schwarzen! Und nun entschuldige mich.«

Er ließ Johann stehen, durchquerte die Wirtsstube und

ging ohne ein weiteres Wort die Treppe hinauf. In Johanns Kopf wirbelten die Begriffe durcheinander. Weiße und schwarze Magie, Alchemie, Astrologie, Hydromantie … Offenbar war dieser Mann weit mehr als nur ein einfacher Gaukler.

Gerade wollte Johann sich abwenden, als er unter dem Tisch etwas blitzen sah. Er bückte sich und hob ein kleines, etwa handlanges Messer hervor. Der Griff schien aus irgendeinem Knochen gearbeitet und war mit schwarzen Mustern und Linien verziert, die erstaunlich schwere Klinge war breit und spitz zulaufend. Sie war scharf wie ein Rasiermesser, unten am Griff befand sich ein kleines Loch wie bei einem Anhänger.

Nachdenklich fuhr Johann über die Schneide. Gewiss gehörte das Messer dem Fremden, der es verloren hatte. Er musste es ihm zurückgeben, schließlich war er kein Dieb. Außerdem ahnte Johann, dass man die Klinge eines Zauberers niemals stehlen sollte, das brachte nur Unglück. Aber das Messer war so schön! Was sprach dagegen, dass er es zumindest über Nacht behielt oder für ein paar Tage? Der Zauberer würde bis zum Jahrmarkt bleiben. Dann konnte Johann das Messer immer noch zurückgeben und sagen, er habe es auf der Straße gefunden.

Er wog die Waffe in der Hand, sah sich noch einmal um und steckte das Messer schließlich ein.

In seiner Westentasche war es kühl und heiß zugleich, wie ein brennender Stein.

Noch immer in Gedanken versunken, begab sich Johann nach draußen auf die mittlerweile dunkle Straße. Sofort kamen seine Sorgen zurück. Drinnen im warmen, hell erleuchteten Wirtshaus hatte er ganz vergessen, dass der Vater ihn aus der Lateinschule genommen hatte. Vielleicht konnte er ja doch noch mal mit ihm reden, wenn er ihm versprach, dafür noch mehr zu arbeiten? Die Schule war doch alles, was ihm noch geblieben war!

Eben wollte Johann nach Hause gehen, als er einen leisen Pfiff aus einer Seitengasse hörte. Er drehte sich um, und sein Herz machte vor Freude einen Sprung. Es war Margarethe! Erst jetzt spürte er, wie sehr er sie in den letzten Wochen vermisst hatte.

»Margarethe!«, rief er und lief auf sie zu. »Ich dachte schon, du willst mich gar nicht mehr sehen. Hast du die Briefe nicht gelesen, die ich dir geschrieben habe?«

Warnend hielt sie den Finger vor den Mund. »Mein Bruder darf auf keinen Fall erfahren, dass wir uns treffen«, flüsterte sie. »Sonst erzählt er dem Vater davon. Und der weiß ohnehin schon zu viel von uns beiden! Sie halten mich von dir fern, wohl weil sie um die Hochzeit fürchten. Der Ludwig sagt, wenn er mich noch einmal mit dir sieht, dann schickt mich der Vater in ein Kloster.«

»Dein Bruder soll in der Hölle schmoren!«, entgegnete Johann grimmig.

»Johann, verstehst du denn nicht?« Margarethe sah ihn flehend an. »Ich soll heiraten! Der Handel zwischen meinem Vater und der Familie Schmeltzle ist geschlossen. Erst vor ein paar Tagen haben sie es mit Handschlag besiegelt, so als wäre ich eine trächtige Stute.« Sie stockte. »Nächstes Frühjahr ist Verlobung, dann bin ich siebzehn. Alt genug, wie mein Vater meint.«

»Dann lass uns von hier weggehen«, schlug Johann vor. »Mich hält ohnehin nichts mehr in Knittlingen.«

»Fortgehen?« Margarethe lachte verzweifelt. »Und von was sollen wir leben? Von deinen Zaubereien etwa?«

»Mir wird schon was einfallen!«, protestierte Johann.

»Ach, Johann, mein Faustus …« Margarethe seufzte. »Ich würde ja so gerne, glaub mir. Aber es gibt keinen Ausweg.«

Er nahm ihre Hand und spürte, wie sie erzitterte. Unwillkürlich dachte er daran, wie sie sich noch vor wenigen Wochen in den Feldern beinahe geküsst hatten, er erinnerte sich an den salzigen Schweiß auf ihrer Haut. »Mit diesem Burschen wirst du niemals glücklich sein!«, stieß er hervor.

»Glücklich?« Wieder lachte Margarethe, doch nun blitzten erste kleine Tränen in ihren Augenwinkeln. »Wer hat denn gesagt, dass ich glücklich sein soll mit diesem Mann? Ich soll ihm Kinder gebären und eine brave Ehefrau sein. Er wird unsere Familie in höhere Kreise führen. Glück hat der Herrgott in einer Ehe nicht vorgesehen.«

»Margarethe, das glaubst du doch nicht wirklich! Lass uns von hier weggehen. Wir könnten …«

Johann bemerkte Margarethes plötzlich wie eingefrorenes Gesicht und drehte sich um. Hinter ihm stand Ludwig mit einer ganzen Bande von Burschen, die ihn abschätzig musterten. Vor lauter Aufregung über das Wiedersehen mit Margarethe hatte er sie gar nicht kommen hören.

»Ludwig! Nicht!«, begehrte Margarethe auf.

Doch ihr Bruder achtete nicht auf sie. Er gab Johann einen Stoß vor die Brust und schob ihn in eine Seitengasse. »Hab ich dir nicht gesagt, du sollst dich von meiner Schwester fernhalten?«, drohte er. »Hast du immer noch nicht genug? Na warte! Diesmal verdresch ich dich so, dass du dich bis zum Winter nicht mehr hinsetzen kannst. Du wirst dir wünschen, nie geboren worden zu sein!« Er bückte sich und griff nach einer nagelgespickten Latte, die auf einem Haufen morscher Bretter lag.

Johann ballte die Fäuste. Es waren zu viele, um sich zu wehren. Sollte er wegrennen? Um Hilfe schreien? Doch wer würde ihm, dem neunmalklugen Burschen, dem Aufschneider und Tunichtgut, schon helfen? Die Leute würden sagen, er bekomme nur, was er verdiente.

Da fiel Johann das Messer ein.

Seine Finger wanderten in die Tasche, der Griff lag kühl und angenehm in seiner Hand. Aber etwas ließ ihn zögern. Wenn er jetzt zustieß, war er ein Mörder, ein für ewig Gezeichneter. Er durfte es nicht tun! Nicht für diesen Preis. Also blieb er so reglos stehen wie ein Hase, der den Jäger wittert und doch nicht wegläuft.

»Lasst ihn!«, schrie Margarethe und wollte auf Johann zurennen. »Johann!« Doch zwei der Burschen hielten sie fest.

»Zieht ihm die Hosen runter!«, zischte Ludwig und hob die Latte. »Er soll seine Lektion bekommen, diesmal eine, die er sein Leben lang nicht vergessen wird.«

Wieder dachte Johann an das Messer. Fast schien es ihm, als würde es in seiner Tasche pulsieren wie ein kleines atmendes Tier. Was würde er dafür geben, wenn er mit der Klinge Ludwigs feistes Gesicht aufschlitzen könnte! Nur ein Stoß ...

Eben wollte Ludwig ausholen, als eine Stimme von der Straße her ertönte.

»Da bist du ja, du Faulpelz! Hast du es etwa schon vergessen? Du sollst dich um mein Pferd kümmern! Für was geb ich dir einen Kreuzer?«

Johann erschrak. Es war der Fremde, der dort stand und ihm zuwinkte – ganz so, als wären sie so gut miteinander vertraut wie Meister und Lehrling. Seine Gestalt mit dem weiten Mantel war im Dunkel der hereinbrechenden Nacht nur als Umriss zu erkennen, sie ähnelte einer Vogelscheuche auf dem Feld.

»Ist das etwa dein neuer Freund?«, spottete Ludwig. »Ein dürrer, ehrloser Gaukler? Ha! Der kann dir jetzt auch nicht helfen.«

Er wollte gerade zuschlagen, als der Fremde erneut sprach.

»Wenn du nicht gleich kommst, Junge, sehe ich großes Unheil. Sehr großes Unheil, für alle. Die Sterne lügen nicht, und sie scheinen fahl auf euch Burschen herab. *Habt ihr mich verstanden?*«

Es war die gleiche Stimme, mit der der Fremde vorher Ludwigs Vater im Wirtshaus gedroht hatte. Leise und kalt, wie ein Wind, der von weit aus dem Norden kommt und nun durch die Gassen fährt. Kurz und abgehackt waren die letzten Worte gewesen, dabei scharf wie die Schneide eines Schlachtermessers. Ludwig ließ den Arm so langsam sinken, als würde jemand dagegendrücken.

»Verflucht ... Na gut, diesmal lass ich dich noch laufen«, sagte er, merklich verunsichert zu Johann. »Aber das nächste Mal, da ... da bist du fällig! Irgendwann krieg ich dich, wenn nicht heute, dann eben morgen oder nächste Woche. Du räudiger Bastard! Denn das bist du. Ein Bastard!«

Er wandte sich um und gab den anderen Jungen ein Zeichen, zu gehen. Margarethe riss sich kurz los und eilte auf Johann zu. »Morgen früh in der Trottenkelter des Pfleghofs!«, flüsterte sie. »Zum Sechsuhrläuten, noch vor der Messe. Ich ...«

Sie wollte noch etwas hinzufügen, doch Ludwig zerrte sie weg.

»Deine Mutter ist eine tote Dirne!«, schrie er Johann noch zu. »Hörst du? Eine tote Dirne!« Dann verschwand die Bande mit Margarethe im Dunkel der Seitengasse.

Hin- und hergerissen zwischen Angst, Zorn und der Hoffnung, Margarethe morgen wiederzusehen, taumelte Johann hinaus auf die Straße, wo ihn der Zauberer lächelnd erwartete.

»Ich denke, du bist mir einen Gefallen schuldig«, sagte er, als Johann schließlich vor ihm stand. »So wie es aussieht, habe ich dich eben vor einer ordentlichen Tracht Prügel bewahrt. Also kannst du mir wenigstens verraten, was die Kerle von dir wollten.« Er grinste wölfisch. »Lass mich raten: Es hat etwas mit diesem sommersprossigen Mädchen zu tun.«

»Einer ... einer von ihnen ist ihr Bruder«, erwiderte Johann zögernd. Er zitterte immer noch leicht. »Er will nicht, dass wir uns treffen. Schon einmal hat er mich verprügelt und gefesselt in einen Ameisenhaufen geworfen.«

»In einen Ameisenhaufen? Ziemlich niederträchtig, das muss ich schon sagen.«

Eine Weile sprach keiner von ihnen, während Johanns Atem sich langsam beruhigte. Vom Wirtshaus her erklangen leise Musik und die Rufe der Trinkenden. Da fiel Johann das Messer ein, das noch immer in seiner Tasche steckte. Der kalte Stahl, der zuvor so verführerisch gewesen war, widerte ihn plötzlich an. Langsam zog er die Waffe hervor und reichte sie dem Fremden.

»Das hier habt Ihr wohl vorhin im Wirtshaus verloren. Ich habe es für Euch aufgehoben.«

»Tatsächlich, mein Messer …« Der Fremde hob überrascht eine Augenbraue. »Nun, ich danke dir.« Er nahm es entgegen und wog es nachdenklich in der Hand. Dann musterte er Johann mit abwägendem Blick.

»Hm, wenn ich eben recht gehört habe, hat dieser Kerl deine Mutter eine tote Dirne genannt.«

Johann nickte schweigend.

»Und das lässt du dir so einfach gefallen? Nun, wenn *mich* jemand in einen Ameisenhaufen werfen und meine Mutter eine tote Dirne nennen würde, weißt du, was ich mit demjenigen tun würde?«

Johann sah den Zauberer fragend an.

Schließlich fuhr dieser mit leiser Stimme fort: »Ich würde warten, bis er schläft, dann würde ich ihm mit einem Knüppel den Schädel einschlagen. Und wenn ihm schließlich das Blut aus der Nase und den Augen läuft, würde ich ihm mit diesem Messer hier die Lippen abschneiden. Die Lippen und seine gottverdammte Zunge. Auf dass er nie wieder solchen Dreck über meine tote Mutter sagen kann.«

Johann erwartete, dass der Mann lächelte wie über einen

bösen Witz. Doch er lächelte nicht, sein blasses Gesicht blieb völlig ausdruckslos.

»Warum lässt du dir so was gefallen, Junge?«, fragte der Fremde schließlich, noch immer ohne jede Regung im Gesicht. Mit dem Finger fuhr er langsam über die Schneide des Messers. »Willst du denn immer einstecken? Hast du nie an Rache gedacht?«

Rache …

Johann schloss kurz die Augen. O doch, das hatte er! In vielen schlaflosen Nächten der letzten Wochen war ihm immer wieder jenes Bild durch den Kopf gegangen: wie er gefesselt und mit nacktem Hintern in dem Ameisenhaufen zappelte, während Ludwig böse lächelnd die Arznei auskippte. Jene Arznei, die seiner Mutter vielleicht das Leben gerettet hätte. O ja, Johann hatte an Rache gedacht und selbst daran, wie er Ludwig langsam und mit Genuss den Hals umdrehte wie einem gackernden Huhn. Wie er ihm mit einem Messer den fetten Leib aufschlitzte. Vorhin war ihm wieder der Gedanke gekommen, er hatte sich in seinem Kopf eingenistet wie eine Zecke, die sich nicht mehr entfernen ließ.

»Aaah! Du spürst es, ja?« Die Lippen des Fremden verzogen sich plötzlich zu einem triumphierenden Lächeln. »Gib es ruhig zu! Ich sehe es in deinen Augen. In dir lodert der Hass, und das ist nichts Schlimmes, nichts Verwerfliches, für das man sich schämen müsste. Hass kann manchmal sehr heilsam sein, er reinigt die Seele wie ein Feuer. Aber er braucht ein Ziel und einen Abschluss. Du willst doch, dass dieser Kerl tot ist? So tot wie deine Mutter?«

Johann schwieg, doch schließlich nickte er zögernd.

»Dann sag es auch«, forderte der Mann ihn auf. »Es wird dir guttun! Ebenso gut wie eine nach Honig schmeckende Medizin.«

»Ich … ich will, dass Ludwig tot ist«, krächzte Johann, noch ehe er sich recht besann.

Der Mann nickte und klopfte ihm auf die Schulter. »Siehst du, nun ist es raus. Du wirst sehen, es geht dir gleich besser.« Er grinste breit und bleckte dabei die Zähne, die fast unnatürlich weiß im Mondlicht leuchteten. Dann reichte er Johann das Messer.

»Ich schenke es dir. Du hast es gefunden, also soll es dir gehören. Ich habe den Eindruck, dass du ein Messer brauchen kannst. Es ist ein Wurfmesser und schon sehr alt, ich habe es erst kürzlich geschliffen. Es schneidet durch Haut und Sehnen wie durch Butter.«

Johann zögerte, doch der Fremde drückte ihm die Waffe in die Hand. »Nun nimm es schon, du Dummkopf. Wenn du gar nichts damit anzufangen weißt, kannst du damit immer noch die Rüben schälen.«

»Da… danke«, sagte Johann und steckte das kleine Messer ein. Es schien jetzt viel schwerer zu sein als zuvor.

»Ach, wie überaus unhöflich von mir, ich habe mich noch gar nicht vorgestellt.« Leise lachend reichte der Fremde Johann die Hand. »Ich heiße Tonio. Tonio del Moravia. Krakauer Magister der sieben Künste und Bewahrer der sieben mal sieben Siegel. Aber für meine Freunde nur Tonio. Schlag ein.«

Johann drückte Tonios Hand, die seltsam kalt und feucht war wie die schuppige Haut eines Fisches.

»Freut mich, dich kennengelernt zu haben«, sagte Tonio und klopfte Johann auf die Schulter. »Und nun pass gut auf, wenn du nach Hause gehst. Ich kann nicht immer für dich da sein.«

Pfeifend band er sein Pferd los und entfernte sich. Ein kühler Wind zog plötzlich auf und fegte das Laub durch die dunklen Gassen. Johann fröstelte.

Erst jetzt schien der Sommer in Knittlingen wirklich zu Ende zu sein.

* * *

Der Mann, der sich Tonio nannte, führte sein Pferd in den Stall und band es neben dem Wagen fest, den die Wirtsknechte dort hineingeschoben hatten. Über dem Kutschbock hing der Käfig mit dem Raben und den zwei Krähen. Die Vögel kreischten und flatterten aufgeregt, als sie ihren Herrn erkannten.

»Und, was meint ihr?«, fragte der Mann augenzwinkernd, so als könnten die drei ihn verstehen. Er stand nun genau unter dem Käfig. »Der Junge erscheint mir vielversprechend. Erinnert mich fast ein wenig an dich früher, Baphomet.« Der Mann lachte und gab dem Käfig einen Schubs, sodass dieser quietschend hin und her schwang. Der Rabe schlug wild mit den gestutzten Flügeln. Er versuchte, auf der Stange zu bleiben, und starrte seinen Besitzer aus bösen gelben Augen an.

»Kraaaat …«, schnarrte er, und es klang fast wie ein menschliches Wort. »Kraaaat!«

»Schscht!«, machte der Mann. »Keine Sorge, du bleibst mein Liebster, Baphomet. Jedenfalls so lange, bis der Richtige endlich auftaucht und das Suchen ein Ende hat.« Ganz plötzlich stieß er einen Fluch aus und verpasste dem Käfig einen weiteren Stoß, woraufhin der Rabe empört aufschrie, beinahe wie ein zorniges Kind.

»Verdammt, Baphomet, bei dir war ich mir so sicher! Ich dachte wirklich, der Tag sei endlich gekommen! Na, vielleicht täusche ich mich auch diesmal. Es ist doch eine Weile her …« Der Fremde blickte plötzlich sehr nachdenklich, dann schüttelte er den Kopf. »Sicherlich täusche ich mich, es kann nicht sein. Jetzt noch nicht, dafür ist es zu früh. Aber einen Versuch ist es wert, finde ich. Was meint ihr?«

Die Vögel flatterten und kreischten.

»Ruhig, ruhig, ihr kleinen Biester!«, befahl der Mann. »Auch ihr hattet eure Zeit. Ihr könnt euch nicht beklagen. Hier nehmt und seid still.«

Er kramte aus einem Beutel ein wenig gedörrtes Fleisch

hervor und warf es in den Käfig. Die Vögel fielen darüber her, gierig würgten sie die Brocken herunter.

»Und denkt immer daran«, sagte der Mann lächelnd. »Wenn er es nicht ist, bekommt ihr seine Leber. Versprochen.«

Er wandte sich ab und verließ leise summend den Stall.

* * *

Am nächsten Morgen stand Johann noch vor Sonnenaufgang auf.

Er schlief zusammen mit Martin in der Kammer unter dem Dach, wo man die Ratten und Marder zwischen den Schindeln huschen hörte. So leise wie nur möglich, um seinen kleinen Bruder nicht zu wecken, zog er sich an. Das Messer, das Tonio ihm gestern geschenkt hatte, hatte er in dem mit Stroh gefüllten Kopfkissen versteckt. Wenn sein Vater es finden würde, glaubte er bestimmt, Johann hätte es gestohlen. Er holte das Messer hervor und betrachtete es im morgendlichen Zwielicht. Es sah wertvoll aus, die schwarzen Einlegearbeiten im Horngriff glänzten wie Edelsteine. Erst jetzt erkannte er, dass im Griff drei Buchstaben eingraviert waren.

G d R

Was mochte das bedeuten? Waren es die Initialen eines Namens? Der Zauberer hieß Tonio del Moravia, also waren es nicht die seinigen. Vielleicht hatte der Zauberer das Messer ja selber gestohlen, oder er hatte es rechtmäßig von einem früheren Besitzer erworben? Vielleicht bedeuteten die Buchstaben aber auch etwas ganz anderes.

Johann wog das Messer in der Hand und fühlte seine Schwere. Möglicherweise konnte er es auch verkaufen, wenn er sonst keine Verwendung dafür fand. Leise hob er eines der Bodenbretter und verstaute das Messer darunter. Es war besser, wenn auch Martin es nicht in die Hände bekam, der Kleine konnte nur schlecht ein Geheimnis für sich behalten.

Nach einem letzten Zögern klappte Johann das Brett zurück in die Aussparung und huschte nach unten. Vor der Haustür schöpfte er aus einem Eimer ein paar Handvoll Wasser, wusch sich das Gesicht und ordnete seine Haare, dann eilte er hinüber zum Pfleghof, der hinter der Kirche lag.

Der Pfleghof selbst war von einer hohen Mauer umgeben, wie eine eigene Stadt innerhalb der Stadt. Dahinter befanden sich die Keltereien, die Zehntscheune, das Wohnhaus des Pflegverwalters, dazu Ställe, weitere Scheunen sowie das Gefängnis und sogar eine Folterkammer. Der innere Bereich war durch einen zusätzlichen Graben samt Zugbrücke geschützt. In kriegerischen Zeiten konnte man sich hierher zurückziehen wie in eine Burg. Jetzt allerdings, zur Zeit der Traubenlese, stand das Tor weit offen. Noch war die Sonne nicht ganz aufgegangen, irgendwo krähte ein Hahn, sonst war alles ruhig. Auch das Gesinde war noch nicht auf den Beinen.

Johann betrat den vorderen Hof und wandte sich nach links, wo die Trottenkelter lag. Von alters her wurden dort die Trauben mit den Füßen zerquetscht, um den Saft zu gewinnen. Drei große, fast mannshohe Zuber standen in dem kühlen steinernen Gebäude, an den Wänden türmten sich die Fässer. Es roch so intensiv nach Traubenmaische, dass Johann auf nüchternen Magen fast schwindlig wurde. Er hatte sich hier schon öfter heimlich mit Margarethe getroffen. In den riesigen Zubern war man von außen nicht zu sehen. Zurzeit fand die Arbeit eher in den großen Spindelpressen in den Gebäuden gegenüber statt, der hohe, zugige Raum war deshalb ein gutes Versteck.

Johann erklomm eine Leiter, die an dem linken Zuber lehnte. Tatsächlich sah er darin unter sich Margarethes strohblondes Haar blitzen. Er sprang in den Bottich, wobei er fast in einem Rest Maische ausgerutscht wäre. Margarethe kicherte.

»Pass nur auf, dass du nicht hinfällst. Sonst kann jeder schnell riechen, wo du dich herumgetrieben hast.«

»Du meinst, wo *wir* uns herumgetrieben haben.« Johann lächelte. Es war dieses Kichern, das ihm in den letzten Wochen so sehr gefehlt hatte. Das Kichern und ihre roten, vollen Lippen, die er schon fast einmal hatte küssen dürfen.

Margarethe wurde wieder ernst. »Es tut mir leid, was gestern geschehen ist«, sagte sie. »Ich hätte wissen müssen, dass mein Bruder mir folgt. Nun, zumindest weiß ich, dass er jetzt nicht hinter mir her ist. Der Vater lässt ihn noch vor dem Frühstück in der Großen Kelter die Baumpressen reinigen. Zur Strafe dafür, dass er gestern unerlaubt der Arbeit ferngeblieben ist und sich in der Stadt herumgetrieben hat.«

Johann nickte grimmig. »Dein Vater ist ein gerechter Mann. Meiner lässt Karl und Lothar alles durchgehen, während ich die Drecksarbeit machen muss. Und um Martin schert er sich so viel wie um einen Fliegenschiss.« Seine Miene verfinsterte sich. »Vor allem jetzt, seitdem die Mutter nicht mehr unter uns ist. Und nun will er mir sogar noch die Lateinschule verbieten.«

»O Gott, Johann, das tut mir so leid!« Margarethe umarmte ihn. Es tat gut, sie so nahe bei sich zu fühlen. Er hatte ihr nie gesagt, was an jenem Tag oben am Hochgericht vorgefallen war. Bislang hatte es noch keine Gelegenheit dazu gegeben, außerdem schämte er sich zu sehr. In Margarethes Armen fühlte er sich beschützt, fast so wie bei der Mutter. Doch dann dachte er daran, dass sie schon bald für immer von ihm gehen würde.

»Du darfst nicht nach Bretten«, flüsterte er.

Margarethe versteifte sich und schob ihn von sich weg. »Ich ... ich will nicht darüber reden«, sagte sie. »Nicht heute. Lass uns einfach für einen Moment vergessen, was nächstes Jahr sein wird ...« Sie schloss die Augen. »Ich denke oft daran, wie wir zusammen im Feld waren, bei dem alten Steinkreuz. An deinen Kuss ...«

»Ich ... ich wollte dich nicht küssen!«, protestierte Johann.

»So? Das sah aber ganz anders aus. Siehst du, so nah waren sich unsere Lippen.« Sie zog ihn wieder an sich heran. »So nah …«

Johann streichelte ihr übers Haar, es roch nach Trauben, Milch und Most, so süß und verführerisch … Ganz plötzlich lockerte sich Margarethes Griff.

»Was ist das?«, fragte sie verunsichert. »Hörst du es?«

Johann hielt inne, und nun vernahm auch er es.

Es war ein leises Wimmern. Trostlos und kalt wie Wind, der durch die Ritzen einer Mauer pfeift, dabei jedoch eindeutig menschlichen Ursprungs. Kurz glaubte Johann sogar, Wortfetzen zu vernehmen. Doch gerade als er genauer hinhören wollte, hörte das Geräusch auch schon wieder auf.

»Da ist nichts«, sagte er achselzuckend. »Vielleicht nur ein kleines Kind, das weint.«

»Ich weiß nicht.« Margarethe fröstelte sichtlich. »Und wenn es doch etwas anderes ist?«

»Was meinst du?«, fragte Johann verwundert.

»Hast du es nicht gehört?« Margarethe senkte die Stimme. »Drei Kinder sind in den letzten Tagen im Schillingswald verschwunden! Zuerst ein vierjähriger Bub, der sich wohl im Wald verlaufen hat. Und als seine Geschwister ihn suchen wollten, waren auch diese auf einmal wie vom Erdboden verschluckt. Die Leute munkeln schon, dass die Erdmännlein die Kinder hinab in ihr Reich gezogen haben.«

Tatsächlich war Johann in den letzten Tagen und Wochen so mit seinen eigenen Sorgen beschäftigt gewesen, dass er nichts von diesem Vorfall gehört hatte. Schaudernd dachte er daran, wie oft er selbst seit dem Tod der Mutter allein durch den Schillingswald gestreift war. Das Waldgebiet grenzte an den Süden der Stadt und breitete sich von dort aus über viele Meilen in Richtung Pforzheim aus. Wer sich darin nicht gut auskannte, konnte sich leicht verlaufen.

»Und glaubst du auch, dass es die Erdmännlein waren?«,

fragte er Margarethe mit leisem Spott. Er wollte ihr nicht zeigen, dass er selbst ein wenig Angst hatte.

»Natürlich nicht!« Margarethe schüttelte entrüstet den Kopf. »Es könnten Räuber gewesen sein oder wilde Tiere, vielleicht Wölfe oder ein Bär. Vielleicht haben sie sich auch einfach verirrt. Erinnerst du dich? Vor zwei Jahren war die kleine Müller Liesl über eine Woche verschollen, ein Jäger hat sie schließlich gefunden, halb verhungert und verdurstet.«

Johann nickte, als er an den alten Vorfall dachte. An das laute Klagen der Mutter und auch an die Freudenschreie, die in der ganzen Stadt zu hören gewesen waren, als die Liesl schließlich wieder aufgetaucht war. Seit jenem Tag war sie seltsam stumm und verschlossen, bis heute.

Und dann fielen Johann auch die anderen vermissten Kinder wieder ein.

Es war vor acht Jahren gewesen, um die Zeit, als der Zauberer Tonio den Simonis-Judae-Markt das erste Mal besucht hatte. Das Gesicht des Zauberers hatte Johann immer so klar vor Augen gehabt, als wäre es erst gestern gewesen, die vermissten Kinder hingegen hatte er vergessen. Plötzlich kam ihm eine Erinnerung, so fern wie aus einem Traum.

Der Wagen des Zauberers hinter der Kirche, die Plane, die sich kurz bläht wie unter einer kalten Windböe, und dazu ein leises Klagen und Wimmern. Wie von kleinen Küken oder Katzen.

Wie von Kindern …

Doch die Vorstellung verschwand so schnell, wie sie gekommen war. Johann konnte unmöglich sagen, ob es Wirklichkeit gewesen war oder doch nur die Fantasie eines damals achtjährigen Jungen.

»Was hast du?«, fragte Margarethe besorgt. »Ist es wegen deiner Mutter?«

Johann schüttelte sich. »Es ist nichts.« Er versuchte ein Lächeln. »Jedenfalls nichts, was mit uns zu tun hat.«

»Nun, jedenfalls will mich der Vater nicht aus der Stadt lassen, bis man weiß, warum die Kinder verschwunden sind«, fuhr Margarethe fort. Sie verdrehte die Augen. »Als wäre ich ein kleines Gör, das nicht auf sich selbst aufpassen kann. Ich bin sechzehn, es ist einfach lächerlich! Wahrscheinlich nur ein weiterer Vorwand, damit wir uns nicht noch mal draußen in den Feldern treffen können.«

»Dann treffen wir uns eben hier«, entgegnete Johann.

»Und warum sollte ich das weiterhin tun, hm?« Margarethe zwinkerte ihm zu. »Du warst ziemlich unartig das letzte Mal. Ein unschuldiges Mädchen einfach so zu Boden zu werfen und ...«

Sie stockte, als erneut das Wimmern ertönte. Doch nun war es lauter, viel lauter, es steigerte sich und ging dann in ein lautes Klagen und Schreien über. Schließlich kreischte jemand, als hätte er große Angst. Die Schreie kamen vom Hof. Türen und Fensterläden wurden aufgeschlagen, hastige Schritte ertönten draußen.

»Da muss etwas geschehen sein!«, sagte Johann, dem es schwerfiel, sich von Margarethe loszureißen. »Vielleicht ein Feuer?«

»Lass uns nachschauen.« Margarethe war bereits dabei, den Rand des Zubers zu erklimmen. Johann folgte ihr, wobei sich seine Hose in der Eile mit roter Maische tränkte. Sie sprangen von der Bottichkante und rannten hinaus auf den Hof. Dort liefen eben einige Knechte und Mägde auf das offen stehende Tor der Großen Kelter zu, dem Gebäude, aus dem die Schreie kamen.

Und auch das Kreischen wie von einem großen, sterbenden Vogel.

»Das ist die Mutter!«, rief Margarethe. »Mein Gott, irgendetwas Schlimmes ist passiert!«

Gemeinsam eilten sie zur Großen Kelter. Drinnen befanden sich vier Pressen, weitaus größere als die in der Trottenkelter. Tonnenschwere Balken sorgten für das nötige Gewicht, um die Trauben in den Zubern zu zerquetschen. Um die zweite Presse stand eine größere Gruppe Menschen, sichtlich starr vor Entsetzen.

Unter dem Balken der Presse lag Ludwig.

Johann erkannte ihn zunächst kaum. Der Balken musste ihn just dann erwischt haben, als er unter ihm im Zuber stand. Blut und Maische hatten sich zu einem rötlichen Brei vermengt und bedeckten Ludwigs Gesicht und Hände. Sein Brustkorb war eingedrückt wie ein großer fauler Apfel, die Arme hingen leblos über den Rand des Zubers. Erst als einer der Knechte einen Eimer Wasser über den Toten schüttete, war Ludwigs Antlitz besser zu erkennen. Fischige Augen glotzten weit aufgerissen und leblos hinauf zur Decke, der Mund war verzogen zu einer Grimasse des Schmerzes und Entsetzens, Blut lief als kleines Rinnsal aus seinem Mundwinkel und tropfte in den Zuber.

Noch immer schrie Ludwigs Mutter wie am Spieß.

»O Gott, mein Sohn, mein Sohn!«, heulte sie immer wieder. »Mein armer Sohn!«

Sie kniete neben Ludwig und hielt seine leblose, schlaffe Hand. Erst nach und nach wurden ihre Schreie leiser und gingen schließlich in ein monotones Klagen über. Johann sah, wie sich ihr Kleid mit Blut und dem rötlichen Saft der Maische tränkte. Der Pflegverwalter stand währenddessen wie versteinert zwischen seinen Knechten. Er schien das Unglück noch gar nicht fassen zu können.

»Der Baum muss sich gelöst haben, als der Ludwig gerade den Zuber reinigen wollte«, flüsterte ein breitschultriger Tagelöhner neben Johann. »Wahrscheinlich war die Halterung morsch. Ich hab dem Alten schon lange gesagt, er soll sich eine neue Baumpresse anschaffen. Aber er wollte ja nicht hören! Tja, und nun hat er seinen einzigen Sohn verloren.«

Auch Margarethe starrte schweigend auf das Grauen vor ihr. Johann wusste, dass sie ihren älteren Bruder nie recht hatte leiden können – trotzdem war er ihr Bruder gewesen. Unwillkürlich dachte er an die Geräusche, die sie vorhin in ihrem Versteck gehört hatten. War es Ludwigs leises Wimmern gewesen, als er unter der Presse an seinem eigenen Blut erstickt war? Die Art, wie er gestorben war, wünschte man nicht einmal seinem ärgsten Feind.

Johann zuckte zusammen.

Seinem ärgsten Feind …

Hatte er nicht erst gestern Abend Ludwig den Tod gewünscht? Tonio, der Zauberer, hatte ihn dazu aufgefordert. Und nun war dieser Tod tatsächlich eingetreten! Wie war das möglich? Es musste ein dummer Zufall sein, alles andere wäre so grauenvoll, dass Johann nicht einmal darüber nachdenken wollte. Noch einmal betrachtete er Ludwigs fratzenhaftes, vor Entsetzen verzerrtes Gesicht. Was hatte Tonio gesagt?

Hass kann manchmal sehr heilsam sein … Aber er braucht ein Ziel und einen Abschluss …

Dies hier war der Abschluss.

Johann fühlte sich mit einem Mal krank und jämmerlich, er musste würgen und drehte sich zur Seite, um Ludwig nicht mehr sehen zu müssen. Sein Blick fiel auf seine eigenen rot verfärbten und glitschigen Hosenbeine. Er hatte noch nichts gegessen, und so schmeckte er nur bittere Galle, als das Erbrochene seinen Mund erreichte.

Das ist der Geschmack von Rache, dachte er. *Nicht süß, sondern bitter wie Galle.*

Johann sank auf die Knie und spuckte zähflüssigen grünen Schleim, während das Klagen von Ludwigs Mutter an- und wieder abschwoll wie ein ewiger Choral. Als nicht einmal mehr Galle kam, blickte Johann mit gesenktem Kopf und bebenden Lippen an sich herunter.

Seine Finger, seine Hosen und sein Hemd waren rot von der Maische, aber es hätte auch Blut sein können.

Ludwigs Blut.

3

In den folgenden Tagen bekam Johann Margarethe kaum zu Gesicht. Die Familie des Pflegverwalters war voll und ganz mit den Vorbereitungen für die Beerdigung beschäftigt. Es tat Johann weh, zu sehen, wie viel Mühe man auf Ludwigs letzten Gang verwendete. Eine Mühe, die auch seine Mutter verdient hätte.

Ludwig wurde gewaschen und in sein bestes Hemd gesteckt, sein Sarg war kein grob gezimmerter Kasten, sondern aus schwerem Buchenholz, und der Leichenschmaus fand drüben im Haus des Pflegverwalters statt, mit Speck, Würsten und duftendem Weizenbrot. Ludwig war der einzige Sohn der Familie gewesen, alle anderen Kinder außer ihm und Margarethe waren schon früh gestorben. Er hätte der Stammhalter sein sollen, nun gab es nur noch Margarethe. Der Vater erzählte Johann später von den vielen Trauergästen und tönte, was für ein guter Kerl der Ludwig doch gewesen sei, stark wie ein Ochse, fleißig und dem eigenen Vater treu ergeben, so wie seine eigenen Ältesten.

»Verschone uns der Herr vor weiterem Unglück!«, betete er und umarmte dabei fest Karl und Lothar. »Ich wüsste nicht, wie ich ohne euch beide weiterleben sollte.«

Johann ahnte: Sollte er vor dem Vater sterben, würde dieser ihm keine einzige Träne nachweinen.

Um das Gasthaus »Zum Löwen« machte Johann in dieser Zeit einen großen Bogen. Es ging ihm nicht aus dem Kopf, wie ihn Tonio aufgefordert hatte, den Todeswunsch laut auszusprechen. Nachts lag er stundenlang schlaflos im Bett, während die Ratten über die Dielenbretter huschten. Er musste daran denken, wie er Tonio nach dem Wunsch die Hand gegeben hatte, fast so, als hätten sie einen Pakt besiegelt. Johann hatte Ludwigs Tod herbeigesehnt, und dieser war eingetreten. Wenn dies ein Pakt war, was musste er dann selbst dafür geben? Oder hatte er vielleicht schon etwas gegeben, ohne es selbst zu ahnen? Das Messer hatte er seitdem unter der Bodendiele gelassen, als wäre es verflucht.

Doch dann schalt sich Johann selbst einen Narren. Dieser Tonio mochte ein Astrologe, Gaukler und unheimlicher Zauberkünstler sein, aber sicherlich konnte er niemanden allein durch einen Wunsch töten. Das alles war nichts weiter als ein dummer Zufall. Ein trauriger Unfall, weiter nichts.

Von Knechten aus dem Pfleghof hatte Johann gehört, dass der Stutzen, der den Baumstamm über dem Zuber festgehalten hatte, tatsächlich morsch gewesen war. Trotzdem blieb ein ungutes Gefühl in ihm zurück und eine Angst, die Johann sich selbst nicht erklären konnte. In einer seiner schlaflosen Nächte erinnerte er sich einiger Schutzzeichen, die ihn die Mutter einst gelehrt hatte. Er schrieb sie auf einen Fetzen Pergament, steckte sie in einen Lederbeutel und schob diesen in ein Astloch der Türschwelle von seiner und Martins Kammer. Seit Urzeiten schützten sich die Menschen auf diese Art vor dem Bösen – und wirklich fühlte Johann sich danach ein wenig besser, wenn er auch ahnte, dass die Worte nichts weiter als Mummenschanz waren.

Um sich von seinen Sorgen und düsteren Gedanken abzulenken, arbeitete er umso härter in den Weinfeldern, wo nun die letzten Rebstöcke abgeerntet wurden. Jeden Tag schleppte er fast zwei Dutzend Kraxen, bis oben hin gefüllt mit den besten Trauben. Trotzdem ließ sich der Vater nicht erweichen. Es blieb dabei: Johann durfte die Lateinschule nicht weiter besuchen.

Am Grab der Mutter war der Vater schon lange nicht mehr gewesen, man sah ihn bereits nach einer neuen, jüngeren Frau Ausschau halten. Und so waren es allein Johann und der kleine Martin, die täglich zum Friedhof gingen und der Mutter einen Strauß Blumen hinstellten. Aus den Sommerblumen waren nach und nach Herbstblumen geworden; jetzt, da es auf November zuging, gab es manchmal nur noch ein paar violette Blüten vom Mönchspfeffer aus dem Maulbronner Klostergarten. Johann wusste, dass die Mutter diese unscheinbare Pflanze besonders gern gemocht hatte.

Ganz Knittlingen fieberte nun dem nächsten Simonis-Judae-Markt entgegen. Als es dann endlich so weit war, stand Johann wie so oft in den letzten Jahren am Oberen Stadttor und schaute den Händlern und Gauklern bei ihrem Einzug zu. Doch anders als sonst stellte sich keine rechte Freude bei ihm ein. Gemeinsam mit dem kleinen Martin ließ er sich über den Markt treiben, naschte hier ein wenig und sah dort den Jongleuren bei ihren Ballkünsten zu, doch der Zauber früherer Jahre war verflogen. Auch hörte Johann die Leute erneut über die verschwundenen Kinder reden. Mittlerweile waren es schon sieben, und alle stammten aus der Gegend rund um Knittlingen.

Doch die Kinder waren nicht das einzige Gesprächsthema auf dem Jahrmarkt. Im Sommer 1493 war der alte, weise Kaiser Friedrich, der das Land über ein halbes Jahrhundert lang regiert hatte, nach längerem Leiden an einem brandigen Bein gestorben. Sein Sohn Maximilian, ein abenteuerlustiger Recke und Turnierkämpfer, war nun der alleinige deutsche König. Im fernen Granada waren die heidnischen Mauren wohl nun endgültig aus Spanien vertrieben worden. Außerdem hatte ein Genueser offenbar einen neuen Seeweg nach Indien und China über den Atlantik gefunden, was viele jedoch bezweifelten. Warum sollte so einem Luftikus gelingen, was die Portugiesen schon seit vielen Jahren versuchten – diese allerdings, indem sie an der Küste Afrikas immer weiter nach Süden segelten, ein sprichwörtliches Himmelfahrtskommando. Gesicherter waren da schon Nachrichten aus dem Elsass, wo es einen weiteren Aufstand der Bauern gegeben hatte, der aber wohl schnell niedergeschlagen worden war; die Anführer hatte man wie so oft zur Abschreckung gevierteilt.

Berittene Boten verbreiteten solche Berichte mittlerweile auf den Handelsstraßen schneller als ein Lauffeuer. Die Alten schüttelten den Kopf und dachten mit einem Becher heißen Gewürzweins zurück an die gute alte Zeit, als die Politik noch hinter den nächsten Hügeln endete und allein der Herrgott die Geschichte lenkte.

Aufmerksam blickte sich Johann auf dem Jahrmarkt um. Er sah, wie einige Mädchen ihn verstohlen musterten und hinter vorgehaltener Hand tuschelten. Sicherlich zerrissen sie sich das Maul über ihn und Margarethe, die er seit dem Vorfall im Sommer nur wenige Male kurz gesprochen hatte. Wenn er sie nach der bevorstehenden Heirat im nächsten Jahr fragte, wich sie ihm jedes Mal aus. Es war, als würde sie die Augen verschließen vor dem, was auf sie zukam. Johann hoffte, sie in den nächsten Tagen hier auf dem Simonis-Judae-Markt zu treffen. Vielleicht gelang es ihnen sogar, ein wenig miteinander allein zu sein, so wie früher.

Denjenigen, nach dem Johann eigentlich Ausschau hielt, konnte er auf dem Marktplatz und in den Gassen rund um die Leonhardskirche nicht entdecken. War der Zauberer etwa schon abgereist? Dabei bot der Jahrmarkt sicherlich einträgliche Geschäfte für ihn. Doch im Grunde war Johann froh, wenn er den unheimlichen Fremden nicht wiedersehen musste. Er erinnerte ihn zu sehr an Ludwigs grausigen Tod und an das seltsame Gespräch, das er und dieser Tonio am Tag davor geführt hatten. Trotzdem ging ihm der Zauberer nicht aus dem Kopf, wie eine Melodie, die sich in seinem Gedächtnis festgebissen hatte.

»Wird d…der Teufel auch mich holen, wenn ich b…böse bin?«, erklang neben ihm eine vertraute Kinderstimme.

Johann sah nach unten und seufzte. Sein kleiner Bruder, den er zuvor kurz abgeschüttelt hatte, hatte ihn zwischen all den vielen Menschen wiedergefunden. Martin hielt sich an einem Zipfel von Johanns Hemd fest, fast so, als hätte er Angst, in der Menge verloren zu gehen. Mit großen Augen verfolgte der Kleine die Figuren eines Puppentheaters, die sich in einem schäbigen, mannshohen Kasten mit fleckigem Vorhang und bemalter Kulisse hin und her bewegten. Eben erschien der Leibhaftige, der einen armen Sünder in Gestalt eines Mönchs in die Tiefe riss. Johann musste unwillkürlich lächeln.

»Nein, Martin, sicher nicht«, sagte er schmunzelnd »Der Teufel holt nur die bösen Kinder.«

»Hat er auch die sieben Kinder geholt, die alle verschwunden sind?«

»Was redest du denn da? Satan hat gewiss anderes zu tun, als euch Nervensägen in die Hölle mitzunehmen. Aber wenn du weiter wie eine Klette an mir hängst, macht er es vielleicht doch.«

Er wollte eilig davongehen, aber Martin folgte ihm wie ein Hündchen. Verärgert drehte sich Johann zu ihm um.

»Ich suche Margarethe, da kann ich dich nicht gebrauchen.«

»Ich weiß, w…wo sie ist«, verkündete Martin grinsend. »Hab sie vorhin erst gesehen. W…wenn du mich mitnimmst, bring ich dich zu ihr.«

Johann verdrehte die Augen, dann nahm er Martin an der Hand. »Du hast gewonnen. Also führ mich zu ihr.«

Etwas abseits des Marktplatzes saß Margarethe allein am Rand eines Brunnens. Sie schien ganz in Gedanken versunken. Der Tod ihres Bruders hatte sie sichtlich mitgenommen, auch wenn sie Ludwig im Grunde nie geliebt, sondern eher gefürchtet hatte. Doch mittlerweile trug sie kein Schwarz mehr wie ihre Mutter. Es war ein schrecklicher Unfall gewesen, nun ging das Leben weiter.

»Darf ich?« Johann setzte sich zu ihr, und ein Lächeln zeigte sich auf ihrem Gesicht.

»Ich hab schon Bauchschmerzen von den ganzen Naschereien«, sagte sie. »Das ist wohl etwas, was sich nie ändert. Jedenfalls nicht, seitdem ich mich an den Simonis-Judae-Markt erinnern kann.«

Johann lachte. »Weißt du noch, wie wir als Kinder einmal so viele Spezereien gegessen haben, dass ich dir auf dein schönes weißes Kleid gespuckt habe? Dein Vater hat mich ordentlich versohlt. Und Ludwig …« Er stockte. »Verzeih«, fuhr er schließlich leise fort, »das war dumm von mir.«

Margarethe zuckte mit den Schultern. »«Schon gut. Er war ein Scheusal, auch wenn er mein Bruder war. Wir wissen es beide. Vielleicht hat er ja einen guten Kern gehabt, aber den hat er weder dir noch mir je gezeigt. Für ihn war ich eher Besitz als Schwester.«

Sie schwiegen, während der kleine Martin am Rand des Brunnens balancierte, so wie zuvor die Seiltänzer auf dem Markt. Mittlerweile war es Nachmittag geworden, und die ersten Betrunkenen taumelten durch die Gassen. Bald würden die Musikanten zum Tanz aufspielen, sehr zum Missfallen der Kirche, für die Tänze nichts weiter als lüsterne Verlockungen des Teufels waren. Es roch nach Wein und fauligem Trester. Unwillkürlich dachte Johann an Ludwig, wie er zerquetscht wie eine Traube in der Kelter gelegen hatte.

»Was haltet ihr davon, wenn wir runter zur Weißach gehen?«, schlug Margarethe plötzlich vor. »Wir können ja später wiederkommen.«

Johann runzelte die Stirn. Wie so oft war Margarethe dieser Einfall ganz plötzlich gekommen, sie war wie ein Blatt im Wind, getrieben von ihren Launen. Vielleicht wollte sie aber auch einfach weg, weil sie Knittlingen und der Markt zu sehr an ihren Bruder und dessen grausigen Tod erinnerten.

»Hat dir dein Vater nicht verboten, die Stadt zu verlassen?«, fragte er vorsichtig.

»Ach, der!« Margarethe winkte ab. »Seit Ludwigs Tod bin ich Luft für ihn. Er starrt nur noch Löcher in die Decke, genauso wie die Mutter. Ludwig war ihr ganzer Stolz. Ich bin ohnehin nur ein Mädchen, das bald verlobt sein wird und dann aus dem Haus ist.«

»A…aber was ist mit den v…verschwundenen Kindern?«, stotterte Martin und drückte Johanns Hand. »Auch unser Vater hat gesagt, wir sollen d…die Stadt nicht verlassen.«

Tatsächlich hatte Jörg Gerlach Johann noch kurz vor dem Jahrmarkt eingeschärft, mit Martin auf keinen Fall hinaus in die Felder zu gehen. Auch wenn es aussah, als würde sich der Alte auf einmal wieder seiner väterlichen Pflichten besinnen, wollte er vermutlich nur verhindern, dass Johann Gelegenheit bekam, sich allein mit Margarethe zu treffen.

»Wisst ihr, was ich glaube?«, sagte Margarethe unvermittelt. »Ich glaube, diese Kinder haben sich nur verirrt. Der Schillingswald ist verflixt groß, vielleicht sind sie mittlerweile schon in Pforzheim oder sonst wo angelangt.«

»Und wenn die E…Erdmännlein oder der Sch…Schwarze Mann sie geholt haben?«, fragte Martin verzagt.

»Ach, Martin, was bist du nur für ein Angsthase!« Margarethe lachte. »Die gibt's doch nur in deinen Träumen!« Sie stand vom Brunnenrand auf. »Ich sag euch was. Wir gehen jetzt selbst in den Schillingswald. Vielleicht finden wir die Kinder ja? Stellt euch vor, was dann hier los wäre! Im ganzen Kraichgau würden sie uns feiern, ha!«

»Das ist doch nicht dein Ernst?«, fragte Johann.

Doch Margarethe verschränkte trotzig die Arme vor der Brust. »Ihr habt doch nur die Hosen voll, wie alle anderen hier! Wenn ihr nicht mitgeht, dann geh ich eben alleine.«

Johann seufzte leise. Er wusste, wenn sich Margarethe etwas in den Kopf gesetzt hatte, dann war sie nicht mehr davon abzubringen. Und allein würde er sie niemals in den Schillingswald gehen lassen. Wenigstens ergab sich so die Möglichkeit, unbeobachtet mit ihr zusammen zu sein.

»Also gut«, sagte er achselzuckend. »Aber nur bis zum Einbruch der Dunkelheit. Dann müssen wir wieder nach Hause, weil das Stadttor schließt.« Er wandte sich an Martin. »Du gehst jetzt besser heim, das ist nichts für dich.«

»A...aber ich w...will mit!«, protestierte Martin. »W... wenn du mich nicht mitnimmst, sag ich dem V...Vater, wo du h...hin bist. Und mit w...wem«, fügte er drohend hinzu.

Johann setzte zu einer harschen Antwort an, doch Margarethe fiel ihm ins Wort: »Lass den Kleinen ruhig mitgehen. Dann haben wir auch keine Tratschereien zu befürchten, falls uns jemand sehen sollte.«

Johann nickte zögerlich. »Von mir aus.« Er wandte sich an Martin. »Aber mach dir nicht in die Hosen, wenn plötzlich doch ein Erdmännchen auftaucht.«

Mit einem stillen Fluch auf den Lippen ging er voraus. Er hatte sich so darauf gefreut, mit Margarethe allein zu sein, und nun musste er sich doch wieder um Martin kümmern! Hörte das denn nie auf?

Gemeinsam ließen sie Kirche und Jahrmarkt hinter sich und eilten hinunter zum Unteren Stadttor. Die Schreie der Betrunkenen und der Lärm des Jahrmarkts wurden immer leiser. Ganz Knittlingen hielt sich derzeit in der Marktstraße auf, die Gassen auf der anderen Seite der Kirche waren hingegen wie ausgestorben. Endlich hatten sie das Tor erreicht, das um diese Zeit noch offen stand. Der einzige verbliebene Wachmann war über einem Humpen Wein eingenickt, den ihm vermutlich ein mitleidiger Kollege gebracht hatte. Unbemerkt konnten die drei an ihm vorbeihuschen.

Hinter dem Stadtgraben schlossen sich einige Felder an,

durch die sich träge ein kleiner Bach schlängelte. Gleich dahinter begann der Wald.

Obwohl die Sonne noch hoch stand, kamen Johann die Bäume bedrohlich dunkel vor, wie eine undurchdringliche schwarze Wand, die sich vor ihnen erhob. Tagsüber war er schon oft hier gewesen, doch jetzt erschien ihm der Rand des Waldes wie die Grenze zu einem fremden, bösen Land. Sie rannten über ein Stoppelfeld und standen bald vor den Brombeer- und Weißdornbüschen, hinter denen das Dickicht begann. Irgendwo kreischte ein Eichelhäher, und etwas Großes, vermutlich ein Reh oder Hirsch, verschwand raschelnd im Gebüsch.

»Und jetzt?«, fragte Johann, dem Margarethes Idee immer blödsinniger erschien. »Wie soll es nun weitergehen?«

Margarethe deutete auf den Bach, der in den Wald hineinführte. »Dort beginnt ein Pfad. Den kenne ich von früher, als ich mit dem Vater öfter im Holz war. Wenn wir dem Bach folgen, können wir auch nicht den Weg verlieren. Der Bach führt zu einer Lichtung mit ein paar großen Felsen und einer Höhle. Vielleicht haben sich die Kinder ja dort versteckt.«

»Und du glaubst, dort hat noch keiner nachgesehen?«, hakte Johann spöttisch nach.

»Was weiß ich?« Margarethe lief voraus. »Ich weiß nur eines: Wenn wir hier noch länger herumstehen, können wir auch gleich wieder umdrehen und die anderen suchen lassen.«

Schulterzuckend folgte ihr Johann in den Wald. Unter den Bäumen war es dämmrig wie am Abend. Viele der Buchen und Eichen, die hier standen, hatten trotz des späten Herbstes noch nicht alle ihre Blätter verloren. Dazwischen wuchs immer wieder Unterholz, das den dreien zusätzlich die Sicht nahm. Der Bach floss friedlich gurgelnd dahin, eine gedämpfte Stille hing wie eine große Glocke über den Bäumen.

Schweigend folgten die drei dem Bach, als hätten sie Angst, mit ihren Rufen irgendein Untier zu wecken. Johann kannte die Gegend. Er selbst hatte früher hier öfter die Schweine hineingetrieben, damit sie sich an den Eicheln satt fressen konnten. Jedoch war er nie tiefer als ein paar Hundert Schritte hineingegangen. Dahinter begann ein unbekanntes, unwirtliches Gebiet, das nur Jäger, Waldarbeiter und Gesetzlose betraten.

Je tiefer sie in den Wald eindrangen, umso dunkler wurde es. Die lichten Buchen und Eichen wurden abgelöst von dichten Tannen, die kaum noch Licht durchließen. Auf dem Boden wuchsen dichte Dornenbüsche, die das Vorankommen zusätzlich erschwerten; herumliegendes, von Moos und Pilzen bewachsenes Totholz bildete teils undurchdringliche Barrieren. Oft mussten sie einen Bogen schlagen und fanden dann erst nach längerem Suchen den Bach wieder. Gelegentlich riefen sie nun zaghaft nach den verschwundenen Kindern, doch Johann hatte das Gefühl, dass ihre Stimmen sofort von den Bäumen verschluckt wurden.

»I…ich hab Angst!«, jammerte Martin. Sein kleiner verwachsener Körper zitterte, das Stottern war noch schlimmer geworden, wie immer, wenn er sich fürchtete. »W…w…was ist, w…w…wenn der Schwarze Mann uns findet und auf…frisst?«

»Verdammt, ich hab doch gesagt, du sollst nicht mitkommen!«, schimpfte Johann.

»Du musst keine Angst haben, Martin«, tröstete Margarethe. »So was wie dich spuckt der Schwarze Mann gleich wieder aus.« Ihr Gesicht war schweißverklebt und schmutzig, was sie selbst wie einen wütenden Waldgeist aussehen ließ.

Johann kannte die Geschichten vom Schwarzen Mann und auch die von den Erdmännlein; es waren Sagen, die man sich hier in der Gegend erzählte. Während er die Erdgeister für ein Ammenmärchen hielt, war er sich beim Schwarzen Mann nicht so sicher. Immer wieder berichteten Reisende von schmutzigen, zerlumpten Gestalten, die sich in den Wäldern herumtrieben, Ausgestoßene, Geisteskranke, gesuchte Verbrecher … Deren Heimat war der Wald, sie hingegen hatten hier nichts verloren.

»Ich finde, wir sollten umkehren, es ist schon spät«, sagte er zu Margarethe. »Wir können ja morgen noch mal suchen.«

»Nur noch bis zur Lichtung«, erwiderte Margarethe. »Sie müsste bald kommen. Ich war mit dem Vater schon einmal da.«

Tatsächlich erreichten sie kurz darauf eine kleine, verwilderte Rodung, in die die Nachmittagssonne fiel. Aus einem versumpften Schilfweiher, in den sich der Bach ergoss, flog ein Schwarm quakender Enten auf; ein paar große, vermooste Findlinge bildeten die Mitte der Lichtung. Sie standen so schief zusammen, dass sich dazwischen eine etwa hüfthohe Höhle auftat.

»Ha, wie ich's gesagt habe!«, meldete sich Margarethe triumphierend.

Johann sah sich auf der Lichtung um. Hier war er noch nie gewesen. Der Ort war still und friedlich, und man konnte sich tatsächlich vorstellen, dass hier ein paar verirrte Kinder Unterschlupf gefunden hatten. Gemeinsam schwärmten sie aus und durchsuchten einige der Felsspalten und die Höhle. Doch außer altem Bärendung und ein paar Tierknochen fanden sie nichts, was auf die verschwundenen Kinder hindeutete. Nur an einem der Findlinge stieß Johann auf ein eingeritztes Zeichen.

Es zeigte einen bärtigen Kopf mit Hörnern.

»Was ist das?«, fragte er und fuhr mit dem Finger über die mit Moos bewachsenen Linien. »Es sieht sehr alt aus.«

»Wahrscheinlich hat das der Schwarze Mann gemalt«, erwiderte Margarethe augenzwinkernd. »So schaut er eben aus. Und du auch, wenn du dir nicht bald den Dreck aus dem Gesicht wischst.«

Lachend lief sie hinunter zum Weiher und säuberte sich Gesicht, Arme und Beine, wobei sie ihr Kleid so weit hochkrempelte, dass Johann ihre marmorblassen Schenkel sehen konnte. Auch er selbst wusch sich und schaute dabei immer wieder verstohlen zu ihr hinüber. Obwohl es schon Ende Oktober war, war das Wasser noch erstaunlich warm. Die Sonne beschien die Oberfläche, und sie konnten ihrer beider Gesichter im Wasser schimmern sehen. Margarethes sommersprossiges Antlitz mit den blonden Locken und Johanns schmal geschnittenes, blasses, immer leicht verträumt blickendes Gesicht mit den rabenschwarzen seidenen Haaren, die seine Mutter so geliebt hatte.

Derweil hatte Martin den größten der Findlinge erklommen, nun stand er dort oben und winkte. Seine Angst schien verflogen.

»Ich kann von hier oben die Stadt sehen!« Er lachte und fühlte sich sichtlich wohl, das Stottern war für den Moment verschwunden. »Lass uns noch ein wenig bleiben, ja?«, bettelte er. »Hier ist es so schön!«

Margarethe sah Johann fragend an, der schließlich nickte. Auch er genoss die friedliche Atmosphäre dieses Orts, der so alt wie der Wald und die Berge zu sein schien. »Also gut!«, rief er zu Martin hoch. »Aber du bleibst auf der Lichtung, verstanden?«

Martin hob die Arme und stieß einen Jauchzer aus, ein kleines, buckliges Menschlein, das Johann an eines der sagenhaften Erdmännlein denken ließ. In diesem Augenblick liebte er seinen Bruder über alles. Nach dem Tod der Mutter war Martin der Einzige in der Familie, dem er sich wirklich zugehörig fühlte. Wie hatte er nur jemals daran denken können, aus Knittlingen wegzugehen? Allein Martins, seines stotternden, verwachsenen Bruders wegen musste er hierbleiben. Martin brauchte ihn, und er brauchte ihn auch.

»Er sieht sehr glücklich aus dort oben«, sagte Margarethe lächelnd, während sie Martin bei seinem Freudentanz beobachtete.

»Ich glaube, er ist gern mit uns zusammen«, erwiderte Johann. »Wir sind seine Familie.«

Margarethe lachte. »Du meinst, so wie Vater, Mutter, Kind?« Abrupt zog sie ihn hinüber zur Höhle. »Dann lass uns nur schnell in unser Haus gehen und eine Suppe aus Sauerampfer kochen, so wie wir das früher immer gemacht haben, mein liebster Gemahl.« Ihre Stimme klang spielerisch, trotzdem schwang darin ein gewisses Verlangen.

Allzu willig ließ sich Johann von ihr führen.

* * *

Oben auf dem Felsen stand Martin, der König der Welt.

Er war so glücklich wie noch nie zuvor in seinem Leben! Seit er denken konnte, wurde er verachtet und gemieden. Sie nannten ihn einen Krüppel und Dummerjan. Doch das war ihm egal, denn der Einzige, der ihm etwas bedeutete, war sein Bruder Johann. Jetzt, da die Mutter tot war, war Johann für Martin sogar noch wichtiger geworden. Johann beschützte ihn, er spielte mit ihm, vor allem aber erklärte er ihm die Welt. Martin hatte so viele Fragen. Warum ging die Sonne auf und wieder unter? Wo kamen die Blitze und der Donner her? Wer ließ die Pflanzen auf dem Feld gedeihen und die Kälber wachsen? Warum hatte der Herrgott gerade ihn, den kleinen Martin, mit einem buckligen Rücken und einer stotternden Zunge gestraft?

Johann wusste nicht auf alles eine Antwort, doch er suchte immer nach einer Erklärung. Und nun war sein großer Bruder gemeinsam mit ihm und der schönen Margarethe in den Wald gegangen. Sie hatten ihn, den kleinen Krüppel, mitgenommen. Johann, Margarethe und Martin … Sie würden immer zusammenbleiben, ganz sicher! Sein Bruder würde ihn nie im Stich lassen.

Martin kletterte vom Felsen hinab und näherte sich dem

Weiher. Er wusste, dass Johann und Margarethe in der Höhle verbotene Dinge anstellten. Vorhin hatte er Johann leise versprochen, dass er ihn und Margarethe in Ruhe lassen würde, zumindest für eine Weile. Also tollte er durch das Schilf und baute kleine Schifflein aus Rinde, die er im Weiher treiben ließ. Dann warf er mit Steinen nach ihnen und sah zu, wie sie untergingen. Eines der Schifflein versank trudelnd vor seinen Augen. Er beugte sich über den Weiher und glaubte plötzlich, in der Tiefe einen schwarzen Schatten zu sehen, wie von einem monströsen, schleimigen Fisch. Erschrocken fuhr er auf und wich zurück.

Etwas gluckerte, und eine Blase stieg an die Oberfläche des dunklen Teichs. Ein leichter Gestank von Schwefel lag in der Luft.

Martin dachte an all die Schauergeschichten, die man sich über den Schillingswald erzählte. Er dachte an die Erdmännlein, den Grubenunhold und den Schwarzen Mann, der die kleinen Kinder holte. Der uralte Vers, den die anderen Kinder bei ihren Spielen sangen, kam ihm hier im Wald auf einmal gar nicht mehr lustig vor.

Wer hat Angst vorm Schwarzen Mann? Niemand! Wenn er aber kommt? Dann laufen wir davon!

Doch dann hörte er Margarethes Kichern aus der Höhle, die Nachmittagssonne schien hell und freundlich, und der Schatten im Wasser war so plötzlich verschwunden, wie er gekommen war. Auch der Schwefelgestank verflog. Martin atmete erleichtert auf.

Trotzdem war ihm der Weiher nicht mehr ganz geheuer. Er stand auf und machte sich auf die Suche nach einem schönen Stecken, in den er mit seinem kleinen Messer Zeichen und Männlein schnitzen konnte. Vielleicht würde er ihn Johann oder Margarethe schenken, verziert mit einem Herzen.

Die besten Äste lagen, das wusste Martin, nicht in der Mitte der Lichtung, sondern am Rand, dort, wo der Wald begann. Er näherte sich einer alten borkigen Eiche, als er ein leises Geräusch vernahm. Martin stutzte und horchte.

Es war der Klang einer Weidenpfeife.

Martin kannte solche Pfeifen, gemeinsam mit Johann hatte er selbst mal eine geschnitzt. Doch nie war es ihm gelungen, ihr solche himmlischen Töne zu entlocken. Die Pfeife spielte eine zarte Melodie, fröhlich und traurig zugleich.

Sie kam aus dem Wald, nicht weit von ihm.

Martin zögerte, schließlich trat er ins Dickicht, wo es sogleich viel dunkler war als auf der Lichtung. Wieder erklang die schöne Melodie, aber diesmal schien sie aus einer anderen Richtung zu kommen.

Martin hatte Angst, gleichzeitig wollte er aber unbedingt ergründen, woher die Melodie stammte und wer sie spielte. Grimmig umklammerte er sein kleines Messer und ging tiefer in den Wald hinein. Er wagte nicht, zu sprechen. Ein eigentümlicher Zauber lag über den Bäumen, die sich zu ihm herunterbeugten wie freundliche neugierige Riesen.

Jetzt erklang die Flöte ganz nah.

Martin schloss kurz die Augen. Was für ein wunderschönes Lied! Fast glaubte er, die Mutter an seinem Kinderbettchen singen zu hören. Er hoffte, dass dieses Lied nie endete.

Suse, liebe Suse, was raschelt im Stroh? Es sind die lieben Gänslein, die haben kein Schuh … Suse, liebe Suse, was raschelt …

Etwas knackste, die Melodie brach ab.

»Was …?«, brachte er noch hervor.

Im nächsten Augenblick wusste Martin, dass es den Schwarzen Mann wirklich gab.

Und er war noch viel schlimmer als in seinen Träumen.

* * *

Johann und Margarethe lagen in der Höhle, in der es dunkel und behaglich war. Moos wuchs zwischen den Felsen und bildete ein weiches Bett. Ihre Körper waren sich ganz nahe, und Johann bebte, wobei er hoffte, dass Margarethe es nicht merkte.

»Jetzt kann ich es dir ja sagen«, flüsterte Margarethe und beugte sich über ihn. Ihre Haare kitzelten ihn an der Nase. In der Höhle war es so eng, dass ihr Busen sich an ihn drückte. »Ich wollte gar nicht wegen der verschwundenen Kinder hierher, sondern wegen dir.«

»W…wegen mir?«

Margarethe kicherte. »Jetzt stotterst du schon wie dein kleiner Bruder. Nun stell dich nicht dümmer, als du bist! Hast du nicht die Blicke der Mädchen vorhin auf dem Markt gesehen? Ich finde, wir sollten ihnen endlich Grund zum Lästern geben.« Sie kam mit ihrem Mund nun ganz nahe. »Zweimal hast du schon versucht, mich zu küssen. Wenn du es jetzt nicht tust, dann nie mehr.«

Johann wurde rot vor Verlegenheit, er brachte kein Wort mehr heraus. Doch das war auch nicht notwendig. Margarethe küsste ihn auf die Lippen. Sie schmeckte süß, viel süßer noch als Honig oder Äpfel. Gemeinsam sanken sie aufs Moos, während sie ihn weiter küsste und liebkoste. Margarethe nahm seine Hand und führte sie zu ihren Brüsten, die im letzten Jahr beträchtlich gewachsen waren.

»Berühr mich hier«, hauchte sie.

Johann tat es nur allzu gern. Zuerst ganz zaghaft, doch dann schob er ihr die Hand unter das Mieder. Er streichelte ihre Brustwarzen, die hart waren, nicht nur von der Kälte. Margarethe erzitterte.

»So ist es gut«, flüsterte sie. »Du bist der Erste, der das machen darf, weißt du das? Ich hab dich schon immer geliebt, Johann. Schon seit ich dich das erste Mal gesehen habe. Du bist so … so anders. In dir steckt etwas Großes, ich fühle es.«

Plötzlich kicherte sie wieder, und ihre Hand glitt hinunter zu seiner Hose. »Oh, *das* habe ich nicht damit gemeint.«

Verschämt wollte sich Johann abwenden, doch sie hielt ihn fest. »Es ist gut, Johann. Es ist gut.«

Sie streichelten und küssten sich, wobei Margarethe sich als die Mutigere, Erfahrenere zeigte. »Wenn ich schon in ein paar Wochen verlobt werden soll, dann will ich wenigstens wissen, wie es geht«, sagte sie leise. »Es ist mein Geschenk an dich. Nur meine Unschuld darf ich nicht verlieren. Wir müssen also aufpassen.«

Johann schloss die Augen und ließ es geschehen. Seine Finger bewegten sich wie von allein, sie fuhren unter ihr Kleid und berührten ihre Scham. Leise seufzend öffnete sie die Schenkel.

»Mein Johann«, flüsterte sie. »Mein Faustus …«

All seine Träume schienen plötzlich Wirklichkeit zu werden. Er liebte Margarethe, und sie liebte ihn! Was konnte sie jetzt noch trennen? Vielleicht konnten sie ihren Vater ja überreden, dass es doch nicht zu dieser verfluchten Verlobung kam, vielleicht würde er mit Margarethe und Martin auch einfach weglaufen, alles schien plötzlich möglich!

Sie küssten, leckten und schmeckten sich wie kleine Katzen, an den verbotensten und verborgensten Stellen. Mal streichelte ihn Margarethe, dann ließ er seine Finger kreisen und spielen, wobei er immer mutiger und drängender wurde, bis sich Margarethes Anspannung schließlich in einem leisen Schrei entlud, den sie nur mühsam unterdrückte. Sie liebten sich so sehr, dass sie gar nicht merkten, wie draußen vor der Höhle langsam die Sonne unterging.

Als Johann schließlich blinzelnd nach draußen in die Abenddämmerung taumelte, war Martin verschwunden.

* * *

»Martin, wo bist du? Martin! Martin!«

Johann stand ganz oben auf den Findlingen, von denen sein kleiner Bruder ihnen zuvor noch zugewunken hatte. In wachsender Verzweiflung blickte er hinunter auf die Lichtung, die langsam von den langen Schatten verschluckt wurde. Erst hatte er noch geglaubt, Martin würde ihnen nur einen Streich spielen. Zusammen mit Margarethe hatte er die umliegenden Felsspalten abgesucht, in der stillen Hoffnung, Martin würde dort gleich hervorspringen. Doch sein Bruder war nicht bei den Findlingen, und er war auch nirgendwo sonst auf der Lichtung. Wie war das möglich? Warum sollte Martin allein in den Wald gegangen sein? Oder … Ein eiskalter Schrecken durchfuhr Johann.

Der Weiher!

Er sprang von den Felsen und rannte auf den Weiher zu.

»Warte!«, rief ihm Margarethe nach. Ihr Haar war noch immer voll Rindenstückchen und grüner Moosfäden, in ihrem Gesicht spiegelte sich nackte Angst. All das Glück, die Geborgenheit, die sie eben noch gemeinsam gespürt hatten, waren dahin. »Wo willst du hin? Lass mich nicht allein!«

Doch Johann hörte nicht auf sie. Er lief zum Weiher und sprang in das trübe Wasser, das nun gar nicht mehr so warm war wie noch vor ein, zwei Stunden. Martin konnte nicht schwimmen. Zwar schien das Wasser nicht mehr als hüfttief zu sein, doch auch diese Tiefe, das wusste Johann, konnte ausreichen, um zu ertrinken. Erst letztes Jahr war der dreijährige Sohn vom Knittlinger Schmied im flachen Stadtgraben so jämmerlich ersoffen wie eine Maus. Nur einen Moment hatte ihn die große Schwester aus den Augen gelassen.

»Martin! Martin!«

Panisch tappte Johann durch den Weiher, fuhr suchend mit den Armen hin und her und stieß derweil mit den Füßen am schleimigen, mit Blättern bedeckten Grund gegen allerlei morsche Äste. Doch sosehr er auch suchte, er konnte Martin nirgendwo entdecken. Inzwischen war Margarethe keuchend bei ihm angelangt.

»Vielleicht ist er ja einfach ohne uns heimgegangen?«, sagte sie mit unsicherer Stimme.

»Das würde Martin niemals tun! Dafür hat er doch viel zu viel Angst. Du hast selbst gehört, was er über den Schwarzen Mann gesagt hat!«

Plötzlich fiel Johann wieder die Zeichnung auf einem der Felsen ein, ein bärtiger Mann mit Hörnern wie die eines Ziegenbocks.

Teufelshörnern.

Die Furcht bohrte sich in Johanns Bauch wie ein kleines nagendes Tier.

»Wir müssen ihn suchen!«, rief er. »Er … er muss irgendwo im Wald sein!«

Wieder stürzte er davon, ohne auf Margarethe zu warten. Die Schatten waren mittlerweile über die ganze Lichtung gekrochen, nur auf der Kuppe des höchsten Findlings lag noch ein kleiner Fleck Sonne. Der Ort, der Johann vorhin so friedlich vorgekommen war, erschien ihm jetzt düster und bedrohlich.

Erst als er in den Wald eintauchte, merkte er, wie spät es schon war. Hier drinnen, zwischen den Tannen, schien bereits Nacht zu herrschen. Die Baumstämme waren schwarze Striche, dazwischen hing ein graues, nebliges Zwielicht, in dem der Untergrund kaum noch zu erkennen war. Mehrmals stürzte Johann über Wurzeln und Büsche, doch er rappelte sich jedes Mal wieder auf und stürmte weiter. Er hatte versprochen, auf seinen kleinen Bruder aufzupassen, und nun war Martin verschwunden! Verschluckt von diesem Wald!

Oder von etwas unsäglich Bösem.

»Johann! Johann, warte doch auf mich!«

Hinter ihm ertönte die ängstliche Stimme Margarethes, die nun schon weit entfernt klang. Keuchend hielt Johann inne. Was er hier tat, war völlig sinnlos! Der Wald war riesig. Auf diese Weise würde er seinen Bruder niemals finden.

»Martin!«, rief er in das Zwielicht hinein. »Martin, hörst du mich? Bist du hier irgendwo?«

Doch er bekam keine Antwort.

Dafür hörte er etwas anderes.

Es war ein leises Wimmern, ein Jammern und Klagen, das von den Bäumen selbst zu kommen schien oder aus dem Nebel, der sie umgab. Johann erstarrte.

»Martin?«, krächzte er. Die Stimme blieb ihm fast im Halse stecken. »Martin, bist … bist du das?«

Es war unmöglich, das Geräusch zu orten, von überall her gleichzeitig schien es zu kommen. Johann wusste, dass es manchmal schwer war, sich im Wald allein nach Gehör zu orientieren. Gelegentlich veranstaltete der Knittlinger Pflegverwalter im Schillingswald Treibjagden, bei denen auch Johann schon dabei gewesen war. Die Treiber schreckten das Niederwild mit Rufen und lauten Schlägen auf, blieben dabei aber immer in Sichtweite – weil sie wussten, wie schnell einem der Wald einen Streich spielte.

Johann hielt den Atem an und lauschte. Nun war er sich ganz sicher. Was er da hörte, war das Wimmern eines Kindes.

»Martin!«, rief er erneut in die Dunkelheit hinein. »Ich höre dich! Wo bist du?«

Plötzlich ertönte irgendwo hinter ihm ein hoher, schriller Schrei. Johann dachte schon, es wäre Martin. Doch dann erklang Margarethes zutiefst erschrockene Stimme.

»O mein Gott, nein! Geh weg, *geh weg*!« Ihre Stimme wurde nun immer schriller, die Angst schien jede Faser ihres Körpers auszufüllen. Noch nie hatte Johann Margarethe so schreien hören.

»Margarethe!«, rief er. »Wer ist dort?«

»WEG, WEG, WEG!!!«, gellte es erneut, hoch, fast viehisch. Und der Wald warf Margarethes Schreie als dutzendfaches Echo zurück.

Weg … weg … weg …

Panisch drehte sich Johann nach allen Richtungen um. Was ging hier vor? Wer oder was war noch mit ihnen im Wald?

»Margarethe?«, rief er erneut, wobei sein Rufen von den Bäumen verschluckt zu werden schien. »Margarethe! Wo bist du?«

Der Schrei war von der Rodung her gekommen. Johann beschloss, zunächst dort nach Margarethe Ausschau zu halten. Sie war in Gefahr, irgendjemand schien sie zu bedrohen! Also griff er nach einem dicken Ast, machte kehrt und lief zurück. Mittlerweile schien es von Augenblick zu Augenblick dunkler zu werden. Bäume und Hintergrund verschmolzen zu einem schwärzlichen Grau. Johann lief weiter. Wo war nur die verfluchte Lichtung? Da! Eine Stelle war zu sehen, die ein wenig heller zu sein schien. Mit dem Knüppel in der Hand beschleunigte Johann seine Schritte. Tatsächlich stieß er schon bald wieder auf die Rodung.

Doch von Margarethe und dem unheimlichen Angreifer war keine Spur zu finden.

Auch das Schreien und das Wimmern hatten aufgehört. Es war jetzt ganz still, selbst die Vögel schwiegen, so als warteten sie auf ein Zeichen.

»Margarethe!«, schrie Johann. »Martin!« Dann immer wieder, immer verzweifelter: »Margarethe, Martin! Margarethe, Martin!«

Ein paar Enten flatterten als schwarze Flecken vom Weiher auf, ansonsten hörte Johann nur seine eigene Stimme als verzerrtes Echo, als würde ein wahnsinniger Doppelgänger ihn verhöhnen.

Margarethe … Martin … Margarethe … Martin … Margarethe … Martin …

Die Findlinge waren jetzt ganz in Schwarz getaucht, wie Tinte, wie Blut, das in die Lichtung sickerte.

Eine unsägliche Angst befiel Johann.

Er drehte sich um und rannte wie noch nie zuvor in seinem Leben, hetzte am Bach entlang, stolperte und fiel, stand auf, stürzte erneut, stürmte voran, außer Atem, unfähig, auch nur einen einzigen klaren Gedanken zu fassen. Das Einzige, was er hörte, waren seine dumpfen Schritte auf dem Waldboden, das Rauschen der Wipfel über ihm und in sich das Echo seiner Stimme, während die Worte in ihm nachhallten.

Margarethe … Martin … Margarethe … Martin … Margarethe … Martin …

Dann wurde es vor ihm plötzlich heller, und er taumelte hinaus auf die Felder. Jenseits davon leuchteten warm die Lichter von Knittlingen. Von fern wehte die fröhliche Musik des Jahrmarkts zu ihm herüber, als wollte sie ihn verhöhnen.

Weinend brach Johann zusammen.

Er selbst war dem Wald entkommen. Doch die beiden einzigen Menschen, die ihm etwas bedeuteten und die zu beschützen er geschworen hatte, waren dortgeblieben. Das Unheimliche, das in den Tiefen des Waldes wohnte, hatte sie ihm genommen.

4

Johann saß am Tisch in der Stube des Pflegverwalters und spürte die Blicke der Anwesenden wie Schläge auf seinem Körper. Schweigend und voller Wut starrten sie ihn an, während aus dem Hintergrund das leise Heulen von Margarethes Mutter zu hören war.

»Du bist also weggelaufen«, fasste Jörg Gerlach noch einmal zornig das zusammen, was ihnen Johann soeben mit bebender Stimme draußen auf dem Jahrmarkt erzählt hatte. »Du hast deinen kleinen Bruder und Margarethe ganz allein im Wald zurückgelassen und bist wie ein Hase weggelaufen. Nicht nur, dass du dich über mein Verbot, die Stadt zu verlassen, hinweggesetzt hast – du warst auch noch feige! Du ... du ...« Er zitterte und holte zum Schlag aus, doch der Pflegverwalter hielt ihn zurück.

»Lass gut sein, Jörg«, sagte er matt. »Wichtiger ist jetzt, dass wir herausfinden, was wirklich geschehen ist.«

Im Gegensatz zu Johanns Vater war der Pflegverwalter ein besonnener Mann, dem jedoch die Trauer um den Tod seines Sohnes tiefe Ringe um die Augen gemalt hatte. Die Nachricht, dass nun auch noch seine Tochter, das letzte ihm verbliebene Kind, verschwunden war, machte sein Gesicht noch grauer und faltiger. Er sah aus wie ein lebender Toter. Johann hatte ihn und seinen eigenen Vater auf dem Jahrmarkt gefunden und ihnen dort bruchstückhaft erzählt, was im Wald vorgefallen war. Daraufhin hatte Gerlach seinen Sohn am Arm gepackt, und zusammen mit einigen anderen Männern, dem Pfarrer und dem Schultheiß waren sie hinüber ins Haus des Pflegverwalters gegangen, um Johann eingehender zu befragen.

»Du sagst also, da sei noch jemand im Wald gewesen?«, hakte der Pflegverwalter nach.

»Ich … ich glaube es jedenfalls.« Johann nickte zögernd.

»Was heißt, du *glaubst* es?«, herrschte ihn sein Vater an. »Sprich deutlich!«

»Margarethe hat … hat immer wieder ›Geh weg!‹ gerufen, außerdem habe ich so ein Wimmern gehört …«

»Ein Wimmern? Der Junge ist doch nicht mehr bei Verstand!«, meldete sich der Schultheiß. Als Oberster der Wachleute war der strenge ältere Mann für die Vernehmung zuständig. Gemeinsam saßen sie um den Tisch in der Stube, die vollen Weinkrüge vor ihnen hatte noch keiner angerührt.

»Es könnten Räuber sein, die dort im Wald lauern«, gab der Schmied zu bedenken. »In Tiefenbach haben sie von ein paar Galgenvögeln erzählt, die an der Reichsstraße Kutschen auflauern. Nicht einmal die Reichsstraße ist mehr sicher!«

»Dann lasst uns sofort Männer mit Fackeln ausschicken!«, sagte der Pflegverwalter. »Wir müssen die Kinder finden. Und zwar jetzt, bevor es zu spät ist!«

»Und was machen wir mit dem Jungen?«, fragte der Pfarrer und musterte den zitternden Johann. »Er scheint noch nicht ganz wieder bei Sinnen zu sein.«

»Steckt ihn so lang in den Karzer!«, befahl Jörg Gerlach. »Vielleicht fällt ihm ja dort ein, was genau passiert ist. Im Loch sind schon andere zur Besinnung gekommen. Das ist noch eine harmlose Strafe für das, was er getan hat.«

Der Schultheiß zögerte, doch dann nickte er. »Du hast recht, Jörg. Möglicherweise kommt er zur Vernunft, und ihm fällt ein, was wirklich geschehen ist.«

Sie nahmen den unsicher schwankenden Johann zwischen

sich und brachten ihn hinüber zum Turm des Pfleghofs, der sich am äußersten Ende des Hofs befand. Der Karzer war eine muffig riechende Turmkammer mit einem winzigen vergitterten Fenster und einer massiven Tür. Krachend fiel die mit Eisen beschlagene Holzplatte ins Schloss, und Johann war allein. Draußen hörte er schon bald darauf aufgeregte Rufe und Hundebellen, die Männer begaben sich auf die Suche. Wie bei einer Treibjagd würden sie den Wald durchkämmen und auch die Lichtung, die ihnen Johann beschrieben hatte. Er hoffte und betete, dass sie Margarethe und Martin finden würden. Doch im tiefsten Inneren spürte er, dass die beiden für immer verschwunden waren, so wie die übrigen Kinder vor ihnen.

Erst jetzt brach Johann zusammen. Geschüttelt von stummen Weinkrämpfen sank er auf dem festgetretenen Erdboden in den Staub. Bislang hatten die Angst und der Schock ihn wie einen Panzer umgeben. Wie eine sprechende Puppe hatte er auf die Fragen des Pflegverwalters und der anderen Männer geantwortet. Doch nun stürzte die Wirklichkeit über ihn herein wie eine eisige Woge. Er hatte große Schuld auf sich geladen, und tatsächlich erschien ihm der Kerker noch eine harmlose Bestrafung für sein Vergehen zu sein. Wie hatte er nur weglaufen und Margarethe und Martin im Stich lassen können? Was war nur in ihn gefahren? Im Grunde war er doch weder bedroht noch angegriffen worden. Was ihm vorhin noch so unendlich schön vorgekommen war – Margarethes Küsse, die Berührungen ihrer Brüste, ihrer Scham, ihr gemeinsames Flüstern und Seufzen –, das erschien ihm jetzt schmutzig und schlecht. Verbot nicht die Kirche zu Recht alle Lust, weil diese ein Werkzeug des Teufels war? Und tatsächlich schienen sie beide mit ihrem Treiben den Teufel, das wahrhaft Böse, angelockt zu haben.

Er war von Gott bestraft worden.

Verzweifelt bemühte sich Johann, sich zusammenzureimen, was dort im Wald eigentlich geschehen war. Trieben sich dort irgendwelche Gesetzlosen herum, wie es ja auch schon der Knittlinger Schmied vermutet hatte? Das Wimmern war vielleicht von Martin gekommen, dem irgendein Strolch den Mund zuhielt. Margarethe hatte sich noch eine Weile gewehrt und immer wieder »Geh weg!« gerufen, es war also wohl nur ein Angreifer gewesen, nicht mehrere. Er hätte eine Chance gegen ihn gehabt! Zumindest hätte er es versuchen müssen, doch stattdessen war er Hals über Kopf davongerannt. Die in den Felsen eingeritzte Teufelsfratze, Margarethes Schreie, die Dunkelheit, das Wimmern – all das hatte ihn so entsetzt, dass er einfach die Flucht ergriffen hatte.

Das Wimmern …

Eine alte Erinnerung stieg in Johann hoch.

Der Wagen … Der Käfig mit dem Raben und den Krähen … Eine Plane, die sich im Wind bauscht …

Er hatte ein ähnliches Wimmern schon einmal gehört, damals vor acht Jahren, als der Zauberer mit seinem Karren die Stadt verließ. Konnte es sein, dass dieser Tonio hinter alldem steckte? Seitdem der Kerl in Knittlingen war, geschah ein Unglück nach dem anderen! Erst hatte er Johann dazu gebracht, sich Ludwigs Tod zu wünschen, der dann auch prompt eingetreten war; nun waren auch noch Martin und Margarethe im Schillingswald verschwunden. Johann fiel auf, dass er Tonio auf dem Jahrmarkt nicht gesehen hatte.

Weil er im Wald gewesen war?

Natürlich wusste Johann, dass Kinder und Jugendliche tatsächlich immer wieder entführt wurden. Es gab Schauergeschichten von hungrigen Ausgestoßenen, von Schwachsinnigen und Wilden, die kleine Kinder fingen und aßen. Doch daran mochte er nicht so recht glauben. Vermutlich wurden die armen Würmer wohl einfach in die Fremde verkauft, wo sie dann ein trauriges Leben als Grubenjunge unter Tage, als Sklave in fernen heißen Ländern oder als Kinderdirne fristeten, weit weg von zu Hause. Doch bei den vermuteten Übeltätern handelte es sich immer um Räuberbanden, ein einzelner Mann mit einem Kind wäre auch zu leicht aufgefallen. Wahrscheinlich war Tonios Auftauchen in der Stadt, zusammen mit den furchtbaren Ereignissen, nichts weiter als ein dummer Zufall.

Johann verkroch sich in eine Ecke der Kerkerzelle und dachte über sein bisheriges Leben nach. Faustus hatte ihn die Mutter genannt, der Glückliche … Noch nie war ihm der Name so falsch erschienen wie in dieser dunklen Stunde. All seine Klugheit, sein Witz, seine Neugierde hatten ihn nicht nach oben geführt, sondern stattdessen in diesen Abgrund, aus dem es kein Zurück zu geben schien.

Die Minuten verrannen zäh, von fern ertönten immer wieder Rufe und Hundebellen. Vermutlich war halb Knittlingen gerade im Schillingswald unterwegs, während er, der Hasenfuß, der Versager, im Karzer hockte.

Als bereits das erste morgendliche Zwielicht die Dunkelheit der Nacht durchdrang, wurden die Rufe und das Bellen mit einem Mal lauter. Die Männer kamen zurück. Bald darauf ertönten vor dem Kerker schwere Schritte, der Riegel wurde zurückgeschoben, und die Tür ging auf. In dem grauen Rechteck stand der Schultheiß höchstpersönlich, der Mantel am Saum zerrissen und verdreckt, das Gesicht nass von Schweiß und Tau. Doch er lächelte, während er eine Laterne hob und Johann damit ins Gesicht leuchtete.

»Ich habe gute Nachrichten, Junge«, sagte er mit grimmiger Stimme. »Zumindest der Pflegverwalter wird dir jetzt nicht mehr den Kopf abreißen. Sie haben Margarethe gefunden.«

* * *

Es sollte noch eine ganze Woche vergehen, bis Johann Margarethe wiedersehen durfte.

In dieser Zeit behandelten ihn die Knittlinger Bürger, die Erwachsenen wie die Kinder, wie Luft. Wenn er zur Traubenlese ging, wichen sie ihm aus. Meist arbeitete er allein zwischen den bereits fast abgepflückten Rebstöcken, und wenn er seine gefüllte Kraxe zu den Karren brachte, musterten ihn die Bauern schweigend und spuckten vor ihm aus. Und sobald er gegangen war, fingen sie hinter seinem Rücken wieder zu tuscheln an. Aus Scham wagte Johann sich auch nicht nach Maulbronn. Pater Antonius würde sicherlich den Kopf schütteln über einen Jungen, der sich zuerst die Medizin für die todkranke Mutter hatte wegnehmen lassen und nun auch noch seinem kleinen Bruder und seiner Freundin nicht geholfen hatte.

Martin blieb verschwunden, und die Hoffnung, ihn lebend wiederzusehen, schwand von Tag zu Tag.

Mit dem Ende des Jahrmarkts verließen auch die Gaukler und Händler Knittlingen, der Zauberer Tonio war offenbar bereits vorher abgereist. Jedenfalls stand sein Wagen schon länger nicht mehr vor dem Gasthaus »Zum Löwen«. Der Wirt Hans Harschauber, einer der wenigen, die überhaupt noch mit Johann redeten, erzählte ihm, dass der fahrende Astrologe tatsächlich schon am Morgen des ersten Jahrmarkttages der Stadt den Rücken gekehrt hatte.

Derweil suchten etliche der Männer unter Führung von Jörg Gerlach und des Pflegverwalters weiter nach Martin. Sie schickten die Hunde in den Wald, sie schwärmten weit aus, fast bis zum Schwarzwald und jenseits von Bruchsal, sie sandten Boten in ferne Dörfer und Städte, doch der Junge war wie vom Erdboden verschluckt. Alles, was man von Martin fand, war ein kleiner, grob geschnitzter Holzschuh, der in der Nähe der Lichtung gelegen hatte.

Am schlimmsten waren für Johann die Abende und Nächte zu Hause. Weder der Vater noch die beiden großen Brüder, ja nicht einmal das Gesinde sprachen mit ihm. Schweigend stellte ihm die alte Magd am Abend seine Schüssel mit Suppe oder Haferbrei hin, selbst von den Tischgebeten schlossen sie ihn aus. Oft lag Johann allein oben in seiner Kammer und starrte auf Martins leeres Bett neben ihm. Was mochte seinem kleinen Bruder nur zugestoßen sein? Lebte er noch? Und wenn ja, wie erging es ihm? Saß er gerade weinend in irgendeinem verschlossenen Stall oder Käfig und verfluchte seinen älteren Bruder, der ihn nicht beschützt hatte? Lag er in Ketten im Bauch eines Schiffes, das den Rhein hinunterfuhr, in den Händen von Sklavenhändlern wie ein Stück Vieh?

Fast genauso wie um Martin sorgte Johann sich um Margarethe. Einigen gemurmelten Bemerkungen des Gesindes hatte er entnommen, dass sie wohl seit dem Vorfall im Wald nicht mehr gesprochen hatte. Sie lag nur stumm im Bett, ließ sich willenlos füttern und starrte mit großen Augen an die Decke. Es war, als hätte ihr der Schrecken den Verstand geraubt. Die Sorge um Margarethe zerfraß Johann das Herz. Wenn er doch nur zu ihr gehen könnte! Aber das Haus des Pflegverwalters, ja der gesamte Pfleghof blieb für ihn verschlossen. Wenn er sich nur dem Tor näherte, kamen sofort zwei, drei Knechte und gaben ihm zu verstehen, dass er nicht erwünscht war.

Am achten Tag schließlich kam der Pflegverwalter selbst in das Haus der Gerlachs und besprach sich mit Johanns Vater hinter verschlossenen Türen. Danach richtete Jörg Gerlach zum ersten Mal wieder das Wort an seinen Sohn.

»Der Herr Pflegverwalter möchte, dass du mit Margarethe redest«, sagte er schmallippig. »Er meint, vielleicht könntest du sie dazu bringen, wieder gesund zu werden. Und vielleicht weiß sie ja etwas über Martin. Wobei ich bezweifle, dass sie mit einem redet, der sie im Stich gelassen hat.«

In Johann wuchs neue Hoffnung. Wenn er Margarethe zum Sprechen brachte, könnte alles wieder gut werden! Sie würde ihm die Beschreibung der Männer geben, die Martin entführt hatten. Man würde sie im ganzen Kraichgau suchen, finden und schließlich rädern oder vierteilen. Martin würde zu ihm zurückkehren, und Margarethe würde ihn wieder lieben, so wie sie es ihm in der Höhle gestanden hatte.

Er eilte hinüber in den Pfleghof, wo ihn der Pflegverwalter bereits erwartete. In den letzten Wochen schien der zuvor so starke, aufrechte Mann um Jahre gealtert zu sein. Sein Haar war grau geworden, tiefe Falten zogen sich wie Ackerfurchen durch sein Gesicht.

»Sie liegt hinten in der Kammer des Wohnhauses«, wandte er sich gramgebeugt an Johann und deutete über den Hof. »Versuch dein Bestes, Junge. Ich weiß einfach nicht mehr, wie ihr zu helfen sein könnte. Weiß der Teufel, was sie dort im Wald gesehen hat! Es scheint, der Herrgott hat seine schützende Hand von unserer Familie genommen.«

Wie ein geprügelter Hund lief Johann an Margarethes Vater vorbei über den Hof und betrat schließlich die Kammer.

Margarethe lag starr und mit weit geöffneten Augen in ihrem Bett. Mit bebendem Herzen trat Johann vorsichtig näher. Doch sie bewegte sich auch nicht, als er sie zaghaft berührte. Bleich wie Kalk war ihre Haut, blaue Adern schimmerten darunter, und selbst jetzt, in diesem traurigen Moment, war Johann von ihrer Schönheit verzaubert. Er dachte an die gemeinsamen Stunden in der Höhle. Wie lange schien das schon her zu sein! Damals hatte er davon geträumt, ihr Mann zu werden, und nun lag sie vor ihm wie tot.

»Margarethe«, flüsterte er und nahm ihre Hand. »Kannst du mich hören?«

Doch ihr Blick blieb weiter ausdruckslos, die Lippen bewegten sich nicht. Allein ihr ruhiger, stoßweiser Atem zeigte an, dass sie noch lebte.

»Margarethe«, fuhr Johann fort und kniete sich neben sie, »es … es tut mir so leid! Ich hätte für dich, für euch beide da sein sollen. Bitte sprich mit mir! Nur ein Wort, damit ich weiß, dass du mich hörst. Ich … ich liebe dich!«

Fest drückte er ihre Hand, die kalt und schlaff war wie nasses Brot. Als er schon glaubte, dass sie für immer schweigen würde, begannen ihre Lippen zu zittern. Die hervorgehauchten Worte waren so leise, dass Johann sie zunächst nicht verstehen konnte. Er musste sich tief über Margarethe beugen, doch dann begriff er schließlich, was sie ihm zuflüsterte.

Es waren nur zwei Worte, und sie trafen ihn wie ein Schlag.

»Geh … weg …«

Es waren jene Worte, die sie im Wald geschrien hatte, ehe er sie im Stich ließ; nun waren sie an ihn selbst gerichtet. Und dann formten ihre Lippen einen Satz, der sich unauslöschlich in Johanns Gedächtnis einbrannte.

»Geh … weg … du … bist … der … Teufel!«

Johann begann zu zittern, alles um ihn herum war plötzlich in Grau und Schwarz getaucht, die Welt hatte ihre Farbe verloren. Mit Tränen in den Augen stand er vom Bett auf.

»Leb wohl, Margarethe«, flüsterte er. »Ich werde dich nie vergessen.«

Ein letztes Mal fuhr er Margarethe mit der Hand durch das strohblonde Haar, dann wandte er sich ab und ging zur Tür. Wen glaubte sie nur in ihm zu sehen? Oder was?

Johann, mir graut's vor dir …

Wie ein Geist taumelte Johann durch die Gassen, ohne Weg, ohne Ziel. Seine große, seine einzige Liebe hatte ihn verflucht.

* * *

Es war am nächsten Morgen, als der Vater ihn noch vor dem Frühstück zu sich rief. Wie so oft in den letzten Monaten saß Jörg Gerlach breitbeinig und mit vom Alkohol gerötetem Gesicht in der Stube, vor sich einen Krug Wein. Anders als bei früheren Begegnungen wies er Johann an, sich zu ihm zu setzen. Eine ganze Weile glotzte er seinen Sohn nur stumm an, dann richtete er endlich das Wort an ihn.

»Dein Bruder Martin ist noch immer nicht aufgetaucht«, begann er mit schwerer Stimme. »Und ich glaube auch nicht, dass er es noch tut. Vermutlich picken bereits die Raben an seinen krummen, verwachsenen Knochen.«

Der Vater sagte dies mit einer solchen Kälte, dass Johann unwillkürlich fröstelte.

»Ich will ehrlich mit dir sein, Junge«, fuhr Gerlach fort. »Für dich ist hier kein Platz mehr. Die Leute haben schon vorher nicht besonders gut über dich gesprochen, deine Zaubereien, deine neugierigen Fragen, dein eitles Gehabe, als ob du was Besseres wärst ... Aber nun hast du das Kraut ausgeschüttet. Du hast dafür gesorgt, dass dein Bruder in der Wildnis umgekommen ist und die Tochter des Pflegverwalters als lebende Tote in ihrem Bett liegt!« Der Vater sah ihn hasserfüllt an. »Du bringst Schande über die Familie, ich will dich nicht mehr in meinem Haus haben.«

Johann saß da wie versteinert. Margarethe hatte ihn verflucht, nun tat es auch sein Vater. Seltsamerweise ließen ihn dessen Worte kalt, es war, als würden sie nicht in sein Innerstes vordringen. Der Schock, dass Margarethe ihn verstoßen hatte, saß noch zu tief.

»Ich kann dich natürlich nicht zwingen wegzugehen«, sagte Jörg Gerlach achselzuckend. »Ein Vater, der seinen Sohn verstößt, das macht sich nicht gut, selbst wenn er so missraten ist wie du. Aber wenn du bleibst, dann verspreche ich dir, dass dein Leben die Hölle wird. Keiner wird mit dir reden, auch deine Brüder nicht. Du wirst die niedersten Arbeiten verrichten und mit den Hunden im Hof fressen.« Er nahm einen Schluck Wein und fuhr sich über den Bart. »Aber ich bin kein Unmensch. Oben in deiner Kammer liegt ein Beutel mit Münzen, dazu ein warmer Mantel und ein Paar feste Lederschuhe. Das magst du mitnehmen, und dann geh mit Gott oder meinetwegen mit dem Teufel. Morgen früh will ich dich hier nicht mehr sehen. Die Leute werden sagen, dass du dich aus dem Staub gemacht hast. Jeder wird das verstehen.« Jörg Gerlach wollte sich bereits erheben, doch als Johann das Wort ergriff, setzte er sich wieder.

»Woher dieser Hass, Vater?«, fragte Johann mit ruhiger, klarer Stimme.

»Woher?« Gerlach lachte. »Ich denke, das kannst du selbst am besten beantworten.«

»Ich rede nicht von der Sache im Wald und auch nicht davon, dass ich nicht bei der Mutter war, als sie starb. Du hast mich schon immer gehasst. Ist es nicht so? Nie habe ich ein liebes Wort von dir gehört, nie durfte ich auf deinem Schoß sitzen, nie gabst du mir auch nur einen Apfelschnitz zum Naschen oder einen Kreisel zum Spielen. Selbst den kleinen verkrüppelten Martin hast du besser behandelt als mich. Warum?«

Sein Vater schwieg lange und musterte ihn mit seinen kleinen versoffenen Augen. Schließlich räusperte er sich. »Ach, was soll's! Du gehst ohnehin weg, warum also sollst du es nicht erfahren?« Er beugte sich vor, und Johann konnte seinen weingetränkten Atem riechen.

»Ja, es stimmt«, sagte Jörg Gerlach leise. »Ich habe dich nie geliebt wie einen Sohn – weil du nicht mein Sohn bist.«

Johann fuhr zusammen wie unter einem Hieb.

»Deine Mutter war die schönste Frau im Ort, aber bei Gott, die Leute haben recht, sie war eine verfluchte Hure!«, zischte Johann Gerlach, dem plötzlich der Hass förmlich aus den Augen sprühte. »Alles hätte sie von mir haben können, doch ich war ihr nie genug. Ganz Knittlingen war ihr nicht genug! Sie dachte, sie wäre etwas Besseres, genauso wie du! Ja, zu Hause, da hat sie geschwiegen und den Kopf gesenkt, aber im Wirtshaus bei dem fahrenden Pack, da hat sie gelacht, getanzt und sich aushalten lassen. Ich konnte ihr nie etwas nachweisen, aber die Leute haben geredet, und ich wusste immer, dass da was war. Besonders, als dieser junge Kerl in die Stadt kam, dieser … dieser Hexer!«

»Hexer?« Noch immer war Johann wie erstarrt. »Was … was für ein Hexer?«

»Ein schwarzhaariger, blasser Bursche mit allerlei magischem Krimskrams im Gepäck. Er kam aus dem Westen, von jenseits des Rheins. So ein Scholast, ein fahrender Student und Gaukler!« Jörg Gerlach machte ein abfälliges Geräusch. »Behauptete, er könne die Sterne lesen und mit den Toten sprechen. Er hat deine Mutter verzaubert, ja, das hat er! Er sah aus wie vielleicht zwanzig, mit seidigen rabenschwarzen Haaren, so wie du. Aber seine Augen, das schwöre ich, waren die Augen eines alten Mannes! Wie … wie die des Teufels! Er hat sich mit ihr heimlich im Wald getroffen. Ich weiß es! Denn danach war sie wie verwandelt und im Bett kalt wie ein Fisch. Neun Monde später kamst dann du … du … Bastard!«

Die letzten Worte hatte Jörg Gerlach herausgespuckt, kleine Tröpfchen Speichel rannen über Johanns Gesicht.

»Dieser Kerl hatte die Frechheit, noch mal zu kommen, als du schon auf der Welt warst«, fuhr Gerlach verächtlich fort. »Hätte er dich Balg nur mitgenommen! Nun, ich habe dafür gesorgt, dass er aus der Stadt verschwindet. Bei Gott, wenn er nicht rechtzeitig geflohen wäre, wir hätten den Hexer angezündet wie eine Strohpuppe!« Er lachte, wurde jedoch gleich wieder ernst.

»Hinter meinem Rücken nennen sie mich seitdem einen Hahnrei. Sie denken, ich merke es nicht, doch ich spüre es jeden Tag. Jedes Mal, wenn du mir unter die Augen trittst, spüre ich erneut die Schande!« Jörg Gerlach erhob sich. »Und jetzt geh! Denn du bist keiner von uns, du warst es nie! Geh und komm nie mehr zurück nach Knittlingen, damit dieser Fluch endlich ein Ende hat!«

Das Letzte, was Johann von seinem Stiefvater sah, waren sein breiter Rücken und der feiste Nacken, als er durch die Tür nach draußen stapfte und ihn in der Stube allein ließ.

Eine ganze Weile saß Johann noch still auf seinem Schemel. Er musterte den Herrgottswinkel mit dem Kreuz und den getrockneten Rosen, die Hühnerkäfige unter der Bank, wo er sich als kleines Kind oft verkrochen hatte, die Truhe mit der Aussteuer der Mutter, das verblichene Bild des heiligen Christophorus, das schief an der Wand hing und das ihn so oft getröstet hatte ... Dann streifte er dies alles von sich ab wie eine alte Haut. Er erhob sich und ging nach oben in seine Kammer.

Der Vater hatte nicht gelogen. Auf dem Bett lagen ein kleiner Lederbeutel, ein Mantel und ein Paar Bundschuhe aus festem Rindsleder. Johann zog Schuhe und Mantel an, schnürte sich den Beutel um und griff zu dem Wanderstab in der Ecke, den er einst dem kleinen Martin geschnitzt hatte.

Er wollte bereits gehen, als ihm das Messer unter der Bodendiele einfiel. Allein unterwegs auf den Straßen war es nicht verkehrt, eine Waffe dabeizuhaben. Vielleicht konnte er das Messer ja auch verkaufen, es war sicher wertvoll. Also bückte er sich, zog es unter der Diele hervor und steckte es ein. Auf dem Gang nach draußen nahm er sich im Vorübergehen noch ein Stück Käse und einen halben Laib Brot und steckte beides unter den Mantel.

Dann verließ er für immer sein Zuhause und machte sich auf den Weg. Noch wusste Johann nicht, dass ihn dieser Weg in die höchsten Höhen und tiefsten Tiefen führen würde.

In die ganze Welt und darüber hinaus.

Es war noch früh am Morgen und die Gassen still und leer. Ein leichter, kalter Nieselregen setzte ein, der Johann ins Gesicht wehte. Viele Knittlinger arbeiteten heute, Anfang November, noch unten in den Weinfeldern, um die allerletzten zuckersüßen Trauben abzuernten. Es war der letzte Tag der Weinlese, heute Abend würde gefeiert werden. Allerdings ohne ihn, er war von nun an ein Ausgestoßener.

Merkwürdigerweise fühlte sich Johann nicht traurig. Im Gegenteil, mit jedem Schritt, den er auf das Obere Stadttor zuging, stiegen sein Mut und sein Lebenswille. Er hatte einen kleinen Beutel mit Münzen, er war klug und geschickt, sicher würde ihn irgendein Bauer als Tagelöhner anstellen – und dann würde man weitersehen. Doch erst musste er viele Meilen zwischen sich und Knittlingen bringen, auch deshalb, um Martin und Margarethe, um dies alles hier zu vergessen.

Er schritt durch das offene Stadttor, ohne auf einen Wachmann zu treffen. Vor ihm lag die uralte breite Reichsstraße, die hinaus in die Welt führte. Sie ging auf der einen Seite nach Nordwesten und auf der anderen nach Südosten, nördlich ging es auf Bretten zu und weiter an den Rhein, nach Speyer und Köln, südlich führte der Weg über Maulbronn ins Württembergische und nach Ulm und Mindelheim und schließlich nach Innsbruck, wo der König gelegentlich residierte. Dort, so hatte Johann gehört, gab es hohe Berge mit ewigem Schnee, und dahinter lagen das reiche Venedig und irgendwann Rom, die Ewige Stadt.

Unschlüssig blieb er in der Mitte der Straße stehen. Welchen Weg sollte er gehen? Er ahnte, dass von dieser Entscheidung seine Zukunft abhing. Nach längerem Zögern kramte er aus seinem Lederbeutel eine einzelne fleckige Münze hervor. Kopf stand für den Süden, Zahl für den Norden. Er warf die Münze hoch in die Luft, fing sie auf und legte sie sorgfältig auf seinen Handrücken.

Sie zeigte Kopf.

Süden.

Johann seufzte. Das würde bedeuten, dass er am Kloster Maulbronn und der Richtstätte am Steig vorbeimusste. Offenbar wollte das Schicksal ihm noch einmal seine ganze Schande vor Augen führen. Fest umklammerte er den Wanderstock, dann schritt er voran, ohne sich noch einmal nach der Stadt umzublicken, die bislang sein Zuhause gewesen war. Er ging entlang der abgeernteten Felder, der Weinhänge, mit grimmiger Miene dem Regen trotzend. Als er an der Richtstätte vorbeikam, spuckte er kurz über die Schulter, um kommendes Unheil abzuwehren. Hier hatte all sein Unglück angefangen, von nun an sollte die Zukunft Besseres für ihn bereithalten.

Schon bald tauchte zu seiner Linken das Kloster Maulbronn im Nebeldunst auf. Ein Stich durchfuhr Johanns Herz. Wie sehr hatte er sich gewünscht, hier einst als Gehilfe des Klosterbibliothekars eine Anstellung zu finden und so noch tiefer in die Welt des Wissens und der Bücher einzutauchen! Kurz überlegte er, Pater Antonius einen letzten Besuch abzustatten. Doch die Scham war zu groß. Wenn überhaupt, dann würde er als ein großer berühmter Gelehrter hierher zurückkehren!

Um sich von seinen düsteren Gedanken abzulenken, malte Johann sich aus, wie er nach vielen Jahren den mittlerweile greisen Pater Antonius besuchen würde, mit einem ganzen Wagen voller Bücher und Arzneien als Geschenk. Alle Knittlinger würden bereuen, dass sie mit dem bekanntesten Sohn ihrer Stadt so undankbar umgegangen waren. Sein garstiger Stiefvater wäre tot, Margarethe wieder gesund. Sie würden heiraten, und selbst der kleine Martin käme aus seiner Gefangenschaft von den Mauren heim, reich beladen mit Schätzen ...

So in Gedanken versunken war Johann, dass er gar nicht merkte, wie das Kloster hinter den Bäumen verschwand. Ohne darauf zu achten, war er einfach weitergegangen – und damit weiter als je zuvor in seinem Leben. Maulbronn war bis dahin das Ende seiner kleinen Welt gewesen. Nun hatte er den ersten Schritt darüber hinaus getan.

Eine neue, viel größere Welt lag vor ihm.

* * *

Die ersten Nächte seiner Wanderschaft verbrachte Johann frierend in Scheunen. Seine schönen Träume waren schon mit dem ersten Hagelschauer zerplatzt. Auch zeigte sich, dass kein Bauer um diese Zeit einen unerfahrenen sechzehnjährigen Tagelöhner brauchte. Die Ernte war eingebracht, die Weinlese längst vorüber. Die Kraichgauer saßen daheim in ihren warmen Stuben, flickten ihre Kraxen, dichteten marode Zuber und Körbe ab oder kümmerten sich im Keller um ihren Wein. Wenn Johann an Türen klopfte, bekam er im besten Fall einen harten Kanten Brot zugesteckt, im schlimmeren Fall hetzte der Bauer die Hunde auf ihn.

Die Straße wand sich schier endlos durch flache Täler mit Wiesen und Äckern, zu beiden Seiten erhoben sich sanfte Hügel, bewachsen mit Buchen und Eichen. Seit uralten Zeiten verlief hier die Verbindung zwischen dem Westen und Osten des großen Deutschen Reichs, zwischen der Rheinebene und den Ländern östlich des Neckars. Im Sommer war es eine liebliche Gegend, doch jetzt Anfang November fegten die Herbststürme von den Bergen, und der Regen blies die letzten Blätter von den Bäumen, sodass sie krumm und schief im Wind ächzten wie die Gerippe eines Totentanzes.

Von Tag zu Tag schwand Johanns Mut und machte einer Trauer Platz, die sein ganzes Herz ausfüllte. Wenn es still war, glaubte er, ganz allein auf der Welt zu sein. Er hatte keinen Menschen mehr, seine Mutter war tot, und sein Vater war nicht sein Vater, sondern ein böser Fremder, der ihn verstoßen hatte. Wer sein echter Vater war, wusste er nicht – irgendein fahrender Gaukler vermutlich, der seiner Mutter den Hof gemacht hatte. Alles, was er ihm, seinem Sohn, hinterlassen hatte, waren die rabenschwarzen Haare und der Fluch, ein Bastard zu sein.

An den einsamen Abenden zog Johann gelegentlich das Messer hervor, das ihm der Zauberer geschenkt hatte. Aus dem morschen Holz am Wegesrand schnitzte er kleine Figuren und stellte sich vor, dass es seine Mutter, Martin oder Margarethe waren. Oft gerieten sie ihm krumm oder zerbrachen, und er warf sie fort.

Die wenigen Reisenden, die Johann auf Pferden oder Karren entgegenkamen, waren in dicke Mäntel gehüllt, die Kapuzen gegen den Regen tief ins Gesicht gezogen. Kaum einer grüßte mit mehr als einem Nicken, bevor ihn der nächste Regenschauer wieder verschluckte. Johanns Kleidung war klitschnass, und sie wurde auch nicht wieder trocken. Er zitterte und fror, die Schuhe waren feucht und klamm, der nasse Mantel zog wie Ketten an ihm. In den Nächten quälten ihn Träume, in denen Margarethe und Martin schweigend und mit anklagenden Gesichtern an seinem Schlaflager standen.

Johann, uns graut's vor dir!, riefen sie ihm zu und zeigten mit dem Finger auf ihn. *Du bist der Teufel! Der Teufel!*

Noch immer wusste Johann nicht, was an jenem unheilvollen Abend im Schillingswald geschehen war und wen Margarethe gesehen hatte. Es musste so schlimm gewesen sein, dass sie darüber den Verstand verloren hatte. Hatte sie beobachtet, wer oder was Martin entführt hatte? Johann würde es wohl nie erfahren. Doch auch dieser Schrecken lag nun hinter ihm, vor ihm befand sich nur die endlose Straße.

Schon bald musste Johann für ein wenig Essen die Münzen aus dem Lederbeutel ausgeben, die er doch eigentlich für härtere Zeiten aufheben wollte. Jeden Abend zählte er sie sorgfältig nach. Die meisten davon waren fleckige Kreuzer und angelaufene Kupferpfennige, nur drei Silberpfennige waren darunter. Der Stiefvater war bis zum Schluss der Geizhals geblieben, der er immer schon gewesen war. Johann knetete die Münzen, als wären sie pures Gold, stapelte sie zu kleinen Türmen und rechnete. Wenn er weiter so viel ausgab, würde er in ein paar Wochen keinen Pfennig mehr haben. Er dachte daran, das Messer mit der geheimnisvollen Gravur zu verkaufen. Doch seltsamerweise tat er es nicht. Obwohl der

Zauberer es ihm gegeben hatte, schien es Teil jener Welt zu sein, die er verloren hatte. Es zu verkaufen erschien ihm, als würde er ein Stück aus sich herausreißen. Also behielt er es und hungerte stattdessen.

Johann war bewusst, dass er auf diese Weise irgendwann wie ein Köter am Straßenrand krepieren würde. Es sei denn, er verdiente sich etwas hinzu. Wenn nicht als Tagelöhner, dann eben auf andere Weise.

Und er wusste auch schon, wie.

Der Neckar tauchte vor ihm auf, ein breiter Strom, von dem er bereits gehört hatte. Er floss auch durch Heidelberg, jene Stadt, in der er so gerne irgendwann studiert hätte. Jetzt im Spätherbst schimmerte der Fluss metallgrau. Er sah sehr kalt und sehr tief aus, und es gab keine Brücke, die hinüberführte. Ein alter Fährmann, der ihn so unverhohlen musterte, als überlegte er, ihn seines wenigen Geldes zu berauben und über Bord zu werfen, brachte Johann für eine weitere kostbare Münze ans gegenüberliegende Ufer. Sein weniges Vermögen zerrann ihm zwischen den Fingern wie flüssiges Wachs.

Im nächsten Dorf, nur einige Meilen jenseits des Neckars, nahm er schließlich seinen ganzen Mut zusammen und versuchte sein Glück.

Noch immer befand er sich auf der alten Reichsstraße, und so gab es auch hier eine Poststation, ein Wirtshaus mit einem angebauten Stall für die Pferde. Johann atmete noch einmal tief durch, dann betrat er das kleine, verwinkelte Gasthaus. Jetzt am späten Nachmittag hatte es einmal mehr heftig zu regnen begonnen, sodass die Stube gut gefüllt war. Allerlei Reisende hatten hier Unterschlupf gesucht. Im flackernden Schein des Kaminfeuers erkannte Johann einen feisten Händler mit Pelzschaube und Barett, zwei fahrende Franziskanermönche sowie einige Hausierer, deren mannshohe Kraxen an der Wand hinter ihnen lehnten. Weiter hinten im Dunkel schien noch jemand zu sitzen, den Johann jedoch nicht genau ausmachen konnte. Auch viele Bauern genossen die stille Zeit nach der großen letzten Ernte bei einem oder zwei abendlichen Gläsern Wein. Sie lachten und zechten und verstummten nur kurz, als Johann zu einem der hinteren leeren Tische ging. Doch anstatt sich zu setzen, sprang er plötzlich auf den Tisch und klatschte in die Hände.

Nun gab es kein Zurück mehr.

»Hochgeschätztes Publikum!«, deklamierte er laut, so wie er es bei den Gauklern in Knittlingen gesehen hatte. »Sehet und staunet, denn ich kann euer Geld vermehren! Vergesst eure Sorgen und Nöte, denn ab heute werdet ihr in Münzen baden!«

Die Leute raunten, manche lachten oder riefen ihm Spottnamen zu. Doch Johann hatte erreicht, was er wollte. Er hatte ihre volle Aufmerksamkeit.

Mit theatralischer Geste griff er in seine Hosentasche und zog eine einzelne Münze hervor. Er hielt sie hoch empor, nahm sie in die andere Hand und steckte sie schließlich in seinen Lederbeutel. Das Gleiche tat er mit einer zweiten und dritten Münze. Die ersten Zuschauer fingen zu murren an.

»Er steckt die Münzen von einer Tasche in die andere«, knurrte einer. »Was soll da schon groß der Zauber sein?«

Johann hob die Augenbraue und tat entrüstet. »Ach, ihr meint, ich soll die Münzen woanders herholen? Nicht aus meiner Tasche, sondern … vielleicht aus der Luft?« Wieder nahm er einen Kreuzer und tat ihn in die Tasche. Doch diesmal tauchte wie von Geisterhand eine neue Münze in seiner Hand auf, dann noch eine und noch eine. Jedes Mal nahm Johann die Münze und steckte sie in den Lederbeutel, den er schließlich prall gefüllt in die Höhe hielt. »Seht selbst!«, rief er. »Nun ist der Beutel voll! Ein guter Luftgeist hat mir die Münzen zugesteckt.«

Die Leute lachten und applaudierten. Es war ein billiger

Trick, den Johann einem der fahrenden Gaukler in Knittlingen abgeschaut hatte. Doch hier in der Einöde tat er seine Wirkung.

»Nun wollen wir doch sehen, ob ich auch bei euch Münzen finde.« Feixend sprang Johann vom Tisch und ging hinüber zu dem dicken Händler. Er blies die Backen auf und deutete auf den feisten Mann, der ihn argwöhnisch beäugte. »Der Pfeffersack hier scheint ein lohnendes Ziel zu sein. Darf ich?«

Er beugte sich über den Händler und zog ihm eine Münze aus der Nase, dann eine weitere aus dem Mund. Als er sich hinunter zu dem breiten Gesäß des Mannes beugte und es kurz darauf in seiner Hand klimperte, grölten die Leute.

»Bei meiner Treu!«, rief Johann. »Der Kerl scheißt Münzen! Einen solchen Esel will ich auch im Stall.«

Die Gäste hielten sich die Bäuche vor Lachen, nur der Händler verzog den Mund.

Doch plötzlich grinste er breit und hob fordernd die Hand. »Was für eine hübsche kleine Zauberei«, sagte er. »Und nun gib mir mein Geld wieder, Junge.«

Johann stockte. »Welches Geld?«

»Nun, das Geld, das du aus meinem Hintern gezogen hast. Es ist meins, du hast es mir gestohlen. Nicht wahr?« Er wandte sich an die Umstehenden, wobei er auf eine Ledertasche an seiner Seite deutete. »Der Bursche hat es hier heraus stibitzt! Die Tasche war gerade noch voll mit Münzen, jetzt ist sie leer.«

Johanns Lächeln gefror ihm im Gesicht. Er konnte nicht glauben, was hier gerade gespielt wurde. Die Tasche war ohne Zweifel schon vorher leer gewesen. Ganz offenbar wollte der Händler ihn betrügen und um sein Geld bringen.

»Also gib mir schon das Geld!«, befahl der Dicke barsch. »Bis jetzt war es nur ein Jux. Doch ich schwöre dir, wenn du es nicht sofort herausrückst, dann bist du ein Dieb. Und Diebe werden gehängt.«

»Gib ihm das Geld!«, forderten jetzt auch andere. »Dieb, Dieb! Oder wir hängen dich draußen an der Linde auf!«

»Aber ...«, versuchte Johann sie zu beschwichtigen. »Ich schwöre euch ...«

»Hängt ihn gleich jetzt auf!«, schrie einer der Hausierer, ein bärtiger Scherenschleifer in Lumpen, dem eine ganze Reihe Schleifsteine und Messer am Gürtel hingen. »Bevor er uns anderen auch noch das Geld aus der Tasche zieht. Der Junge ist nichts weiter als ein gemeiner Strauchdieb!«

Einige der Bauern waren mit drohenden Fäusten aufgesprungen, der Hausierer griff zu einem der Messer an seiner Seite. Die zornigen Rufe wurden nun immer lauter.

»Hängt ihn, hängt ihn!«

Johanns Hand griff nach dem kleinen Messer in seiner Tasche. Was sollte er damit schon ausrichten? Panisch sah er sich um. Der Weg zur Tür war von der Menge versperrt, zur Rechten befand sich ein schmales, mit fleckigem Pergament verhängtes Fenster. Er rannte auf das Fenster zu und sprang kopfüber hindurch. Das Pergament riss mit einem Ratschen, und er landete unsanft in einem Haufen stinkenden Unrats. Wütende Schreie ertönten hinter ihm. Kurz überlegte er, die Straße entlangzurennen, doch dann fiel ihm ein, dass sich im Stall sicher das Pferd des Händlers befand. Man hätte ihn schneller eingeholt, als er ein Vaterunser sprechen konnte – und beinahe ebenso schnell würde er am nächsten Baum hängen. Also änderte er seinen Plan. Geduckt lief er um das Haus herum und auf den Stall zu. Während die Menge hinaus auf die Straße rannte, schlüpfte er durch das Gatter und versteckte sich im Stroh.

Im Stall war es warm und dunkel. Irgendwo schnaubte ein Pferd, doch ansonsten blieb alles ruhig. Die Schreie draußen wurden nach und nach leiser, eine Tür klappte zu. Offenbar hatten die Leute die Suche aufgegeben und waren zurück ins Wirtshaus gegangen.

Johann wartete noch eine Weile, dann erhob er sich vorsichtig. Eben wollte er durch das Gatter wieder nach draußen schlüpfen, als er einen Dolch an seiner Kehle spürte.

»Hab ich's doch geahnt, dass du dich hier irgendwo herumtreibst«, zischte eine Stimme direkt hinter ihm. Aus dem Augenwinkel sah Johann, dass es einer der fahrenden Franziskanermönche aus dem Wirtshaus war. Ein Mann Gottes bedrohte ihn mit einem Messer! Hörte dieser Albtraum denn niemals auf?

»Ein hübsches Kunststück, das du da vorhin aufgeführt hast«, knurrte der Mönch. Johann roch Branntwein und alten Schweiß. »Ich denke, dass dein Beutel schon vorher gefüllt war. Und eben diesen Beutel will ich jetzt haben. Gib ihn mir, oder ich schneid dir die Kehle durch wie einem gottesfürchtigen Lamm!«

»Bitte!«, keuchte Johann. »Das Geld ist alles, was ich habe!«

Der Mönch lachte. »Dann solltest du besser darauf aufpassen, Bübchen. Und jetzt her damit!«

Johann dachte an das Messer in seiner Tasche seitlich im Wams. Er konnte es durch den Stoff hindurch fühlen. Doch wenn er die Hand danach ausstreckte, würde ihn der Kerl sicher aufschlitzen, ohne mit der Wimper zu zucken. Zitternd langte Johann nach dem Beutel am Gürtel, als ihm einfiel, dass sein Geld noch immer drinnen auf dem Tisch des Wirtshauses lag. In der Eile hatte er vergessen, den Beutel mitzunehmen!

»Ich hab das Geld nicht mehr«, ächzte er.

»Verdammt, was sind das für Possen! Na warte, Bürschlein, du hast es nicht anders gewollt, jetzt …«

Ganz plötzlich stöhnte der Mann laut auf. Der Dolch fiel ihm aus der Hand, und er stürzte gurgelnd zu Boden. Hinter ihm tauchte auf einmal eine weitere Gestalt auf, wie ein riesiger Rabe, der geräuschlos seine Flügel ausbreitete. Johann traute seinen Augen kaum.

Es war Tonio, der Zauberer.

»Sieh an, der ach so glückliche Junge aus Knittlingen«, sagte Tonio grinsend und wischte dabei seelenruhig seinen blutigen Dolch an einem Bündel Stroh ab. Zu seinem Entsetzen erkannte Johann, dass sein Retter dem Mönch die Kehle durchgeschnitten hatte. Wie ein zweiter grinsender Mund klaffte die Wunde am Hals, Blut sprudelte hervor. Der Mönch röchelte und zuckte, während das Leben aus ihm heraussickerte. Noch einmal ging ein Zittern durch seinen Körper, dann lag er still.

»Blut ist ein ganz besonderer Saft«, fuhr Tonio beiläufig fort, während er das Messer weiter polierte. »Sosehr man auch wischt und putzt, es bleibt immer etwas zurück. Wenn du fünf Männer mit sauberen Dolchen hast, und du willst den Mörder finden, schau einfach, auf welche Klinge sich die Fliegen setzen. Sie riechen das Blut, auch wenn man es nicht mehr sieht. Interessant, nicht wahr?«

Der Zauberer sah noch genauso aus, wie ihn Johann in Erinnerung hatte. Lang und hager, mit schmal geschnittenem Gesicht und Augen schwarz wie Kohlen; nur wirkte er nicht mehr so blass, seine Wangen glänzten rosig, die Lippen waren rot und voll. Tonio steckte den Dolch wieder in seinen Gürtel. Dann schob er die Krempe seines Filzhuts hoch und musterte Johann. »So sieht man sich also wieder. Solltest du nicht zu Hause bei deiner Familie sein?«

Johann dachte an den Schatten hinten im Wirtshaus. Dort musste Tonio vorhin gesessen und ihn schweigend beobachtet haben. Offenbar war auch er als fahrender Gaukler auf der Reichsstraße unterwegs.

»Ich ... ich habe keine Familie mehr«, erwiderte Johann und blickte wieder entsetzt auf den regungslosen Mönch am Stallboden, um den sich eine Blutlache ausbreitete. Tonio hob erstaunt die Augenbraue.

»Oh, wenn du Sorgen hast, weil es ein ehrbarer Mann der

Kirche ist«, sagte er. »Das ist er nicht! Vielmehr, er war es nicht. Er war ein Gauner, Vagant und Schlitzohr, wie die meisten hier.« Er schüttelte streng den Kopf. »Hab ich dir nicht ein Messer gegeben? Warum benutzt du es nicht? Du solltest wirklich besser aufpassen, auf der Reichsstraße treibt sich viel Pack herum. Du kannst von Glück reden, dass du mich getroffen hast.«

»D...danke«, hauchte Johann. Plötzlich fühlte er sich schrecklich schwach, ihm wurde kurz schwarz vor Augen, und er hielt sich an einem Balken fest.

»Sieht so aus, als hätte ich dir schon wieder einmal geholfen«, sagte der Zauberer. Er packte den schwankenden Johann und zog ihn weiter in den Stall hinein. Nun erst sah Johann, dass dort der ihm bekannte Wagen mit dem Pferd stand.

»Steig hinten ein«, befahl Tonio mit leiser, schneidender Stimme, »bevor sie im Stall nach dem Rechten sehen.«

Zitternd und ohne etwas zu erwidern, kletterte Johann ins Innere. Im Wagen war es dämmrig, sodass er nicht allzu viel erkennen konnte. An den Seiten befanden sich wohl einige Truhen, von der Plane herab hingen allerlei getrocknete Kräutersträuße und anderes Zeug, es roch süßlich und betäubend. Der Zauberer schnalzte mit den Zügeln, und der Wagen rumpelte durch das offene Gatter hinaus in den strömenden Regen.

»Diesmal bist du mir mehr als nur einen kleinen Gefallen schuldig«, sagte Tonio, während der Karren in der Abenddämmerung das Dorf verließ und der Regen in Strömen auf die Plane prasselte. »Und ich denke, ich weiß auch schon, wie du deine Schuld begleichen kannst.«

* * *

Die nächsten Minuten fuhren sie schweigend dahin. Jeden Moment rechnete Johann damit, dass ihnen der wütende Mob folgte oder der fette Händler auf seinem Pferd hinterherpreschte. Doch nichts geschah. Johann war so kalt, dass er am ganzen Leib zitterte, seine Kleidung war von der Flucht durch den Regen klitschnass. Noch immer konnte er nicht fassen, was eben geschehen war. Er war nur knapp dem Tod entronnen, und er hatte sein gesamtes Geld verloren! Selbst der Wanderstock, den er einst Martin geschnitzt hatte, das letzte Andenken an früher, war im Wirtshaus zurückgeblieben.

Am schlimmsten aber war die Erinnerung an die Beiläufigkeit, mit der Tonio dem Mönch die Kehle durchgeschnitten hatte, wie ein Schlachter einem Schwein oder Kalb. Doch dann erinnerte er sich mit Grausen, dass dieser falsche Franziskaner eben dabei gewesen war, ihn, Johann, abzustechen, für einen Beutel fleckiger Münzen. Wie hatte er nur denken können, dass er allein reisen konnte, ohne Begleiter, Schutzbrief und Pferd! Seine Dummheit hätte er fast mit dem Leben bezahlt.

Quietschend rumpelte der Wagen dahin, von Tonio sah Johann durch einen Schlitz in der Plane bloß einen dunklen Schemen. Mittlerweile war es Nacht geworden, wenigstens hörte der Regen nach und nach auf.

Nachdem sich Johanns Augen an die Dunkelheit gewöhnt hatten, konnte er im Wagen auch mehr erkennen. Die Mitte war ein wenig vertieft und mit Reisig bedeckt, sie diente Tonio wohl als Bettstatt. Was Johann zunächst für Truhen gehalten hatte, waren Bänke, unter denen sich allerlei verstauen ließ. Neben den Kräuterzweigen hing von der Decke auch der Käfig mit den beiden Krähen und dem Raben. Im Takt der Räder schaukelte der große, rostige Vogelbauer hin und her, während der Rabe Johann mit beinahe menschlichen Augen anstarrte. Die Krähen tippelten auf der Stange nervös hin und her, als würden sie irgendeine Gefahr wittern. Zum ersten Mal hatte Johann Gelegenheit, die Vögel genauer zu betrachten. Der Rabe machte ihm am meisten Angst. Er schien sehr alt zu sein, das Gefieder war zerrupft, der Schnabel schartig und abgewetzt, sein Blick hatte etwas Lauerndes.

Plötzlich hielt der Karren an. Die vordere Plane wurde wie ein Vorhang zur Seite geschoben, und Tonio steckte den Kopf herein. Prüfend musterte er Johann.

»Du frierst«, bemerkte er. »Wenn du nicht aufpasst, bekommst du noch Fieber und stirbst mir weg. Dann kann ich meinen Lohn vergessen.« Ohne zu erläutern, was er mit dem letzten Satz gemeint hatte, warf der Zauberer Johann eine dicke, muffig riechende Pferdedecke zu. »Häng dir die um, und dann komm raus und hilf mir mit dem Feuer. Nun mach schon!«

Sie standen ein wenig abseits der Straße zwischen vom Regen tropfenden, dunklen Tannen. Zitternd und fröstelnd suchte Johann im Dickicht Feuerholz, das nicht ganz so nass war. Als er zurückkam, hatte Tonio bereits mit Reisig ein kleines Feuer entfacht. In einem Korb neben ihm lagen ein paar Eier, eine dicke Scheibe Speck und Brot. Der Zauberer hängte einen Topf über das prasselnde Feuer und tat Wasser und einige Kräuter aus einem Beutel hinein. Mit der Zeit entstieg dem Topf ein aromatischer, fast beißender Geruch. Tonio nahm ihn herunter, leerte den Inhalt in einen Becher und reichte ihn Johann.

»Trink das«, befahl er.

Johann gehorchte. Das Gebräu schmeckte bitter, doch es trieb ihm die Kälte aus dem Körper. Schweigend sah ihm Tonio zu. Als Johann ausgetrunken hatte, richtete der Zauberer das Wort an ihn.

»Geht es dir jetzt besser?«

Johann nickte schweigend und stellte den Becher ab.

»Dann hör zu, was ich dir zu sagen habe.« Tonio beugte

sich weit vor, sein scharf geschnittenes rosiges Gesicht unter dem schwarzen Filzhut schimmerte im Feuerschein. »Ich will nicht wissen, was in deinem beschissenen kleinen Heimatort geschehen ist und warum du jetzt ganz allein auf Reisen bist. Das schert mich nicht. Weiß der Teufel, warum uns das Schicksal zusammengeführt hat! Ich weiß nur eines: Zum zweiten Mal hab ich dir nun geholfen, und deshalb sollst nun auch du mir zu Diensten sein. Quid pro quo! Ich habe gesehen, was für Kunststückchen du im Wirtshaus aufgeführt hast. Das war nicht schlecht, wenn auch nicht außergewöhnlich. Jeder windige Gaukler kann so was. Hast du noch mehr davon?«

»Nun, ich … ich beherrsche ein paar Kartentricks«, erwiderte Johann zögernd. »Außerdem das Hütchenspiel, Münzenhexen, Jonglieren, die wandernden Stäbchen, den verfluchten Würfel, das Ei im Tuch …«

»Das Ei im Tuch?« Bislang hatte der Zauberer bei Johanns Aufzählung gelangweilt gewirkt, doch jetzt horchte er plötzlich auf. Er griff hinter sich in den Korb und zog ein Ei hervor. »Zeig mir, was das sein soll. Diesen Trick kenne ich noch nicht. Und verflucht, ich kenne viele!«

Johann sah Tonio erstaunt an. Er hatte das Kunststück bei einem versoffenen venezianischen Gaukler auf dem Knittlinger Jahrmarkt gesehen und es sich für einen Schlauch Wein erklären lassen. Konnte es wirklich sein, dass der Zauberer diesen Trick nicht kannte?

Vorsichtig legte er das Ei auf den Boden und breitete die Decke darüber aus. Dann stand er auf und ging mit weiten Schritten um das Feuer, wobei er mit den Händen einige beschwörende Bewegungen machte und jenen Spruch murmelte, den ihn der venezianische Spielmann gelehrt hatte. Es war die Verballhornung einer lateinischen Messe: »Hocus, locus, pocus!«

»Schlagt so fest darauf, wie Ihr nur könnt«, wandte er sich

schließlich an Tonio. Dieser zuckte die Achseln. Dann hob er die flache Hand und schlug auf die Decke.

»Schade um das Ei«, brummte Tonio. »Nun haben wir nur noch vier. Dein Abendbrot wird ziemlich kärglich ausfallen.«

Triumphierend zog Johann die Decke fort. Das Ei war verschwunden.

»Hebt nun Euren Hut«, forderte er Tonio auf.

Der Zauberer tat, wie ihm geheißen. Zwischen seinen grauschwarzen Haaren lag wie in einem Nest das Ei. Tonio grinste und nahm das Ei in die Hand. Zum ersten Mal wirkte er wirklich überrascht.

»Der Trick ist wahrlich nicht schlecht«, sagte er. »Damit lässt sich was anfangen. Nur am Drumherum müssen wir noch ein wenig feilen. Die Geschichte ist alles, denk immer daran! Fett und bunt muss sie sein. Die Masse kannst du nur durch Masse zwingen.«

»Wenn Ihr ein Huhn gehabt hättet, hätte ich auch das auftauchen lassen können«, prahlte Johann und versuchte, sich seine Erleichterung nicht anmerken zu lassen. Der Trick mit dem Ei und dem Tuch war einer der schwierigsten, den er je gelernt hatte. Wochenlang hatte er ihn in einem kleinen Wäldchen nahe Knittlingen geübt. Auch jetzt war er sich nicht sicher gewesen, ob er klappen würde. Irgendetwas sagte ihm, dass es sehr wichtig gewesen war, dass er das Kunststück fehlerfrei fertiggebracht hatte, vielleicht lebenswichtig.

»Gut gemacht.« Der Zauberer legte das Ei vor sich auf den Boden. »Nun hör zu, was ich dir zu sagen habe. Ich bin ein fahrender Astrologe und Chiromant, die Leute heißen mich einen Magister, einen Doktor gar. Doch vor allem in den Städten wird es immer schwieriger, das Publikum anzulocken. Es gibt einfach zu viele Gaukler und Spielleute. Deshalb brauche ich einen Trickser …«

»Einen Trickser?« Johann sah ihn fragend an.

»*Sacre bleu!* Weißt du denn gar nichts? Ich dachte, du bist ein Gaukler!« Tonio seufzte. »Unter den Spielleuten gibt es die unterschiedlichsten Berufe.« Er zählte auf. »Musikanten, Jongleure, Vaganten, Stationarii, falsche Alchemisten, Goliarden, Bärenführer, Seiltänzer ... Und eben auch die Trickser. Das sind junge, freche Possenreißer, die die kleinen Kunststücke beherrschen. Münzzaubereien, Hütchenspiele, diese Dinge eben. Deine Aufgabe wird es sein, die Menschen auf mich aufmerksam zu machen. Du bist zwar eher klein und dürr. Aber deine Stimme ist laut genug, das habe ich schon im Wirtshaus gehört. Spielst du die Sackpfeife?«

Johann schüttelte den Kopf. Ein Instrument hatte er nie gespielt. Zudem fürchtete er, nicht sonderlich musikalisch zu sein.

»Dann wirst du es lernen«, fuhr Tonio fort. »Die Sackpfeife ist das lauteste Instrument und nicht schwer zu spielen. Wer auf ihr bläst, lockt die Menschen herbei wie mit einer Zauberflöte.« Er grinste. »Wenn sie vielleicht auch nicht ganz so schön klingt. Wir fangen gleich morgen damit an.«

»Ich ... ich soll mit Euch auf Wanderschaft gehen?«, fragte Johann zögerlich.

»Hast du's nun endlich begriffen?« Der Zauberer lachte. »Zum Teufel, ja, das sollst du! Ich habe dir das Leben gerettet, dafür wirst du mir ein Jahr lang dienen, zur Prüfung und ohne Lohn. Danach sehen wir weiter. Der Pakt gilt so lange, bis ich dich wieder entlasse.« Tonio legte den Kopf schräg und musterte ihn. »Nach Hause kannst du nicht zurück, das seh ich dir an der Nasenspitze an. Und allein unterwegs zu sein, ist der sichere Tod. Entweder du verhungerst, oder du wirst abgestochen wie Vieh. Also, was ist? Du wirst es nicht schlecht bei mir haben. Im Gegenteil, du wirst staunen, was das Leben für dich bereithält. Nun schlag schon ein!«

Der Zauberer hielt ihm die Hand hin. Johann musste daran denken, dass er Tonio schon einmal die Hand gereicht hatte. Immer noch jagte ihm der große hagere Mann mit dem

Filzhut eine unerklärliche Angst ein. Doch hatte er überhaupt eine Wahl? Er besaß kein Geld mehr, und Tonio hatte ja recht: Allein war er auf der Straße verloren. Außerdem zog ihn etwas auf fast magische Weise zu Tonio hin, etwas, das sehr weit zurückging.

Zurück bis in seine Kindheit, als er den Zauberer das erste Mal gesehen hatte.

Er reichte Tonio die Hand, und dieser griff zu wie mit einer Zange. Diesmal drückte der hagere lange Mann so fest, dass Johann vor Schmerz leise aufschrie. Es war, als würde er ihm das Blut aus der Hand pressen. Tonio lächelte, und wie beim letzten Mal bleckte er dabei die Zähne wie ein Wolf.

»Willkommen auf der Straße«, sagte Tonio. »Der Pakt zwischen uns ist besiegelt.«

Johann zog die Hand weg, die nun pochte. »Ihr … Ihr sagtet vorhin, das erste Jahr wäre nur eine Prüfung«, fragte er. »Was ist, wenn ich mich nicht würdig erweise, Euch nicht zufriedenstelle? Wenn ich die Prüfung nicht bestehe?«

»Nun, es ist wie mit den Eiern«, erwiderte Tonio und griff erneut zu dem braun gesprenkelten Hühnerei vor ihm. Er nahm es in die Faust. »Manche halten dem Druck stand und manche …« Er presste die Faust zusammen, es knackte, und gelber Dotter lief über seine Finger und tropfte ins Feuer. »Manche zerbrechen daran.«

Er wischte sich die Hand am Waldboden ab, ebenso beiläufig, wie er zuvor das Blut von seinem Dolch gewischt hatte. Dann griff er in den Korb und begann, den Speck mit dem Messer klein zu schneiden.

»Aber nun wollen wir essen und trinken. Ach, und eines noch!« Wie einen Lehrstock hielt der Zauberer den Dolch in die Höhe. »Ab heute nennst du mich Meister, verstanden?« Er lächelte. »Und glaube mir, du wirst noch viel von mir lernen.«

Zweiter Akt

Tonio, der Zauberer

5

Gleich am nächsten Morgen begannen für Johann die anstrengendsten Wochen seines bisherigen Lebens. Sie reisten nicht weiter, sondern blieben mit dem Wagen zunächst im Wald. Das Wetter war so schlecht, dass Fahren ohnehin unmöglich war. Die Straße hatte sich in ein Schlammfeld verwandelt, die vollgelaufenen Radrinnen waren tief wie Tümpel. Während der Regen und manchmal auch Hagelkörner, groß wie Taubeneier, auf die Plane trommelten, ließ sich Tonio von Johann dessen bisherige Gaukeleien zeigen. Bei den meisten Kunststücken winkte der Zauberer nur müde ab oder ging knurrend dazwischen. Tonio war ein unerbittlicher Lehrmeister, und er duldete keinen Schlendrian und keinen noch so kleinen Fehler.

»Verflucht, das nennst du eine Zauberei?«, schimpfte er und schlug mit dem Stock nach Johann. »Ich habe die Münze hinter deiner Hand gesehen! Noch einmal, und kremple gefälligst deine Ärmel hoch. Oder willst du, dass sie dich im nächstbesten Weiler einen Betrüger nennen und aufknüpfen? Und beim nächsten Mal helfe ich dir nicht!«

Auch beim zweiten und dritten Versuch setzte es Prügel. Das Gleiche geschah bei den Kartentricks, selbst jenen, von denen Johann geglaubt hatte, sie blind zu beherrschen. Müde, hungrig und krank von der tagelangen Nässe und Kälte gelangen ihm bald nicht einmal mehr die einfachsten Tricksereien.

»Willst du mich beleidigen?«, knurrte Tonio. »Sieh her, so geht das!«

Er zog einen Stapel Karten hervor, ließ sie mit einem Geräusch wie von einem Trommelwirbel von der einen in die andere Hand gleiten, fächerte sie auf und hielt plötzlich nur noch Könige in der Hand. Dann schloss er den Fächer, öffnete ihn wieder, und nun waren es Damen. »Und jetzt du!«, forderte er Johann auf.

Ungeschickt ließ Johann die Karten zu Boden fallen, und der Stock zischte ein weiteres Mal durch die Luft.

Schon bald tat Johann die Hand so weh, dass er keine Spielkarten mehr halten konnte, und der Meister verlangte von ihm, draußen im Regen mit Bällen zu jonglieren. Tonios Bälle waren rot, blau und golden und aus hartem Eschenholz geschnitzt. Wenn Johann einen der Bälle fallen ließ, warf Tonio damit nach ihm. Nach etlichen weiteren misslungenen Versuchen hatte Johann eine dicke Beule am Kopf und spürte jeden einzelnen Muskel.

»Drei Bälle sind nichts!«, schrie Tonio. »Das kann jeder Bauer. Du musst mindestens vier schaffen, wenn nicht fünf!«

Am Abend übten sie schließlich das Hütchenspiel. Das war Tonio besonders wichtig, weshalb sie am meisten Zeit darauf verwendeten. Auf einer kleinen Kiste im Wagen lagen drei Walnussschalen und davor eine Erbse. Die Erbse kam unter eine der Schalen, die Nussschalen wurden durcheinandergeschoben, und das Opfer musste nun raten, wo die Erbse lag. Tonio ließ Johann nicht aus den Augen, während dieser die Nussschalen auf der Kiste hin und her schob.

»Es ist wichtig, dass du den anderen zunächst gewinnen lässt«, mahnte der Zauberer. »Er muss sich sicher fühlen, bevor du ihn melkst. Erst wenn genug Geld auf dem Tisch liegt, schlägt deine Stunde. Verstanden?«

Das Hütchenspiel beherrschte Johann noch am besten, sodass ihn Tonio damit bald in Ruhe ließ – nicht ohne ihn noch einige Male zu ermahnen, sich niemals zu sicher zu fühlen. Den Trick mit dem Ei und dem Tuch ließ er sich zu Johanns Verwunderung nicht noch einmal zeigen. Fast schien es Johann, als gönnte es ihm der Meister nicht, dass er einen Trick beherrschte, den dieser selbst nicht konnte.

Geprügelt und gedemütigt döste er jeden Tag gleich nach Sonnenuntergang draußen neben dem Feuer ein, während Tonio noch in irgendeinem Buch las und fast lautlos Sprüche murmelte, so als würde er ganze Seiten auswendig lernen. Johann schlief traumlos und tief. Zum ersten Mal seit Langem träumte er auch nicht von Margarethe und Martin. Doch schon früh am Morgen ging die Tortur weiter.

Fast zwei Wochen blieben sie im Wald, bis Johann zumindest die wichtigsten Tricks und Kniffe beherrschte. Erst als das Wetter sich ein wenig besserte, ging die Fahrt weiter, nach Südosten, immer der Poststraße folgend.

Die nächsten Tage verliefen alle in etwa gleich, eine ewige Abfolge wie der Regen, der von Nieseln über stetes Tropfen bis hin zu sintflutartigen Sturzbächen alles bereithielt. Geübt wurde immer am späten Nachmittag, meist bis tief in die Nacht. Tagsüber zogen sie die Reichsstraße entlang weiter in Richtung Ulm, wobei sie stets abseits des Weges rasteten und schon im ersten Morgengrauen aufstanden. Der Meister schlief im Wagen, Johann hingegen musste mit einer löchrigen Decke am Feuer liegen. In den kalten und nassen Novembernächten fror er so heftig, dass er immer wieder zitternd aufwachte. Außerdem plagte ihn eine starke Erkältung, seine Nase lief, und ihm dröhnte der Kopf. Doch der Meister kannte keine Gnade. Nur in den kurzen Stunden unterwegs, wenn der Wagen über die Landstraße rumpelte, fand Johann ein wenig Ruhe.

Nach einem Bissen Brot und einem Schluck verdünnten Weins musste Johann jeden Morgen das Pferd füttern und aufzäumen. Dann fuhren sie weiter, bis ein weiteres Dorf oder eine größere Ortschaft auftauchte. Gab es einen Marktplatz, so steuerten sie ihn an. Sonst stellten sie sich einfach nahe der Dorfkirche auf die schlammige Straße, wo sie zunächst von den Kindern und bald darauf auch von den übrigen Dorfbewohnern neugierig umringt wurden.

Während der nächsten Stunden hielt Tonio dann in seinem Wagen Hof. Johann machte derweil mit viel Geschrei die Leute auf ihre Anwesenheit aufmerksam, er zeigte seine Tricks, jonglierte mit Bällen und tat mit lauter Stimme kund, dass kein Geringerer als der weltbekannte Astrologe und Chiromant Tonio del Moravia, Magister der sieben Künste und Bewahrer der sieben mal sieben Siegel, sich hier niedergelassen hatte, um jedermann die Zukunft zu prophezeien. Es dauerte nicht lange, und die Menschen standen vor dem Wagen Schlange. Sie ließen sich von Tonio für ein paar Kreuzer aus der Hand lesen oder lauschten seinen hastig gestellten Horoskopen. Unterdessen zog Johann draußen mit dem Hütchenspiel den Leuten das Geld aus der Tasche. Gegen Nachmittag, wenn der Trubel nachließ oder sich jemand von der Obrigkeit zeigte, der Schultheiß oder ein paar seiner Büttel, suchten sie schließlich das Weite. Es folgte ein neuer Rastplatz im Wald, und das Üben ging weiter. So zogen sie auf der alten Reichsstraße dahin.

Es war ein hartes, aber nicht das schlechteste Leben, und Johann hätte es mit der Zeit vielleicht schätzen gelernt, ja, er hätte sogar Tonios Schläge und dessen ständiges Herummäkeln ohne Murren ertragen – wäre da nicht die verfluchte Sackpfeife gewesen.

Johann hasste das Instrument, es erinnerte ihn an ein störrisches Tier. Die Sackpfeife bestand aus einem Lederbalg, gefertigt aus der stinkenden Haut einer Ziege, aus dem einzelne Rohre hervorragten. Die sogenannte Bordunpfeife produzierte einen gleichbleibenden jaulenden Ton, aus der Spielpfeife tönte die Melodie, die nicht minder schräg klang. Ein drittes Rohr ähnelte einer langen Flöte, die mit den Fingern zu spielen war, ein weiteres kleines Röhrchen diente zum Aufblasen des Sacks.

Egal, wie sich Johann auch bemühte – wenn er in die Pfeife blies, entlockte er ihr stets nur ein jämmerliches Gefiepe und Gejaule oder ein so abgrundtief hässliches Tröten, dass der Meister jedes Mal die Hände über dem Kopf zusammenschlug.

»*Mon Dieu*, willst du alle Menschen von hier bis Köln vertreiben?«, klagte er. »Das Einzige, was du mit dieser Musik anlockst, sind Wölfe! Gib dir mehr Mühe, verflucht! Die Sackpfeife ist nicht schwer zu spielen, jeder kann das.«

Doch sosehr sich Johann auch plagte, es wurde nicht besser. Trotzdem ließ ihn der Meister jeden Nachmittag üben. Dafür schickte er ihn tief in den Wald, wo Johann bei Regen, Wind und Hagel in die Pfeife blasen musste. Ihm war bewusst, dass ihn Tonio sicher über eine halbe Meile hinweg hören konnte. Der Meister konnte also stets überprüfen, ob er tatsächlich übte. Wenn er zu lange aussetzte, gab es kein Abendbrot. Und auch dann nicht, wenn Tonio der Meinung war, dass Johann wieder nur Katzenmusik erzeugt hatte. Schimpfte der Meister, dann fielen die Vögel im Käfig mit ein, sie schnatterten und krächzten, als würden sie Johann verspotten. Am liebsten hätte er dem Raben den Hals umgedreht, aber er fürchtete, dass Tonio dann mit ihm das Gleiche tun würde.

Als ihn der Meister wieder einmal anherrschte, was für ein jämmerlicher Spielmann er sei und dass man sich für ihn schämen müsse, platzte Johann schließlich der Kragen.

»Wenn ich es gar so schlecht mache, warum spielt Ihr dann nicht selbst die Sackpfeife!«, blaffte er. »Oder besser noch: Steigt auf eine Bühne, so wie Ihr es früher auch gemacht habt, und zeigt Eure Tricks. Sicherlich könnt Ihr die Zuschauer besser verzaubern als ich!«

»Was … was fällt dir ein, Bursche?« Tonio wurde rot im Gesicht, er schien kurz davor, zu explodieren, die Hand hatte er bereits zum Schlag erhoben. Doch auf einmal hielt er in seinem Wutanfall inne und grinste spitzbübisch. »Alles hat seine Zeit«, sagte er. »Es gibt Lehrlinge und Meister. Wenn der Meister die Arbeit des Lehrlings tut, dann macht er sich zum Gespött. Und wenn der Lehrling den Meister nachäfft, geschieht so manches Unheil.«

»Aber ich will auch lernen, wie man Horoskope erstellt und wie man aus der Hand liest!«, empörte sich Johann. »Niemals darf ich in den Wagen, wenn Ihr den Leuten die Zukunft prophezeit!«

»Wie gesagt, alles hat seine Zeit.« Tonio warf ihm die Sackpfeife zu. »Wie heißt es im Buch Kohelet? Schweigen hat seine Zeit, Reden hat seine Zeit … Und jetzt geh wieder in den Wald und übe, Lehrling. Sollten die Wölfe heulen, gibt es für dich heute erneut kein Abendbrot.«

* * *

So verging der November, und mit dem Dezember kam der Schnee übers Land. Schon längst hatten sie den lieblichen Kraichgau und auch Württemberg hinter sich gelassen. Gelegentlich zeigten ihnen Grenzsteine an, dass sie eine neue Grafschaft, ein neues Bistum, Herzogtum oder Rittergut durchquerten. An etlichen Brücken hatten sie Zoll zu entrichten, wobei als Zahlungsmittel oft ein hastig ausgestelltes Horoskop oder ein Krug Wein diente. Tonio erzählte Johann, dass das Deutsche Reich aus Hunderten kleiner Staaten bestand.

»Jeder kehrt hier vor der Tür nur seinen eigenen Mist«, brummte er. »Da lob ich mir mein Frankreich, wo Paris der Nabel der Welt ist. Aber so sind die Deutschen. Schauen nicht weiter als bis zur nächsten Schenke.«

Die Gegend, in die sie schon bald kamen, hieß Albigoi, auch Allgäu genannt. Sie war hügelig und unwirtlich, die Menschen sprachen eine raue Sprache, die Johann kaum verstand, obwohl es wohl Deutsch sein musste. Sie tranken ein saures braunes Bier, das so ganz anders schmeckte als das Bier, das er aus dem Kraichgau gewohnt war. Sein einstiges Zuhause war nur noch eine Erinnerung, die mehr und mehr verblasste. Nur nachts, wenn sich der Himmel schwarz und sternenlos herabsenkte wie ein muffiges Leichentuch, überfiel ihn das Heimweh, und er dachte an die Mutter, an Martin und Margarethe.

Um sich abzulenken, nahm Johann jetzt öfter nicht nur die Sackpfeife, sondern auch das kleine Messer, das Tonio ihm geschenkt hatte, mit in den Wald. Noch immer konnte er sich keinen Reim auf die Gravur machen, die unten am Griff angebracht war.

G d R …

Tonio wollte er nicht danach fragen. Er hatte Angst, dass der Meister sich wieder erkundigen würde, warum er mit dem Messer damals den falschen Mönch nicht abgestochen habe. In Tonios Augen war er sicher ein Feigling und Zauderer.

Es war eigentlich ein Wurfmesser, und Johann übte, indem er es Dutzende Male gegen tote Baumstämme schleuderte. Anfangs stellte er sich dabei genauso ungeschickt an wie mit der Sackpfeife, doch mit der Zeit wurden seine Würfe besser und kontrollierter. Manchmal stellte er sich beim Werfen auf den Bäumen Gesichter vor – das von Ludwig, seine älteren Brüder oder seinen Stiefvater. Jedoch stellte er fest, dass er dann von Wurf zu Wurf zorniger wurde, jähzorniger und aggressiver, bis ihm der kalte Schweiß auf der Stirn stand. Keuchend steckte er das Messer wieder ein, kalt und schwer lag es in seiner Tasche.

Eiskalter Wind fegte über die Brachfelder, an den kahlen

Bäumen hingen klirrende Eiszapfen wie Dolche. Im Süden ragten in der Ferne bereits die schroffen, schneebedeckten Berge der Alpen auf. Johann musste daran denken, dass dahinter irgendwo Rom und Venedig lagen. Wie kamen Pilger nur über diese Wand aus Fels und Eis? Bislang hatte sich der Meister über das Ziel ihrer Reise bedeckt gehalten, doch Johann konnte sich nicht vorstellen, dass sie in diesen kalten Wintertagen über die Berge gehen würden.

Wenigstens nächtigten sie jetzt nicht mehr im Freien, sondern in Wirtshäusern entlang der Reichsstraße, meist in einer der neu gegründeten Poststationen, die über einen gewissen Komfort verfügten. Alle zwanzig Meilen gab es diese Stationen, wo die Reiter die Pferde wechselten oder das Felleisen mit den Briefen dem nächsten Boten übergaben. Auf diese Weise wurden am Tag bis zu hundert Meilen zurückgelegt – eine Geschwindigkeit, die Johann im Vergleich zu ihrem zockelnden Wagen wie der Flug eines Vogels vorkam.

Der Meister, der auftrat wie ein großer Herr, nahm sich in den Wirtshäusern immer eines der besten Zimmer, während Johann als sein Lehrling im Stall bei Pferd und Wagen übernachtete. Immerhin war es dort warm, und er hatte seine Ruhe. Nur die argwöhnischen Blicke des Raben und der beiden Krähen störten ihn. Fast schien es ihm, als würden sie ihn bewachen und später dem Meister darüber berichten.

Oft hielt Tonio jetzt Hof an einem der Tische in der Wirtsstube, so wie er es bereits in Knittlingen getan hatte. Jedes Mal bildete sich schnell eine größere Menge, wenn der weit gepriesene Magister Tonio del Moravia seine Bücher und Pergamente mit den seltsamen Schriftzeichen und Runen ausbreitete. Die in brüchiges Leder gebundenen Wälzer waren Teil der Vorstellung, sie zeigten den Leuten, dass der Meister ein gelehrter Mann war. Nun hatte Johann auch zum ersten Mal Gelegenheit, zu beobachten, was Tonio eigentlich genau machte.

Offenbar gab es verschiedene Arten, die Zukunft weiszusagen. Meist schaute der Meister in die Hand des Kunden, wobei er über die einzelnen Handlinien fuhr und dabei geheimnisvoll murmelte. War es eine junge Frau, so sprach er: »Sieh an, Venuslinie und Herzlinie schneiden sich just hier am Mondberg. Ein gutes Zeichen! Schon nächsten Frühling wirst du mit einem feschen Bräutigam vor dem Altar stehen.« Handelte es sich hingegen um einen alten Mann, so lautete Tonios Prophezeiung: »Die Lebenslinie hat zwar Verästelungen, aber sie reicht tief hinunter. Ein langes, ereignisreiches Leben ist dir vergönnt, danke dem Herrgott!«

Dies war es, was der Meister die Kunst der Chiromantie nannte. Nie prophezeite Tonio dabei schwere Schicksalsschläge oder gar den Tod. Meist waren es gute Ernten im nächsten Jahr, eine baldige Hochzeit oder ein überraschender Geldsegen, der ins Haus stand.

Wer ein wenig mehr zahlte, für den las Tonio das Schicksal auch aus einem Glas Wasser oder einer zuckenden Flamme im Kaminfeuer des Wirtshauses. Diese geheimen Künste nannten sich Hydromantie und Pyromantie. Auch aus den Wolken, aus Kristallen oder aus Spielkarten konnte der Meister die verschiedensten Dinge lesen.

Ganz selten kam es vor, dass jemand eine sogenannte Nativität erstellt haben wollte. Bei solchen Kunden handelte es sich immer um reiche Bürger, der Dorfvogt höchstpersönlich, ein Schultheiß oder ein Bürgermeister, einmal war es sogar ein ehrwürdiger Abt. Für etliche Münzen ließ sich Tonio dann den Tag der Geburt und den Geburtsort nennen und zog sich mit diesem Wissen in seine Kammer zurück. Dort verbrachte er die ganze Nacht und kam erst am nächsten Morgen mit einem eng mit Schriftzeichen beschriebenen Bogen Papier wieder die Stiege herunter. Er sah dann jedes Mal sehr blass aus, als hätte er wenig oder gar nicht geschlafen. Auf dem Bogen erkannte Johann Kreise und die Figuren von

Tieren, auf die er sich keinen Reim machen konnte. Aber die Kunden waren jedes Mal hochzufrieden.

Zu gerne hätte Johann gewusst, was der Meister dort oben in seiner Kammer trieb – doch sosehr er auch bat und drängte, die Horoskope blieben Tonios Geheimnis. Ebenso verbot er Johann, einen Blick in die Bücher zu werfen. Wenn sie auf Reisen waren, verwahrte er sie stets in einer der Truhen unter den Wagenbänken, fest versperrt mit einem großen Vorhängeschloss. In den Wirtshäusern nahm er sie mit aufs Zimmer. Johann vermutete, dass sie sehr alt und auch sehr wertvoll waren.

Um größere Orte machten sie in dieser Zeit immer einen Bogen, was sie manchmal weite Umwege kostete. Als Johann den Meister darauf ansprach, schüttelte dieser nur grimmig den Kopf.

»Die Leute hier in der Gegend sind auf Chiromanten und Astrologen nicht immer gut zu sprechen«, sagte er. »Sind ein raues, abergläubisches Volk. Manche halten uns für Hexer oder sogar für Nekromanten. Ich will nicht Gefahr laufen, auf dem Scheiterhaufen zu landen – auch wenn der zumindest wärmer wäre als das gottverlassene Allgäu bei diesem Sauwetter. Verfluchte Kälte!«

* * *

Gegen Mitte Dezember gerieten sie in den heftigsten Schneesturm, den Johann je erlebt hatte. Eiskörner stachen wie Nadeln, der Wind zerrte an seinem Mantel, und die Sicht war so schlecht, dass er gelegentlich fürchtete, plötzlich erblindet zu sein. Auf der Straße türmten sich die Schneewehen, immer wieder musste Johann absteigen und unter dem Fluchen und Schimpfen des Meisters den Schnee mit einer Schaufel zur Seite räumen. Sie kamen kaum noch voran, hinter jeder Kurve türmte sich eine neue Wehe; dazu heulte der Sturm, als wollte er die kleinen Sterblichen da unten verhöhnen.

Am Nachmittag fuhr sich der Wagen dann auch noch in einer tiefen Furche fest. Erst nach Stunden und etlichen Fehlschlägen gelang es ihnen, ihn wieder herauszuziehen. Das Pferd wieherte und schüttelte sich den Schnee aus der Mähne. Der alte Klepper sah nicht so aus, als könnte er noch mehr als fünf Meilen gehen.

»Verflucht, wenn ich dich Klette nicht am Bein hätte, wäre ich jetzt schon längst über den Alpen und in den warmen welschen Ländern!«, schimpfte Tonio mit Johann, seine Stimme verhallte im Heulen des Schneesturms. »Wir sind zu dieser Jahreszeit viel zu spät noch unterwegs! Aber nein, ich muss dir ja sogar den einfachsten Münztrick erklären! Gott sei Dank weiß ich nicht weit von hier ein Gasthaus, wo wir über den Winter bleiben können. Und nun komm! Oder willst du festfrieren?«

Er sprang auf den Kutschbock und knallte mit der Peitsche, nur widerwillig setzte sich das Pferd in Bewegung. Die Vorstellung, die nächsten Wochen an einem behaglichen Kaminfeuer zu sitzen, ließ Johann gleich ein wenig wärmer ums Herz werden. Endlich hatte diese Reise durch Schnee und Kälte ein Ende! Das Fest der Geburt Christi würden sie bei einem Becher heißen Gewürzwein in einer Wirtsstube feiern. Vielleicht bekam er ja auch einen Schlafplatz in einer Kammer und konnte einen Blick in Tonios Bücher werfen.

Es dauerte noch bis weit nach Einbruch der Dunkelheit, bis vor ihnen im Schneegestöber endlich die Lichter eines Dorfes auftauchten. Wie schwarze Riesen erhoben sich die Berge dahinter, schweigend und unüberwindlich. Tonio trieb das Pferd zur Eile an, und eine halbe Stunde später hatten sie die ersten Häuser erreicht. In der Mitte des Ortes lag ein großer Gasthof mit angrenzendem Stall und einigen Wirtschaftsgebäuden. Die Häuser umstanden einen Hof und bildeten so eine eigene kleine Festung, in die ein einzelnes Tor führte.

»Der ›Schwarze Adler‹«, sagte Tonio grinsend und stieg

vom Wagen. In der letzten Stunde hatte sich seine Laune deutlich verbessert. »Das beste Wirtshaus zwischen Kempten und Innsbruck! Ich habe hier schon einmal den Winter verbracht. Sie haben gute Zimmer, mit frischen Strohbetten, fast ohne Flöhe und Läuse. Und Wein und Essen können sich auch sehen lassen. Sogar ein leibhaftiger Kaiser ist hier schon mal auf einer Pilgerreise nach Rom abgestiegen.«

Durch die wenigen Butzenglasfenster hindurch konnte Johann in die Wirtsstube sehen. Musik und Gelächter waren zu vernehmen, im warmen Lampenschein sah alles sehr heimelig aus. Zitternd rieb er sich die fast erfrorenen Finger und freute sich darauf, die kalten Glieder schon bald an einem Becher heißen Weines zu wärmen. Tonio klopfte an das Tor, und wenig später erklang von innen eine Stimme.

»Wer will um diese späte Stunde noch in den »Adler«? Postreiter seid ihr nicht, sonst hättet ihr das Horn geblasen.«

»Der ehrwürdige Magister Tonio del Moravia, Astrologe und Chiromant, Gelehrter der sieben Künste, bittet um Einlass!«, antwortete Tonio mit lauter, befehlsgewohnter Stimme. »Er ist auf der Suche nach einem Winterquartier und bereit, dafür gut zu zahlen und seine legendären Künste darzubieten!«

Drinnen waren aufgeregte Rufe zu hören, dann ertönten hastige Schritte. Ein Riegel wurde zurückgeschoben, und ein fetter glatzköpfiger Mann mit Schürze stand im Tor. Er musterte Tonio und Johann mit kleinen Schweinsäuglein, nervös trat er von einem Bein auf das andere.

»Ich bin der Wirt hier«, sagte er schließlich mit stockender Stimme. »Und als solcher muss ich Euch leider mitteilen, dass wir Euch nicht beherbergen können. Jedenfalls nicht über den Winter. Bis morgen dürft Ihr Euch aber gerne als unser Gast fühlen.«

Tonios Grinsen gefror. »Wie das?«, fragte er harsch.

»Nun, wie soll ich sagen …« Der Wirt wrang seine Schürze.

»Verehrter Magister, Ihr kommt leider zu spät. Wir gewähren bereits einem anderen Astrologen Quartier. Und zwei von Eurer Sorte, äh, Ihr versteht ... Ich fürchte, das gibt zu viel Gerede.«

»Ein anderer Astrologe?« Tonios Stimme war jetzt so kalt wie der Wintersturm, der noch immer vor dem Tor tobte. »Wer soll das sein?«

»Er nennt sich Freudenreich von Hohenlohe, ein Spielmann und fahrender Doktor. Von sich behauptet er, der einzig wahre weiße Zauberer zu sein.«

»Freudenreich von Hohenlohe?« Tonio lachte höhnisch. »Ich habe von dem Kerl gehört. Ein windiger Betrüger ist das. Zieht den Leuten das Geld aus der Tasche und verkauft ihnen Salben aus Bärenscheiße.«

Der Wirt verzog das Gesicht. »Er hat auch meiner Frau eine solche Salbe verkauft. Sie klagte über schreckliches Gliederreißen. Nun, es ist zumindest weggegangen. Und das Horoskop, das er mir gestellt hat, war äußerst wohlwollend.«

»Nichts als Lügen!«, herrschte Tonio den Wirt an. »Werft ihn raus und gebt mir Quartier!«

»Das kann ich nicht!«, jammerte der Wirt. »Er hat im Voraus bezahlt. Bitte versteht doch! Alles, was ich Euch bieten kann, ist ein Platz für die Nacht. Morgen müsst Ihr weiterziehen. Sonst bekomme ich Ärger mit der Obrigkeit.«

Tonio schwieg lange. Johann glaubte schon, er würde ohne ein weiteres Wort kehrtmachen. Aber dann ließ er sich doch zu einer Antwort herab.

»Nun gut«, sagte er leise. »Wir werden Eure Gastfreundschaft nicht länger als eine Nacht in Anspruch nehmen. Doch ich verspreche Euch, egal, was dieser Freudenreich Euch prophezeit hat, es wird nicht eintreten.«

Er drückte dem zitternden Wirt die Zügel des Pferds in die Hand und betrat den Hof. Johann folgte ihm mutlos. So sehr hatte er gehofft, dass sie den Winter über hierbleiben konnten! Und nun mussten sie schon morgen wieder weiter. Wo sollten sie nur unterkommen?

Gemeinsam betraten sie das Wirtshaus, das links an den Hof anschloss. Die Wärme, die Johann entgegenschlug, trieb ihm fast augenblicklich den Schweiß auf die Stirn. Die Stube war gut gefüllt. Etliche Bauern lauschten einem jungen Spielmann, der auf einer Fiedel spielte. Er mochte noch keine dreißig Jahre zählen und war bunt gekleidet, in der Mode der Barden, bei der die linke Körperseite eine andere Farbe zeigte als die rechte. Auf einem Tisch neben sich hatte er etliche Tiegel und Fläschchen aufgereiht, neben einigen Bogen Pergament sowie einer im Feuerschein funkelnden Kristallkugel. Als Tonio zu ihm hinübersah, trafen sich kurz ihre Blicke. Um den Mund des Spielmanns spielte ein höhnisches Lächeln, während er mit feiner, hoher Stimme ein Spottlied über den Winter sang.

»Ach, böser Winter, kannst mich nicht schrecken, lieg hier am Ofen, in der Ecke den Stecken. Bleib draußen und heule, ich hab kein Erbarmen. Saufe mein Bier und sitze im Warmen …«

Die Leute tanzten und klatschten Beifall. Keiner beachtete den großen, hageren Mann mit dem Filzhut und dem schneebedeckten schwarz-roten Mantel, der mit seinem Lehrling im Eingang stand.

»Soso, der weithin gerühmte Freudenreich von Hohenlohe«, zischte Tonio. »Nun, singen hat er noch nie gekonnt. Genauso wenig übrigens wie die Zukunft vorhersagen.«

»Ihr kennt ihn?«, fragte Johann.

»Wir sind uns ein paarmal auf der Straße begegnet. Der Jungspund bezeichnet sich selbst als Zauberer. Doch im Grunde ist er nichts weiter als ein Quacksalber und Bänkelsänger, der den Leuten das Geld aus der Tasche zieht. So einer schnappt mir also das Winterquartier weg.« Tonios Lippen waren schmal wie zwei Messer, während er den Spielmann erneut musterte. »Freudenreich, was für ein selten dummer und unpassender Name! Er wird nicht glücklich werden in diesem rauen Land, o nein! Das wird er nicht.«

Tonios Worte jagten Johann augenblicklich wieder ein Frösteln über den Rücken.

Vom Wirt bekamen sie die letzte freie Kammer zugeteilt, ein zugiges Loch direkt unter dem Dach, das wohl schon länger nicht mehr gereinigt worden war. Das Stroh in den Kissen war alt und roch muffig, im Schein der Talgkerze sah Johann Läuse und Wanzen krabbeln. Seltsamerweise ließ ihn der Meister diesmal mit in der Kammer schlafen. Auch den Vogelkäfig hatte er mitgenommen, er stand in der Ecke, wo die beiden Krähen und der Rabe unruhig hin und her flatterten. Sie schienen die Wut und Anspannung ihres Herrn zu spüren.

Die erste Zeit saß Tonio nur schweigend auf der Bettstatt und starrte Löcher in die Wand. Als sich Johann räusperte, hob er herrisch die Hand »Sei still, ich muss nachdenken!«, knurrte er. »Oder willst du, dass wir schon bald erfrieren? Wir brauchen ein Winterquartier, und ich kenne so kurz vor den Alpen keinen anderen Gasthof, der einen Astrologen samt seinem nichtsnutzigen Lehrling aufnimmt.«

Endlich schien Tonio einen Entschluss gefasst zu haben. Er nickte grimmig.

»Ich weiß vielleicht einen Ort. Er ist etwa dreißig Meilen von hier entfernt, bei diesem Sauwetter sind das zwei bis drei Tage. Wenn wir uns ein wenig einschränken, lässt es sich dort schon aushalten.« Plötzlich grinste er. »Vielleicht ist es ja auch eine Fügung des Schicksals. Schlechter als dieses stinkende Loch kann es ohnehin nicht sein.«

Schlagartig besserte sich Tonios Laune. Er griff zu der Flasche Wein und dem Schinken und schimmligen Käse, den ihnen der Wirt in die Kammer gebracht hatte. Unten in der Wirtsstube hatte Tonio nicht essen wollen. Nun schenkte er zwei Becher ein und schob Johann einen davon hin. »Trink schon, damit dir warm wird.«

Dankbar griff Johann zu und nahm ein paar Schlucke. Noch nie hatte der Meister ihm Wein angeboten. Der Alkohol erhitzte ihn fast augenblicklich; sofort fühlte er sich nicht mehr ganz so elend, sein Lebensmut kam zurück. Vorsichtig sah er hinüber zu dem Ledersack mit den Büchern, die Tonio wie gewohnt mit aufs Zimmer genommen hatte. Dieser bemerkte seinen Blick und lachte.

»Die Bücher lassen dich nicht los, nicht wahr? Bist ein schlaues Bürschlein, wenn du es auch auf der Sackpfeife zu nichts bringen wirst. Was soll's! Spielleute sind mir heute eh verhasst. Wir können also ruhig ein wenig Unterricht halten.« Er zwinkerte Johann zu. »Mal sehen, wie du dich anstellst.«

Tonio griff in den Sack und zog eines der Bücher hervor. Es war ein fleckiger Foliant, auf dessen vergilbten Seiten etliche Zeichnungen prangten. Der Zauberer schlug ein Bild auf, das eine Hand mit Linien, Hügeln und Schriftzeichen zeigte.

»Wir wollen mit der Chiromantie beginnen«, sagte Tonio. »Sie gehört zu den Künsten der Weissagung, dem dritten Weg der weißen Magie. Von allen Praktiken des Vorhersagens lässt sie sich noch am leichtesten erlernen.« Er deutete auf die verschiedenen Linien auf der Zeichnung. »Sieh selbst. Keine Hand gleicht der anderen, so wie jeder Mensch eben sein eigenes Schicksal hat. Die linke Hand zeigt deine Anlagen, die rechte Hand deine Zukunft. Betrachte nun die Lebenslinie, die den Daumenballen von den übrigen Fingern trennt. Sie sagt dir, wie stark jemand ist, ob er Krankheiten zu erwarten hat und wie er sich durchs Leben schlägt. Jede Unterbrechung kann etwas Bestimmtes bedeuten, manchmal auch den Tod. Die Kopflinie hier steht für den Verstand, die Herzlinie für die Gefühle. Sie verlaufen meist parallel, Brüche dort lassen auf eine unglückliche Liebe, aber auch auf eine baldige Ehe schließen.«

Johann betrachtete seine eigene Hand und schenkte den verschiedenen Linien darauf zum ersten Mal größere Aufmerksamkeit. Tatsächlich erschienen sie ihm alle zusammen wie eine Karte, wie Straßen in einem noch unbekannten Land.

»Und diese Linie?« Johann deutete auf eine vierte Linie in seiner rechten Hand, die mit etlichen Unterbrechungen vom Mittelfinger nach unten verlief. Auch auf der Zeichnung war sie zu sehen und mit seltsamen Buchstaben markiert.

»Ah, das ist eine ganz besondere Linie! Die Saturnalis, die Schicksalslinie. Sie gibt Auskunft über unseren Schicksalsweg. Wer sie lesen kann, blickt in das Innerste eines Menschen!«

Johann räusperte sich. »Als ich noch klein war, da habt Ihr schon einmal aus meiner Hand gelesen. Ihr meintet damals, ich sei am Tag des Propheten geboren. Auch meine Mutter hat davon gesprochen. Sie meinte, ich sei ein von Gott Auserwählter. Was hat es damit auf sich? Kann ich das auch in meiner Hand lesen?«

»Du machst den zweiten Schritt vor dem ersten, mein Junge.« Der Meister lächelte. »Wie ich dir schon mal sagte: Ein jegliches hat seine Zeit. Lass uns zunächst die Kunst der Chiromantie studieren. Es ist wichtig, dass du selber deinen Weg zu dir findest.«

Ohne weitere Erläuterung deutete Tonio auf einige weitere Kreise und Linien unterhalb der Finger. »Sieh her, das ist der Hügel der Venus. Und das da der Mondberg, der uns mehr über die übersinnlichen Talente eines Menschen verrät …«

Der Meister erklärte lange und geduldig. Doch auf den Tag des Propheten ging er nicht mehr ein, und auch Johann vergaß seine Frage bald wieder. Zu geheimnisvoll, zu interessant waren die vielfältigen Aspekte der Chiromantie. So lange hatte er warten müssen, dass der Meister ihm mehr als ein paar billige Zaubertricks zeigte. Doch nun erklärte er ihm endlich eines seiner arkanen Geheimnisse. Wie viele dieser Geheimnisse befanden sich wohl noch in den Büchern? Was gab es sonst noch alles zu erlernen?

»Ich möchte es gerne selbst versuchen«, sagte Johann schließlich leise, nachdem der Meister mit seinen Erklärungen geendet hatte. »Darf ich aus Eurer Hand lesen?«

Tonio schien kurz zu zögern, doch dann sah er Johann spöttisch an. »Meine Hand kann man nicht lesen. Sieh selbst.« Er streckte die rechte Hand vor, und zu seiner Verwunderung musste Johann feststellen, dass darauf fast keine Linien zu sehen waren. Furchen harter Arbeit und einige kleine Narben, das ja, aber keine Kopflinie, keine Herzlinie und auch keine Lebenslinie.

Als hätte jemand über die Karte gewischt und alle Eigenschaften getilgt.

Johann runzelte die Stirn. War das möglich? Die Hand des Meisters war wie ein unbeschriebenes Blatt. Hatte er nicht gesagt, dass jeder Mensch lesbar war, dass jeder über diese Linien verfügte?

Schnell zog Tonio die Hand weg und grinste. »Keine Sorge. Du wirst noch Gelegenheit bekommen, deine Künste zu zeigen. Schon im nächsten Dorf sollst du jemandem aus der Hand lesen. Allerdings nicht mir, sondern einem einfachen Bauern.« Er schob Johann das Buch zu. »Und nun präge dir die Linien und Berge gut ein. Bis die Trankerze heruntergebrannt ist, hast du Zeit dafür. Dann wollen wir schlafen und morgen in aller Herrgottsfrühe dieses Drecknest wieder verlassen.«

Johann beugte sich über das Buch und prägte sich die Linien und ihre Namen ein, während ihn der Meister nachdenklich beobachtete. Manchmal stellte Johann Fragen, die Tonio knapp beantwortete. So vergingen die Stunden. Schließlich begann die Kerze zu flackern, sie zuckte noch einmal, dann erlosch sie. Dunkelheit senkte sich über die Kammer,

Johann schlug das Buch zu und schloss ermattet die Augen. Es hatte so gutgetan, einmal wieder in einem Buch zu lesen und zu studieren, wie er es früher gelegentlich in der Maulbronner Bibliothek getan hatte. Sein Hunger nach Wissen war unendlich, und der Meister konnte ihm noch so vieles beibringen. Er dankte Gott, dass er ihn damals an der Weggabelung nach Südosten geleitet hatte, sodass er auf Tonio del Moravia getroffen war.

Als er irgendwann in der Nacht aufwachte, saß der Meister an seinem Bett und strich ihm über die Hand, dabei sah er ihn aus schwarzen Stecknadelaugen an, als wollte er ihn durchbohren. Johann wollte auffahren, doch Tonio hielt ihn zurück.

»Schlaf, kleiner Faustus, schlaf«, flüsterte er. »Schon bald werden wir beide mehr voneinander wissen. Ein jegliches hat seine Zeit.«

Johann wollte sich erheben, er wollte den Meister so vieles fragen, Dinge, die ihm eben im Traum eingefallen waren. Doch eine bleierne Müdigkeit übermannte ihn. Wie ein Stein fiel er zurück ins Kissen und war augenblicklich wieder eingeschlafen.

* * *

In dieser Nacht stand der Meister noch einmal auf und ging hinüber zu dem Käfig mit den Krähen und dem Raben. Wie so oft flatterten sie auf und kreischten, als ihr Herr auf sie zutrat. Es war nicht zu erkennen, ob sie es aus Freude oder aus Furcht taten. Auf der Bettstatt am anderen Ende des Zimmers wälzte sich Johann und stöhnte, doch er wachte nicht auf. Gedankenverloren kramte der Meister in seinem Beutel und warf den Vögeln durch das Gitter kleine getrocknete Fleischbrocken zu.

»Der Junge ist wirklich erstaunlich«, murmelte er. »Klug und wissbegierig, und dann diese Linien ...« Er schüttelte den Kopf. »Vielleicht hat die Suche nun wirklich ein Ende, es wäre immerhin möglich. Die Sterne können nicht lügen. Oder doch? Baphomet, Asasel, Belial … Autsch, was fällt dir ein, du Bastard!«

Der Rabe hackte erneut nach ihm, und der Meister zog schnell seinen Finger aus dem Käfig. Ein paar Tropfen Blut fielen zu Boden und versickerten im Stroh. Mit seinen kleinen gelben Augen starrte der Vogel seinen Herrn abwartend an.

»Mistvieh!«, zischte Tonio und leckte sich das Blut vom Finger. »Kannst es wohl nicht ertragen, dass du versagt hast, Baphomet. Dass nun vielleicht der Richtige kommt. Aber du hattest deine Chance! Du warst es nicht. Und jetzt kusch!«

Tonio schlug gegen den Käfig. Der Rabe flatterte wie wild, immer wieder schlug er mit dem Schnabel gegen die Gitterstäbe.

»Kraaaaat!«, rief er, und es klang beinahe menschlich. »Kraaaat! Kraaaat!«

Doch der Meister ließ sich davon nicht aus der Ruhe bringen. Er sah hinüber zu Johann, der im Schlaf zuckte.

»Ich denke, es ist eine gute Idee, mit ihm zum Turm zu gehen«, sagte er nachdenklich. »Was meint ihr? Dort haben wir alle Zeit, die wir benötigen. Außerdem brauchen wir frischen Proviant, und ich kann jagen. Das Fleisch ist schon ziemlich zäh und trocken.«

Er schob sich einen braunen Klumpen zwischen die Zähne und begann zu kauen.

»O ja, wir brauchen neuen Proviant.«

* * *

Es sollten noch zwei Tage vergehen, bis Johann seine erste Hand lesen durfte.

Am Morgen hatte der Schneefall endlich aufgehört, und sie verließen den »Schwarzen Adler«. Den Spielmann namens

Freudenreich sahen sie nicht mehr, doch als sie aus dem Tor ins Freie traten, drehte sich der Meister noch einmal um. Seine Lippen formten lautlose Worte, dann beugte er sich hinunter und legte vor der Schwelle drei schwarze Kohlen in den Schnee.

»Was macht Ihr?«, fragte Johann verwundert.

»Oh, ich hinterlasse nur eine Nachricht für andere Gaukler und Magier«, erwiderte Tonio. Er erhob sich und wischte sich den Ruß von den Händen. »Hier ist kein Winterlager mehr zu haben. Das erspart allen, die nach uns kommen, Streit und Enttäuschungen.«

Er sprang auf den Kutschbock und knallte mit der Peitsche. Ein letztes Mal sah sich Johann nach dem Wirtshaus um, dunkle Wolken ballten sich darüber, wie die Fäuste eines bösen Gottes. Vor ihnen hingegen glitzerte die Morgensonne im Schnee. Der Sturm hatte die Bäume entlang der Straße in eisige Ungetüme verwandelt. Der Himmel strahlte blau, und die Landschaft war von einer weißen Decke überzogen, auf der die Schneekristalle funkelten. Die Luft war rein und erfrischend, und sie machte Johann augenblicklich wach.

Zu gerne hätte er gewusst, welchen Ort sich der Meister als Winterlager auserkoren hatte. Doch Tonio schwieg. Wenn Johann ihn darauf ansprach, winkte er nur ab. »Ich denke, du wirst es mögen. Zumindest haben wir dort unsere Ruhe.« Er lachte. »Eine Grabesruhe! Keiner von den abergläubischen Bauernlaffen lässt sich dort oben sehen.«

Auch wenn das Wetter nun schön war, war es doch eisig kalt, und sie kamen nur langsam voran. Die Straße führte nach Süden auf die Berge zu, sie erreichten die ersten Ausläufer der Alpen. Der Weg führte durch schroffe Hügel und vorbei an Felsen, so groß, als hätten sie Riesen vom Gebirge herabgeworfen. Die wenigen Bauernhäuser am Rande der Straße waren allesamt verrammelt, die Fensterläden zugezogen. Zwar quoll aus den Kaminen Rauch, doch die Einwohner dieser unwirtlichen Gegend schienen kein Interesse an den vorbeifahrenden Reisenden zu haben. Kaum einer zeigte sich draußen, wenn der Wagen durch die Weiler rumpelte. Nur gelegentlich war hinter den Läden ein Schatten auszumachen, ein ängstliches Augenpaar, das ihnen hinterher starrte.

»Sag ich's nicht?«, brummte Tonio. »Die glauben, der Teufel selbst fährt auf unserem Wagen. Jetzt, da die Thomasnacht sich nähert und die Dunkelheit über den Tag siegt, sind die Menschen sogar noch abergläubischer. Ich hoffe wenigstens, sie verkaufen uns Proviant für den Winter.«

Wenn es Johann zu kalt wurde, ging er manchmal nach hinten in den Wagen, wo er sich in eine Wolldecke einmummelte. Doch dort hing der Käfig mit den drei Vögeln, und oft fühlte sich Johann von ihnen beobachtet. Besonders der Rabe schien ihn mit fast menschlicher Bosheit anzustarren.

»Kraaaaat!«, rief der schwarze Vogel immer wieder, fast flehentlich, als wollte er ihm etwas sagen. »Kraaaaaat!«, ein monotones Geräusch, das an Johanns Nerven sägte.

Und so begab er sich trotz der Kälte schon bald wieder nach vorne.

Am Spätnachmittag des zweiten Tages erreichten sie einen größeren, alleinstehenden Wehrhof, der auf einer Lichtung im Wald lag. Hunde knurrten und kläfften, als der Wagen sich dem steinernen, massiv gebauten Bauernhaus näherte. Doch der Großbauer empfing sie freundlich. Er war beeindruckt vom großspurigen Auftreten Tonios, der versprach, ihm gegen ein geringes Entgelt ein Horoskop für das ganze nächste Jahr zu erstellen. Die Scheunen und Speisekammern waren gut gefüllt, und so erklärte der Bauer sich auch bereit, ihnen Mehl, Speck, Dörrfleisch, Zwiebeln und ein kleines Fass Wein zu verkaufen.

Am Abend saßen sie alle gemeinsam in der gut geheizten Stube. Kinder, Knechte und Mägde kauerten ängstlich auf den Eckbänken und ließen den Zauberer nicht aus den Augen, der dem Bauern von seinen weiten Reisen und den neuesten Begebenheiten erzählte. Auch diese Geschichten waren oft Teil des Lohns.

»Nach meinem Studium an der hohen Universität von Krakau zog ich hinunter in den warmen Süden, nach Kastilien, wo die Sonne so heiß brennt, dass die Menschen davon so schwarz wie Ebenholz sind und hart gebrannt wie Ton im Ofen«, erzählte er, während er an seinem Wein nippte. »Dort unten gibt es einen Felsen namens Dschabal Tariq, auf dem wohnen kleine behaarte Wesen mit spitzen Zähnen.«

Die Bauernfamilie lauschte mit offenen Mündern, während Tonio mit ausladenden Gebärden fortfuhr: »Mit dem Schiff ging es dann hinüber nach Kreta, der Insel der Glückseligen, und schließlich nach Konstantinopel, welches die gottverfluchten Heiden ein paar Jahre später eroberten. Mein Weg führte mich weiter in Länder, wo Tiere wohnen mit Schwänzen, die ihnen aus dem Mund wachsen, und Pferde mit Hälsen so lang wie Bäume.«

»Aber fällt man dort nicht vom Rand der Welt?«, erkundigte sich der Bauer ängstlich.

Tonio lachte. »Wisst ihr's denn nicht? Die Erde ist keine Scheibe, sondern eine Kugel! In Nürnberg sah ich erst dieses Jahr einen Erdapfel, auf dem alle Länder dieser Welt zu finden sind.«

»Aber wenn die Erde eine Kugel ist, dann gehen ja die Menschen dort unten auf dem Kopf«, meldete sich ein Knecht. Er kratzte sich den verlausten Bart. »Wie soll das gehen?«

»Na, wie wohl, du Dummkopf?« Tonio zuckte mit den Schultern. »Sie tragen Schuhe mit Eisennägeln, sodass sie immer mit dem Boden verhaftet sind.« Die Bauersfamilie nickte und murmelte verständig.

Als es schon spät war, erhob sich der Meister schließlich von seinem Schemel und streckte sich. Mit einem letzten Nicken verabschiedete er sich vom Großbauern. »Ich werde mich jetzt zurückziehen, um Euer Horoskop zu erstellen«, sagte er und deutete dabei auf Johann. »Mein Lehrling wird Euch weiter Gesellschaft leisten. Er ist bewandert in der Kunst des Handlesens. Vielleicht möchte ja der eine oder andere von euch wissen, was das Leben noch alles für ihn bereithält.« Tonio zwinkerte Johann zu, dann ging er die Stiege hinauf, wo der Bauer eine Kammer für seine beiden weit gereisten Gäste bereitet hatte.

Die Familie starrte Johann schweigend und ängstlich an. Zum ersten Mal konnte er ermessen, wie es sich anfühlte, ein fahrender Zauberer zu sein – geachtet und gleichzeitig gefürchtet, ausgestoßen und doch bewundert. Er besaß ein Wissen, das dem einfachen Volk verschlossen war. Seine Worte, ja ein einziger Blick von ihm entschieden über Glück und Unglück ganzer Dörfer und Städte.

Es dauerte eine Weile, doch schließlich rückte die dicke Bauersfrau näher an ihn heran und reichte ihm zitternd die Hand. »Die Ernte letztes Jahr war gut«, sagte sie stockend und in einer kehligen Sprache, die Johann nur schwer verstand. »Doch ein Blitzschlag hat unser Backhaus zerstört, just als ich mit dem Eimer unterwegs zum Brunnen war. Wird der Blitz das nächste Mal auch mich treffen, wenn ich bei Unwetter vor die Tür gehe?«

Johann nahm ihre rechte Hand und versuchte, sich an alles zu erinnern, was der Meister ihm erklärt hatte und was in dem alten Buch stand. Zuerst betastete er die Hand der Frau, stellte fest, ob sie feucht oder trocken war, ob sich viele Risse und Falten der Arbeit darin zeigten. Schon so ließen sich erste Schlüsse ziehen. Dann betrachtete er die einzelnen Linien und Hügel.

»Der Blitz, der Euer Backhaus getroffen hat, war eine Warnung«, sagte er mit betont tiefer, geheimnisvoller Stimme. »Erfüllt Ihr jedoch weiter Eure Christenpflicht und beherbergt Pilger und Reisende, so werden Schaden und Unwetter fernbleiben. Ich kann keine großen Schicksalsschläge in den nächsten Jahren erkennen.«

Tatsächlich verlief die Lebenslinie der Bäuerin ruhig und regelmäßig, außerdem machte die Frau einen gutgenährten, gesunden Eindruck. Johann erzählte ihr noch einiges über eine fromme Ehe und weiteres Kinderglück. Dann kam auch schon eine hübsche Magd und hielt ihm zaghaft ihre Hand entgegen.

»Soll ich nächstes Jahr auch nach Mariä Lichtmess beim Bauern bleiben oder lieber auf einem anderen Hof arbeiten?«, flüsterte sie ihm zu.

Johann sah in ihren ängstlichen Augen und an dem Blick der Bäuerin, dass zwischen den beiden einiges im Argen lag. Er betrachtete ihre Linien, vor allem die Herzlinie, die brüchig und zersplittert war. »Besser ist es, den Hof zu wechseln«, erwiderte er schließlich so leise, dass es die anderen nicht hören konnten. »Du wirst woanders dein Glück finden.«

Auch bei den nächsten Fragestellern, einem Knecht und einer weiteren jungen Magd, verfuhr er auf die gleiche Weise. Er betrachtete ihre Handlinien, aber eigentlich versuchte er zu ergründen, was ihre Sorgen waren und was sie von ihm zu hören hofften. Johann erkannte, dass die Kunst des Handlesens zugleich leichter, aber auch komplizierter war, als nur das Bücherwissen anzuwenden. Es war eher ein Hineinhören in den anderen. Die Hände waren dabei nur das Hilfsmittel.

Endlich schob die fette Bäuerin einen ihrer Söhne zu ihm hin. Es war ein hübscher, etwa achtjähriger Knabe, dessen neugierige, wache Augen Johann an ihn selbst als Bub erinnerten. Wie es seinem Stand gebührte, waren seine Haare über den Ohren abgeschnitten, was ihn tumber erscheinen ließ, als er vermutlich war.

»Das ist der Rafael«, stellte ihn die Bäuerin vor und streichelte dem Kleinen liebevoll über den Kopf. »Mein Jüngster und Liebster. Der Pfarrer meinte, er sei klug und sollte später mal auf eine höhere Schule gehen, vielleicht sogar in Innsbruck. Was meint Ihr, Herr Magister?«

Johann schmunzelte, weil ihn die Bäuerin mittlerweile offenbar für einen hohen Herrn, aber zumindest für einen Gelehrten hielt. Oft zogen Magister, aber auch Studenten von Stadt zu Stadt und verdienten sich ihr Geld als Schreiber. Die Studenten waren in der Regel Studienabbrecher, die sich gerne für etwas Besseres hielten, aber für die einfachen Leute vom Land waren sie tatsächlich meist die gebildetsten Menschen, die sie zu Gesicht bekamen.

Johann nahm die Hand des Jungen und studierte sie gründlich. Seine Kopflinie war in der Tat stark ausgeprägt, doch auch der wache Blick des Jungen verriet ihm, dass Rafael ein helles Köpfchen war. Er wollte bereits zu einer Antwort ansetzen, als er glaubte, etwas zu spüren. Es war wie ein leichtes, warmes Pulsieren, das von der Hand des Jungen ausging. Als würden die Linien für einen kurzen Moment hell unter der Haut aufleuchten.

Und dann wusste er es. Die Erkenntnis traf Johann wie ein Schlag.

Der Junge würde nicht mehr lange leben.

Es war nichts weiter als eine dunkle Ahnung, das Leuchten unter der Haut war längst wieder verschwunden, doch er spürte es ganz deutlich.

Die Mutter schien zu merken, dass etwas nicht stimmte, und sah ihn argwöhnisch an. »Was ist? Soll er doch Knecht werden und nicht auf eine höhere Schule gehen? Nun sprecht schon!«

»Nein, nein …« Johann schüttelte den Kopf. »Es … es ist nichts.« Er setzte ein schiefes Lächeln auf. »Der Pfarrer hat recht. Euer Rafael wird es später einmal zu einem Geistlichen bringen, vielleicht sogar zu einem Abt. Der Herr meint es gut mit Euch.«

Freudig klatschte die Bäuerin in die Hände, dann drückte

sie ihren jüngsten Sohn fest an den Busen. »Siehst du, hab ich es dir nicht gesagt, mein Liebster? Der Herrgott hat Großes mit dir vor!«

Johann stand der Schweiß auf der Stirn, seine Kehle war staubtrocken. Er konnte sich nicht erklären, was eben geschehen war. Dies hatte nichts zu tun mit dem, was in den Büchern stand und was ihm der Meister erklärt hatte. Er dachte daran, was Tonio erst vor zwei Tagen zu ihm gesagt hatte.

Es ist wichtig, dass du selber deinen Weg zu dir findest …

Hatte der Meister etwa das damit gemeint? Johann hoffte, dass er vielleicht nur müde war und sich das Pulsieren eingebildet hatte. Er stand auf, verabschiedete sich hastig und ging über die Stiege nach oben. In der Kammer saß Tonio an einem Tisch und schrieb auf einen Bogen Pergament, neben ihm flackerte ein Kienspan und warf zuckende Schatten an die Wand. Der Meister sah von seinen Unterlagen auf und blickte Johann aufmerksam an.

»Und? Hast du die Zukunft in den Händen gelesen?«, fragte er.

Johann nickte schweigend.

»Sie ist nicht immer schön, nicht wahr? Nun weißt du, was es bedeutet, den dritten dunklen Weg zu gehen.« Tonio del Moravia wandte sich wieder dem Pergament zu und zeichnete mit der kratzenden Feder seltsame Figuren. Erst nach einer Weile sprach er weiter, ohne noch einmal aufzuschauen.

»Bald, wenn wir unser Winterlager erreicht haben, werde ich dich mehr lehren. Mehr, als dir vielleicht lieb ist. Habe Geduld, mein kleiner Faustus.«

Johann fiel ins Bett und schlief fast augenblicklich ein. Seine Träume waren düster und so klebrig wie Spinnweben, die sich über seinen Verstand legten.

6

Sie brachen am nächsten Morgen in aller Frühe auf. Mit seinem Horoskop war der Bauer sehr zufrieden gewesen, vermutlich auch deshalb, weil es auf echtem, höchst eindrucksvollem Pergament geschrieben war. Der allseits bekannte und gerühmte Tonio del Moravia hatte für seine Dienste eine geräucherte Schinkenkeule, ein Fässchen Wein und zwei kleine Säcke Mehl bekommen. Den Rest, vornehmlich Nüsse, getrocknete Früchte, Salz, Honig, Käse und Pökelfleisch, kauften sie für einen guten Preis hinzu.

Während der Wagen durch die verschneite, noch im Dämmerlicht liegende Vorgebirgslandschaft zockelte, musste Johann immer wieder an jenes unheimliche Gefühl denken, das ihn überkommen hatte, als er aus der Hand des kleinen Rafael lesen wollte. War es möglich, dass er den nahenden Tod des Jungen vorausahnen konnte? Der Meister hatte ihn auf seine ersten Erfahrungen als Chiromant nicht weiter angesprochen, doch Johann glaubte, seine Blicke zu spüren. Als er sich ein letztes Mal zum Bauernhaus umdrehte, sah er Rafael hinter dem Fenster stehen und ihm lächelnd zuwinken. Schaudernd drehte sich Johann um, unfähig zurückzugrüßen.

Schon am Vortag hatten sie die Reichsstraße verlassen und waren auf eine kleinere Straße nach Westen gebogen. Es wurde nun immer schwerer, mit dem Wagen voranzukommen, der Weg war steil, und manchmal ging es neben der schmalen Spur fast senkrecht hinab ins Tal. Einmal sah Johann hinter einigen Bergkuppen eine Stadt an einem breiten Fluss mit einer oberhalb gelegenen Burg, doch sie verschwand schnell wieder aus dem Blickfeld. Immer wieder türmten sich vor ihnen große Schneewehen auf, die Johann erst mühsam zur Seite schaufeln musste. Dann verzögerte sich die Fahrt jedes Mal um mehr als eine halbe Stunde. Tonio saß derweil schimpfend auf dem Kutschbock und knallte ungeduldig mit der Peitsche.

»So kommen wir nie an!«, zeterte er. »Willst du etwa kurz vor dem Ziel erfrieren? Nun stell dich nicht so an, das ist Schnee und kein tonnenschwerer Mörtel!«

Doch für Johann fühlte sich jede Schippe an, als würde er Blei schaufeln.

Fast unmöglich wurde das Weiterkommen, als sie am frühen Nachmittag in der Nähe eines kleinen Dorfes von der Straße abbogen. Ein holpriger, mit Wurzeln überwachsener Pfad, gerade eben so breit, dass die Wagenräder Platz hatten, schlängelte sich durch ein Waldstück mit dunklen Tannen und kantigen, teils baumhohen Findlingen. Hier stand der Schnee manchmal kniehoch, und während Johann schwitzte und schaufelte, fielen von den Ästen Klumpen von Eis und Schnee, die seine Kleidung vollends durchnässten. Schließlich, als es weder vor- noch zurückzugehen schien und auch noch ein umgefallener Baum den Weg versperrte, warf Johann wütend die Schaufel zur Seite.

»Wo, verflucht noch mal, soll diese Fahrt hingehen?«, keuchte er. »In die Hölle? Hier ist nichts als Fels und Eis!«

Der Meister grinste. »Nun, für die Hölle ist es ein wenig zu kalt. Der Teufel friert nicht gerne. Aber ich kann dich beruhigen, wir sind bald da.« Statt weiter zu schimpfen und mit der Peitsche zu knallen, sprang er vom Wagen und half Johann beim Schneeschippen. Gemeinsam kamen sie viel schneller voran. Nach einer weiteren Stunde hatten sie auch den Baumstamm beiseitegeräumt. Tonio packte das Pferd am Zügel und zog es unbarmherzig vorwärts. Der alte Rappe wieherte und schüttelte sich die Eisbrocken aus der Mähne, auch er schien mit seinen Kräften am Ende.

Als Johann schon nicht mehr an ein Ankommen glaubte, traten mit einem Mal die Bäume zurück und gaben den Blick frei auf einen Hügel, der im Schatten der Alpen aus dem Wald herausragte. Darauf stand, trutzig wie eine Burg, ein einzelner steinerner Turm, gleich daneben befand sich ein verfallener Stall. Der Turm sah uralt aus, die Mauersteine waren von vielen Stürmen abgeschliffen, einige der Zinnen herausgebrochen wie faule Zähne. Schwarze Fensterlöcher starrten Johann an wie die Augen eines gewaltigen Untiers. Von hier oben sah man im letzten Licht des Tages weit hinunter ins Tal, wo die Wolken bereits einen neuen Sturm ankündigten.

Für Johann wirkte der Hügel mit dem Turm wie ein Grenzstein am Ende der Welt.

»Wir sind da.« Tonio deutete auf das Gebäude und wischte sich den kalten Schweiß von der Stirn. »Jetzt kann ich es dir ja sagen, ich war mir nicht sicher, ob ich den Turm wirklich noch finde. Es ist doch schon eine Weile her, seit ich zuletzt hier war.« Er stapfte auf den Hügel zu, während Johann mit offenem Mund dastand. In der klirrend kalten Winterluft bildete sein Atem kleine Wölkchen. Dieser Steinhaufen sollte ihr Winterquartier sein? Er hatte mit einer Hütte gerechnet oder vielleicht einer abgelegenen Mühle, aber das hier war nichts weiter als eine Ruine! Vermutlich ein alter Wachturm, der seit Jahrhunderten nicht mehr genutzt wurde. Wie sollten sie es hier nur bis zum Frühling aushalten?

Entmutigt folgte er Tonio hinauf auf den nur spärlich mit Unterholz bewachsenen Hügel. Der Turm war etwa acht Schritt hoch, aus massiven Granitsteinen gebaut und annähernd quadratisch. Anhand der schmalen Fenster ließ sich erkennen, dass er über zwei Stockwerke verfügte. Darüber befand sich eine Plattform, die in früheren Zeiten wohl überdacht gewesen war. Nun starrten die Zinnen wie ein löchriges Gebiss, und der Wind pfiff durch die Ritzen im Mauerwerk. Aus der Nähe bemerkte Johann, dass etliche der Fensterlöcher immerhin über Läden verfügten, die ein wenig neuer aussahen. Auch gab es eine bullige Holztür, vor der sich fast mannshoch Schnee angehäuft hatte. Tonio schob den Schnee mit den Armen zur Seite.

»Vor langer Zeit waren wohl die Römer in dieser Gegend«, erklärte er, während er den Eingang freiräumte. »Die Via Claudia Augusta, die alte Römerstraße, führt nicht weit von hier über die Alpen. Soldaten und ihre Familien bauten den Turm, um sich gegen die feindlichen Stämme diesseits der Alpen zu wehren. Es gab wohl auch Landhäuser und eine kleine Stadt, doch irgendwann gaben die Römer dies alles auf. Vermutlich sind sie einfach überrannt worden, viel Blut ist geflossen. Männer, Frauen und Kinder, die man kreuzigte, in großen Strohkörben verbrannte oder für irgendeinen heute unbekannten Gott häutete …« Tonio zwinkerte seinem Schüler zu. »Es heißt, man könne im Turm noch ihre Todesschreie hören.«

»Ein wirklich angenehmer Ort zum Überwintern.« Johann schüttelte sich und half Tonio, den letzten Rest Schnee vor der Tür zu entfernen.

»Zumindest ein Ort, an dem man seine Ruhe hat«, entgegnete Tonio. »Die Leute glauben, der Turm sei verhext. Sie meiden ihn, und wenn wir Glück haben, hat sich seit meinem letzten Aufenthalt hier nicht viel verändert.«

Erst jetzt sah Johann, dass sich an der Tür auf Kopfhöhe ein schwarzes, hastig hingekritzeltes Pentagramm befand. »Was ist das?«, fragte er neugierig.

»Ein Schutz gegen Wanderer und andere Naseweise«, erklärte der Meister. »Beim Drudenfuß nehmen die meisten Reißaus. Jetzt brauchen wir nur noch den Schlüssel. Hm …«

Suchend ging er die nähere Umgebung ab, bis er auf eine Steinplatte stieß, die unter Schnee und Dreck verborgen gewesen war. »Ah, hier hatte ich ihn versteckt!«

Unter der Platte zog er einen großen rostigen Schlüssel hervor, steckte ihn ins Schloss und drehte, woraufhin ein quietschendes Geräusch ertönte. Dann trat er gegen die Tür, die krachend aufschwang. Nach einem ersten Blick ins Innere nickte Tonio zufrieden. »Ich denke, wir haben Glück.«

Johann blinzelte. Im Dämmerlicht erkannte er an den Wänden einige Möbelstücke. Eine Truhe, ein Tisch, mehrere Schemel ... Alle waren mit einer dicken Staubschicht überzogen, ansonsten schienen sie jedoch gut erhalten zu sein. Eine steile Treppe führte in die beiden oberen Geschosse. In die meterdicke Mauer war ein Kamin eingelassen, in dem noch Asche lag. Es war bitterkalt. Auch hier im Erdgeschoss befanden sich an den Wänden etliche Pentagramme, in einer Farbe, die Johann an getrocknetes Blut erinnerte. Auf dem Tisch standen ein Becher und ein angelaufener Zinnteller, auf dem irgendetwas Winziges, Mumifiziertes lag.

»Wann wart Ihr denn das letzte Mal hier?«, erkundigte sich Johann angeekelt. »Vor hundert Jahren?«

»Schon möglich.« Der Meister grinste. »Wie gesagt, es ist schon ein Weilchen her. Lass uns sehen, wie es im ersten Stock aussieht.« Er stieg die ächzende Treppe nach oben, und Johann folgte ihm. Auch das darüberliegende Geschoss war möbliert und mit Pentagrammen versehen. Hier befand sich sogar ein Bett, das Stroh darin war allerdings verfault. Nachdem Tonio sich ein Bild der Lage gemacht hatte, wandte er sich an Johann. »Den Wagen lassen wir unten am Hügel stehen, das Pferd kommt in den Stall. Du schaffst alles hier herauf.« Er deutete über die Treppe nach unten. »Gekocht, gegessen und gelernt wird im Erdgeschoss. Der erste Stock gehört dir.«

»Und was ist mit dem zweiten Stock?«, fragte Johann, dem

aufgefallen war, dass der Meister dort nicht nachgesehen hatte.

»Da ist mein Reich, dort hast du nichts zu suchen.« Tonio sah ihn streng an. »Wenn ich dich dort oben erwische, ziehe ich dir die Haut ab wie einem Kaninchen, so wie es die Barbaren früher mit den Römern gemacht haben. Hast du verstanden?«

Johann nickte. Er ging hinaus ins Freie und begann, die vielen Kisten, Truhen und Säcke den Hügel hochzuschleppen. Den Beutel mit den Büchern nahm der Meister sofort mit zu sich nach oben.

Während sie die untere und die mittlere Kammer einrichteten und Johann den schlimmsten Schmutz und das faule Stroh hinausfegte, fragte er sich, was sich wohl in der oberen Turmkammer verbarg.

Die Kammer, in die ihn der Meister auf keinen Fall hineinlassen wollte.

* * *

In den nächsten Tagen waren sie vollauf damit beschäftigt, die Turmruine einigermaßen wohnlich einzurichten. Im Stall nebenan fanden sie Bretter und Latten, mit denen sich die offenen Fenster verschließen ließen, außerdem gab es dort unter einer im Heu verborgenen Luke ein Versteck mit Hammer, Säge, Nägeln und etlichen anderen Werkzeugen, die Tonio wohl bei seinem letzten Aufenthalt hier zurückgelassen hatte. Der Meister erwies sich als erstaunlich geschickter Zimmermann, und so kamen sie gut voran. Der Stall bekam ein neues Dach, und Johann räumte den ärgsten Unrat hinaus.

Nachdem er ein paar tote Vögel und mumifizierte Ratten aus dem Rauchschacht entfernt hatte, zog auch der Kamin wieder, sodass sie kochen konnten und ein wenig Wärme in die kalten Mauern zog. Johann schüttete frisches Stroh auf sein Bett und bedeckte es mit Fellen, er bekam eine eigene kleine Truhe für seine wenigen Habseligkeiten und einen Tisch, auf dem er bei Kerzenschein ausgewählte Bücher des Meisters studieren durfte. Die obere Kammer jedoch blieb ihm weiterhin verschlossen.

Nach getaner Arbeit hielten sie sich meistens unten am Kaminfeuer auf, wo es am wärmsten war. Von der Decke hing der Käfig mit dem Raben und den zwei Krähen, die ihr neues Zuhause neugierig beäugten, krächzten und mit den Flügeln flatterten. Löchrige Bären- und Wolfspelze dienten als Kissen, der große Tisch war voll mit Büchern, Pergamentrollen, Käserinden und halb gefüllten Weinbechern. Sogar ein Regal hatte Tonio gebaut, darin standen, hübsch in Reih und Glied, die Bücher wie Soldaten des Wissens.

Johann musste sich bald eingestehen, dass der Turm nicht gar so unwirtlich war wie zunächst gedacht. Nur wenn der Wind durch die Ritzen pfiff, heulte und stöhnte, dachte er an die gemarterten römischen Seelen, von denen Tonio gesprochen hatte. Auch hörte er aus der Kammer des Meisters des Nachts manchmal ein leises Murmeln und Singen, das er sich nicht erklären konnte, dazu schwere Schritte, die über den Boden polterten. Es klang fast so, als spräche der Meister mit einer anderen Person, als wäre noch jemand anders im Raum, jemand sehr Großes.

Mehrmals glaubte Johann auch, Tonio nachts an seinem Bett zu bemerken, wo er seine Hand hielt, so wie damals im Wirtshaus »Zum Schwarzen Adler«.

Ein jedes hat seine Zeit, hörte er die Stimme des Meisters. *Geboren werden hat seine Zeit, Sterben hat seine Zeit, Heilen hat seine Zeit, Töten hat seine Zeit …*

Doch wenn Johann am nächsten Morgen erwachte, war nichts zurückgeblieben als eine dunkle Ahnung, und er redete sich ein, dass es nur ein Traum gewesen war.

Wenn sie am späten Nachmittag gemeinsam am Kamin saßen, gab es die so lang ersehnten Lehrstunden. Zunächst erfuhr Johann noch mehr über das Handlesen, dann widmeten sie sich den Künsten der Pyromantie, der Hydromantie und Aeromantie, die alle zu den Wahrsagekünsten zählten. Besonders die Pyromantie hatte es Johann angetan. Der Meister warf eine Handvoll Salz ins Feuer, dann deutete er auf die zuckenden Flammen.

»Lerne, sie zu lesen«, sagte er. »Sieh, wie das Feuer prasselt, leckt und züngelt. Auch die Farbe kann dir einiges sagen: Sind die Flammen leuchtend rot oder blau oder vielleicht violett? Steigen sie in die Höhe, oder sind sie schon am Absterben? Bildet der Rauch einen Faden, oder erhebt er sich als beißender Qualm?«

Manchmal, wenn der Himmel im Norden klar und die Luft kalt und klirrend war, gingen sie hinaus und betrachteten die Wolken, die sich in den Bergen verfingen wie Schafswolle in einem Kamm. Auch in ihnen ließ sich einiges erkennen. Der Meister erklärte Johann unterschiedliche Wolkenformen und welches Wetter sie jeweils ankündigten. Sie beobachteten den Flug eines Habichts und studierten dessen weite, erhabene Kreise über dem Wald. In der frostigen Abenddämmerung, wenn die Sonne hinter dem glitzernden Schnee versank und ihn blutrot färbte, starrte Johann gebannt auf die Farbspiegelungen, während ihm der Meister die verschiedenen Lichter eines Regenbogens erklärte.

»Alles hat einen tiefen Grund«, schloss er und deutete auf den Wald, die Berge und den Horizont im Norden. »Nichts ist ohne Plan. Wenn du diesen Plan erkennst, steht die Welt vor dir wie eine nackte Hure.«

Zu Johanns großer Erleichterung verzichtete der Meister auf das weitere Üben der Sackpfeife. Johann vermutete, dass Tonio seine eigenen Ohren schonen wollte. Vielleicht fürchtete er auch, das Gedudel könnte Neugierige aus dem nicht weit entfernten Dorf anlocken. Das vermaledeite Instrument blieb in der Truhe, und Johann hoffte, dass es dort drinnen bis zum Sankt-Nimmerleins-Tag vermoderte und verrottete. Nur noch selten ging er hinaus und übte mit dem Messer, er hatte jetzt anderes zu tun.

Die Thomasnacht, die längste Nacht des Jahres, kam, und nun war es nicht mehr weit bis zum Weihnachtsfest. In Knittlingen gab es an diesem Tag immer die große Christmette, später am Abend saßen die Menschen noch lange zusammen, sangen und feierten die Geburt des Heilands. Als Kind hatte Johann diesen Tag immer gemocht, seine Mutter war eine gute Sängerin gewesen, und der Vater war, wohl auch milde gestimmt durch viele Becher heißen Gewürzweins, ein wenig freundlicher zu ihm. Johann war gespannt, wie Tonio das Christfest begehen würde. Doch an Heiligabend machte der Meister keinerlei Anstalten zu feiern, weder betete noch sang er. Stattdessen hockte er grimmig auf seinem Stuhl am Feuer und blätterte in einem alten abgegriffenen Wälzer, in dem sich hastig hingekritzelte Tabellen und Zeichnungen befanden. Ganz von fern wehten die Glockenschläge der Dorfkapelle, die über eine Meile weit entfernt lag, zu ihnen herüber. Vermutlich gingen die Leute gerade zur Kirche.

Johann räusperte sich und richtete das Wort an seinen Lehrer. »Heute ist doch Weihnachten«, begann er umständlich. »Ihr … Ihr seid wohl kein besonders gläubiger Mensch?«

Der Meister runzelte die Stirn, schließlich legte er das Buch weg. »Nur weil alle Welt singt und plärrt und sich in den Armen liegt wegen so eines jüdischen Bengels, muss ich diesen Unsinn doch nicht mitmachen.«

»Dann glaubt Ihr also an gar nichts?«, hakte Johann fassungslos nach. Noch nie hatte er einen Menschen getroffen, der dies von sich behauptete. Die Hölle wäre ihm gewiss, und wenn jemand davon erfuhr, dann wohl auch ein prasselnder Scheiterhaufen im Diesseits.

»O doch, ich glaube!« Der Meister grinste. »Ich glaube an höhere Mächte, und zwar mehr, als du dir vorstellen kannst.

Vor allem aber glaube ich an die Macht der Sterne. Sie lügen nie.«

»Dann erklärt sie mir!«, verlangte Johann. »Ihr habt es schon so lange versprochen.«

Das Handlesen und die übrigen Mantiken waren interessant gewesen, und noch immer wusste Johann nicht, was damals geschehen war, als er in der Hand des kleinen Rafael dessen Tod vorhergesehen hatte. Doch er wartete schon so lange darauf, dass der Meister ihn in die Kunst der Astrologie einführte. Bislang war er Fragen dazu immer ausgewichen.

Tonio seufzte, während draußen wie ein weit entfernter Hilferuf weiter die Glocken bimmelten. Schließlich lachte er leise. »Was soll's! Vielleicht ist dieser Tag ja genau der rechte, um mit dem Studium der Astrologie zu beginnen. Schließlich sind auch diese drei alten Narren einem Stern gefolgt.«

Er griff zu dem Buch, das er zuvor weggelegt hatte, schlug es auf und deutete auf eine seltsame, mit Zeichnungen und Runen versehene Scheibe.

»Die Sphären des Ptolemäus«, begann Tonio und fuhr mit seinem langen Finger die einzelnen Kreise ab. »Schon vor über tausend Jahren hat dieser Grieche den Himmel eingeteilt in Hohlkugeln, die sich um die Erde drehen und dabei ein liebliches Klingeln erzeugen, in Brudersphären Wettgesang. Wenn du mich fragst, ein großer Blödsinn, ich habe noch nie etwas klingeln hören, aber mit Ptolemäus lässt sich zumindest gut arbeiten. Im Grunde ist die Astrologie noch viel älter, sie geht zurück auf die Babylonier, die auch viele andere dunkle, überaus erstrebenswerte Riten pflegten.«

»Was bedeuten all diese Zeichen?«, fragte Johann, während er sich neugierig über die Scheibe beugte.

»Die Erde und der Mensch sind umgeben von Gestirnen.« Tonio zählte an den Fingern ab. »Die Sonne, der Mond, die Venus, der Mars, der Jupiter und der Saturn, und jedes von ihnen ist an einer Sphäre aufgehängt. Diese Sterne und Planeten heißen auch die heilige Siebenheit. Darauf folgt die Sphaera Zodiaci, die äußere Sphäre der Tierkreiszeichen, die wiederum aus zwölf einzelnen Zeichen besteht. Sieben und zwölf sind die magischen Zahlen. Hast du das verstanden?«

Johann nickte, und Tonio fuhr fort: »Jeder Planet und jedes Tierkreiszeichen hat Einfluss auf den Menschen, auf sein Schicksal und seine Zukunft. Es gibt zwei Arten von Horoskopen: die Nativität, die etwas über den Charakter eines Menschen verrät, und das fortschreitende Horoskop, das etwas über den in der Zukunft liegenden Ausgang eines Ereignisses sagt, etwa über eine Schlacht oder über einen Geschäftsabschluss. Dieses Horoskop ist viel schwieriger und deshalb auch teurer.«

Gebannt musterte Johann die Scheibe und auch einige Tabellen, die darunter abgebildet waren. Seit Wochen schon wartete er darauf, dass der Meister ihm die Astrologie erklärte. Wie oft hatte die Mutter von den Sternen am Tag seiner Geburt gesprochen und dass er wegen ihnen ein Glückskind, ein Faustus sei. Nun sollte er endlich erfahren, was es damit auf sich hatte!

»Meine Mutter meinte, ich sei unter dem Einfluss des Jupiters geboren«, begann er leise. »Am 23. April des Jahres 1478. Sie sagte immer, ich solle mir diesen Tag gut merken, aber nie hat sie mir erklärt, warum. Wisst Ihr es?«

Tonio zögerte. »Es ist in der Tat ein eigentümliches Datum. An diesem Tag standen über deinem Geburtsort Sonne und Jupiter im gleichen Grad des gleichen Zeichens. Auch ein paar andere Gestirne bildeten ein, nun ja … äußerst interessantes Verhältnis. Es ist eine Konstellation, die in einem Jahrhundert nur ein paarmal auftritt.«

»Als ich ein Kind war und wir uns das erste Mal trafen, da habt Ihr vom Tag des Propheten gesprochen«, sagte Johann. »Erinnert Ihr Euch?«

»O ja, ich erinnere mich.« Die Augen des Meisters wurden

plötzlich leer wie Glasmurmeln, sein Blick ging in die Ferne. Als er weitersprach, klang seine Stimme tonlos und hohl, dabei so leise, dass sie kaum zu verstehen war.

»Und ich trat an den Sand des Meers und sah ein Tier aus dem Meer steigen, das hatte sieben Häupter und zehn Hörner und auf seinen Hörnern zehn Kronen und auf seinen Häuptern Namen der Lästerung. *Homo Deus est!*«

Johann stutzte, so hatte er den Meister noch nie erlebt. »Was habt Ihr eben gesagt?«, fragte er verdutzt.

Tonio schüttelte sich und lächelte, sein Blick war jetzt wieder ganz normal. »Ein alter Bibelspruch, nichts weiter.« Er blätterte auf die nächste Seite, wo sich etliche Tabellen mit weiteren Zahlen befanden. »Pass auf, ich habe eine Aufgabe für dich. Ein Pfälzer Abt bat mich, ihm eine einfache Nativität zu stellen. Ich bin bislang nicht dazu gekommen und möchte, dass du dich darum kümmerst. Du hast dafür den ganzen Winter Zeit.«

»Den ganzen Winter?« Johann sah ihn erstaunt an. »Aber so lange kann das doch unmöglich dauern!«

Tonio lachte. »Mein junger Faustus, du wirst bald feststellen, dass die Astrologie neben der Alchemie die Krone der arkanen Künste ist. Der Weg, sie zu erlernen, ist lang, steinig und mit Fehlern gepflastert. Und nun höre gut zu, was ich dir über Geburtszeit und Sternzeit zu erzählen habe. Ich erkläre alles nur einmal, verstanden?«

Tatsächlich musste Johann erkennen, dass die Sternenkunde ein höchst kompliziertes Studium war, viel schwieriger als alles, was er bislang gelernt hatte – ja sogar schwieriger als das Spielen auf der verflixten Sackpfeife.

In den nächsten Tagen lernte er zunächst die Tierkreiszeichen und was sie bedeuteten. Jeder Tierkreisabschnitt in der äußersten kreisrunden Sphäre war eingeteilt in einzelne Abschnitte von dreißig Grad, von denen wiederum jeweils zehn eine sogenannte Dekade bildeten. Aus Geburtszeit und Sternzeit ließen sich die sogenannten zwölf Häuser errechnen; es gab Aszendenten und Deszendenten, und alle mussten mittels komplizierter Formeln ermittelt werden. Oft saß Johann nachts noch lange über einer Tabelle, nur um zu erleben, wie ihm der Meister das Papier am nächsten Morgen zerriss und ins Feuer warf.

»Was bist du nur für ein Esel!«, schimpfte er ihn. »Kannst die einfachsten Dinge nicht zusammenrechnen. Los, noch mal von vorne! Bis Mittag bist du fertig, sonst gibt es nichts zu essen.«

So studierte und rechnete Johann tagein, tagaus. Er dachte daran, dass der Stiefvater ihm damals erzählt hatte, sein leiblicher Vater, der Gaukler und fahrende Scholast, habe auch in den Sternen gelesen. Vermutlich war es nur Hokuspokus gewesen, kein wirkliches Wissen, doch mit Sicherheit sagen ließ sich das nicht. Wer sein Vater war, wusste Johann nicht. Und er würde es auch nie erfahren. Die einzige Person, die ihm etwas über ihn hätte erzählen können, war seine Mutter – und die lag tot auf dem Knittlinger Friedhof. Bei diesem Gedanken tat Johann das Herz weh, und er beschloss, von nun an nicht mehr an seine leiblichen Eltern zu denken. Er hatte zwar keinen Vater und auch keine Mutter mehr, dafür aber hatte er Tonio, den Zauberer.

Manchmal, wenn der Meister endlich mit ihm zufrieden und die Nacht kalt und klar war, nahm Tonio ihn mit hinaus vor die Tür und erklärte ihm die Sternbilder am Himmel. Den Kleinen und den Großen Bären, den Adler, Andromeda mit ihrem milchigen Nebel … All diese Himmelsbilder hatte schon der große Ptolemäus gesehen, sie waren ewig. Und doch veränderten sie sich. Sternbilder wanderten, Konstellationen kamen und gingen wie uralte Begleiter von Mutter Erde.

»Sieh dort, den Orion«, sagte Tonio und deutete auf ein

besonders auffälliges Sternbild. »Mit ihm steigen im Winter der Große und der Kleine Hund auf, mit dem Stier, den Zwillingen und dem Fuhrmann. Die hellen Sterne Kastor, Pollux, Procyon, Sirius, Rigel, Aldebaran und Kapella bilden das Wintersechseck. Im Februar kommen dann bereits langsam wieder die Sommerbilder.«

»Es sind so viele Sterne!«, erwiderte Johann. »Und dahinter scheint es immer mehr zu geben. Hört das Universum denn niemals auf?«

»Erinnere dich an die Himmelssphären«, sagte Tonio. »Es gibt acht von ihnen.«

»Und was ist hinter der achten Sphäre?«

Tonio lachte. »Wenn ich ein Pfaffe wäre, würde ich sagen: Das weiß nur Gott. Aber ich denke, wir wissen es nicht, weil wir nicht so weit sehen können. Die meisten Sterne kann man mit dem bloßen Auge nicht wahrnehmen. Doch es gibt ...«, Tonio zögerte, »Möglichkeiten. Auch deine Geburtskonstellation lässt sich nur schwer erkennen, eben weil unser kleingeistiges Denken hinter der achten Sphäre aufhört.«

»Wisst Ihr denn, wann sie wiederkehrt?«, fragte Johann.

Der Meister lächelte geheimnisvoll. »Du wirst es noch früh genug erfahren, kleiner Faustus.«

Johann musste daran denken, dass die gleichen Sterne just im selben Moment über Knittlingen leuchteten, und das Heimweh brach in ihm aus wie ein inneres Feuer. Er erinnerte sich daran, wie ihm Pater Bernhard von der Knittlinger Lateinschule früher ebenfalls die Sternbilder erklärt hatte und wie Pater Antonius ihm die Maulbronner Druckerei und das Buch des großen Albertus Magnus, das »Speculum Astronomiae«, Spiegel der Astronomie, gezeigt hatte.

Vor allem aber dachte er an seinen kleinen Bruder Martin und an Margarethe.

Nachts, wenn er nicht schlafen konnte, wurden seine Gedanken an Margarethe so stark, dass er sich mit der Hand

Erleichterung verschaffen musste. Dann schämte er sich und betete, dass es ihr mittlerweile wieder besser ging. Vielleicht hatte sie ihn ja schon vergessen? Auch für ihn, das wusste er, wäre es das Beste gewesen, Margarethe zu vergessen.

Doch er konnte es nicht.

In den kalten Januartagen war Johann immer öfter allein im Turm. Der Meister sagte ihm nicht, wo er hinging, doch es kam vor, dass er über Nacht wegblieb. Die Luke, die in die obere Kammer hinaufführte, sperrte Tonio immer gut ab, und er schärfte Johann auch jedes Mal ein, was ihm blühte, sollte er sich über das Verbot hinwegsetzen.

Wenn der Meister dann von seinen Ausflügen zurückkam, sah er immer sehr zufrieden aus. Gelegentlich brachte er neue Bücher mit, die meisten über Astronomie und Alchemie, und Johann wunderte sich, woher er sie wohl hatte. Manchmal hatte der Meister auch mit Korken versiegelte Tonkrüge dabei oder Ledersäcke, in denen unförmige Dinge steckten. Die Säcke waren unten feucht, so als befände sich darin etwas Nasses. Johann wagte nicht, danach zu fragen, er beugte sich stattdessen tief über seine Bücher. Er hatte den Eindruck, dass Tonio nach den nächtlichen Ausflügen besser genährt aussah, nicht mehr so blass, sondern rosiger und fleischiger im Gesicht. Wahrscheinlich ging er im Dorfwirtshaus gut essen und trinken, während er, Johann, im Turm mit hungrigem Magen an dem vermaledeiten Horoskop irgendeines Pfaffen saß! Manchmal, wenn er von seiner Arbeit hochsah und den Käfig mit den Rabenvögeln betrachtete, kam es ihm wieder einmal so vor, als würden sie ihn beobachten, um dem Meister später von seinem Tun zu erzählen.

»Gottverfluchte Viecher!«, rief er und schleuderte ein Holzscheit nach dem Käfig, der daraufhin wild hin und her schwang. Die Vögel krächzten so lebhaft, als würden sie ihn verspotten, und der Rabe starrte ihn böse an.

»Kraaaat!«, machte er, »kraaat, kraaaat!«, und Johann

hielt sich die Ohren zu, um die schnarrende, fast menschliche Stimme nicht mehr zu hören.

Wenn Johann die Tabellen und Zahlen überhaupt nicht mehr sehen konnte, ging er Holzhacken draußen im Wald, buk duftende Brotfladen über dem Feuer, übte seine Zaubertricks, warf das Messer oder blätterte in einigen Büchern, die ihm der Meister zum Studium überlassen hatte. Das Lesen war Johann schon immer leichtgefallen, nun wurde er auch im Lateinischen besser. Er las flüssig und schnell, und er behielt das meiste. Wenn ihn Tonio gelegentlich abfragte, konnte er fast alles detailgetreu wiedergeben. Dann ließ der Meister das Buch sinken und sah Johann lange und nachdenklich an.

»Mir scheint, du bist ein besserer Gelehrter als ein Gaukler und Spielmann«, sagte er schließlich. »Johann Georg Faustus, in dir stecken so manche Geheimnisse.«

Tatsächlich kam die Gaukelei in den Wintermonaten zu kurz, dafür war Johann viel zu sehr mit dem Horoskop beschäftigt, das ihm der Meister aufgegeben hatte. Es sollten noch vier weitere Wochen vergehen, bis die Nativität des Pfälzer Abts endlich fertig war. Nachdem Johann den letzten Pinselstrich gesetzt hatte, ging er hinunter in die untere Turmkammer im Erdgeschoss, wo Tonio wie so oft mit seinen Büchern am Tisch saß.

»Hier«, sagte Johann in trotzigem Tonfall und reichte Tonio die beschriebene Pergamentrolle. Er rechnete fest damit, dass der Meister auch diesmal wieder etwas auszusetzen hatte, doch zu seinem großen Erstaunen schien er keinen einzigen Fehler zu finden. Aufmerksam las er die Tabellen und Johanns Anmerkungen, schließlich nickte er zufrieden.

»Was für ein langweiliger Kerl dieser Abt doch ist. Seine Sterne sind grau und unscheinbar.« Tonio lachte. »Aber die Nativität ist in Ordnung. Hier und da ein paar kleine Schludrigkeiten, doch ansonsten eine gute Arbeit. Im Grunde habe ich nichts anderes erwartet. Du hast in den letzten Wochen bewiesen, dass du begabt bist. Begabter als viele andere Schüler, die ich vor dir hatte. Schscht, ihr Biester!« Sein Blick ging hinüber zu den Vögeln im Käfig, die wild zu krächzen begonnen hatten und nun unruhig auf der Stange tippelten.

Johann atmete erleichtert aus, doch der Meister drohte ihm sogleich mit dem Finger. »Das war nur eine einfache Übung, Bursche. Das Horoskop eines blassen Abts, nichts weiter. Werde also nicht gleich eingebildet! Es kommen noch viel schwerere Prüfungen auf dich zu. Besonders dann, wenn wir uns irgendwann auch der Alchemie zuwenden, der Krone der arkanen Künste. Aber für den Augenblick wollen wir es gut sein lassen.« Er klatschte in die Hände. »Wir sollten dein erstes Horoskop feiern. Ich schlage vor, du gehst ins Dorf und holst uns ein kleines Fässchen Wein, Brot und ein paar fette Räucherwürste. Na, was hältst du davon?«

Johann nickte begeistert. Bislang hatte ihm der Meister immer verboten, ins Dorf zu gehen, vor allem, um keinen Verdacht zu erregen. Dies würde sein erster Ausflug werden, seitdem sie vor fast drei Monaten in den Turm gezogen waren.

»Wasch dir vorher das Gesicht.« Tonio zwinkerte ihm zu. »Und lass dich nicht mit den Dorfmädchen ein. In den letzten Wochen bist du ordentlich gewachsen und siehst nun recht ansehnlich aus, größer und auch kräftiger. Wenn sie dich fragen, bist du nichts weiter als ein wandernder Kesselflickergeselle, verstanden? Wir wollen keine Unannehmlichkeiten. Und nun geh schon. Ich sehe doch, wie es dich juckt.« Er warf ihm ein paar Münzen zu. »Ich will nicht den schlechtesten Wein. Wehe, du kaufst uns irgendeinen Fusel!«

Grinsend fing Johann die Münzen auf. Dann griff er sich den Mantel seines Stiefvaters, der mittlerweile ziemlich alt und abgetragen aussah und an den Ärmeln viel zu kurz war, und eilte nach draußen.

Die Sonne schien, und die ersten Vögel begrüßten tschilpend den nahenden Frühling. Während Johann durch den Schnee stürmte, fiel die Last der vergangenen Wochen wie Blei von ihm ab.

* * *

Der Meister wartete ab, bis die Schritte des Jungen verklungen waren. Dann begab er sich nach oben in die Turmkammer, um das Ritual vorzubereiten. Das Blut, das er in einem kleinen Fässchen aufbewahrte, war zwar schon etwas geronnen, doch für seine Zwecke würde es wohl noch ausreichen. Bedächtig verrührte er die klebrige Masse, hielt den Finger hinein und leckte ihn genüsslich ab. Es gab keinen Geschmack, der dem von Blut glich. Warm und salzig und zugleich voller Leben.

Vor allem, wenn es so jung war wie dieses hier.

Der Mann, der sich Tonio nannte, tauchte die Hand in das Fass, die Flüssigkeit tropfte zu Boden wie Farbe. Mit den Fingern zeichnete er auf den Stein das uralte Muster, das ihnen seit Jahrtausenden als Mittel der Verständigung diente. Er erneuerte das verblichene Symbol auf dem Boden, und ein leichter Geruch von Verwesung machte sich im Raum breit.

Er war sich fast sicher.

Zunächst hatte er es nicht für möglich gehalten, er hatte die alten Karten studiert und mit der von ihm entworfenen Apparatur den Himmel beobachtet. Doch die Sterne logen nicht, der Tag war nahe, ganz nahe, und endlich schien er den Richtigen gefunden zu haben. Den Einen, den Auserwählten … Sie mussten handeln, jetzt! Sonst war der Moment vorüber, und niemand wusste, wann er wiederkommen würde.

Mit geübten, oft wiederholten Schritten ging er den Kreis ab und murmelte dabei die uralten Worte.

»Du musst verstehn, aus eins mach zehn, und zwei lass gehen, und drei mach gleich, so bist du reich …«

Als der Meister geendet hatte, setzte er sich in die Mitte des Kreises, schloss die Augen und wartete auf eine Antwort.

* * *

Von den schneebedeckten Bäumen tropfte es, und auf dem Pfad, der noch vor wenigen Tagen eine schier unüberwindbare eisige Barriere gebildet hatte, stand das Tauwasser in Pfützen. Das Tal vor Augen, sprang Johann leichtfüßig über Schlamm und Pfützen hinweg und atmete die frische, klare Luft, die schwach nach ersten Trieben duftete. Ihm war, als wäre er aus einem Gefängnis ausgebrochen.

Tatsächlich schien der Frühling nicht mehr weit zu sein. Johann schätzte, dass sie schon bald ihre Fahrt fortsetzen würden. Bislang hatte er sich noch nie gefragt, wohin die Reise eigentlich ging. Und der Meister hatte nie darüber gesprochen. Gab es überhaupt ein Ziel? Etwa das ferne Venedig, von dem er schon so viel gehört hatte? Florenz? Rom? In den ersten Wochen ihrer Fahrt war Johann eigentlich nur froh gewesen, dass er ein Dach über dem Kopf hatte. Tonio hatte ihm ein Zuhause gegeben, einen Unterschlupf vor den Widrigkeiten des Winters. Ein Jahr Dienst hatte er dem Meister versprochen, und nicht selten, besonders dann, wenn Tonio ihn wieder mal bis aufs Blut geschunden hatte, hatte er daran gedacht, schon früher zu verschwinden. Doch nun war er glücklich, der Schüler eines solchen Mannes zu sein. Tonio konnte ihn mehr lehren als Pater Antonius und Pater Bernhard zusammen, die ganze Welt stand ihm offen!

Aber heute wollte er erst mal das Leben genießen. Nach den Wochen der Einsamkeit und des Lernens im Turm freute Johann sich darauf, andere Menschen zu sehen, und seien es nur die tumben Bewohner eines kleinen Bergkaffs.

Nach etwa einer Stunde Fußmarsch hatte er die Straße unten im Tal erreicht, die an einem niedrigen, mit Tannen bewachsenen Alpenausläufer entlangführte. Im Hintergrund waren im Dunst die schneebedeckten Berge zu erkennen. Das Dorf lag nur etwa eine halbe Meile entfernt in östlicher Richtung. Es war nicht viel größer als ein Weiler, mit einer kleinen baufälligen Kirche und einer Handvoll Häusern. Neben der Kirche befand sich das Wirtshaus, ein geducktes, aus schwarzen Baumstämmen gezimmertes Gebäude, aus dessen Kamin dichter grauer Rauch quoll. Eine größere Handelsstraße führte daran vorbei.

Es war Sonntagvormittag, und viele der Bauern aus der Gegend waren nach der Messe auf einen Schoppen Wein in die Wirtsstube gekommen. Etliche Ochsenkarren standen am Rande der Straße. Auf dem Kirchplatz saßen einige junge Mägde an einem Brunnen. Als sie Johann sahen, steckten sie die Köpfe zusammen und tuschelten. Er richtete sich auf und ging mit einer gespielten Verbeugung an ihnen vorüber. Kichernd und kreischend stoben sie auseinander wie die Hühner. Erst jetzt fiel Johann auf, wie abgerissen und schmutzig er aussehen musste – mit seiner zerrissenen Hose, den zottigen, in den letzten Wochen zu einer wahren Mähne gewachsenen schwarzen Haaren und dem viel zu kleinen Mantel. Er ging hinüber zum Brunnen und wusch sich ausgiebig, dabei betrachtete er im Wasser erstaunt sein Gesicht. Er sah hagerer aus, kantiger als noch im Herbst, ein dunkler Flaum war ihm um die Lippen gewachsen, und seine Augen waren fast so schwarz und schillernd wie die des Meisters. Die Wochen im Turm hatten aus Johann einen ernst dreinblickenden jungen Mann gemacht. Doch wenn er das nervöse Kichern der Mädchen richtig deutete, auch einen nicht ganz unattraktiven Burschen.

Nachdem er den schlimmsten Schmutz aus seiner Kleidung entfernt und sein Haar ein wenig geordnet hatte, betrat er die Wirtsstube. Sie war gut gefüllt, es roch nach altem Männerschweiß und verschüttetem Bier. Sofort richteten sich etliche

Blicke auf ihn, und er glaubte, den einen oder anderen leise gemurmelten abfälligen Spruch zu hören. Mit erhobenem Kopf ging er zu einem der wenigen freien Tische und nahm in einer Ecke Platz, während ihn die Dorfbewohner weiterhin feindselig musterten. Nach einer Weile kam der Wirt auf ihn zu.

»Was willst du?«, fragte er und fuhr dabei unwirsch mit dem Lappen über den schmutzigen, mit Kerben durchzogenen Tisch. »Wenn du betteln willst, stell dich vor die Kirche.«

»Ein Krüglein Bier, wenn's recht ist«, erwiderte Johann lächelnd. »Außerdem ein wenig Proviant für die Reise. Vielleicht ein Fässchen Wein, ein paar Würste und Brot … Ich bin ein fahrender Kesselflickergeselle auf dem Weg nach Innsbruck.« Er hielt eine der Münzen hoch, die ihm der Meister gegeben hatte. »Ich kann auch zahlen, falls Ihr Bedenken haben solltet.«

Der Wirt wiegte den Kopf und betrachtete gierig die Münze, die aus reinem Silber war. »Den Proviant sollst du haben«, sagte er schließlich und griff nach der Münze. »Aber ich will nicht, dass du hier länger hockst. Wir wollen keine Fremden in unserem Dorf.«

Johanns Lächeln gefror. »Aber warum …?«, begann er. Doch der Wirt hatte sich schon abgewendet, ohne ihm auch nur einen Krug Bier anzubieten. Stirnrunzelnd blieb Johann sitzen. In was für ein Nest war er hier nur geraten! In Knittlingen war man Fremden gegenüber auch nicht gerade freundlich gesinnt, aber man vertrieb sie nicht gleich wieder. Seine gute Laune schwand zusehends.

»Dreckiges fahrendes Pack«, hörte er jemanden ganz in der Nähe murmeln. »Allesamt mit dem Beelzebub im Bunde.«

»Man sollte sie alle aufhängen, bevor noch mehr Unheil in der Gegend geschieht«, pflichtete ihm ein Zweiter bei. »Ein böser Wind weht von den Bergen.«

Erstaunt wandte sich Johann dem Gespräch zu. Es waren

zwei ältere Bauern, von denen der eine nun lautstark ausspuckte. »Ich sag dir, der Teufel geht durchs Land«, murrte er. »Holt sich unsere Liebsten und setzt denen, die ihn beherbergen, den roten Hahn aufs Dach! Hast du's schon gehört? Im »Adler« bei Kempten, nur ein paar Tagesreisen von hier, ist über den Winter ein Zauberer abgestiegen. Nun ist das Wirtshaus abgebrannt, und der Ketzer über alle Berge!«

»Wenn du mich fragst, der Unhold lebt nicht weit von hier«, flüsterte der andere und schlug dabei ein Kreuz. »Es heißt, im alten Römerturm hause jemand. Ein Hexer, so wahr mir Gott helfe! Der Köhler hat ihn neulich nachts im Wald tanzen sehen, zusammen mit seinem Gehilfen.«

Johann zuckte zusammen. Hatte er eben richtig gehört? Diese Bauern sprachen ganz offenbar von ihm und dem Meister! Jemand hatte sie in der Nähe des Turms gesehen und verbreitete jetzt Schauergeschichten. Und nicht nur das – man schien sie auch mit dem Spielmann aus dem Wirtshaus »Zum Schwarzen Adler« zu verwechseln. Offenbar war die Herberge abgebrannt, und man machte diesen Freudenreich dafür verantwortlich. Erst jetzt fiel Johann auf, wie viele der Gäste in der Wirtsstube ihn hasserfüllt anstarrten. Einige hatten die Hand bereits am Messer, nach und nach verstummten die Gespräche.

»Dreckiges fahrendes Pack«, zischte der ältere Bauer wieder. »Satansbrut!«

Johann war sehr erleichtert, als der Wirt erneut an seinen Tisch trat und ihm einen prall gefüllten Jutesack reichte. »Hier ist alles drin, was du verlangt hast«, knurrte er. »Und jetzt mach, dass du rauskommst, bevor sie dir noch den Hals durchschneiden! Hörst ja selbst, was dir blüht. Ich will kein Blut in meinem Wirtshaus!«

Schweigend nahm Johann den Sack in Empfang, stand auf und ging zur Tür. Er war bereits draußen auf der Straße, als er spürte, dass ihm jemand folgte. Langsam drehte er sich um. Es waren drei jüngere Knechte, von denen zwei lange, knotige Stecken in den Händen hielten. Der Dritte hatte sein Messer gezogen, mit dem er nun drohend auf Johann zuging.

»Was hast du mit meiner kleinen Schwester gemacht?«, schrie der junge Mann plötzlich, das Gesicht zu einer wilden Grimasse verzogen. »Hast du sie gefressen wie ein Wolf? Bist du ein Wolfsmensch?«

Johann war vor Schrecken wie erstarrt. Was redeten die Leute da? »Ich … ich bin ein einfacher Kesselflicker«, stotterte er. »Ich ziehe mit meinem Meister durch die Lande … Niemals …«

»Ihr raubt unsere Kinder!«, unterbrach ihn der zweite Knecht und schwang seinen Knüppel. »Gib's zu! Die kleine Elsbeth und auch die anderen aus der Gegend … Ihr holt sie euch in der Nacht, und dann fresst ihr sie!«

»Aber … aber das ist doch Unsinn!« Johann trat ein paar Schritte zurück und hob die Arme in einer Geste der Unschuld. »Wir sind keine …«

Ein Stein traf ihn am Kopf. Ein Junge, der am Dorfbrunnen stand, hatte ihn geworfen. Die kichernden Mägde waren längst verschwunden. Stattdessen sah sich Johann einer immer größer werdenden Menge von zornigen jungen Männern gegenüber. Seine Hand glitt zum Messer in der Hosentasche, und im gleichen Moment überkam ihn eine unbändige Wut. Was fiel diesen dummen Klötzen nur ein! Doch er wusste auch, dass es viel zu viele waren, um den Kampf zu gewinnen.

»Packt ihn euch!«, schrie einer von ihnen. »Wir werden die Wahrheit schon aus ihm herausprügeln. Und dann verbrennen wir ihn wie eine Judaspuppe, auf dass uns seine schwarze Seele nichts mehr tun kann!«

Ein weiterer Stein traf Johann. Er drehte sich um, und ein Knüppel klatschte ihm auf den Rücken. Der Schmerz war so heftig, dass er würgen musste.

»Schlagt ihn tot wie einen Hund!«, keifte jemand. »Seht

euch doch an, wie er aussieht. Mit seinen schwarzen Haaren und diesem bösen Blick. Der ist ein Scherge Satans! Er hat unsere Kinder auf dem Gewissen!«

»Satan, Satan!«, schrien die anderen.

Johann taumelte, fiel nach vorne und rappelte sich eilig wieder auf, bevor ihn weitere Schläge trafen. Ein weiterer Stein zischte nur haarscharf an seinem Kopf vorbei. So schnell er konnte, lief er die Straße entlang, während sie hinter ihm heulten, zeterten und schrien. Der Sack in seinen Händen war so schwer, als wäre er mit Ackersteinen gefüllt. Er warf ihn in den Graben und rannte, während weitere Steine und Eisklumpen auf ihn einprasselten. Eine Weile hörte er noch Schritte hinter sich, doch sie verstummten nach und nach. Keiner der Dorfbewohner schien ihm noch länger zu folgen. Trotzdem lief er, als wäre der Teufel hinter ihm her, immer die Straße entlang, bis rechts endlich das Waldstück auftauchte, wo der Weg in die Berge hinaufführte. Er bog von der Straße ab, folgte dem verschlammten Pfad und kam schließlich schwer keuchend am Fuße des Turms an.

»Meister!«, rief er und klopfte an die Tür. »Es … es ist etwas geschehen! Wir müssen fort, schnell!«

Doch keiner antwortete. Als Johann die Tür hastig öffnete, war der Raum dahinter leer, das Feuer im Kamin erloschen.

Vom Meister fehlte jede Spur.

Eine Zeit lang stand Johann in der Mitte der Turmkammer, atmete schwer und lauschte auf irgendwelche Geräusche. Doch es war so still wie in einem Grab. Die Bücher lagen nach wie vor auf dem Tisch, auch die Nativität des Abts, die er am Morgen noch dem Meister gezeigt hatte. Ein paar letzte Funken glommen in der Asche, kalter Rauch lag in der Luft und ein leichter Gestank wie von Schwefel. Und der Geruch von etwas anderem, das er aber nicht genauer bestimmen konnte.

Mit pochendem Herzen dachte Johann daran, wie knapp er gerade mit dem Leben davongekommen war. Die Dorfbewohner hätten ihn ohne Zweifel gesteinigt oder erschlagen, wenn er nicht im letzten Moment weggelaufen wäre.

Vor allem aber erinnerte er sich ihrer Worte.

Ihr raubt unsere Kinder ... Ihr holt sie euch in der Nacht, und dann fresst ihr sie ...

Offenbar waren auch in dieser Gegend Kinder verschwunden, so wie vor vielen Monaten in Knittlingen. An beiden Orten hatte sich der Meister längere Zeit aufgehalten. Johann fiel ein, wie gut genährt und fleischig Tonio jedes Mal ausgesehen hatte, wenn er von seinen nächtlichen Ausflügen in den Turm zurückgekehrt war. Er dachte an die Tonkrüge und an die nassen Säcke. Vor allem an die nassen Säcke.

Ihr fresst sie ...

Johann schüttelte sich, als würde er aus einem bösen Traum erwachen. Das war doch alles Unsinn! Tonio del Moravia mochte ein finsterer Geselle sein, ein Zauberer, Astrologe und Chiromant, aber er war kein menschenfressender Unhold. Er war ein kluger, wenn auch strenger Lehrmeister, ein Mann, von dem Johann noch viel lernen konnte.

Ihr fresst sie ...

Johanns Blick ging hinüber zur Treppe. Was in Gottes Namen trieb der Meister oben in seiner Kammer? Tonio hatte ihm strengstens verboten, sie zu betreten. Aber nun nagten die Zweifel an Johann wie tausend kleine Frettchen. Er musste unbedingt erfahren, was dort oben vor sich ging, erst dann würde er wieder ruhig schlafen können. In aller Eile wog er seine Chancen ab, entdeckt zu werden. Vermutlich war Tonio für eine Weile außer Haus, er erwartete Johann sicher nicht vor dem Nachmittag zurück. Er hatte also noch ein bisschen Zeit.

Wenn nicht vorher die Dorfbewohner kamen, um die vermeintlichen Hexer im Turm auszuräuchern ...

Leise schlich Johann hinauf in seine Kammer und von dort

weiter die Treppe empor bis vor die Luke, die mit einem Riegel verschlossen war. Immer wenn der Meister außer Haus war, versperrte er den Riegel mit einem großen Vorhängeschloss. Den Schlüssel dazu hatte er stets am Gürtel hängen, niemals nahm er ihn ab. Doch zu Johanns großem Erstaunen war der Riegel diesmal nicht vorgeschoben. Hatte der Meister etwa in der Eile vergessen, seine Zuflucht abzuschließen? Oder befand er sich noch dort oben und schlief nur?

Johann lauschte. In den Nächten hatte er oft noch lange Tonios Gemurmel gehört und dazu schwere Schritte, die über den Bretterboden schlurften, hin und her, begleitet von einem Ziehen, als würde etwas Großes, Sperriges über den Boden gezerrt. Doch nun herrschte tiefe Stille, kein Schlurfen, kein Murmeln, kein Schnarchen, nicht mal ein leises Atmen.

Aus einem Grund, den er sich selbst nicht erklären konnte, schlug Johann ein Kreuz. Dann drückte er gegen die Luke. Mit leisem Quietschen öffnete sie sich. Johann verharrte in Erwartung eines wütenden Schreis oder böser Worte, aber nichts dergleichen geschah. Also schob er die Luke vollständig auf und stieg die letzten Stufen nach oben, bis er schließlich in der Kammer des Meisters stand.

Wie in seiner eigenen Kammer gab es auch hier ein Bett und einen Tisch, der mit Büchern überhäuft war. Ein paar Kleider lagen achtlos in einer Ecke neben einer Truhe, an den Fenstern hingen Spinnweben, die sich im Wind bauschten. Alles wirkte nicht weiter auffällig.

Bis auf die Zeichnung.

Auf dem Boden war ein großes Pentagramm gemalt, das fast die ganze Kammer einnahm. An den Spitzen des fünfzackigen Sterns befand sich jeweils eine erloschene Kerze, deren Wachs sich wie weißer Gallert über den Boden ausgebreitet hatte. Johann kniete nieder und betrachtete das Pentagramm genauer. Der Stern war mit rostroter Farbe geschrieben, die mittlerweile eingetrocknet war und einen leicht süßlichen Geruch verströmte. Es war der Geruch, den er auch schon unten wahrgenommen hatte. Johann schnupperte. So hatte es auch zu Hause in Knittlingen gerochen, wenn der Stiefvater ein Schwein geschlachtet und zu Würsten und Schinken verarbeitet hatte.

Es war der Geruch von Blut.

Ihr fresst sie …

Eine Leiter führte hinauf zu einem quadratischen Loch, das den Eingang zur oberen Plattform bildete. Wie in Trance kletterte Johann die wenigen Sprossen nach oben und steckte den Kopf ins Freie. Ein kalter Wind pfiff hier oben. Auf dem Fundament war eine seltsame Konstruktion aufgebaut, ein großes, etwa armlanges Rohr, das auf einem Stativ ruhte. Vermutlich war es in einer der großen Kisten gewesen, die Johann vom Wagen hinauf in den Turm geschleppt hatte. Sosehr er auch grübelte, er konnte sich keinen rechten Reim auf das Rohr machen. War das etwa das Geheimnis des Meisters? Aber warum durfte er nichts davon wissen? Und was sollte das Pentagramm auf dem Boden der Kammer?

Johann konnte der Versuchung nicht widerstehen. Er näherte sich dem Rohr, das aus Kupfer gefertigt und wie ein schmaler Trichter geformt war. Vorne und hinten befand sich jeweils eine Glasscheibe, die Johann an die Augengläser erinnerte, die Pater Antonius manchmal getragen hatte. Der Mönch meinte, diese Gläser würden ihm helfen, die winzigen Buchstaben in den Büchern besser zu lesen. Taugte dieses wunderliche Gerät etwa auch zum Lesen von Büchern? Dann musste man wohl hindurchsehen.

Mit zitternden Händen fasste Johann nach dem Rohr und legte sein Auge an das dünne Ende. Zuerst sah er nichts, alles war schwarz und verschwommen. Auf dem Stativ ließ sich die Röhre nach oben und unten und nach links und rechts drehen. Er spielte ein wenig herum und fuhr plötzlich erschrocken zurück.

Die Berge, die eben noch so weit entfernt gewesen waren, standen mit einem Mal direkt vor ihm. Ihm schien, als könnte er mit der Hand nach ihnen greifen! Er sah den in der Sonne glitzernden Schnee und die schroffen Felsen, er erblickte einen Adler, der seine Kreise über einem Gipfel zog, ganz so, als schwebte er direkt über ihm. Als er den Kopf wegnahm, war alles wieder ganz weit entfernt. Was für ein wunderliches Spielzeug war das nur? Johann dachte an die Druckerpresse im Maulbronner Kloster. Auch dies hier schien eine Erfindung zu sein, die die Welt verändern konnte! War es damit vielleicht auch möglich, die Sterne genauer zu betrachten? Konnte man damit etwa hinter die achte Sphäre sehen?

Mutiger geworden, drehte er das Rohr nun in die andere Richtung, auf den Wald zu. Auch hier war zunächst alles unscharf, und er musste blinzeln. Doch nach einer Weile gelang es ihm, einige Stellen genauer zu betrachten. Die Dorfkirche, die nun direkt vor seiner Nase lag, die Straße, den Pfad, der sich durch den Wald zum Turm heraufschlängelte.

Den Meister …

Johann schrie auf und ließ das Rohr los, als hätte er sich verbrannt. Er hatte das Gesicht des Meisters gesehen, finster dreinblickend, die dünnen schwarzen Haare im Wind wehend. Ganz nahe war er gewesen. So als hätte er Johann direkt in die Augen geschaut. Ohne das Rohr sah er nur einen schwarzen Punkt, der jedoch bedrohlich schnell größer wurde.

Der Meister kam den Pfad herauf.

Johann betete, dass er ihn nicht oben auf der Plattform gesehen hatte. Hastig kletterte er die Leiter hinunter und eilte durch die obere Turmkammer, vorbei an Pentagramm und Kleiderhaufen, stieg über die Treppe hinab in seine Kammer und weiter ins Erdgeschoss, wo er schließlich vor dem erkalteten Kamin Platz nahm, ein Buch in den Händen, so als hätte er die ganze Zeit darin gelesen.

Es dauerte nicht lange, da konnte er auch schon Tonios Schritte von draußen hören. Die Tür wurde aufgestoßen, und der Meister betrat den Turm. Er schien schnell gegangen zu sein, Schweißperlen standen auf seiner blassen Stirn, er keuchte. Lange blickte er Johann mit seinen tiefschwarzen Stecknadelaugen an, und dieser war sich plötzlich sicher, dass ihn Tonio oben auf der Plattform gesehen hatte. Schließlich richtete der Meister unvermittelt das Wort an ihn.

»Wir müssen fort von hier. Ich habe mit einem Händler auf der Straße geredet. Er meinte, die Leute im Dorf glauben, dass oben im Turm Hexer wohnen. Es hat wohl einen Vorfall im Ort gegeben. Pack deine Sachen, wenn du nicht verbrannt werden willst! Wenn wir Glück haben, kommen sie erst morgen. Heute am Sonntag sind sie vermutlich schon zu betrunken.«

Er fragte nicht, was Johann getrieben hatte und warum er schon wieder aus dem Dorf zurück war. Stattdessen ging er hinauf in seine Kammer, und Johann hörte, wie er dort hastig zusammenpackte.

Während Johann seine eigenen Siebensachen in einen Beutel steckte, dachte er noch einmal an die Kleider, die er oben in der Kammer des Meisters gesehen hatte. Vorhin hatte er sie nicht richtig wahrgenommen. Aber jetzt, als er noch einmal daran dachte, erinnerte er sich, dass es sehr viele Kleider gewesen waren. Mehr Kleider, als der Meister eigentlich besaß. Und er hätte schwören können, dass sie sehr klein ausgesehen hatten.

Wie Kinderkleider.

Von oben erklangen schwer und tief Tonios Schritte, sie tönten wie die Stiefel eines dunklen Kapitäns, mit dessen Schiff Johann langsam in die Tiefe fuhr.

7

Die Fahrt hinunter zur Straße verlief schweigend. Auf Befehl des Meisters hatte Johann das Pferd vor den Wagen gespannt und die Beutel, Säcke und Kisten verstaut. Auch der Käfig mit den Rabenvögeln hing wieder schaukelnd an seinem alten Platz von der Decke.

Noch ein letztes Mal sah Johann zurück zu dem Turm, der für die letzten Monate sein Zuhause gewesen war und wo er so viel gelernt hatte. Dann knallte Tonio mit der Peitsche, und der Karren setzte sich rumpelnd in Bewegung. Es dauerte nicht lange, und sie mussten absteigen und das Pferd führen. Zwar war der Schnee geschmolzen, dafür hatten sich auf dem Weg tiefe Schlammlöcher gebildet. Wurzeln ragten wie die Finger unterirdischer Geister aus der Erde und mussten umfahren werden, zweimal querten sie einen kleinen Bach, in dem das Schmelzwasser gurgelnd und rauschend hinunter ins Tal stürzte. Der Meister sprach kein Wort, er zog und zerrte an dem alten Klepper, der sich nur widerwillig durch die vielen Pfützen führen ließ.

Vor dem Aufbruch hatten sie noch Tür und Fenster vernagelt und eine große, schwere Kiste hinter dem Turm vergraben. Johann hatte noch kurz einen Blick in ihr Inneres erhaschen können. Es waren Bücher darin gewesen, aber er hatte auch ein kupfernes Rohr blitzen sehen. Offenbar hatte Tonio den seltsamen Apparat abgebaut und in der Truhe versteckt. Als sie das Loch wieder zuschütteten, vollführte der Meister ein paar seltsame Bewegungen mit den Händen und legte fünf weiße Steine im Kreis aus. »Falls wir irgendwann wiederkommen«, sagte er. »Keiner wird wagen, hier nach einem Schatz zu graben. Nicht, wenn ihm seine Seele lieb ist.« An die Tür malte er mit Ruß ein schwarzes Pentagramm und sicherte sie zusätzlich mit einem Balken.

Endlich, nach zwei Stunden des Schiebens und Zerrens, waren sie unten im Tal angekommen. Sie wandten sich westwärts, weg von dem Dorf. Als sie etwa eine weitere halbe Stunde unterwegs waren, begannen die Kirchturmglocken zu läuten, sie läuteten wie wild, ganz so, als ob es irgendwo brannte oder ein Sturm aufzog.

Oder als würden die Bewohner zur Jagd rufen, dachte Johann. *Zur Hexenjagd.*

Die Glocken wurden irgendwann leiser und verstummten schließlich ganz, und nun verlief ihre Fahrt ein wenig ruhiger. Johann saß neben dem Meister auf dem Kutschbock, so wie sie es schon oft auf ihrer Reise gehalten hatten, und noch immer schwieg Tonio. Seine Zähne mahlten grimmig, als würde er jeden der tumben, jähzornigen Bauern einzeln verspeisen wollen.

Ihr fresst unsere Kinder …

Erst jetzt fand Johann Zeit, über das nachzudenken, was er eben noch oben im Turm erlebt hatte. Hatte er wirklich Kinderkleider in Tonios Kammer gesehen? Plötzlich war er sich nicht mehr sicher. Im Grunde war es nur ein Kleiderhaufen gewesen, und auch für das Pentagramm am Boden gab es vielleicht eine vernünftige Erklärung. Johann wusste, dass die Alchemie mit Symbolen arbeitete, auch griff man dabei auf unterschiedliche Stoffe zurück, darunter auch Blut. Vermutlich war, was er dort oben gesehen und gerochen hatte, Schweineblut gewesen, eklig zwar, doch nichts, was ihn schrecken sollte. Was, wenn er dies alles nur fantasierte, wenn er ebenso engstirnig und panisch reagierte wie die

Dorfbewohner? Kinder waren verschwunden, das kam vor, überall auf der Welt. Und die nächtlichen Ausflüge Tonios ließen sich sicher auch erklären.

Mit einem Mal hatte Johann ein schlechtes Gewissen. War der Meister nicht sehr gütig zu ihm gewesen in den letzten Wochen? Hatte er ihn nicht viel gelehrt? Solange war Johann blind gewesen, nun endlich hatte ihm jemand das Licht gezeigt. So vieles gab es noch zu lernen! Zum Beispiel über dieses seltsame Rohr, das er oben auf dem Turm gesehen hatte, aber auch über die sagenumwobene Alchemie, über die der Meister ihm bereits einiges erzählt hatte. Tonio del Moravia mochte keine so große Bibliothek besitzen wie das Maulbronner Kloster, dafür schien er selbst eine wandelnde Bibliothek zu sein. Sein Wissen, so kam es Johann vor, war uralt und unendlich, es reichte zurück bis zum ersten Wissen der Menschheit. Was konnte er noch alles von ihm lernen! Johann räusperte sich. Vielleicht war es ja jetzt an der Zeit, nach dem eigentlichen Ziel ihrer Reise zu fragen.

»Nun, da der Schnee schmilzt, müsste der Weg über die Alpen doch frei sein, nicht wahr?«, begann er.

Der Meister nickte, doch er schwieg weiter und hielt die Zügel fest in der Hand.

»Reisen wir denn über die Alpen?«, versuchte es Johann ein weiteres Mal. »Vielleicht nach … nach Venedig?«

»Unsere Pläne haben sich geändert«, erwiderte Tonio knapp. »Wir werden nach Osten reisen, ins Königreich Polen.«

»Aber warum das?« Johann konnte seine Enttäuschung nicht verbergen. So sehr hatte er sich auf Venedig und Rom gefreut, auf die warmen Länder hinter den Alpen. Er wollte das Meer sehen, und nun sollte es in ein Land gehen, von dem er noch nie zuvor gehört hatte. »Warum wollt Ihr nach Polen?«, hakte er nach.

Erst jetzt wandte der Meister ihm das hagere, falkenartige Gesicht zu, er musterte Johann eindringlich, und schon wieder bekam er das Gefühl, dass Tonio jeden seiner Gedanken las.

»Hast du dich denn nie gefragt, wo ich all meine Kenntnisse erworben habe?«, fragte Tonio. »Meinst du, all dies ist wie ein erloschener Stern vom Himmel gefallen?«

»Ihr … Ihr habt studiert«, erwiderte Johann. »In Paris, in Heidelberg …«

»Jaja, durchaus mit heißem Bemühen«, unterbrach ihn Tonio. »Ich war an vielen Universitäten, ein fahrender Scholast, immer auf der Suche nach neuem Wissen. Doch die dunklen Künste lernst du nur an einer ganz bestimmten Universität. In Krakau!«

Johann erinnerte sich, dass der Meister schon öfter von Krakau gesprochen hatte. Bereits in Knittlingen hatte er sich ihm mit diesen Worten vorgestellt.

Tonio del Moravia. Krakauer Magister der sieben Künste und Bewahrer der sieben mal sieben Siegel.

»Früher gab es noch andere Universitäten, die die arkanen Künste lehrten«, fuhr Tonio fort, während der alte Klepper sie über die holprige Straße zog. »Doch die verfluchte Kirche hat sie allesamt verboten, dabei sind sie viel älter als sie. Nun gibt es nur noch Krakau. Wenn du die sieben mal sieben Siegel kennenlernen willst, gibt es keinen anderen Ort auf dieser Welt!«

»Was sind die sieben mal sieben Siegel?«, fragte Johann.

»Hab Geduld, kleiner Faustus.« Der Meister grinste. »Du wirst sie noch kennenlernen. Ich habe einen Boten ausgesandt, der deine Ankunft in Krakau ankündigt.«

»Meine Ankunft?« Johann starrte seinen Lehrer ungläubig an. »Aber warum …?«

»Hast du dich nicht gewundert, warum ich des Nachts öfter weg war?«, unterbrach ihn Tonio. »Ich hatte auf Nachricht gehofft, wochenlang! Da keine kam, bin ich heute Vormittag selbst losgezogen und habe einem Händler einen Brief mitgegeben. Unsere Freunde sollen wissen, dass du kommst. Die Sterne stehen äußerst günstig.«

»Dass *ich* komme?« Johanns Verblüffung wurde immer größer. »Aber … aber warum sollen sie denn von mir erfahren?«

Der Meister setzte zu einer Antwort an, doch dann schüttelte er den Kopf. »Es ist noch zu früh. Schon oft sind wir enttäuscht worden, wenn ich mir diesmal auch ziemlich sicher bin.« Er lächelte. »Warte noch ein Weilchen, Johann Faustus. Ich bin sicher, dass wir auch schon auf unserem Weg nach Krakau Freunde treffen werden. Wir sind viele, und wir werden immer mehr. Es kann nicht mehr lange dauern. Hü, du fauler Klepper, nun zieh schon!«

Er knallte mit der Peitsche, und der alte Gaul hob wiehernd den Kopf, fast so, als würde er lachen. Dann zog er sie weiter, immer gen Osten, wo jenes sagenumwobene Krakau liegen sollte. Johann saß auf dem Kutschbock und schwieg. Nun wusste er zwar, warum der Meister so viele Nächte weg gewesen war, doch ein anderes, noch viel größeres Rätsel war plötzlich aufgetaucht. Bislang hatte Johann immer geglaubt, er sei nichts weiter als ein Lehrling, ein einfacher Junge, der Tonio del Moravia, dem Zauberer, bei seinen vielen Vorstellungen zur Hand ging.

Doch offenbar hatte der Meister anderes mit ihm vor.

Am nächsten Vormittag erreichten sie eine größere Straße, auf der etliche Händler und auch Pilger unterwegs waren. Sie führte südlich auf die Berge zu, doch Tonio bog nach Norden ab.

»Die alte Römerstraße«, erklärte er. »Einst zogen sich diese Straßen wie ein feinmaschiges Netz durch das Reich, viele Hundert Meilen lang. Alle waren gepflastert, damit die römischen Soldaten schneller vorankamen. Jede der Straßen war so breit, dass zwei Wagen aneinander vorbeipassten. Wachtürme und größere Kastelle sorgten dafür, dass es nicht zu Hinterhalten kam.« Er deutete auf die jämmerlichen Überreste der von Gras überwachsenen Pflasterung. An den Seiten waren die Spuren eines früheren Fußwegs zu erkennen, ein Meilenstein mit verwitterten römischen Zahlen ragte schief aus dem Schlamm. »So viele Hundert Jahre sind seitdem vergangen, und es ist nicht mehr viel erhalten. Doch das wenige ist immer noch besser als alles, was die deutschen Könige und Kaiser seither zustande gebracht haben.«

»Und diese Straße führt nach Krakau?«, fragte Johann.

Tonio lachte. »Nicht ganz. Aber sie bringt uns zumindest in die Nähe. Bis Krakau ist es noch weit, wir werden viele Wochen unterwegs sein. Wochen, in denen ich dir einiges beibringen kann.« Er sah hinauf zum Himmel und blinzelte. »Ich hoffe, dass wir es noch rechtzeitig schaffen.«

Tatsächlich nutzte der Meister die Zeit auf dem Kutschbock und auch die Abende, um Johann mehr über die Astrologie, aber auch die Grundzüge der Alchemie zu erklären.

»Viele glauben, die Alchemie diene nur dazu, Gold herzustellen«, sagte er. »Auch ich war einst von diesem Wunsch besessen. Doch sie ist viel mehr! Die Alchemie, so wie sie schon der große Hermes Trismegistos in Ägypten und später die Griechen und Araber lehrten, verschafft Erkenntnis über alles, was die Welt im Innersten zusammenhält. Verstehst du, was ich meine?«

Johann nickte, wenn er auch sicher war, bislang nur einen winzigen Tropfen dieses riesigen Meeres an Wissen gekostet zu haben.

Tonio del Moravia war nun viel freundlicher zu ihm als vor ihrer Zeit im Turm. Nur noch selten übten sie ihre Gauklertricks, und Tonio las auch kaum noch aus der Hand und erstellte in den Wirtshäusern keine Horoskope mehr. Es schien, als wollte er so schnell wie möglich nach Krakau. In den Nächten, wenn der Himmel klar war, beobachtete der Meister oft die Sterne. Irgendetwas schien ihn in große Aufregung zu versetzen.

»Es geschieht schneller als erwartet«, sagte er immer wieder, mehr zu sich selbst. »Viel schneller. Wer hätte das gedacht, so früh in diesem Jahr. Der Tag ist nahe …«

Wenn Johann ihn darauf ansprach, schüttelte Tonio nur den Kopf und vertröstete ihn auf die Zeit in Krakau.

»So, wie du aussiehst, kannst du nicht länger herumlaufen«, sagte Tonio eines Tages und sah Johann abschätzig an. »Du siehst eher aus wie eine Vogelscheuche, nicht wie der hoffnungsvolle Lehrling eines fahrenden Chiromanten und Astrologen.«

Johann blickte an sich hinunter. Tatsächlich waren seine Kleider schmutzig und zerrissen, außerdem viel zu klein. Seit dem Weggang aus Knittlingen vor einem halben Jahr war er beträchtlich gewachsen.

»Wir werden ein neues Gewand für dich brauchen«, fuhr der Meister fort. »Nicht in den schreienden Farben der Gaukler und auch kein Mi-parti, die in Farben geteilte Kleidung eines Gecken. Das passt nicht mehr zu dir, du bist jetzt ein Adept der arkanen Künste. Wir brauchen etwas Ernstes, Schlichtes.«

In der nächsten Stadt suchten sie einen Schneider auf, und Johann bekam einen langen schwarzen Rock, einen warmen schwarzen Mantel und glänzende Lederstiefel. Statt eines Hutes trug er eine Gugel, die sich bei schlechtem Wetter über den Kopf ziehen ließ. Die Beinlinge waren aus bester Wolle und lagen warm und angenehm auf der Haut. Der Meister grinste.

»Wie ein würdiger Gelehrter siehst du aus. Die Leute werden noch den Hut vor dir ziehen und dich bitten, für sie Dokumente zu zeichnen.«

Sie reisten nun durch ein Land, das dem Kraichgau nicht unähnlich war. Johann erfuhr, dass es Schwaben hieß. Kleine

Dörfer und Weiler lagen als braune Flecken zwischen den Wäldern und den vielen Feldern, auf denen der Schnee schmolz. Die erste Saat stand an, das Rad des Lebens drehte sich weiter. Von den Feldern starrten sie ausgemergelte, von Hunger und Entbehrung gezeichnete Gesichter an. Es schien, dass auch in Schwaben die Bauern unter den letzten harten Jahren gelitten hatten.

Einmal kamen ihnen auf der Straße schwarz gewandete Dominikanermönche entgegen, die laut sangen und die Menschen zur Buße aufriefen. Sie wurden von schwer bewaffneten Landsknechten begleitet, die eine mit mehreren Schlössern versperrte längliche Truhe auf einem Karren hinter sich herzogen. Die Holzkiste war mit Eisen beschlagen, an der Vorderseite war ein Teufel abgebildet, der mit einer Forke Seelen im Fegefeuer quälte.

»Verdammtes Pfaffenpack!«, schimpfte Tonio und spuckte aus. »Reicht es nicht, dass sie den Bauern den Zehnten rauben? Nun verkaufen sie ihnen auch noch einen Platz im Himmel und den Platz für den toten Urgroßvater gleich mit!«

Johann hatte von Priestern gehört, die den Menschen gegen Geld Ablassbriefe anboten, zur schnellen Vergebung der Sünden. Früher war ein Ablass nur gegen Gebete oder eine Wallfahrt versprochen worden, doch mittlerweile war er auch mit Geld zu bekommen. Selbst längst verstorbenen Ahnen konnte man die Zeit im Fegefeuer verkürzen, wenn man nur genügend Münzen in die Truhe warf.

»Die Menschen sind so dumm wie die Schweine«, fuhr Tonio fort, während sie an dem singenden Zug vorbeifuhren. »Und warum? Weil ihnen Kirche und Obrigkeit das Wissen verwehren! Aber das wird sich schon bald ändern. O ja, schon bald! *Homo Deus est!*«

Den letzten Satz hatte Johann schon einmal von Tonio gehört. Mittlerweile konnte er Latein nicht nur lesen, sondern sogar ein wenig sprechen. Doch was die drei Worte bedeuten sollten, wusste er trotz allem nicht. Sie ergaben für ihn keinen Sinn.

Der Mensch ist Gott …

Immer öfter kamen sie jetzt an Wegkreuzungen, die Weiler, Dörfer und Städte wurden zahlreicher. In alle Himmelsrichtungen gingen Handelsstraßen ab, auf denen reger Verkehr herrschte. Ritter auf schnaubenden Schlachtrössern preschten an ihnen vorbei, prächtig gewandete Kaufleute fuhren auf mit Ballen bepackten Wagen, langsam wie Schnecken, über die Straßen. Von Reisenden erfuhren sie, dass König Maximilian zu einem großen Reichstag nach Worms geladen hatte. Die Franzosen waren in Italien eingefallen, und die verfluchten Osmanen bedrohten die Grenzen des Reiches. Händler witterten Geschäfte in fernen Ländern, die man früher nur aus Geschichten kannte. Das Land war in Aufruhr, so als würde der Frühling das ganze Reich von einem langen Frost befreien.

Nach weiteren fünf Tagen tauchten vor ihnen die Mauern einer großen Stadt auf. Etliche Türme ragten dahinter hervor. In der Mitte erhob sich ein hoher Dom, das grüngraue Band eines großen Flusses leuchtete in der Frühlingssonne. Die Pilger und Händler, die ihnen in letzter Zeit in immer größerer Zahl auf der Straße begegnet waren, strömten lärmend auf die Tore zu. Noch nie hatte Johann eine so gewaltige Stadt gesehen.

»Augsburg«, verkündete Tonio grimmig.

Johann hatte von Augsburg gehört. Oft hatten in Knittlingen Reisende von dieser Stadt erzählt, die zu den größten im Deutschen Reich zählte. Man sagte, dass dort Patrizier herrschten – mächtige Händler und Ratsfamilien, so unermesslich reich, dass sie Bischöfen und Herzögen, ja selbst dem Kaiser Geld liehen und Niederlassungen auf der ganzen Welt hatten. Fast kam es Johann vor, als wären sie die Herren dieser neuen Zeit – und nicht mehr die Ritter, Grafen und Barone wie noch zu Zeiten seiner Mutter.

Nach den letzten Nächten, die sie im Wagen neben der Straße zugebracht hatten, war Johann froh, dass sie nun wohl wieder in einem Wirtshaus nächtigen würden, noch dazu an einem so interessanten Ort. Doch zu seiner Enttäuschung machte Tonio einen Bogen um Augsburg, und Johann verlor die Zinnen der Stadtmauern, die vielen Türme und den Dom bald wieder aus den Augen.

»Augsburg ist ein viel zu gefährliches Pflaster für unsereins«, knurrte Tonio. »Der Bischof dort macht kurzen Prozess mit Zauberern. Erst vor einiger Zeit haben sie einen Alchemisten lebendig gesotten, weil er behauptete, Eisen in Gold verwandeln zu können.«

»Und? Konnte er?«, fragte Johann.

»Dieses Geheimnis ist nur sehr wenigen bekannt. Dieser Quacksalber gehörte eindeutig nicht dazu. Vermutlich konnte er nicht einmal Kupfer von Bronze unterscheiden.« Der Meister lachte. »Weißt du, wie gekochtes Menschenfleisch riecht? Wie das von Schweinen! Im Grunde suhlen wir uns eben doch alle im gleichen Erdpfuhl.«

Johann schwieg. Einmal mehr musste er erkennen, dass die Zauberei ein gefährliches Geschäft war. Was in einem Ort ein von der Kirche abgesegneter Wetterzauber war, konnte in der nächsten Stadt schon Ketzerei und den Tod bedeuten. Weiße Magie, zu der auch die Astrologie, die Chiromantie und in Teilen sogar die Alchemie zählten, war erlaubt – schwarze Magie wie Nekromantie und Hexerei dagegen verboten.

Es sollte nicht mehr lange dauern, bis er den Unterschied zwischen diesen beiden Welten hautnah erleben durfte.

* * *

Die Reise ging nun immer weiter nach Norden, auf das Frankenland zu. Längst war der Schnee geschmolzen, in den Weißdornbüschen und Obstbäumen sprossen die Knospen, und auf den jungen Zweigen zwitscherten die Vögel. Der Meister pfiff ein Lied, von Meile zu Meile schien er fröhlicher zu werden. Auch sah er in den Nächten kaum noch hoch zum Himmel, so als hätte er einen Entschluss gefasst.

»Ich habe Hoffnung, dass wir schon bald auf unsere Freunde stoßen werden«, sagte er. »In Nördlingen treffen wir einen Mann, der uns auf unserer Reise weiterhelfen kann. Ich kenne ihn schon sehr lange. Wenn meine Nachricht, die ich in den Bergen einem Boten gab, überbracht worden ist, werden wir ihn dort finden.«

Johann hatte es längst aufgegeben, nach Tonios seltsamen Freunden zu fragen. Der Meister hielt sich bedeckt, aber vielleicht würde er ja in Nördlingen mehr erfahren. Und auch darüber, warum man ihn in Krakau so sehnlichst erwartete. Das konnte er sich nur so erklären, dass er im Turm sein Talent fürs Studieren gezeigt hatte. Er lernte schnell, und er war interessiert an allem, was ihm der Meister während des Reisens erklärte – sei es der Antrieb durch Dampf, wie ihn schon Heron von Alexandria gelehrt hatte und den Johann am abendlichen Wasserkessel beobachten konnte, seien es die technischen Geheimnisse sogenannter Räderuhren, wie sie an manchen der Rathäuser und Kirchen angebracht waren, an denen sie vorbeikamen –, aber auch das Wissen über Kräuter, die am Wegesrand wuchsen. Ihr Unterricht bestand meist darin, dass der Meister vom Kutschbock aus auf die Umgebung zeigte und ihm erklärte, was er sah.

»Die Schwarze Nieswurz«, sagte er und deutete auf eine weißblättrige, mit gelben Blüten besetzte Blume am Wegesrand. »Aus ihr wird ein starkes Gift gewonnen, das Kaiser und Könige tötet, bei Wahnsinn schafft sie Linderung, allerdings nur in kleinen Dosen! Wenn du die Nieswurz pflückst, wasch dir danach gründlich die Finger. Du lebst sonst nicht mehr lange genug, um deinen Fehler zu bereuen.«

Oder er wies auf den schwarzen Rauch eines Köhlermeilers

im Wald. »Zerreibe die Kohle des Faulbaums und vermische sie mit Schwefel und Salpeter, und du erhältst das Pulver, das schon die Mauern von Konstantinopel zerbersten ließ. Ich habe es selbst gesehen!«

Wenn Johann neben Tonio auf dem Kutschbock saß und ihm zuhörte, kam es ihm vor, als würde er weitaus schneller lernen als früher in der Knittlinger Schule. Die Gedanken und Ideen flogen ihm nur so zu, als hätte Tonio irgendeinen Quell in ihm angestochen, der nun ohne Unterlass sprudelte.

Nach zwei weiteren Tagen kamen sie in eine Gegend, an deren Horizont in allen Himmelsrichtungen Hügelketten zu sehen waren, wie ein gigantischer Ring. Johann erschien es, als hätte ein Riese einen Stein in ein Urmeer geworfen. Wieder einmal kam ihm die Natur so perfekt, so symmetrisch vor, wie von einem Uhrmacher gebaut. Er dachte an Schneeflocken, deren wunderschöne Kristalle auf der Hand schmolzen, an die Flügel von Schmetterlingen, an Blumen, deren Blüten sich gleichmäßig der Sonne entgegenstreckten. Als er Tonio von seinem Gedanken erzählte, lachte dieser.

»Gott als Uhrmacher, lass das bloß nicht die Kirche hören! Die Pfaffen wittern derzeit überall Ketzerei. Aber ich mag die Vorstellung, sie macht Gott so menschlich, nicht wahr? *Homo Deus est!*«

Schließlich erreichten sie wieder eine größere Stadt, die von einer hohen Mauer umgeben war. Der Meister erklärte, dass dies Nördlingen war, wo er den so sehnlichst erwarteten Freund anzutreffen hoffte. Auf den Plätzen der Stadt herrschte großer Trubel. Soeben wurde ein Viehmarkt abgehalten, Schweine quiekten, Gänse, denen man die Flügel abgebunden hatte, schnatterten in ihren Körben, ein Kalb auf dem Weg zur Schlachtbank glotzte Johann mit großen Augen an. In der Stadtmitte stand eine prächtige Kirche, die vor Kurzem erst fertiggestellt worden war, noch lehnten Gerüste daran. Ihr hoher Turm zeigte allen Reisenden, dass sich Nördlingen durchaus mit Augsburg verglich.

»Du solltest mal zur Pfingstmesse hier sein«, sagte Tonio und lenkte den Wagen durch die engen belebten Gassen. »Da ist der Trubel so gewaltig, dass man sogar den Gestank vergisst.«

Tatsächlich roch es streng nach Blut und Urin. Johann vermutete, dass der üble Geruch von den vielen Gerberhäusern herrührte, die entlang eines Stadtbachs standen. Alte und junge Gerber wuschen Häute im Wasser und hängten sie zum Trocknen in die luftigen Speicher.

Sie steuerten ein bestimmtes Wirtshaus in der Nähe der Kirche an. Es war mehrere Stockwerke hoch und hatte ein Tor in der Mitte, durch das die Fuhrwerke in einen Innenhof gelangten. Links und rechts davon befanden sich die Wirtsstuben, eine breite Treppe führte hinauf in die darüberliegenden Herbergsräume. Schwere Eichendielen und goldener Zierrat ließen das Gasthaus fast wie einen Palast erscheinen.

»Der Gasthof ›Zur Güldenen Sonne‹«, erklärte Tonio. »Hier sind schon Kaiser abgestiegen, Seine Majestät König Maximilian war erst vor einigen Jahren hier. Ich dachte, dass wir uns zur Feier des Tages einmal eine feinere Unterkunft gönnen.«

»Zur Feier des Tages?«, fragte Johann.

»Nun, wir sind genau zur rechten Zeit gekommen«, sagte Tonio und rieb sich die Hände. »Was für ein Glück! Zwar ist mein alter Freund noch nicht eingetroffen, dafür aber ein anderer guter Bekannter, dem ich gerne noch einmal Lebewohl sagen möchte. Ich habe es eben erst auf dem Markt erfahren.«

»Wer ist es?«, fragte Johann neugierig.

»Oh, du kennst ihn auch«, verkündete Tonio lächelnd. »Schon morgen früh feiern wir unser Wiedersehen. Wenn auch nur ein sehr kurzes.«

Es sollte noch bis zum nächsten Morgen dauern, bis Tonios

Geheimnis gelüftet wurde. Nach der langen, anstrengenden Reise auf dem Wagen und den vielen Nächten am Rande der Straße war Johann früh zu Bett gegangen. Die Daunendecke und die frisch ausgestreuten Binsen kamen ihm vor wie das Paradies auf Erden. Er schlief wie ein Stein und erwachte erst am späteren Morgen durch Trommeln und Fanfarenklänge. Als er zum Fenster eilte, sah er, dass die Bürger der Stadt in großen Scharen dem westlichen Tor zustrebten. Der Meister erwartete ihn unten in der Wirtsstube.

»Schnell, trink einen Schluck Dünnbier und iss ein paar Löffel von der honiggesüßten Gerstengrütze«, befahl er und deutete auf Krug und Schüssel auf dem Tisch. »Wir wollen einen guten Platz ergattern.«

Noch immer wusste Johann nicht, was gespielt wurde. Nach einem kurzen, hastigen Frühstück folgte er Tonio hinaus auf die Straße. Sie schlossen sich dem Zug an und verließen die Stadt. Nicht weit hinter den Mauern erhob sich südwestlich der Stadt eine gerodete Anhöhe, auf der ein größerer Fels zu erkennen war.

Die Leute lachten und kauften Nüsse und Pasteten bei fahrenden Händlern, die sich mit ihren Kraxen einen Weg durch die Menge bahnten, Kinder schrien und liefen den Trommlern hinterher. Alle strebten dem Felsen auf der Anhöhe zu. Er sah aus wie ein riesenhafter Tisch oder Altar und war mehr als fünf Schritt hoch. Auf ihm war ein mannshoher Haufen Holz aufgeschichtet, eine Leiter lehnte daran, die zu einem Pfahl in der Mitte des Holzstapels führte. Schwarz gewandete Mönche schwangen Weihrauchkessel, deren Rauchwolken Johann wie die Vorboten eines weitaus größeren Feuers erschienen.

Mittlerweile hatte er begriffen, auf was für eine Vorstellung all die Menschen hier warteten.

»Ah, ich sehe, alles ist vorbereitet«, sagte der Meister lächelnd, während er den Blick über die Hügel schweifen ließ. »Nun fehlt nur noch unser Freund.«

Johann wartete mit Tonio zwischen den vielen Nördlingern, die nun schrien und johlten, als ein Schinderkarren, gezogen von einem räudigen Esel, zwischen der Menge hindurchrumpelte. Auf dem Karren stand der Henker in rotem Hemd und mit Augenbinde, daneben ein einzelner gefesselter Mann, der wie betrunken hin und her wankte. Trotz seines zerrissenen Büßerhemds, dem blutig geschlagenen Gesicht und den wie bei einer kaputten Puppe verdrehten Armen erkannte ihn Johann sofort.

Es war Freudenreich von Hohenlohe, der junge Spielmann aus dem »Schwarzen Adler«.

»Sie haben ihn schon vor zwei Monaten in Nördlingen aufgegriffen«, erklärte Tonio, während er in das rhythmische Klatschen der Menge einfiel. Eine Pauke gab dumpf den Takt vor. »Der arme Teufel soll einem Kalb zwei Köpfe angehext und einen Hagelsturm gesandt haben, der die Felder rund um Nördlingen verheert hat. Wenn du mich fragst, hat er vermutlich einfach die Zeche nicht gezahlt oder die fette Wirtin nicht ordentlich gevögelt. Die Menschen hier in der Gegend können schnell zornig werden. Der gute Freudenreich muss bei der Tortur sehr störrisch gewesen sein, deshalb hat es bis zur Hinrichtung so lange gedauert.«

Der Henker zog den zitternden Spielmann vom Karren. Er wehrte sich kaum, die letzten Meter mussten ihn die Henkersschergen zwischen sich nehmen und ziehen, weil er nicht mehr laufen konnte. Offenbar waren seine Beine gebrochen, die Arme standen in einem unnatürlichen Winkel ab.

Tonio del Moravia sang leise ein Lied. Es war das gleiche Lied, das Freudenreich von Hohenlohe gesungen hatte, als sie damals in den »Schwarzen Adler« gekommen waren.

Ach böser Winter, kannst mich nicht schrecken, lieg hier am Ofen, in der Ecke den Stecken. Bleib draußen und heule, ich hab kein Erbarmen …

Eine grob gehauene Treppe führte am Rand des Felsens

empor zum Scheiterhaufen. Die Schergen banden Freudenreich an den Pfahl und hielten eine Fackel an den Haufen. Das Holz war trocken, und die Flammen fraßen sich gierig durch das Reisig. Schon bald war der Scheiterhaufen von dickem weißen Qualm verhüllt.

Wie ein riesiger Weihrauchkessel, dachte Johann.

Die Menschen verstummten in stiller Erwartung, sogar die Kinder schwiegen. Dann erhob sich mit einem Mal ein Schrei aus dem Qualm, tierisch und schrill. Johann musste daran denken, wie schön der Spielmann einst gesungen hatte. Und er erinnerte sich der Worte des Meisters, damals im »Schwarzen Adler«.

Er wird nicht glücklich werden in diesem rauen Land, o nein, das wird er nicht.

Trotz der Hitze des Feuers, die auch bei ihnen zu spüren war, fröstelte Johann. Sie hatten dem großen Tonio del Moravia sein Winterquartier verwehrt, und er hatte sich auf grausige Weise gerächt. Zuerst war das Wirtshaus abgebrannt, und nun brannte auch der Spielmann.

Freudenreichs Schreien ging über in unmenschliches Kreischen und schließlich in ein Heulen, das ganz plötzlich erstarb. Dann wurde der Rauch schwarz. Johann roch verbranntes Fleisch, es roch tatsächlich wie Schweinefleisch. Ihm wurde übel.

»Bleib draußen und heule, ich hab kein Erbarmen …«, sang Tonio noch einmal und klatschte in die Hände wie nach einer gelungenen Vorstellung.

Die Hinrichtung war vorüber. Eine Weile starrten die Menschen noch auf den glühenden Haufen, der knisternd in sich zusammenfiel, dann machten sie sich auf den Weg zurück in die Stadt. Johann stand noch immer wie gelähmt. Er kam erst wieder zur Besinnung, als ihm Tonio auf die Schulter klopfte.

»Ich mag Feuer«, verkündete er fröhlich. »Auch wenn es mich an dunkle Zeiten erinnert. Einst sah ich in Frankreich eine Jungfrau brennen, die mir sehr nahestand. Wir waren wie Geschwister, damals fing alles an.« Er wandte sich ab, ohne noch einmal zu dem qualmenden Scheiterhaufen zu sehen. »Und nun komm. Wenn wir Glück haben, ist mein Besuch schon eingetroffen.«

Der Freund des Meisters kam in den Abendstunden. Tonio erwartete ihn ungeduldig an einem abgelegenen Tisch der Wirtsstube der »Güldenen Sonne«, während Johann daneben in einem Buch las. Seit Stunden trank der Meister teuren Rheinwein, doch er schien nicht betrunken zu sein, nicht einmal beschwipst. Allerdings fiel Johann auf, dass er wieder blasser aussah als noch vor einigen Wochen im Turm.

Der Mann, der das Wirtshaus betrat, war sehr breit gebaut und ganz in Schwarz gekleidet. Er trug einen langen Mantel und einen Schlapphut wie Tonio. Als er über die Schwelle trat, musste er sich tief bücken, so groß war er. In den Händen hielt er einen Wanderstecken wie ein Schäfer, der zwischen seinen klobigen Fingern wie ein dünner Zweig wirkte. Lächelnd kam er näher, doch sein Lächeln wirkte falsch, wie aufgemalt in dem von Pockennarben schrundigen bärtigen Gesicht.

»*Mon Baron*, es ist mir eine Ehre, Euch nach so langer Zeit wiederzusehen«, grüßte er mit rauer Stimme und verbeugte sich dabei tief. Ebenso wie Tonio hatte er einen französischen Akzent, nur viel stärker.

»Lass das, Poitou«, fuhr ihn Tonio an. »Nicht in Gegenwart des Jungen.«

Der Blick des großen Mannes glitt über Johann, der sich plötzlich nackt vorkam.

»Das ist er, ja? Sieht ziemlich unscheinbar aus. Blass wie ein Bücherwurm.«

»Nun, ein Bücherwurm, wie du es nennst, bin ich auch. Wann wirst du endlich einsehen, Poitou, dass die äußere Erscheinung nichts ist. Ganz im Gegenteil! Du bist groß und stark, aber dein Verstand lässt dich nicht weiterdenken als bis zur nächsten Mahlzeit.«

»Oh, ich denke schon gerne an die nächste Mahlzeit.« Der Riese grinste. »Da mögt Ihr recht haben, Milord. Ich habe Hunger wie mein Gaul, der draußen vor der Tür seinen Hafer frisst. Zwei Tage und eine Nacht bin ich durchgeritten, um Eure Ankunft zu verkünden und Euch schließlich hier zu treffen. Es gibt viel zu berichten.«

»Parle français«, forderte ihn Tonio auf, während er dem Wirt nach einem neuen Krug Wein winkte.

Die Männer unterhielten sich leise auf Französisch, und Johann, der ein wenig abseits saß, tat so, als würde er weiter in seinem Buch lesen. Doch in Wirklichkeit beobachtete er verstohlen den Meister und den Fremden. Warum hatte dieser Poitou Tonio einen Baron genannt? Stammte der Meister etwa aus französischem Adel? Auch das unterwürfige Verhalten des anderen ließ dies vermuten. Johann gefiel nicht, wie sie über ihn geredet hatten, wie über ein wertvolles Ding. Was hatten sie mit ihm vor?

Er versuchte, in dem fremdartig klingenden Gespräch irgendwelche Brocken zu verstehen. Mehrmals fielen die Ausdrücke *diable* und *réunion*, die ihm vertraut vorkamen, aber auch Wörter, die hart und kehlig daherkamen wie ausgespuckte Brocken, die Rede war von *garache*, *béliche* und *bête bigourne*. Auf all dies konnte Johann sich keinen Reim machen, und so versank er in seine Grübeleien.

Nach der grausigen Hinrichtung am Morgen waren er und der Meister zurück ins Wirtshaus gegangen, wo Johann so getan hatte, als wollte er studieren. Tatsächlich hatte er die Zeit genutzt, um über Tonio nachzudenken. Er hatte dem Meister viel zu verdanken. So viel hatte Tonio del Moravia ihn schon gelehrt, und so viel mehr würde er ihn sicher noch lehren.

Andererseits wuchs Johanns Furcht vor Tonio von Tag zu Tag. Dass der Meister die Hinrichtung des Spielmanns hämisch beobachtet, ja dessen Tod geradezu genossen hatte, war widerlich. Viel schlimmer war jedoch das, was Johann insgeheim vermutete, dass nämlich Tonio die Hinrichtung auf unerklärliche Weise selbst herbeigeführt hatte, ebenso wie den Brand im Wirtshaus »Zum Schwarzen Adler« vor etlichen Wochen. War so etwas möglich? Johann dachte an die drei schwarzen Kohlen, die Tonio mit gemurmelten Worten vor die Schwelle des Adlers gelegt hatte, und auch an das blutige Pentagramm im Turm. Gab es Zeichen und Sprüche, die Feuer und Blitz herbeizaubern und sogar jemanden töten konnten? Oder war alles doch nur dummer Zufall gewesen? Aber mittlerweile hatten sich zu viele Zufälle ereignet, Johann mochte nicht mehr so recht daran glauben.

Als hätte der Meister seine Gedanken erraten, unterbrach Tonio kurz sein Gespräch und sah zu ihm herüber. Kurz schien er etwas zu wittern, wie ein Wolf oder Luchs, doch dann lächelte er.

»Siehst du, selbst jetzt lernt er noch«, sagte er an Poitou gewandt. »Dieser Junge ist wirklich unersättlich.«

»Dann wird ihm sicher gefallen, was wir mit ihm vorhaben«, erwiderte Poitou lachend.

Johann grinste wie über einen guten Witz, auch wenn er nichts verstanden hatte, und beugte sich wieder über sein Buch. Er hatte Angst vor diesem großen Franzosen, noch mehr Angst hatte er aber vor Tonio, seinem Herrn und Meister.

Hinzu kam, dass in Johanns Abwesenheit jemand seine wenigen Habseligkeiten in der Wirtshauskammer durchwühlt hatte. Für einen kurzen Moment hatte Johann die beiden Krähen und den Raben in Verdacht, die in ihrem Käfig jede seiner Bewegungen beobachteten. Doch dann merkte er selbst, wie unsinnig dieser Gedanke war. Gestohlen worden war nichts, trotzdem beschloss er, das Messer, das ihm so wichtig geworden war, von nun an an einem Lederband um den Hals zu tragen, unter Hemd und Wams, wo auch Tonio es nicht sehen konnte.

Aber selbst wenn der Meister ein Hexer war, konnte ihm das nicht egal sein? Tonio del Moravia war sein Lehrer, er würde auf dieser Welt keinen besseren finden. Was waren das oberflächliche Wissen von Pater Antonius oder die ungelenken Sternbeobachtungen eines Pater Bernhard gegen die arkanen Künste, jenes uralte Wissen, »was die Welt im Innersten zusammenhält«, wie Tonio erst vor Kurzem gesagt hatte. Letztendlich gehörte wohl auch die schwarze Magie dazu. Sicher würde der Meister ihn irgendwann auch diese lehren. Johanns Gewissensbisse und die bösen Träume waren eben der Preis, den er zu zahlen hatte. Vielleicht war es ja das, was dieser seltsame lateinische Satz bedeutete, den Tonio so gerne zitierte.

Homo Deus est …

Nicht Gott wies einem den Weg, jeder hatte sein Schicksal selbst in der Hand.

Mittlerweile hatte der Wirt Spanferkelbraten gebracht, der auf duftenden Weißbrotscheiben serviert wurde. Dazu gab es wilde Zwiebeln und Möhren in einer dampfenden Kräutersoße. Die Männer aßen ausgiebig, und ihre Gespräche verstummten. Nach einer ganzen Weile schweigenden Essens rülpste Tonio schließlich laut, wischte sich mit den Weißbrotresten über die Lippen und lehnte sich zufrieden zurück.

»So gut habe ich seit damals nach der Schlacht von Patay nicht mehr gegessen, und das ist lange her«, sagte er. »Das war die richtige Stärkung für das, was nun kommt.« Er wandte sich an seinen Freund Poitou. »Ist alles vorbereitet?«

Dieser nickte. »Alles ist bereit, Milord. Man wartet auf Euch. Wobei einige meinten, wir sollten uns vielleicht doch bis Krakau gedulden …«

»Wir haben keine Zeit mehr!«, herrschte ihn Tonio an. »Jetzt stehen die Sterne günstig. Wer weiß, wann wir in Krakau sein werden. Das ist mir zu riskant. Wir machen es hier, basta!«

Poitou sah hinüber zu Johann, der nur ein paar wenige Bissen zu sich genommen hatte und mittlerweile wieder in sein Buch vertieft schien. Aber in Wirklichkeit lauschte er auf jedes Wort. Ging es nun doch nicht nach Krakau? Was hatten die beiden Männer mit ihm vor?

»Und Ihr glaubt wirklich, dass er der Richtige ist?«, fragte Poitou noch einmal. »Irgendwie habe ich ein ungutes Gefühl bei der Sache. Wir könnten auch zur Hebamme hier in Nördlingen gehen. Ein anderes Kind, etwa zur gleichen Zeit …«

»Er ist es«, sagte Tonio so leise, dass Johann ihn fast nicht mehr verstehen konnte. »Wenn wir es richtig anstellen, wird er die Welt verändern. Doch wir müssen *jetzt* handeln! Verpassen wir den Moment, dann kommt er so schnell nicht wieder. Du weißt, wie lange wir sonst warten müssen.«

Er stand auf und machte Johann ein Zeichen, sich ebenfalls zu erheben. »Lasst uns aufbrechen.« Aufmunternd zwinkerte der Meister ihm zu. »Dir mag das alles seltsam vorkommen, kleiner Faustus. Aber vertraue mir. Du wirst schon sehr bald mehr erfahren. Ich habe es ermöglicht, dass wir mit der Weihe nicht erst bis Krakau warten müssen. Es gibt hier in der Gegend genügend Freunde, mittlerweile haben wir Freunde überall.«

»Weihe?« Johann stutzte. »Was für eine Weihe?«

»Schon bald wirst du es wissen. Und nun komm, bevor der Mond wieder hinter den Hügeln verschwindet.«

Kurze Zeit später brachen sie auf. Tonio hatte Johann zuvor noch in die Kammer geschickt, um seine wenigen Habseligkeiten zu packen. Die Kisten des Meisters und auch der Käfig mit den Vögeln befanden sich bereits im Wagen. Draußen war es tiefe Nacht, doch es herrschte Vollmond, sodass die Gassen Nördlingens in einem bleichen Licht lagen. Tonio del Moravia und der Fremde namens Poitou nahmen vorne auf dem Kutschbock Platz, Johann kauerte sich hinten zwischen die Truhen und Säcke. Poitous erschöpftes Pferd banden sie hinten am Wagen fest, wo es gemächlich hinter ihnen herzockelte.

Sie fuhren auf das verschlossene Tor zu, hinter dem die Straße nach Augsburg lag, über die sie gestern hergekommen waren. Poitou stieß einen Pfiff aus, und das Tor öffnete sich leise quietschend. Vermutlich war der Wärter vorher bestochen worden. Hinter dem Tor wandten sie sich nach rechts. Als sie an dem Felsen vorbeikamen, wo am Morgen der Spielmann Freudenreich verbrannt worden war, flüsterte Tonio Poitou etwas auf Französisch zu, woraufhin dieser schallend lachte. Noch immer lag ein schwacher Geruch von Rauch und Gebratenem in der Luft.

Der Mond stand hoch am Himmel, während sie an Feldern und kleineren Waldstücken vorbeifuhren. Außer ihnen war um diese Zeit kein Mensch unterwegs. Es war still wie unter einer Glocke, nur einmal war irgendwo in der Nähe Wolfsgeheul zu hören. Sie bogen ab in einen schmalen Feldweg ohne Wegzeichen. Nun wurde die Gegend wilder, zwischen den Bäumen lagen moosbewachsene Felsbrocken, die aussahen, als wären sie vor Urzeiten vom Himmel gefallen. Johann dachte an den Riesen, der den großen Stein in ein Urmeer geworfen hatte. Waren die Felsen die letzten Reste dieses Steins? War Gott jener Riese gewesen?

Immer wieder blickte der Meister hinauf zum Himmel, wo fahl die Sterne leuchteten. Dabei nickte er jedes Mal zufrieden, als hätte sich irgendeine Beobachtung bestätigt. Nach etwa zwei Stunden Fahrt bat Poitou Tonio, anzuhalten. Er stieß einen Pfiff aus, der den Ruf einer Nachtigall imitierte. Dann lauschte er, und nach einer Weile ertönte dreimal der Ruf eines Käuzchens aus dem Wald.

»Wir sind da«, sagte Poitou und blickte sich suchend um. »Von hier aus ist es nicht mehr weit. Ich schlage vor, wir stellen den Wagen da drüben hinter den Bäumen ab, wo ihn keiner sehen kann. Dann geht es zu Fuß weiter.«

Die drei Vögel im Käfig flatterten aufgeregt und krächzten, als spürten sie, dass jemand in der Nähe war. Tonio gab dem Käfig einen Stups.

»Verflucht, seid still!«, zischte er. »Ich weiß, dass ihr hungrig seid. Müsst euch noch ein wenig gedulden.« Er wandte sich wieder an Poitou. »Hast du dabei, worum ich dich gebeten habe?«

Poitou grinste. »Es war nicht leicht zu beschaffen. Nicht in so kurzer Zeit.« Unter seinem weiten Mantel zog er ein verkorktes Fläschchen von trüb sumpfiger Farbe hervor. »Der schwarze Trank. La Meffraye hat ihn selbst angerührt.«

»Gut so.« Tonio stieg vom Wagen und führte die Pferde von der Straße weg. Dann winkte er Johann, abzusteigen und ihnen zu folgen. Zu dritt nahmen sie Platz auf einem der Felsen, der im Mondlicht schimmerte, als wäre ein weißes Bettlaken darüber ausgebreitet. Poitou reichte Tonio die Flasche, der sie mit beiden Händen hoch gen Himmel hob, der bleichen Scheibe des Mondes entgegen.

»Der schwarze Trank«, verkündete er feierlich. »Wer ihn trinkt, ist Pan nahe.«

»So sei es«, murmelte Poitou wie bei einem Gebet. »Jetzt und immerdar.«

Der Meister entkorkte die Flasche und reichte sie Johann. »Du musst den Trank in einem Zug trinken«, befahl er. »Er schmeckt nicht besonders gut, dafür wirkt er schnell.«

»Was ... was ist das?«, fragte Johann. Noch immer hatte er keinerlei Ahnung, was der Zweck ihres nächtlichen Ausflugs war. »Warum soll ich davon trinken?«

»Mein kleiner Faustus.« Tonio seufzte und legte ihm väterlich die Hand auf die Schulter. »Ich habe dich immer aufgefordert, Fragen zu stellen. Nur wer Fragen stellt, erhält auch

Antworten. Doch dieses eine Mal bitte ich dich, nicht zu fragen. Du musst nackt und unwissend über die Schwelle schreiten, so ist es nun einmal vorgeschrieben.« Er lächelte und strich Johann über die Wange. »Aber du kannst mir vertrauen. Wenn du von diesem Trank trinkst, wird dein Wissen unermesslich sein. Und das ist es doch, was du möchtest, nicht wahr, mein Faustus? Wissen um jeden Preis, so wie ich. Diese Welt wartet auf Menschen wie dich und mich, Menschen, die den Schleier endlich lüften.«

Johann zögerte. Er spürte, dass er wieder einmal an einer Weggabelung stand, so wie damals an der Straße vor Knittlingen. Wenn er diesen Trank zu sich nahm, gab es kein Zurück mehr. Aber war es nicht ohnehin zu spät für eine Wahl? Er hatte alles hinter sich gelassen. Seine Mutter war tot, wer sein Vater war, wusste er nicht, der einzige Bruder, den er liebte, war verschollen und vermutlich von wilden Tieren gefressen. Und die einzige Liebe, die er je gekannt hatte, hatte ihn verflucht – mit Worten, die er nie vergessen würde.

Geh weg, du bist der Teufel …

Er sah hinüber zu Tonio, der ihm aufmunternd zunickte. Seine schwarzen Stecknadelaugen bohrten sich in Johann.

»Es ist Zeit«, sagte der Meister. »Die Sterne warten nicht. Trink.«

Und Johann trank.

Zäh rann ihm die Flüssigkeit über die Zunge, die Kehle hinab und hinunter in den Magen. Sie war wie flüssiges Feuer und schmeckte dazu leicht faulig nach Schwefel und Erbrochenem. Johann hustete und würgte, und der Meister packte ihn am Kragen.

»Es ist wichtig, dass du den Trank bei dir behältst, mein Junge«, mahnte er. »Es geht gleich vorbei.«

Johann schloss die Augen, und die Übelkeit ließ tatsächlich nach. Trotzdem blieb das Gefühl zurück, als würde etwas in seinem Bauch brennen und sich durch seine Eingeweide fressen. Poitou lachte.

»Beim ersten Mal ist es am schlimmsten, du wirst dich im Laufe der Jahre daran gewöhnen. Der Weg zur Hölle ist eben von Flammen umlodert. Aber dahinter locken die prallsten Früchte.«

»Halt dein Maul, Poitou!«, herrschte ihn Tonio an. »Hilf mir lieber, ihn zum Hain zu schaffen.«

Er zog Johann hoch wie eine Puppe, doch dieser schüttelte den Kopf. »Lasst … mich. Ich … ich kann selber laufen.« Mühsam tat er die ersten Schritte. Aus irgendeinem Grund mochte er sich nicht vom Meister führen lassen. Egal, was nun kam, er wollte diesen Weg allein gehen.

»Ganz wie du meinst«, sagte Tonio und ließ ihn los.

Sie nahmen Johann in die Mitte und betraten mit ihm den Wald, der aus dicht zusammenstehenden Tannen und einzelnen, krumm gewachsenen Eiben bestand. Sofort war es viel dunkler, trotzdem glaubte Johann, besser zu sehen als vorher, so als hätte der Trank seine Sinne geschärft. Ein Wolf heulte ganz in der Nähe, und Poitou lachte erneut.

»*Loup-garou*«, brummte er. »*Tout est prêt.*«

Die Männer fingen wieder an, Französisch zu sprechen, während Johann wie ein Betrunkener vorwärtstaumelte. Noch immer brannte es in seiner Kehle, gleichzeitig fühlte er, wie die Beine leicht wurden, er schien nun viel schneller zu gehen, fast zu fliegen. Er horchte in den Wald hinein und vernahm Dutzende einzelner Stimmen: das Heulen des Wolfes, den Poitou eben noch *Loup-garou* genannt hatte, das Trampeln der Hufe eines Rehs auf einem entfernten Wildwechsel, das Flügelflattern eines Käuzchens, ja sogar das Wispern der Mäuse in ihren Erdhöhlen. Dazu erstrahlten die Bäume in einem eigenartigen Licht, sie wirkten wie ausgestanzt vor dem dunklen Hintergrund der Nacht, jeder Ast, jeder Zweig trat deutlich hervor.

»*C'est une bonne nuit pour le diable*«, sagte Poitou soeben. »*La réunion va être une réussite.*«

»*Tais-toi!*«, herrschte ihn Tonio an. »*Ne parle pas du diable.*«

Plötzlich geschah etwas Seltsames mit Johann. Die Männer sprachen französisch, trotzdem glaubte er, sie zu verstehen! Zumindest einzelne Worte kamen ihm vertraut vor, sie waren dem Lateinischen nicht unähnlich. War dies etwa das Wissen, das ihm der Meister versprochen hatte? War es möglich, durch den Trank in allen Sprachen zu sprechen, auch in den ältesten? Wörter zuckten wie Blitze durch seinen Kopf. *Loup-garou, garache*, Luzifer, *bête bigourne*, *Belial*, *Beelzebub*, *Satan*, *Baphomet*, *béliche*, *le diable* … Johann fuhr zusammen.

Le diable …

Das Biest hatte viele Namen.

Sein Herz setzte für einen kurzen Moment aus, als er endlich begriff. Die Männer sprachen vom Teufel. Sie sprachen von einem Treffen mit dem Teufel hier im Wald! Mit einem Mal sah er alles klar vor sich, der Trank ließ ihn schneller denken, und die einzelnen Erinnerungen setzten sich wie Steine eines Mosaiks zusammen. Der Handschlag mit Tonio vor dem Wirtshaus »Zum Löwen« und am Tag danach der Tod von Margarethes Bruder Ludwig, zerschmettert unter der Weinkelter; die verschwundenen Kinder sowohl in Knittlingen als auch in der Nähe des Turms, die Zeichnung des Gehörnten auf dem Felsen, der verschollene Martin, Margarethes Schreie damals im Schillingswald … Es war Tonio gewesen, den sie dort gesehen hatte! Und ihn hatte sie auch gemeint, als sie im Bett wie im Fieber gesprochen hatte. Nicht Johann, sondern Tonio, den Meister, hatte sie verflucht.

Tonio del Moravia. Den Bewahrer der sieben mal sieben Siegel.

Geh weg, du bist der Teufel …

Johanns Beine, die eben noch so leicht gewesen waren, brachen plötzlich unter ihm weg. Er stürzte über eine Wurzel, und Tonio fing ihn so mühelos auf, als wäre er nichts weiter als ein Blatt im Wind.

»Der Trank wirkt«, sagte Tonio. »Das ist gut, das ist sehr gut. Bald ist der Pakt besiegelt.«

Johann wollte sprechen, doch es war, als säße eine fette Kröte in seinem Mund. Schwarze Schlieren verklebten seine Augen wie Petroleum, alles an ihm wurde taub. Seine Seele versuchte zu fliehen, doch es gab kein Entkommen, nirgendwohin. Wieder heulte ein Wolf, jemand kreischte und ein tiefes, dumpfes Stöhnen, wie von einem großen Tier, ertönte in der Nähe.

»Wir sind fast da«, flüsterte Tonio.

Während Johanns Seele noch immer panisch einen Ausweg suchte, irgendein Schlupfloch, hörte er plötzlich etwas von fern, wie aus einer anderen Welt. Es klang wie ein sprudelnder Quell, ein vertrautes perlendes Lachen, das er schon lange nicht mehr vernommen hatte. Für einen kurzen Moment übertönte es all das Heulen, Kreischen und Stöhnen.

Margarethes Lachen.

Johanns Mundwinkel zuckten, Speichel lief ihm über die Lippen, während ihn Tonio am Kragen festhielt. Dieses Lachen hatte ihm an ihr immer am besten gefallen. Damals war es ihm auf angenehme Weise naiv und einfältig erschienen, vollkommen unschuldig. Doch im Nachhinein kam es ihm vor, als hätte Margarethe schon immer lauthals über sein Streben nach Wissen, seinen verbitterten Ernst, seinen Drang nach Geltung und Bedeutung gelacht. Ihn ausgelacht wie ein Kind, das sich nicht um gestern und morgen schert, sondern nur im Jetzt lebt.

Margarethe lachte den Teufel aus.

Johann richtete sich auf und schüttelte Tonios Hand ab. Noch immer war seine Zunge wie gelähmt.

»Kann ... selber ... gehen ...«, brachte er schließlich mit letzter Kraft hervor.

»*Châpeau!*« Poitou lachte meckernd. »Der Junge ist aus härterem Holz, als ich dachte!«

Johann ging ein paar Schritte geradeaus, dann scherte er plötzlich nach rechts aus und lief in den Wald. Seine Beine waren weich wie geschmolzenes Wachs, er taumelte und torkelte, doch er fiel nicht.

»Bleib stehen, kleiner Faustus!«, schrie ihm Tonio hinterher. »Wo willst du hin? Es gibt nur noch den einen Weg! Der Pakt ist fast besiegelt!«

Johann wusste, dass er dem Meister und Poitou niemals entkommen konnte. Sie würden ihn einholen und ihr Werk vollenden, was immer es auch war. Trotzdem rannte er weiter, bis er vor sich den Schemen eines umgestürzten Findlings erblickte. Er sah ihn verschwommen, der Fels schien gleichzeitig zu wachsen und zu schrumpfen. Johann umrundete ihn und ließ sich auf die Knie nieder.

Dann steckte er den Finger in den Mund und erbrach den Trank.

Stinkende schwarze Galle tropfte zu Boden und versickerte zwischen verrottenden Blättern und Kieselsteinen. Schließlich erhob er sich wieder und trat hinter dem Findling hervor. Poitou eilte ihm entgegen.

»Ich habe ihn, Milord!«, rief der Riese, leicht außer Atem. »Hier ist er! Er ist nicht weit gekommen.«

»Dann bring ihn verflucht noch mal her!«, ertönte Tonios Stimme aus dem Wald. »Lass es uns endlich beenden.«

Nun, da der Trank nicht mehr in seinem Körper war, fühlte sich Johann ein wenig besser. Trotzdem hatte die Wirkung der Droge schon längst eingesetzt. Alles erschien ihm wie im Traum. Poitou hob ihn hoch wie ein Bündel trockenes Holz und trug ihn durch den dunklen Wald. Das Kreischen und Stöhnen wurde lauter, verschwommen sah Johann einen warmen Schein zwischen den Bäumen, kurz darauf tauchte eine Lichtung auf, in deren Mitte ein großes Feuer brannte. Uralte tote Eichen standen im Kreis, ihre Äste waren nackt, sie streckten sich nach ihm aus wie die Finger einer Hexe. Johann blinzelte. In den Ästen der Bäume hing etwas, das zappelte und wimmerte. Eine schwarze Flüssigkeit, zäh wie Blut, tropfte zu Boden. Doch immer, wenn Johann genauer hinsah, tränten ihm die Augen.

Jemand beugte sich über ihn, und er roch Erde und Schweiß.

»Er gehört dir, Meffraye«, sagte Tonio wie von fern.

Hände zerrten an Johann und zogen ihm die Kleider aus, willenlos ließ er es mit sich geschehen. Er spürte eine mächtige Schwellung zwischen seinen Lenden, dann wurde es feucht und warm. Ein volltönender Chor von Frauenstimmen erhob sich, während ein mächtiges Wesen, das er durch die tränenden Augen nicht genauer erkennen konnte, sich auf ihn senkte.

»O Ostara, erhöre uns!«, erscholl der Choral. »O Beliar, erhöre uns!«

Es gab ein schmatzendes Geräusch. Der Geruch von Erde wurde nun immer stärker, Johann roch frischen Humus, gewachsen und gestorben im ewigen Kreislauf des Lebens. Große, schwere Brüste erschienen vor ihm, wie im Traum griff er danach, etwas brummte wohlig, und er ergab sich dem Rhythmus, dem Auf und Ab, wie Wogen auf einem Meer von Blut. Das Brummen und Stöhnen wurde lauter, schließlich schrie jemand, und Johann erkannte, dass er selbst es war, der da schrie. Er schrie vor Entzückung und Erregung. Ganz entfernt glaubte er, auch Poitou und Tonio schreien und lachen zu hören. Der Rabe und die zwei Krähen krächzten, es klang wie das Gelächter von Verrückten.

Die blutroten Wellen wurden höher und höher, Johann segelte auf ihnen dahin. Wieder zerrten Hände an ihm, um ihn herum war plötzlich überall nackte Haut, die nach Erde und Blut schmeckte. Er griff in lange zottige Haare wie von einem Tier, in schwarze, blonde, braune und rote Locken. Viele nackte Arme, Beine, pralle Brüste und weiche Hinterteile rieben sich gleichzeitig an ihm. Zungen leckten ihn überall, und auch er leckte und schmeckte Salz und etwas Fischiges wie aus den tiefsten Tiefen des Ozeans. Während der Choral weiter an- und abschwoll, ließ Johann sich in das wilde Treiben hineinfallen. Stimmen flüsterten ihm ins Ohr, trieben ihn an, kreischten und jauchzten und stöhnten, drängten gemeinsam einem nun unmittelbar bevorstehenden Höhepunkt zu.

Dann endlich ergoss sich sein Samen, und das Stöhnen endete abrupt.

Johann fiel in ein tiefes schwarzes Loch.

* * *

Als er die Augen wieder öffnete, sah er alles klar vor sich: das große verglimmende Feuer, um das in Decken gewickelt schlafende Leiber lagen, ermattet vom gemeinsamen Spiel. Darüber kleine, leblose Körper, die in den Bäumen hingen wie erloschene Laternen. Um ihn war es still und tot. Die Wirkung des Trankes hatte nachgelassen, und die Wirklichkeit traf Johann wie ein Schlag. Er rappelte sich auf und rannte, nackt, wie er war, in den dunklen Wald hinein. Zweige und Dornen rissen an seiner Haut, ein kalter Wind wehte, doch er spürte es nicht. Er lief davon wie ein Tier auf der Flucht.

Mit einem Mal ertönte hinter ihm ein wütender Schrei, dann erklang eine vertraute fordernde Stimme.

Es war die Stimme des Meisters.

»Komm zurück, Faustus!«, rief er. »Komm zurück, ich befehle es dir!«

Als Johann dennoch weiterrannte, erklang die Stimme erneut. »Bleib stehen, tu mir das nicht an! Tu es *dir* nicht an!«

Etwas lag in dieser Stimme, das Johann zögern ließ. Es klang fast wie ein Flehen, eine inständige Bitte.

»Komm zurück, Faustus! Ich kann dich noch so viel lehren. Die Welt wird dir, wird uns zu Füßen liegen! Du kannst sie aus den Angeln heben, wenn du nur willst. *Homo Deus est!* Faustus, ich bitte dich …«

Johann verharrte kurz, doch dann rannte er weiter. Er sprang über Büsche und umgefallene Bäume, überquerte Bäche und Gruben, er taumelte, stürzte, richtete sich auf und setzte seinen Lauf fort, immer voran, sich niemals umblickend, während die Stimme hinter ihm klagend wurde und schließlich wütend zu kreischen begann.

Er lief auch noch, als die Stimme schon längst verstummt war.

Tonio del Moravia, der Zauberer, der Bewahrer der sieben mal sieben Siegel, war aus Johanns Leben verschwunden.

Dritter Akt

Der Zug der Gaukler

8

Die Wirkung des Tranks hörte erst auf, als der Morgen schon graute. Bis dahin rannte Johann wie ein rastloser Wolf durch die Wälder, nackt und schmutzig. Gelegentlich verließen ihn die Kräfte, er ruhte sich kurz in irgendeiner Kuhle aus oder kauerte unter einem morschen, umgefallenen Baum, auf dem grünlich schimmernde Pilze wuchsen. Doch die Angst vor Tonio und dem Grauen, vor dem er davonlief, war stärker als alle Müdigkeit.

Johann rannte weiter, als wäre der Teufel hinter ihm her.

Immer wieder glaubte er, Scharen schwarzer Schatten zu sehen, die wie Fledermäuse über ihn herfielen. Schreiend schlug er nach ihnen, obwohl er wusste, dass sie nicht echt waren. Er hörte wispernde Stimmen, ein Brüllen wie von einem großen zornigen Tier und leises Kinderweinen. Das Kinderweinen war am schlimmsten, denn er sah die kleinen leblosen Körper in den Bäumen wieder vor sich, und das Blut, das von dort heruntergetropft war.

Schließlich wurden Johanns Schritte langsamer, er taumelte, dann fiel er der Länge nach hin. Es gelang ihm noch, sich mit Zweigen und halb verrotteten Blättern zu bedecken, bevor der Schlaf ihn gnädig übermannte.

Er erwachte erst wieder, als die Sonne schon hoch am Himmel stand.

Johann blinzelte kurz, dann schreckte er auf wie aus einem langen bösen Traum. Er fror, wie er noch nie in seinem Leben gefroren hatte. Zehen und Finger waren blau, die eiskalten Glieder schmerzten, er zitterte so stark, dass er kaum eine vernünftige Bewegung machen konnte. Erst jetzt fiel ihm auf, dass er das Messer noch um den Hals trug. Es war alles, was ihm geblieben war.

Während er sich nackt aus seiner Kuhle aufrappelte, kehrte die Erinnerung zurück wie ein Hammerschlag. Sein Kopf dröhnte, und er konnte kaum unterscheiden, was in der letzten Nacht Wirklichkeit und was Einbildung gewesen war. Sein klares Denken hatte ausgesetzt, gleich nachdem Tonio und Poitou ihm den schwarzen Trank verabreicht hatten. Johann wusste von solchen Tränken, Pater Antonius hatte ihm einst davon erzählt. Sie enthielten Bilsenkraut, Stechapfel, Tollkirsche und noch einige andere Drogen, die einen in die Lüfte hoben, Spukgestalten oder lüsterne, vollbusige Weibsbilder vorgaukelten.

Wer zu viel davon trank, den schickten sie direkt in die Hölle.

Laut Pater Antonius pflückten ältere Burschen und Mädchen in den einsamen Weilern gelegentlich solche Pflanzen und kochten einen Sud daraus, um damit dem Gefängnis von Dorf und Familie wenigstens eine Zeit lang zu entkommen. Auch Hexen brauten diese Art von Tränken, um sich mit dem Satan zu paaren. Am sogenannten Hexensabbat strichen sie ihre Besen damit ein und flogen hinauf in die Gewitterwolken. Damals waren Johann diese Geschichten wie Ammenmärchen vorgekommen.

Nun war er sich plötzlich nicht mehr sicher.

Wenn die Erinnerung ihn nicht täuschte, hatten Tonio und Poitou auf der Lichtung irgendein böses Wesen beschworen, vielleicht sogar den Teufel selbst. Offenbar waren sie Satanisten, Anhänger Luzifers, die grausige Rituale pflegten. Waren all die Frauen, die ihn geküsst, geleckt und besprungen hatten, Wirklichkeit gewesen? Und dieses große, brummende Wesen, das sich auf ihn hinabgesenkt hatte?

War es eine Hexe gewesen? Oder etwas noch viel Schrecklicheres?

Johanns Blick wanderte hinunter zu seiner verklebten Scham, an der Blätterreste hingen. Dann dachte er an die blutigen wimmernden Bündel in den Ästen, und ihm wurde übel.

Erneut brach er zusammen und übergab sich keuchend. Doch es kam nur noch grüne Galle. Trotzdem ging es ihm danach ein wenig besser. Mit klappernden Zähnen sah er sich im Wald um. Wenn er nicht erfrieren wollte, brauchte er schleunigst etwas zum Anziehen. Um ihn ragten hohe dunkle Tannen empor, die das Sonnenlicht fast vollständig aussperrten. Er hatte keine Ahnung, wo er war und in welche Richtung er gehen sollte. Kurz entschlossen folgte er einem schmalen Wildwechsel, so musste er sich wenigstens nicht durch das dornige Unterholz kämpfen.

Zitternd und geduckt wie ein krankes Reh, pirschte Johann durch den Wald. Noch immer hatte er Angst, dass Tonio ihn finden würde. Der Meister war keiner, der so schnell aufgab. Erst jetzt fielen Johann die vielen kleinen Verletzungen an seinem Körper auf. Zunächst hielt er sie für Abschürfungen, die er sich während seiner Flucht an spitzen Ästen und Zweigen zugezogen hatte. Doch bei näherer Betrachtung handelte es sich um blutige Kratzer wie von langen Fingernägeln. Manche schienen Zeichen auf seiner Haut zu bilden, die er nicht lesen konnte.

Was in Gottes Namen war letzte Nacht geschehen?

Ein schrecklicher Verdacht kroch in ihm hoch. Was, wenn Tonio gar nicht den Teufel beschworen hatte, sondern wenn er stattdessen … Der Gedanke war so grauenvoll, dass Johann ihn zuerst nicht zu Ende führen wollte.

Was, wenn Tonio der Teufel selbst war?

Johann musste an Margarethes Lachen denken, das er im Drogenrausch gehört hatte. Margarethe hatte ihn gerettet, sie hatte ihm die Augen geöffnet. Wenn er den Trank nicht im letzten Moment ausgespuckt hätte, wäre er vermutlich niemals vor Tonio geflohen. Vielleicht würde er jetzt ebenso ausgeweidet in den Ästen einer Eiche hängen wie jene bedauernswerten kleinen Kreaturen, von denen er immer noch nicht sagen konnte, ob sie Wirklichkeit gewesen waren.

Johann hoffte, ja betete, dass er sie nur geträumt hatte. Aber dann fielen ihm wieder die vielen verschwundenen Kinder ein. Er dachte an Martin, seinen kleinen Bruder.

Kleine wimmernde Bündel …

Er schob den Gedanken weg und verbannte ihn in sein tiefstes Inneres.

Nach einer weiteren Stunde des Herumirrens sah er über den Tannen, etwa eine Bogenschussweite entfernt, eine schmale Rauchsäule aufsteigen. Vorsichtig ging er darauf zu und erreichte schon bald den Rand einer Rodung, in deren Mitte ein massiv gebautes einstöckiges Blockhaus stand. Verkohlte Baumstümpfe bedeckten die Lichtung, das Gras dazwischen war verbrannt. Ein wenig entfernt davon kokelte ein Köhlermeiler, beißender Rauch lag in der Luft.

Geduckt hinter einem von Reif bedeckten Brombeerbusch prüfte Johann, ob sich irgendwo Leben rührte. Von weiter weg waren vereinzelte Axtschläge zu hören, vermutlich befand sich der Köhler irgendwo im Wald beim Holzhacken. Das große Haus deutete darauf hin, dass er Familie hatte.

So leise wie möglich schlich Johann hinüber zu dem aus wuchtigen Buchenstämmen gezimmerten Gebäude, dessen Fenster klein wie Schießscharten waren. Die Tür war nur angelehnt. Johann schob sie vorsichtig auf, und sein Blick fiel in eine ordentlich aufgeräumte Stube. Der Raum war noch warm, und eine große Schüssel mit kaltem Gerstenbrei stand in der Mitte des Tisches, vermutlich die Reste eines Frühstücks. Johann fiel darüber her wie ein ausgehungerter Wolf. Mit beiden Händen fischte er den klebrigen Brei aus der Schüssel und stopfte ihn sich in den Mund, anschließend leckte er seine Finger ab. Er stockte, als er über sich knarrende Schritte auf den Bohlen hörte.

Jemand ging in der oberen Kammer hin und her. Er hatte nicht mehr viel Zeit.

Hastig sah er sich um und entdeckte eine Truhe neben dem Ofen. Als er sie öffnete, schlug sein Herz augenblicklich schneller. In der Truhe lagen Tonschüsseln, einige Holzlöffel, ein angelaufener kupferner Kerzenleuchter – vor allem aber frische Leinenhemden und Beinlinge, wie die Bauern sie auf dem Feld trugen. Sogar ein Paar Holzpantinen waren dabei. Hastig raffte Johann ein paar der Kleider an sich. Er wollte eben hinauseilen, als sein Blick auf eine Schüssel Milch fiel, die wohl jemand für die Katze in die Ecke gestellt hatte. Sein Hunger war so groß, dass er sich niederkniete, die Schüssel an die Lippen hielt und sie schlürfend austrank wie ein Tier.

Just in dem Moment ging die Tür zur Nachbarkammer auf, und eine ältere Frau mit Schürze und Haube starrte ihn mit offenem Mund an. Offenbar waren also doch noch mehr Leute im Haus. Die Frau erbleichte, dann deutete sie mit zitterndem Finger auf den noch immer knienden, splitternackten Johann und fing laut zu schreien an.

»Ein Wolfsmensch!«, kreischte sie. »Gott schütze uns! In unserem Haus ist ein Wolfsmensch!«

Johann ließ die Schüssel fallen, die klirrend zersprang. Mit den Kleidern in der Hand eilte er auf den Ausgang zu und rannte davon, während die Frau hinter ihm noch immer schrie und alle vierzehn Notheiligen um Hilfe anrief. Zu seinem Entsetzen kam nun auch der Köhler aus dem Wald gelaufen. Sein bärtiges Gesicht war schwarz vor Ruß, nur die Augen leuchteten weiß. Er hielt seine Axt wie eine Waffe und stürzte zwischen den abgebrannten Baumstümpfen auf Johann zu.

»Was immer du auch bist, bleib stehen, du Biest!«, brüllte der Mann.

Die Axt schwingend, stellte sich der Köhler Johann, den er allem Anschein nach für eine Art Werwolf hielt, in den Weg. Johann wich aus, und die Axt rauschte so dicht an seinem Ohr vorbei, dass er sie zischen hörte. Er stolperte vorwärts, fing sich wieder und hastete hinüber zum Waldrand. Die Schritte des Köhlers hinter ihm kamen näher.

»Martha, hol die Knechte!«, rief der Mann. »Wir müssen das Untier fangen. Es darf uns nicht entkommen! Hans, hierher!«

Aus dem Augenwinkel sah Johann nun von rechts einen jüngeren Mann mit einer weiteren Axt auf ihn zueilen. Der muskulöse Bursche schnitt ihm den Fluchtweg ab. In seiner Verzweiflung warf er sich dem Knecht mit der Schulter voraus entgegen. Etwas knackte laut, und ein stechender Schmerz durchzuckte Johanns Arm. Der andere schrie und fiel zu Boden. Noch immer hielt Johann das Bündel mit den Kleidern umklammert wie einen Schatz. Er rappelte sich auf, dann rannte er hinein in den Wald, wo er schon bald zwischen den Tannen verschwunden war.

»Geh zurück in die Hölle, wo du hergekommen bist, Dämon!«, schrie ihm der Köhler hinterher. »Gottes Fluch möge dich treffen wie ein Blitzschlag!«

Nach und nach wurden die Schreie leiser und verstummten schließlich ganz. Trotzdem rannte Johann weiter, bis sich vor ihm zunächst ein schmaler Waldweg auftat und endlich zwischen den Tannen eine größere Straße auftauchte. Sie führte aus dem Wald hinaus und durch brachliegende, in der Sonne schwarz glänzende Felder.

In einem mit Brennnesseln überwachsenen Wassergraben wusch sich Johann Gesicht und Arme, dann zog er Hemd und Beinlinge an und schlüpfte in die grob geschnitzten Holzpantinen. So eingekleidet trat er hinaus auf die Straße. Die Sonne stand nun hoch am Himmel, es mochte auf Mittag zugehen. Johann keuchte vor Erschöpfung und zitterte, aber nicht nur wegen der Kälte, die nur langsam seinen Körper verließ, sondern auch aus Angst, der Köhler und seine Knechte könnten hinter der nächsten Straßenbiegung auftauchen. Seine Schulter schmerzte höllisch. Er war so schwach, dass er nicht mehr rennen konnte, geschweige denn sich wehren. Doch wenigstens sah er jetzt wieder wie ein Mensch aus.

Wohin sollte er sich wenden? Er hatte nichts mehr, bis auf die Kleider am Leib, und selbst die waren gestohlen.

Quo vadis, Faustus?

Die Wahl wurde ihm erleichtert, als sich von rechts quietschend ein Pferdekarren näherte. Zuerst meinte Johann, es wäre der Karren des Meisters, und er wollte schon wieder in den Graben springen, doch dann sah er, dass auf dem Kutschbock nur ein älterer dicker Mann saß, vermutlich ein reicherer Bauer oder ein Händler. Er trug eine Fellweste und einen warmen Wollmantel, der von einer silbernen Brosche zusammengehalten wurde. Mitleidig blickte der Mann hinunter auf den zitternden Jungen, der in einem viel zu weiten, dünnen Hemd steckte und dessen Gesicht von Kratzern arg verunstaltet war.

»Wo willst du hin, Bub?«, fragte er und zog an einem Halm zwischen seinen wenigen noch verbliebenen Zähnen. »Siehst nicht so aus, als könntest du noch sehr weit laufen.«

Johann zögerte. Dann nannte er die erste Stadt, die ihm einfiel. Es war die Stadt, die er schon vor einigen Tagen so gerne besucht hätte und um die Tonio einen großen Bogen gemacht hatte. Schon aus diesem Grund erschien sie ihm passend, er hoffte, dort vor Tonio und Poitou sicher zu sein. Es war gut möglich, dass sie noch nach ihm suchten.

»Augsburg«, sagte er.

Der Alte grinste. »Du hast Glück, Junge. Ich bring eben meinen Wein dorthin.« Er deutete nach hinten, wo etliche Fässer festgezurrt auf der Ladefläche standen. »Also spring schon auf. Und hüte dich, vom Wein zu kosten! Sonst ersäuf ich dich eigenhändig im Fass wie eine Ratte.«

So kam es, dass Johann nach Augsburg kam, in die größte, lauteste und reichste Stadt, die er je gesehen hatte.

* * *

Sie erreichten die Reichsstadt gegen Mittag des übernächsten Tages.

Wie schon beim letzten Mal konnte Johann sich nicht sattsehen an den vielen Erkern, Zinnen und Türmen, die sich hinter der Stadtmauer erhoben. Ein wenig davon entfernt stand der Dom, hoch und erhaben. Dagegen kam Johann die Knittlinger Leonhardskirche vor wie ein schmutziger Viehstall.

»Mach den Mund zu, bevor die Fliegen reinkrabbeln, du Schlafmütze!«, lachte der Alte neben ihm auf dem Kutschbock. »Das ist das goldene Augsburg. Die reichste Stadt der Welt! So hat sie schon der große, längst verstorbene Papst Pius II. genannt, und seitdem ist sie, Gott sei mein Zeuge, noch reicher geworden.«

Der dicke Alte hatte sich für Johann als echter Glücksfall herausgestellt. Er war ein Würzburger Weinhändler, dessen einziger Enkel erst vor ein paar Monaten an einem Fieber gestorben war. Johann sah dem geliebten, viel zu früh verblichenen Buben wohl ein wenig ähnlich. An den beiden Abenden ihrer Reise hatte der Händler Johann deshalb im Gasthaus eine Schüssel dampfenden Eintopf spendiert, der die Kälte in seinen Gliedern ein wenig vertrieben hatte. Ansonsten hatte Johann zwischen den Fässern hinten auf dem Wagen wie ein Stein geschlafen. Noch immer tat ihm die Schulter weh, und die vielen Kratzer auf seiner Haut schmerzten wie Feuer, doch er fühlte sich kräftig genug, seinen Weg nun allein zu gehen.

Wohin ihn dieser Weg führen sollte, das wusste Johann allerdings nicht.

Er hatte beschlossen, nicht mehr an die furchtbare Nacht bei Nördlingen zu denken. Der Henker mochte wissen, was Tonio und dieser Poitou dort getrieben hatten. Vermutlich waren es irgendwelche heidnischen Rituale gewesen, von denen es auch im Kraichgau noch etliche gab. Uralte Zeremonien, die einst einem namenlosen Gott gedient hatten und die auch das Christentum nicht ganz hatte beseitigen können. Tonio nannte sich selbst einen Zauberer, was also hatte Johann erwartet? Das Ganze war nichts weiter als billiger Hokuspokus gewesen, so wie auch die Pentagramme, der schwarze Trank und alles Übrige. Trotzdem würde Johann nie mehr wieder zu seinem Lehrmeister zurückkehren. Etwas unsäglich Böses war in dieser Nacht geschehen. Keine Zauberei, nichts, was den Teufel wirklich herbeigelockt hatte, aber trotzdem etwas Teuflisches, für das Tonio irgendwann in den tiefsten Tiefen der Hölle schmoren würde.

Auch heute herrschte großes Gedränge vor den Toren Augsburgs. Sie umrundeten die Stadt und betraten sie schließlich durch das sogenannte Rote Tor, ein bulliges Bauwerk, von dem aus die Via Claudia Augusta weiter nach Süden auf die Alpen hinführte. Der Weinhändler hatte Johann erzählt, dass Augsburg von einem römischen Kaiser gegründet worden war. Und zwar von keinem Geringeren als dem berühmten Kaiser Augustus, der zur Zeit des Heilands gelebt hatte! Andächtig betrachtete Johann die abgetretenen Pflastersteine, über die einst vor langer Zeit römische Soldaten marschiert waren.

Vom Roten Tor gelangten sie auf eine belebte Straße, die so breit war, dass auch in ihrer Mitte Häuser standen. Mehrstöckige Bürgerpaläste mit farbenfrohen Fresken standen links und rechts des gepflasterten Wegs, der sich über viele Hundert Schritt bis zum Dom hinzog. Patrizier in teuren Gewändern, in samtenen Scheckenröcken und pelzgesäumten Schauben, kamen ihnen entgegen. Die Frauen waren in bunte

Tücher und feinstes Barchent gehüllt, einer der Männer trug statt eines Huts eine golddurchwirkte Netzhaube.

Der Weinhändler zwinkerte Johann zu. »Hast du den eitlen Geck gesehen? Das war der junge Jakob Fugger. Man sagt, seine Familie wird schon bald die mächtigste hier in Augsburg sein. Seitdem Maximilian der neue deutsche König ist, macht er mit ihm Geschäfte und leiht ihm Geld. Ha, und sein Großvater hat noch als einfacher Landweber angefangen! Das ist eben die neue Zeit. Nichts ist mehr gewiss, jeder kann es zu etwas bringen.« Er deutete auf ein prunkvolles Gebäude in der Mitte der Straße. »All die hohen Herrschaften, die Fugger, Welser, Gossembrots und Rehlingers, treffen sich heute zum Geschlechtertanz im Tanzhaus. Die jüngste Tochter aus der Rehlinger-Sippe kommt wohl unter die Haube. Da wird große Politik gemacht! Und das geht immer noch am besten, wenn die Kehle gut geölt ist.« Er lachte. »Hier komme ich ins Spiel. Fünf Fässer feinster Frankenwein! Es gibt keinen Besseren rund um Würzburg, glaub mir.«

Sie fuhren noch ein Stück weiter und erreichten einen lang gezogenen Platz, der zwischen einigen Stadeln und weiteren Patrizierhäusern lag. Eine schier unübersehbare Menschenmenge schob sich vorbei an Marktständen und Tischen aus aufgebockten Brettern. Dahinter reihten sich Dutzende Holzfässer jeder Größe, die teilweise aufeinandergeschichtet waren. Kreidestriche und Abkürzungen auf den Dauben zeigten Herkunft und Besitzer an. Händler liefen schreiend auf und ab, reichten kleine Krüge zum Probieren und priesen großspurig ihre Ware an. Die Pflastersteine waren rot und glitschig von verschüttetem Wein.

Der Geruch erinnerte Johann stark an die Trottenkelter in Knittlingen. Sofort tauchte vor seinem inneren Auge wieder der Anblick des toten, so grausig entstellten Ludwig auf, und er vertrieb das Bild schnell wieder. Knittlingen, Margarethe, Ludwig, Martin, Tonio – das alles war Vergangenheit, vor ihm lag die Zukunft. Wenn er auch noch nicht wusste, wohin sie ihn führte.

»Der Weinmarkt hat heute wohl schon früher eröffnet als sonst«, knurrte der Alte und sah sich hektisch um. »Drück mir die Daumen, dass wir nicht schon zu spät sind. He, Albertus, alter Freund! Da bin ich!«

Er sprang vom Kutschbock und war schon bald in ein Gespräch mit einem glatzköpfigen, griesgrämig dreinblickenden Mann vertieft, den er offenbar von früheren Geschäften her kannte. Es dauerte nicht lange, und ein stattlicher Geldbeutel wechselte seinen Besitzer. Grinsend kam der Weinhändler zu Johann zurück.

»Albertus hat mich schon sehnlichst erwartet. Er beliefert das Tanzhaus. Offenbar ist der Rheinwein dieses Jahr besonders sauer, sie müssen ihn mit Honig süßen. Zwei Fässer sind nur noch als Essig zu gebrauchen. Albertus hat allen Heiligen gedankt, dass er von mir noch fünf gute Fässer bekommen hat. Wenn auch zu einem stolzen Preis.« Er griff in den Beutel und warf Johann eine Münze zu. »Hier, die ist für dich. Weil du mir Glück gebracht hast. Und jetzt troll dich, bevor ich noch zu weichherzig werde.« Er runzelte die Stirn. »Weiß der Teufel, was du armer Junge durchgemacht hast. Im Schlaf hast du letzte Nacht jedenfalls geschrien, als wären alle sieben Höllenhunde hinter dir her. Nun denn, viel Glück auf deinem weiteren Weg.«

Er klopfte Johann ein letztes Mal auf die Schulter, dann wandte er sich ab und half dem anderen Mann dabei, die Fässer abzuladen.

»Danke!«, rief ihm Johann noch hinterher. »Gott segne Euch!« Doch der Alte schien ihn schon nicht mehr zu hören.

Mit der Münze in der Hand ließ Johann sich mit der Menge treiben, bis er den Weinmarkt hinter sich gelassen hatte. Ein weiterer Platz mit Ständen schloss sich im Norden an, dem Geruch nach zu urteilen, wurden hier Fische verkauft, von denen einige nicht mehr die frischesten waren. Dahinter ragte ein großer Turm empor, der Johann schon von Weitem aufgefallen war. Er umrundete den Turm und entdeckte auf der anderen Seite einen Zwinger, in dem ein räudiger Bär eingesperrt war. Müde lag das Tier in einer Ecke, das stumpfe Fell mit Schorf und getrocknetem Blut bedeckt. Gelegentlich stachen Kinder mit Ästen zwischen den Gitterstäben hindurch, woraufhin der Bär wütend auffuhr und knurrte, bevor er sich wieder hinlegte. Das einst so stolze Wesen erinnerte Johann an sich selbst. Müde, verletzt, ohne einen Ausweg …

Versonnen betrachtete er die Münze in seiner Hand. Es war ein abgegriffener Augsburger Pfennig, die Prägung, die wohl einst den Kaiser Friedrich gezeigt hatte, war kaum noch zu erkennen. Nun, die Münze würde ausreichen für ein warmes Essen und eine Nacht in einer flohverseuchten Herberge. Und dann?

Traurig zog er weiter. Zwischen all dem Prunk kam er sich noch erbärmlicher vor als ohnehin schon. Vielleicht war es doch keine so gute Idee gewesen, gerade nach Augsburg, in die Goldene Stadt, zu gehen. Was hatte er unter all den reichen, vor Selbstbewusstsein strotzenden Bürgern verloren? Ein weiterer Platz folgte, dahinter ragte das Rathaus auf, das nicht weit entfernt vom Dom lag. Auch vor dem Rathaus hatte sich eine große Menschenmenge gebildet. Zunächst dachte Johann, hier fände ein weiterer Markt statt. Doch dann hörte er eine laute, anpreisende Stimme, und er blieb stehen.

»… nicht drei, nicht vier, nein, fünf Bälle wird Emilio nun in der Luft jonglieren! Ein Kunststück, wie es nur die begabtesten Spielleute beherrschen. Sehet selbst und staunet!«

Johann lächelte. Offenbar war eine Gauklertruppe in die Stadt gekommen. Er musste daran denken, wie er selbst als Gaukler mit Tonio von Dorf zu Dorf gezogen war. Eine Ewigkeit schien ihm das jetzt schon her zu sein, dabei waren seitdem erst einige Monate vergangen. Er bahnte sich einen Weg durch die Zuschauer und erblickte schon bald zwei bunt geschmückte, mit Tuch bespannte Wagen. Blau-rot gestreifte Bänder grenzten vor ihnen ein Areal ab, in dem ein Jongleur einige Lederbälle in die Luft warf, während ein anderer dazu auf der Fiedel spielte. Beide trugen die für Gaukler typischen Gewänder in zwei Farben, der eine gelb und rot, der andere grün und blau.

Der Jongleur, der offenbar Emilio hieß, mochte nicht viel älter als Johann sein, der Fiedler dagegen war ein Mann, der sicher schon über dreißig Jahre zählte. Er hatte feuerrotes Haar und ein ungeschlachtes Gesicht, aus dem die Nase wie ein Zinken hervorstach. Immer schneller strich er den Bogen, während der Junge die Bälle höher und höher schleuderte. Am Gewand des Jongleurs klingelten kleine Glöckchen im Takt der Musik, er hatte braune Locken und ein ebenso braun gebranntes, einnehmendes Gesicht, als stammte er irgendwo aus den südlichen Ländern.

»Und nun bewundert die schöne Prinzessin Salome aus dem Morgenland, die schon Johannes dem Täufer einst den Kopf verdreht hat«, rief der Fiedler laut. »Schauet und staunet! Und aufgepasst, ihr werten Ehegatten, versucht bei ihrem Anblick, eurer Gemahlin treu zu bleiben. Es wird euch schwerfallen!«

Eine junge Frau trat hinter einem der Wagen hervor, und ein Raunen ging durch die Menge. Sie hatte kohlrabenschwarze Haare, die ihr bis zu den Hüften hinabfielen. Ihre Haut war dunkel, fast wie bei einem Mohren, ihre Augen glitzerten wie Feuer, die Mundpartie war hinter einem Schleier verborgen. Gekleidet war sie in bunte Tücher, die sie nun wie Fahnen um sich herumwirbelte, während der Geiger eine orientalisch anmutende Melodie fiedelte. Dabei ließ sie lasziv die Hüften kreisen, was so manchen der Zuschauer leise aufstöhnen ließ.

Hinter der Frau tauchte ein Hüne von einem Mann auf, der ebenso dunkel war wie die Frau. Er trug enge Beinlinge und am Oberkörper nichts weiter als eine Lederweste, unter der sich sehnige Muskeln abzeichneten; sein Blick war starr und finster, die stämmigen Arme hielt er vor der Brust verschränkt. Der Kopf des Riesen war kahl wie ein Ei.

»Der gewaltige Mustafa, ein osmanischer Eunuch, begleitet und bewacht Salome auf Schritt und Tritt«, verkündete der Fiedler. »Hütet euch vor ihm, denn mit seinen Armen kann er ganze Bäume niederreißen und Eisenstangen verbiegen. Er wird euch später noch seine Künste zeigen. Aber sehet nun Prinzessin Salome!«

Mit den letzten Worten zog das fremdländisch aussehende Mädchen unter seinem Kleid einige golden angestrichene Holzkegel hervor. Einen nach dem anderen warf es dem Jongleur Emilio zu. Für jeden Kegel warf Emilio einen Ball zurück. Bälle und Kegel flogen zwischen den beiden hin und her, während die Frau weitertanzte und die Bälle dabei in der Luft hielt, wie Perlen an einer Kette. Die Menschen applaudierten stürmisch, und vor allem den männlichen Zuschauern blieb der Mund offen. Salome sah mit ihrem weiten Dekolleté und den breiten Hüften tatsächlich wie eine orientalische Prinzessin aus. Vor allem die wehenden schwarzen Haare waren eine Pracht. Offenes Haar bei Frauen war geächtet, nur Tänzerinnen und andere Ehrlose liefen ohne Haube herum. Salome hingegen trug ihr Haar so stolz wie einen kostbaren Kopfschmuck.

Der Geiger spielte einen letzten schnellen Lauf, der in einem hohen, klagenden Ton endete, und mit einem Mal waren die Bälle verschwunden, verschluckt von den Tüchern Salomes. Der Jongleur fing die Kegel auf, und gemeinsam verbeugten sie sich unter dem stürmischen Beifall der Augsburger.

Johann grinste. Die Vorführung war nicht schlecht, wenn

er in Knittlingen auch schon bessere gesehen hatte. Manche Gaukler jonglierten mit verbundenen Augen oder balancierten dabei auf einem Seil, andere schluckten Feuer oder aßen ganze Schwerter. Dafür war das Mädchen schön wie die Nacht, und der rothaarige Geiger spielte teuflisch gut und schnell. Gemeinsam mit dem Publikum glaubte sich Johann in ein anderes, fernes Land versetzt.

Der Fiedler, der wohl so etwas wie der Anführer der kleinen Truppe war, hob nun die Hände und bat um Ruhe. »Wir kommen jetzt zum nächsten Höhepunkt!«, rief er. »Von den heißen Ebenen bei Jerusalem ist ein Mann zu uns gekommen, dessen Ruf ihm wie Löwenbrüllen vorauseilt. Einst war er ein Eremit in der Wüste, so weise, dass ihn Sultane und Kaiser aufsuchten. Verneigt Euer Haupt vor dem weit gereisten Maaaaagister Aaaaarchibaldus!«

Das Tuch vor dem Eingang zum Wagen wurde abrupt zur Seite gerissen, dahinter tauchte die Gestalt eines dürren Alten auf, dem die grauen Haare wild vom Kopf abstanden. Sein fast weißer Bart reichte ihm bis zum Bauchnabel. Er trug eine rote, schon leicht fadenscheinige Kutte und hielt in der Hand einen einfach geschnitzten Holzstab. Mit diesem schritt er nun die wenigen Treppenstufen des Wagens hinunter. Dabei versuchte er, möglichst würdevoll zu wirken, doch er hatte sichtlich Mühe, sich aufrecht zu halten. Er schwankte leicht. Die fleischige Nase war von vielen kleinen Äderchen durchzogen.

»Magister Archibaldus fastet seit fünfzig Jahren und nimmt nur Wasser zu sich«, erklärte der Fiedler.

»Und Wein!«, rief einer der Zuschauer, und die Umstehenden lachten.

Der rotgelockte Geiger sah streng drein. »Spottet nicht! Der ehrwürdige Magister kennt das Geheimnis des Steins der Weisen. Wollt ihr es sehen oder lieber weiter Witze reißen?«

Die Leute grölten und klatschten. Währenddessen war Archibaldus in die Mitte des Areals getreten, wo der starke Mustafa einen Kupfereimer bereitgestellt hatte, der einem großen Mörser ähnelte. Die schöne Salome und der Jongleur Emilio eilten mit Flaschen und Tiegeln herbei.

»Höret, werte Augsburger! Was Albertus Magnus und Avicenna nicht vermochten, ist mir geglückt!«, krächzte Archibaldus mit nuschelnder Stimme, wobei er den Stab in die Höhe hielt wie eine Monstranz. »Viele Jahre studierte ich die verbotene Kunst der Alchemie. Und nun endlich ist mir gelungen, den Stein der Weisen zu finden! Eine Tinktur, mit der sich jegliches Material in Gold verwandeln lässt. Sogar ...« Er machte eine dramatische Pause. »Sogar dieser schlichte Wanderstecken aus dem Holz einer Eibe!«

Die Zuschauer brummten anerkennend, und Archibaldus wandte sich an Salome.

»Nun denn, schöne Gespielin, bereite die magische Tinktur vor.« Er unterdrückte einen Schluckauf. Dann wies er auf die einzelnen Flaschen, von denen Salome nun jeweils einige Tropfen in den Eimer goss. »Das Blut eines Einhorns«, zählte Archibaldus auf. »Die Tränen eines liebenden Menschen, drei Unzen flüssiges Blei und der Saft einer Pomeranze, gepflückt im Garten Eden ...«

»Keinen Wein. Den trinkt er selbst!«, rief der Spötter von vorhin. Doch das Publikum reagierte nicht. Es starrte erwartungsvoll auf den Eimer, während Archibaldus leicht lallend fortfuhr: »Drachenspeichel aus dem fernen Indien sowie geriebener Pfeffer, Muskat und Nelken, jeweils nur eine Prise!«

Salome streute mit spitzen Fingern ein wenig Pulver in den Eimer, dann trat sie mit einer Verbeugung ab. Archibaldus tauchte den Stab nun in den Eimer, aus dem plötzlich blauer Rauch aufstieg, der den Alchemisten wie einen Heiligen umwölkte. Die Sicht war jetzt so schlecht, dass Archibaldus für kurze Zeit nur schemenhaft zu erkennen war.

»Bei des Hermes' sieben mal sieben magischen Formeln!«,

murmelte er, während er im Rauch mit dem Stab hantierte. »Staub zu Staub, Asche zu Asche und … Holz zu Gold!«

Er trat aus dem Rauch hervor und hielt den Stab in die Höhe. Ein staunendes Murmeln erhob sich.

Die Spitze des Stabes glänzte golden.

»Das Werk ist vollbracht!«, rief Archibaldus und verbeugte sich, wobei er leicht stolperte. Jubelrufe ertönten, schon wollten die Ersten nach dem Stab greifen. Doch der starke Mustafa trat einen Schritt vor, und die Leute wichen zurück.

»Magister Archibaldus wird sich nun, erschöpft von seinem Tun, in den Wagen zurückziehen!«, sagte der Rothaarige mit lauter Stimme, wobei er dem Alten einen strengen Blick zuwarf. »Nach der Vorstellung könnt ihr dort einige der Heiltümer betrachten, die der Weise aus dem Morgenland mitgebracht hat. Darunter Heu aus der Krippe von Bethlehem und eine Feder vom Flügel des Erzengels Gabriel! Jeder Besuch nur einen Kreuzer.« Er lächelte breit. »Wer glaubt, sich das nicht leisten zu können, für den gibt es nun zunächst Geld zu gewinnen. Es ist kinderleicht!« Er schnippte mit den Fingern, und Mustafa trug einen Tisch herbei, den er zwischen den Pranken hielt wie eine kleine Holzschüssel. Als der Fiedler drei Nussschalen aus der Tasche zog und auf den Tisch legte, wusste Johann sofort, was die Stunde geschlagen hatte.

»Glaubt mir, noch nie war es so einfach, eine Münze zu verdienen«, sagte der Rothaarige. »Alles, was ihr braucht, sind schnelle Augen und einen ebenso schnellen Verstand.« Er hielt eine Erbse hoch. »Ich werde diese Erbse nun unter einer der Nussschalen verstecken und die Schalen vertauschen. Wer mir sagen kann, wo die Erbse liegt, bekommt seinen Einsatz doppelt zurück! Nun, wer will es wagen?«

Die ersten Neugierigen kamen und versuchten ihr Glück. Zwei setzten je einen Kreuzer und tippten richtig. Sie erhielten ihren Gewinn, den ihnen der Fiedler scheinbar leicht verärgert aushändigte. Die Leute wurden mutiger und setzten mehr. Nun allerdings war es immer öfter der Fiedler, der die Münzen einstrich.

Johann grinste. Er hatte den Trick selbst so oft geübt, dass er ihn auch mit verbundenen Augen vorführen konnte. Die Kunst bestand darin, die Erbse beim Heben der einen Nussschale im hinteren Teil der Hand verschwinden zu lassen – und sie unter eine der anderen beiden Schalen zu schieben. Damit der Trick nicht auffiel, mussten die Zuschauer gelegentlich gewinnen. Manchmal bezahlten die Gaukler auch Leute, die scheinbar zufällig vorbeikamen und mitspielten.

Plötzlich wusste Johann, wie er ein paar zusätzliche Münzen verdienen konnte.

Er wartete noch eine Weile, bis es vor dem Tisch ruhiger wurde, dann trat er nach vorne und hielt zögernd sein Geldstück hoch. Der Fiedler lächelte.

»Ah, noch jemand, der sein Glück versuchen möchte! Nun denn, mein Junge …« Er schob die Schalen langsam hin und her. »Lege deine Münze dorthin, wo du die Erbse vermutest.«

Johann tippte und lag richtig, was ihn nicht weiter erstaunte. Der Mann wollte ihn in Sicherheit wiegen.

»Jetzt hast du zwei Pfennige«, sagte der Fiedler seufzend. »Und ich keinen mehr. Willst du es noch einmal versuchen?«

Johann nickte eifrig, und der Gaukler schob wieder die Schalen hin und her. Diesmal beobachtete Johann, wie der andere die Erbse in seiner Handfläche versteckte und unter eine andere Nussschale steckte. Er machte seine Sache ziemlich gut, aber eben nicht gut genug. Zielstrebig legte Johann seine Münzen vor der richtigen Schale ab, und das Lächeln des Fiedlers erstarb.

»Wieder richtig, mein Kompliment.« Der Rothaarige winkte Salome. »Sei so lieb, Mädchen, und gib dem Jungen zwei weitere Pfennige von unseren Ersparnissen. Was versprochen wurde, wird auch gehalten.« Prüfend sah er Johann an. »Eine weitere Runde?«

»Warum nicht? Was hab ich schon zu verlieren?« Johann grinste und legte vier Münzen auf den Tisch. »Ich habe ja auch nur mit einem Pfennig angefangen.«

Diesmal verschob der Mann die Schalen so schnell, dass man ihm mit den Augen kaum noch folgen konnte. Trotzdem tippte Johann auf die richtige Schale. Mehrere Leute umringten ihn und lachten, während der Fiedler mit Leichenbittermiene acht Pfennige herüberschob.

»Du bist gut«, zischte er zwischen den Zähnen und beobachtete Johann genau. »Du kennst das Spiel schon, nicht wahr?«

»Ich möchte noch einmal spielen«, sagte Johann, ohne auf die letzte Bemerkung einzugehen. Er ließ die vielen Münzen auf den Tisch klimpern. »Um alles oder nichts.«

»Ich denke, wir hören für heute auf«, murrte der Fiedler. »Schließlich sollen die Leute noch die Heiltümer sehen, und Magister Archibaldus …«

»Wenn der Junge spielen will, dann soll er spielen«, brummte ein breit gebauter Knecht, der neben Johann getreten war. »Was versprochen wurde, wird auch gehalten. Das hast du selbst gesagt.«

Andere Zuschauer pflichteten ihm bei, und der Fiedler winkte ab. »Also gut, warum nicht? Jede Glückssträhne endet einmal.«

Wieder flogen die Schalen hin und her, diesmal so schnell, dass die Zuschauer erstaunt aufschrien. Johann beobachtete, dass der Fiedler die Erbse in der Hand behielt.

»Welche Schale?«, fragte der Mann barsch.

Johann schüttelte den Kopf. »Ich kann es nicht sagen.«

Der Fiedler grinste und griff nach den Münzen. »Ha, du kannst es nicht sagen. Das heißt …«

»Ich kann es nicht sagen, weil die Erbse unter keiner der drei Schalen liegt.«

»Was behauptest du da?« Der Mann tat entrüstet. »Nun, du Torfkopf, dann schau selbst …«

Bevor der andere nach der rechten Schale greifen konnte, deckte Johann schnell alle drei Nussschalen auf.

Sie waren leer.

Ein Schrei der Entrüstung ging durchs Publikum.

»Äh, die Erbse muss wohl zu Boden gerollt sein«, sagte der Fiedler zögerlich und bückte sich. »Sicher ist sie hier irgendwo …«

»Betrüger!«, schrie der Knecht neben Johann. »Andere Zuschauer fielen mit ein. »Betrüger! Ehrloses Gesindel! Hängt sie auf!«

Der Tisch mit den Nussschalen wurde umgestoßen, erste Steine flogen. Der Fiedler, Salome und der Jongleur Emilio gingen hinter dem Wagen in Deckung, während Mustafa dem ersten Angreifer eine Maulschelle verpasste. Aus dem Augenwinkel sah Johann, wie einige Augsburger Stadtwachen vom Rathaus her angerannt kamen. Er bückte sich und hob etliche der Münzen auf, die vor ihm im Dreck lagen. Dann entfernte er sich so gemächlich wie ein x-beliebiger Passant, just als die Wachen die Gauklertruppe erreichten. Mit erhobenen Hellebarden rannten sie an ihm vorbei, doch keiner scherte sich um den Jungen in den zerschlissenen Bauernkleidern.

Während Johann Turm und Rathaus passierte, ertönten hinter ihm Schmerzensschreie und das Geräusch von splitterndem Holz, jemand blies laut in ein Horn. Erst als er von der Hauptstraße in eine schmale Seitengasse abgebogen war, wurde der Lärm weniger.

Mit zitternden Fingern zählte er seinen Gewinn. Neun Augsburger Pfennige hatte er auf die Schnelle im Dreck finden können, keine schlechte Ausbeute – wenn ihm auch die Gaukler leidtaten. Im Grunde hatte der rothaarige Fiedler nichts anderes gemacht als er selbst noch vor wenigen Monaten. Johann hoffte, dass die empörten Augsburger den Gauklern nicht allzu sehr zusetzten und die Wachen sie nicht in den Kerker steckten.

Mit den Münzen in der Hand stromerte er durch die engen Gassen und überlegte, wie viel Wein und Braten man wohl für eine Handvoll Pfennige in der reichsten Stadt der Welt kaufen konnte.

Ein paar Stunden später taumelte Johann aus einem der vielen Augsburger Wirtshäuser und versuchte, an der frischen Luft wieder einigermaßen nüchtern zu werden. Bald merkte er, dass ihm das so schnell nicht gelingen würde.

Um seinen Gewinn zu feiern, hatte er sich für eine der besseren Herbergen in der Nähe des Domviertels entschieden. Was dann geschehen war, konnte er sich nur noch bruchstückhaft zusammenreimen. Erst hatte der Wirt den jungen, ausgemergelten Burschen, der ganz offenbar vom Land kam, nicht bedienen wollen. Doch nachdem ihm Johann seine Silberpfennige gezeigt hatte, war der Mann plötzlich sehr freundlich geworden. Er servierte ihm Rehbraten in Preiselbeersoße, Weißbrot aus fein gemahlenem Weizenmehl und einen schweren blutroten Wein, der nach Auskunft des Wirts aus dem fernen Frankreich kam. Wo auch immer er herkam, er war verflucht stark und ebenso teuer.

Nach dem dritten Krug Wein und einer Nachspeise, die aus sehr viel Eigelb und Honig bestand, war Johann fünf seiner neun Silberpfennige los. Zwei gab er einer vollbusigen, fast zahnlosen Dirne, die daraufhin schnell verschwunden war. Den achten Pfennig warf er in trunkener Geberlaube einem musizierenden Bettler zu, der vor dem Hauseingang der Herberge herumlungerte. Johann erinnerte sich schemenhaft, dass er wohl auch einige kleinere Kartentricks und Kunststücke in der Wirtsstube gezeigt hatte. Hatte dieser abgerissene Kerl mit seiner verstimmten Laute nicht Musik dazu gemacht? Wie auch immer, nun war das Geld fast weg, und er besaß nur noch die eine Münze, die ihm der Weinhändler zugesteckt hatte.

Wie gewonnen, so zerronnen, dachte Johann, dem der Alkohol noch immer die Sinne vernebelte.

Er torkelte die dunkle Gasse entlang, ohne einen Plan, wie es nun weitergehen sollte. Er brauchte einen billigen Platz zum Schlafen, aber mit einem Pfennig kam man in einer Stadt wie Augsburg nicht weit. Oder sollte er die Nacht draußen im Freien verbringen? Gut möglich, dass ihm dann irgendein Halunke die Kehle aufschlitzte. Seltsamerweise schreckte Johann der Gedanke nicht. Was sollte er noch in dieser Welt? Alles, was er je geliebt hatte, war dahin. Die Mutter, Margarethe, der kleine Bruder ... Und der Einzige, dem er am Ende vertraut hatte, sein hochverehrter Lehrmeister, der ihm gezeigt hatte, was die Welt im Innersten zusammenhielt, war ein abgrundtief böser Mensch und Ketzer. Er dachte daran, was Tonio zu Poitou im Gasthaus »Zur Güldenen Sonne« über ihn gesagt hatte.

Wenn wir es richtig anstellen, wird er die Welt verändern ...

Was für ein Hohn! Er musste sich verhört haben. Er war ein Nichts, ein Niemand.

Trauer und Selbstmitleid überfluteten Johann. Tränen liefen ihm über die Wangen, er wollte nur noch sterben. Außerdem war ihm von dem vielen Wein und der süßen Nachspeise hundeübel. Er stützte sich an einer Hauswand ab und atmete tief durch, als ihm jemand von hinten einen Sack über den Kopf zog.

»Hrm ...«, war alles, was er noch sagen konnte, dann wurde es schwarz um ihn.

Der Überfall kam völlig überraschend, er hatte nicht das Geringste bemerkt. Und von einem Augenblick auf den anderen war Johanns Lebenswille wieder erwacht. Er schlug wild um sich, doch der Sack wurde nur noch fester zugezogen. Eine Schnur legte sich um seinen Hals, und Johann glaubte schon, man wollte ihn erdrosseln. Doch da hob ihn jemand wie ein Möbelstück in die Höhe und trug ihn auf der Schulter durch die Gassen. Johann zeterte und schrie, woraufhin ihn sein Entführer so hart gegen die Mauer stieß, dass sein Kopf zu zerbersten schien und er einen Moment lang nur noch Sterne sah.

Ein zorniges Brummen ertönte, fast wie das eines Bären. Johann verstand es als Warnung, von nun an den Mund zu halten. Er schwieg und überlegte, was der Kerl mit ihm vorhatte. Wollte er ihn vielleicht in einen der vielen Augsburger Lechkanäle werfen und dort ersäufen? Aber um ihn umzubringen, wäre das eigentlich gar nicht nötig. Der Mann, der ihn trug, war kräftig genug, ihn einfach wie einen Käfer zu zerquetschen.

Wie ein Sack Mehl schaukelte Johann auf den Schultern seines Entführers durch Augsburg. Er roch Staub und muffiges Getreide, um ihn herum herrschte totale Schwärze. Nach einer Weile wurden die Schritte langsamer. Der Unbekannte hob ihn hoch und warf ihn auf den harten Boden. Johann keuchte vor Schmerzen, als er auf seiner geprellten Schulter landete.

»Mach den Sack auf, Mustafa«, ertönte eine bekannte Stimme.

Ein reißendes Geräusch ertönte, dann fiel Mondlicht auf Johanns Gesicht. Er zwinkerte. Erst nach einer Weile erkannte er einzelne Umrisse. Offenbar lag er in einem schäbigen Hinterhof, in dem sich stinkender Unrat türmte. In der Nähe befanden sich zwei Wagen, die er schon einmal gesehen hatte, ihre Planen waren zerrissen. Das Vorderrad an einem der Wagen war zersplittert, am Kutschbock fehlten etliche Bretter, und eine der Deichseln war zerbrochen.

Vor Johann stand der rothaarige Fiedler.

Er trug einen schmutzigen Verband um den Kopf, sein rechtes Auge war zugeschwollen. Mit zusammengekniffenen Lippen betrachtete er Johann, der sich zitternd vor Furcht und Kälte auf dem Hof umsah. Hinter ihm ragte wie ein

Turm der muskulöse Körper Mustafas auf, und aus den Schatten des Hinterhofs traten Salome und der Jongleur Emilio.

»So sieht man sich also wieder«, zischte der Fiedler, der immer noch sein gelb-rotes Kostüm trug. Er lispelte leicht, Johann sah im Mondlicht, dass ihm ein Zahn fehlte. »Du wirst schon bald merken, dass es ein Fehler war, sich mit Peter Nachtigall anzulegen. Keiner hält mich zum Narren, keiner! Verstanden?«

»Madonna, nun beruhige dich doch, Peter«, sagte Emilio in einem fremdartigen, südlich klingenden Akzent. Die Glöckchen an seinem Gewand bimmelten. »Keiner hat was davon, wenn du den Jungen eigenhändig häutest, frisst und seine Knochen ausspuckst. Er soll uns unser Geld zurückgeben und seine Schulden bezahlen.«

»Schulden?«, krächzte Johann, der mittlerweile stocknüchtern war. Er rieb sich die pochende Stirn und richtete sich vorsichtig auf. »Was … was für Schulden?«

»Willst du mich veräppeln?«, schrie Peter. »Du … du …« Er dämpfte seine Stimme. »Unsere Wagen sind ramponiert, von meiner Visage ganz zu schweigen«, fuhr er flüsternd fort »Wir können froh sein, dass uns die Wachen nicht ins Loch gesteckt und wir hier auf diesem stinkenden Hof eine Bleibe gefunden haben. Morgen früh müssen wir Augsburg verlassen, unsere Spielgenehmigung ist beim Teufel. Und alles nur, weil so ein kleines Würstchen meint, uns übers Ohr hauen zu müssen!«

»Das stimmt so nicht ganz«, bemerkte Johann leise. »Ihr habt mich übers Ohr hauen wollen.«

»Du kleiner Klugscheißer …« Peter Nachtigall hob die Hand zum Schlag, doch hinter ihm lachte Salome laut auf. Ihre Stimme klang rau und ein wenig zu tief für ihre zierliche Figur. »Wo er recht hat, hat er recht, Peter. Ich hab dir schon in Würzburg gesagt, dass dieses Hütchenspiel zu gefährlich ist. Die Leute durchschauen es. Wenn auch nicht so schnell und gut wie dieses aufgeweckte Bürschchen hier.« Sie sah Johann aufmerksam und nicht ohne Mitgefühl an. Er schätzte, dass sie etwa zehn Jahre älter war als er, wenn sich ihr Alter auch schwer bestimmen ließ. »Würde mich nicht wundern, wenn du selbst ein Gaukler bist. Bist du einer?«

Johann zögerte kurz, dann nickte er.

»Ha! Sollst uns wohl aus der Stadt vertreiben«, knurrte Peter. »Für wen arbeitest du? Für Steffen Lautenschläger? Für Karl Froschmaul und seine Leute? Nun red schon, bevor ich dir die Zunge rausreiße!«

»Für ... für keinen«, erwiderte Johann. »Ich bin allein. Eine Zeit lang war ich mit einem fahrenden Astrologen unterwegs, doch wir ... wir haben uns getrennt.«

»Mit einem Astrologen?« Salome zwinkerte ihm zu. »Ich hoffe für dich, dass es kein so alter versoffener Sack war wie unser hochverehrter Magister Archibaldus. Verflucht, wenn *du* heute nicht unsere Vorstellung gesprengt hättest, dann sicher Archibaldus die nächste. Er säuft wie ein Loch und schläft jetzt seinen Rausch aus.« Sie deutete nach hinten. »Hörst du ihn schnarchen?«

Tatsächlich vernahm Johann ein Schmatzen und Röcheln, das aus einem der Wagen drang. Ein furzendes Geräusch erklang, dann schnarchte jemand laut weiter.

»Verdammt, wir sollten uns von dem Trunkenbold trennen«, brummelte Emilio. »Sein Goldzauber ist ein Witz, und wenn wir nicht aufpassen, fällt er uns demnächst in seinen eigenen Eimer.«

»Du weißt selber, warum er dabei ist«, sagte Peter. »Also red nicht.« Herausfordernd wandte er sich wieder Johann zu. »Jetzt zu dir, Bürschlein. Her mit den Münzen, die du eingesteckt hast!«

»Ich ... ich hab sie nicht mehr«, erwiderte Johann kleinlaut. »Ich hab alle bis auf eine in einer Herberge ausgegeben.«

»Im ›Weißen Lamm‹.« Salome nickte. »Hast dich aufgespielt wie ein großer Herr und mit Geld um dich geworfen. Aber deine Zaubertricks sollen ziemlich gut gewesen sein, was man so hört.«

Johann blieb der Mund offen. »Ihr wisst …?«

»Maledetto, wir suchen dich seit heute Nachmittag!«, unterbrach ihn Emilio. »Als uns eine der Augsburger Dirnen vorhin von einem jungen Burschen in Bauernkleidern erzählte, der im »Lamm« einen auf dicken Max macht, haben wir sofort Mustafa hingeschickt.«

Der Riese nickte und knackte mit seinen Fäusten.

»Durchsuch ihn!«, befahl Peter.

Mustafa packte Johann, schüttelte ihn wie einen nassen Mantel und klopfte seine Taschen ab. Mit spitzen Fingern zog er die letzte Münze hervor und reichte sie Peter Nachtigall.

»Verdammt, er hat wirklich fast alles ausgegeben!«, fluchte Peter und warf das Geldstück auf den mit Hühnermist gesprenkelten Boden. »Von was sollen wir jetzt die Wagenreparatur bezahlen?«

»Einer der Wagen fährt ja noch«, besänftigte ihn Salome und hob die Münze auf. »Wenn wir den anderen samt dem alten Klepper verkaufen, haben wir immer noch genug Platz für die Kisten. Und über die Alpen wären wir mit der lahmen Mähre sowieso nicht gekommen.«

Johann stutzte, sein Herz schlug augenblicklich schneller. »Über … über die Alpen?«, fragte er. »Wo wollt ihr denn hin?«

»Na, wohin wohl?« Emilio zuckte mit den Schultern. »In die warmen Länder jenseits der Alpen. Ich komme von dort und spreche die welsche Sprache, für Gaukler gibt es in den lombardischen Städten einiges zu holen. Dort ist alles viel heller und freundlicher. Die Bürger sind so reich, dass für unsereins immer was abfällt. Und für den Winter haben wir ein Quartier in Venedig, das uns Archibaldus …«

»Das reicht!«, herrschte ihn Peter an. »Ich bin mir immer noch nicht sicher, ob dieser Bursche nicht doch für einen anderen Trupp spioniert. Also haltet besser den Mund!« Er deutete auf Johann. »Und du verschwinde jetzt lieber. Bevor ich dich von Mustafa noch windelweich prügeln lasse.«

»Ich … ich könnte euch begleiten«, schlug Johann plötzlich vor. Der Satz war ihm einfach so herausgerutscht. Seit er denken konnte, träumte er davon, einmal Venedig zu sehen. Mit Tonio wäre er fast über die Alpen gereist, nun bot sich ihm vielleicht eine letzte Gelegenheit.

»Uns begleiten …?« Peter hob die Augenbrauen, dann lachte er. »Warum sollen wir dich Bürschlein mit nach Italien nehmen, hä?«

»Ich … ich könnte euch meine Schulden zurückzahlen«, erwiderte Johann.

»Und wie willst du das tun?«

»Mein Gott, Peter, nun stell dich nicht so blöd an!«, fuhr Salome dazwischen. »Er ist ein Gaukler, schon vergessen? Offenbar einer von den kleinen Tricksern, so wie Lukas einer war.« Mit einem aufmunternden Lächeln wandte sie sich an Johann. »Was kannst du denn?«

Johann schluckte schwer. Sein Kopf fühlte sich an wie zähflüssiger Honig, die rechte Schulter schmerzte, und wenn er sich aufrichtete, schwankte er noch immer leicht. Trotzdem wusste er, dass er nur diese eine Chance hatte.

»Habt ihr zufällig ein Ei und einen Hut?«, fragte er in die Runde.

Er zeigte ihnen das Kunststück mit dem verschwundenen Ei, außerdem einige Münz- und Kartentricks, die sieben dalmatinischen Seilknoten, den zerbrochenen Stock und die Schlange von Ghiza, bei der man einen Strick zum Leben erweckte. Kurz überlegte er, mit Bällen zu jonglieren. Doch er verwarf den Gedanken schnell wieder. Einen Jongleur hatte die Truppe schon, was sie eher brauchen konnten, war ein Zauberer. Aber nur, wenn er gut war und sich nicht auf die Karten übergab.

Als Johann am Ende seiner Vorstellung war, verbeugte er sich und erwartete das Urteil. Kalter Schweiß stand ihm auf der Stirn, ihm war, als müsste er jeden Moment ohnmächtig werden.

Die Gaukler saßen vor ihm im Kreis und musterten ihn.

»Nicht schlecht«, knurrte Peter Nachtigall schließlich. »Fast so gut wie Lukas. Aber eben nur fast.«

»Ich finde, er ist besser«, sagte Salome, die Johann mit einem schwer zu deutenden Blick streifte. »Und er ist charmant, sieht, nun ja ... recht annehmbar aus, und er kann gut reden. Das mögen die Leute, vor allem die Mädchen.«

»Der Trick mit dem Ei ist wirklich gut«, fügte Emilio hinzu. »Den hab ich noch nie gesehen. Und die Sache mit den Münzen ist zumindest ausbaufähig. Er wäre vielleicht eine gute Ergänzung.«

»Zum Teufel, ihr meint doch nicht wirklich, dass wir ihn mitnehmen?«, schimpfte Peter. Er deutete auf seine Zahnlücke. »Das da habe ich ihm zu verdanken! Und der Wagen ist auch hinüber!«

»Nun komm schon, Prügeleien hatten wir schon öfter«, sagte Salome mit einem Lächeln. »Wenn er den Hütchentrick nicht rausgefunden hätte, dann ein anderer.« Sie fuhr sich durch die langen schwarzen Haare. »Er wird seine Schuld zurückzahlen. Münze für Münze. Nicht wahr, das wirst du?«

Johann nickte, und Salome wandte sich an Mustafa, der während der ganzen Zeit geschwiegen hatte. »Was meinst du?«

Mustafa sah Johann lange an. Dann formten seine Hände ein paar seltsame Zeichen.

»Was sagt er?«, fragte Peter schließlich.

»Er sagt, dass diesen Jungen irgendein dunkles Geheimnis

umgibt«, antwortete Salome. »Dass er aber nicht glaubt, dass er für andere Gaukler spioniert.« Sie grinste. »Und der Eiertrick gefällt auch Mustafa.«

Peter Nachtigall seufzte und hob ergeben die Hände. »Also gut, meinetwegen. Wir können es ja mal versuchen mit ihm.« Er blickte Johann scharf an. »Aber eins verspreche ich dir, Bürschchen, ich hab dich im Auge. Und dein dunkles Geheimnis finde ich auch noch raus.«

9

Sie verließen Augsburg am Vormittag des nächsten Tages, just durch das gleiche Tor, durch das Johann die Stadt gestern erst betreten hatte. Ein letztes Mal warf er einen Blick zurück auf die weithin gerühmte Goldene Stadt mit ihren vielen Türmen, Patrizierpalästen und dem erhabenen Dom. Doch die Freude war dahin. Johanns Begeisterung war über Nacht der Überzeugung gewichen, dass auch in der vermögendsten Stadt des Reiches viel Armut und Elend herrschten. Von den neuen Zeiten, von denen der Weinhändler gesprochen hatte, profitierten nur wenige, der Rest hungerte und war vollauf damit beschäftigt, seine Kinder durch den nächsten Winter oder die nächste Dürre zu bringen.

Leichtfüßig lief Johann neben dem ramponierten Wagen her, den ein magerer Schimmel zog. Den zweiten Wagen, dessen Rad und Deichsel gebrochen waren, hatte Emilio zusammen mit einem alten Klepper, der nur noch aus Haut und Knochen bestand, dem Augsburger Schinder verkauft. Viel Geld hatten sie nicht dafür bekommen, aber es würde wohl reichen, um die nötigsten Reparaturen vorzunehmen. Außerdem hatten sie ein wenig Proviant für ihre Reise erstanden.

Die Straße folgte stromaufwärts dem Lech, auf dem um diese Jahreszeit bereits etliche Flöße unterwegs waren. Sie hatten Wein, Öl und Stoffe geladen, die in gewachsten Ballen vor der Nässe geschützt waren und bis nach Augsburg und darüber hinaus verschifft wurden. Johann stellte sich vor, wie mühsam es gewesen sein musste, all diese Waren über die hohen Berge zu bringen. Er selbst würde nun den umgekehrten, nicht minder beschwerlichen Weg nehmen.

Auf dem Kutschbock hielt Peter Nachtigall die Zügel in der Hand und blickte starr geradeaus. Sein Auge war noch mehr zugeschwollen als gestern, der Verband saß schief auf seinem rot gelockten Kopf. Der Anführer ihrer kleinen Gauklertruppe würde wohl noch eine Weile brauchen, bis er zu Johann mehr als nur ein paar Worte sagte. Noch immer schien er nicht recht davon überzeugt, dass dieser neunmalkluge Herumtreiber mit seinen dunklen, ernst dreinblickenden Augen eine gute Verstärkung der Gruppe war. Nun, zumindest waren Emilio und Salome auf Johanns Seite. Von Mustafa ließ sich das noch nicht sagen, der Riese hatte bislang kein einziges Wort von sich gegeben, und Johann vermutete, dass er stumm war.

Salome, Emilio und Mustafa gingen mit Johann neben dem Wagen her, der in gemächlichem Tempo nach Süden rumpelte. Es ging geradewegs auf die Alpen zu, die am Horizont als weißes Band zu erkennen waren. Beim Anblick der Berge schritt Johann schneller aus. Endlich hatte er wieder ein Ziel vor Augen. Er würde Venedig sehen, die berühmteste Stadt der Welt! Bislang kannte er über Venedig nur Geschichten, die ihm einst die Mutter erzählt hatte. Die Stadt war wohl auf Inseln im Meer erbaut und von vielen Kanälen durchzogen, die Hausdächer glänzten wie pures Gold, und jeden Tag legten dort Schiffe an, die Gewürze und allerlei Absonderlichkeiten aus Afrika und Indien geladen hatten. Auch die Pilgerfahrten nach Jerusalem, der heiligen Stadt der Christenheit, nahmen von dort ihren Ausgang. Zum ersten Mal seit Tagen gelang es Johann, Tonio und die grauenhafte Versammlung im Wald wenigstens vorübergehend zu vergessen.

Salome lief ein paar Schritte auf der Straße voraus. Geschwind wie eine Katze kletterte sie auf einen niedrigen Baum am Wegesrand, ließ die Beine baumeln und zwinkerte ihm zu. Johann schaute verschämt zur Seite. Er war sich noch nicht sicher, was die exotische Schönheit mit den langen schwarzen Haaren und den ausladenden Rundungen von ihm hielt. Salome mochte Ende zwanzig sein, und wenn er Emilios Blicke und seine gelegentlichen Annäherungen richtig deutete, waren die beiden ein Paar. Sicher war er sich jedoch nicht. Er beschloss auf alle Fälle, auf der Hut zu sein. Was er jetzt am wenigsten brauchen konnte, war weiterer Ärger.

Aus dem Wageninneren drang leises, schiefes Singen. Es stammte von Magister Archibaldus, der bis weit in den Morgen geschlafen hatte und nun offenbar langsam wieder in Schwung kam. Bislang hatte ihn Johann nur schnarchend oder betrunken erlebt.

»He, Kleiner!« Peter Nachtigall stieß einen Pfiff aus und schnalzte mit den Zügeln. Dann rief er, während das Pferd in einen langsamen Trab fiel, Johann zu: »Tu mir einen Gefallen und schau mal drinnen nach dem alten Saufkopf, ja? Ich habe den Verdacht, dass er schon wieder an den Wein geht. In Landsberg möchte ich noch heute Abend eine Vorstellung geben, da brauche ich ihn nüchtern.«

Johann nickte, froh, dass Peter eine Aufgabe für ihn hatte. Er sprang hinten auf den Wagen, schlug die Plane zur Seite und kroch ins Innere. Sofort schlug ihm eine Mischung aus Alkoholausdünstungen und dem Geruch alter Männer entgegen. Der Wagen war vollgestellt mit Truhen und Säcken. Hinten in einer Ecke kauerte Archibaldus im Halbdunkel und wühlte in einer Kiste, wobei er leise vor sich hin summte. Verlegen räusperte sich Johann, und Archibaldus klappte mit erschrockener Miene den Kistendeckel zu.

»Äh, wollte nur mal sehen, ob das Stroh Bethlehems noch da ist«, nuschelte der Alte. »Nicht dass wir es in der Eile vergessen haben.« Seine Haare standen wild ab, nur der Bart war wesentlich kürzer als bei der gestrigen Vorstellung. Johann hatte mittlerweile begriffen, dass es sich bei dem zerzausten, methusalemartigen Gewächs um einen künstlichen Bart gehandelt hatte.

»Soweit ich mich erinnere, ist das die Vorratstruhe«, bemerkte Johann und deutete auf die Kiste. »Die Reliquientruhe befindet sich weiter hinten.«

»Ach, natürlich, du hast recht, Jüngelchen!« Archibaldus schlug sich gegen die Stirn. »Tja, ich werde wohl wirklich vergesslich.« Er kniff die Augen zusammen und musterte Johann. »Du bist der Neue, nicht wahr? Na ja, bist auf alle Fälle schon mal älter als Lukas.« Er zwinkerte ihm zu. »Und wohl auch klüger, was man so hört.«

»Wer ist dieser Lukas?«, fragte Johann. Er hatte von seinem Vorgänger bereits gestern gehört, bislang aber noch nicht nachgefragt.

»Die Frage lautet korrekt: Wer war Lukas?«, erwiderte Archibaldus trocken. »Der arme Junge kam kurz hinter Leipzig unter eines der Räder, als wir einen Hang hinabrollten. Sein Bein brach wie eine dünne Holzlatte. Ich hab's geschient und eine Salbe aus Bärenfett und Wolfsgelegena darübergestrichen. Doch das Fieber hat ihn nach nicht mal zwei Wochen dahingerafft. Dabei war er erst fünfzehn.« Der Alte stieß leise auf. »Schade um den Buben, er war ein guter Gaukler, beherrschte einen Haufen Tricks und kleiner Zaubereien.«

»Das tut mir leid«, sagte Johann.

Archibaldus machte eine abfällige Handbewegung. »So ist nun mal der Lauf der Welt. Wir kommen und gehen, und niemand weiß, wann sein eigenes Ende naht. Hätte nie gedacht, dass mir der Herrgott so viele Jahre schenkt. Ha, fast siebzig sind es jetzt!« Er grinste. »Als ich so alt war wie du, war ich ein fescher Jüngling. Und ganz schön vorlaut. Ein fahrender Scholast, der kein Mädchen verschmäht hat, war es auch noch so hässlich.« Er lachte laut.

»Habt Ihr denn studiert?«, wollte Johann wissen. Er wusste, dass Studenten oft von Universität zu Universität zogen. Nicht wenige verfielen der Trunksucht und dem Müßiggang und endeten irgendwann als Gaukler. Auch fahrende Geistliche, sogenannte Vaganten oder Goliarden, traf man häufig unter den Spielleuten.

Mittlerweile hatte Johann neben Archibaldus auf der Seitenbank Platz genommen. Die Kleidung des Alten roch ranzig wie altes Öl, in seinen Haaren klebten die Nissen.

»O ja, ich komme aus gutem Haus. Auch wenn man das vielleicht jetzt nicht mehr so sieht.« Archibaldus wackelte mit dem Kopf. »Mein Vater war ein reicher Kaufmann aus Hamburg, die Stovenbrannts gehörten einst zu den mächtigsten Geschlechtern der Hanse. Ich war der Drittgeborene, sollte Philosophie lernen, Juristerei und Medizin. Und leider auch Theologie …« Er seufzte tief. »Lass uns von etwas anderem sprechen. Es heißt, du bist ein guter Trickser. Wer war dein Lehrer?«

»Ein … ein weit gereister Mann. Sein Name ist Tonio del Moravia.«

Archibaldus runzelte die Stirn. »Tonio del Moravia? Mir scheint, ich habe diesen Namen schon mal gehört. Hm …« Er zögerte. »Er ist ein Gaukler, sagst du?«

»Ein Chiromant und Astrologe«, erwiderte Johann, dem Archibaldus' prüfender Blick nicht gefiel.

»Und er hat dich auch solche arkanen Dinge gelehrt?«, hakte der Magister nach.

»Nun, das eine oder andere.« Plötzlich fühlte sich Johann sehr unwohl. Vielleicht war es ein Fehler gewesen, Tonio zu erwähnen. Er wechselte schnell das Thema. »Seid Ihr denn ein echter Alchemist?«

Archibaldus stutzte. »Wie kommst du denn darauf?«

»Nun, die goldene Spitze an Eurem Stab …«

»Ach das!« Der Alte lachte. »Sie ist mit ein wenig Blattgold bedeckt. Wenn man Lehm darüber streicht, ist das Gold zunächst nicht zu sehen. Der Rest ist Hokuspokus.«

Johann grinste. »*Hoc est enim corpus meum ...*«

»Ich sehe, du beherrschst Latein. Ein belesener Trickser also. Es geschehen noch Zeichen und Wunder. Hm ...« Archibaldus zwinkerte Johann zu. »Oder ist das der einzige Satz, den du kannst?«

»*Lingua latina sermo patrius meus est*«, antwortete Johann in fließendem Latein. »*Deorum antiquorum modo colloqui amo. Homo Deus est.*« Der letzte Satz war ihm nur so herausgerutscht, eine Floskel, die er des Öfteren von Tonio gehört hatte. Auf Archibaldus hatte der Satz jedoch eine seltsame Wirkung, der Alte zuckte zusammen wie unter einem Schlag. Diesmal sah er Johann sehr lange und prüfend an. »Woher kennst du diese Worte?«, fragte er.

Johann zuckte mit den Schultern, Archibaldus' Blick verunsicherte ihn. »Muss sie wohl irgendwo aufgeschnappt haben.« Hastig sprach er weiter: »Emilio meinte gestern, es sei allein Euch zu verdanken, dass die Gauklertruppe in Venedig ein Winterquartier bekommt?« Aus einem Grund, den er sich selbst nicht erklären konnte, wollte er mit Archibaldus nicht weiter über seine eigene Vergangenheit reden.

»Hm ...« Der Alte zögerte, schließlich antwortete er: »In der Tat. Und das ist verflucht noch mal der einzige Grund, warum sie mich mitziehen lassen! Ich weiß selbst, dass ich auf meine alten Tage ein lausiger Alchemist und Stationierer bin. Das Heu der Bethlehemer Krippe stinkt zum Himmel, und die Flügelfeder des Erzengels Gabriel ist so zerzaust, als hätte sie die Katze im Maul gehabt.«

Johann lächelte, froh um den Themenwechsel. Sogenannte Stationierer waren fahrende Reliquienaussteller, die gegen Geld mehr oder minder echte Heiltümer präsentierten. Er hatte mal gehört, dass man aus sämtlichen Holzsplittern des heiligen Kreuzes eine ganze Stadt bauen könnte. Das lag auch daran, dass Dinge schon zu Reliquien erklärt wurden, wenn sie eine Reliquie nur berührt hatten.

Archibaldus zeigte sein fast zahnloses Gebiss. »Durch meine Familie habe ich noch immer ein paar Beziehungen in Handelskreisen und eben auch zum deutschen Handelskontor in Venedig. Dort kommen wir in den kalten Monaten unter, gegen ein bisschen Gaukelei und Musizieren.« Er kicherte. »Ich besitze ein Empfehlungsschreiben aus Hamburg, von höchster Stelle. Das ist sozusagen meine Altersabsicherung. Und …«

»He, ihr zwei da drin!«, ertönte plötzlich von draußen Peters Stimme. »Sauft ihr den Wein jetzt gemeinsam aus? Komm raus, Johann, ich brauch dich zum Schieben. Da vorne kommt ein Hügel, und die Mähre schafft es nicht allein.«

Johann wollte sich bereits verabschieden, als Archibaldus ihn noch einmal festhielt.

»Diese lateinischen Worte von vorhin«, begann er leise. »Du weißt schon: *Homo Deus est* … Egal, wo du sie aufgeschnappt hast, ich würde sie in Zukunft nicht mehr erwähnen. Sie könnten auf die falschen Ohren treffen. Hast du mich verstanden?«

Johann nickte, auch wenn er eigentlich gar nichts verstanden hatte. Vermutlich wollte ihm der Alte nur Angst machen. Er wandte sich ab und kroch zwischen der Plane hindurch ins Freie. Noch lange sah ihm Archibaldus nach. Dann seufzte der Magister tief und machte sich erneut auf die Suche nach dem Weinfass in der Vorratstruhe.

Mit dem ramponierten Wagen kamen sie nur langsam voran, und so nächtigten sie schließlich am Rande des Flusses, wo am Abend der kalte Nebel aufstieg. Johann fröstelte, doch er ließ sich nichts anmerken. Er war der Neue in der Gruppe und saß ein wenig abseits, während er seinen Eintopf löffelte. Salome schenkte ihm gelegentlich ein Lächeln, das er nicht recht einordnen konnte.

Nach dem kargen Nachtmahl spielte Peter Nachtigall noch

ein wenig auf der Fiedel, und Johann stellte einmal mehr fest, dass Peter ein ganz ausgezeichneter Spielmann war. In Knittlingen waren die Musikanten meist betrunkene Herumtreiber gewesen, die kaum den Takt halten konnten. Peter hingegen strich den Bogen wie ein Engel, dabei schloss er die Augen und versank ganz in der Musik. Johann beneidete ihn um die Fähigkeit, alle Sorgen, alle düsteren Gedanken für kurze Zeit auszublenden. Ihm selbst gelang das nicht, und so schlief er auch diese Nacht wieder schlecht und träumte von Tonio und den kleinen zuckenden Körpern auf einer Lichtung irgendwo bei Nördlingen. Mehrmals wachte er von einem Seufzen und Stöhnen auf, doch es waren nur Emilio und Salome, die sich nicht weit von ihm entfernt unter einer dünnen Felldecke vergnügten.

Am späten Vormittag des nächsten Tages erreichten sie endlich Landsberg, wo Johann seine erste Aufführung haben sollte.

Die Stadt lag ebenso wie Augsburg am gemächlich dahinfließenden Lech. Eine Burg thronte an einem Steilhang an der Ostseite, hohe Wehrmauern kündeten von Macht und Reichtum. Peter Nachtigall war schon öfter hier gewesen, und so bekamen sie schnell die Erlaubnis, auf dem Marktplatz ihre Künste darzubieten.

Gemeinsam mit vielen anderen Reisenden überquerten sie den Fluss auf einer breiten Holzbrücke, die von einem Wehr flankiert wurde. Durch Landsberg hindurch führte die Salzstraße, auf der das wertvolle Salz von Reichenhall über München bis zum Bodensee transportiert wurde. Ein Salzstadel und saftige Zolleinnahmen sorgten dafür, dass die Landsberger von den täglich eintreffenden Fuhrwerken ihren Teil abbekamen.

Schon als der Wagen auf dem Hauptplatz einbog, kamen die ersten Neugierigen angelaufen. Kinder umringten sie lachend, alte Frauen und Greise murmelten Gebete und schlugen ein Kreuz, nur um dann doch die bunten Kostüme der Gaukler zu bestaunen. Johann wusste von seiner Zeit mit Tonio, dass die Leute froh waren um jede Abwechslung. Außer Kirchweih, Jahrmärkten und der einen oder anderen Hinrichtung gab es, vor allem in den Dörfern und kleinen Städten, nicht viel Unterhaltung. Ein, zwei gesellige Stunden, ein wenig Lachen und Staunen – die Gaukler entführten die Menschen in eine Welt fern des täglichen Elends und der Eintönigkeit. Trotzdem blieben die Spielleute Ehrlose, die man außerhalb der Vorführungen mied.

In der Mitte des Platzes stand ein Brunnen, wie ihn Johann noch nie gesehen hatte. Er versprühte meterhohe Fontänen; sie glichen Lanzen, die in der Abendsonne glitzerten. Dahinter lag das dreistöckige Rathaus mit steilem Zinnengiebel und einem Treppenturm mit vielen Fenstern. Johann dachte an den baufälligen Brunnen vor dem Knittlinger Rathaus und an den Knittlinger Stadtgraben, dessen Wasser trüb war und stank. Je mehr sie sich den Alpen näherten, umso reicher und prächtiger schienen die Städte zu werden.

»Na, bist wohl aufgeregt?«, wandte sich Peter Nachtigall spöttisch an Johann, der noch immer mit offenem Mund am Rande des Brunnens stand. »Mach dir nur nicht in die Hosen. Das bekommt Salome nicht so schnell wieder raus.« Er lachte und warf ihm ein paar Kleidungsstücke zu. »Hier, zieh das an. Lukas war es ohnehin ein wenig zu groß, es sollte dir also gut passen.«

Johann schlüpfte in ein paar giftgrüne Beinlinge und ein rotes Wams, welches in eine Gugel mit armlangem Zipfel überging. An dem Wams waren bunte Lappen wie kleine Fahnen angenäht, außerdem besaß es zahlreiche Schlitze, unter denen gelber Stoff zu sehen war. Es war warm und aufwendig verarbeitet, wenn er darin auch wie ein Narr aussah. Zu seinem Entsetzen bemerkte Johann, dass das rechte Hosenbein nur notdürftig geflickt und mit getrocknetem Blut gesprenkelt war.

»Ist ein gutes Gewand«, sagte Peter, als er Johanns Blick bemerkte. »Der arme Lukas hat es kurz vor seinem Tod von einem sächsischen Landadligen geschenkt bekommen, dem seine Tricksereien gefielen. Wir haben es, so gut es ging, gesäubert.« Er grinste. »Du ekelst dich doch nicht etwa?«

Schweigend zog Johann die Gugel über.

Die anschließende Vorstellung auf dem Hauptplatz war ein voller Erfolg. Emilio jonglierte mit den Bällen, Salome tanzte ihren Schleiertanz, und der starke Mustafa verbog Eisenstangen wie Weidenzweige. Selbst Magister Archibaldus schien einigermaßen nüchtern zu sein, sodass die Leute ihm den fahrenden Alchemisten abnahmen und beim Anblick der goldenen Stabspitze laut klatschten.

Peter Nachtigall spielte zu all den Darbietungen die süßesten Melodien, die den Leuten die Tränen in die Augen trieben. Mittlerweile glaubte Johann zu verstehen, woher Peter seinen Künstlernamen hatte. Er war nicht nur ein begnadeter Fiedler, auch seine wohltönende Stimme klang laut und klar, sowohl beim Singen wie auch beim Sprechen. Mit seinen Ansagen brachte er die Menschen zum Lachen und Staunen. Ohne Zweifel, Peter Nachtigall war der geborene Anführer einer Gauklertruppe – wenn seine Aussprache durch die neue Zahnlücke auch ein wenig litt.

Auch Johann konnte mit sich zufrieden sein. Die Zuschauer liebten den Eiertrick, für den er diesmal einen tumben Metzgergesellen auf die Bühne bat. Als er ihm den Hut wegzog und darunter das Ei auftauchte, war das Gelächter groß. Auch seine Karten- und Münzzaubereien kamen gut an, wobei ihm Salome bei dem einen oder anderen Trick zur Seite sprang. Sie reichte ihm die Karten oder tastete ihn ab, um zu beweisen, dass er keine weiteren Spielkarten bei sich führte. Dabei berührte sie ihn an Stellen, die für die Darbietung nicht unbedingt notwendig gewesen wären.

Johann fiel auf, dass ihn etliche junge Zuschauerinnen mit

anderen Blicken musterten als noch vor einigen Monaten. Er war in die Höhe geschossen, sein Körper war, auch durch das tägliche Training bei Tonio, der eines zähen Athleten. Das Haar war schwarz und voll, die Zähne, die er nach einem Rezept seiner Mutter gelegentlich mit Minze und Malvenwurzel reinigte, glänzten weiß. Trotzdem kam er sich in dem geschlitzten Wams und der Gugel ziemlich albern vor.

Das Geld, das sie verdienten, reichte zusammen mit dem Erlös aus dem Verkauf des Karren für Schlafplätze in einer guten Herberge gleich hinter der Kirche und eine Schüssel warmen Fleischeintopfs für jeden. Außerdem versprach der Wirt, dass er ihren ramponierten Wagen schon morgen reparieren lassen würde.

Sie blieben noch zwei weitere Tage in Landsberg, gaben täglich drei Vorstellungen, und Johann wurde stetig besser. Zunächst war er noch ein wenig aus der Übung gewesen, doch mit der Zeit kamen die Tricks immer sicherer. Nichtsdestotrotz blieb Peter Nachtigall ihm gegenüber verschlossen. Johann befürchtete bereits, dass er ihm die Zahnlücke wohl nie verzeihen würde.

In den Pausen und den langen Stunden vor der Aufführung übte er mit Emilio das Jonglieren. Dabei zeigte sich, dass der junge Gaukler gut mit dem Wurfmesser umgehen konnte. Auch Johann zog nun sein Messer hervor und schleuderte es gegen das Wagenrad, wo die Klinge zitternd in der Radnabe einschlug. In der Zeit mit Tonio hatte er genug geübt, vor allem dann, wenn der Hass auf seinen Stiefvater und all die bornierten Knittlinger in ihm wieder unerträglich geworden war. Emilio nickte anerkennend.

»Wenn du noch ein bisschen geschickter wirst, können wir daraus vielleicht eine Nummer machen«, sagte er mit einem Grinsen. »Vielleicht mit Salome. Aber erst üben wir ohne lebendige Ziele. Ich will nicht, dass du meiner Hübschen noch ein Loch ins Kleid schlitzt.«

In der zweiten Nacht musste Johann lange vor Sonnenaufgang austreten. So leise wie möglich erhob er sich von seiner Schlafstatt. Neben ihm schnarchte Archibaldus, mit dem er ein Zimmer teilte, wie so oft hatte der Magister bis spät in die Nacht gesoffen, er stank wie ein altes Weinfass. Johann schien es, als würden sich sogar die vielen Flöhe in den Betten vor ihm ekeln. Auf Zehenspitzen schlich er die Stiege nach unten und betrat den Hinterhof, wo sich in einem Bretterverschlag das heimliche Gemach befand. Nachdem er fertig war, stand er noch ein wenig im Hof und betrachtete den Mond, der eben am Abnehmen war. Erst eine Woche war es her, dass er unter dem gleichen Mond vor Tonio geflohen war. Es kam ihm vor wie ein früheres, längst vergangenes Leben.

Eine Hand legte sich auf seine Schulter.

Johann fuhr herum und blickte in das fein geschnittene Gesicht Salomes. Im Dunkeln wirkte es noch exotischer als tagsüber, schmal und braun gebrannt wie Lehm, mit hohen Wangenknochen und buschigen Augenbrauen. Ihre Haare waren ungekämmt, sie hatte eine Pferdedecke übergeworfen, die ihre Rundungen nur wenig verhüllte. Ihre vollen Lippen verzogen sich zu einem spöttischen Lächeln.

»Heulst du den Mond an, Wölfchen?«

Johann schüttelte den Kopf. »Ich denke an etwas, das ich gerne vergessen möchte.«

»Wollen wir das nicht alle?« Sie lachte rau, fast wie ein Mann. »Archibaldus möchte gerne vergessen, dass er nur ein alter Säufer und kein fahrender Gelehrter aus reichem Haus mehr ist. Emilio möchte vergessen, was Söldner seinen Eltern in der Lombardei angetan haben. Und Peter, die Nachtigall, will vergessen, dass seine große Zeit als Spielmann vorbei ist.«

»Er … er spielt wirklich sehr gut … wie …«

»Wie der Teufel, ich weiß.« Salome grinste. »Wie passend! Für die Kirche sind die Spielleute ohnehin des Teufels Lockvögel, und der Tanz ist ihre Messe.« Sie schwang lasziv die Hüften. »Das gilt besonders für uns ehrlose Gauklerweiber. Na, spürst du, wie das Weib dich lockt? Spürst du es?«

»Mit seiner Musik könnte Peter auch an großen Höfen spielen«, sagte Johann, ohne auf Salome einzugehen. »Aber er zieht mit euch von Stadt zu Stadt, von Dorf zu Dorf. Warum?«

Salome zwinkerte. »Auch hier war es das verfluchte Weib, das den Mann in den Abgrund zog. Soviel ich weiß, ist Peter der jüngste Sohn eines fränkischen Ritters. Er liebte ein Mädchen, wohl eine einfache Baderstochter, für die er seine Familie verließ. Doch die Kleine starb viel zu früh, auch seine Musik hat sie nicht retten können. Seitdem zieht er untröstlich durch das Reich.« Sie zuckte mit den Schultern. »Das ist es jedenfalls, was er erzählt, wenn er betrunken ist. Und das auch nur in ein paar fast unverständlichen Brocken. Manchmal, in den dunkelsten Stunden, spricht er von irgendeinem Pakt, der ihm das Mädchen geraubt haben soll.«

»Ich kann Peter gut verstehen«, bemerkte Johann düster.

»Weil du auch ein Mädchen geliebt hast?« Sie kam einen Schritt näher auf ihn zu. »Ja?«

»Und was ist mit dir?«, fragte Johann schnell. »Musst du auch etwas vergessen?«

»Ich vergesse jeden Tag, was in der Nacht zuvor gewesen ist.« Unvermittelt öffnete sie die löchrige Wolldecke, und Johann sah ihren makellosen nackten Körper, ihre Scham, schwarz wie ein Wolfspelz, und die vollen Brüste, auf die das Mondlicht fiel. Wie versteinert stand er vor ihr. Ganz plötzlich zog sie ihn an sich und küsste ihn wild und leidenschaftlich, ihre Zunge wühlte sich in seinen Mund wie eine zornige Viper. Johann spürte ihre Hand an seinem Schritt, sein Glied schwoll an, ohne dass er etwas dagegen tun konnte.

»Ich mag deine Augen, Wölflein«, hauchte sie. »Sie sind so dunkel und tief wie Waldtümpel. Etwas schimmert darin, was ich mir nicht erklären kann. Erklär du es mir.«

»Was … was ist mit Emilio?«, fragte er stockend.

»Wer ist Emilio?« Sie kicherte. »Ich bin frei, Wölflein, ich gehöre keinem, nicht mal einem Gott.«

Mittlerweile hatte sie ihn an den Rand eines Fasses gedrängt. Wie im Fieber packte Johann ihre Hinterbacken und schob sie zu sich hoch. Langsam und rhythmisch hob und senkte sich ihr Becken, ihre Augen waren geschlossen, das verklärte Gesicht der Mondsichel zugewandt. Sie liebten sich keuchend, ohne Worte, ineinandergeschlungen wie in einem Kampf. Erst am Ende stieß Salome einen leisen Schrei aus. Ihr Körper verkrampfte sich, dann fiel sie in sich zusammen. Johann roch den salzigen Schweiß auf ihrer Haut. Obwohl es kalt war, war ihm selbst so heiß wie damals auf dem Kornfeld mit Margarethe.

Nach einer Weile löste sie sich von ihm und hüllte sich wieder in die Decke. Sie lächelte verschmitzt.

»Wir sollten hochgehen, bevor die anderen wach werden. Peter will morgen zeitig aufbrechen.« Noch einmal strich sie ihm über das Kinn, das von einem weichen schwarzen Flaum bedeckt war. »Süßes kleines Wölflein«, flüsterte sie. »Wir werden uns noch öfter schmecken.« Dann wandte sie sich ab und eilte auf den Hintereingang der Herberge zu.

Johann stand noch lange im Hof, verzaubert, wie in einem Traum.

Die letzten zwei Stunden vor Morgengrauen fand Johann keine Ruhe mehr. Er wälzte sich in seiner Bettstatt und dachte an Salome und an das, was sie unten im Hof mit ihm gemacht hatte. Es war das erste Mal gewesen, dass er mit allen Sinnen mit einer Frau geschlafen hatte. Damals in der Höhle im Schillingswald hatte Margarethe ihre Unschuld nicht verlieren wollen, und was in jener Nacht bei Nördlingen geschehen war, darüber wollte er lieber nicht nachdenken. Wenn Johann die Augen schloss, glaubte er noch immer,

Salomes Schweiß und den Duft ihrer Scham zu riechen. Das also war der große Zauber, von dem alle Welt sprach. Und er musste zugeben: Er war verzaubert. Nur, wie sollte er nach dieser Nacht jemals wieder Emilio unter die Augen treten können, ohne rot zu werden? Würde Salome ihm sagen, was zwischen ihnen beiden geschehen war?

Doch als sie schließlich gemeinsam im grauen Zwielicht unten in der Herberge vor ihren Schüsseln mit Gerstenbrei und den Bechern Dünnbier saßen, schaute Salome Johann kein einziges Mal an. Sie wirkte kühl und uninteressiert. Nicht einmal ein Lächeln hatte sie für ihn übrig, dafür zwinkerte sie umso mehr Emilio zu. Johann war zunächst verstört, doch dann glaubte er, Salome zu verstehen. Wenn sie mit Emilio wirklich zusammen war, durfte dieser keinen Verdacht schöpfen, was seine Gespielin nachts trieb. Johann dachte an Emilios Messer und daran, wie schnell zwischen Männern ein Kampf um eine Frau ausbrechen konnte.

Erschüttert und übernächtigt beugte er sich über seine Schüssel und versuchte, Salome wenigstens für eine Weile zu vergessen. Doch es fiel ihm schwer. Was sie gestern Nacht getan hatten, war unbeschreiblich schön gewesen. Allein wenn er daran dachte, regte sich etwas in ihm. Hastig löffelte er seinen Brei und ging schnell nach draußen, um das Pferd zu striegeln.

Von Landsberg aus fuhren sie im Licht der aufgehenden Sonne weiter nach Süden, immer entlang der Lechauen, bis sie an eine Kreuzung in der Nähe einer Stadt namens Schongau kamen. Erst vor zwei Jahren hatte ein verheerendes Feuer die ganze Ortschaft vernichtet, von den einst prächtigen Häusern waren erst wenige wieder aufgebaut. An eine Aufführung zwischen den Ruinen war nicht zu denken, und so rasteten sie draußen vor den Stadtmauern.

Johann schöpfte Wasser für das Pferd aus einem Bach, der erfrischend kalt und mit kleinen Eiskristallen durchsetzt war.

Die Berge waren nun schon viel näher, er konnte den Schnee förmlich riechen, und das, obwohl es bereits Anfang April war. Als er zurückkam, waren Peter und Archibaldus einmal mehr in einen lautstarken Streit verwickelt. Doch diesmal schien es nicht um die ständigen Saufereien des Alten zu gehen.

»Noch einmal, es ist Unsinn, die Obere Straße zu nehmen«, sagte Archibaldus, der gegen Mittag tatsächlich noch einigermaßen nüchtern war. »Der Weg ist länger und gefährlicher! Ich weiß, wovon ich rede. Ich bin schon einmal durch die Finstermünzschlucht gereist. Da herrscht jetzt im April noch tiefster Winter! Es gibt Lawinen, und jederzeit kann ein Sturm losbrechen. Das mittlerweile befahrbare Eisacktal vor Bozen hingegen ...«

»Ist ebenso gefährlich, wenn nicht sogar gefährlicher«, gab Peter zurück. »Auch wenn einem die Zöllner etwas anderes erzählen wollen, darauf fall ich nicht herein.« Seine Augen wurden schmal, er verschränkte die Arme vor der Brust. »Glaub mir, alter Mann, ich habe mit etlichen Händlern gesprochen, auch eben noch in Landsberg, als du schon betrunken unter dem Tisch lagst. Die Untere Straße ist an vielen Stellen von Schmelzwasser überschwemmt, Muren haben den Weg unpassierbar gemacht. Und für die Umwege nehmen die Einheimischen horrende Wegzölle! Wir können uns das nicht leisten. Die Obere Straße mag vielleicht länger sein, aber sie ist sicherer und vor allem billiger. Ich bin selber schon zweimal auf ihr gereist.«

»Aber die Finstermünzschlucht ...«, versuchte es Archibaldus erneut.

»Das ist mein letztes Wort!«, fuhr Peter dazwischen. »Ich bin der Anführer dieser Truppe. Und ich lasse mir von keinem dreinreden, vor allem nicht von einem alten Säufer, der diesen Weg zu Methusalems Zeiten das letzte Mal gefahren ist!«

Grummelnd zog sich Archibaldus wieder in das Innere des Wagens zurück.

Johann gab dem Pferd aus einem Kübel zu saufen. Währenddessen blickte er hinüber zu den Alpen, die nun plötzlich viel bedrohlicher aussahen. Offenbar gab es mehrere Wege über dieses hohe, unbezwingbar wirkende Gebirge, und keiner von ihnen schien wirklich sicher zu sein. Als kalt glühender Ball versank die Sonne im Westen und tauchte die Bergkette in ein rotes Licht, so als würde sie brennen.

Als sie am Abend wieder neben dem Wagen schliefen, hörte Johann Salome leise schreien. Emilio kicherte zuerst, dann stöhnte er laut auf. Johann dachte daran, wie Salome erst letzte Nacht bei ihm so geschrien hatte. Der Gedanke daran machte ihn fast rasend, er drückte sich die Gugel an die Ohren, doch auch das dämpfte die Schreie und lüsternen Seufzer der beiden nicht.

Am Abend des folgenden Tages erreichten die Reisenden endlich die Berge, die jäh vor ihnen aufragten. Dort, wo der Lech rauschend aus dem Gebirge kam, erhob sich ein neu erbautes Schloss neben einem Kloster. Unterhalb davon lag die Stadt Füssen, von der Johann schon gehört hatte. Erst ab hier war der Lech mit Flößen befahrbar, dahinter begann die bergige Wildnis. Der König selbst hatte Füssen wohl schon öfter einen Besuch abgestattet, wenn er von Innsbruck nach Augsburg auf der Durchreise gewesen war. Eine trutzige Mauer umschloss die hochgiebligen Häuser, viele von ihnen waren Herbergen für Händler und für die Pilger, die von hier aus nach Italien aufbrachen.

Nachdenklich betrachtete Peter Nachtigall die faserigen Wolken über ihnen. Sie bedeckten den Abendhimmel wie ausgelaufene Milch.

»Das Wetter schlägt um«, murmelte Peter. »Verflucht! Gebe Gott, dass es noch ein wenig hält.«

Nach längerem Suchen fanden sie in der Nähe des Schrannenhauses, nur unweit der Stadtmauer, eine bezahlbare Gaststätte. Bei Wein, Speck und Eiern schwadronierte Peter bis spät in die Nacht über Füssens hervorragende Lautenbauer und ein paar neue Lieder, die er in Venedig zum Besten geben wollte. Den Weg über die Obere Straße, der sie von morgen an über die Alpen führen sollte, erwähnte er mit keinem Wort. Auch auf das Wetter ging er nicht mehr ein. Archibaldus kauerte schmollend in der Ecke und leerte Becher um Becher, bis er am Tisch schließlich einnickte.

»Seine Sauferei bringt ihn noch ins Grab«, murmelte Emilio.

»Wollen hoffen, dass es nicht vor Venedig passiert«, gab Peter barsch zurück. »Er ist die Versicherung für unser Winterquartier. Jetzt lasst uns schlafen gehen, wir haben morgen einen harten Tag. Und schickt ein Stoßgebet zum heiligen Petrus, dass er die Wolken vertreibt.«

An diesem Abend spielte Peter Nachtigall nicht mehr auf der Fiedel, auch die anderen gingen früh zu Bett. Mitten in der Nacht stand Johann auf und schlich hinüber zu der Kammer, wo Salome und Emilio schliefen. Er wartete eine Weile vor der Tür und lauschte den ruhigen Atemzügen der Schlafenden. Schließlich schalt er sich selbst einen Narren und legte sich wieder hin.

Auch in dieser Nacht fand er keine Ruhe.

Am nächsten Morgen war der Himmel stark bewölkt, es nieselte leicht, und der Regen war kalt wie Schnee. Johann dachte daran, wie schön die letzten Tage bereits gewesen waren. Nun schien es, als wollte der Winter noch einmal mit Macht zurückkommen. Prüfend sah Peter Nachtigall hinauf zu den Bergen, die in gräulichen Dunst getaucht waren. Wolken klebten wie giftige Pilze an den Gipfeln. Der Anführer ihrer kleinen Truppe beriet sich mit einigen anderen Reisenden, und sie beschlossen, noch zu warten, bis das Wetter sich ein wenig besserte. So verbrachten sie drei weitere Tage in der Füssener Herberge. Die Stimmung und der Wein wurden immer schlechter, doch das Wetter änderte sich nicht. Es war, als würden Schnee und Hagel in den Bergen lauern und nur darauf warten, dass die Reisenden sich auf den Weg machten. Am Morgen des vierten Tages schließlich weckte Peter die anderen mit lautem Klopfen auf und befahl den Aufbruch.

»Niemand hat gesagt, dass es leicht werden wird«, knurrte er. »Und jetzt kommt, bevor wir hier noch festfrieren.« Archibaldus wollte etwas erwidern, doch ein strenger Blick Peters brachte ihn zum Schweigen.

Sie schlossen sich einer Gruppe Augsburger Kaufleute an, die Leinen, Wolle und Pelze geladen und sich ebenfalls entschieden hatten, den Übergang zu wagen. Auch etliche Pilger begleiteten sie, in ihren braunen Wollmänteln, den breitkrempigen Hüten und Pilgerstäben gehörten sie mittlerweile zum vertrauten Bild der Straße. Seit Augsburg waren es immer mehr geworden. Sie reisten nach Rom oder von Venedig aus ins Heilige Land, sangen und beteten viel und ließen sich auch von Wind und Regen nicht einschüchtern. Johann beneidete die Pilger um ihr Gottvertrauen, um ihr stetes Lächeln und die Kameradschaft untereinander. Er fragte sich, ob er nicht selber so ein Pilger sein könnte. Doch wenn er in sich hineinhorchte, konnte er den Ruf Gottes nicht hören – es war, als hätte ihn der schwarze Trank, den Tonio ihm gegeben hätte, innerlich beschmutzt und versiegelt.

Für den Schutz, den ihnen die Reisegruppe gewährte, mussten die Gaukler nichts bezahlen – dafür erklärten sie sich bereit, an den kalten Abenden im Gebirge für Tanz und Musik zu sorgen. Peter Nachtigall war froh über die Begleitung, denn in Italien kämpften seit letztem Jahr die Franzosen unter Karl VIII. gegen die italienischen Städte. Florenz, Rom und Neapel waren bereits gefallen, und keiner konnte sagen, wie weit die Scharmützel nach Norden reichten. Die Rede war von schrecklichen Gemetzeln, auch im Vinschgau und im Tiroler Grenzgebiet.

»Auf dem Wormser Reichstag wollen die Stände beim Kaiser jetzt einen ewigen Landfrieden erreichen, damit die Ritter nicht mehr nach Gutdünken rauben und morden dürfen«, sagte Archibaldus, der als Einziger mit Peter auf dem Wagen saß. »Sogar ein Reichsgericht soll gegründet werden und ein Rat, der den König kontrolliert.« Er lachte. »Dabei können die hohen Herren nicht einmal die lausigen Franzosen aus unserem Italien raushalten. Dieses Reich ist ein Witz!«

»Für einen Witz ist die Lage im Reich viel zu ernst«, brummte Peter. »Und jetzt halt dein Maul, Alter. Von deinen Meckereien wird mir noch ganz übel.«

Langsam, wie ein behäbiger Tausendfüßler, zog die Karawane von etwa dreißig Mann und einem Dutzend Wagen auf die Bergketten zu, die bei Füssen ein natürliches Tor bildeten. Gleich hinter der Stadt rauschte der Lech durch eine enge felsige Klamm, die Johann schaudern ließ. Es war, als würden sie eine unsichtbare Grenze überschreiten. Hinter ihnen lagen die lieblichen Felder, weichen Hügel und beschaulichen Dörfer des Allgäus, vor ihnen die unwirtliche Welt der Berge mit ihren reißenden Flüssen, Lawinen und Muren – und irgendwo im Süden, weit hinter dem Horizont, das sagenumwobene Venedig.

Für die nächsten beiden Tage wurde der Fluss ihr stetiger Begleiter, immer schmaler, dafür aber umso wilder und rauschender strömte er nun dahin. Breite Täler lagen zwischen den Bergen, die überall um sie herum aufragten und mit jeder Meile weiter in die Höhe wuchsen. Der Weg führte sanft bergauf, noch hatten sie keine Mühe mit den Wagen und Saumtieren.

Die Gegend, die zu der Grafschaft Tirol gehörte, war waldig und nur spärlich besiedelt. Johann dachte daran, dass er mit Tonio nicht weit von hier den vergangenen Winter verbracht hatte. Manche der Gipfel erkannte er sogar wieder. Unwillkürlich fröstelte er.

Ob er mich wohl immer noch sucht?, ging ihm durch den Kopf.

Manchmal glaubte er, noch immer die Hand Tonios zu spüren, wie sie die seine gedrückt hatte, zur Besiegelung ihres Pakts. Auch Peter Nachtigall hatte gegenüber Salome von einem unseligen Pakt gesprochen. Mit wem hatte sich der Fiedler wohl eingelassen? Auch mit einem mächtigen Mann, der ihm viel versprochen und dann nur Unglück gebracht hatte? Johann wischte sich die Hand am Hosenbein ab, als wäre sie schmutzig, doch die Erinnerung an Tonio klebte an ihm wie ein schmieriger Belag. Er musste daran denken, was Tonio gesagt hatte, als er ihn damals zu seinem Lehrling gemacht hatte.

Der Pakt gilt so lange, bis ich dich wieder entlasse …

Im Gespräch mit den Händlern und Pilgern erfuhr Johann, dass mittlerweile nur noch wenige Reisende die Obere Straße nutzten. Die meisten nahmen die kürzere Untere Straße, die über Innsbruck und einen Pass namens Brenner nach Venedig führte. Ein Reiter brauchte auf dieser Strecke von Augsburg nur zehn Tage, doch mit den Wagen ging es ungleich langsamer voran. Die Römer hatten beide Passstraßen vor Urzeiten angelegt, und bis zu diesem Tag waren sie die Hauptwege über die Alpen – wobei die Untere Straße über den Brennerpass zurzeit wohl unter schwerem Hochwasser litt. Ein Blick zum bewölkten Himmel ließ Johann befürchten, dass die Obere Straße auch nicht unbedingt sicherer war.

Der Weg führte sie nun immer höher hinauf. Nahe der Festung Ehrenberg, die wie ein Adlerhorst über ihnen thronte, ließen sie den Lech schließlich hinter sich. Die Straße wurde schlammig und steinig, Schlaglöcher groß und tief wie Tümpel erschwerten das Vorankommen. Längst war auch Archibaldus vom Wagen abgestiegen und ging nebenher. Gelegentlich mussten sie schieben, doch kamen sie immer noch besser voran als die vielen Tuchhändler, die mit ihren schweren, bis oben hin beladenen Karren oft im Matsch stecken blieben. An manchen Tagen kamen sie deshalb nur wenige Meilen voran. Mustafa schob und zog wie ein Ochse, seine Muskeln spannten sich dabei wie fette Schlangen. Trotz der Kälte trug er noch immer seine Lederweste. Bislang hatte er kein einziges Wort gesprochen.

»Nicht mehr lange, und wir brauchen Vorspänner«, keuchte Emilio, während sie den Wagen über das nächste Schlagloch hievten. Der Regen prasselte hernieder wie an Fäden und verwandelte den Weg in ein einziges Schlammfeld. »Dann wird es teuer. Wir können nur beten, dass keine Muren abgehen.«

Archibaldus nickte, den Hut tief ins Gesicht gezogen. »Ja, ja, wie ich gesagt habe«, brummte er. »Und das ist erst der erste Pass. Aber auf einen alten, erfahrenen Reisenden will man ja nicht hören.«

An einer Stelle war der Weg über eine Viertelmeile weggespült, sodass sie einen großen Umweg machen mussten, der sie zwei weitere Tage kostete. Um sie herum war alles grau und in Nebel versunken, nur gelegentlich spitzten die Gipfel hervor, die sich bis zum Horizont erstreckten.

Auch in den folgenden Nächten, die sie am Rande der Straße verbrachten, kam Salome nicht zu Johann. Dafür wurde das Wetter immer schlechter. Mittlerweile schneite es dicke Flocken, gelegentlich hagelte es sogar, und noch immer hatten sie die höchste Stelle nicht erreicht. Zwischen den Felsen schimmerten kupfergrüne Seen; Gämsen und Steinböcke kletterten über schmale, für Menschen unerreichbare Steige. Und über den schneebedeckten Gipfeln kreisten die Adler wie Boten aus einer anderen Welt.

»Sieht ganz so aus, als warteten sie nur darauf, dass einer

von uns erfriert, um dann seine Leber herauszuhacken«, sagte bibbernd Emilio, der in seinem dünnen Gauklergewand erbärmlich fror. Nun war Johann plötzlich froh um sein buntes Wams mit der Gugel. Es mochte lächerlich aussehen, aber immerhin hielt es warm.

Die Gaststätten, die die Kaufleute mit einer warmen Stube und heißem Gewürzwein lockten und dafür überteuerte Preise verlangten, konnten sie sich nicht leisten. Und so schliefen sie gemeinsam mit den Pilgern in den flohverseuchten, zugigen Hospizen, wo Mönche eine wässrige Mehlsuppe ausschenkten. Oder sie nächtigten unter dem Wagen, wo der Wind pfiff, der Hagel trommelte und Archibaldus' Schnarchen und Furzen Johann schier in den Wahnsinn trieb.

Was ihn jedoch noch verrückter machte, war, dass Salome sich nicht im Geringsten um ihn scherte.

Hatte sie nur mit ihm gespielt? Während Johann durch Schnee und Nebel stapfte, lief sie manchmal vor ihm her wie eine überirdische Erscheinung. Selbst unter dem warmen Mantel waren ihre Kurven gut zu erkennen; ihr wiegender Gang und die Art, wie sie ihr Haar zurückwarf und den Schnee von ihren Schultern schüttelte, ließen ihn an nichts anderes mehr denken als an ihren nackten Körper. Er wurde schweigsam und mürrisch. Gelegentlich traf ihn ein prüfender Blick von Peter, dem Johanns Stimmungswechsel nicht verborgen blieb. Bei den abendlichen Gaukeleien hielt er sich eher im Hintergrund und trug nur etwas zu den Aufführungen bei, wenn ihn Peter nachdrücklich dazu aufforderte. Schweigend übte er mit dem Messer, das er ein ums andere Mal gegen Baumstämme schleuderte. Manchmal bildete er sich ein, in der Borke Tonios grinsendes Gesicht zu sehen. Dann war es wieder Emilio, den Mund geöffnet zu einem wohligen Stöhnen.

Mittlerweile folgten sie einem anderen, breiteren Fluss namens Inn. Fast zwei Wochen waren sie nun schon unterwegs, und die Berge nahmen kein Ende. Im Gegenteil, sie schienen sogar noch höher zu wachsen. Der Fluss rauschte und wand sich durch sein enges Bett, eingezwängt durch turmhohe Felswände. An der schmalsten Stelle, als Johann schon glaubte, es ginge nicht mehr vorwärts, klebte am gegenüberliegenden Felshang eine Feste wie eine Warze auf der Nase eines Riesen. Eine Holzbrücke führte über den tobenden Fluss, in der Mitte stand ein zinnenbewehrter Brückenturm mit Pechnase, um den das Wasser giftig schäumte; eine Mauer mit Wehrgang verlief entlang der Felswand. Zwischen Schneeflocken und Regenschleiern war die andere Seite des Inns nur schemenhaft zu erkennen.

»Finstermünz«, bemerkte Archibaldus düster. »Von hier windet sich die Passstraße hinauf zum Reschenpass. Erst letztes Jahr sind etliche Wagen in die Fluten gestürzt.« Er lachte trocken. »Diesen Teil der Geschichte hat der liebe Peter Nachtigall natürlich nicht erzählt. Ebenso wenig wie von den Gemetzeln durch Schweizer Reisknechte ganz in der Nähe.«

Im Brückenturm empfing sie eine Gruppe griesgrämiger Tiroler Landsknechte, die in zerschlissenen Kleidern und rostigem Harnisch den Wegzoll kassierten. Auch ein paar Fuhrknechte warteten dort, die den Händlern ihre Vorspanndienste anboten. Sie redeten in einer Sprache, die seltsam alt klang, wie längst vergessenes Latein.

»Siehst du, wie niedrig das Tor ist?«, wandte sich Archibaldus an Johann und deutete auf die dunkle Durchfahrt, durch die der Wind heulte. »Sie haben es absichtlich so gebaut, die Bastarde. Wenn der Wagen nicht hindurchpasst, müssen kleinere Räder aufgebockt werden.« Er kicherte. »Diesen Dienst lassen sich die Wachleute mit drei Kreuzern bezahlen. Natürlich pro Rad. Und drüben beim neuerlichen Räderwechsel kostet's noch mal so viel. Verfluchte Tiroler Raubritter, das wird sich wohl niemals ändern!«

Unter ihnen gurgelte das Wasser, die Brücke zitterte und

schwankte leicht, während die Fuhrwerke einzeln darüberrumpelten. Bei einigen mussten tatsächlich die Räder ausgetauscht werden. Ochsen und stämmige Pferde wurden am anderen Ufer vorgespannt, die die Wagen der Kaufleute den Pass hinaufzogen. Währenddessen warteten die Gaukler darauf, dass sie an der Reihe waren. Emilio wollte bereits einen der Fuhrknechte herbeirufen, doch Peter hielt ihn zurück.

»Wir brauchen diese Halsabschneider nicht«, knurrte er.

»Aber unser Wagen …«, sagte Emilio.

»Ist längst nicht so schwer wie die Gespanne der Händler. Wir kommen auch so den Pass hoch.« Peter grinste. »Außerdem haben wir Mustafa. Schon vergessen?«

»Wenn du meinst.« Emilio wirkte verunsichert. Er blickte hinüber zu Archibaldus, der den Himmel beobachtete.

»Das sieht mal wieder ziemlich dunkel aus, dort drüben im Westen«, sagte der Alte. »Wenn wir schon keinen Vorspanner nehmen, sollten wir lieber bis morgen warten, bis sich das Wetter einigermaßen beruhigt hat.«

»Und ein Heidengeld für die Unterkunft in der Feste bezahlen?« Peter winkte ab. »Darauf warten diese Räuber doch nur. Wir fahren jetzt los! Wenn alles gut geht, sind wir in ein paar Stunden oben auf dem Pass.«

»Wenn alles gut geht«, sagte Archibaldus leise. Doch er hatte es längst aufgegeben, sich gegen Peter zu stellen.

Es sollte nicht das letzte Mal sein, dass seine Warnungen in den Wind geschlagen wurden.

Das Unglück ereilte sie etwa auf halber Höhe des Passes.

Es hatte wieder stark zu regnen begonnen, sodass sich in regelmäßigen Abständen braune Bäche über die Straße in die Schlucht ergossen und das Vorankommen mühsam machten. Peter und Salome waren vorne beim Pferd geblieben, von hinten schoben Emilio, Johann und Mustafa, Archibaldus ging mit seinem Stab nebenher. Als Peters warnender Ruf erklang, war es schon zu spät.

Es grollte und rumpelte, dann rauschte von der Steilwand eine Lawine aus Schnee und Geröll auf die Karawane nieder. Der Lärm war so gewaltig, als würde der ganze Berg auseinanderbrechen. Überall schrien Menschen, Pferde wieherten, Deichseln brachen ächzend, während die Mure sich über den schmalen Weg ergoss. Aus dem Augenwinkel sah Johann, wie der Wagen neben ihnen, schwer beladen mit Ballen und Kisten, wie von einer riesenhaften Kraft auf die Kante zugeschoben wurde. Der Kutscher versuchte noch abzuspringen, doch da war der Wagen auch schon in die Schlucht gestürzt. Der gellende Schrei des Mannes brach jäh ab, als er samt der wertvollen Fracht irgendwo tief unter ihnen in den gurgelnden braunen Fluten des Inns versank.

Die Lawine hatte mit ihren Ausläufern den Wagen der Gaukler an der Rückseite getroffen. Emilio, Johann und Mustafa waren im letzten Moment zur Seite gesprungen. Die hintere Achse schwebte frei über dem Abgrund, die Räder drehten quietschend im Leerlauf.

»Hierher!«, schrie Peter. »Helft mir!«

Das Pferd, das noch immer vorne im Geschirr hing, wieherte ängstlich und stellte sich auf die Hinterläufe, während Peter verzweifelt nach den Zügeln griff. Doch sosehr er auch an den Lederseilen riss, es gelang ihm nicht, den panischen Gaul zu bändigen. Immer weiter rutschte der Wagen auf den Abgrund zu, Johann stand da wie gelähmt. Er sah, wie Mustafa nach vorne zum Pferd stürmte, sich die Zügel griff und hart daran zog. Der Gaul fand wieder festen Boden, und Mustafa und Peter zerrten ihn Schritt für Schritt weg von der gähnenden Schlucht.

In diesem Augenblick traf die Reisenden eine zweite Lawine.

Wie die erste bestand sie aus Schlamm, Felsbrocken und

braunen Schneeklumpen, eine breite Zunge, die gierig und mit schier göttlicher Wucht alles verschluckte, was in ihrem Weg stand. Wieder stürzte ein Wagen nur unweit der Gaukler in die Schlucht, doch diesmal schienen sie nicht unmittelbar betroffen zu sein, die Lawine kam kurz vor ihnen zum Stehen.

Johann duckte sich gegen die Felswand, als er einen hohen Schrei hörte. Durch den Regenschleier hindurch erblickte er Salome, die sich verzweifelt an einen zersplitterten Baumstamm klammerte. Sie hatte weiter oben an der Straße Schutz gesucht und war so in den Sog der Lawine geraten. Ihre Beine hingen bereits über der Schlucht, der Stamm rutschte langsam auf die Kante zu, geschoben von Schlamm und Geröll. Nicht weit entfernt standen Archibaldus und Emilio. Der junge Gaukler wollte Salome eben zu Hilfe eilen, als weitere kleinere Steine die Felswand hinabprasselten. Emilio zögerte kurz, sein Gesicht verzerrt zu einer Grimasse der Furcht, dann suchte er unter einem Felsvorsprung Deckung.

Johann erwachte aus seiner Erstarrung. Er stürmte über das Schlamm- und Geröllfeld und beugte sich hinunter zu Salome, die mit letzter Kraft an dem Baumstamm hing.

»Nimm meine Hand!«, rief er ihr zu, wobei seine Stimme von dem prasselnden Regen fast verschluckt wurde. »Nun mach schon, nimm sie!«

Einen kurzen Moment sah sie ihn fast trotzig an, die Lippen schmal, die Augen ausdruckslos, ohne Angst – dann griff sie zu.

Sofort spürte Johann ihr Gewicht. Er zog und zerrte, während seine Füße auf dem schlammigen Untergrund wegrutschten, immer weiter auf den Abgrund zu. Verzweifelt stemmte er sich mit den Fersen in den Morast und zog weiter, seine Hand umklammerte die von Salome, als wären sie eins. Mit einem letzten wütenden Schrei bäumte er sich auf, dann kippte er nach hinten und spürte, wie ihr Körper auf den seinen fiel. Ihre Kleidung war klatschnass und voller Schlamm und Erde, sie keuchte schwer. Er roch ihren Schweiß. Eine Weile blieben sie reglos liegen, während um sie herum die Menschen jammerten, laut beteten und um Hilfe schrien.

Schließlich löste Salome sich von ihm und stand mit wackligen Beinen auf.

»Danke«, sagte sie leise. »Es gibt nicht viele, die das für mich getan hätten.«

Sichtlich schwach, doch mit erhobenem Kopf ging sie hinüber zu den anderen, die erschöpft um die Wagen herumstanden, froh, dem Tod noch einmal von der Schippe gesprungen zu sein. Keiner der Gaukler schien verletzt, nur Archibaldus lehnte leichenblass an einem der Wagenräder.

Als Johann sich aus dem Dreck erhob, sah er hinüber zu Emilio, der ihn mit seltsamem Gesichtsausdruck anstarrte.

Er konnte nicht sagen, ob es Hass oder Erleichterung war.

Es dauerte noch über drei Stunden, bis der Weg so weit frei geräumt war, dass die Karawane auf der Passstraße weiterziehen konnte. Die Augsburger Kaufleute hatten zwei Wagen verloren, drei ihrer Fuhrknechte waren in die Tiefe gerissen worden, zwei Pilger hatten herabstürzende Felsbrocken erschlagen. Etliche der Reisenden hatten Schürfwunden und Prellungen, ein junger Wallfahrer war böse am Kopf verletzt worden. Johann dachte bei sich, dass die frommen Männer auch ihre grenzenlose Liebe zu Gott nicht hatte retten können. Der Allmächtige war heute zornig und nicht gütig gewesen.

Drei weitere Wagen waren so demoliert, dass sie von den einheimischen Vorspannern wieder hinunter zur Finstermünzfeste gebracht werden mussten, um dort repariert zu werden. Etliche der teuren Tuchballen waren zerrissen und beschmutzt, für die Händler ein herber Verlust.

»Ich hab's ja geahnt, dass diese Reise nicht gut enden wird«, brummelte Archibaldus immer wieder, während sie im letzten Licht des Tages die Passstraße erklommen. »Ich hab's geahnt.« Dabei vermied er es, Peter in die Augen zu sehen. Der Anführer ihrer Truppe hatte zuvor schweigend ihre Ladung festgezurrt und überprüft, ob seine Fiedel heil geblieben war. Keiner wagte, ihn anzusprechen, auch nicht Salome, die wie durch ein Wunder bis auf wenige Kratzer keine Verletzungen davongetragen hatte.

Erst lange nach Sonnenuntergang erreichten sie endlich das Dorf Nauders, das unweit der Passhöhe lag. Mit letzter Kraft begaben sie sich zum dortigen Hospiz, wo sich ein paar gichtgebeugte, hochbetagte Patres um die Verletzten kümmerten. Mittlerweile hatte es zu regnen aufgehört, und die Überlebenden legten sich zur Ruhe. Einige der Pilger sangen ein frommes Lied, das in dem kalten Gemäuer dünn und trostlos klang. Die Toten würde man morgen früh begraben.

Zitternd vor Kälte und Anstrengung lag Johann unter einer feuchten Wolldecke. Noch nie in seinem Leben hatte er sich so erschöpft gefühlt, trotzdem kam er nicht zur Ruhe. Er schloss die Augen und lauschte den Gebeten der Pilger, als er eine Hand auf seiner Wange spürte.

Es war Salome.

»Komm«, sagte sie leise zu ihm.

Schweigend erhob er sich, und sie schlichen an den Schlafenden vorbei, durch das Tor, hinaus auf die Felder, bis das Hospiz weit hinter ihnen lag. Eine düstere Burg wachte über die Hochebene, Schnee breitete sich wie schwarzes Pech vor ihnen aus.

»Unser Bett«, flüsterte Salome.

Sie zog ihn zu sich hinunter in den Schnee, und sie liebten sich so stürmisch, als wäre es das allerletzte Mal. Der Wind schob die Wolken weg, der Mond schien auf den Schnee und brachte ihn zum Glitzern. Johann spürte keine Kälte, und seine Erschöpfung war wie durch Zauberhand verschwunden. Er klammerte sich an Salome, die ihm eine bisher nie gekannte Welt zeigte. Ihre Hände krallten sich in seinen Rücken, und er schrie kurz auf, weil die Kratzer, die er sich in jener unseligen Nacht bei Nördlingen zugezogen hatte, noch nicht ganz verheilt waren.

»Was ist das?«, fragte sie ihn verwundert und strich über die verschorften Stellen. Sie zwinkerte ihm zu. »Eine andere Frau? Kleines Wölflein, du machst mir Angst.«

»Manchmal habe ich selber Angst vor mir«, murmelte Johann. Er deutete auf eine Narbe, die sich quer über Salomes Rücken zog. »Und das da? Was für ein Geheimnis trägst du mit dir herum?«

Salome lächelte, aber ihre Augen schimmerten traurig. »Wir alle haben doch unsere kleinen Geheimnisse, nicht wahr?«

Noch einmal packte er sie und liebte sie schweigend, mit einer Brutalität, die ihm neu und unheimlich war. Salome stöhnte und schrie – vor Lust oder vor Schmerzen, er konnte es nicht sagen.

Als sie später zurück zum Hospiz schlichen, gab sie ihm einen letzten Kuss.

»Danke«, hauchte sie und verschwand im Wagen.

Johann wusste nicht, ob mit diesem Dank ihre Rettung in der Finstermünzschlucht oder ihr gemeinsames Treiben im Schnee gemeint war.

Er schlüpfte durch das Tor und betrat die dunkle, stinkende Halle. Eben wollte er sich wieder in seine Decke wickeln, als er bemerkte, dass Emilio noch wach war. Aufmerksam sah ihn der junge Jongleur an.

»Du denkst wohl, weil du ihr das Leben gerettet hast, wird sie dir jetzt auf ewig ergeben sein«, sagte Emilio kopfschüttelnd. »Vergiss es. Diese Frau kann man nicht besitzen, das wirst du noch früh genug erfahren.«

»Ich will sie nicht besitzen«, erwiderte Johann.

»Als ich sie kennenlernte, vor über drei Jahren, kam sie

eben mit Mustafa unten in Genua im Hafen an«, fuhr Emilio fort, ganz so, als hätte er Johann überhaupt nicht gehört. »Wusstest du, dass die beiden Geschwister sind? Sie sagte, sie kämen beide aus Alexandria, wo sie wohl Sklaven eines reichen syrischen Händlers gewesen waren. Als seine Gespielin hat er sie mehrmals am Tag vergewaltigt, mit Peitschen, Ketten und anderen schlimmen Dingen. Mustafa wollte einmal dazwischengehen, da hat der Händler ihm die Zunge herausschneiden lassen. Weiß der Teufel, wie die beiden aus dieser Hölle entkommen konnten.« Emilio lächelte traurig. »Glaub mir, solche wie dich hat Salome schon viele gehabt. Eine Zeit lang war ich ihr Gefährte, jetzt bist du es, und irgendwann wird es eben wieder ein anderer sein. Sie braucht uns Männer, um zu vergessen. Wir sind nur ihre Spielzeuge.«

»Ich bin müde«, sagte Johann. »Ich möchte jetzt schlafen.«

»Keine Sorge, ich werde sie dir nicht streitig machen. Ich will dich nur warnen. Sie kann einen auffressen, das hat sie mit mir auch gemacht.« Emilio zögerte. »Als ich vorhin am Abgrund stand und sie nicht rettete, da ... da wollte ich mich selber retten«, fuhr er nachdenklich fort. »Ja, ich hatte Angst abzustürzen. Aber noch mehr Angst hatte ich davor, dass sie mich weiter in ihren Abgrund zieht. Schlaf gut, Johann.«

Emilio wandte sich ab und schwieg. Nach einer Weile zog Johann die nasse Wolldecke bis hoch zum Kinn und schloss müde und von dem langen, anstrengenden Tag ausgelaugt die Augen. Trotz Emilios warnenden Worten erfüllte ihn eine stille Zufriedenheit.

Das Letzte, was ihm durch den Kopf ging, bevor er einschlief, war, dass heute der 23. April war, sein siebzehnter Geburtstag. Einige der Pilger hatten am Morgen noch vom Tag des heiligen Georg gesprochen. Bei all der Aufregung in der Schlucht hätte Johann den Tag, der seiner Mutter so wichtig gewesen war, fast vergessen. Versonnen lächelte er.

Er war siebzehn Jahre alt und ein Mann.

10

Am nächsten Morgen besserte sich das Wetter. Die Wolken und der Nebel lichteten sich, und sie begruben die Toten auf dem kleinen Friedhof des Hospizes. Als die Glocken die Mittagsstunde läuteten, machten sie sich wieder auf den Weg, und schon bald hatten sie die Passhöhe erreicht. Johann sah hinunter auf Täler und endlose Wiesen, auf denen fette Kühe weideten. Das Gras war kniehoch und glitzerte vom Regen der vergangenen Nacht, dazwischen blitzten bunte Blumen und saftige Kräuter. Doch die Berge waren noch nicht zu Ende, zur Rechten und zur Linken und auch vor ihnen erhoben sich weitere schneebedeckte Gipfelketten.

»Der Vinschgau«, sagte Peter Nachtigall, der neben Johann auf einem Felsen stand, und machte eine weit ausholende Handbewegung. »Ist eine gute Gegend, mit viel Vieh und Weideland. Danach kommt das Etschtal, das uns nach Meran und schließlich nach Bozen bringt.«

»Hören denn diese Berge niemals auf?«, wunderte sich Johann.

Peter lachte. »Nicht, bis wir das Val Padana erreicht haben. Aber das dauert noch ein Weilchen. Ein riesiger Strom, genannt der Po, fließt durch diese Ebene und macht sie zur Kornkammer Italiens. Die Leute sind wohlhabend und froh um jede Abwechslung. In dieser Gegend wollen wir unser Glück versuchen, bevor wir den kommenden Winter in Venedig verbringen.«

Trotz der Anstrengungen des letzten Tages und dem Unglück, dem sie nur um Haaresbreite entronnen waren, wirkte Peter ausgeruht und fast fröhlich. »Danke noch mal, dass du Salome gestern gerettet hast«, wandte er sich an Johann und klopfte ihm auf die Schulter. »Das hätte ich dir nicht zugetraut. In dir steckt wohl doch mehr, als ich zunächst dachte.«

Johann gab ihm die Hand, glücklich, dass der Anführer ihrer Truppe ihm nun endlich gewogen schien. Peters bissige Bemerkungen hatten ihm in den letzten Wochen mehr und mehr zu schaffen gemacht.

Die Straße war nun nicht mehr so steil, und es ging stetig abwärts, vorbei an Seen und Wiesen, auf denen Bauern mit Sicheln standen und ihnen schweigend winkten. Johann fiel auf, dass die Häuser und auch die Kirchen hier anders aussahen als auf der anderen Seite des Passes. Die Sprache der Einheimischen war fast nicht mehr zu verstehen. Peter erklärte ihm, dass die Menschen zu einem alten Volk gehörten, das sich vor langer Zeit mit den Römern vermischt hatte. Hier in den tiefen Gebirgstälern war seine uralte Kultur noch erhalten geblieben.

Wie Emilio Johann prophezeit hatte, war Salome jetzt viel freundlicher zu ihm. Sie zwinkerte ihm zu, drückte verstohlen seine Hand oder strich ihm über den Hosenschlitz, wenn sie einen Moment lang allein waren. In jeder der folgenden Nächte, während sie durch den Vinschgau und weiter durch das Etschtal zogen, liebten sie sich in abgelegenen Scheunen im Stroh, und Salome erwies sich als gute Lehrmeisterin. Sie kannte viele Spiele und Stellungen, wobei Johann vermied, an das zu denken, was ihm Emilio über ihre Vergangenheit erzählt hatte. Er mochte nicht daran erinnert werden, woher Salome ihre Kenntnisse möglicherweise hatte. Zu seiner Erleichterung hielt Emilio Wort und drängte sich nicht zwischen sie. Der junge Gaukler wirkte geradezu erlöst.

Jeden Abend boten sie jetzt für die anderen Reisenden,

aber auch für die Bewohner der Dörfer, die sie passierten, eine Vorstellung. Johann gab sein Bestes, und die Zuschauer lachten und jubelten ihm zu, wenn er einmal mehr ein Ei unter dem Hut eines Bauern oder Fuhrknechts hervorzauberte oder Münzen verschwinden und wieder auftauchen ließ.

An einem dieser Abende bat ihn Peter, sich noch ein wenig zu ihm ans Feuer zu setzen.

»Magister Archibaldus hat mir erzählt, dass du früher mit einem Astrologen und Chiromanten herumgezogen bist«, fragte er. »Stimmt das?«

Johann nickte zögerlich. Er wusste nicht, was Peter mit diesem Gespräch bezweckte.

»Das heißt, du kannst selbst Horoskope erstellen?«, hakte Peter nach. »Auch eines für mich?«

»Nun, Horoskope erfordern viel Zeit«, erwiderte Johann. »Ich muss rechnen, in Tabellen blättern, die ich nicht bei mir habe. Außerdem bräuchte ich den genauen Tag deiner Geburt und auch den Ort.«

»Den Ort kenne ich.« Peters Gesichtsausdruck wurde plötzlich düster. »Auch wenn ich mich nicht gerne an ihn erinnere. Zu viel Schlimmes ist dort geschehen. Den Tag meiner Geburt weiß ich nicht, es war wohl in dem Sommer, als die Osmanen Konstantinopel eroberten, im Jahre des Herrn 1453.«

Johann rechnete aus, dass Peter bereits über vierzig Jahre alt war, mit seinen jungen Augen und der feuerroten Mähne hätte er ihn jünger geschätzt. Doch dann fiel Johann etwas anderes auf: Auch Tonio del Moravia hatte einmal von Konstantinopel gesprochen, einem Konstantinopel, das er noch *vor* der Eroberung der Stadt bereist hatte. Das wäre dann vor fast fünfzig Jahren gewesen. Konnte das sein? Immerhin hatte Tonio nicht wie ein Greis gewirkt, eher wie jemand, der keinesfalls mehr als fünfzig Jahre zählte. Johann schauderte.

Wie alt war der Zauberer wirklich?

»Wenn du mir schon kein Horoskop erstellst, kannst du

mir ja wenigstens aus der Hand lesen«, schlug Peter vor und riss Johann so aus seinen Grübeleien. Lachend streckte er Johann die Hand entgegen. »Mein Leben hat so viele Ecken und Kurven, die passen gar nicht alle da drauf. Vermutlich musst du auf meinen Armen noch weiterlesen.«

Johann wollte schon nach Peters Hand greifen, doch dann hielt er plötzlich inne. Seit seinem Erlebnis in dem Allgäuer Bauernhaus hatte er nicht mehr aus der Hand gelesen. Damals hatte er den Tod eines kleinen Jungen vorausgesehen, und noch immer wusste er nicht, was der Grund dafür gewesen war.

»Nun komm schon«, bat ihn Peter. Er zwinkerte ihm zu. »Sonst muss ich noch glauben, dass du nichts weiter als ein Hochstapler bist.«

Johann war froh, dass Peter ihn nach den anfänglichen Zweifeln nun endlich akzeptierte, er wollte ihn nicht vor den Kopf stoßen. Also nahm er die Hand und beugte sich darüber. Peters Finger waren sehr lang und feingliedrig, wie man das von einem begabten Fiedler erwarten konnte. Auch war der Mondberg an der Handaußenkante stark ausgeprägt, was auf ein musikalisches Talent schließen ließ. Die Lebenslinie, die sich quer über den Handballen zog, war zerfurcht und mit vielen Abzweigungen versehen.

Eben wollte Johann zu sprechen beginnen, als er zurückschrak. Wieder war da jenes seltsame Gefühl, das er damals im Allgäu gespürt hatte. Ein leichtes, warmes Pulsieren, als würden die Linien für einen kurzen Moment hell aufleuchten. Ein namenloser Schrecken durchfuhr ihn, er ließ Peters Hand los, als würde sie brennen. Trotzdem wusste er sofort, was das Pulsieren bedeutete.

Er sah Peters nahenden Tod voraus.

»Was hast du?«, fragte Peter, dem auffiel, dass Johann kreideweiß geworden war. »Ist es etwas Schlimmes? Du zitterst ja.«

»Nein, nein …« Johann schüttelte den Kopf. »Wohl nur ein Fieber, das ich mir in den letzten kalten Nächten zugezogen habe.«

»Hm, ein ganz bestimmtes Fieber, wie ich vermute.« Peter grinste. »Salome ist ein Teufelsweib. Glaub nur nicht, ich merke nicht, dass zwischen euch was ist. Na, wer kann es dir schon verübeln?« Er lachte und klopfte Johann auf die Schulter. »Aber pass auf, dass Emilio dich nicht nachts absticht. Die Welschen sind ziemlich eifersüchtig.«

Johann lächelte verkrampft. »Wir haben das bereits unter Männern geklärt.«

»Unter Männern? Oho! Dann ist ja gut.« Peter nickte ihm aufmunternd zu. »Also, was siehst du in meiner Hand, großer Chiromant?«

Johann räusperte sich. Dann erzählte er Peter von verästelten Lebenslinien, interessant geschwungenen Kopflinien und einer vielversprechenden Zukunft als Spielmann. Er deutete eine dunkle Vergangenheit an, so wie er das von Emilio gehört hatte. Er gab sein Bestes, und Peter war beeindruckt. Am Ende des Vortrags runzelte der Fiedler die Stirn.

»Ich glaube, du hast mich besser verstanden als einst meine geliebte Mutter, Gott hab sie selig«, sagte er. »Mein Kompliment! Wir sollten diesen Dienst auch unseren Zuschauern anbieten. Gegen Geld, versteht sich. Was hältst du davon?«

»Lass mich darüber nachdenken«, erwiderte Johann mit schwacher Stimme. Schnell stand er auf und wandte sich ab, ihm war plötzlich hundeübel.

»Ich muss mit Salome wohl ein ernstes Wörtchen reden«, rief Peter ihm hinterher. »Wenn sie dich weiter so rannimmt, verliere ich noch meinen besten Gaukler!«

Wie ein Geist stolperte Johann vorbei an den Pilgern und Reisenden, die lachend und trinkend um das Feuer saßen. Noch immer sah er vor sich, wie Peters Hand geleuchtet hatte.

Und er betete, dass es wirklich ein Fieber war, was ihn quälte, und nichts anderes.

Je tiefer sie hinunter in die Ebene fuhren, umso wärmer wurde es jetzt. Johann bemerkte, dass es auf dieser Seite der Alpen anders roch. Es war ein lauer Wind, der den Geruch von Blumen, Gräsern und ganz entfernt etwas Salzigem mit sich trug. Noch immer ragten zu beiden Seiten der Straße die Berge auf, doch sie waren nun nicht mehr ganz so hoch und schroff. Auch wuchsen hier andere Pflanzen und Bäume, die er zuvor noch nie gesehen hatte. Der Himmel war blau, und außer gelegentlichen Regenschauern blieb ihnen das Wetter gewogen.

Zum ersten Mal seit seiner Flucht vor Tonio fühlte sich Johann wieder unbeschwert. Dass er Peters Tod vorausgesehen hatte, versuchte er zu vergessen. Peter machte einen gesunden, lebensfrohen Eindruck – und Johann kam zu dem Schluss, dass er sich das leichte Pulsieren der Hand womöglich nur eingebildet hatte. Auch bei dem kleinen Jungen im Allgäu wusste er schließlich nicht, ob dieser tatsächlich gestorben war.

Nur noch manchmal tief in der Nacht dachte er an Margarethe, den kleinen Martin und an die unheimliche Zusammenkunft im Wald bei Nördlingen. Die nächtlichen Treffen mit Salome halfen ihm, seine düsteren Gedanken zu verdrängen. Immer wieder fielen Salome neue Spiele ein, bei denen sie sich auch gelegentlich fesseln ließ oder ihm die Augen verband. Johann ließ alles willenlos mit sich geschehen. Er fragte auch nicht, warum Salome es zuließ, dass er sich ungeschützt in ihr ergoss. Offenbar konnte sie keine Kinder bekommen, oder sie sorgte durch entsprechende Mittel vor.

Er war wie in einem Rausch, der jede Nacht erst kurz vor Morgengrauen endete. Dementsprechend gerädert war er tagsüber, trotzdem zeigte er auf den Vorstellungen seine Zaubereien und Gaukeleien mit zunehmender Sicherheit. Der Applaus der Zuschauer gab ihm die nötige Kraft zurück. Allerdings wurde er mit jedem Tag grimmiger und schlechter gelaunt. Sein Hochmut, den er als Kind schon gezeigt hatte, schlug nun immer häufiger in Jähzorn um. Wenn etwas bei den Vorstellungen nicht klappte, ließ er seine Wut oft an Emilio und den anderen aus. Und wenn er mit Salome schlief, glich ihr Spiel oft einem Kampf, bei dem er der Eroberer war.

Abends und zwischen den Pausen übte er weiter mit dem Messer, so wie seit Beginn ihrer gemeinsamen Reise. Er warf die Klinge mittlerweile mit einer Wucht und Zielgenauigkeit, die Emilio den Kopf schütteln ließ. Seit ihrem nächtlichen Gespräch oben auf dem Pass waren die beiden trotz gelegentlicher Reibereien Freunde geworden, wenn auch Salome noch immer wie ein unsichtbarer Schatten zwischen ihnen stand.

»Erstaunlich, wie gut du in nur ein paar Wochen mit dem Messer geworden bist«, bemerkte Emilio anerkennend. »Du hast wirklich Talent. Aber du solltest die Klinge nicht so heftig werfen. Wenn man dir zusieht, bekommt man richtig Angst.« Er lachte. »Es sieht fast so aus, als wolltest du mit jedem Wurf jemanden umbringen.«

Vielleicht will ich das ja auch, dachte Johann. Dann schleuderte er die Klinge gegen einen Baumstamm, wo sie genau in einem Astloch einschlug und zitternd stecken blieb.

Schon am darauffolgenden Tag bauten sie das Messerwerfen in die Vorstellung ein. Unter dem ängstlichen Stöhnen der Zuschauer warf Johann etliche Messer auf die an ein Brett gebundene Salome. Die Klingen landeten jedes Mal nur um Fingerbreite neben ihrem Gesicht oder ihrer Brust. Dabei kam es Johann vor, als würde Salome die tödliche Gefahr genießen. Nie zuckte sie, immer sah sie ihm lächelnd und mit stiller Aufforderung ins Gesicht. Auch er selbst genoss den Kitzel, das Ausloten der Grenzen; zwischen Leben und Tod lag nur die Breite eines Fingers. Wie im Rausch warf er die

Messer, eines nach dem anderen, getrieben von einer unerklärbaren Wut. Nur das Messer, das Tonio ihm geschenkt hatte, benutzte er bei den Aufführungen nicht, auch wenn er nicht sagen konnte, warum. Vielleicht war es die abwegige Vorstellung, dass es auf magische Weise den Weg zu Salomes Herzen finden würde. Was die seltsamen Initialen bedeuteten, wusste Johann noch immer nicht.

Nach einer weiteren Woche kamen sie schließlich an einen See, groß wie ein Meer, an dessen östlicher Seite sie entlangfuhren, bis sie schließlich die Stadt Verona erreichten. Einen Ort wie diesen hatte Johann noch nie zuvor gesehen. Zwischen den Ehrfurcht gebietenden hohen Patrizierhäusern standen uralte römische Paläste und Ruinen, die von einer längst vergangenen Zeit zeugten. Es gab eine riesige verfallene Arena, die von der Bevölkerung schon seit Langem als Steinbruch genutzt wurde. Einst waren in ihrer Mitte Ketzer verbrannt worden, jetzt fanden dort gelegentlich wieder Theateraufführungen statt. Die Italiener, das wurde Johann bewusst, liebten den Prunk und alles Bunte und Laute viel mehr als die trübsinnigen Deutschen. Das Land kam ihm vor wie eine in die Jahre gekommene, betrunkene Hure, die sich mit viel Farbe aufgehübscht hatte – aber noch immer über etlichen Reiz und Charme verfügte.

Peter hatte ihn in den letzten Tagen immer wieder gefragt, ob er bereit sei, den Leuten aus der Hand zu lesen, und Johann hatte sich jedes Mal in Ausreden geflüchtet. Auch hier in Verona versuchte es Peter erneut.

»Die Veroneser sind reich und abergläubisch. Wir könnten mit dem Handlesen eine Menge Geld verdienen.« Peter sah Johann bittend an. »Nun komm schon! Es ist doch nur ein bisschen Hokuspokus. Was ist denn schon dabei?«

Doch Johann blieb stur. Dabei fiel ihm auf, dass ihn Archibaldus nachdenklich musterte. Nach ihrer abendlichen Darbietung auf der Piazza delle Erbe, dem seit den Zeiten der

Römer genutzten Markt- und Versammlungsplatz der Stadt, suchte der Alte seine Nähe. Gemeinsam saßen sie am Ufer des Flusses Etsch, der unter einer mehrbogigen steinernen Brücke hindurchfloss, ihnen gegenüber erhob sich inmitten der Häuser die Arena. Ein kleines Feuer prasselte zu ihren Füßen und vertrieb die nächtliche Kühle. Archibaldus nahm einen tiefen Schluck aus einem Weinbeutel und rülpste.

»Wusstest du, dass in solchen römischen Arenen früher Löwen auf Christen gehetzt wurden?«, begann er das Gespräch. »Wie seltsam doch der Lauf der Welt ist! Zuerst werden die Christen als Ketzer gekreuzigt und verfolgt, nur um später selber Ketzer zu verbrennen. Katharer, Waldenser, Zauberer ...« Er sah Johann von der Seite an. »War dein Lehrmeister ein solcher Zauberer?«

»Er ist ein Astrologe und Chiromant«, erwiderte Johann zögerlich, der nicht wusste, was Archibaldus mit seiner Frage bezweckte. »Er betreibt die weiße Magie, wie sie von der Kirche erlaubt ist.« Johann hütete sich, mit Archibaldus über Tonios andere Seite zu sprechen, die dunkle, böse Seite, die er erst am Ende wirklich kennengelernt hatte.

Der Alte räusperte sich und kratzte sich das verlauste graue Haar. »Mir scheint, du bist kein Freund der Chiromantie«, begann er. »Wie kommt's? Vertraust du den Künsten deines früheren Lehrmeisters nicht?«

Johann zuckte mit den Schultern. »Peter hat schon recht. Es ist viel Hokuspokus dabei.«

»Tatsächlich?« Archibaldus zog die Augenbraue hoch. Plötzlich klang seine Stimme fest und ernst, gar nicht mehr wie die eines Säufers. »Nun, bei vielen Chiromanten mag das stimmen. Doch ich habe gehört, dass es auch einige wenige gibt, die wirklich das Schicksal eines Menschen vorhersehen können. Auch dessen Tod.« Er sah Johann durchdringend an. Dieser lachte verlegen.

»Ach, ich weiß nicht ...«

»Ich habe dich in den letzten Tagen und Wochen beobachtet, Johann«, unterbrach ihn Archibaldus. »Ich bin schon ziemlich lange auf dieser Welt, und ich glaube, Menschen gut zu kennen. Du bist kein einfacher Gaukler. Du bist verdammt klug, der klügste junge Bursche, den ich je erlebt habe. Aus dir könnte ein großer Gelehrter werden – oder aber ein Narr, der die Welt verlacht. Da ist etwas Dunkles in dir, das ich mir nicht erklären kann, und dieses Dunkle nimmt zu. Etwas, das sucht und forscht und in Tiefen gründet, die uns Sterblichen verborgen bleiben sollten. Du veränderst dich, Johann, und das macht mir Angst. Dieser Spruch …«

»Ich … ich weiß nicht, wovon Ihr sprecht.«

»Die lateinischen Worte, die du vor einigen Wochen auf der Fahrt verwendet hast«, fuhr Archibaldus unvermittelt fort. »Sie sind mir nicht mehr aus dem Kopf gegangen. Du erinnerst dich? *Homo Deus est.* Woher kennst du diesen Satz?«

»Mein … mein Lehrmeister hat ihn mir einmal genannt. Warum fragt Ihr?«

»Tonio del Moravia. So hieß er, nicht wahr?« Archibaldus nickte nachdenklich. »Ein interessanter Name für einen reisenden weißen Magier. Ich finde schon noch heraus, woher ich von ihm weiß. Der Mensch ist Gott … Hm, mit diesem Spruch geben sie sich gerne zu erkennen.«

»Wer? Was … was meint Ihr damit?«, fragte Johann. Doch Archibaldus schwieg. Im Feuer prasselten die Scheite, und Johann sah plötzlich den brennenden Spielmann in Nördlingen vor sich. Fast glaubte er, dessen Schreie zu hören. Und auch die Schreie der vielen Christen, die einst in der Arena von Verona von Raubtieren zu Tode gehetzt worden waren.

Archibaldus blickte hinauf in den wolkenlosen Nachthimmel, an dem die Sterne funkelten. Er deutete nach oben. »Der ehrwürdige Bertold von Regensburg, ein gelehrter Franziskaner und Gehilfe von Albertus Magnus, meinte einmal, der Himmel bestehe aus zehn Himmelschören. Einer sei jedoch von Gott abgefallen und bilde nun die Schar der Teufel. Auch auf der Erde, so Bertold, gebe es zehn Gruppen, von denen eine sich dem Teufel verschrieben hat.«

»Und ... wer ist diese Gruppe?«, fragte Johann zögerlich.

Archibaldus lächelte. »Kannst du dir das nicht denken? Es sind die Gaukler, Spielleute, fahrenden Magier und Scharlatane. Bertold hat ihnen sogar die Namen von Teufeln gegeben. Azazel, Baphomet, Beelzebub, Mephistopheles ...« Er nahm einen weiteren Schluck aus dem Weinschlauch, dann rülpste er laut.

»Verdammt guten Wein haben die Italiener. Nur das Bierbrauen sollten sie besser den Deutschen überlassen.« Archibaldus erhob sich, und Johann sah, wie erschöpft der Alte aussah. Sein Gesicht war grau und eingefallen, durchzogen von roten Äderchen und Runzeln. »Diese täglichen Vorstellungen zehren mich aus«, sagte er. »Ich bin hundemüde. Sogar zu müde zum Saufen. Ich werde wohl wirklich alt. Gute Nacht, Johann. Und halte dich fern von den Zauberern.«

Mit einem letzten Nicken verabschiedete er sich und ging hinüber zum Lager der Gaukler.

In dieser Nacht liebte Johann Salome so heftig, dass sie vor Lust und Schmerz schrie.

* * *

Mit dem Mai kam der Sommer in dieses helle Land, das so anders war als das kalte Deutsche Reich auf der Nordseite der Alpen. Das Licht hier schien Johann stärker und intensiver zu leuchten, sodass die Dörfer und Städte, durch die sie zogen, viel freundlicher wirkten als die düsteren Orte im Allgäu oder in Franken. Auch war es viel wärmer, und er verstand nun, warum deutsche Gaukler den Winter lieber hier verbrachten als im Norden.

Sie erreichten das Val Padana, das Tal des Po, wo sich entlang eines breiten, trägen Stromes endlose Kornfelder erstreckten. Auf ihrer Reise durch die Städte der Lombardei sah Johann uralte römische Ruinen, vor allem aber prächtige steinerne Paläste und Kirchen, erbaut von Bürgern, die sich ihrer Macht und ihres Reichtums bewusst waren. Hier in Norditalien herrschten die Patrizier, einflussreiche Geschlechter, die ihr Geld mit Handel, Zins und einer guten Portion Verschlagenheit verdienten. Der alte Adel und der feste Glauben an die Kirche, so begriff Johann, wurde nach und nach von einer alles besiegenden, nie erlahmenden Kraft abgelöst: dem Geld. Vor diesem Moloch waren alle gleich.

Gelegentlich streifte Johann Archibaldus' prüfender Blick, doch sie sprachen nie wieder über Johanns früheren Lehrmeister und das, was Archibaldus das Dunkle genannt hatte. Johann lernte, seine Wutanfälle besser zu zügeln, auch wenn die Wut weiter in ihm gärte. Nachts, wenn alle schliefen und er bei Salome lag, fragte er sich, ob es vielleicht Tonio gewesen war, der das Dunkle in ihm geweckt hatte. Oder war es schon immer versteckt in ihm gewesen und trat nun hervor, da er zum Mann heranwuchs?

Von Emilio erfuhr er, dass das nördliche Italien eigentlich noch zum Reich gehörte. Allerdings war es schon lange her, dass die deutschen Kaiser ihren Anspruch hier unten hatten durchsetzen können. Viele Jahrzehnte waren vergangen, seitdem zuletzt ein deutscher Herrscher mit einem Heer über die Alpen gezogen war. Mit den Jahren hatten sich etliche Stadtstaaten gebildet, von denen Venedig, Mailand, Florenz und Genua die mächtigsten waren. Dazwischen existierten unzählige kleine Lehen, die dem alten Reich noch immer lose verbunden waren – und die sich über die Aufführungen deutscher Gaukler freuten und sie gut bezahlten.

Gemeinsam hatten sie beschlossen, den Sommer über durch die Lombardei und weiter nach Süden zu ziehen. Erst im Herbst würde es nach Venedig gehen, wo ihnen Archibaldus die Türen zum deutschen Handelskontor öffnen sollte. Dabei war ihnen bewusst, dass ihre Reise nicht ganz ungefährlich war. Sie fuhren durch ein Land, das sich schon seit letztem Jahr im Krieg befand, auch wenn dieser Krieg noch weit entfernt war. Von Neapel und Rom aus versuchte der französische König Karl VIII., im reichen Italien Fuß zu fassen. Dagegen erhob sich die sogenannte Heilige Liga unter der Führung des Papstes und der Venezianer. Der Kampf wogte hin und her, und immer öfter hörten die Gaukler nun von marodierenden Söldnergruppen, die mordend und brandschatzend durch abgelegene Landstriche zogen, auch hier im Norden. Offenbar marschierte Karl VIII. mit über fünftausend Mann vom Süden herauf in die Lombardei, um dort die Heilige Liga vernichtend zu schlagen.

»Diese verfluchten Franzmänner!«, schimpfte Peter und trieb das Pferd, das den Wagen zog, zur Eile an. »König Karl ist ein hässlicher Zwerg, der seine Söldner überall dorthin schickt, wo sich Beute machen lässt. Der Teufel soll sie allesamt holen.«

Er wusste nicht, dass sein Fluch für viele der französischen Soldaten, aber auch für ihn selbst schon bald Wirklichkeit werden würde.

An einem trockenen, heißen Julitag trafen die beiden feindlichen Heere in der Nähe von Parma schließlich aufeinander. Die Schlacht war kurz und verheerend. Tausende französische Soldaten verbluteten auf den staubigen Feldern von Fornovo, und Karl VIII. musste sich aus Italien zurückziehen.

Viele seiner Söldner jedoch blieben im Feindesland zurück, wo sie eine blutige Spur der Verwüstung mit verbrannten Dörfern, toten Bauern und vergewaltigten Frauen hinterließen.

Auch auf dem Weg der Gaukler.

Die Gruppe hatte in Mantua, einer Stadt, die den Deutschen sehr gewogen war und von der mächtigen Fürstendynastie der Gonzaga regiert wurde, einige umjubelte Vorstellungen gegeben. Nun wollten sie weiterziehen, über den Apennin nach Florenz und Siena. Der Apennin war ein karstiges, dicht bewaldetes Gebirge, in dem man nur selten Reisenden begegnete. Die Straße wand sich über Hügel, die mit dichtem, oft undurchdringlichen Buschwerk bewachsen waren. Gnadenlos brannte die Sonne vom wolkenlosen Himmel, das einzige Geräusch war das Zirren der Zikaden, die monoton ihr einschläferndes Lied sangen. Salome hatte sich ins Innere des Wagens zurückgezogen, wohin ihr Mustafa eben einen Schluck Wasser brachte. Wehmütig dachte Johann daran, wie gerne er jetzt mit Salome allein im Wagen wäre. Doch seit Tagen war sie ihm gegenüber verschlossen wie eine Auster. Es war wie so oft: Nachts liebte sie ihn und krallte ihre Fingernägel in seinen schweißbedeckten Rücken, tagsüber strafte sie ihn mit Missachtung – und Johann wusste nicht, warum. Diese Frau würde ihn noch in den Wahnsinn treiben! Jeder Erguss schien ihn weiter auszuzehren, als saugte sie ihm das Blut aus den Adern, trotzdem konnte er nicht von ihr lassen.

Als sie am frühen Nachmittag einen schattigen Hohlweg passierten, hörte Johann plötzlich ein verdächtiges Sirren. Schon im nächsten Moment schlug ein Armbrustbolzen in der Seite des Wagens ein. Ein weiterer Bolzen folgte, und Johann und Peter, die vorne auf dem Kutschbock gesessen hatten, sprangen Hals über Kopf ab. Gemeinsam mit Archibaldus und Emilio suchten sie hinter dem Wagen Schutz. Es ertönten Rufe in einer fremden Sprache, es klang wie Französisch. Nur kurze Zeit später trat ein halbes Dutzend Söldner in bunten, geschlitzten Landsknechtshosen und rostigem Kürass zwischen den Büschen hervor. Zwei der Männer waren mit Armbrüsten bewaffnet, der Rest hatte die Schwerter gezogen, mit denen sie nun langsam, mit wiegendem Schritt, auf die Gaukler zugingen. In den Augen der Soldaten sah Johann, dass sie keine Gnade erwarten durften.

»La fille«, knurrte der Vorderste von ihnen, ein bärtiger groß gewachsener Mann mit einer schlecht verheilten Narbe im Gesicht. *»Donne-moi la fille!«* Er deutete auf Salome, die hinter dem Vorhang des Wagens hervorlugte. Währenddessen näherten sich zwei der Männer Emilio und Archibaldus. Mit spöttischem Grinsen im Gesicht hoben sie ihre Schwerter. Offenbar erwarteten sie keine große Gegenwehr.

Panisch überlegte Johann, was er tun sollte. Salome verteidigen und dabei sterben? Bis auf das Messer von Tonio, das er immer bei sich trug, war er unbewaffnet. Peter besaß zwar ein rostiges Kurzschwert, und Emilio und Mustafa waren tapfere Kämpfer, wie sie bei der einen oder anderen Wirtshausschlägerei bereits bewiesen hatten, doch gegen ein halbes Dutzend ausgebildete französische Söldner hatten sie allesamt keine Chance. Sollte er also einfach weglaufen? Er sah hinüber zu den dornigen Büschen, die direkt an den Hohlweg grenzten. Es waren nur ein paar Schritte dorthin, aber auch die waren zu viel, wenn eine Armbrust auf einen gerichtet war. Außerdem konnte er Salome nicht im Stich lassen.

In der Zwischenzeit hatten zwei der Landsknechte die schreiende Salome vom Wagen gezerrt. Sie schlug wild um sich, doch es half nichts. Die Männer begannen bereits, ihr die Kleider vom Leib zu reißen, sie lachten und griffen nach ihren nackten Brüsten. Der Rest der Gauklertruppe wurde zusammengetrieben wie ein Haufen Hühner, die auf ihre Schlachtung warteten.

Salome lag mit gespreizten Schenkeln auf der Straße, zwei Soldaten mussten sie festhalten, so heftig wehrte sie sich. Einer der Söldner öffnete eben seinen Hosenschlitz, er kniete sich nieder, seinen Kameraden zwinkerte er triumphierend zu.

»C'est moi le premier«, sagte er und rieb sich sein geschwollenes Glied. *»Et ensuite …«*

Mit einem Mal ging ein Beben durch den Wagen, als bräche dort drinnen ein Vulkan aus. Gleich darauf sprang Mustafa vorne vom Kutschbock, in den Händen eine der Ketten, die er während der Vorführungen immer bei sich trug. Brüllend schwang er die Kette, die wild nach allen Richtungen hin ausschlug. Es war der erste Laut, den Johann überhaupt von dem schwarzen Riesen hörte. Er klang wie der Schrei eines wütenden Bären. Die Kette zischte wie eine Schlange und erwischte den vor Salome knienden Soldaten im Gesicht, das sich in ein blutendes Etwas verwandelte. Kreischend stürzte der Mann zu Boden, wobei ihm die Hose bis zu den Knien herunterrutschte. Dem Mann daneben schlang Mustafa die Kette um den Hals. Der Soldat lief rot an, Mustafa zog. Es gab ein knackendes Geräusch, dann knickten die Beine des Söldners weg und er fiel mit gebrochenem Genick nach vorne.

All das war so schnell gegangen, dass keiner der übrigen vier Soldaten bislang reagiert hatte. Nun endlich erwachten sie aus ihrer Starre.

»*En garde!*«, schrie der Anführer und rannte mit gezogenem Schwert auf Mustafa zu, der ihm den Rücken zuwandte.

Als der Soldat an Johann vorbeikam, warf dieser sein Messer.

Er tat es mit der gleichen Bewegung, die er in den letzten Tagen und Wochen so oft trainiert hatte, das Gesicht verzerrt zu einer Maske der Entschlossenheit und des Hasses. Als die Klinge seine Finger verließ, verspürte er eine unglaubliche Erleichterung, so als würde sich etwas in ihm lösen. Einen winzigen Augenblick lang verwandelte sich das Antlitz des Anführers in die grinsende Fratze Tonios.

Dann fuhr das Messer mit einem schmatzenden Geräusch direkt in dessen linkes Auge. Der Soldat rannte ein, zwei Schritte weiter, als hätte er seinen eigenen Tod noch gar nicht bemerkt, dann brach er zusammen wie eine Puppe, der man die Fäden durchgeschnitten hatte.

Mustafa drehte sich kurz um und nickte Johann dankbar zu. Im Laufen griff der Riese sich das Schwert des Toten, das vor ihm im Staub lag. Ein Bolzen fuhr Mustafa in den linken Oberarm, aber er schien ihn überhaupt nicht zu spüren, mit einem dumpfen Schrei stürzte er sich auf den nächsten Gegner, der sich ihm in den Weg stellte. Der Mann hob keuchend seine Waffe, doch Mustafa wischte die Klinge beiseite wie ein Stöckchen und grub sein eigenes Schwert in die Halsbeuge des Soldaten. Blut schoss in einer Fontäne daraus hervor und vermischte sich mit dem Staub der Straße.

Als die zwei verbliebenen Männer ihre Gefährten tot am Boden liegen sahen, zögerten sie nur kurz. Dann warfen sie Armbrust und Schwert weg und suchten das Weite. Doch Mustafa war noch nicht am Ende. Er rannte den Fliehenden hinterher, packte den Langsameren der beiden am Kragen und riss ihn um wie einen Stapel dürres Holz. Mit der Faust drosch er so lange auf den Landsknecht ein, bis dessen Gesicht nur noch eine blutende Masse war. Erst dann ließ er von ihm ab. Der Mann stöhnte leise, zuckte noch einmal, schließlich gab er keinen Laut mehr von sich. Der letzte Landsknecht entkam durch die Büsche, wo noch eine Weile das Knacken von Zweigen zu hören war.

Noch immer schrie der Mann, dem Mustafa die Kette ins Gesicht geschlagen hatte. »*Mon visage, mon visage!*«, jammerte er immer wieder und wälzte sich auf dem Boden. »*Je suis aveugle, je ne vois rien! O Vierge Sainte …*«

Mustafa schritt auf ihn zu und schnitt ihm mit einer einzigen fließenden Bewegung die Kehle durch.

Bleierne Stille legte sich über den Hohlweg. Die Schmeißfliegen kreisten über den Toten und setzten sich auf die klaffenden Wunden. Zwischen all den Leichen saß Salome im zerrissenen Kleid, fast nackt, die Augen starr gerade ausgerichtet. Sie zitterte, doch sie hielt den Kopf aufrecht, eine stolze Totenkönigin. Schließlich stand sie auf, ging hinüber zu dem Mann mit der durchschnittenen Kehle und spuckte ihm ins blutverschmierte Gesicht.

Mit unbewegter Miene zog Mustafa den Bolzen aus seinem Oberarm, dann legte er fürsorglich seiner Schwester eine Pferdedecke um die Schultern. Johann musste daran denken, was Emilio ihm vor einigen Wochen erzählt hatte. Drüben im fernen Alexandria hatte Mustafa versucht, Salome zu verteidigen, ihre Peiniger hatten ihm daraufhin die Zunge herausgeschnitten. Kein Zweifel, Mustafa würde nicht noch einmal zusehen, dass seine Schwester vergewaltigt wurde. Eher würde er sterben – oder eben sehr viele andere.

Peter war der Erste, der nach einem längeren Schweigen die Worte wiederfand. »Das ... das war verdammt knapp«, keuchte er. »Danke, Mustafa.«

Mustafa würdigte ihn keines Blickes, sondern kümmerte sich weiter um Salome. Johann ging derweil hinüber zu dem toten Anführer und zog sein Messer aus dem Auge. Die Klinge war klebrig und blutig, das andere Auge des Mannes starrte ihn vorwurfsvoll an. Es war das erste Mal, dass Johann jemanden getötet hatte. Es war ganz leicht gewesen.

Und wenn er ehrlich war, hatte es ihm sogar Freude bereitet.

Der Wunsch nach Rache und Vergeltung hatte ihn durchströmt wie süßes Gift, wie einst in Knittlingen, als er Tonio begegnet war und sich den Tod von Margarethes Bruder gewünscht hatte. Er erinnerte sich an Tonios Worte.

Hass kann manchmal sehr heilsam sein, er reinigt die Seele wie ein Feuer ...

Tonio hatte recht. Hass war so süß und wohlschmeckend wie ein frischgebackener, warmer Honigkuchen. Die Wut, die so lange in Johann gegärt hatte, war für den Augenblick verschwunden – zurück blieb eine angenehme Leere.

»Wir sollten schleunigst von hier weg«, mahnte Archibaldus und klopfte sich den Staub aus der Kutte. Er zitterte ein wenig, ganz offensichtlich brauchte er einen großen Schluck

Wein. »Einer von ihnen ist entkommen. Gut möglich, dass er Verstärkung holt.«

»Du hast recht, alter Säufer«, erwiderte Peter. »Lass uns verschwinden.« Noch einmal ging sein Blick hinüber zu Mustafa. Er grinste. »Zum Teufel, das war der schnellste Kampf, den ich je gesehen habe! Du bist wirklich …« Plötzlich verzerrte sich Peters Gesicht, und er hielt sich den Bauch.

»Was ist?«, fragte Emilio. »Bist du verletzt?«

Mit zusammengebissenen Lippen schüttelte Peter den Kopf. »Es ist … nichts. Wohl nur ein Magengrimmen. Seit ein paar Tagen quält es mich schon. Vermutlich habe ich aus einem Brunnen schlechtes Wasser getrunken.« Er lachte keuchend und deutete auf die vielen Toten um sie herum. »Bei Gott, ich könnte auch hier liegen und von den Schmeißfliegen gefressen werden. Also werde ich das bisschen Bauchweh schon aushalten. Und jetzt weg von hier, bevor noch mehr von diesen französischen Bastarden auftauchen.«

Mühsam kletterte Peter auf den Kutschbock, und Johann bemerkte, dass er sich weiterhin die Seite hielt. Ein mulmiges Gefühl beschlich ihn, und er fragte sich, ob Peter wohl doch nicht einfach nur schlechtes Wasser getrunken hatte.

* * *

In den folgenden Tagen und Wochen zogen sie über den Apennin und weiter hinunter nach Florenz und Siena, wobei sie die kleineren Straßen so weit wie möglich mieden. Zwar hatten die meisten französischen Soldaten das Land verlassen, doch es gab weiterhin Marodeure und Wegelagerer, und sie konnten sich nicht immer auf Mustafa verlassen.

Glücklicherweise war der Armbrustbolzen nicht tief in Mustafas Arm eingedrungen, und die Wunde verheilte schnell. Peters Bauchgrimmen hingegen blieb. Mal war der Schmerz für zwei, drei Tage verschwunden, nur um den Anführer ihrer kleinen Truppe dann umso heftiger zu überfallen. Peter magerte zusehends ab, sein Gesicht wurde schmal und bleich, auch aß er kaum noch etwas. Trotzdem spielte er bei ihren Aufführungen weiter die Fiedel, sogar noch lieblicher und herzzerreißender als zuvor – fast so, als würde all sein Leben mit den Melodien in einem reichen Strom aus ihm herausrinnen.

»Was ist das nur für eine schreckliche Krankheit?«, fragte Johann Archibaldus, als sie eines Abends zusammen in einem Gasthaus saßen. Sie hatten eben eine Aufführung in einer großen, prachtvollen Stadt namens Pisa gegeben, auf deren Marktplatz ein auffällig schiefer Glockenturm stand. Der Alte wischte sich die Weintropfen aus dem Bart, bevor er Johann antwortete.

»Ich kann es dir nicht mit Bestimmtheit sagen, doch ich fürchte, es ist etwas Ernstes. Vielleicht eine Geschwulst in seinem Bauch, die ihn von innen her auffrisst. Die Griechen nennen es Krebs, weil das Gewächs ein wenig wie dieses Tier aussieht.«

»Dann wird er also sterben?«, fragte Johann stockend. Er hatte Peter in den letzten Monaten immer mehr schätzen gelernt, seine Lebensfreude und seinen Durchsetzungswillen, vor allem aber sein Geigenspiel, das unvergleichlich war, wie nicht von dieser Welt. Was Johann jedoch am meisten ängstigte, war, wenn er ehrlich zu sich war, nicht Peters nahender Tod, sondern die Tatsache, dass er ihn in Peters Hand vorhergesehen hatte. Er musste an Archibaldus' mahnende Worte im Frühling denken, und was dieser damals über Chiromanten gesagt hatte.

Ich habe gehört, dass es einige wenige gibt, die wirklich das Schicksal eines Menschen sehen können. Auch seinen Tod.

Bei der Erinnerung daran wurde Johann blass. Hatte Tonio del Moravia ihm diese unheimliche Fähigkeit etwa beigebracht, ohne dass er es bemerkt hatte?

»Ich denke, Peter weiß selbst, dass er nicht mehr lange unter uns weilt.« Archibaldus seufzte. »Wie lange es noch dauert, kann allerdings keiner sagen. Ich fürchte jedoch, dass er nicht mehr mit uns nach Venedig kommt.«

»Aber ... aber Peter ist doch unser Anführer!«, beharrte Johann. »Was soll denn dann aus uns werden?«

Venedig war für ihn zu einem Ziel geworden, das sich unauslöschlich in seinen Kopf eingebrannt hatte. Vielleicht hatte es mit den Geschichten zu tun, die ihm die Mutter so oft über diese Stadt erzählt hatte. In Venedig, so hoffte Johann, würde sein Leben, das ewige Umherziehen, wenigstens für kurze Zeit zur Ruhe kommen. Was danach kam, wusste er nicht.

»Was aus uns wird?« Archibaldus lachte matt. »Schlimmer für euch wäre es, wenn *ich* mich bis zum Herbst totsaufen würde. Vergiss nicht, es ist allein meine Einladung, die uns das Tor zum Fondaco dei Tedeschi in Venedig öffnet. Mit Peter verlieren wir nur einen Geigenspieler, wenn auch einen verflucht guten.« Er schüttelte den Kopf. »Verdammt, es ist, als hätte der Teufel selbst ihm das Spiel beigebracht! Gerne würde ich ihm helfen, doch meine Kenntnisse der Medizin reichen dafür bei Weitem nicht aus. Ich habe wohl das falsche Fach studiert.«

»Welche Universität habt Ihr denn besucht?«, wollte Johann wissen.

»Eine der ältesten und ehrwürdigsten im Reich. Die Universität in Heidelberg.«

»In Heidelberg?« Johanns Herz schlug schneller. »Das ist nicht weit von dem Ort, aus dem ich stamme. Es war immer mein Traum, dort zu studieren!«

»Nun, es ist eine wunderschöne Stadt, die einen leider dazu verleitet, mehr zu feiern und zu saufen, als zu studieren«, erwiderte Archibaldus grinsend. »Mein Vater, der stolze Karl Stovenbrannt, meinte, ich solle zumindest den Baccalaureus dort erwerben. Ich war begabt und wissbegierig und schaffte sogar den Magister. Danach ging es auf eine Reise zu unseren Handelskontoren in Bergen, Brügge, London und eben auch in Italien. Tja, dort lernte ich dann *la dolce vita* kennen und war für meinen Vater und das Kontor verloren.« Er sah Johann neugierig an. »Warum studierst du nicht? Du bist ebenso klug wie belesen und überaus ehrgeizig, auch wenn du versuchst, dies vor den anderen tunlichst zu verbergen. Ich habe es dir schon einmal gesagt: Aus dir könnte ein großer Gelehrter werden.«

»Mein Stiefvater hätte lieber sein eigenes Haus angezündet, als mich zur Universität zu schicken«, entgegnete Johann düster. »Er hielt mich für einen Taugenichts.«

Archibaldus lachte. »Ich weiß zwar immer noch nicht, wer du wirklich bist, Johann, aber sicher kein Taugenichts. Nun, wenn du willst, kann ich dich während unserer Reise und auch in Venedig das eine oder andere lehren. Zumindest die Artes liberales.«

»Die Artes liberales?« Johann runzelte die Stirn. Offenbar gab es noch immer viel zu lernen. »Was ist denn das?«

»Die freien Künste, sie sind die Voraussetzung für jedes höhere Studium. Die drei unteren, das sogenannte Trivium, heißen Grammatik, Rhetorik und Dialektik. Dann folgen die vier oberen Künste, das sogenannte Quadrivium. Sie lauten Arithmetik, Geometrie, Musik und Astronomie.« Archibaldus musterte ihn scharf. »Wobei Letzteres dir wohl dein früherer Lehrmeister schon genügend beigebracht hat. Die Künste sind sehr alt. Bereits die Griechen und Römer lehrten sie, sie sind die Grundlage jeder Wissenschaft.«

»Und Ihr ... Ihr würdet mir darin Unterricht erteilen?« Johann blieb der Mund offen. Erst jetzt merkte er, wie sehr es ihn nach Wissen dürstete, er sehnte sich danach wie nach Wasser bei einem wochenlangen Marsch in der Wüste. Fast noch mehr als nach Salomes Brüsten und ihrer feuchten Scham. Er stockte. »Aber wie soll ich das bezahlen?«

Archibaldus wiegte den Kopf. »Indem du mir erzählst, wer du wirklich bist, Johann.« Beruhigend hob er die Hand. »Nicht gleich. Vielleicht erfahre ich es ja auch durch unseren Unterricht.« Er nahm einen tiefen Schluck, bevor er weitersprach: »Und möglicherweise erfahre ich so auch mehr über deinen früheren Lehrmeister.«

* * *

Die folgenden Monate, in denen sie durch das heiße Oberitalien reisten und in vielen Städten ihre Künste darboten, waren für Johann zugleich eine Zeit des Schmerzes und der Erfüllung. Archibaldus machte sein Versprechen wahr und gab ihm Unterricht in den freien Künsten. Johanns Jähzorn blieb verschwunden, fast so, als ob der Drang nach Wissen seinen Platz eingenommen hätte. Vielleicht war seine Wut ja auch nur deshalb aufgeflammt, weil sein Geist unterfordert gewesen war. Ein innerer Frieden erfüllte ihn, solange er mit Archibaldus über Grammatik, Arithmetik oder Dialektik debattieren konnte. Gleichzeitig tat es ihm weh, zusehen zu müssen, wie Peter immer mehr in sich zusammenfiel – auch wenn er sich tapfer hielt und weiter auf seiner Geige spielte und die Ansagen zwischen den einzelnen Nummern machte. Gelegentlich versuchte vor allem Emilio, Peter auf seine Krankheit anzusprechen, doch dieser schnitt ihm jedes Mal das Wort ab.

»Ich fiedle, solange mich der Herrgott oder jemand anders fiedeln lässt«, entgegnete Peter mit finsterer Miene. »Jedem von uns ist nur eine gewisse Zeit auf dieser Welt vergönnt. Es ist müßig, vorher zu trauern. Und jetzt üb gefälligst deine Nummern, du Faulpelz. Bei der letzten Aufführung sind dir gleich zwei Bälle runtergefallen!«

Archibaldus besorgte Peter in einer Genueser Apotheke teuren Mohnsaft, den dieser mit Branntwein mischte. So hielten sich die Schmerzen wenigstens in Grenzen. An den Abenden am Lagerfeuer stierte Peter jetzt oft vor sich hin oder sprach wie im Fieber zu sich selbst.

»Nun holt er mich doch«, sagte er leise. »Verflucht, war es das wirklich wert? Könnte ich doch das Rad zurückdrehen, für sie hätt ich gern den Preis bezahlt! Für sie, nicht für diese verdammte Geige …«

Keiner wusste, was Peter mit seinen gestammelten Worten meinte. Aber Johann hatte nicht viel Gelegenheit, darüber nachzudenken, denn Salome ließ ihn nicht zur Ruhe kommen. In den sternenklaren Nächten liebten sie sich so innig, dass Johann sich wünschte, die Sonne würde nicht mehr aufgehen. Mit Salome zu schlafen war wie ein Drogenrausch, der ihm half, alles andere zu vergessen. Die Mutter, die Jahre in Knittlingen, den kleinen Martin, Tonio, den schwarzen Trank und auch Margarethe …

Doch sosehr sie sich nachts auch liebten, tagsüber war ihm Salome keine Gefährtin. Im Gegenteil, sie blieb stets kühl und unnahbar. Eines Tages, als sie zu zweit ein wenig abseits des Wagens gingen und Salome hartnäckig schwieg und stattdessen Rosmarin und Salbei am Wegesrand zupfte, riss er sie abrupt zu sich herum.

»Verdammt, Salome, was soll das?«, schimpfte er. »Du kannst nicht mit mir spielen, ich bin keine Puppe! Wenn du mich nicht liebst, dann sag es mir ins Gesicht. Aber dann lass uns auch mit diesen nächtlichen Tändeleien aufhören!«

»Tändeleien?« Salome lächelte schmal. »Willst du das wirklich, kleines Wölfchen? Dass wir damit aufhören?«

Johann antwortete nicht, denn er wusste, dass sie recht hatte. Er brauchte Salome mittlerweile so wie Peter seinen Mohnsaft. Niemals würde er von ihr lassen können, ganz egal, wie sie ihn tagsüber behandelte.

»Aber … aber warum tust du das?«, fragte er verwirrt. »Ich weiß wirklich nicht, was ich von dir halten soll. In der

Nacht bist du so anders als am Tag! Liebst du mich denn nicht, Salome?«

Sie sah ihn lange an, erst dann antwortete sie mit leiser Stimme.

»Als ich das letzte Mal geliebt habe, war ich fünfzehn Jahre alt. Er war ein Junge aus Armenien, schön gewachsen wie du, klug und mit einem breiten Lächeln im Gesicht. Als sie mich und Mustafa aufs Schiff schleppten, stellte er sich ihnen in den Weg. Sie schnitten ihm die Kehle durch und warfen seine Leiche ins Wasser wie eine krepierte Ratte. Ich sah, wie die Haie seinen schönen Körper in Stücke rissen. Das war das vorletzte Mal, dass ich geweint habe. Das letzte Mal war, als sie Mustafa die Zunge herausrissen.« Ihre Lippen waren nun schmale Striche, die Augen kalt wie Eis.

»Ich werde nicht zulassen, dass sie mich noch mal verletzen. Nie mehr! Und jetzt lass mich los, bevor ich dir dein bestes Stück abschneide. Es wäre schade darum, keine Frage, trotzdem würde ich es tun.«

In ihren Händen blitzte plötzlich ein kleines Messer, und Johann ließ sie los. Sie kam vier Nächte nicht zu ihm. Als sie in der fünften Nacht wieder unter seine Bettdecke schlüpfte, sprachen sie kein Wort miteinander. Der Schmerz, als ihre Fingernägel sich in seine Haut krallten, war süß und ließ ihn gleichzeitig leise aufheulen wie einen Wolf. Noch lange danach hatte Johann rote Striemen am Rücken. Und Emilio betrachtete ihn mit einem leisen Lächeln.

»Sie frisst dich«, sagte er spöttisch zu ihm. »Ich habe dich gewarnt, Johann. Sie frisst uns Männer mit Haut und Haar.«

Was Johann über Salome hinweghalf, waren allein die Stunden, die er mit Archibaldus zubrachte. Meist saßen sie nun bei ihren Fahrten von einer Stadt zur anderen hinten im Wagen. Archibaldus hatte für Johann eine Schieferplatte und ein Stück Kreide besorgt sowie einen Rechenschieber, mit dem er ihm das höhere Rechnen beibrachte. Von den sieben freien Künsten hatte es Johann vor allem die Rhetorik angetan, wie sie schon Aristoteles und Sokrates gelehrt hatten. Oft übten er und Archibaldus sich in den Abfolgen von These und Antithese, wobei Archibaldus großen Spaß hatte, Johanns Argumente zu widerlegen.

»Sokrates bezeichnete die Philosophen gern als Hebammen«, sagte Archibaldus schmunzelnd, als sich Johann einmal mehr dessen Fragetechnik geschlagen geben musste. »Sie sind nur die Geburtshelfer des Gedankens, doch auf die Welt bringen musst du ihn selber.«

Johann stöhnte. »So viel Wissen! Es ist eine Schande, dass es nicht einen Ort gibt, wo dieses ganze Wissen archiviert ist, für jeden Menschen, nicht nur für Auserwählte. Jedes Kloster hortet nur für sich, oder man muss an die Universitäten gehen und einen Haufen Geld zahlen.«

Archibaldus wiegte den Kopf. »Die Zeiten ändern sich. In meiner Heimatstadt Hamburg gibt es jetzt eine öffentliche Bibliothek. Sie ist riesig, und jeder kann dort hingehen und in den Büchern stöbern, wie es ihm beliebt.«

»Irgendwann möchte ich dorthin reisen«, erwiderte Johann. »Und auch nach Heidelberg, nach Prag und Wien, wo die großen Universitäten des Reiches sind.«

Archibaldus soff nun weitaus weniger, wenn er auch noch jeden Abend mit einem leichten Rausch ins Bett ging. Die Arbeit mit Johann schien ihn zu verjüngen. Dabei versuchte er immer wieder, mehr über Johanns alten Lehrmeister zu erfahren. Aber Johann erzählte fast nichts von Tonio del Moravia. Zum einen, weil er ihn selbst kaum kannte, zum anderen, weil er das seltsame Gefühl hatte, dass Tonio sie hören konnte, wenn sie über ihn redeten. So als nähme er allein durch die Gespräche Gestalt an. Oder als würden Tonios Rabe und die zwei Krähen irgendwo über ihnen kreisen und ihrem Meister berichten.

So wurde es September und schließlich Oktober. Die Regentage wurden häufiger, und das milde, warme Wetter wich einem trüben Grau, das in stetem Kampf mit der Sonne lag und ihn täglich mehr verlor. An den Küsten zogen Stürme auf, vom Meer trieben Dunst und Nebel heran. Trotzdem war es noch viel wärmer als in jenen Oktobertagen, die Johann von Knittlingen in Erinnerung hatte. Wenn sie an Hängen voll mit von Trauben schweren Rebstöcken vorbeifuhren, dachte er wehmütig an die damaligen Weinernten, an die deutschen Lieder und an das Gelächter der feschen Knittlinger Mädchen.

Als der Oktober schließlich in den November überging, beschlossen sie, dass es nun Zeit sei, endlich die Stadt Venedig anzusteuern. Bisher hatten sie zwar die Ländereien dieses mächtigen Staates durchreist, der sich an der gesamten Nordostküste ausbreitete und Kolonien an der Adriaküste, ja selbst auf großen Inseln wie Kreta hatte. Doch die Stadt selbst hatten sie bislang gemieden.

Es war Peters großer Wunsch gewesen, noch einmal die schillerndste Stadt der Welt zu sehen, die »Serenissima« – Allerdurchlauchteste – genannt wurde. Doch es zeigte sich, dass seine Kraft dafür nicht mehr ausreichte. Die letzten zwei Wochen hatte er nur noch hinten im Wagen gelegen und zur Decke hinaufgestarrt, die täglichen Portionen Mohnsaft waren immer stärker und mehr geworden. Peters Fiedel hing an einem Haken an der Wagenwand, wo sie auf der Fahrt sachte hin und her schaukelte. Gespielt hatte er sie schon lange nicht mehr.

In einer Stadt namens Treviso, nur noch zwanzig Meilen von Venedig entfernt, gaben sie eine letzte Aufführung auf dem Festland. In der Nacht hörte Johann aus dem Wagen ein Stöhnen, leise rief jemand seinen Namen.

Es war Peter.

Vorsichtig schälte sich Johann aus der Decke, um Salome nicht zu wecken, die neben ihm schlief. Dann schlich er hinüber zum Wagen und kletterte ins Innere. Peter hatte eine tranige Kerze entzündet, sodass Johann sein verhärmtes Gesicht sehen konnte. Der einst so stolze, willensstarke Geiger sah aus wie der leibhaftige Tod. Als er das Gesicht zu einem traurigen Lächeln verzog, glaubte Johann, einen Totenschädel zu betrachten. Die roten Haare klebten ihm auf der Stirn wie nasses Stroh.

»Es ... es geht zu Ende«, keuchte Peter. »Ich spüre es.«

»Soll ich die anderen holen?« Johann drückte Peters Hand, die nur noch aus Knochen und Haut zu bestehen schien.

Müde schüttelte Peter den Kopf. »Ich ... ich will nicht, dass sie mich so sehen. Ich ... wollte nur mit dir reden.«

»Mit mir? Aber warum ...?« Doch Peter unterbrach Johann, er spürte wohl, dass er nicht mehr viel Zeit hatte.

»Bitte, Johann, sag mir ...« Der Todkranke machte eine Pause, das Gespräch erschöpfte ihn zusehends. »Damals, nachdem wir den Pass überquert hatten und du mir aus der Hand gelesen hast ... da bist du wegen irgendetwas sehr erschrocken. Es ... es war, weil du meinen Tod gesehen hast, nicht wahr? Ist es so?«

Johann zögerte kurz, dann nickte er. Warum sollte er einen Sterbenden auch anlügen?

Peter nickte zufrieden. »Ich ... ich dachte es mir schon. Ihr ... ihr verfluchten Magier und Chiromanten!« Er gab ein Geräusch von sich, von dem Johann erst nach einer Weile erkannte, dass es wohl ein Lachen war. »Hab dir nie getraut, Junge. Du hast etwas an dir, etwas Dunkles, niemals Ruhendes. Als ... als hätte dich der Teufel selbst berührt.«

Johann schwieg, und Peter fuhr fort, wobei seine Stimme einen verträumten Klang bekam. Dabei starrte er hinauf zur Decke, als würde dort sein früheres Leben an ihm vorüberziehen.

»Ich ... ich kannte einst ein Mädchen. Sie war so schön wie die Sonne, doch sie kam aus einfachem Haus, und als ein

Mann von Adel durfte ich sie nicht heiraten. Also liefen wir gemeinsam weg. Wir schlugen uns als Spielleute durch. Es war die schönste Zeit meines Lebens …« Peter lächelte. »Die Leute mochten mein Geigenspiel, auch wenn es damals noch nicht perfekt war. Doch dann …« Er keuchte und schnappte nach Luft. »Dann wurde sie krank, sehr krank, ich sah, wie sie mir unter den Händen dahinschwand. Ich schwor, alles zu tun, um sie zu retten! Und … und jemand fragte mich: Alles? Würdest du mir auch drei Finger deiner rechten Hand geben? Ich … ich ging auf den Handel ein, doch ich gab ihm die Finger nicht, obwohl ich es versprochen hatte. Ein Geiger braucht seine Finger, so wie der Fisch Kiemen zum Atmen braucht! Verstehst du, Johann? Verstehst du mich? Also starb sie, und ich …« Er stockte. »Mein Geigenspiel wurde immer besser. Weiß der Teufel, warum!« Er lachte. »Bei Gott, ich weiß, er weiß es! Und … und jetzt holt er sich eben seinen Teil.«

Johann hielt noch immer Peters Hand. Die Hand jenes rothaarigen Geigers, der so überirdisch schöne Melodien spielen konnte, dass es einem das Herz brach. Peters Geschichte war wirr, die letzten gestammelten Worte eines Sterbenden, ohne rechten Sinn, und vielleicht gerade deshalb erfüllten sie Johann mit leisem Grauen. Plötzlich griff Peter so fest zu, dass Johann zusammenzuckte.

»Bete für mich, Johann Faustus«, flehte der Geiger. »Bete für mich, für einen Sünder, dem das Geigenspiel mehr wert war als die Liebe zu einem Mädchen. Bete für mich! Und verbrenne … meine … Geige …«

Noch einmal krampfte sich Peters Hand zusammen, dann verließ ihn das Leben mit einem letzten zischenden Keuchen, die Augen wurden glasig, und er sank zurück auf die Liegestatt. Sein Blick war nun starr, und ein namenloser Schrecken schimmerte darin, so als hätte er im letzten Augenblick seines Lebens etwas Furchtbares gesehen. Johann konnte den Anblick nicht länger ertragen. Er schloss Peters Augen, nahm die

Geige vom Haken und trat hinaus ins Freie, wo der Mond fahl durch die Wolken schimmerte. Mit der Geige in der Hand ging er hinüber zum Feuer und warf sie hinein. Die Flammen fraßen sich knisternd durchs Holz und züngelten blau und gierig. Keiner der anderen wachte auf.

Johann wollte für Peter beten, doch plötzlich spürte er, dass er es nicht mehr recht konnte. Es war so lange her, dass er es zuletzt getan hatte, das letzte Mal war am Grab der Mutter gewesen. Die Worte, die er nun sprach, fielen aus seinem Mund wie trockene Krumen Erde.

»Heiliger Vater, der du bist im Himmel …«

Johann schlug ein hastiges Kreuz, dann weckte er die anderen, um ihnen mitzuteilen, dass Peter Nachtigall, der rothaarige Teufelsgeiger, der Anführer ihrer kleinen Gauklertruppe, für immer von ihnen gegangen war.

Und noch immer wunderte er sich, woher Peter den Namen kannte, mit dem ihn die Mutter gerufen hatte.

Faustus, der Glückliche.

Aber es war zu spät, ihn danach zu fragen.

11

Sie begruben Peter Nachtigall neben dem Friedhof der kleinen Treviser Stadtkirche. Als ehrloser Spielmann durfte der Fiedler nicht innerhalb der Friedhofsmauer liegen, doch immerhin sprach der Pfarrer ein kurzes Gebet für ihn, und es gab ein Holzkreuz mit seinem Namen. Während Johann die grob geschnitzte Inschrift darauf betrachtete, dachte er daran, wie weit von seiner Heimat entfernt Peter begraben lag, verscharrt als Fremder. Johann fragte sich, ob es ihm dereinst wohl auch so ergehen würde.

Als der Pfarrer gegangen war, standen die Freunde noch eine Weile schweigend um das Grab. Es nieselte leicht, von fern schlug dünn eine Totenglocke. Schließlich wandte sich Emilio an die Übrigen.

»Und wie soll es jetzt weitergehen?«, fragte er in die Runde.

»Nun, wie wohl?«, erwiderte Johann. »Wir gehen nach Venedig. Peter hätte es so gewollt.«

»Trotzdem brauchen wir einen neuen Anführer«, beharrte Emilio.

»In der Tat.« Johann sah sich herausfordernd um. »Und der werde ich sein. Es war Peters letzter Wille. Er bat mich, seine Geige zu verbrennen und die Truppe von nun an zu führen.«

Letzteres war dreist gelogen, doch in Johann brannte schon lange der Wunsch, der Truppe ein anderes Gesicht zu verleihen. Manche der Nummern waren veraltet, außerdem hatte ihn Peter schon längst als vollwertiges Mitglied der Truppe aufgenommen und ihm eine große Zukunft als Gaukler versprochen. Etwas in Johann sagte ihm, dass es an der Zeit war, mehr Verantwortung zu übernehmen.

»Du?« Emilio lächelte spöttisch. »Wie alt bist du? Siebzehn?«

»Und damit nicht viel jünger als du«, entgegnete Johann. »Du magst ein guter Akrobat sein, aber deine Ansprachen sind hölzern und langweilig. Der Anführer sollte der mit der besten Redegabe sein. Außerdem hast du keine Ahnung vom Geschäft. Ich kann rechnen und verhandeln.«

»Mag schon sein, dass ich nicht der beste Redner bin.« Emilio verschränkte die Arme vor der Brust und erwiderte trotzig Johanns Blick. »Aber in Venedig bist du aufgeschmissen, weil du die Sprache nicht kannst. Im Gegensatz zu mir.«

»Du kannst ihm ja beim Übersetzen helfen«, mischte sich Archibaldus ein. »Ich denke auch, dass Johann ein guter Anführer wäre. Er ist klug und lässt sich nicht so leicht übers Ohr hauen, außerdem sind seine Reden wirklich Gold wert.«

Tatsächlich hatte Johann in den letzten Wochen, als Peter immer kränker wurde, mehr und mehr die Ansprachen an das Publikum übernommen. Er war gut darin, die Leute für sich einzunehmen, er sprach laut und witzig, mit der nötigen Prise Überzeugungsgabe, die einen guten Spielmann und Gaukler auszeichnete. Seitdem Johann durch die Vorstellung führte, waren die Zuschauer immer zahlreicher geworden. Selbst Archibaldus' zerrupfte Reliquien hatten etliche Gläubige berührt – und dafür gut bezahlt.

»Was meinst du?«, wandte sich Emilio an Salome, die bislang mit ihrem Bruder schweigend danebengestanden hatte. »Hältst du den Kleinen etwa auch für so einen Überflieger?« Er lachte spöttisch. »Von uns allen kennst du ihn ja wohl am besten.«

Salome lächelte schmal. »Geben wir ihm doch eine Chance«, sagte sie. »Er ist schmuck anzusehen und gewitzt, die

Frauen werden ihn lieben. Und deine Reden, Emilio, sind wirklich so erheiternd wie eine Grabpredigt.«

Als auch Mustafa nickte, gab Emilio schließlich seufzend auf. »Also gut, von mir aus. Ich habe sowieso keine Lust, mich ständig mit den Stadtoberen wegen irgendwelcher Auftrittsverbote herumzuschlagen. Hauptsache, wir teilen gerecht. In Zukunft werde ich also weiter jonglieren und außerdem die Drehleier spielen, so wie früher schon mal. Allerdings gegen Aufpreis.« Er zuckte mit den Schultern. »Einer muss ja musizieren, zumindest, bis wir einen besseren Spielmann gefunden haben.« Düster sah er hinüber zu Johann. »Nur schade, dass du die Geige verbrannt hast. Wir hätten noch einen guten Preis dafür bekommen.«

»Du vergisst, es war Peters letzter Wunsch«, entgegnete Johann. Er klatschte in die Hände. »Und nun lasst uns Pferd und Wagen verkaufen. In Venedig drüben brauchen wir beides nicht mehr. Und im Frühling, wenn wir wieder aufbrechen, bekommen wir bestimmt etwas Besseres als diese alte Schindmähre.«

Er wandte sich zum Gehen, und zu seiner stillen Freude folgten ihm die anderen.

Die Stadt empfing sie mit Nebel und Regen.

In Mestre hatten sie samt Kisten und Reisetaschen eine Barke bestiegen, die sie zusammen mit vielen Pilgern dem Meer entgegentrug. Der Fluss mündete in einer brackigen nebligen Lagune, wo aus dem Dunst ein einsamer Turm herausragte.

»Der Torre di Marghera«, erklärte Archibaldus, der in jungen Jahren schon einmal in Venedig gewesen war. Für ihr Vorstellungsgespräch im deutschen Handelskontor hatte der alte Säufer seine besten Kleider angezogen, sodass er einen fast würdevollen Eindruck machte, wenn man von der roten Nase und den verfilzten Haaren absah. »Der Turm war das erste Bauwerk, das die Venezianer außerhalb ihrer Stadt errichteten. Seitdem haben sie die halbe Welt erobert.«

Nach und nach schälte sich jetzt aus dem Nebel eine im fahlen Licht glitzernde Stadt heraus, die über dem Wasser zu schweben schien. Johann erkannte ein Gewirr von Häusern, Palästen, Kirchen und Brücken, die über eine Vielzahl von kleineren Kanälen führten. Etliche Fischerboote, aber auch einige größere Schiffe kreuzten vor der Stadt, ein breiter Kanal führte mitten zwischen den Häusern hindurch. Aus dem Nebeldunst erhoben sich zunächst leise, dann immer lauter Geschrei und Lärm: das Klatschen von Rudern, das Krakeelen der Marktleute, das Läuten von Kirchenglocken. Der brackige Geruch des Wassers vermischte sich mit dem Aroma einer Großstadt, es roch nach Rauch, Essensdünsten und Unrat.

Die Barke war bis auf den letzten Mann besetzt, sodass die niedrige Reling fast auf Höhe des Wassers lag. Trotz der Gefahr, von Bord zu fallen, drängten sich die Pilger nach vorne, um die prächtigen Paläste zu bestaunen, die sich links und rechts des Kanals aneinanderreihten. Jedes der Gebäude besaß eine eigene Anlegestelle, die mit bunt bemalten Pfosten verziert war. Weite Bogentore führten in den jeweiligen Innenhof, an den oberen Stockwerken befanden sich reich geschmückte Balkone.

Auch Johann hatte einen der vorderen Plätze im Boot ergattert. Schwarze Gondeln glitten an ihm vorüber wie schnelle Fische; die Gondolieri, die im Heck standen, bugsierten die Boote mit langen Stangen in die schmalen Kanäle, die zu beiden Seiten von dem großen Kanal abgingen. In den Gondeln saßen Damen in Atlasseide und golddurchwirktem Damast, die Männer trugen als Kopfbedeckung breite Baretts, geschmückt mit Perlen und anderen Kleinodien. Die Pracht war noch überwältigender als in Augsburg, das Johann mit einem Mal so rückständig vorkam wie aus einer früheren Zeit.

»Einst waren das hier wohl alles mal einzelne Inseln«, erklärte Archibaldus weiter und deutete auf die nebelverhüllte Wasserfläche, aus der sich schemenhaft einige größere Eilande erhoben. »Mit der Zeit sind sie zusammengewachsen. Die Häuser und auch die Gassen stehen auf Tausenden von Baumstämmen. Aber im Grunde spielt sich hier ohnehin alles auf dem Wasser ab.«

Der große Kanal machte eine Biegung, und vor ihnen tauchte nun eine steil aufragende Holzbrücke auf, in deren Mitte zwei Kräne standen. Zu beiden Seiten des Kanals wimmelte es von Menschen, die Gassen waren voll mit Marktständen. Just als sie auf die Brücke zufuhren, ertönte ein lautes Horn. Die Pilgerbarke glitt zur Seite, und Johann beobachtete, wie die Kräne das Mittelstück der Brücke in die Höhe zogen. Eine große Galeere zog an ihnen vorbei, die Masten hoch wie Bäume. Wellen schlugen gegen die Barke, sodass sie schaukelte und einige der Pilger entsetzt aufschrien. Die Galeere näherte sich ihrem Boot auf Handbreite, sie passierte die Brücke, und das Mittelstück senkte sich wieder herab.

»Ich denke, es ist besser, wenn wir gleich hier aussteigen«, sagte Archibaldus, der für seine Verhältnisse erstaunlich nüchtern war. »Weiß der Henker, welche Schiffe noch die Rialtobrücke passieren. Der Fondaco dei Tedeschi ist ohnehin nicht mehr weit von hier.«

Auch einige Pilger hatten offenbar beschlossen, von Bord zu gehen. Die Gaukler rafften ihr Gepäck zusammen, wobei Mustafa die zwei schweren Kisten mit den Reliquien trug. Derart beladen folgten sie Archibaldus, der sie durch ein Gewirr von Gassen führte. Es dauerte eine Weile, bis Johann begriff, was ihn an dieser Stadt irritierte: Es gab keine Fuhrwerke und auch keine Ochsenkarren. Alles schien über die kleinen und großen Kanäle transportiert zu werden. Die Gassen daneben waren so eng, dass sie zwischen den vielen Passanten, den schreienden Hausierern, den Bettlern und in bunte Gewänder gehüllten Patriziern kaum vorankamen. Außerdem fiel Johann auf, dass der Haupteingang der Häuser zum Wasser hin lag, wo meist eine kleine Mole oder ein Steg den Eintritt ermöglichte. Die Türen zur Gasse hin dagegen waren eher klein und schlicht gehalten, wie Dienstboteneingänge. Archibaldus hatte recht: Das Leben spielte sich hier auf dem Wasser und nicht zu Lande ab.

Nach einer Weile erreichten sie über eine der Gassen ein mehrstöckiges Gebäude, aus dessen Inneren Lärm und Geschrei drang. Deutsche Wortfetzen drangen an Johanns Ohr. Ein offenes Tor gab den Blick frei auf einen Innenhof, in dem etliche grob gezimmerte Tische standen. Vor den Arkaden, die den Hof umschlossen, waren Ballen und Kisten aufgestapelt, dazwischen liefen Männer herum, die die bunte Tracht reicher Händler trugen. Auf den Tischen standen Rechenschieber und Tintenfässer, blasse Schreiberlinge beugten sich über versiegelte Dokumente oder trugen Zahlen in Listen ein.

Archibaldus grinste und deutete auf den Innenhof. »Der Fondaco dei Tedeschi. In keinem Handelskontor Venedigs geht es so geschäftig zu wie hier. Die Deutschen sind eben echte Pfennigfuchser, vor allem die Schwaben!« Er rieb sich die Hände. »Nun wollen wir doch mal sehen, was der Name Stovenbrannt noch gilt in dieser Stadt. Folgt mir.«

Eben wollte er den Innenhof betreten, als sich ihm zwei breit gebaute Büttel in Landsknechtswämsern und geschlitzten Beinlingen in den Weg stellten.

»Hier wird nicht gebettelt, Alter«, knurrte der eine von ihnen auf Deutsch. *»Capici? Qui non si mendica!«*

»Werte Herrschaften, ich bin nicht hier, um zu betteln, sondern um mit dem deutschen Handelsvertreter zu sprechen«, erwiderte Archibaldus so würdevoll wie möglich, während er sich das verfilzte graue Haar aus dem Gesicht strich. »Sagt ihm, Archibaldus Stovenbrannt ist nach langer Zeit zurückgekommen.«

»Stovenbrannt?« Der breitere der Landsknechte kratzte sich am Kopf. »Nie gehört.«

»Das lasst nur nicht den Handelsvertreter wissen«, sagte Archibaldus streng. »Die Stovenbrannts haben in dieser Stadt mal fast so viel Tuch verkauft wie heutzutage diese neureichen Welser und Fugger. Und nun geht schon, wir werden erwartet.«

Der Büttel zögerte. Offenbar wog er ab, ob vor ihm nur ein betrunkener, verwirrter Zausel stand oder vielleicht doch ein einflussreicher Händler, der ihm Ärger einbringen konnte. Schließlich gab er klein bei.

»Wartet hier«, brummte er.

Er ging hinüber zu den Arkaden, während der andere Büttel weiter schweigend die bunte Gauklertruppe musterte. Schließlich näherte sich ein beleibter Mann um die fünfzig mit Barett und Pelzschaube. In den Händen hielt er den Amtsstab, der ihn als Vertreter der deutschen Händler in Venedig auszeichnete. Als er die Gaukler am Eingang sah, verfinsterte sich sein Gesicht.

»Und wegen diesen Vögeln holst du mich aus einer Geschäftsbesprechung?«, fuhr er den Landsknecht an. »Werft sie raus, und dann …«

»Mein lieber Rieverschmitt«, unterbrach ihn Archibaldus und breitete lächelnd die Arme aus. »Erkennst du den alten Archibaldus nicht mehr?«

Der Kaufmann runzelte die Stirn. »Ich wüsste nicht, wer …«

»Archibaldus Stovenbrannt. Na, dämmert's jetzt?« Archibaldus zog ein zerknittertes Dokument hervor und reichte es Rieverschmitt. »Vielleicht hilft dieser Brief deinem Gedächtnis ja auf die Sprünge.«

Der Händler überflog die wenigen Zeilen des Briefs.

Schließlich verzog sich sein Gesicht zu einem verkrampften Lächeln. »Hans Stovenbrannts Onkel, sieh an. Ich erinnere mich in der Tat, wenn es auch schon lange her ist. Damals war ich ein junger Mann und du bei deinem Neffen in Hamburg zu Besuch. Du hast …«, er zögerte, »… länger studiert, was man so hört.«

Archibaldus zuckte die Achseln. »Reden wir nicht um den heißen Brei herum. Ich habe mich für eine andere Laufbahn entschieden als der Rest meiner Familie. In den Händen hältst du ein Empfehlungsschreiben der Stovenbrannts für mich und diese hervorragende Gauklertruppe, die mit mir reist.« Er deutete auf Johann und die Übrigen, die noch immer hinter ihm standen. »Ihr braucht doch Gaukler über den Winter, nicht wahr? Die Tage sind grau und eintönig, und wer ein gutes Geschäft abschließen will, der sollte seinen Geschäftspartner zunächst auf andere Gedanken bringen.«

»Hm, in der Tat, wir könnten ein paar Gaukler gut gebrauchen, aber …« Rieverschmitts Blick glitt über Johann und die Übrigen der Truppe. Er wirkte nicht sonderlich beeindruckt. »Zwei Jungspunde, vermutlich Jongleure, ein riesiger Mohr, und wer ist das da hinten?«

Bislang hatte Salome ihr Gesicht hinter einem Tuch verborgen. Als sie sich nun zeigte, stieß der Händler einen leisen Pfiff aus. Genüsslich leckte er sich die Lippen. »Bei Gott, ist diese Schönheit verkäuflich? Ich wüsste einen reichen venezianischen Patrizier, der …«

Mustafa trat einen Schritt vor und starrte Rieverschmitt an, als hätte dieser gerade Gott und alle Heiligen gleichzeitig gelästert. Der Händler spürte, dass er einen Fehler gemacht hatte. »Nun, ich dachte nur, also …«, ruderte er zurück.

»Wie schön, dann ist der Handel ja perfekt«, entgegnete ihm Johann und sprang Archibaldus zur Seite. »Wie sieht es mit Logis aus?«

»Äh, hier im Kontor könnt ihr natürlich nicht bleiben, nicht als Gaukler«, erwiderte Rieverschmitt, der seinen Blick noch immer nicht von Salome losreißen konnte. »Aber im Wirtshaus ›Zur Flöte‹ kommen viele deutsche Reisende unter. Das ist nicht weit von hier. Sagt einfach, dass Rieverschmitt euch schickt.«

»Zur Flöte«? Salome lächelte und erwiderte Rieverschmitts Blick. »Ich blase gerne auf der Flöte, Signore. In der Tat eine passende Unterkunft für Spielleute. Sicher bekommen wir dort freie Kost und Logis, oder?«

»Da…darüber lässt sich reden«, wand sich Rieverschmitt. »Am besten, ihr bezieht zunächst eure Unterkunft. Dann zeigt ihr mir, wie ihr unsere Gäste zu unterhalten gedenkt.«

»Das werden wir«, sagte Johann und reckte das Kinn vor. »Ihr werdet nicht enttäuscht sein, Meister Rieverschmitt. Johann Faustus' fabulöse Gauklertruppe ist der beste Spielmannstrupp, den Ihr im ganzen Deutschen Reich finden könnt.«

Johann Faustus' fabulöse Gauklertruppe …

Im Stillen wiederholte Johann den Namen, der ihm eben eingefallen war, offenbar traf er ins Schwarze. Rieverschmitt grinste.

»Faustus, der Glückliche? Nun, ein wenig Glück können wir hier im Handelskontor tatsächlich gebrauchen. Ich erwarte euch in einer Stunde für eine erste Vorführung.«

Von den Darbietungen, die sie noch am späten Nachmittag im Innenhof des Fondaco präsentierten, war Rieverschmitt durchaus angetan – wobei Johann sich des Eindrucks nicht erwehren konnte, dass vor allem Salome den deutschen Handelsvertreter in ihren Bann zog. Sie tanzte ihren verführerischen Schleiertanz zu einer leicht schrägen Melodie, die Emilio seiner Drehleier entlockte. Mustafa zerriss eine dicke Kette und ließ seine Muskeln spielen, während Johann einige seiner Zaubertricks zum Besten gab, die die umstehenden Händler zum Staunen und Lachen brachten. Archibaldus war ganz offenbar der Meinung, dass er mit dem Gespräch mit Rieverschmitt seinen Teil der Arbeit bereits erfüllt hatte, und zog sich mit einer Weinkaraffe unter die Arkaden zurück – wo man ihn später sturzbetrunken hinter ein paar Ballen Tuch fand. Johann war nicht eben unglücklich, dass Archibaldus bei diesem wichtigen Vorspielen nicht beteiligt gewesen war.

Mit Rieverschmitt vereinbarte Johann, dass sie den Winter über sowohl am Vormittag wie auch am Nachmittag jeweils eine kleine Vorstellung geben würden, um die deutschen Händler bei Laune zu halten. Sie erhielten freie Kost und Logis im Wirtshaus »Zur Flöte«, und Johann handelte darüber hinaus noch einen kleinen Geldbetrag aus, der ihnen wöchentlich ausgezahlt wurde. Es war nicht viel, doch es reichte, um den Herbst und den Winter angenehmer zu verbringen als nördlich der Alpen, wo sich vermutlich schon die ersten Schneefälle ankündigten.

Auch in Venedig war es jetzt im November unangenehm kühl. Ein zäher, dichter Nebel lag über der Stadt; die Feuchtigkeit zog in die Kleider, aus denen sie nicht mehr verschwand, sooft man sie auch am Kamin trocknete. Fröstelnd zog Johann durch die Gassen und sah den schwarz gestrichenen Gondeln nach, wenn sie im Dunst auftauchten und wieder verschwanden. Auf der großen Piazza, dem Markusplatz, erhob sich eine gewaltige Kirche, wie Johann noch nie eine gesehen hatte. Sie wurde beherrscht von fünf Kuppeln, die ihr etwas Märchenhaftes gaben – wie aus einer der fantastischen Geschichten seiner Mutter. Davor stand ein riesiger Turm und gleich daneben der sogenannte Palazzo Ducale, wo die Geschicke der Stadt geleitet wurden. Archibaldus hatte Johann erklärt, dass in Venedig ein mächtiger Patrizierrat herrschte, dem der Doge vorstand. Die Patrizier benahmen sich wie kleine Könige. Wenn sie durch die Gassen stolzierten, hatten sie immer einen Pagen an ihrer Seite und oft auch einen Mohren, der ihnen als Sklave diente. Die hohen Herrschaften hielten diese armen Menschen wie putzige Haustiere.

Mehr noch als in Augsburg existierten Prunk und Elend, Reichtum und Armut direkt nebeneinander. In teures Tuch und Seide gehüllte Frauen, die ihr Haar mit Zitronenwasser bleichten, stöckelten auf hohen Absätzen vorbei an hungrigen Straßenkindern mit ausgemergelten Gesichtern und an Verurteilten, die unter den Arkaden des Dogenpalastes öffentlich der Folter unterzogen wurden. Es gab eine Straße, in der nichts anderes als sündhaft teure Spiegel hergestellt wurden, und ein paar Ecken weiter lagen Menschen wie abgeladener Unrat in der Gosse, krepiert und verhungert.

Das Streunen durch die Gassen half Johann, seinen Kopf freizubekommen und nachzudenken. Die Truppe hatte ihn schon nach den ersten Tagen als ihren neuen Anführer akzeptiert. Ebenso wie ihren neuen Namen, und sie fragten auch nicht nach, was es mit dem lateinischen Wort *Faustus* auf sich hatte. In Venedig waren sie eher Hofnarren als Spielleute, die hier einmal einen Zaubertrick zeigten oder dort mit Bällen jonglierten. An guten Tagen verkauften sie sogar ein wenig von dem sündhaft teuren Theriak, einen von Archibaldus mit Kräutern versetzten Fusel, dem der Magister wahre Wunderkräfte zusprach – und den er nur zu gerne am eigenen Leib erprobte. Nur die Reliquien ließen sie in den Truhen, um sich nicht mit der venezianischen Obrigkeit anzulegen. Venedig verfügte auch so schon über genug Heiltümer, die in den vielen Kirchen angebetet wurden.

Alles war gut, und trotzdem fand Johann keine Ruhe. Venedig war bislang sein Ziel gewesen, sein Fixpunkt, seit er Tonio verlassen hatte. Doch nun merkte er, dass auch diese Stadt nur eine weitere Station in seinem unruhigen Leben war. Außerdem wusste er nicht, wie er mit Salome umgehen sollte. Wenn sie verführerisch ihre Hüften zu Emilios Leiermusik bewegte und den Männern der Mund offen stehen blieb, kroch Eifersucht in ihm hoch.

»Ich finde, du musst nicht ganz so anzüglich tanzen«, sagte er eines Abends zu Salome nach ihrer Vorstellung im Kontor. »Du läufst sonst noch Gefahr, dass dich ein Betrunkener hinter die Tuchballen zerrt.«

»Vielleicht will ich ja hinter die Ballen gezerrt werden«, entgegnete Salome kühl. »Ich bin nicht dein Besitz, Wölfchen. Vergiss das nie!«

Um sich von Salome abzulenken, ließ Johann sich weiter von Archibaldus unterrichten. Er lernte fleißig, manchmal stand er schon vor Sonnenaufgang auf, um zu rechnen oder die Grammatik in seinen Aufzeichnungen zu überprüfen. Wenn Archibaldus ihn dann mittags abfragte, hielt der Alte gelegentlich inne und musterte ihn nachdenklich.

»Du bist schnell von Begriff, Johann«, sagte er und fuhr sich durch den verlausten Bart. »Fast unheimlich schnell. Weiß der Teufel, wie du das anstellst …«

Johann grinste. »Ich muss eben schnell lernen, weil es noch so viel anderes gibt, was ich erfahren möchte. Zwar weiß ich viel, doch möcht ich alles wissen, ich bin erst am Anfang. Könnt Ihr vielleicht Griechisch?«

Archibaldus stöhnte. »Ein paar Brocken. Aber davor brauche ich einen neuen Krug Wein. Sei so nett und hol mir einen, ja?«

* * *

Anfang Dezember wurde es ruhiger im Kontor. Der Weg über die Alpen war von Schnee und Eis versperrt, und es kamen keine weiteren deutschen Händler mehr. Dafür hatte Rieverschmitt jetzt immer öfter venezianische Gäste, die sich für die deutschen Waren, für Leinen und Salz, Bienenwachs, Silber und Bernstein interessierten. Meist saßen sie noch später am Abend bei Wein, Stockfisch und Braten zusammen, wobei die Venezianer dreizinkige Gabeln benutzten, ein Besteck, das nördlich der Alpen noch immer als ein Werkzeug des Teufels galt und deshalb verpönt war. Johann fand es ziemlich praktisch, auch weil man sich die Hände nicht schmutzig machte. An einem besonders kalten Nachmittag, an dem in Eisenkörben Feuer im Kontor brannten, nahm Rieverschmitt Johann beiseite.

»Wir erwarten heute Abend hohen Besuch«, raunte er. »Einige Herrschaften aus der Signoria haben sich angekündigt. Ich möchte, dass ihr euer Bestes gebt. Es ist wichtig, dass sich die Ratsmitglieder gut unterhalten fühlen.«

»Die Signoria?« Johann runzelte die Stirn. »Wer soll das sein?«

Rieverschmitt lachte. »Genauso könntest du fragen, wer der deutsche König ist! Die Signoria ist der Kleine Rat, das mächtigste Gremium Venedigs, es stellt den Dogen und bestimmt die Politik. Die Ratsmitglieder sind mächtiger als so manche Herzöge und Fürsten. Und sie sind schlaue Händler.« Er grinste. »Es geht für das Kontor also um viel Geld.«

Johann nickte. »Ihr könnt Euch auf uns verlassen. Johann Faustus' weithin bekannte fabulöse Gauklertruppe wird den hohen Herrschaften ein prächtiges Schauspiel präsentieren.«

Kurz nach Einbruch der Dämmerung, als die Venezianer mit ihren Gondeln kamen, jonglierten Emilio und Johann schon am Kai mit brennenden Fackeln. Im Licht der Feuerkörbe tanzte Salome ihren Schleiertanz und ließ sich von Mustafa hoch in die Lüfte werfen. Gemeinsam balancierten sie auf fingerdünnen Seilen, die über den Innenhof gespannt waren, schlugen Räder, und Mustafa schluckte gleich drei Fackeln, die ihm Emilio zuwarf – ein Trick, den sie erst vor ein paar Tagen eingeübt hatten. Archibaldus hatte Johann mit einer Karaffe Wein in der Herberge zurückgelassen. Er wollte nicht riskieren, dass der Alte ihnen betrunken die Vorstellung vermasselte.

Einer der Höhepunkte war wie so oft Johanns Trick mit dem Ei. Er hatte sich dafür eines der venezianischen Ratsmitglieder ausgeguckt, einen blassen älteren Herrn in schwarzem Rock. Der Mann trug dunkle Augengläser, die mit einem Bügel an seinen Ohren hingen und ihn wie ein großes Insekt oder eine Schlange aussehen ließen. Johann hatte von solchen Brillen schon gehört, sie aber noch nie zuvor gesehen. Vermutlich auch deshalb hatte er sich den hochgewachsenen Signore für seinen Zaubertrick ausgewählt.

Das Ei war in der Innenseite seines Rocks versteckt, wo der Mann es schließlich mit spitzen Fingern unter großem Applaus hervorzog. Der bleichgesichtige Patrizier wirkte einen kurzen Moment überrascht, dann umspielte ein spöttischer Zug seine Lippen. Er zog einen spitzen Dolch hervor, bohrte das Ei an und saugte es gierig aus. Dabei erinnerte der Mann Johann an eine zischende schwarze Schlange.

Nach der Vorstellung, als Johann in seinem bunten Kostüm ein wenig abseits saß und einen heißen Gewürzwein gegen die Kälte trank, kam der Mann zu ihm. Hastig stellte Johann den Becher weg und verbeugte sich tief. Er hoffte, dass ihn der Patrizier nicht dafür bestrafte, dass er ihn vor all den anderen zum Narren gemacht hatte. Doch dieser lächelte nur milde. Er trug einen Spitzbart und buschige schwarze Augenbrauen, sein Gesicht war weiß, als hätte er es mit Kalk eingepinselt.

»Ein hübsches Kunststück, mein Junge«, sagte der Venezianer. Seine Stimme klang leise und heiser. Er sprach deutsch mit Johann, wobei sein Deutsch einen weichen exotischen Klang hatte, der Johann eigentümlich vertraut vorkam, wenn er auch nicht wusste, warum. »Woher wusstest du, dass ich Eier mag?«

Johann grinste. Offenbar war ihm der Mann freundlich

gesinnt. »Ihr vergesst, dass ich ein Zauberer bin«, erklärte er augenzwinkernd. »Außerdem mag jeder Eier, nicht wahr? Eier haben etwas zutiefst Symbolisches. Nicht umsonst spielen sie in vielen christlichen Bräuchen eine Rolle.«

»Da hast du wohl recht.« Der Mann lachte leise. Johann hatte das Gefühl, dass er ihn hinter den dunklen Augengläsern interessiert musterte. »In Eiern steckt das Leben in seiner reinsten Form, und wenn wir sie essen, essen wir auch das Leben. Wir saugen es förmlich in uns auf. Ein schöner Gedanke, wie ich finde.«

Der Patrizier lächelte schmal, und wieder glaubte Johann, eine alte Schlange vor sich zu sehen. »Für einen kleinen Gaukler weißt du einiges«, sagte der Mann schließlich. »Oder bist du etwa ein fahrender Scholast? Ein junger Klosterschüler, der seinem Abt entwischt ist?« Er musterte ihn spöttisch. »Oder vielleicht jemand anderem?«

»Ich … ich habe tatsächlich ein wenig studiert«, erwiderte Johann, der stolz darauf war, dass der Mann ihn für einen Studenten hielt. »Und ich spreche auch etwas Latein und Griechisch.«

»Tatsächlich?« Der Patrizier nestelte an seiner Brille, als würde er Johann nun besonders aufmerksam mustern. *»Quemadmodum omnium rerum, sic litterarum quoque intemperantia laboramus«*, sagte er schließlich.

»Non vitae sed scholae discimus«, gab Johann grinsend zurück, der verstanden hatte, dass der Mann ihn prüfen wollte. Es war ein bekanntes Zitat von Seneca, das er von Archibaldus erst kürzlich gehört hatte. *»Si tibi libet colloqui in hoc modo: Homo Deus est«*, fügte er noch hinzu.

Die letzten Worte waren ihm über die Lippen gekommen, ohne dass er weiter nachgedacht hatte. Johann erinnerte sich, dass Archibaldus ihm abgeraten hatte, sie offen auszusprechen. Tatsächlich schien der Patrizier sie zu kennen. Er stutzte und legte den Kopf schief. Plötzlich hatte Johann das

Gefühl, ganz genau beobachtet zu werden, wie eine Maus, die starr vor einer Schlange steht.

»Woher kennst du diesen Satz?«, fragte der Mann. »Der Mensch ist Gott. Weißt du nicht, dass solche Worte von der Kirche verboten sind?«

»Oh, ich … ich … ahnte ja nicht …«, stammelte Johann. Er verfluchte sich dafür, dass er den Mund nicht gehalten hatte. Nun wusste er immerhin, warum Archibaldus ihn gewarnt hatte: Anscheinend galt der Satz als Beweis für Ketzerei. Sicherlich gab es auch in Venedig strenge Inquisitoren, die jegliche Blasphemie verfolgten. »Ich … ich habe den Satz wohl irgendwo aufgeschnappt …«, versuchte er, sich herauszuwinden.

Der Mann lächelte kühl. »Ich werde dich schon nicht verraten. Aber dein Witz und deine Klugheit gefallen mir. Offenbar dürstet dich nach Bildung. Ist es so?«

Johann nickte stumm, erleichtert, dass das Gespräch nun eine andere Wendung nahm.

»Ich wohne in einem sehr alten Haus im Sestiere di San Marco«, fuhr der Patrizier fort. »Meine Familie besitzt eine der größten Bibliotheken Italiens. Möchtest du sie einmal sehen? Ich würde mich freuen, dich in meiner Casa begrüßen zu dürfen.«

»Das … das ist zu viel der Ehre.« Johann wurde rot. »Ich bin nur ein einfacher Spielmann, der …«

»Papperlapapp.« Der Mann winkte ab. »Ich sehe doch, dass mehr in dir steckt als Tricks mit Eiern.« Er schmunzelte. »Wenn du es auch schaffst, dein wahres Ich unter diesem lächerlichen Kostüm gut zu verbergen. Leider war es mir nicht vergönnt, selber einen wissbegierigen Sohn zu haben. Wenn es dir hilft, betrachte meinen Wunsch einfach als Befehl. Ich werde dir eine Nachricht zukommen lassen.«

»Eine Nachricht … Von wem?«

»Warte einfach auf einen Brief von Signore Barbarese.«

Kurz glaubte Johann, hinter den dunklen Brillengläsern des Mannes ein Funkeln zu sehen, die Zunge umspielte die schmalen Lippen, wie zuvor, als er das Ei ausgesogen hatte. »Du wirst meine Bibliothek mögen, ganz sicher. *Arrivederci.*«

Er stand auf und verschwand im Nebel zwischen den Arkaden wie ein großes, altes Reptil, das ins Wasser gleitet.

Nachdenklich lag Johann spätnachts in seinem Bett und dachte an den seltsamen Signore Barbarese und an die Einladung. Was bezweckte der Venezianer wohl damit? Johann kannte Geschichten von Männern, die sich hübsche Lustknaben hielten. War Barbarese ein solcher Freier? War das der Grund für die Einladung? Nicht erst seit Salome wusste Johann, dass er ein adretter, wohlgewachsener Jüngling war, und tatsächlich hatten ihm auch schon einige ältere Herren Blicke zugeworfen. Die Vorstellung, wie Barbareses lange, gichtige Finger über seine Haut fuhren, verursachte Johann Übelkeit.

Der Venezianer war ihm unheimlich, die seltsame Brille gab ihm etwas Verschlagenes, und seine schwarze Kleidung roch muffig, als stammte sie direkt aus einem Grab. Doch natürlich wusste Johann, dass er sich nicht verweigern konnte. Barbarese war Ratsmitglied der Signoria, des mächtigsten Gremiums der Stadt. Wenn Johann seinem Befehl nicht folgte, würde man ihn sicher verhaften und in irgendeine finstere Zelle stecken, wo er verrottete.

Den ganzen folgenden Tag war Johann nicht bei der Sache, in der Vormittagsvorstellung misslangen ihm die einfachsten Tricks, und Emilio musterte ihn stirnrunzelnd.

»Was hast du heute nur?«, fragte er ihn in einer ihrer Pausen. »Man könnte fast meinen, du hättest einen Kater, aber ich habe dich gestern gar nicht trinken gesehen.«

»Ich habe schlecht geschlafen«, brummte Johann. »Das ist alles.«

Er beschloss, den anderen vorläufig nichts von der Einladung zu erzählen. Diese Sache ging allein ihn und diesen Barbarese etwas an, er wollte keinen anderen hineinziehen und dadurch vielleicht gefährden.

So wartete er an diesem Tag und am folgenden, aber es kam kein Brief. Als auch am dritten Tag nichts von Barbarese zu hören war, beschloss Johann, dass keine Botschaft mehr kommen würde. Vielleicht hatte ihm der Patrizier nur einen Streich gespielt, oder es war ihm nicht wichtig genug und er hatte die Sache ganz einfach vergessen. Johann war erleichtert und wandte sich wieder den Aufführungen und Proben zu. Ansonsten stürzte er sich in das Studium mit Archibaldus, der aber fast am Ende seiner Weisheit war.

»Ich kann dich nichts mehr lehren, Junge«, sagte der Magister kopfschüttelnd. »Du sprichst besser Latein als ich, und mein Griechisch reicht gerade aus, ein paar schweinische Gedichte von Sappho zu zitieren.«

»Dann erzählt mir noch mehr über Arithmetik und Geometrie«, bat Johann.

»Also gut.« Archibaldus seufzte und zog einige Linien auf einem Blatt Papier. »Ich werde dir heute den Satz von Euklid erklären. Pass auf …«

Eine Stunde später brütete Johann in seiner Kammer im Wirtshaus über Formeln und Primzahlen. Archibaldus hatte ihn mit ein paar Aufgaben allein gelassen, und Johann war so vertieft in seine Studien, dass er das Klopfen zunächst nicht hörte. Erst als das Pochen stärker wurde, schreckte er auf.

»Ja?«, fragte er ungeduldig und schob seine Aufzeichnungen beiseite.

Es war einer der Laufburschen, die venezianische Patrizier gelegentlich als Briefboten einsetzten. Als der Junge den versiegelten Brief überreichte, wusste Johann sofort, von wem er kam. Ein brüllender Löwe prangte als Wappen darauf, darunter stand ein lateinischer Spruch, so wie ihn Adelsgeschlechter öfter verwendeten.

Aude sapere …

»Wage zu wissen«, flüsterte Johann. Er zerbrach das Siegel und las den Brief. Die Schrift war seltsam altertümlich und in dunkelroter Tinte, der Farbe von Blut. Darin bat ihn Signore Barbarese, sich um neun Uhr abends am Kai des Fondaco dei Tedeschi einzufinden. Was weiter geschehen sollte, darauf ging der Brief nicht ein.

Johann gab dem Jungen eine kleine Münze und schickte ihn fort. Dann packte er seine Studiersachen zusammen und hinterließ beim Wirt eine Nachricht für Salome, dass er nach Einbruch der Nacht noch ein paar Erledigungen machen müsse.

Weit vor der verabredeten Uhrzeit machte er sich auf den Weg hinüber zum Kontor. Anders als die reichen Leute, die so spät noch unterwegs waren, konnte Johann sich keinen bewaffneten Wächter leisten. Er musste sich allein auf seine Geschicklichkeit und sein Messer verlassen, das er stets mit sich führte. Draußen war es bereits stockdunkel und wie so oft neblig. Kein einziger Stern leuchtete am Himmel, der Mond war wolkenverhangen.

Johann hatte sich vom Wirt der »Flöte« eine Laterne erbeten, deren trübes Licht ihm den Weg durch die Gassen wies. Es war gefährlich, nachts durch Venedig zu gehen – nicht nur wegen der Wegelagerer, sondern auch, weil jeder falsche Schritt auf den rutschigen Steinen ins Wasser führen konnte. Oft endeten die Wege abrupt an einem Kanal, der sich schwarz und kalt vor einem auftat. Venedig war ein teuflisches Labyrinth, die Gassen hatten meist keine Namen, und so orientierte man sich am besten an den Kirchen und den sogenannten Campi, den alten Versammlungsplätzen, von denen jede der einstigen Inseln einen besaß.

In seine warme Gugel gehüllt, eilte Johann vorbei an den

Tavernen, wo hier und da noch Licht brannte. Als er die Wirtshäuser hinter sich gelassen hatte, wurden die Stimmen, die Musik und das Gelächter leiser und verstummten schließlich ganz. Nach einer Weile war nur noch das Gluckern des Wassers zu hören, das an die schleimigen Uferwände der Kanäle schlug.

Glücklicherweise war es nicht weit von der Herberge zum Kontor. Die Wächter kannten Johann bereits und ließen ihn nach einigen Erklärungen passieren. Er eilte durch den verlassenen Innenhof, vorbei an Kisten und Tuchballen, und betrat schließlich den Kai, wo am Tag zahlreiche Boote an- und ablegten und die deutschen Händler sich um die besten Plätze balgten. Nun war es hier totenstill wie auf einem Friedhof.

Eine einzelne schwarze Gondel dümpelte im Wasser nahe dem Kai, beleuchtet nur von einer goldenen Laterne vorne am Bug. Ein ebenso schwarz gewandeter Gondoliere, dessen Gesicht gegen die Kälte vermummt war und der zudem einen breiten Hut trug, stand hinten am Heck und winkte ihn herbei.

»*Dimmi è questa la gondola del Signore Barbarese?*«, fragte Johann in dem stockenden Italienisch, das er sich in den letzten Wochen selbst beigebracht hatte. Seine Stimme klang im Nebel seltsam dünn, so als würde sie sogleich von der Dunkelheit verschluckt.

Der Gondoliere nickte schweigend, und Johann stieg zu ihm in den Kahn. Es gab nur eine einzige Sitzbank in der Mitte, die mit rotem Samt bezogen war, ansonsten war alles mattschwarz, selbst das Ruder. Kaum hatte sich Johann niedergelassen, legten sie ab, und die Gondel glitt durch das ölige Wasser, vorbei an den vielen Palästen, von denen jetzt in der Nacht nur die Umrisse zu sehen waren, dunkle große Schemen, die den Himmel aussperrten.

Mittlerweile hatte es zu nieseln begonnen, eiskalte Tropfen rannen Johann übers Gesicht, während die Gondel fast lautlos durch die Nacht fuhr. Der Gondoliere sprach kein Wort, nur das Klatschen des Ruders war zu hören. Ein paarmal kamen ihnen andere Boote entgegen, die wie sie eine Laterne im Bug entzündet hatten. Im Nebel waren sie kleine helle Punkte, wie Sterne in einem Meer der Finsternis.

Ein paar Hundert Schritt vor dem Dogenpalast verließen sie den Canal Grande und bogen in einen kleinen Seitenarm, der zu einem prunkvollen dreistöckigen Gebäude führte. Es war mit Mosaiken und Fresken verziert, die seltsam altertümlich wirkten, so als stammten sie aus einer anderen Zeit, ehe das Christentum die Macht übernommen hatte. Nur ein einziges Fenster weit oben war erleuchtet. Auf Pfählen im Wasser prangte das Wappen des brüllenden Löwen, das Johann bereits kannte; ein steinerner Steg und ein Tor bildeten den Eingang in das Erdgeschoss. Die Gondel legte an, und noch immer sagte der Gondoliere kein Wort.

Johann erhob sich und stieg grußlos aus. Er eilte die paar schlüpfrigen Stufen nach oben und erreichte schließlich den Innenhof. Dort herrschte eine Stille, die Johann im Palast eines venezianischen Ratsmitglieds nicht erwartet hätte. Wo waren die Wachen, die Bediensteten? Vom Mauerwerk bröckelte Putz, die Fresken an den Wänden waren ausgebleicht, in den Ecken hingen Spinnweben, und Staub bedeckte den Steinboden. Hatte ihn der Gondoliere etwa in das falsche Haus gebracht? Oder war das hier eine Falle, von wem auch immer?

Johann wollte sich bereits wieder zurück zum Kai begeben, als er in einer Nische einen Diener in golddurchwirkter Livree bemerkte. Es war ein großer Mohr, und Johann musste unweigerlich an Mustafa denken, auch weil der Diener ebenso wie Mustafa nichts sagte. Er stand dort still und stumm wie eine Statue, dann hob er einen Kandelaber voll brennender weißer Wachskerzen und ging Johann voraus in die oberen Stockwerke. Eine breite Treppe mit ausgetretenen

Marmorstufen führte nach oben. Zögerlich schritt Johann vorbei an düsteren Porträts von Männern, die alle eine gewisse Ähnlichkeit mit Signore Barbarese hatten. Dazwischen hingen Bilder von Landschaften und Bibelszenen. Zu seinem größten Erstaunen bemerkte Johann, dass einige der Gemälde verkehrt herum aufgehängt waren, andere waren mit schwarzen Tüchern verhängt. Dieses Haus kam ihm immer seltsamer vor.

Signore Barbarese erwartete ihn im Gang des obersten Stockwerks. Wie bei ihrem letzten Treffen trug er ein schwarzes Wams, das ebenso wie die Einrichtung ein wenig altertümlich anmutete. Es hatte einen hohen Kragen und war an der Brust weit ausgeschnitten, die Beinlinge waren so eng, dass seine Gliedmaßen fast etwas Spinnenhaftes hatten. Auch die Brille trug er, obwohl im Inneren des Gebäudes düsteres Zwielicht herrschte. Als Johann sich dem Venezianer näherte, breitete dieser die Arme aus, ganz so, als wäre Johann ein lang vermisster Sohn.

»Wie schön, dass du es einrichten konntest zu kommen«, sagte Barbarese und gab dem Diener mit einer herrischen Geste den Befehl, sich zu entfernen. »Verzeih, wenn ich dich ein paar Tage habe warten lassen, aber es gab einiges, nun ja … zu tun. Doch jetzt bist du ja da.« Er wies in den Gang, der mit teuren Damastteppichen und weiteren Gemälden behängt war. Ein Kronleuchter mit flackernden Kerzen tauchte die Bilder in ein düsteres Licht. »So viele schöne Bildnisse!«, schwärmte Barbarese. »Gentile Bellini hat sie gemalt, ein guter Freund von mir. Kennst du seine Werke?«

Johann schüttelte den Kopf.

»Wie schade, er ist wirklich ein Meister seines Fachs. Wobei erst vor einiger Zeit ein gewisser Dürer hier in Venedig war, der hat mir auch gut gefallen. Er stammt wohl aus Nürnberg.« Barbarese seufzte. »Betrüblich nur, dass so wenige Menschen meine Gemälde bewundern können. Meine

Frau ist schon früh von mir gegangen, und es war uns nicht vergönnt, Kinder zu haben. Ja, ja ... ich fürchte, die lange Linie der Barbareses stirbt mit mir aus.« Er hob einen dünnen Finger, der im Zwielicht der Kerzen ein wenig zu lang wirkte, wie eine Klaue oder ein Fühler.

»Eine Linie übrigens, die sich auf die ersten Flüchtlinge zurückführen lässt, die sich vor fast tausend Jahren auf diese Inseln retteten. Auf die Insel Torcello, um genau zu sein, wo all die venezianische Pracht ihren Anfang nahm. Meine Ahnen stammten wohl aus Rom, wo wir Barbareses auch einige Senatoren stellten. Aber ich schweife ab.« Barbarese lächelte, und Johann fiel auf, wie blass der Signore war, so als würde kein Tropfen Blut in ihm fließen. Doch vermutlich war das nur das schlechte Licht im Gang. »Ich habe dir eine Bibliothek versprochen«, verkündete Barbarese. »Nun, hier ist sie.«

Schwungvoll öffnete er eine zweiflüglige Tür, und Johann blickte in einen hohen Raum, der bis zur Decke mit Büchern vollgestellt war. Es waren Hunderte, dazu kamen Pergamentrollen und einzelne Schriftstücke in Kladden. Johann blieb wie erstarrt stehen. Nicht einmal in der Maulbronner Klosterbibliothek hatte er so viele Bücher auf einmal gesehen!

Als Barbarese Johanns Staunen bemerkte, lachte er leise. »Wusste ich doch, dass dir die Bibliothek gefallen wird. Ehrlich gesagt, habe ich nur einen Bruchteil dieser Werke selbst gelesen. Meine Augen werden leider immer schlechter, daran ändern auch die Augengläser nichts. Unter den Pergamentrollen befinden sich wohl auch einige Dokumente, die den großen Brand in Alexandria überstanden haben, andere Bücher sind Abschriften griechischer Gelehrter, selbst einige arabische Übersetzungen gibt es. Bücher waren die Leidenschaft meiner Familie, schon immer. Und dieser neuartige Buchdruck ist wirklich erstaunlich. Er macht die Werke schnell verfügbar und billig.« Mit einer weit ausholenden Bewegung deutete er auf die Regale. »Fühl dich ganz wie zu Hause, Junge.«

»Das … das heißt, ich darf all diese Bücher lesen?«, fragte Johann verblüfft.

Barbarese lachte erneut, ein zischendes Geräusch wie von einer Natter. »Das wird dir wohl kaum gelingen. Aber du kannst hier gerne dein Wissen vertiefen und dir auch einige Werke ausleihen. Ich freue mich, wenn wir uns über gewisse Inhalte, nun ja … austauschen können.«

Johann nickte, noch immer wie in Trance. Dann ging er vorsichtig auf die Regale zu. Die Bücher waren in altes Leder gebunden, das an vielen Stellen schon Risse zeigte. Dazwischen lagen Pergamentrollen und Stapel von zerfledderten Dokumenten, die meisten davon in handgeschriebenem Latein. Zaghaft begann Johann, einige der Bücher aus den Regalen zu ziehen. Er hielt einen dicken Wälzer mit dem Titel »Opus Maius« in den Händen, verfasst von einem gewissen Roger Bacon. Nachdem er ein wenig darin geblättert hatte, griff er zum nächsten Werk. Es war die »Poetik« von Aristoteles, von der ihm Pater Antonius und Pater Bernhard schon viel erzählt hatten.

»Es gibt einen Tisch hier und einen Stuhl und auch Tinte und Feder, wenn du dir Aufzeichnungen machen möchtest«, sagte Barbarese. »Drüben in der Ecke sind Wein, Käse und Brot, falls du Hunger haben solltest. Ich werde dich jetzt eine Weile allein lassen. Danach können wir gerne noch ein wenig debattieren. Gegen Morgengrauen wird dich mein Gondoliere dann wieder zum Fondaco zurückbringen. In Ordnung?«

Geistesabwesend nickte Johann. In Gedanken war er bereits bei den vielen Büchern um ihn herum. Er setzte sich an den Tisch und begann zu lesen.

»Ich wünsche dir viel Vergnügen bei der Lektüre«, sagte Signore Barbarese.

Dann schloss er leise die Tür und ließ Johann mit den Büchern allein.

Am Anfang kam es Johann vor, als säße er an einem Tisch mit so vielen delikaten üppigen Speisen, dass er gar nicht wusste, wovon er zuerst probieren sollte. Er blätterte durch knisternde Pergamentseiten, fuhr zaghaft mit dem Finger über Einbände, bewunderte die farbigen Lettern und entzifferte lateinische und griechische Titel, nur um sie zurück ins Regal zu stellen und hastig ein anderes Werk hervorzuholen. Manche der Bücher waren groß und schwer wie Pflastersteine, andere wiederum klein und handlich, die Seiten aus feinstem Kalbsleder geschnitten. Etliche von ihnen waren noch mit der Hand geschrieben, Abschriften von Mönchen, die schon lange nicht mehr lebten. Bunte Zeichnungen befanden sich darin, die verschnörkelten Anfangsbuchstaben der Kapitel bildeten eigene kleine Kunstwerke. Wenn Johann die Bücher aufklappte, entstiegen ihnen Gerüche von uraltem Staub, Leim und Beize.

Mit der Zeit ließ seine Hast nach, und er vertiefte sich in Aufzeichnungen über die Gezeiten der Meere, über die Verwendung von optischen Linsen oder die Darstellung von geöffneten menschlichen Körpern. In einem Fall war sogar ein Embryo im Leib der Mutter zu sehen. Wenn er etwas besonders Interessantes fand, machte er sich Aufzeichnungen. Einige der Bücher besaßen dicke Vorhängeschlösser, und Johann fragte sich, was wohl so Verbotenes darin stand, dass nicht jedermann sie einsehen durfte. Sie trugen Titel wie »Dialectica« oder »Periphyseon«. Andere widmeten sich dem jüdischen Kabbalismus oder den Katharern, einer christlichen Sekte, deren Vermächtnis den Titel »Liber de duobus principiis«, Buch der zwei Prinzipien, trug. Ja selbst ein verschlossenes Buch von Albertus Magnus gab es, für den Pater Antonius in Maulbronn so geschwärmt hatte. Es hieß »De secretis mulierum« und beschäftigte sich ganz offensichtlich mit weiblichen Geheimnissen.

Wie versprochen kam Signore Barbarese nach einigen Stunden zurück. Wein und Essen hatte Johann nicht angerührt, so vertieft war er in die Bücher gewesen. Sie sprachen ein wenig über das eine oder andere Werk, Barbarese stellte ihm Fragen oder gab Hinweise, die Johann zum Nachdenken anregten.

Gegen Morgengrauen brachte die schwarze Gondel Johann zurück ins Kontor, wo er noch ein, zwei Stunden schlief, bevor ihn Salome wach rüttelte.

»Wo bist du gewesen?«, fragte sie schmollend. »Dein Bett war leer, und ich habe gefroren in der Nacht.«

Johann rieb sich die Augen. Trotz des wenigen Schlafes fühlte er sich seltsam frisch und ausgeruht. »Du hast deine Geheimnisse, und ich habe eben meine.« Er legte den Finger an ihre Lippen. »So war es doch vereinbart, nicht wahr? Ich bin nicht dein Besitz. Das waren deine Worte.«

Salome sah ihn eine Weile nachdenklich an, schließlich lächelte sie. »Mal sehen, was das Flittchen von dir übrig gelassen hat«, sagte sie und griff ihm zwischen die Beine.

Sie liebten sich kurz und heftig, und Johann fand Gefallen an dem Gedanken, dass Salome glaubte, er habe eine Geliebte.

Nicht eine, sondern Hunderte, dachte er, während sie auf ihm ritt. *Jedes dieser Bücher ist wie eine Jungfrau, die es zu entdecken gilt.*

* * *

In den kommenden Nächten wartete nun stets die Gondel auf ihn. Er fuhr zu Signore Barbareses Haus, wo ihn der Hausherr höflich begrüßte und in die Bibliothek führte. Immer war er altertümlich gekleidet, nie nahm er seine Brille ab. Nach einigen Stunden einsamer Lektüre führten sie ein längeres Gespräch, bei dem Johann mehr lernte als bei Archibaldus in einem Monat. Oft ging es dabei um den Menschen und um seine Stellung zu Gott und Kirche.

»Die sogenannte Scholastik, wie die Kirche sie lehrt, geht von unveränderlichen Tatsachen aus, von unumstößlichen Wahrheiten, die nicht infrage gestellt werden dürfen«, erklärte Barbarese. »Alles steht bereits in den alten Schriften, möglich ist allenfalls eine Interpretation der Worte Gottes. Wer daran rührt, ist ein Ketzer. Dabei können wir Menschen die Natur selber beobachten und daraus unsere eigenen Schlüsse ziehen. Wir selbst können uns die Welt erklären, sie auseinanderschrauben und zerpflücken, um zu sehen, was sie im Innersten zusammenhält. Viele Gelehrte gehen mittlerweile diesen Weg und kehren der Kirche den Rücken. Die Zeiten ändern sich, Johann! Ich besitze Aufzeichnungen eines gewissen Leonardo da Vinci. Ein kluger Mann, der sich mit Geometrie, Statik, der menschlichen Anatomie und vielen anderen Dingen beschäftigt. Sein Genius gleicht dem eines Schöpfers, eines Gottes.«

»Der Mensch kann nicht Gott sein«, erwiderte Johann. »Hinter alldem, auch hinter uns, muss doch etwas stehen. Irgendeine Macht, eben ein Gott. Was wäre das für eine Welt, die nur auf Zufall, auf Chaos beruhte?«

Barbarese schmunzelte. »Nun, es wäre eine zutiefst menschliche, nicht wahr?«

Tagsüber war Johann jetzt oft unausgeschlafen, zumal ihn Salome mehr forderte als je zuvor. Fast kam es ihm vor, als wäre sie eifersüchtig auf seine eingebildete neue Geliebte, sie begehrte und benutzte ihn mit einer Leidenschaft, die Johann vollkommen leer und verbraucht zurückließ. Bei den Vorführungen war er oft fahrig, auch kam sein Jähzorn zurück, vor allem weil die Truppe im Alltagstrott oft bei den Vorführungen patzte. Der viele Wein und das gute Essen forderten ihren Tribut. Auch er selbst machte Fehler, die ihm vor einigen Wochen noch nicht unterlaufen wären.

»Du siehst aus wie der leibhaftige Tod«, sagte Emilio, als Johann bei einer Vorstellung um Haaresbreite Salome mit dem Messer getroffen hätte. »Hast du Fieber? Brauchst du Ruhe?«

Johann schüttelte grimmig den Kopf. »Kümmere dich um deine eigenen Angelegenheiten«, knurrte er. »Und wirf mir die Bälle das nächste Mal besser zu. Sonst suche ich mir einen anderen Jongleur.«

Emilio starrte ihn missmutig an, und Johann tat seine Äußerung leid. Er schlief wohl zu wenig, das machte ihn reizbar, sein Verstand hingegen war hellwach wie noch nie. Auch tagsüber ließen ihn Barbareses Bücher nicht in Ruhe. Selbst wenn er im Kontor oder in seiner Kammer war, ja sogar bei den Liebesspielen mit Salome musste er daran denken. Den Unterricht mit Archibaldus hatte er mittlerweile eingestellt, um wenigstens ein bisschen zur Ruhe zu kommen. Archibaldus war das nicht unrecht, glaubte er doch, Johann ohnehin nichts mehr beibringen zu können. Trotzdem schien er verunsichert.

»Irgendetwas ist mit dir, Junge, ich sehe es dir doch an«, sagte er mit sorgenvoller Miene.

»Was soll schon sein?« Johann zuckte mit den Schultern. »Ich werde eben erwachsen und mache mir meine eigenen Gedanken.«

»Einen venezianischen Dukaten, wenn ich wüsste, was diese Gedanken sind«, murmelte Archibaldus.

Johann nahm sich jetzt immer öfter Bücher aus Barbareses Bibliothek mit in die Herberge, um sie dort weiterzustudieren. Dabei achtete er stets darauf, sie unter dem Bett zu verstecken. Salome, aber auch die anderen, sollten sie nicht sehen. Er hatte keine Lust, sich für seine Zerstreutheit zu rechtfertigen. Die Bücher waren sein Geheimnis, sein Schatz, sein Hort, den es wie ein Drache zu hüten galt.

So vergingen die Wochen, und Johann wurde immer einsilbiger und grimmiger. Das Weihnachtsfest verbrachte er allein mit den Büchern in seiner Kammer, Salome erzählte er, er läge mit Fieber zu Bett. Bei den Proben fuhr er die anderen an. Wenn etwas nicht auf Anhieb klappte, explodierte er förmlich. Nur in den nächtlichen Gesprächen mit Barbarese blühte er auf. Noch immer diskutierten sie über Gott und den Menschen, aber auch über Erfindungen und die neuesten menschlichen Errungenschaften. Nur über die Bücher mit den Vorhängeschlössern sprachen sie nie.

Es ging bereits auf Februar zu, als Johann sich ein Herz fasste und Barbarese auf diese merkwürdigen Bände ansprach. Der Signore lächelte, als hätte er schon länger auf diese Frage gewartet.

»Diese Bücher enthalten ein Wissen, das nicht für jedermann gedacht ist«, sagte er nach einigem Zögern. »Es könnte sein, dass so mancher Leser damit, nun ja ... überfordert ist.«

»Warum?«, fragte Johann.

»Weil sie die Welt, wie wir sie kennen, infrage stellen, ja mehr noch, in ihren Grundfesten erschüttern. Unser ganzes Weltbild ist darauf ausgerichtet, dass Gott lenkt. Was aber ...«, Barbarese machte eine Pause, »was aber, wenn es diesen Gott gar nicht gibt? Wenn der Mensch sein eigener Herr ist? Wenn er alles selbst in die Hand nehmen könnte? Sogar Leben und Tod! Er wäre endlich seines eigenen Glückes Schmied.«

»Das wäre Ketzerei«, sagte Johann.

Die Vorstellung, dass es keinen Gott gab, war ungeheuerlich. Allein wenn Johann daran dachte, tat sich unter ihm ein schwarzes Loch auf. Alles, was er kannte und liebte, die ganze Welt um ihn herum, war darauf gebaut, dass Gott existierte. Gott war der Anfang und das Ende, er ließ die Bäume und Blumen blühen, er sorgte für eine gute Ernte, fruchtbaren Regen und milde Winter. Und er holte die Menschen zu sich in sein Reich, wann immer es ihm gefiel. Eine Welt ohne Gott erschien Johann schlicht nicht möglich.

»Nun, jetzt weißt du immerhin, warum diese Bücher verschlossen sind«, entgegnete Barbarese. »Manche Bücher können die Schwachen töten, aber sie können den Starken auch neue Welten eröffnen.«

»Ich möchte diese Bücher lesen«, beharrte Johann.

Barbarese wiegte den Kopf. »Bist du wirklich sicher?« Er lachte auf. »Ach, was soll's! Du setzt ohnehin deinen Kopf durch. Also meinetwegen. Wirst mich schon nicht bei der Kirche verpfeifen.« Er zog einen großen Schlüsselbund hervor und ging hinüber zu den Regalen. »Ich denke, wir fangen mit Leonardo da Vincis Aufzeichnungen an. Ich traf ihn vor einigen Jahren in Mailand. Er hatte Tausende von Blättern mit Notizen und Zeichnungen beschrieben. Als ich ihn bat, mir welche davon zu überlassen, hat er nicht mal von der Arbeit aufgesehen. Er ist ein Genie! Ein Maler und Erfinder, der bei seinen Gemälden die gegenwärtige Natur im Auge hat und nicht nur die gute alte Zeit kopiert, wie es die Kirche so gerne hätte.« Der Signore schmunzelte. »Die Aufzeichnungen sind ein wenig chaotisch, aber sie vermitteln einen guten Eindruck, wozu der Mensch in der Lage ist. Ich habe sie binden lassen und als Einband eine Zeichnung des Künstlers gewählt.« Mit einem der Schlüssel öffnete Barbarese ein Buch, das in schwarzes Leder gebunden war. Auf der Vorderseite prangte ein nackter Mann, der mit ausgestreckten Gliedmaßen zugleich in einem Kreis wie auch in einem Quadrat stand.

Barbarese reichte Johann das Buch mit einer fast andächtigen Geste. »Lies es und sag mir dann, was du davon hältst. Du musst mir nur versprechen, dass du es nicht mit in deine Herberge mitnimmst. Dafür sind die Aufzeichnungen zu gefährlich.«

Johann versprach es, und Barbarese ließ ihn in der Bibliothek allein. Das Buch war wie ein Schwall kalten Wassers ins Gesicht. Noch nie hatte Johann etwas Derartiges gesehen. Am faszinierendsten waren die vielen Bilder. In gestochener Schärfe präsentierten sie Kriegsmaschinen und mit Schaufelrädern betriebene Boote sowie Flugapparate und Anzüge, mit denen es möglich sein sollte, unter Wasser zu atmen. Aufgeschnittene Leiber zeigten das Leben so deutlich, als wären all die Sehnen, Knochen und Organe Teile eines großen Uhrwerks. Die Notizen waren nur schwer lesbar, auch weil etliches spiegelverkehrt geschrieben war, wie in einer Art Geheimschrift. Trotzdem saugte Johann wie ein trockener Schwamm vieles davon auf.

Als Barbarese ihn nach einigen Stunden wieder besuchte, war er noch immer ganz verzaubert.

»Freut mich, dass es dir gefällt!«, sagte Barbarese. »Ich wusste, dass du reif dafür bist.«

»In dem Buch ist viel von Maschinen die Rede«, sagte Johann. »Aber es sind auch anatomische Skizzen darunter, so als wäre der Mensch selbst eine Apparatur, die man reparieren kann. An einer Stelle schreibt Leonardo da Vinci, dass der Mensch vielleicht einmal in der Lage sein wird, über Leben und Tod selbst zu bestimmen. Wäre so etwas wirklich möglich?«

Er dachte an Margarethe und den kleinen Martin und auch an seine Mutter, die an einer Krankheit gestorben war, für deren Heilung Pater Antonius ihm stinkenden Schimmel gegeben hatte. Er dachte an die vielen Pesttoten, für deren Krankheit man Ausdünstungen aus der Erde oder irgendeine Ursünde verantwortlich machte. So viele Vermutungen, so viel verstaubter Glauben ohne Versuche und Beweise. Was konnte mit diesen Notizen alles erreicht werden, wenn sie nur richtig weitergedacht wurden!

Barbarese blickte ihn hinter seinen Augengläsern lange und bedächtig an. »Den Tod zu besiegen ist die Krone menschlichen Schaffens«, erwiderte er schließlich. »Wenn es gelingt, dann nur nach vielen Jahren, ja Jahrzehnten harten Studiums. Aber doch, ich denke, es ist möglich.«

»Ich möchte es lernen.«

Barbarese lachte leise. »Eins nach dem anderen, junger Adept. Eins nach dem anderen.«

In den nächsten Wochen studierte Johann die Notizen Leonardo da Vincis, aber auch andere Bücher wie Roger Bacons »Opus Maius«, in dem sich der Autor gegen die herkömmliche Scholastik wandte. Johann las, dass es allein der Respekt vor den Autoritäten und die Abhängigkeit von der Meinung der Menge seien, die uns hemmten, weiterzudenken. In seiner »Epistola de secretis operibus artis et naturae« prophezeite Bacon, dass es irgendwann Apparaturen geben würde, mit denen der Mensch fliegen könne wie ein Vogel. Alles war möglich!

Die verschlossenen Werke waren Bücher, in denen es um Wissenschaften und Maschinen ging, aber auch um verbotene Philosophie und Magie. Immer öfter legte ihm Barbarese nun Bände heraus, die sich nicht nur mit Forschung, sondern auch mit Zauberei beschäftigten – sowohl mit weißer wie auch mit schwarzer Magie. Aber es war kein alberner Hokuspokus, wie Johann ihn anfangs mit Tonio del Moravia betrieben hatte, sondern eine geheime esoterische Wissenschaft, die Fragen stellte, wie sie bislang keiner gestellt hatte. In dieser Welt gab es keine Grenzen, keine Verbote.

»Wenn wir das Universum als Ganzes verstehen wollen, dürfen wir keine Tür verschlossen lassen«, erklärte der Signore. »Es darf keine Tabus geben, nur so erlangt der Mensch göttliche Weisheit. *Homo Deus est.*«

Zum ersten Mal glaubte Johann zu verstehen, was mit diesem Satz wirklich gemeint war.

* * *

In dieser Nacht, während Johann noch über Leonardo da Vincis und Roger Bacons Werke nachsann und eigene kleine Skizzen anfertigte, begab sich Signore Barbarese in eine geheime Kammer im obersten Stockwerk seines Hauses. Eine steile Leiter führte hinauf ins Dachgeschoss, wo eine gut versteckte Tapetentür direkt in Barbareses Reich führte: ein winziges Zimmer, vollgestellt mit Büchern, so erschreckend und weltverändernd, dass der Signore es nicht wagte, sie in der unteren Bibliothek zu verwahren.

In der Ecke des Raums stand ein mannshoher Schrank, in dem einige Perücken, Bärte und Kostüme hingen, wie im Reiseschrank eines Gauklers und Komödianten.

Daneben baumelte vom Dachbalken ein Käfig mit zwei Krähen und einem Raben.

»Ich denke, er ist jetzt reif«, sagte der Meister. Er setzte sich an einen kleinen Tisch, über dem ein in einem silbernen Rahmen gefasster venezianischer Spiegel hing, nahm Brille und Perücke ab und wischte sich den Ruß von den Brauen. »Was meint ihr, Baphomet, Asasel, Belial …?«

Die Vögel kreischten, krächzten und flatterten. Mit einer Handbewegung brachte der Meister sie zur Ruhe. Vorsichtig löste er den Bart von den Lippen und betrachtete im Spiegel sein bleiches Antlitz. Er war schon immer gut darin gewesen, sich zu verkleiden, von Anfang an.

»Du kannst sie nicht zwingen«, sagte er, während er die weiße Schminke abtupfte. »Niemals. Das ist Gesetz. Sie müssen freiwillig zu dir kommen. Das ist immer so gewesen. Manchmal dauert es nur eben ein wenig länger.«

Summend holte er ein Blatt Papier unter dem Tisch hervor und schrieb mit Tinte und Feder einen längeren Brief. Als er fertig war, faltete und rollte er ihn, bis er so klein wie ein Kinderfinger war und versiegelte ihn mit blutrotem Wachs. Dann öffnete der Meister den Käfig und holte mit geübtem Griff den Raben hervor. Zuerst wollte das Tier nach ihm hacken, doch dann flatterte es nur ängstlich mit den Flügeln.

»Kraaaaat!«, schrie der Rabe, ein beinahe wimmernder, kindlicher Laut. »Kraaaat! Kraaaat!«

»Gut so, Baphomet«, sagte der Meister. »Denk immer an deine Belohnung. Nur wer mir gehorcht, erfährt auch Erlösung.«

An der rechten Klaue des Raben befand sich ein Ring, durch den der Meister jetzt das Papierröhrchen steckte. Er prüfte ein letztes Mal dessen Halt, dann nickte er zufrieden und ging mit dem Raben hinüber zum Fenster.

Weit öffnete der Meister die Fensterläden. Der Mond leuchtete fahl in das kleine Zimmer und beleuchtete ein kalkbleiches, ausdrucksloses Antlitz, an dessen Brauen noch ein wenig Schminke klebte.

»Sag ihnen, dass er bereit ist«, sagte der Meister. »Die Ankunft ist nahe.«

Wie einen schwarzen Schneeball warf er den Raben hinaus in die Nacht, der weit seine Flügel öffnete und krächzend in Richtung Norden flog, auf die Berge zu.

12

Johann zog sich nun immer mehr zurück und war für die anderen fast nicht mehr zu sprechen. Nur für die Vorstellungen verließ er noch seine Kammer. Doch anders, als er Signore Barbarese versprochen hatte, nahm er einige der verbotenen Bücher mit nach Hause, darunter auch etliche der Zauberbücher. Es war leichter gewesen als gedacht, denn Barbarese hatte sie unverschlossen auf dem Tisch in der Bibliothek gelassen, Johann musste sie einfach nur unter den anderen Büchern verstecken. Fast schien es ihm, als hätte Barbarese gewollt, dass er die Werke mitnahm.

So vergingen der Januar und der Februar, und mit dem März kamen viele der Singvögel zurück in die Stadt. Überall zwitscherte es, die Menschen trugen keine langen, warmen Mäntel mehr, der Frühling zauberte ein Lachen auf die Gesichter, und auch der Nebel zog sich endlich zurück. Als die Tage wieder wärmer wurden, fragten die anderen Gaukler, wie lange sie noch in Venedig bleiben wollten. Doch Johann wich solchen Gesprächen immer wieder aus. Er wollte diese Stadt nicht verlassen, vor allem nicht Barbareses Bibliothek, die ihm jeden Tag aufs Neue die Augen öffnete. An Margarethe, an die Mutter und den kleinen Martin hatte er schon lange nicht mehr gedacht; seine dunklen Erinnerungen verwahrte er tief in seinem Innersten.

Es war an einem Nachmittag Mitte März, als Johann so vertieft in die Bücher war, dass er das Klopfen an der Tür nicht hörte. Als er aufschreckte, war es bereits zu spät. Archibaldus hatte die Kammer betreten.

»Ich wollte nach dir sehen, Junge«, brummte er. »Die anderen machen sich Sorgen und …«

Er stockte, als er die Bücher auf dem Bett sah. »Wo hast du die her?«

»Das geht Euch nichts an«, blaffte Johann und raffte die Bücher zusammen. Er schob sie unter das Bett, doch offenbar war es Archibaldus noch gelungen, einen der Titel zu entziffern.

»Das ›Schwurbuch des Honorius‹?« Archibaldus' Gesicht wurde kreideweiß. »Wer hat dir dieses Buch gegeben?«

»Ich sagte bereits, das geht Euch nichts an!«, schrie Johann, fast wie im Fieber.

»Junge, du weißt nicht, was du da tust.« Archibaldus hob besänftigend die Hand. »Wer auch immer dir das Buch gegeben hat, er rührt an Dinge, die zu gefährlich sind für einen jungen Studenten, mag er auch noch so begabt sein.«

»Vielleicht zu gefährlich für einen alten Säufer«, spottete Johann. »Aber nicht für mich. Und jetzt verlasst bitte meine Kammer. Ich will lernen.«

Archibaldus sah ihn ernst an. »Ich wusste von Anfang an, dass etwas Düsteres in dir steckt, Johann«, sagte er schließlich. »Eine Zeit lang hatte es sich verkrochen, doch nun scheint es zurückzukommen. Lass es nicht ausbrechen, ich bitte dich! Es würde dich vernichten, dich und vielleicht auch alle, die du liebst. Du bist klug und wissbegierig, aus dir könnte etwas Großes werden – aber auch etwas sehr Gefährliches.« Er zögerte. »Ich mache dir einen Vorschlag. Du hast gesagt, es sei dein größter Traum, an der Heidelberger Universität zu studieren. Ich werde dafür sorgen, dass dieser Traum in Erfüllung geht.«

Johann blinzelte irritiert. »Wie wollt Ihr das denn anstellen?«

»Ich habe noch immer ein wenig Einfluss. Und ich kenne die richtigen Leute. Was hältst du davon: Du lässt die Finger von diesen Büchern, dafür bringe ich dich an der Heidelberger Universität unter.« Archibaldus streckte die Hand aus. »Einverstanden?«

»Ich … ich werde darüber nachdenken«, erwiderte Johann hastig und schlug die Hand aus. »Aber jetzt möchte ich Euch bitten zu gehen.«

»Gott beschütze dich«, sagte Archibaldus. »Ich fürchte, etwas sehr Böses streckt eben seine Fühler nach dir aus.« Mit diesen Worten ließ er Johann allein.

* * *

Nur ein einziges Mal wachte Johann kurz aus seinem Rausch auf.

Es war schon Ende März, als Rieverschmitt im Kontor aufgeregt auf ihn zugeeilt kam.

»Wir brauchen euch heute Abend für eine größere Vorstellung. Ein paar deutsche Händler sind trotz des langen Winters nach Venedig gereist. Ihre Waren sind um diese Jahreszeit, da nur wenig über die noch verschneiten Pässe kommt, heiß begehrt. Die Venezianer wollen ihnen ordentlich um den Bart gehen, also lasst euch was einfallen.«

Johann nickte abwesend. Eigentlich war er mit den Gedanken ganz woanders, Barbareses Bücher ließen ihn kaum noch schlafen. Doch er wusste auch, dass er Rieverschmitt nicht enttäuschen durfte, wollte er seinen Aufenthalt in Venedig nicht gefährden. So viele Werke gab es noch zu lesen! Wehmütig dachte er daran, dass er Barbarese heute Nacht keinen Besuch abstatten könnte.

»Ihr könnt Euch wie immer auf Johann Faustus' fabulöse Gauklertruppe verlassen«, sagte er und rang sich ein Lächeln ab.

Schon vor einigen Wochen hatte Johann ein paar venezianische Gaukler unter Vertrag genommen, die er für größere Auftritte hinzubuchte. Ein angenehmer Nebeneffekt war, dass er Emilio damit unter Druck setzte; der junge Jongleur hatte es sich in den letzten Monaten, wie Johann fand, ein wenig zu behaglich eingerichtet und das Üben vernachlässigt. Außerdem lag er ihm in den Ohren, wann sie Venedig denn endlich verlassen würden. Doch bislang hatte Johann ihn noch immer überzeugt.

Obwohl er kaum noch schlief, hatte Johann die Truppe gut im Griff und bei Rieverschmitt sogar einen höheren Lohn ausgehandelt. Die Gaukler waren mittlerweile ein fester Bestandteil des Kontors geworden. Wenn sie wollten, könnten sie das ganze Jahr über bleiben, vielleicht sogar für immer, wie Johann insgeheim hoffte. Die Nächte verbrachte er weiterhin bei Signore Barbarese, wobei er allerdings am Abend zuvor das Gefühl gehabt hatte, dass ihm jemand dorthin gefolgt war. Es war eine einzelne Gondel gewesen, die ihnen in weitem Abstand hinterherfuhr. Im abendlichen Nebel war sie jedoch nicht genau zu erkennen gewesen.

Gegen Sonnenuntergang trafen die deutschen Händler im Kontor ein. Es waren mehr als ein Dutzend, ihre schwer beladenen Boote hingen tief im Wasser. Der Handelstross hatte etliche Treiber und auch einige Landsknechte dabei, die ihnen geholfen hatten, die Ladung sicher über die Alpen zu bringen. Als die Diener nun die Kisten und Ballen ins Kontor schleppten, sah Johann feinstes Augsburger Tuch, aber auch Bernstein, Felle und Truhen mit Silber. Kein Zweifel, die riskante Reise der Kaufleute hatte sich gelohnt, sie würden für ihre Waren einen hervorragenden Preis erzielen.

Die Gauklertruppe empfing die Händler schon an der Mole mit Musik und Ballspielen. Im Innenhof bogen sich die Tafeln unter der Last der Speisen. Die drei venezianischen Spielleute, die Johann hinzugebeten hatte, schlugen die Trommel und zupften die Laute, während Salome sich verführerisch im Kreis drehte.

Ihre anschließende Vorstellung war ein voller Erfolg. Deutsche und Venezianer applaudierten und warfen ihnen Münzen zu, so mancher lag betrunken unter dem Tisch oder übergab sich in einer stillen Ecke. Auch Archibaldus schnarchte laut nach etlichen Krügen, den Kopf auf der Tischplatte, den zerzausten Bart in einer Lache Rotwein. Schon lange setzte ihn Johann nicht mehr bei ihren Aufführungen ein. Seit ihrem Streit in der Herberge war er dem Alten ausgewichen und hatte so wenig wie möglich mit ihm gesprochen. Aber er stellte fest, dass ihn Archibaldus argwöhnisch beobachtete, wenn er dafür nicht gerade mal wieder zu betrunken war.

Vor der Vorstellung und dem gemeinsamen Besäufnis hatten die deutschen Händler noch ihre Abschlüsse gemacht und ein Vermögen verdient. Auch Rieverschmitts Gesicht leuchtete rot von Alkohol und Begeisterung. Sichtlich angetrunken winkte er zu später Stunde Johann herbei.

»Hast du nicht einmal gesagt, dass du aus dem Kraichgau stammst?«, erkundigte er sich mit lallender Stimme. »Aus Knittlingen?«

Johann nickte. »Warum fragt Ihr?«

Rieverschmitt grinste breit und wies auf einen ebenso betrunkenen Kaufmann an seiner Seite, der Mühe hatte, gerade am Tisch zu sitzen. »Nun, dieser Herr hier kommt aus der Nachbarstadt, aus Bretten. Vielleicht kennst du ihn ja. Er heißt Klaus Reuter.«

Johann zuckte zusammen. Im weit entfernten Venedig jemanden aus seiner Heimat zu treffen, erfüllte ihn mit Wehmut. Gleichzeitig hatte er Angst, der Mann könnte ihn kennen. In den letzten Wochen hatte er sich bei Rieverschmitt einen gewissen Ruf erworben. Der deutsche Handelsvertreter schätzte ihn weitaus älter, als er war; außerdem hatte Johann ihm erzählt, er wäre der dritte Sohn einer vermögenden Tuchmacherfamilie. Nervös musterte Johann den betrunkenen Händler, aber er hatte den beleibten Mann mit den hängenden Backen und den tief im teigigen Gesicht liegenden Schweinsäuglein noch nie gesehen. Allerdings wusste er, dass die Reuters eine angesehene Brettener Kaufmannsfamilie waren, die auch mit dem Kloster Maulbronn und Knittlingen Geschäfte machten und in Bretten den Bürgermeister stellten. Kannte dieser Kerl etwa seinen Vater?

Johann setzte ein verkrampftes Lächeln auf. »Wie schön, in der Fremde jemanden von zu Hause zu sehen. Steht im Kraichgau alles zum Besten?«

Der Mann rülpste laut. »Nun, die Schwaben setzen uns Pfälzern immer mehr zu«, sagte er im breitesten Kraichgauer Dialekt. »Württemberg ist erst letztes Jahr vom König zum Herzogtum erhoben worden und kann vor Kraft kaum noch laufen. Das Volk spricht schon von Krieg.«

»Und in Knittlingen?«, fragte Johann zaghaft nach. Sein Herz klopfte schneller. War es vielleicht möglich, dass Klaus Reuter auch Margarethe kannte? Schließlich war ihr Vater dort der Pflegverwalter. »Wie stehen dort die Geschäfte?«

Reuter zuckte die Achseln. »Bin im ›Löwen‹ abgestiegen am ersten Tag unserer Reise. Das war im Herbst. Der Wein ist dieses Jahr reichlich sauer.« Er grinste breit und nahm einen tiefen Schluck aus einem Pokal, dessen blaues venezianisches Glas im Licht der Fackeln funkelte. »Nicht zu vergleichen mit dem vorzüglichen Rebensaft hier.«

Johann räusperte sich und setzte zu einem weiteren Versuch an. »Ich kannte den Pflegverwalter dort ein wenig. Mein Vater und er sind miteinander, äh … geschäftlich verbunden. Ihr wisst nicht zufällig, ob es ihm gut geht?«

»Der Knittlinger Pflegverwalter?« Reuter lachte. »Nun, dessen Geschäfte stehen nicht zum Besten. Er wollte seine Tochter mit einem Brettener Kaufmannssohn vermählen und hoffte auf eine gute Partie. Mit dem jungen Schmeltzle, wahrlich nicht der Schönste, aber die Familie hat Geld. Tja, was soll ich sagen? Die Kleine ist wohl irre geworden.«

»Ta…tatsächlich?« Johann hatte Mühe, das Zittern in seiner Stimme zu unterdrücken. »Wie das?«

»Keine Ahnung.« Reuter wischte sich die Weintropfen von den wulstigen Lippen. »Das ist nun fast zwei Jahre her. Sie sprach kein Wort mehr, ein kalter Fisch im Bett.« Er stieß erneut laut auf. »Die Ehe kam jedenfalls nicht zustande, auch weil sie vorher wohl einen anderen Kerl hatte. So einen jungen, vorwitzigen Burschen. Der Vater hat sie jetzt einem anderen Mann gegeben, irgendeinem Winzer aus Heidelberg. Er war der Einzige, der nicht weiter nachgefragt hat und auch keine allzu große Mitgift wollte.«

»Margarethe lebt also in Heidelberg?«, sagte Johann leise, mehr zu sich selbst. Sein Herz schlug plötzlich wie wild.

Der Händler schien aus seinem Rausch aufzuwachen. »Margarethe, hä?« Die Schweinsaugen musterten Johann argwöhnisch. »Woher kennst du ihren Namen, Bursche?«

»Äh, sagte ich nicht, dass unser beider Väter geschäftlich miteinander zu tun haben?«, erwiderte Johann. Schnell stand er vom Tisch auf. »Es war schön, mit Euch gesprochen zu haben, Meister Reuter. Grüßt mir den Kraichgau, wenn Ihr heimkommt.«

Bevor der andere noch etwas entgegnen konnte, war Johann aufgestanden. Mit einem letzten Nicken in Richtung des erstaunten Rieverschmitt wandte er sich ab und eilte hinaus in die venezianische Nacht. Er musste jetzt allein sein, allein mit sich und seinen Gedanken. Während ihm der Nebel als feuchter Tau das Gesicht netzte, wiederholte Johann immer nur einen Namen.

»Margarethe, Margarethe, Margarethe …«

Seine große, seine einzige Liebe war zurück in sein Leben getreten.

* * *

In den Tagen darauf fiel es Johann schwer, sich auf seine Studien zu konzentrieren. Immer wenn er sich in Barbareses Bibliothek über die Bücher beugte, glaubte er plötzlich, Margarethes Lachen zu hören. Auch der Signore bemerkte, dass er abgelenkt war.

»Was hast du nur, Junge?«, fragte er stirnrunzelnd. »Ich hatte den Eindruck, dass du dich wirklich für meine Bibliothek interessierst. Doch jetzt schweifst du ständig ab und starrst aus dem Fenster.« Misstrauisch musterte ihn Barbarese hinter den dunklen Augengläsern. »Hat jemand mit dir geredet? Weiß jemand anderes von diesen nächtlichen Treffen? Nun sprich schon!«

Johann schüttelte den Kopf. »Ich bin nur müde, das ist alles. Ich brauche wohl ein wenig Ruhe.«

»Nun, wenn das so ist …« Barbarese legte ihm lächelnd die Hand auf die Schulter. Sie war so kalt wie Eis. »Nimm dir ruhig ein paar Tage frei. Ich werde meinem Gondoliere sagen, dass er erst am kommenden Freitag wieder vor dem Kontor warten soll. Genieße die Zeit und schau dir Venedig an. Es ist die schönste und wunderlichste Stadt der Welt. Aber versprich mir eines.« Er hob den Finger, seine Stimme war sehr klar und eindringlich. »Du redest mit keinem über diese Bibliothek und welche Bücher sich hier befinden, verstanden? Die Folgen könnten …«, er zögerte, »… unüberschaubar sein. Auch für dich.«

Johann nickte, froh, dass ihn Barbarese entließ. Tatsächlich war ihm in den letzten Tagen alles zu viel geworden, er brauchte Ruhe und Abstand – vor allem auch von Signore Barbarese und diesen Büchern, die ihn förmlich aussaugten.

Während der folgenden Tage kam er nur zu den Vorstellungen ins Kontor und trieb sich ansonsten in den Gassen herum. Doch sosehr er auch die vielen Paläste, Kirchen und Kanäle bewunderte, es mochte sich in seinem Inneren keine Ruhe einstellen. Seitdem ihm der deutsche Händler von Margarethe erzählt hatte, ging sie ihm nicht mehr aus dem Kopf. Ging es ihr gut? Konnte sie wieder sprechen? Eine tiefe Sehnsucht erfüllte ihn und vertrieb alle anderen Gedanken.

Am Nachmittag des dritten Tages spürte Johann, dass ihm jemand auf seinen einsamen Spaziergängen folgte. Der Verfolger gab sich keine große Mühe, sein Vorhaben zu verbergen, oder vielleicht stellte er sich auch nur reichlich ungeschickt an. Wie ein Schatten lauerte er in Hausnischen, immer etwa zwanzig, dreißig Schritt hinter Johann. Als die Gestalt Johann auch in eine der engeren Gassen folgte, versteckte er sich hinter einem morschen Fass. Nach einer Weile hörte er leise Schritte und sprang mit erhobenem Messer hinter dem Fass hervor. Eben wollte er seinem Verfolger die Klinge an die Kehle setzen, als er überrascht zurückprallte.

»Archibaldus!«, rief Johann überrascht. »Was ... was macht Ihr hier? Was soll dieses Theater?«

Magister Archibaldus hob die Arme und wich einen Schritt zurück. »Verzeih, aber ich sah keine andere Möglichkeit, um ungestört mit dir zu sprechen.«

»Und dafür verfolgt Ihr mich quer durch Venedig?«, fragte Johann. »Ihr hättet mich doch auch in meiner Kammer aufsuchen können.«

»Dort ist es nicht sicher.« Archibaldus sah sich vorsichtig um. »Und hier auch nicht. Komm!«

Bevor Johann etwas entgegnen konnte, hatte ihn Archibaldus auch schon in eine weitere, noch kleinere Nebengasse gezerrt. Wäschestücke hingen an Schnüren zwischen den eng stehenden Hauswänden, ein paar hungrige Katzen balgten sich unter einer Brücke, es roch nach verdorbenem Fisch und abgestandenem Brackwasser. Sie betraten eine kleine Kirche, die am Rande eines Campus lag und um diese Zeit bis auf zwei ältere Frauen in der ersten Reihe menschenleer war. Durch die schmalen Fenster fiel das späte Nachmittagslicht auf einen Altar, der mit getrockneten Rosen geschmückt war.

Im Inneren der Kirche war es so kalt, als herrschte immer noch tiefster Winter.

»Was soll das alles?«, fragte Johann erneut. »Habt Ihr mal wieder zu tief ins Glas geschaut, Archibaldus? Gebt es ruhig zu!«

Der Magister lachte verzweifelt. »Oh, ich wünschte, ich hätte! Dann wäre die Wahrheit leichter zu ertragen. Aber nein, ich bin stocknüchtern. Na ja, also fast ...« Er senkte die Stimme. »Ich weiß jetzt, wen du jede Nacht aufsuchst, Johann. Und du solltest unbedingt die Wahrheit über ihn wissen.«

»Dann wart Ihr das also, der mir vor einigen Nächten gefolgt ist?«, empörte sich Johann.

»Salome bat mich darum. Sie ... sie dachte, du würdest dich zu irgendeinem Flittchen begeben, und war wohl eifersüchtig. Doch ich vermutete schon lange etwas anderes. Dein Zorn, deine Schweigsamkeit und dann diese Bücher, die du in der Kammer bei dir hattest. ›Das Schwurbuch des Honorius‹ und all die anderen Grimoires ...«

»Worauf wollt Ihr hinaus?«, unterbrach ihn Johann, der diesen kalten Ort so schnell wie möglich wieder verlassen wollte.

»Ich habe in den letzten Tagen über deinen Gastgeber Erkundigungen eingezogen, Johann.« Archibaldus war nun ganz nahe an Johanns Ohr, er roch, dass der Alte eine mächtige Fahne hatte. Offenbar war er doch nicht so nüchtern, wie er eben noch behauptet hatte.

»Dieser Signore Barbarese, wie er sich nennt, ist in gewissen Kreisen kein Unbekannter«, raunte Archibaldus. »O ja, er ist einflussreich und mächtig! So mächtig, dass ihn keiner anrührt, auch wenn alle hinter vorgehaltener Hand über ihn und seine Taten reden.«

Johann schmunzelte. »Und was reden die Leute so? Dass er Schlangen isst? Ich gebe zu, er sieht ein wenig aus wie eine Natter, aber ...«

»Signore Barbarese ist ein Luziferianer.«

»Ein was?« Johann sah Archibaldus mit offenem Mund an.

»Du weißt genau, wovon ich rede!«, zischte Archibaldus. »Barbarese ist ein Teufelsanhänger. Seine Familie betreibt diesen Kult wohl schon seit Jahrhunderten, vermutlich sogar seit vorchristlicher Zeit. Man konnte ihnen nie etwas nachweisen. Aber die Rede ist von grausigen Zeremonien, von nächtlichen Messen mit Menschenopfern. Oft ist er für längere Zeit weg, manchmal für Jahre. Doch wenn er zurückkommt, dann … dann …« Archibaldus stockte.

»Was dann?«, wollte Johann wissen.

»Nun, er wirkt seltsam verjüngt. Es gibt Leute, die sagen, er sei eigentlich uralt. Selbst die ältesten Venezianer können sich nicht daran erinnern, dass er mal ein Kind gewesen ist.«

»Aber das ist doch Unsinn!«, entgegnete Johann. »Gräuelmärchen, vermutlich gestreut von missgünstigen Konkurrenten. Und was diese Teufelsmessen betrifft …« Er lachte. »Wenn es solche Messen gäbe, müsste ich ja wohl davon wissen. Immerhin habt Ihr herausgefunden, dass ich fast jede Nacht bei Signore Barbarese bin. Wir reden über Literatur. Ich wüsste nicht, was daran satanisch sein sollte. Und ich habe ihn auch nicht dabei beobachtet, dass er Pentagramme auf den Boden seiner Casa malt.« Er versuchte, spöttisch zu klingen, aber es gelang ihm nicht. Er musste an das Treffen im Wald denken, mit Tonio und Poitou. Auch sie waren Anhänger irgendeines satanischen Ordens gewesen.

Und sie hatten Menschen geopfert.

Johann dachte zurück an die kleinen zappelnden Leiber in den Bäumen. Lange hatte er diese Erinnerung verdrängt, nun kam sie erbarmungslos zurück. Er erschauerte, und diesmal hatte es nichts mit der Kälte in der Kirche zu tun.

»Und? Hast du über meinen Vorschlag nachgedacht?«

Archibaldus' Frage riss Johann aus seinen Grübeleien. »Was meint Ihr?«, fragte er. »Welchen Vorschlag?«

»Nun, du lässt die Finger von Barbarese und seinen Büchern, und ich sorge dafür, dass du einen Platz an der Heidelberger Universität bekommst.« Archibaldus nestelte ein zusammengefaltetes Dokument unter seinem Umhang hervor. Etliche Weinflecken waren darauf zu erkennen. Zitternd reichte er Johann das zerknitterte Papier.

»Dies ist ein Empfehlungsschreiben an einen Freund, der es zu was gebracht hat, im Gegensatz zu mir. Sein Name ist Jodocus Gallus, schon seit Langem Magister der Artes liberales in Heidelberg und dort bis zum Rektor aufgestiegen. Der Brief trägt das Siegel meiner Familie.« Archibaldus lächelte traurig. »Ein Glück, dass ich den Siegelring noch nicht für eine Flasche Branntwein verhökert habe. Nun war er mir noch einmal nützlich.« Er reichte Johann den Brief. »Wenn das hier vorbei ist, gehe damit nach Heidelberg und richte Jodocus einen Gruß von seinem alten Freund Archibaldus aus. Mit dem richtigen Lehrer kannst du es weit bringen, Johann!«

»Da… danke.« Ein wenig verlegen nahm Johann das versiegelte Schreiben entgegen. Sofort wurde Archibaldus' Miene wieder ernst.

»Da ist noch etwas, was ich dir sagen muss. Es geht um deinen früheren Lehrmeister, diesen Tonio del Moravia. Ich weiß nun endlich, woher ich seinen Namen kenne. Es klingt unglaublich, aber …«

Archibaldus stockte, als eine Gestalt die Kapelle betrat. Sie blieb hinten im Dunkeln, wo sie sich in eines der düsteren Seitenschiffe stellte, sodass ihr Antlitz verborgen blieb. Dort verharrte sie lautlos. Es mochte sich um einen Betenden handeln, um den Pfarrer, der sich auf die nächste Messe vorbereitete, um einen harmlosen Pilger …

Oder um jemanden, der uns gefolgt ist, dachte Johann.

Er schüttelte sich. Nun wurde er schon genauso panisch wie der betrunkene Archibaldus.

»Wir können hier nicht weiterreden«, flüsterte Archibaldus. »Ich muss ohnehin noch ein paar letzte Erkundigungen einziehen, bevor ich absolut sicher sein kann. Die Wahrheit, sie wäre …« Er brach ab, als würde er seine eigenen Worte zu sehr fürchten.

»Ich möchte, dass du morgen Vormittag nach Torcello kommst«, fuhr Archibaldus leise fort. »Das ist eine kleine Insel in der Lagune von Venedig. Es heißt, dass dort die ersten römischen Flüchtlinge siedelten. Vielleicht haben sie ja deshalb diesen Ort gewählt, vielleicht waren sie aber schon immer dort.«

»Wen meint Ihr mit ›sie‹?«, fragte Johann. Doch Archibaldus sprach unvermittelt weiter.

»Auf Torcello folge dem alten Kanal bis zur Ponte del Diavolo, der Teufelsbrücke. Von da ist es nicht mehr weit bis zu einer alten Basilika. Dort wirst du alles verstehen. Ich werde auf dich warten. Und nun geh mit Gott.«

Archibaldus drückte Johann die Hand, dann stand er auf und eilte zum Eingangsportal. Quietschend öffnete sich die Tür, und der alte Säufer eilte hinaus in die hereinbrechende Abenddämmerung. Ein kühler Luftzug wehte durch den Türspalt herein und fegte die Rosenblätter vom Altar.

Als Johann noch einmal hinüber zu der dunklen Nische sah, war die Gestalt von vorhin verschwunden.

13

Magister Archibaldus kam nicht zur Abendvorstellung ins Kontor, und auch später in der Herberge tauchte er nicht auf. Die anderen schien das allerdings nicht groß zu kümmern.

»Vermutlich hat der Alte mal wieder einen über den Durst getrunken und schläft seinen Rausch nun in irgendeiner Gasse aus«, sagte Emilio achselzuckend. »Wir können nur beten, dass er nicht in einen der Kanäle gefallen und ersoffen ist.«

Johann schwieg. Die ganzen letzten Stunden hatte er nachgedacht über das, was ihm Archibaldus erzählt hatte, von Signore Barbarese, aber auch von Tonio. Gab es zwischen beiden Männern etwa eine Verbindung? Er musste an das uralte Haus Barbareses denken, an die umgedrehten Bilder im Treppenflur und die vielen Zauberbücher. Es waren Bücher, wie sie sicher auch Tonio gefallen hätten.

Das Wissen, das Johann in Barbareses Bibliothek aufgesogen hatte, war so unermesslich, so riesig wie das Meer, und hinter jedem Gedanken, jeder Idee wartete schon ein neuer Geistesblitz.

Und ein neuer Abgrund.

Johanns Gedanken drehten sich einmal mehr um Margarethe. Sie hatte vor Tonio, dem Zauberer, schon als kleines Kind Angst gehabt. Und vermutlich hätte sie sich jetzt auch vor Johann gefürchtet, vor diesem grimmigen, schweigsamen Kerl, den die Bücher auffraßen und der in Grimoires und

Zauberbüchern sein Heil suchte. Plötzlich sah Johann sich durch die Augen Margarethes und stellte fest, dass er sich tatsächlich verändert hatte. Waren daran etwa diese Bücher schuld? War Signore Barbarese wirklich ein Teufelsanbeter?

Um Gewissheit zu erlangen, musste Johann noch einmal mit Archibaldus sprechen – wenn dieser nicht sturzbetrunken war und seine Äußerungen von gestern bereits wieder bereute.

»Ich werde Archibaldus morgen suchen«, versprach er den anderen. »Irgendwo muss er ja sein.«

»Wenigstens bleibst du heute Nacht bei mir und gehst nicht wieder zu deinem Liebchen«, spottete Salome und fuhr ihm durch die schwarzen, mittlerweile reichlich zotteligen Haare.

Er schlief schlecht in dieser Nacht, immer wieder träumte er von Margarethe. Mit blutüberströmtem Gesicht und ausgestreckten Armen wankte sie ihm hilflos entgegen. Doch als er sich ihr nähern wollte, wich sie zurück. Ihr Antlitz verwandelte sich in das von Salome, dann in das Gesicht seiner Mutter.

Geh weg, geh weg …, hauchte sie. *Du … bist … der … Teufel …*

Am frühen Morgen wachte Johann schweißgebadet auf. Noch einmal drehte er sich zu Salome um, die fest schlief. Er küsste sie sanft auf die Wange, dann machte er sich auf den Weg zu der Insel namens Torcello, die ihm Archibaldus genannt hatte.

Mit Gesten und stockendem Italienisch fragte er sich durch, bis ihm jemand den Weg zu einem einsamen Kai an der Ostseite der Stadt wies. Hier legten Fischerboote an, die auch zu den kleineren Inseln der Lagune fuhren. Für ein paar Münzen erklärte sich einer der Fischer, ein älterer Mann mit wettergegerbtem Gesicht, bereit, ihn nach Torcello hinüberzufahren.

Während das kleine Boot gemächlich durch das flache

Wasser der Lagune segelte, betrachtete Johann die vielen einzelnen Inseln, die sich vor ihm ausbreiteten. Manche waren winzig klein, nicht mehr als ein paar Felsen, auf anderen standen Weiler, Kirchen und Klöster. Er wusste mittlerweile, dass die Venezianer ihre Kranken und Irren auf die Inseln schickten, ebenso wie pestverdächtige Seeleute und Reisende zur Quarantäne. Andere Inseln dienten als Verteidigungswall oder wurden als Äcker und Weiden genutzt. Auf einer der größten stellten die Venezianer ihr weltberühmtes Kristallglas her, dessen Geheimnis sie peinlichst hüteten, auf den Verrat standen grausame Strafen.

Torcello war eher unscheinbar, ein sumpfiges Eiland, dessen Ufer mit undurchdringlichem Schilfgras bewachsen war. Ein verwitterter, mit Schlick überzogener Steg bot die einzige Möglichkeit zum Anlegen. Von dort führte ein alter, mittlerweile verlandeter Kanal ins Innere.

Während der Fahrt hatte der Fischer Johann noch einiges über Torcello erzählt. Soweit er das Kauderwelsch verstanden hatte, war die Insel tatsächlich die älteste Siedlung in der Lagune, sehr viel älter als Venedig. Viele Tausend Menschen hatten hier einmal gewohnt, doch dann war etwas Schreckliches geschehen. Johann hatte den Fischer nicht richtig verstanden, doch offenbar war Torcello von Gott bestraft worden. Die Menschen hatten die Insel verlassen, und heute lebten dort nur noch ein paar Bauern mit ihren Schafen und Rindern. Der alte Fischer hatte den Kopf geschüttelt und dabei immer wieder ein Wort gesagt.

Maledetto …

Johann verstand, dass die Insel verflucht war.

Was in Gottes Namen wollte Archibaldus ihm hier nur zeigen? Vielleicht war der alte Säufer ja gestern doch nur betrunken gewesen.

Johann kletterte aus dem wackligen Kahn hinauf auf den Steg. Der Fischer schlug ein Kreuz, ließ das Segel im Wind flattern und fuhr davon. Zuvor hatte Johann noch mit ihm vereinbart, dass er ihn bei Sonnenuntergang wieder am Kai abholen würde. Er konnte nur hoffen, dass der abergläubische Kerl sein Versprechen hielt, sonst saß er hier fest.

Ein Treidelpfad führte an dem verschlammten, mit Algen überwucherten Kanal entlang ins Landesinnere. Hunderte Moskitos umschwirrten Johann und machten jeden Schritt zur Qual. Sie erhoben sich in Schwärmen aus den salzigen Marschen, die sich links und rechts des Kanals ausbreiteten. Ab und zu stierte ein einsames Rind den vorübergehenden Johann an, sonst war niemand zu sehen. Etliche von dornigem Buschwerk überwucherte Ruinen zeugten davon, dass auf der Insel früher einst viele Menschen gewohnt hatten. Warum nur hatten sie Torcello verlassen? War eine Sintflut gekommen, als Strafe für ihre Sünden? Noch immer rätselte Johann, was dies wohl für Sünden gewesen waren.

Nach einer Weile erreichte er eine flache steinerne Brücke, die über den Kanal führte. Dies musste die Ponte del Diavolo sein, die Teufelsbrücke. Warum sie so hieß, hatte ihm auch der alte Fischer nicht sagen können – oder Johann hatte es nicht verstanden.

Nicht weit hinter der Brücke ragte ein hoher Glockenturm, ein sogenannter Campanile, zwischen den Bäumen auf, davor waren die Dächer einer kleineren Kirche und einer hohen dreischiffigen Basilika zu sehen. Noch immer zeigte sich kein Mensch. Johann passierte einige verfallene Häuser und erreichte schließlich die beiden Kirchen, die durch einen Arkadengang miteinander verbunden waren. Sie standen am Rande eines Platzes, der wohl früher einmal der Campus einer Stadt gewesen war. Einige verfallene Gebäude umringten den Platz, dahinter erhob sich der Glockenturm. Der Platz selbst war mit Büschen überwuchert, ein tonnenschwerer Steinsitz stand dort, so wie ein Thron in einer uralten heidnischen Zeremonie. Früher musste hier das Leben getobt haben, Märkte hatten stattgefunden, Gerichtsprozesse waren gehalten worden. Jetzt war nur noch das Sirren der Mücken in den Sümpfen zu hören.

Ein Geräusch ließ Johann herumfahren. Zwischen den Ruinen erhob sich ein alter Mann, der sich auf einen Stock stützte. Er musste inmitten der Steine gerastet haben.

»Buongiorno!«, rief ihm Johann zu. Doch der Mann antwortete nicht. Er stand nur weiter da und starrte Johann an.

»Sto cercando un uomo«, versuchte Johann es erneut. *»Si chiama Magister Archibaldus. Lo conoscete?«*

Immer noch schwieg der Mann. Hinter ihm, in den Ruinen, erhob sich eine Schar Tauben und flatterte in die Höhe. Dann herrschte wieder Stille.

Schließlich gab Johann auf. Er betrat die kleinere Kirche, deren steinernes Inneres schlicht und nackt wirkte. Auch hier war kein Mensch zu sehen. Durch den Arkadengang ging er weiter, hinüber in die Basilika. Seine einsamen Schritte klangen laut und hallig, sie waren das einzige Geräusch in weitem Umkreis.

Die zweiflüglige Eingangstür zur Basilika war geschlossen, der Blick dahinter durch einen schweren roten Vorhang versperrt, der so muffig roch, als würde er dort schon seit Jahrhunderten hängen. Johann schob ihn zur Seite, und ein großer saalartiger Raum tat sich vor ihm auf. Durch hohe, schmale Fenster fielen Lichtstreifen auf goldene Mosaiken, die Johann in ihrer kühlen Pracht erschauern ließen. Sie zeigten die Jungfrau Maria mit Kind und die zwölf Apostel. Die Apsis war durch Säulen und eine prächtig bebilderte Chorschranke vom Rest der Kirche getrennt. Von weit oben, noch über der Schranke, starrte ein traurig dreinblickender Heiland auf Johann hinunter.

Von Magister Archibaldus war keine Spur zu sehen.

»Archibaldus?«, rief Johann. Seine Stimme hallte durch den großen dreischiffigen Raum. »Seid Ihr hier irgendwo?«

Ein leises Tropfen war zu hören, wie von Regen, so als hätte das Kirchendach irgendwo ein Loch.

Tock ... Tock ... Tock ...

Noch einmal rief Johann, doch keiner antwortete. Schließlich gab er auf. Archibaldus war nicht da. Vermutlich hatte der Alte gestern tatsächlich zu viel getrunken und Johann irgendein Ammenmärchen aufgetischt. Oder hielt er sich vielleicht irgendwo anders auf der Insel auf? Doch hier war nichts, nichts außer Sumpf, Mücken und diesem Platz mit den zwei Kirchen und dem Campanile. Krampfhaft überlegte Johann, was er nun tun sollte. Seine Fahrt war ganz offensichtlich vergebens gewesen. Was noch schlimmer war, der Fischer würde ihn erst bei Sonnenuntergang wieder abholen. Bis dahin kam er nicht mehr von hier weg.

Tock ... Tock ... Tock ...

Das stete Tropfen nagte an Johanns Nerven. Sein Zorn auf den besoffenen Zausel wuchs mit jeder Sekunde. Was fiel Archibaldus überhaupt ein, ihn hierher zu schicken? Verflucht, wenn er wirklich etwas zu sagen gehabt hätte, hätte er das doch auch in Venedig tun können und nicht hier auf diesem mückenverseuchten, von Gott verfluchten Eiland! Nun, vielleicht fand er ja einen anderen Fischer, der ihn von hier wieder wegbrachte. Oder ...

Tock ...

Dieses verdammte Tropfen! Es kam von irgendwo hinter ihm. Was war das nur? Verärgert drehte sich Johann um ...

Und erstarrte.

Seit dem Betreten der Basilika hatte er immer nur nach vorne zum Altar geschaut. Die ganze rückwärtige Wand wurde von einem riesigen Mosaik eingenommen, das bis zur Decke reichte. Es stellte das Jüngste Gericht dar. Oben erwarteten die Menschen vor Gott ihr Urteil, aus einem Christus-Medaillon in der Mitte ergoss sich ein glühender Feuerstrom, der die Flammen der Hölle darunter speiste. Engel stießen mit

Lanzen die unglücklichen Seelen in die Verdammnis, aus Dutzenden Totenschädeln krochen Schlangen, Köpfe von Königen schmorten im ewigen Feuer. Links von der Tür, auf einem Sitz mit Drachenköpfen, thronte Hades, der Herr der Unterwelt, auf dessen Schoß der leibhaftige Antichrist saß. Er war dargestellt als hübscher junger Mann in einer Toga, seine Augen schienen Johann direkt anzustarren, als wartete er auf eine Antwort.

Unter dem Antichrist hing Magister Archibaldus.

Wie in einer Verhöhnung der Kreuzigungsszene hatte man den alten Mann mit schweren Nägeln an die Wand geschlagen, sein Gesicht war eingefroren in einer Grimasse des Entsetzens. Blut tropfte von seiner durchlöcherten linken Hand, die seitlich herabhing, er war ganz eindeutig tot.

Tock … Tock … Tock …

Eine ganze Zeit lang stand Johann nur da und starrte auf die grausige Inszenierung. Der oder die Täter mussten Archibaldus lebendig gekreuzigt haben. Ganz offensichtlich war es ihm im Todeskampf noch gelungen, seine linke Hand zu befreien. Die Schmerzen, als er die angenagelte Hand von der Wand gerissen hatte, mussten unvorstellbar gewesen sein. Mit einem Finger und seinem eigenen Blut war es Archibaldus gelungen, ein paar Worte an die Wand zu schreiben. Sie waren verschmiert und kaum noch lesbar. Trotzdem glaubte Johann zu erkennen, dass es sich um einen französischen Namen handelte.

Gilles … de … Rais

»Gilles de Rais«, flüsterte Johann. Etwas kroch seine Kopfhaut empor, so als würde allein der Klang des Namens Wellen der Furcht und des Schreckens durch seinen Körper senden. »Was in Gottes Namen …?«

Den Namen Gottes auszusprechen, erschien Johann beim Anblick des gekreuzigten Alten plötzlich wie blanker Hohn. Er brach ab, und ihm wurde übel, die Beine drohten ihm wegzuknicken. Nachdem er noch einen letzten Blick auf Archibaldus' fratzenhaftes Gesicht geworfen hatte, stürmte er durch den Arkadengang hinüber in die andere Kirche und von dort nach draußen ins Freie.

Der alte Mann stand direkt vor dem Portal.

Johann wäre fast in ihn hineingelaufen. Er schrie laut auf und prallte zurück. Der Alte grinste und zeigte ihm sein fast zahnloses Gebiss.

»*Il diavolo*«, nuschelte er. »*Benvenuti a la casa del diavolo.*« Dann kicherte er leise.

Johann schob den grinsenden Greis zur Seite, er rannte über den Platz und hinüber zu dem verschlammten Kanal. Er musste weg von hier, egal wie! Er lief den Kanal entlang, ohne sich noch einmal umzuschauen. Fast blind vor Schweiß, verfolgt von Myriaden von Mücken, hastete er an der Teufelsbrücke vorbei auf das Ufer zu, das irgendwo hinter den verkrüppelten Bäumen und überwucherten Ruinen lag. Endlich tauchte der verfaulte Steg vor ihm auf. Die Worte des Alten klangen in ihm nach.

Benvenuti a la casa del diavolo.

Willkommen im Haus des Teufels …

Weit draußen waren im Grau der Lagune ein paar Fischer in ihren Booten zu erkennen. Doch sie waren viel zu weit weg, um auf ihn aufmerksam zu werden. Es musste doch irgendeine Möglichkeit geben, von hier …

Ein einzelner tiefer Glockenschlag war zu hören.

Panisch drehte sich Johann um. Der Schlag war ganz eindeutig aus dem Campanile neben den Kirchen gekommen. Hatte dieser verrückte Alte etwa geläutet?

Ein weiterer Glockenschlag ertönte.

Nun war weit entfernt, dort, wo der Platz mit den Kirchen lag, eine kleine Staubwolke zu erkennen. Irgendetwas schien sich dort zusammenzubrauen.

Etwas näherte sich.

Ein dritter Glockenschlag ...

Ohne weiter nachzudenken, lief Johann wie ein gejagtes Tier am Ufer entlang. Die Glocke dröhnte eben ein viertes Mal, als er zwischen dem Schilfgras eine kleine, mit Laub bedeckte Barke entdeckte. Ein Fischer musste sie hier versteckt haben, vermutlich einer der wenigen Menschen, der auf der Insel lebte, vielleicht der Alte von vorhin. Das Boot war flach und sah ziemlich morsch aus, das Bilgenwasser stand fast zwei Handbreit hoch, doch immerhin lagen Ruder darin. Keuchend schob Johann das Boot ins Wasser und sprang hinein. Das Gefährt schaukelte bedrohlich, doch es ging nicht unter und lief auch nicht voll Wasser. Während die Glocken weiter schlugen, ruderte Johann, als wäre der Teufel selbst hinter ihm her. Sein Herz raste. Erst als das Ufer nur noch ein schmaler brauner Streifen war, wurden seine Schläge schwächer. Er schöpfte Atem, nur langsam beruhigte er sich.

Ein letztes Mal ließ er den Blick über das ferne Ufer schweifen und zuckte zusammen.

Auf dem Steg schien jemand zu stehen. Johann blinzelte, doch er war zu weit entfernt, um mehr zu erkennen. Trotzdem glaubte er, dass es nicht der alte Mann war, sondern jemand anders.

Der Mann winkte, fast so, als würde er Johann bitten zurückzukommen.

Johann wusste, dass es unmöglich war. Was er hier erlebte, war nur eine Ausgeburt seiner panikgeschwängerten Fantasie. Doch ganz entfernt und gleichzeitig tief in seinem Inneren hallte eine Stimme wider, eine Stimme, die ihn bat, nach Torcello, der Teufelsinsel, zurückzukehren.

Es war die Stimme von Tonio del Moravia.

Es dauerte noch gute drei Stunden, bis Johann wieder an der Herberge »Zur Flöte« angelangt war. Er war hinüber zur Insel Burano gerudert, wo ihn ein größeres Fischerboot nach

Venedig brachte. Als die Fischer den jungen Mann mit dem kalkweißen Gesicht und den flatternden Augen an Bord näher betrachteten, verzichteten sie darauf, ihn zu fragen, woher er kam. Etwas Unheimliches umgab den schwarzhaarigen Jüngling, so unheilbringend wie der Geruch von Pestilenz, und so waren die Männer heilfroh, ihn schließlich an einem Kai in Venedig absetzen zu können.

Während der schweigsamen Fahrt war in Johann ein Entschluss gereift: Er würde Venedig noch heute verlassen. Zwar hatte er keine Ahnung, was auf Torcello geschehen war und warum Archibaldus auf so grausame Weise sterben musste. Doch ganz offensichtlich hatte es etwas mit Signore Barbarese und dessen Bibliothek zu tun. Archibaldus hatte Johann warnen wollen und dafür mit dem Leben bezahlt – aber nicht, ohne ihm noch einen letzten Hinweis zu hinterlassen. Einen Namen.

Gilles de Rais.

Johann hatte diesen Namen noch nie gehört. Gleichzeitig ahnte er, dass er sich in großer Gefahr befand. Die Leute, die Archibaldus auf dem Gewissen hatten, würden sicher nicht davor zurückschrecken, auch ihn zu töten. Der Magister hatte recht gehabt: Signore Barbarese war wirklich ein Teufelsanbeter oder stand diesen Kreisen zumindest nahe. Anders ließ sich die zynische Hinrichtung in der Kirche nicht erklären. Barbarese musste gefürchtet haben, dass Archibaldus ihn verriet – und hatte ihn dafür grausig bestraft. Was aber hatte Archibaldus Johann auf Torcello zeigen wollen? Welches Geheimnis verbarg sich dort?

Auf dem Weg zurück zur Herberge durch die schmalen Gassen sah sich Johann ständig um. Die Feinde konnten überall sein. Doch sosehr er auch Ausschau hielt, er konnte keine Verfolger entdecken. Außer Atem eilte er schließlich die Stiege hinauf in seine Kammer und begann sofort, einige Kleidungsstücke in seinen Reisesack zu stopfen. Als er das

Messer wegpacken wollte, hielt er erschrocken inne. Zum ersten Mal seit Langem fielen ihm wieder die Initialen auf, die unten am Griff eingraviert waren.

G d R …

»Gilles de Rais«, flüsterte Johann.

War das möglich? Gehörte dieses Messer dem Mann, dessen Namen Archibaldus mit Blut an die Kirchenwand geschrieben hatte?

Ein Geräusch ließ ihn herumfahren. Es war Salome, die eben eintrat. Sie brauchte nur einen Moment, um zu begreifen, dass Johann die Gruppe verlassen wollte.

»Du gehst?«, fragte sie und verschränkte die Arme vor der Brust. »Ohne ein Wort des Abschieds? Ohne uns zu sagen, warum und wohin?«

Johann sah kurz auf, dann packte er weiter, das Messer verschwand in seinem Wams. »Glaub mir, Salome, es ist besser so. Ich bringe euch nur Unglück, ich bringe allen nur Unglück!« Er lachte verzweifelt. »Außerdem weiß ich doch selbst nicht, wohin ich gehen soll. Zu lange bin ich schon weggelaufen. Ich denke, sie werden mich finden, egal, wohin ich gehe.«

»Sie?« Salome runzelte die Stirn. »Wer wird dich finden?«

Johann schwieg und stopfte weiter seine Sachen in den Sack. Eine Weile sah ihm Salome schweigend dabei zu, schließlich sprach sie: »Ich habe mal gesagt, dass ich nicht dein Besitz bin, Johann. Das stimmt. Trotzdem spüre ich etwas, was ich zuvor noch bei keinem anderen Mann gespürt habe.«

»Und das wäre?«, fragte Johann.

»Eifersucht. Wenn das der Anfang von Liebe ist, bin ich froh, dass es jetzt schon zu Ende geht.« Salome lächelte verbittert. »Du machst mir nichts vor, Johann. Du hast ein anderes Mädchen gefunden, mit dem du weggehst. All die letzten Wochen warst du nicht mehr bei mir. Auch wenn du in mich eindrangst und mir Lust beschertest, warst du eigentlich ganz woanders. Du warst bei ihr, die ganze Zeit. Und jetzt gehst du mit ihr weg.«

»Zum Teufel, ich gehe mit niemandem …«, begehrte Johann auf. Doch dann besann er sich. Es war besser, wenn Salome an ein anderes Mädchen glaubte. Auch Emilio und Mustafa würden seinen plötzlichen Weggang so besser verstehen. Im Grunde hatte er ohnehin nie zu ihnen gehört. Er war immer ein Fremder geblieben, so wie auch schon früher, in seinem alten Leben.

Ein Fremder unter den Menschen.

»Hast du Archibaldus gefunden?«, fragte Salome unvermittelt.

Johann zögerte kurz, dann nickte er. Seine Freunde sollten nie erfahren, auf welch brutale Weise Archibaldus gestorben war. Wer zu viel wusste, den brachten diese Leute um. Oder sie opferten ihn.

Zuckende Leiber in den Bäumen …

»Er … er hat mir gesagt, er sei das Gauklerleben leid«, log er. »Er hat wohl ein Angebot bekommen, mit den deutschen Kaufleuten zurück nach Hamburg zu reisen, wo noch ein paar seiner Familienangehörigen leben. Dort werden sie ihn auf seine alten Tage durchfüttern. Er hat schon am Morgen ein Schiff zum Festland genommen.«

»Nun, dann sollten seine Verwandten auf alle Fälle genügend Wein bereitstellen.« Salome lächelte. »Es ist vermutlich das Beste für ihn und auch für dich. Ihr seid beide keine Gaukler. Ihr wart nie welche und werdet auch nie welche sein.«

Johann nickte und verschnürte den Sack.

Wer bin ich?, dachte er.

»Und wo wollt ihr zwei jetzt hin?«, erkundigte sich Salome.

»Wir zwei …?« Johann stutzte, dann begriff er. »Oh, wir

werden schon etwas finden«, erwiderte er mit aufgesetzter Fröhlichkeit. »So wie Peter Nachtigall und seine Liebste damals. Du erinnerst dich. Er liebte ein Mädchen, das er nicht heiraten durfte. Sie flohen beide von zu Hause und …«

Plötzlich brach er ab.

»Was hast du?«, fragte Salome.

Johann hob den Kopf. Es war so klar, so offensichtlich. Warum hatte er nicht schon vorher daran gedacht?

Er liebte ein Mädchen …

Es war Margarethe, die ihn bereits zweimal gerettet hatte. Während der unheimlichen Zeremonie im Nördlinger Wald und jetzt hier in Venedig, in der Bibliothek des Signore Barbarese. Zweimal hatte ihr Lachen ihn wieder zurück auf den rechten Pfad geführt.

Er betete, dass sie es auch ein drittes Mal schaffen würde.

Nur Margarethe konnte ihm zeigen, was sein Weg war.

»Wir werden nach Heidelberg gehen«, sagte Johann mit klarer Stimme. Seine Hand tastete nach dem Dokument, das Archibaldus ihm erst gestern überreicht hatte. In all der Aufregung hatte er es fast vergessen. Nun würde es ihm vielleicht gute Dienste leisten.

»Ich kenne dort jemanden, den ich unbedingt besuchen muss. Es ist wichtig, lebenswichtig.«

»So? Lebenswichtig?« Salome kam näher und strich ihm über die Wangen. »Dann geh, mein Wölfchen. Ich werde dich nie vergessen.« Sie zwinkerte ihm zu. »Nun, zumindest ein bestimmtes Körperteil von dir nicht.«

Johann beugte sich zu ihr hinunter für einen letzten Kuss, doch sie drehte sich weg.

»Leb wohl, Salome«, flüsterte er.

Dann packte er den Reisesack und lief die Stiege hinunter, hinaus auf die mittlerweile dämmrige Gasse. Es kostete ihn einen Haufen Münzen und viel Überredungskunst, doch schließlich fand er einen Fährmann, der ihn auch um diese späte Uhrzeit noch hinüber zum Festland nach Mestre brachte.

Während das Boot wie ein Messer durch die Nacht glitt, funkelten hinter ihm die bunten Lichter Venedigs.

»Margarethe«, sagte Johann leise und schob Archibaldus' Brief tief in die Tasche seines Wamses, dorthin, wo auch das Messer war. »Ich komme, Margarethe. Ich komme zu dir. Von nun an wird alles anders.«

Die Worte klangen wie eine Zauberformel, stärker als alle Grimoires und Beschwörungsbücher in sämtlichen Bibliotheken der Welt.

Vierter Akt

Der Student und das Mädchen

14

An einem sonnigen Junitag im Jahre des Herrn 1496 erreichte Johann Heidelberg.

Sein Mantel war staubig und löchrig, Wams und Hemd ein halbes Dutzend Mal geflickt, die Schuhe so durchgelaufen, dass die Zehen unter dem Leder hervorlugten. Entschlossen, mit schmalen Lippen und grimmigem Blick, umklammerte er den grob geschnitzten Wanderstab, während er auf die große hölzerne Brücke zuschritt, die über den Neckar führte. Dahinter lagen das Stadttor, die Häuser und Kirchen und auf einer Anhöhe ein stattliches Schloss.

Oft in den letzten Monaten, wenn Johann geglaubt hatte, es ginge nicht mehr weiter, hatte er sich zwei Bilder vorgestellt: den ersten Blick auf Heidelberg und das überraschte Gesicht Margarethes, wie sie ihn erkannte und lachend in die Arme schloss. Diese Vorstellungen hatten ihn weitergetragen, durch die brütend heiße Po-Ebene und die Lombardei, über den Brennerpass und durch die vielen Grafschaften, Herzog- und Fürstentümer dahinter. Oben auf der Passhöhe war er schwer krank geworden, ein Fieber hatte ihn erfasst, das ihn wochenlang ans Bett fesselte. Barmherzige Pilger hatten ihn ohnmächtig und nass von Schweiß am Wegesrand gefunden und in ein Spital gebracht. In seinen Fieberträumen war Johann immer wieder Magister Archibaldus erschienen; genagelt an ein Kreuz, hatte ihm der Sterbende Worte zugemurmelt, die der Wind davontrug.

Du bist schuld ...

Ja, er hatte Schuld auf sich geladen. Archibaldus war ermordet worden, weil er Johann etwas mitteilen wollte, weil er ihn schützen wollte. Vor etwas unsäglich Bösen und vor dem Dunklen, das in Johann selbst lauerte wie ein kleines schlafendes Tier und gelegentlich ausbrach.

Als er schließlich genas, sehr langsam, während ein gütiger alter Mönch ihm wie einem Kleinkind dreimal täglich Suppe einflößte, dachte Johann immer wieder über den Namen nach, den Archibaldus mit seinem eigenen Blut an die Kirchenwand in Torcello geschrieben hatte.

Gilles de Rais ...

Noch immer wusste Johann nicht, was dieser Name bedeutete. Und auch wenn er die Initialen auf dem Messer betrachtete, konnte er sich keinen Reim darauf machen. Vielleicht war es ja auch nur ein Zufall, dass es sich um die gleichen Anfangsbuchstaben handelte – auch wenn Johann nicht mehr so recht an Zufälle glauben mochte.

In den letzten Monaten war er gereift wie ein guter, erdiger Wein im Fass. Er war nun achtzehn Jahre alt, mit sehnigen Muskeln, fest wie Hanfseile. Seine schwarzen Locken und den Bart hatte er sich mit dem Messer noch gestern kurz geschoren, sodass er fast wie ein Mönch aussah. Sein Gesicht war hager und kantig, die Augen schimmerten dunkel und geheimnisvoll, und es hatte nicht wenige Dienstmägde und Wirtstöchter gegeben, die Johann auf seiner langen Reise angeschmachtet hatten. Er hatte sie alle verschmäht, ganz so, als wäre er wirklich ein Mönch. Was ihn weitergetrieben hatte, waren die Liebe zu Margarethe und die Hoffnung, dass sich sein Leben von nun an ändern würde. Manchmal dachte er noch an Salome, an Emilio, Mustafa und den armen Peter Nachtigall mit seiner Fiedel. Es war eine schöne Zeit mit den Gauklern gewesen, doch auch diese Reise hatte Johann nicht aufgezeigt, wohin sein Weg führte, was sein eigentliches Ziel war.

Vielleicht befand sich dieses Ziel ja nun vor ihm.

Mit festen Schritten ging er über die Brücke, auf der jetzt um die Mittagszeit etliche Krämer mit Weidenkraxen und Bauern auf rumpelnden Ochsenkarren der Stadt zuströmten. Gepanzerte Reiter verschafften sich schreiend Platz, eine Gruppe grimmiger kurfürstlicher Landsknechte in geschlitztem Wams und blinkendem Kürass zog an Johann vorbei. Es waren die Tage kurz vor Johannis, dem Fest des längsten Tages, das in der ganzen Pfalz mit brennenden Strohrädern und Bergfeuern gefeiert wurde. Der warme Sommer war endlich eingetroffen – wenn auch nur für einen kurzen Besuch, ehe ihn Herbst und Winter wieder ablösten. Johann blickte in die lachenden Gesichter von Kindern, die mit bunten Stecken in der Hand über die Brücke stürmten, an denen neben bunten Bändern ausgeblasene Eier oder süße Hefebrezeln hingen. Aus der Stadt klangen Musik und Gelächter, der Duft von Gebratenem stieg Johann in die Nase. Erst jetzt merkte er, dass er seit heute Morgen nur einen Kanten hartes Brot gegessen hatte. Seine Ersparnisse aus Venedig waren fast vollständig aufgebraucht, das wenige Geld, das er noch besaß, hatte er für seine Ankunft in Heidelberg aufgehoben.

In der letzten Woche hatte ihn sein Weg ganz nah an Knittlingen vorbeigeführt. Eine stille Sehnsucht hatte ihn erfüllt, doch mehr noch ein tiefer Schmerz. Es gab keinen Grund für ihn, in die Stadt seiner Kindheit zurückzukehren. Was sollte er dort, wo ihn doch nur alle hassten, vor allem sein Stiefvater? Und die, die er liebte, waren tot oder verschwunden. Wenn, dann wollte er irgendwann mit erhobenem Haupt nach Knittlingen zurückkehren, als Magister oder gar als Doktor.

Johanns Hand glitt unter sein verschlissenes Hemd, wo sich noch immer Archibaldus' Brief befand. So oft hatte er ihn schon berührt, dass das Papier an den Seiten bereits ganz dünn und eingerissen war. Er betete, dass ihm dieses Dokument half, Zutritt zur Heidelberger Universität zu bekommen. Immerhin hatte Archibaldus auch ihren Aufenthalt im Fondaco dei Tedeschi ermöglicht. Die Familie Stovenbrannt hatte also immer noch Einfluss.

Als kleiner Junge war Johann schon einmal mit dem Stiefvater in Heidelberg gewesen und erinnerte sich noch gut an die Brücke und an das neue Schloss, das unterhalb einer älteren Burg am gegenüberliegenden Hang thronte. Dazwischen lag, eingezwängt zwischen Fluss und den Ausläufern des Odenwaldgebirges, die Stadt, die in den letzten Jahrzehnten gehörig gewachsen war. Auf dem Marktplatz kaufte er sich bei einem der Bäcker zwischen den Kirchenpfeilern der großen, aus rotem Sandstein erbauten Heiliggeistkirche eine der süßen Brezeln, wie er sie soeben bei den Kindern gesehen hatte, und schlenderte damit durch die Gassen. Geschäftig kamen ihm Bürger in prunkvollen Kleidern entgegen, die Häuser trugen hübsche Giebel, die Hauptstraßen waren mit Steinen gepflastert, und es roch längst nicht so streng wie in anderen Städten, durch die er gereist war.

Andächtig blieb Johann stehen und blickte hinauf zum kurfürstlichen Schloss. Heidelberg war nicht Augsburg und beileibe nicht Venedig, doch immerhin herrschte hier Philipp der Aufrichtige, der als Pfälzer Kurfürst zu den Mächtigsten des Reiches zählte. Einer seiner Vorfahren war sogar deutscher König gewesen, ein weiterer Verwandter, der pfälzische Kurfürst Ruprecht I., hatte vor mehr als hundert Jahren die Heidelberger Universität gegründet. Immer war es Johanns Traum gewesen, hier zu studieren, und er konnte kaum glauben, dass dies nun vielleicht Wirklichkeit werden sollte.

In den Gassen rund um den Marktplatz herrschte reges Gewimmel. Johann fragte sich durch, bis ihm jemand den Weg zu den Universitätsgebäuden wies. Sie lagen beinahe im Zentrum der Stadt, unweit der Heiliggeistkirche, zu beiden Seiten der Straße. Aus einer Kapelle schritten eben einige Studenten in den typischen schwarzen Talaren, auf dem Kopf

Barette, die sie verwegen ins Gesicht gezogen hatten. Sie wirkten stolz und abweisend. Verlegen blickte Johann an seinem staubigen Gewand hinab. Plötzlich kam er sich völlig fehl am Platz vor, wie ein tumber Bauer am Hofe eines Königs. Er musste seinen ganzen Mut zusammennehmen, um einen der entgegenkommenden Studenten nach dem Namen zu fragen, den ihm Magister Archibaldus genannt hatte.

»Zu Rektor Jodocus Gallus möchtest du?« Der Student mochte nicht viel älter als sechzehn sein, trotzdem musterte er den weitaus größeren Johann mit einer Mischung aus Spott und Verachtung. »Wenn du den alten Herrn um einen Heller anbetteln willst, dann lass dir gesagt sein, dass die Herren Doktoren beileibe nicht genug verdienen, um euch Schnorrerpack durchzufüttern. Geh lieber zu den Augustinern und lass dir einen Teller Mehlsuppe geben.«

Johann ballte die Fäuste, doch er beherrschte sich. »Ich bin nicht gekommen, um zu betteln, sondern um Doktor Gallus einen Brief zu überbringen«, entgegnete er kühl.

Der Student zuckte die Achseln. »Versuch's mal drüben in der Schola Artistarium neben dem Kloster. Ich glaube, der alte Gallus hält gerade eine Vorlesung.« Er hob streng den Finger. »Aber störe bloß nicht den Unterricht! Sonst setzt es was.«

Johann wandte sich grußlos ab. Nach einigem Suchen stieß er schließlich auf ein kleineres einstöckiges Gebäude, das in der Nähe des Augustinerklosters lag. Wie viele andere Häuser im Viertel schien es erst vor Kurzem erbaut worden zu sein, es war weiß getüncht und besaß teure Fenster aus Butzenglas. Durch die offen stehenden Fensterflügel drang monotoner lateinischer Singsang. Johann spähte hinein in einen lang gezogenen Raum, in dem sich etwa zwei Dutzend Studenten aufhielten. Sie saßen auf Holzbänken entlang der Wände, einige wenige schrieben eifrig mit, doch die meisten schienen noch den Rausch der vorherigen Nacht ausschlafen zu müssen. In regelmäßigen Abständen sanken ihre Köpfe nach vorne, woraufhin sie von ihren Nachbarn kichernd angerempelt wurden. An der Stirnseite des Raums stand an einem Pult ein älterer, streng dreinblickender Herr im Talar, der eine Vorlesung über Arithmetik hielt. An der Wand hinter ihm hing eine Tafel mit einigen hastig hingekritzelten Formeln und Berechnungen. Johann waren etliche der Begriffe bereits vertraut, er verharrte und lauschte gebannt, das Ohr ganz nahe ans Fenster gepresst. Es war lange her, seit er das letzte Mal seinen Geist geschult hatte. Er sog die einzelnen Worte auf wie ein Verdurstender Tropfen von Wasser.

Zu seiner Enttäuschung war die Vorlesung schon bald vorüber, die Studenten drängten nach draußen. Ihren erleichterten Mienen und Gesprächen entnahm Johann, dass sie sich wohl schon in ein paar Stunden zum nächsten Besäufnis treffen würden.

Johann wartete eine Weile, dann trat er ein. Der Mann am Pult packte eben seine Unterlagen in eine Lederkladde. Er war fast kahl und sehr dürr, der Talar hing an ihm wie Kleider an einer Vogelscheuche. Verärgert sah er auf. Jetzt erkannte Johann, dass er gar nicht so alt war wie zunächst gedacht, erst ungefähr Ende dreißig. Doch sein würdevolles Auftreten und seine Strenge ließen ihn viel älter erscheinen.

»Die Vorlesung ist eben zu Ende gegangen«, sagte der Doktor mit säuerlicher Miene. »Wenn du verschlafen hast, dann lass dir von deinen versoffenen Freunden den Inhalt mitteilen. Wobei ich Zweifel habe, ob sie überhaupt etwas verstanden haben.« Sein Blick glitt über Johanns staubiges Gewand. »Und wasch dich gefälligst, bevor du hier das nächste Mal auftauchst. Du bist eine Schande für die ganze Universitas!«

»Ich ... ich bin kein Student«, entgegnete Johann unsicher. »Seid Ihr Doktor Jodocus Gallus?«

Der hagere Mann nickte ungeduldig. »Warum fragst du?«

»Ich soll Euch einen Brief übergeben.« Johann überreichte das zerfledderte Schreiben, das er so viele Monate über seinem Herzen getragen hatte. Jodocus Gallus betrachtete das Siegel und gab einen Laut der Überraschung von sich. »Ei Potzblitz! Ein Brief vom alten Archibaldus, nach so langer Zeit! Ist das möglich? Ich glaube, ich war noch nicht mal Magister, als ich ihn das letzte Mal traf.«

Er zerbrach das Siegel, entfaltete das Dokument, dann setzte er umständlich seine Brille auf und las den Brief sorgfältig. Schließlich wandte er sich wieder Johann zu. Diesmal war seine Miene nicht mehr ganz so säuerlich, sondern eher neugierig. Hinter seinen Brillengläsern zwinkerte er Johann zu.

»Hm, wenn man Archibaldus Glauben schenken darf, dann bist du ja ein wahres Wunderkind. Wo hast du meinen alten Studienfreund denn kennengelernt?«

»Auf … auf einer Reise nach Venedig. Er war für einige Zeit mein Lehrer.«

»Und? Geht es ihm gut?«

Johann schluckte. »Oh, er lässt Euch schön grüßen. Der Herr Magister bleibt wohl noch eine Weile in Venedig, das Klima ist gut für seine alten Knochen, sagt er.« Johann hielt es für ratsam, dem Doktor nichts vom grausigen Tod seines Freundes zu erzählen.

»Hach, das schöne Venedig! Die Serenissima!« Jodocus Gallus lächelte wehmütig. »Wie gerne wäre ich jetzt dort mit Archibaldus und nicht in diesem stinkenden Pfälzer Kaff. Sie nennen es Universitätsstadt, aber im Grunde tun die sogenannten Gelehrten hier alles, um das Studieren zu unterbinden. Und die faulen Bummelstudenten sind um keinen Deut besser! Paris, Rom, Prag, ja, das sind moderne Universitäten, aber Heidelberg? Pah! Selbst in Leipzig haben sie jetzt bessere und fortschrittlichere Gelehrte …«

Johann entschied, den Doktor grummeln zu lassen und nichts weiter zu tun, als gelegentlich zu nicken. Endlich beendete Rektor Gallus seine Litanei mit einer wegwischenden Handbewegung. »Aber lassen wir das Lamentieren. Archibaldus glaubt also, dass du ein guter Student wärst. Hast du denn Geld, um deine Immatrikulation zu bezahlen? Besitzt du irgendwelche Referenzen?«

»Weder das eine noch das andere«, erwiderte Johann. Tatsächlich hatte er noch ein wenig Erspartes aus Venedig, doch er wusste selbst, dass dies für eine Immatrikulation niemals reichen würde, zumindest nicht für die nächsten Jahre.

»Augenblick mal. Verstehe ich das richtig?« Jodocus Gallus zog die Augenbrauen hoch, er sah aus wie ein Raubvogel, der kurz davor war, sich auf eine Maus zu stürzen. »Du hast kein Geld, kommst aus keiner alten, betuchten oder wenigstens ehrenhaften Familie und hast kein weiteres Empfehlungsschreiben bei dir als diesen Fetzen?«

Johann schüttelte traurig den Kopf. Plötzlich kam ihm der ganze Plan ziemlich blödsinnig vor. Wie hatte er nur glauben können, die Universität würde einen wie ihn aufnehmen? Jodocus Gallus lachte schallend.

»Na, das ist typisch Archibaldus! Schickt mir einen dahergelaufenen Bettler und glaubt, ich könnte aus ihm einen Studenten machen! Ein fahrender Scholast, der Casus macht mich lachen!« Er grinste. »Hast du wirklich gedacht, so ein zerknitterter Brief meines alten Freundes würde reichen? Ich bin zwar der Rektor dieser Universität, aber auch ich kann nicht tun, was ich möchte. Was würde wohl der Kanzler sagen, wenn ich dich einfach hier einschleuse?«

»Es … es tut mir leid, dass ich Eure wertvolle Zeit vergeudet habe«, sagte Johann. Er zuckte die Achseln und deutete auf die Tafel, wo noch ein paar Formeln aus der letzten Vorlesung standen. »Ich danke Euch trotzdem für Eure Einführung in Euklids Parallelenaxiom. Ich habe die Vorlesung von draußen mit angehört, sie war sehr erhellend.«

Gallus stutzte. »Du kennst Euklids Elemente?«

»Magister Archibaldus hat sie mich gelehrt«, erwiderte Johann leise.

»Hm, weißt du auch etwas über den Euklidischen Algorithmus?«

Johann überlegte kurz, dann ging er vor zur Tafel, nahm die Kreide und schrieb einige Formeln auf. »Mit dem Euklidischen Algorithmus lässt sich der größte gemeinsame Teiler zweier natürlicher Zahlen herausfinden«, erklärte er. »Wenn CD nicht AB misst, und man nimmt bei AB und CD abwechselnd immer das Kleinere vom Größeren weg, dann muss eine Zahl übrig bleiben, die die vorangehende misst.«

»Das ist korrekt.« Nachdenklich rieb sich Gallus das bartlose Kinn. »Wie sieht es mit der Rhetorik aus? Kennst du Platons Unterscheidung zwischen Sophisten und Philosophen?«

Johann beantwortete ihm die Frage und auch alle folgenden, die der Doktor ihm stellte, darunter auch solche aus den Bereichen Grammatik, Dialektik, Astronomie und Geometrie. Am Ende klatschte Gallus in die Hände, er grinste breit.

»Ei, verflixt, du weißt mehr als meine Studenten nach dem Baccalaureus. Offenbar hat Archibaldus also recht gehabt, du bist wirklich ein Wunderkind. Kommst aus dem Nichts und lässt diese jungen Schnösel aus gutem Hause aussehen wie dumme Bauern.« Er lachte trocken, dann wurde er wieder ernst. Eingehend musterte er Johann. »Hm, vielleicht gibt es ja doch eine Lösung. Ich müsste mit Partschneider reden … ja, das wäre möglich. Wenn er noch einen Platz im Dionysianum frei hat …« Er wandte sich zur Tür. »Warte hier.«

Johann setzte sich auf eine der Bänke an der Wand und starrte auf die Formel des Euklidischen Algorithmus. Eben noch hatte der Rektor ihm mit dem Rauswurf gedroht, jetzt war plötzlich wieder alles anders. Er konnte gar nicht glauben, dass ihm die Sprache der Mathematik vielleicht dazu verholfen hatte, seinem Leben eine neue Wendung zu geben.

Nach einer Weile kam Jodocus Gallus mit zwei älteren Männern in ebenso langen schwarzen Talaren zurück. Der Doktor deutete auf Johann, der noch immer auf der Bank saß. »Das ist er«, sagte Gallus zu den Herren, die den jungen, ein wenig verwahrlost aussehenden Burschen argwöhnisch musterten. »Überzeugt Euch selbst.«

Sie prüften ihn im Trivium und schließlich auch in den Fächern des Quadrivium. Die Prüfung dauerte über eine Stunde. Am Ende sahen sich die drei älteren Männer einmütig an.

»Er bekommt den Platz«, sagte der Rechte der beiden, ein fetter Mann mit kleinen Schweinsäuglein und roten Hängebacken. »Ich habe selten einen Neuling befragt, der bereits so viel wusste. Wirklich erstaunlich.«

»Hm, allerdings ist er nicht mehr der Jüngste, wie mir dünkt«, warf der zweite Gelehrte ein, ein grauhaariger Mann mit schlechten Zähnen. Er beäugte Johann kritisch. »Wie alt bist du, Bursche?«

»Achtzehn«, erwiderte Johann.

Der Mann verzog das Gesicht. »Das ist schon ziemlich alt.«

»Ich bitte Euch, Magister Partschneider«, warf der Dicke lachend ein. »In Eurem Dionysianum sind sogar noch ältere Studenten. Man könnte fast meinen, Ihr mögt einfach seine Nase nicht.«

»Es ist nicht die Nase, sondern etwas anderes«, entgegnete der Magister, dessen Augen Johann förmlich durchbohrten. »Irgendetwas gefällt mir an ihm nicht. Aber ich gebe zu, dass er viel weiß und ganz offensichtlich klug ist.«

»Nun, ich denke, wir bewilligen das Stipendium für ein Jahr«, schlug Rektor Gallus vor. »Lasst uns sehen, ob er sich bewährt. Einverstanden?«

Die anderen nickten, und Jodocus Gallus wandte sich an Johann. »Dann ist es also ausgemacht. Dabei fällt mir ein, dass ich dich noch gar nicht nach deinem Namen gefragt habe. Wie heißt du denn, mein Junge?«

»Ich heiße ...«, begann Johann. Instinktiv beschloss er, dass es vielleicht besser war, nicht seinen wirklichen Namen zu verwenden. Immerhin war Heidelberg nicht weit entfernt von Knittlingen. Was würde passieren, wenn ihn hier jemand erkannte?

»Äh, ich heiße Faustus«, erwiderte er nach kurzem Zögern. »Johann Faustus aus Simmern.«

Der Ort war ihm eben eingefallen, er hatte erst vor einigen Tagen einen Reisenden aus Simmern getroffen. Doktor Gallus lächelte breit.

»Faustus, der Glückliche? Ein ungewöhnlicher Name, aber sei's drum. Mögest du hier in Heidelberg dein Glück finden, junger Faustus.« Dann stand er auf und reichte Johann die Hand. »Willkommen in unserer Universitas«, sagte er. »Du wirst heute Abend deinen Eid bei mir ablegen. Ach, und übrigens, ab jetzt unterstehst du unserer Gerichtsbarkeit. Und als dein Rektor sage ich dir: Wasch dich und ordne deine Kleider, sonst landest du noch heute im Studentenkarzer.«

* * *

Die ersten Tage in Heidelberg waren für Johann wie ein zusätzliches Studium.

Er konnte sein Glück kaum fassen, die berühmte Heidelberger Universität hatte ihn aufgenommen! Trotzdem bedeutete dieses Glück für ihn harte Arbeit. Alles war neu für ihn, er musste in aller Eile lernen, was den anderen Studenten bereits selbstverständlich war. Wenigstens hatte er auf diese Weise keine Gelegenheit mehr, weiter über das zu grübeln, was in Venedig geschehen war.

Das Heidelberger Universitätsgelände war ein Labyrinth aus neu errichteten Gebäuden, ehemaligen Klosterbauten, Kirchen und Plätzen, wo nach einem festen Plan Vorlesungen, Repetitorien und Seminare stattfanden. Johann hatte gehört, dass sich hier früher auch das jüdische Ghetto befunden hatte, doch nach der Vertreibung der Juden aus Heidelberg vor über hundert Jahren hatte der Kurfürst die alten Häuser niederreißen und an ihrer Stelle neue bauen lassen. Die Synagoge war in die Universitätskapelle umgewandelt worden, die auch als Vorlesungssaal diente.

Es mochten weit über hundert Studenten sein, die in ihren Talaren und mit Baretten auf den hoch erhobenen Häuptern durch die schmalen Gassen des Viertels schritten, um die jeweiligen Veranstaltungen zu besuchen. Sie benahmen sich allesamt wie junge Doktoren, in den Händen trugen sie Pakete von Büchern, die man in den drei Bibliotheken der Universität ausleihen und zumindest in Teilen abschreiben durfte. Die Wertvollsten von ihnen waren an Pulte gekettet. Allein die Ausleihe der Bücher war ein aufwendiger bürokratischer Vorgang, für den Johann eine eigene Prüfung gebraucht hätte.

Alle Vorlesungen wurden auf Latein gehalten, und auch untereinander sprachen die Studenten meist Latein, vor allem deshalb, um sich von den Heidelberger Bürgern abzugrenzen, denen die aufmüpfigen jungen Burschen oft ein Dorn im Auge waren. Lärmend und singend zogen sie abends durch die Gassen, prügelten sich oder suchten das Bordell in der Großen Mantelgasse auf, um dort ihr Mütchen zu kühlen. Frauen waren an der Heidelberger Universität, wie auch an allen anderen Universitäten, nicht zugelassen.

Die meisten Studenten wohnten in sogenannten Bursen, großen Herbergen, in denen unter der Aufsicht eines älteren Magisters weitere Repetitorien und Übungen abgehalten wurden. Noch spät in der Nacht hörte man dort Lärm und Krakeelen, auch wenn dies laut Studienordnung eigentlich streng verboten war. Johann hingegen war im sogenannten Dionysianum untergebracht, einem kargen Bau, wo sechs arme, begabte Studenten und sechs ebenso mittellose Magister der Artes liberales unentgeltlich wohnten. Das Dionysianum galt als besonders streng und wurde von Magister Partschneider geleitet, den Johann schon bei seiner ersten Prüfung kennengelernt hatte. Der misstrauische Alte machte vom ersten Tag an klar, dass Johann bei ihm unter besonderer Aufsicht stand.

»Ich bleibe dabei«, knurrte er, »irgendetwas gefällt mir nicht an dir. Ich finde schon noch heraus, was es ist.« Wenn Johann an ihm vorbei in seine spärlich möblierte Kammer ging, spürte er Partschneiders Blick in seinem Rücken und fühlte sich durchschaut – ganz so, als wüsste der Magister, wer er wirklich war.

Nämlich nichts weiter als ein Gaukler und Hochstapler.

Gleich in der ersten Woche hatte sich Johann mit einem der anderen fünf mittellosen Studenten angefreundet, mit dem er auch das Zimmer teilte. Sein Name war Valentin Brander, ein zarter Bursche mit hängenden Schultern, der immer wirkte, als hätte er Angst vor einer Tracht Prügel. In seinen Augen jedoch blitzte Klugheit und Schalk. Valentin war der Sohn eines einfachen Klosterhufschmieds und stammte aus einer Pfälzer Dominikanerabtei; der dortige Abt hatte ihn höchstpersönlich für das Studium empfohlen.

Da die Bewohner des Dionysianums von den reichen Studenten aus gutem Hause wie die Pest gemieden wurden, saßen Johann und Valentin oft noch abends allein in der Burse zusammen und spielten Schach – ein Spiel, das Valentin Johann beigebracht hatte. Es hatte Johann schon nach wenigen Stunden völlig in seinen Bann gezogen, er liebte die verwinkelten Züge des teuflischen Spiels. Sie boten ihm die willkommene Gelegenheit, ganz abzutauchen und alles andere für kurze Zeit zu vergessen.

Auch Margarethe.

Doch dann fiel sie ihm plötzlich wieder ein, wie ein Blitz, der ihn aus heiterem Himmel traf. In diesen Momenten wurde sein Blick starr, und er vergaß alles um sich herum.

»Was hast du nur wieder?«, flüsterte Valentin ihm während einer der Vorlesungen zu. »Bist einer der besten Erstsemester, weißt alles, und dann glotzt du auf einmal wie ein blödes Kalb. Pass nur auf, dass dich der Partschneider nicht beim Träumen erwischt.«

Johann schüttelte sich und vertiefte sich wieder in seine Studien. Eigentlich hatte er schon in den ersten Tagen nach Margarethe suchen wollen, doch bislang war er so gefordert gewesen von alldem Neuen, dass er bislang keine Gelegenheit dazu gefunden hatte. Auch das Johannisfest war verstrichen, ohne dass er viel davon mitbekommen hatte. Die Universität war wie ein großer, alles verschlingender Moloch.

* * *

So verstrichen die Wochen, in denen Johann die Fächer des Triviums paukte: Grammatik, Dialektik und Rhetorik. Etliches hatte ihn bereits Archibaldus, aber auch Tonio gelehrt, trotzdem glaubte er, noch ganz am Anfang zu stehen. In den Vorlesungen schrieb er konzentriert mit dem Griffel mit, beantwortete die Fragen der Doktoren, stellte scharf formulierte Gegenfragen, während viele der Studenten um ihn herum oft nur ihren Rausch ausschliefen. Sie waren von ihren reichen Vätern hergeschickt worden und verließen die Universität meist nur mit dem Grad des Baccalaureus, der schon nach zwei Jahren erreicht war. Viele brachen sogar schon vorher ab. Johann hingegen war wissbegierig, klug und überaus ehrgeizig – was ihn bei den Kommilitonen nicht eben beliebter machte. Manchmal fragte er sich, woran es lag, dass er so schnell lernte. Es war fast unheimlich, alles, was er las, konnte er sofort behalten. Es war eine Gabe, die er seit seiner Kindheit besaß, doch es schien ihm, als wäre sie in den letzten zwei Jahren noch gewachsen – im Grunde seit der Zeit mit Tonio.

Dass die Studenten ihn eher mieden, lag aber vielleicht auch an etwas anderem. Es war, als würde Johann irgendetwas Dunkles, Geheimnisvolles umgeben, eine giftige Wolke, durch die nur wenige hindurchdrangen. Nicht nur dem alten Magister Partschneider war diese unheimliche Aura aufgefallen.

Wenn Johann morgens schweißgebadet zwischen feuchten Laken aufwachte, wusste er, dass er wieder von dem gekreuzigten Archibaldus geträumt hatte.

Von Archibaldus und von Margarethe.

Er hatte bereits in den Bibliotheken der Universität nachgesehen, ob dort irgendetwas über einen gewissen Gilles de Rais verzeichnet war, jenen seltsamen Namen, den Archibaldus ihm hinterlassen hatte, doch er wurde nicht fündig. Auch zu dem Satz *Homo Deus est* war nichts herauszufinden. Johann wagte nicht, seine Lehrmeister danach zu fragen. Er hatte bereits bei Archibaldus und Signore Barbarese die Erfahrung gemacht, dass den Satz irgendein dunkles Geheimnis umgab, dass er sogar mit Ketzerei in Verbindung gebracht wurde. Und so verstaute er seine bösen Erinnerungen in den Tiefen seines Gedächtnisses, wo sie ihn ab und an in seinen Träumen quälten. Auch die Suche nach Margarethe verschob er von Mal zu Mal, wohl auch deshalb, weil er Angst hatte, was dann vielleicht geschehen würde. Würde sie ihn überhaupt empfangen oder ihn vielmehr verfluchen und davonjagen? Johann dachte an die letzten Worte, die Margarethe damals in Knittlingen an ihn gerichtet hatte.

Du bist der Teufel …

Der Sommer ging seinem Ende entgegen, ohne dass Johann viel davon mitbekommen hätte. Eines Abends, als Valentin und er wieder einmal gemeinsam beim Schachspiel saßen und Johann besonders lange über einem Zug grübelte, sprach ihn Valentin besorgt an.

»Was ist mit dir? Ich meine, du bist auch sonst nicht der Gesprächigste. Aber seit Tagen redest du kaum ein Wort. Ich sehe es dir doch an, da brütet was in dir! Ist es, weil dir die

Studenten von der Schwabenburse gestern in der Vorlesung die Notizen gestohlen haben?«

»Was scheren mich diese Trottel?« Johann schüttelte grimmig den Kopf und schlug mit seinem Turm einen von Valentins Springern. »Die Schwabenbursler sind so dumm wie Molche. Es lohnt sich nicht, mit ihnen zu streiten. Wenn ich ihnen auch derzeit nicht raten würde, mir im Dunkeln zu begegnen«, fügte er düster hinzu.

»Da solltest du vorsichtig sein, dieser Hans Altmayer, ihr Anführer, hat dich ohnehin auf dem Kieker. Wenn die Schwaben im Dutzend über dich herfallen, hat auch der ach so stolze Johann Faustus keine Chance.«

Mit gespielter Strenge hob Valentin den Finger. Auch ihm, dem einzigen Freund unter den Kommilitonen, hatte Johann seinen wahren Namen nicht verraten. Tatsächlich war es schon ein paarmal zu kleineren Raufereien zwischen ihm und anderen Studenten gekommen. Um nichts zu riskieren, ließ Johann sein Messer stets zu Hause. Größere Waffen, etwa Degen und Schwerter, waren an der Universität ohnehin verboten. Aber Johann reichten seine Fäuste, mit denen er auch schon Valentin aus der Klemme geholfen hatte. Er galt als unangenehmer Gegner, dem man lieber aus dem Weg ging. Die anderen Studenten respektierten ihn, manche beneideten ihn auch um seine Klugheit und sein Wissen, aber sie liebten ihn nicht. Keiner ging gern mit ihm ein Bier trinken, und auch er mied die Gesellschaft anderer, mit Ausnahme von Valentin.

Im Gegensatz zu seinem hochgewachsenen, athletischen neuen Freund war Valentin klein und schmächtig. Die Haare fielen ihm jetzt schon aus, obwohl er erst siebzehn Jahre zählte. Wie Johann war er klug und wissbegierig, allerdings äußerst zartbesaitet, was ihm bereits etliche Schläge eingetragen hatte. In den Vorlesungen saßen die beiden Studenten meist zusammen.

»Wenn es nicht der Altmayer ist, der dich juckt, was ist es dann?«, hakte Valentin nach.

Johann seufzte und schob das Schachbrett zur Seite. Warum sollte er nicht mit Valentin über seine Nöte sprechen? Vielleicht wusste sein Freund ja, wie man ein mittlerweile verheiratetes Mädchen suchte, das man seit fast zwei Jahren nicht mehr gesehen hatte und von dem man nur den Vornamen kannte.

»Es geht um eine Liebschaft«, begann er umständlich. »Nicht um irgendeine, sondern ich fürchte, es ist die Liebe meines Lebens. Sie verfolgt mich, solange ich denken kann …«

Johann erzählte Valentin von Margarethe, von den vergangenen gemeinsamen Tagen und dass er seine Heimatstadt bereits vor Jahren verlassen hatte. Dabei nannte er auch seinen wirklichen Geburtsort. Valentin runzelte die Stirn.

»Ich dachte, du kommst aus Simmern?«

»Es … es gab einige Vorkommnisse in Knittlingen, die ich vor dem Rektor lieber verschweigen wollte«, redete sich Johann heraus. »Ich werde dir ein andermal davon erzählen.«

»Faustus, Faustus … der große Unbekannte.« Valentin zwinkerte ihm zu. »Nun, wie auch immer …« Er schob die Dame vor seinen König. »Und jetzt hat diese Margarethe also irgendeinen Weinbauern hier in der Gegend geheiratet, und du suchst sie. Glaubst du wirklich, das ist ein guter Einfall? Vielleicht ist sie mit diesem Mann ja glücklich, und du rührst nur Vergangenes wieder auf.«

»Wenn sie glücklich ist, will ich es wenigstens wissen, verstehst du?«, brauste Johann auf. »Sie geht mir nicht aus dem Kopf! Ihr Lachen, ihre fröhlichen Augen – sie war die Sonne in meinem Leben. Wenn ich mal wieder nicht aus dem Grübeln rauskam, hat sie mich wachgerüttelt, sie … sie hat mich immer wieder gerettet …«

»Hör auf!« Valentin schüttelte lachend den Kopf. »Ich sehe schon, du bist unheilbar verliebt.« Er fasste sich an die Nase. »Hm, weißt du denn wenigstens, wie ihr werter Ehemann heißt?«

Johann zuckte die Achseln. »Ich weiß nichts, nur dass er eben ein Weinbauer aus der Gegend sein soll. Vielleicht lebt sie ja gar nicht hier, und dieser Händler in Venedig hat Unsinn erzählt.«

»Ein Heidelberger Winzer heiratet also ein Mädchen aus Knittlingen ... Das sollte doch rauszufinden sein.« Valentin rieb sich das bartlose Kinn. »Vielleicht wissen die Leute in den Wirtshäusern ja was, drüben im Bergheimer Viertel, wo viele Weinbauern wohnen. Dort müsste man sich mal umhören. Ich weiß nur nicht, was der holde Gatte sagt, wenn die alte Jugendliebe seiner Frau plötzlich wieder auftaucht. Wir müssen also vorsichtig sein.« Er grinste. »Aber ich hätte nichts einzuwenden gegen ein paar Schoppen Heidelberger Weißen. Solange du zahlst ...«

»Du ... du würdest mir also helfen?«, fragte Johann.

»Na hör mal, das ist doch Ehrensache unter Kommilitonen! Wir sollten nur aufpassen, dass der alte Partschneider nichts davon mitbekommt. Er sperrt die Burse abends immer so sorgfältig ab, als wäre sie ein Gefängnis.«

»Das lass mal meine Sorge sein«, erwiderte Johann. Seine Lippen verzogen sich zu einem schmalen Lächeln. »Ich habe viele Talente, auch das Verschwinden. Du musst wissen, in einem meiner früheren Leben war ich ein Zauberer. Und jetzt zurück zum Spiel.« Erneut beugte er sich über das Spielbrett und zog eine Figur. »Läufer schlägt Dame, Schachmatt.«

Valentin schlug sich an die Stirn. »Verflucht, für einen, der das Spiel erst vor Kurzem gelernt hat, bist du ziemlich gut. Trotzdem werde ich aus dir nicht schlau. Eben noch beichtest du mir deine große Liebe, und nun machst du diesen Zug, als hättest du die ganze Zeit an nichts anderes gedacht. Manchmal wüsste ich wirklich zu gern, was in deinem Kopf vorgeht, Johann Faustus.«

Es sollte noch bis zum nächsten Samstag dauern, bis die beiden Studenten endlich aus der Burse entwischen konnten. Zwar schloss Magister Partschneider die Tür immer gut ab, und die Fenster waren vergittert. Doch in einem unbeobachteten Moment stahl Johann den Schlüssel vom Haken im Repetitoriensaal. Mit Bienenwachs nahm er einen Abguss und ließ noch am gleichen Tag bei einem Heidelberger Schmied einen Zweitschlüssel anfertigen. Auf diese Weise konnten Valentin und er jetzt auch noch nach Sonnenuntergang die Burse verlassen.

Das Bergheimer Viertel lag nicht weit entfernt, im Westen der Stadt. Hier wohnten viele Handwerker, aber auch Winzer, deren Weinberge an den Hängen des Neckars lagen. Die Wirtshäuser waren an diesem Samstagabend gut gefüllt. Auch etliche Studenten trieben sich hier herum, tranken Wein und Bier aus großen Tonhumpen, grölten ihre zotigen lateinischen Lieder und versuchten, die Heidelberger Mädchen für ein kurzes Stelldichein in die nahen Scheunen und Keltern zu ziehen.

Valentin und Johann hatten beschlossen, sich ein Wirtshaus nach dem anderen vorzunehmen – in einer Studentenstadt wie Heidelberg kein leichtes Unterfangen. Damit auf Johann kein Verdacht fiel, würde vor allem Valentin die Gespräche mit den Einheimischen führen, Johann sollte eher im Hintergrund bleiben. Obwohl sie sich mit dem Wein zurückhielten, war Johann nach dem vierten Wirtshaus schon ziemlich betrunken – und noch immer hatten sie nichts herausgefunden.

Als sie zur späten Stunde schweren Schrittes das fünfte Wirtshaus betraten, sah Johann sofort, dass diese Herberge von Studenten der Schwabenburse besucht war. Unter den bereits reichlich angetrunkenen Burschen war auch ihr Anführer Hans Altmayer, der ihm schon ein paarmal übel mitgespielt hatte. Altmayer war der Sohn eines reichen Esslinger Tuchhändlers, ein grober Klotz, der die Zeit an der Universität hauptsächlich dazu nutzte, seine Gemeinheiten gegenüber anderen zu perfektionieren. Als Johann schweigend und ohne zu grüßen an ihm vorüberging, zog Altmayer spöttisch sein Barett. Er war groß und breit gebaut, allerdings nicht sehr beweglich, wie Johann schon bei ihrem ersten Treffen bemerkt hatte. In einer Rauferei war er schnell auszutanzen.

»Ah, die Bettler vom Dionysianum haben heute wohl Ausgang bekommen!«, spottete Altmayer und sah sich feixend nach seinen Freunden um. »Passt nur gut auf eure Taschen auf, Kommilitonen, die Habenichtse machen gern die Finger lang.«

Die Umstehenden grölten, doch Johann ging darauf nicht ein, sondern blickte Valentin hinterher, der sich eben an einen Tisch mit einigen Bauern setzte. Er selbst lehnte sich an die Wand, wo ihm schon bald eine junge Dienstmagd lächelnd einen Krug schäumenden Biers reichte. Hans Altmayer und die anderen Studenten aus der Schwabenburse steckten die Köpfe zusammen und warfen ihm von Zeit zu Zeit giftige Blicke zu. Jedoch wagten sie nicht, ihn im Wirtshaus offen anzugreifen.

Johann hatte erst ein paar Schlucke getrunken, als Valentin bereits wieder zu ihm zurückkam. Der Freund schien sehr aufgeregt.

»Ich denke, ich habe etwas rausgefunden«, sagte Valentin leise. »Die Bauern kennen einen Winzer, der vor nicht mal zwei Jahren geheiratet hat. Es ist wohl schon seine zweite Frau, die erste ist an Fleckfieber gestorben und hat ihm keine Kinder geschenkt …«

»Und die zweite …?« Johanns Herz schlug schneller.

»Sie kommt aus Knittlingen, und sie hat strohblonde Haare und Sommersprossen.«

»Das ist Margarethe!«, rief Johann so laut, dass die Umstehenden überrascht zu ihnen schauten.

»Psst!« Valentin drückte seine Hand. »Sei still und hör zu! Mit dem Mädchen scheint irgendwas nicht zu stimmen. Die Kerle wollten mir keine genauere Auskunft geben. Murmelten etwas von dunklen Mächten und Hexerei …«

»Was ist mit Margarethe?«, fuhr Johann auf.

»Ich weiß es nicht! Dazu müsste man den Ehemann befragen. Er heißt Jakob Kohlschreiber, ist wohl ein rechter Säufer …«

»Und wo finde ich ihn?«, unterbrach ihn Johann aufgeregt.

»Das wollte ich dir doch eben sagen.« Valentins Mund war nun ganz nah an seinem Ohr. »Er sitzt dort drüben allein in der Ecke. Siehst du ihn?«

Langsam drehte Johann den Kopf. In einer Ecke, ein wenig abseits von den übrigen Tischen, saß ein Mann allein vor einem großen Krug Wein. Er hatte dünnes braunes Haar, das ihm seitlich in Büscheln abstand. Sein Gesicht war vom Alkohol aufgedunsen, die Lippen fleischig. Früher mochte er ein adretter und muskulöser Bursche gewesen sein, doch jetzt wölbte sich ein dicker Bauch unter seinem Wams, der ganze Körper war massig und weich wie ein vollgesogener Schwamm. Seine Kleidung war fleckig, wenn sie auch verriet, dass der Mann durchaus vermögend sein musste.

Abrupt drückte Johann dem Freund seinen Bierkrug in die Hand.

»Was hast du vor?«, fragte Valentin.

»Ich werde mit dem Kerl reden«, erwiderte Johann leise. »Ich bin nicht Hunderte von Meilen gereist, um jetzt den Schwanz einzuziehen. Ich will wissen, wie es Margarethe geht.«

»Sei vorsichtig!«, raunte Valentin. »Der Bursche sieht gefährlich aus. Außerdem ist er betrunken.«

»Das bin ich auch.« Johann wandte sich ab und ging langsam auf den Tisch zu.

Der Mann stierte in seinen Krug, ohne ihn zu bemerken. Erst als Johann ihm gegenüber Platz nahm, sah er überrascht auf. Sofort wurde seine Miene mürrisch.

»Wer hat dich Jungspund eingeladen, sich zu mir zu setzen?«, grollte er. »Geh zurück zu den anderen Rumtreibern, dem faulen Studentenpack! Hier gibt's nichts zu holen.«

»Glaubt mir, ich bin diese Nichtsnutze ebenso leid wie Ihr«, entgegnete Johann, wobei er sich bemühte, einigermaßen nüchtern zu klingen. »Mein Vater, der ein Weinhändler ist, hat mich an die Universität geschickt. Dabei will ich eigentlich ein anständiges Handwerk erlernen und nicht diesen unnützen Kram. Auch das Handeln liegt mir nicht. Etwas mit den Händen wäre recht, Schmied, Zimmermann oder eben Weinbauer …«

»Hm, die Winzerei ist ein ordentlicher Beruf«, knurrte Jakob Kohlschreiber, nun schon etwas weniger grimmig.

Beiläufig ließ Johann eine Münze auf den Tisch rollen. Es war eine der letzten, die er aus Venedig behalten hatte. Sie war aus Silber, und Kohlschreiber musterte sie gierig. Mit einem Fingerschnippen winkte Johann die junge Magd herbei.

»Bekommt man in diesem Haus auch etwas Besseres als sauren Fusel?«, fragte er herrisch.

Als das Mädchen die Münze sah, machte es augenblicklich kehrt und kam schon bald darauf lächelnd mit einem weiteren Krug Wein zurück. Johann füllte zwei Gläser und stellte eines vor Kohlschreiber ab.

»Seid so freundlich und trinkt ein Glas mit einem jungen Burschen, der sein Unglück vergessen will«, bat er.

Das ließ sich Kohlschreiber nicht zweimal sagen. Er leerte den Becher und schenkte sich neu ein.

»Guter Wein«, brummte er. »Fast so gut wie mein eigener.«

»Was nutzt einem der beste Wein, wenn die Weiber nichts

taugen«, sagte Johann und nahm selbst einen tiefen Schluck. Aus dem Augenwinkel beobachtete er Kohlschreiber. »Mir ist mein Mädchen vor Kurzem davongelaufen, mit einem anderen Kerl. Seitdem trinke ich.«

Jakob Kohlschreiber lachte. »Mir ist meine Frau auch weggelaufen, allerdings nicht mit einem Kerl. Ihr kalter Leib lag noch in meinem Bett, aber ihr Geist war bereits irgendwo anders. Vermutlich auf dem Blocksberg. Verfluchte Hexerei!«

Johann beugte sich nach vorne. »Wie meint Ihr das?«

»Nun, das Weib ist vom Teufel besessen! Ich hätte es wissen müssen. Hab sie über meinen Schwager kennengelernt, der in Knittlingen manchmal Geschäfte macht. Kennst du Knittlingen?«

Johann nickte zögerlich. »Ein … ein wenig.«

»Nun, es gab da ein gut situiertes Mädchen. Die Mitgift war nicht sonderlich groß, aber sie ist die Tochter des Knittlinger Pflegverwalters. Ich dachte, es wäre ein gutes Geschäft. Außerdem ist sie durchaus hübsch anzusehen.«

»O ja, das ist sie«, sagte Johann so leise, dass ihn der andere nicht hören konnte. »Schön wie die Sonne nach einer dunklen Nacht.«

»Man hat mich betrogen!«, fuhr Kohlschreiber wütend fort. »In die Kleine ist der Teufel gefahren, aber ihr Vater hat es mir nicht gesagt! Wochenlang hatte sie nicht gesprochen, es gab da wohl irgendeinen Vorfall im Wald mit einem jungen Burschen. Auch bei mir sprach sie am Anfang wenig.« Er rülpste und wischte sich über die Lippen. »Eigentlich nicht das Schlechteste, wenn die Weiber das Maul halten. Ich mag es nicht, wenn die Frau ständig mault und keift. Aber als ich meine ehelichen Pflichten einfordern wollte, hat sie plötzlich das Reden ganz eingestellt. Nur noch im Schlaf sprach sie, schlimme Worte …« Kohlschreiber senkte die Stimme. »Sie redete von Satan, von verschwundenen Kindern und von einer Hand, die nach ihr greift … Der Schwarze Mann, er wird mich holen, er wird uns alle holen, hat sie im Traum gemurmelt. Wie gesagt, sie ist vom Teufel besessen! Geh weg, geh weg, hat sie immer wieder geschrien, und am Morgen mochte sie sich an nichts mehr erinnern.«

»Und … und was habt Ihr mit ihr gemacht?«, fragte Johann.

»Na, was wohl?« Jakob Kohlschreiber lehnte sich zurück und verschränkte seine fetten Arme vor der Brust. »Erst wollte ich sie den kurfürstlichen Behörden übergeben. Wer will schon eine Hexe im Haus? Schnell gerät man da selbst unter Verdacht. Aber dann habe ich mich besonnen und hab sie nach Neuburg gegeben.«

»Nach Neuburg?«

»Na, das Benediktinerinnenkloster am Neckar! Dort wird sie sich jetzt ihr Leben lang die Knie wund robben und vor dem Altar buckeln. Geschieht ihr recht! Die Neuburger Benediktinerinnen gelten als besonders streng. Die Mitgift hab ich natürlich behalten.« Er lachte böse. »Ich versauf sie, bis ich eine neue Frau finde. Aber diesmal lass ich mich nicht mehr betrügen. Das ist jetzt schon das zweite Mal! Zuerst hatte ich eine im Haus, die keine Kinder bekommen konnte, und dann eine Hexe. Gott verfluche die Weiber! He, wo willst du hin?«

Johann war ganz plötzlich aufgestanden. Die Trunkenheit war verflogen, er war stocknüchtern. Keinen Augenblick länger konnte er hier sitzen bleiben. Er war kurz davor, dem widerlichen Kerl den Krug ins Gesicht zu schmettern.

»Muss zurück in die Burse«, murmelte er. »Behaltet den Wein.«

»Na, das lass ich mir nicht zweimal sagen.« Kohlschreiber musterte Johann mit seinen kleinen Schweinsäuglein. »Irgendetwas gefällt mir nicht an dir, Bürschchen. Mir kommt es fast so vor, als hättest du was ausgefressen. Hast du?«

Johann antwortete nicht, sondern wandte sich wortlos ab, und der Weinbauer goss sich noch einmal nach.

Beinahe blind vor Trauer stürzte Johann auf den Ausgang zu. Er wollte nur noch raus, nahm sich nicht einmal die Zeit, sich nach Valentin umzusehen. Als er schon auf der Schwelle war, stellte sich ihm Hans Altmayer in den Weg. Bislang hatte er mit seinen Freunden im Hintergrund gewartet, jetzt witterte er seine große Chance.

»He, wo willst du so schnell hin?«, krähte Altmayer. »Hast wohl was gestohlen, du …«

Er kam nicht weiter, denn Johann rammte ihm ohne Vorwarnung die Faust ins Gesicht. Seine ganze Wut entlud sich in diesem einen Schlag. Altmayer ging keuchend zu Boden, seine Kameraden wichen erschrocken zur Seite. Irgendetwas im Gesicht Johanns zeigte ihnen, dass sie ihm besser nicht zu nahe kommen sollten. Etwas Unheimliches, Unberechenbares flackerte in seinen Augen, wie bei einem wilden Tier.

»Das wirst du bitter bereuen!«, heulte Altmayer und hielt sich die Nase, während das Blut auf dem Steinboden eine rote Lache bildete. »Das wirst du arroganter Drecksack noch bereuen!«

Doch Johann hörte ihn schon nicht mehr. Er war bereits auf die Straße hinausgeeilt. Ein kühler Nachtwind wehte, doch auch dieser konnte seinen Zorn und seine Trauer nicht dämpfen. Margarethe war ganz nah bei ihm und doch zugleich so weit weg wie Venedig oder Rom, eigentlich noch viel weiter.

Sie war Nonne in einem Kloster.

15

Zwei Tage war Johann wie erstarrt. Er ließ sich krank melden, ging nicht zu den Vorlesungen und blieb in der Schlafstatt der Burse liegen, wo er unbeweglich an die Decke blickte. Selbst Valentin drang nicht zu ihm durch. Von Zeit zu Zeit brachte ihm der Freund Brot, Suppe und verdünnten Wein, wovon Johann nur den Wein anrührte und den Rest stehen ließ. Auch auf Valentins drängende Bitten, ihm zu erzählen, was geschehen war, sagte er kein Wort.

Johann war, als wäre die Nacht über ihn gekommen, ohne Aussicht, dass es je wieder Tag wurde. Seitdem er in Venedig den Plan gefasst hatte, Margarethe wiederzufinden, hatte dieses Ziel ihm die Kraft gegeben, immer weiterzugehen. Nun hatte er Margarethe gefunden, aber sie blieb für ihn unerreichbar. Noch dazu würde er nie herausfinden, wie es ihr ging. Zwar war Neuburg nur eine gute Stunde von Heidelberg entfernt, doch für Außenstehende war es beinahe unmöglich, mit einer Nonne zu reden. Klosterschwestern blieben stets unter sich und verließen das Kloster so gut wie nie, vor allem dann, wenn es sich um verwirrte Seelen handelte, die von den Ehemännern oder Vätern dorthin geschickt worden waren. Allein diese erhielten gelegentlich Zugang, sonst keiner.

Sonst keiner …

Da durchzuckte auf einmal ein heller Blitz Johanns trübe Gedanken. Er richtete sich im Bett auf und zog den Suppenteller zu sich heran. Ganz plötzlich fühlte er sich schrecklich hungrig. Solange war sein sonst so heller Kopf wie vernagelt gewesen, nun sah er endlich einen Ausweg.

Ein Plan reifte in ihm.

Am Morgen des dritten Tages sagte Johann Magister Partschneider, es gehe ihm wieder besser. Er nahm sich seine Kladde samt Feder und Papier und begab sich nach draußen, ganz so, als wollte er eine der Vorlesungen besuchen. Dabei achtete er darauf, dass Valentin nichts von seinem Aufbruch erfuhr. Sein Vorhaben war noch zu unausgegoren, und er hatte Angst, dass Valentin es ihm ausredete. Er wandte sich nach Norden, wo sich am Ufer nahe der Universitätskapelle eine Mole mit kleineren Booten befand. Von einem Fischer lieh er sich eine Barke und ruderte den Neckar hinauf, der jetzt, in der ersten Septemberwoche, noch träge und ruhig dahinfloss. Im Norden und Süden erhoben sich der Heiligenberg und der Königsstuhl, Heidelbergs Hausberge, zwischen denen das kleine schmucke Städtchen eingebettet war. Rechts und links des Flusses erstreckten sich die Weinhänge, wo die Weinbauern mit ihren Kraxen schwitzten und buckelten und bereits die ersten Trauben ernteten. Auch Margarethes Mann Jakob Kohlschreiber war vermutlich irgendwo dort oben unterwegs, wenn er nicht unter den Weinstöcken seinen Rausch ausschlief. Hass stieg in Johann auf, er biss die Zähne zusammen und ruderte schneller.

Der Fluss machte eine sanfte Biegung, und Brücke und Stadt gerieten außer Sichtweite. Immer tiefer grub sich der Neckar in den Odenwald, jenes waldige Gebirge, an dessen Ausläufern Heidelberg lag. Nicht viel später tauchte am linken Ufer ein Kloster auf. Es lag zwischen Wiesen auf einer Anhöhe, oberhalb eines kleinen Weilers mit Mühle. Ein schmaler, von Linden gesäumter Weg führte auf das wuchtige Gemäuer zu. Johann vertäute die Barke an einem Steg und ging den Hügel hinauf, wobei er sich zurückhalten musste, nicht zu rennen. Irgendwo dort oben war Margarethe, so nah und doch unerreichbar für ihn! Er zügelte seine Schritte und erreichte schließlich das Kloster. Stift Neuburg bestand aus einer Kirche, einigen Wirtschaftsgebäuden und der Abtei. Die gesamte Anlage war von einer Mauer umgeben, dahinter erhoben sich Weinhänge, die in einen dichten Wald übergingen.

In einigem Abstand umrundete Johann das Gelände, wobei er vor allem die Fenster prüfend betrachtete. Er versuchte festzustellen, welche wohl zu den Wohngebäuden gehörten. An der Ostseite, wo die Mauer nahe dem Kloster verlief, stand ein bulliges Gebäude. Im ersten Stock glaubte er, hinter den Fenstern ein paar bewegte Schatten auszumachen. Er vermutete, dass dort das Parlatorium lag, der einzige Ort, wo es den Nonnen erlaubt war, miteinander längere Gespräche zu führen.

Johann nickte entschlossen, er hatte den richtigen Ort gefunden. Auf einer weiter entfernten verfallenen Mauer kramte er aus seinem Beutel Feder, Tintenfässchen und Papier und schrieb den Brief, dessen Inhalt er sich zuvor genau überlegt hatte. Dann pikste er sorgfältig an gewissen Stellen mit einer Nadel hinein. Er faltete das Dokument und versiegelte es mit dem Wachsabdruck einer venezianischen Münze, auf der grob ein altes Wappen abgebildet war. Die Schwestern würden mit dem Wappen wohl nichts anfangen können. Es ging nur darum, Eindruck zu schinden. Schließlich ordnete er seine Kleider, fuhr sich durchs Haar, nahm den versiegelten Brief in die Hand und schritt auf die Klosterpforte zu.

Er musste dreimal am Glockenzug ziehen, bis sich endlich in Kopfhöhe eine kleine Luke in der Tür öffnete. Ein runzliges Gesicht war dahinter zu erkennen, offenbar eine uralte Nonne. Wie alle Benediktinerinnen trug sie eine schwarze Haube.

»Gottes Segen sei mit dir«, schnarrte sie gelangweilt. »Was willst du?«

»Ich soll einen Brief übergeben«, erwiderte Johann und

hob das gefaltete Dokument hoch, sodass die Nonne es sehen konnte. Sie blinzelte, offenbar war sie stark kurzsichtig.

»So, einen Brief. Für wen denn?«

Johann tat so, als müsste er sich erst an den Namen des Adressaten erinnern. »Äh, er ist für eine gewisse Margarethe ...«

»Alle Schwestern legen hinter den Klostermauern ihre weltlichen Namen ab, du Dummkopf«, raunzte die Nonne. »Weißt du das nicht? Eine Schwester Margarethe haben wir hier nicht.«

Johann rieb sich die Nase. »Ja, also ... dann weiß ich auch nicht ...«

»Von wem ist der Brief denn?«

»Wohl von ihrem Mann, er heißt Jakob Kohlschreiber.«

Das runzlige Gesicht der alten Nonne erhellte sich. »Ach, von Meister Kohlschreiber! Na, sag das doch gleich. Ich dachte schon, der Geizhals will von seiner einstigen Frau gar nichts mehr wissen. Außerdem ist er mit den Zahlungen im Rückstand.« Fordernd streckte sie die Hand aus. »Na, gib schon her! Ich werde ihn Schwester Agatha persönlich übergeben.«

»Schwester Agatha?«

Die Nonne seufzte. »So heißt Kohlschreibers Frau hier im Kloster nun mal. Die heilige Agatha verteidigte ihre Jungfräulichkeit, obwohl ihre Widersacher sie in ein Freudenhaus steckten und ihr danach die Brüste abschnitten. Auch das Mädchen, das früher Margarethe hieß, hat seine Jungfräulichkeit Gott geweiht, wie wir alle hier.«

Was bei dir sicher keine schwere Entscheidung war, dachte Johann.

Er reichte der alten Vettel den Brief durch die Luke. Am Geräusch konnte er erkennen, dass die Nonne das Siegel brach und den Brief las, wobei sie ihm den Rücken zuwandte. Nun war er froh, dass er die Geheimschrift gewählt hatte, die Margarethe und er schon als Kinder benutzt hatten. Die

Nonne schien nichts Auffälliges zu bemerken. Nach einer Weile wandte sie sich ihm wieder sichtlich ungeduldig zu. »Was ist denn noch?«

»Nun, Meister Kohlschreiber meinte, ich würde von Euch einen Kreuzer Lohn bekommen«, sagte Johann.

»Pah, den muss der alte Knauserer schon selber zahlen. Sag ihm, wir warten auf unser Geld, so wie er es versprochen hat. Er kann von Glück reden, dass wir seine Frau überhaupt als Novizin aufgenommen haben, bei dem, was vorgefallen ist! Und jetzt geh mit Gott, aber geh!«

Sie schlug ihm die Luke vor der Nase zu, und Johann hörte schnelle Schritte, die sich entfernten. Nun konnte er nur noch hoffen, dass die Alte den Brief auch wirklich überbrachte.

Eiligen Schrittes ging er wieder hinunter zum Steg, wo seine Barke im Wasser dümpelte.

Er war so aufgeregt, dass er nicht bemerkte, wie ihm jemand folgte.

* * *

»Du hast *was* gemacht?«

Valentin sah seinen Freund mit offenem Mund an. Bereits am Abend hatte Johann es nicht mehr ausgehalten. Er musste seine Vorfreude, seine Aufregung mit jemandem teilen! Also hatte er Valentin erzählt, dass Margarethe mittlerweile im Kloster Neuburg bei den Benediktinerinnen war. Auch in seinen Plan, mit ihr Kontakt aufzunehmen, weihte er Valentin ein.

»Ich habe ihr einen Brief geschrieben«, sagte Johann. »Auf den ersten Blick ist es ein Brief ihres Mannes, in dem er sich nach ihrem Befinden erkundigt. Doch zwischen den Zeilen ist eine Botschaft versteckt. Wenn Margarethe noch einigermaßen bei Sinnen ist, wird sie sich an unsere alte Geheimschrift erinnern. Ich habe einiges in den Text eingebaut, von dem nur wir beide wissen. Sie muss erkennen, dass der Brief von mir ist!«

Valentin schüttelte den Kopf. »Das ist komplett verrückt! Wenn das herauskommt, fliegst du hochkant von der Universität. Ein Student, der mit einer Nonne eine Liebelei anfängt!«

»Es ist keine Liebelei«, entgegnete Johann unwirsch. »Außerdem ist sie noch keine Nonne, sondern nur Novizin, das Gelübde ist also noch nicht gesprochen. Ich muss einfach wissen, wie es ihr geht!«

»Das sagtest du bereits. Und wenn du es weißt, was dann?« Valentin deutete mit dem Finger auf ihn. »Mach dir nichts vor, Faustus! Du wirst sie nicht in Ruhe lassen. Willst du sie dann vielleicht mit Gewalt aus dem Kloster befreien? Ihr Mann wird jedenfalls alles daran setzen, dass sie dortbleibt – allein schon, um seinen Ruf zu schützen.«

»Wer weiß.« Johanns Lippen wurden schmal. »Am Sonntag in zwei Wochen werde ich jedenfalls unter dem vereinbarten Fenster stehen, so habe ich es in dem Brief versprochen. Dann sehen wir weiter.«

Valentin lachte. »Das ist Irrsinn! Aber ich sehe schon, ich kann dich ohnehin nicht umstimmen. Liebe macht eben blind. Aber vielleicht kann ich dich wenigstens ablenken.«

»Wie willst du das tun?«

Grinsend zog Valentin ein paar Notizen hervor. »Schau dir das mal an. Ich habe es in einem Buch in der Bibliothek des Artistenkollegiums gefunden. Die Aufzeichnungen sind von einem gewissen Leonardo da Vinci. Er ist wohl Hofmaler und Gelehrter in Mailand. Kennst du ihn?«

»Ich … habe von ihm gehört.« Johanns Interesse war sofort erwacht. Mit zittrigen Fingern blätterte er durch die Notizen. Er sah einen Kasten mit einem Rohr an der Seite, aus dem Lichtstrahlen drangen. Auf einer Wand, offenbar der Wand einer Kammer, war ein brüllender Löwe abgebildet. Andere Zeichnungen zeigten eine brennende Kerze und etwas, das vermutlich ein Spiegel war. »Was in Gottes Namen soll das sein?«, fragte Johann nach einer Weile.

»Nun, es handelt sich um etwas, das Leonardo da Vinci eine Laterna magica nennt, eine Zauberlaterne. Es ist ein Apparat, mit dem es möglich sein soll, Bilder an die Wand zu werfen, die im Inneren dieses Kastens entstehen.«

»Das klingt wirklich nach Zauberei«, hauchte Johann.

»Und ist es doch nicht! Ich habe mir die Notizen angesehen. Da Vinci greift dabei auf Ideen eines gewissen Giovanni Fontana zurück, eines Medicus und Magiers aus Venedig. Fontanas Überlegungen klingen durchaus schlüssig. Wenn wir die nötigen Gegenstände bekommen, könnten wir den Apparat vielleicht bauen.«

»Bilder, durch Zauberhand an die Wand geworfen?« Johann lachte. »Das wäre wirklich besser, als tagaus, tagein die immer gleichen trockenen Vorlesungen zu hören. Stell dir vor, wir würden die Bilder an die Wand der Marienkapelle werfen, während der kauzige Spangel dort eine seiner langweiligen Predigten hält. Das wäre ein Spektakel!«

»Dann hilfst du mir also?«, fragte Valentin.

Johann zwinkerte ihm zu. »Das ist doch selbstverständlich unter Kommilitonen.«

Er sagte Valentin nicht, dass er schon etliche Aufzeichnungen von da Vinci gelesen hatte – vielleicht mehr, als ihm gutgetan hatte. Die Notizen über eine Laterna magica waren nicht darunter gewesen, aber er wusste auch, dass Leonardo da Vinci zahllose solche Notizen verfasst hatte. Insgeheim spürte Johann, dass in ihm das alte Fieber wieder erwachte: der Drang zu forschen, weiterzugehen als die vielen verknöcherten Gelehrten vor ihm. Er musste an den Leitspruch des unheimlichen Signore Barbarese denken.

Aude sapere … Wage zu wissen.

Der Mann mochte ein Teufelsbündler gewesen sein, aber sein Spruch galt auch für Johann. Was war schon schlimm an diesen Worten? Im Grunde hätten sie auch über den Pforten der Heidelberger Universität stehen müssen. Doch in den wenigen Monaten, in denen er nun hier war, hatte Johann bereits gemerkt, dass selbst in Heidelberg nur längst Bekanntes wiedergekäut wurde. Neues fand nicht statt, eigene Gedanken, neue Ideen waren nicht erwünscht.

Zum ersten Mal seit Tagen fühlte Johann sich wieder wie ein Mensch. Es gab die Aussicht, Margarethe wiederzusehen, und Valentin lud ihn ein, diesen magischen Apparat zu bauen. Vielleicht ließen sich Liebe und Wissenschaft am Ende doch vereinen.

Die Laterna magica half Johann, die Zeit, bis er Margarethe wiedertreffen würde, ein wenig zu verkürzen. In den Nächten nach dem kargen Abendbrot saß er jetzt immer bei Valentin in der Kammer, wo sie gemeinsam da Vincis Aufzeichnungen studierten. Auch hatten sie aus der Bibliothek ein Buch Giovanni Fontanas ausgeliehen. Es hieß »Bellicorum Instrumentorum Liber« und beschäftigte sich mit Kriegsmaschinen, wie sie auch Leonardo da Vinci für den Mailänder Herzog gezeichnet hatte. Auf einem Bild war eine Feuer speiende Hexe mit Flügeln zu sehen, offenbar eine Puppe, die zum Erschrecken der Feinde auf Schienen rollte; ein anderes Bild zeigte ebenjenen seltsamen Apparat, welchen da Vinci näher beschrieben hatte.

»Im Grunde braucht man einen Kasten, in dem sich eine Lichtquelle befindet«, erklärte Valentin zum wiederholten Mal, während er auf die Skizzen deutete. »Das Licht wird mit Spiegeln verstärkt und dringt durch ein Loch nach draußen. Wenn man nun vor das Loch eine bemalte Glasplatte schiebt, erscheint das darauf befindliche Bild vergrößert auf einer Wand.«

»Hm, den Kasten können wir selbst bauen«, warf Johann ein. »Aber wo bekommen wir den Spiegel her? So etwas ist ziemlich teuer.«

»Vielleicht kann uns ja Rektor Gallus helfen«, schlug Valentin vor. »Der alte Herr hält doch große Stücke auf dich, und er verkehrt oben im Heidelberger Schloss. Dort gibt es Spiegel. Und sicher weiß er jemanden, der so ein Glas für uns herstellen kann. Es muss ja nicht groß sein. Meinst du, du kannst ihn fragen?«

Johann zuckte mit den Schultern und grinste. »Von Zeit zu Zeit seh ich den Alten gern und hüte mich, mit ihm zu brechen. Aber ob er mir einen Spiegel schenkt?«

»Du solltest ihn wenigstens fragen«, sagte Valentin.

Tatsächlich war Jodocus Gallus für Johann zu einer Art Mentor geworden. Der Rektor war nun weitaus zugänglicher als bei ihrer ersten Begegnung und hatte Johann schon öfter Bücher besorgt, die den anderen Studenten verwehrt wurden. Auch erkundigte er sich regelmäßig beim strengen Magister Partschneider nach ihm.

»Ich kann es versuchen«, meinte Johann. »Allerdings müsste ich ihm dann schon ein wenig von unseren Forschungen erzählen.«

»Sag einfach, du willst die Sonne beobachten und dir nicht die Augen verderben«, schlug Valentin vor. »Auch der alte Gengen hat in seiner Vorlesung in Astronomie davon gesprochen. Erinnerst du dich? Er verwendet für die Beobachtung eine Camera obscura, sie ist von der Bauart her ähnlich.«

Johann nickte. Bei der Camera obscura handelte es sich um einen Apparat, der schon Aristoteles bekannt war. Wenn Licht durch ein kleines Loch in einen Kasten fiel, entstand im Inneren des Kastens wie durch Zauberei das Bild der Welt vor dem Kasten, jedoch verkehrt herum. Als Lehrmittel war die Camera an der Universität zugelassen. Astronomen benutzten sie, um nicht mit bloßem Auge in das Licht der Sonne blicken zu müssen.

»Das könnte gehen«, sagte Johann nach einigem Zögern. »Bleiben nur die bemalten Glasplatten. Ich denke, Glas könnten wir besorgen. Ich habe noch ein wenig Erspartes, und vielleicht leiht mir Gallus ja was. Aber wer bemalt die Platten? Wenn es ein Uneingeweihter machen soll, stellt er sicher Fragen.«

»Äh, ich könnte das tun«, erwiderte Valentin.

»Du?« Johann sah ihn erstaunt an. Bilder zu malen galt neuerdings als Handwerk, so wie das der Zimmerleute, Metzger oder Maurer. Es gab ganze Werkstätten, die im Auftrag der Kirche oder reicher Bürger Gemälde herstellten wie ein Schreiner Tische. In Barbareses Haus hatte Johann viele solcher Bilder gesehen. Doch er wusste auch, wie schwer es war, dieses Handwerk zu erlernen.

»Kannst du denn malen?«, fragte er Valentin ungläubig.

»Na ja, nicht besonders gut. Aber für unsere Zwecke würde es wohl reichen. Sieh selbst.« Schüchtern zog Valentin unter seinem Bett ein paar zerfledderte Blätter hervor, es waren alte bedruckte Buchseiten, die an den Rändern bemalt waren. Die Bilder zeigten Tiere und Menschen mit buschigen Schwänzen oder Eselsohren, einem dicken Mann wuchs eine Schweinsnase im Gesicht, auch ein zerzauster Rabe mit Talar war darunter. Johann lachte laut auf.

»Das sind ja unsere Magister und Doktoren! Ich erkenne sie alle wieder. Der Partschneider, der strenge Gengen, der fette Spangel und der klapprige Rentz ... Ha, und ich denke, der mit den Rabenflügeln ist Gallus mit seinem fleckigen Talar!«

Valentin grinste. »Genau. Du hast ihn also gleich erkannt.«

»Als würde er vor mir stehen!« Johann klatschte in die Hände. »Valentin, das ist großartig! Ich wusste gar nicht, dass du so begabt bist.«

Valentin zuckte mit den Schultern. »Na ja, es sind doch nur Schmierereien. Ich verstecke sie immer unter dem Bett, damit Partschneider sie nicht findet. Ich denke, er wäre nicht sehr erfreut.«

»Wohl kaum.« Johann schmunzelte. »Ich fürchte, er wüsste dein Talent nicht ausreichend zu würdigen. Ich hingegen schon.« Er klopfte Valentin auf die Schulter und zwinkerte ihm zu. »Vielleicht solltest du für unsere Laterna magica zunächst ein paar unverfänglichere Bilder verwenden.«

Jeden Abend stürzten sie sich jetzt nach den Vorlesungen in die Arbeit, studierten Skizzen und bauten im Schuppen neben der Burse an dem Kasten. Magister Partschneider erzählten sie, für die astronomische Vorlesung würden sie ein Gerät herstellen, das die Himmelsbeobachtung erleichterte. Der Alte ließ sie gewähren, auch weil er von der Astronomie ohnehin nicht viel verstand.

So vergingen zwei Wochen, und endlich war der lang erwartete Sonntag gekommen.

Johann hatte Margarethe geschrieben, sie solle sich um zwölf Uhr mittags an einem der hinteren Fenster des Klosters zeigen. Schon in aller Herrgottsfrühe fuhr er mit der Barke den Neckar hinauf und legte wie beim letzten Mal an dem kleinen Weiler nahe der Mühle an. Dann streifte er ungeduldig und mit bangem Herzen durch die benachbarten Weinberge und Wälder. Auf den abgeernteten Feldern lag jetzt, Mitte September, das getrocknete Heu, das von den Bauern mit Forken auf die Ochsenkarren geworfen wurde. Der Himmel war strahlend blau, doch im Westen zeigten sich bereits erste Gewitterwolken. Vermutlich würde es heute noch regnen.

Als die Sonne hoch am Himmel stand, begab sich Johann noch weit vor dem Mittagsläuten zum vereinbarten Treffpunkt. Die Weinhänge reichten an der Rückseite des Klosters bis fast an die Mauer heran, sodass er im Schatten der Weinstöcke beinahe unsichtbar blieb. Als die Glocken zu läuten begannen, pfiff er auf zwei Fingern und wartete, doch nichts rührte sich.

Johann schlug das Herz bis zum Hals. War er zu früh? Hatte die alte Nonne den Brief vielleicht gar nicht übergeben? Oder noch schlimmer: Waren die Schwestern der Geheimschrift auf die Schliche gekommen und hatten Margarethe dafür zur Rede gestellt?

Ein weiterer Gedanke war so schrecklich, dass er ihn gleich beiseiteschob: Was, wenn Margarethe den Brief zwar gelesen hatte, ihn aber nicht sehen wollte?

Johann pfiff noch einmal, doch wieder rührte sich nichts. Schließlich nahm er ein paar kleine Kiesel in die Hand und warf sie gegen die Fensterläden.

Augenblicke verstrichen wie eine Ewigkeit. Etwas quietschte, dann öffnete sich der äußerste rechte Laden im ersten Stock.

Johann erstarrte. Oben im Fenster tauchte das Gesicht einer jungen Frau auf. Sie hatte ihre Hand an die Stirn gelegt, um die Augen vor der Sonne zu schützen, trotzdem konnte er ihr blasses Gesicht mit den Sommersprossen gut erkennen. Unter der schwarzen Benediktinerinnenhaube lugten ein paar strohblonde Locken hervor. Ihre Lippen waren rund und sinnlich, die Wangen allerdings nicht mehr so voll, wie er sie in Erinnerung hatte. In ihren Augen schimmerte eine Traurigkeit, eine Leere, die er von früher her nicht kannte. Trotzdem war sie immer noch so schön wie vor zwei Jahren, als er sie verlassen hatte.

Dort oben im Fenster stand Margarethe.

Suchend sah sie sich um. Noch hatte sie ihn nicht entdeckt, und Johann genoss den Moment, wie ein Jäger, der ein scheues Reh frühmorgens allein auf einer Lichtung betrachtet. Erst nach einer Weile rief er leise ihren Namen.

»Margarethe, hier bin ich!«

Jetzt erst hatte sie ihn unter den Reben bemerkt. Ihr Mund verzog sich zu einem freudigen Lächeln, doch ihre Augen blieben weiter leer.

»Johann!«, flüsterte sie. »Mein Gott, Johann … Dann … dann war es also doch kein Traum. Dieser Brief …« Ihre Stimme war rau, wie eingerostet.

»Ich habe den Brief geschrieben«, sagte Johann. Er zitterte vor Freude. Sie nach all den Jahren wiederzusehen, war fast mehr, als er ertragen konnte. Bilder und Erinnerungen strömten auf ihn ein.

»Margarethe …«, begann er. »Ich … ich habe dich so lange gesucht. Ich …« Er konnte nicht mehr weiterreden, ihr Anblick war zu viel für ihn.

»Wo bist du gewesen?«, fragte sie. »So viel Zeit ist vergangen …«

Erst jetzt begriff Johann, dass Margarethe tatsächlich wieder sprechen konnte. Der Bann schien gebrochen, aber sie wirkte verändert. Sie war zu weit von ihm entfernt, um Genaueres zu erkennen, doch Johann glaubte, um ihre Augen kleine Falten zu sehen. War das möglich? Sie war doch erst achtzehn, so wie er. Es kam ihm vor, als wäre seit ihrer letzten Begegnung eine Ewigkeit vergangen.

»Viel ist geschehen«, sagte er umständlich. »Ich … ich musste aus Knittlingen weggehen. Mein Vater wollte mich nicht mehr im Haus haben, und Martin blieb verschwunden. Man gab mir die Schuld an allem. Und du … du hast nicht mehr gesprochen …«

»Ich weiß.« Sie machte eine lange Pause und seufzte. »Manchmal erinnere ich mich, doch es sind nur Fetzen, wie Nebelschwaden. Der Schillingswald, der Felsen auf der Lichtung mit der Teufelsfratze, deine nackte Schulter in der Höhle. Und dann dieser Mann …«

»Welcher Mann?«, wollte Johann wissen.

»Der Mann im Wald …« Sie sah sich ängstlich um, als könnte sich von hinten jemand nähern. »Hör zu, Johann, was geschehen ist, ist geschehen. Ich habe hier ein neues Leben. Mein Gatte …«

»Ich weiß, was dein sogenannter Gatte getan hat«, unterbrach sie Johann unwirsch.

»Johann, du verstehst nicht. Im Grunde bin ich ihm dankbar. Hier im Kloster fühle ich mich sicher.«

»Sicher vor was?«, hakte Johann nach.

Wieder schwieg Margarethe, die Sekunden dehnten sich quälend lange. Ein paar Tauben erhoben sich vom Dach und flatterten davon. Schließlich, nach einer gefühlten Ewigkeit, flüsterte Margarethe so leise, dass Johann sie kaum verstehen konnte: »Ich habe Träume, Johann, schreckliche Träume. In ihnen sehe ich, was damals geschehen ist. Und ich sehe auch, was noch kommen wird. Das große Tier wird zurückkehren! Es wird sich aus den Tiefen erheben und die Erde verschlingen. Der Mann hat es mir damals gesagt.«

»Welches Tier?«

»Wir dürfen uns nicht mehr sehen, Johann.« Margarethe weinte nun. Er sah, wie ihr die Tränen über die Wangen liefen. Ihre Worte kamen hervor wie sperrige Brocken. »Ich habe schreckliche Angst … Nicht nur um mich, auch um dich, um alle Menschen … Ein neues Zeitalter beginnt, hat der Mann gesagt. Manchmal glaube ich, dass ich die Einzige bin, die es weiß. Dass er es nur mir gesagt hat.«

Johann ballte die Fäuste. Was redete Margarethe da? War sie vielleicht doch verrückt geworden? Hatte ihr versoffener Ehemann am Ende recht?

»Margarethe, ich bitte dich!«, flehte er. »Ich bin durch so viele Länder gereist, nur um dich wiederzutreffen! Schick mich nicht wieder fort. Ich muss wenigstens verstehen, was du meinst. Auch will ich dir erzählen, was mit mir in den letzten Jahren geschehen ist!«

Margarethe zögerte, sie rang sichtlich mit sich. »Am Tag des Festes des Erzengels Michael«, sagte sie schließlich. »Ich bin draußen in den Hängen zur Weinlese eingeteilt.« Traurig lächelte sie. »So wie früher in Knittlingen, weißt du noch? Da waren wir zwei auch in den Weinstöcken unterwegs. Ich werde versuchen, mich von den anderen Schwestern zu trennen. Dort können wir uns vielleicht wiedersehen. Aber ich bitte dich, Johann. Du musst …« Sie stockte und sah sich ängstlich um. »Jemand kommt! Ich muss aufhören. Geh mit Gott!«

Sie schloss die Fensterläden und ließ ihn allein. Am ganzen Leib zitternd, schloss er kurz die Augen und sah noch einmal ihr Gesicht vor sich, das eben noch dort oben zu sehen gewesen war. Dieses Gesicht und ihr Lachen, das ihn schon zweimal gerettet hatte.

Er hatte Margarethe wiedergefunden.

Er würde sie wiedersehen, er würde sie berühren und ihren Duft riechen. Und alles wurde gut. Was sie von den Träumen gesagt hatte, waren nichts weiter als schreckliche Erinnerungen, die im Schlaf zurückkehrten. Es waren Albträume, wie sie auch ihn manchmal quälten.

Zuckende kleine Leiber in den Bäumen ... die verbotenen Bücher des Signore Barbarese ... der gekreuzigte Archibaldus ... die Schrift an der Kirchenwand ...

Während er über die Felder hinunter zur Barke eilte, öffnete sich plötzlich der Himmel, Donner dröhnte, und ein spätsommerlicher Gewitterregen prasselte auf ihn herab. Johann legte den Kopf in den Nacken, öffnete den Mund und trank gierig die warmen Tropfen.

Sie schmeckten fast wie Blut.

Unter einer Weide am Fluss stand eine Gestalt und beobachtete den jungen Studenten, wie er in die Barke stieg und davonruderte. Wasser tropfte von der Kapuze des Mannes, tränkte seinen Mantel und rann über seine Stiefel. Doch er spürte es nicht. In ihm brannte ein Hass, der alle Kälte verdampfen ließ.

Der Mann wartete, bis die Barke im Regen verschwunden war. Dann ging er hinunter zur Mole und bestieg selbst ein Boot, das ihn zurück nach Heidelberg brachte. Auf der langen, nassen Fahrt dachte er darüber nach, wie er weiter vorgehen sollte. Schließlich lächelte er, während ihm der Regen wie Tränen von der gebrochenen Nase tropfte.

Er hatte Zeit.

Rache war ohnehin am besten, wenn sie kalt getrunken wurde.

* * *

Die Aussicht, Margarethe am Fest des Erzengels Michael wiederzusehen, ließ Johann aufblühen. In den Unterrichtsstunden arbeitete er jetzt noch eifriger mit, er verbesserte sein Griechisch, indem er in der freien Zeit Aristoteles und Platon übersetzte, und quälte seine Lehrer mit Fragen und Anmerkungen zu theologischen Texten. Hans Altmayer ging er so weit wie möglich aus dem Weg. Der Anführer der Schwabenbursler hatte von Johanns heftigem Fausthieb immer noch blaue Flecken im Gesicht, seine Nase war schief und angeschwollen, und Johann vermutete, dass sie nie wieder ganz verheilen würde. Dies verschönerte Altmayers von Pockennarben ohnehin entstelltes Gesicht nicht unbedingt.

Bei den wenigen Gelegenheiten, wenn die beiden in den Vorlesungen aufeinandertrafen, zischte Altmayer ihm Drohungen zu. »Du bist tot, Faustus«, knurrte er, »du weißt es nur noch nicht. Ich mach dich fertig.«

»Gerne«, gab Johann kühl zurück. »Wenn du auch noch deine Zähne verlieren willst, hässliche Pockenfratze. Ich fürchte nur, dann laufen die Mädchen gleich reihenweise schreiend vor dir davon. Wenn sie es jetzt nicht schon tun.«

Altmayer ballte die Fäuste. »Du wirst schon noch sehen, wohin dich dein Hochmut bringt«, drohte er. »Warte nur ab. Nur weil du das Liebchen vom Rektor bist, bist du nicht unantastbar. Ich werde dich dort treffen, wo du es am wenigsten erwartest. Sei auf der Hut!«

Doch weder Altmayer noch seine Freunde lauerten Johann in den folgenden Nächten in den dunklen Heidelberger Gassen auf. Offenbar hatte sich herumgesprochen, dass mit dem ehrgeizigen schwarzhaarigen Fremdling nicht zu spaßen war.

Außerdem hielt Rektor Gallus weiterhin persönlich die Hand über ihn.

Bislang hatte Johann es noch nicht gewagt, Gallus auf den nötigen kleinen Spiegel für die Laterna magica anzusprechen. Nach einer Vorlesung in Rhetorik nahm er endlich all seinen Mut zusammen und ging nach dem Ende der Stunde vor zum Pult.

»Soso, eine Camera obscura willst du mit dem jungen Brander bauen«, sagte Gallus lächelnd, nachdem ihm Johann sein Anliegen geschildert hatte. »Ein vorzügliches Mittel zur Sonnenbeobachtung. Aber warum braucht ihr dafür einen Spiegel?«

»Durch den Spiegel können wir das Bild auf den Boden des Kastens werfen und so besser abzeichnen«, erklärte Johann.

Gallus wog den Kopf. »Hm, ich weiß zwar nicht, ob das im Einklang mit der Lehre steht. Aber sei's drum, ich werde versuchen, so einen Spiegel für euch aufzutreiben.« Er hob den Finger. »Unter einer Bedingung!«

»Und die wäre?«, fragte Johann bang. Er befürchtete, dass Gallus die Camera obscura selbst in Augenschein nehmen wollte.

Der Rektor lächelte. »Ich möchte, dass du mich morgen zu einem Treffen begleitest. Oben im Schloss.«

»Oben im Schloss?« Johann war so baff, dass ihm die Stimme versagte. »Aber … aber warum …?«

»Es gibt dort einige Leute, denen ich dich gerne vorstellen möchte«, fuhr Gallus fort. »Wie du sicher bereits herausgefunden hast, ist die Heidelberger Universitas dem neuen Geist des Humanismus nicht so aufgeschlossen, wie das vielleicht zu wünschen wäre. Am Hof des Pfälzer Kurfürsten ist das anders. Wir Gelehrten treffen uns dort in regelmäßigen Abständen, um uns auszutauschen. Geleitet wird diese Sodalitas von keinem Geringeren als Conrad Celtis. Ich vermute, du kennst ihn bereits …«

Johann nickte überrascht. Conrad Celtis hatte vor einiger Zeit eine Gastvorlesung in der Marienkapelle gehalten, die bis auf den letzten Platz besetzt gewesen war. Celtis war Lehrer der beiden Kurprinzen und galt als einer der größten Gelehrten des Reiches – wenn er mit seinen modernen Ansichten auch gelegentlich aneckte. Bei den Studenten war er darum nur umso beliebter. Seiner Vorlesung über Rhetorik und die Poetik Aristoteles' hatte Johann damals mit offenem Mund gelauscht.

»Ich … ich soll Euch begleiten aufs Heidelberger Schloss zu … zu … Conrad Celtis …?«, stammelte er.

Doktor Gallus lachte. »Wenn dein Latein so schlecht ist wie dein Deutsch eben, überlege ich es mir noch. Conrad Celtis selbst hat mich gebeten, einige Magister und auch ein paar vielversprechende Studenten zu diesem Treffen mitzunehmen. Die anderen Studenten haben zwar alle schon ihren Baccalaureus, aber ich denke, du hast es dir verdient und dein Freund Valentin Brander ebenso. Er ist vielleicht nicht ganz so klug wie du, aber fleißig – und nicht ganz so hochmütig.« Gallus klappte das Buch am Pult zu. »Also dann, bis morgen Abend an der Marienkapelle zum Siebenuhrläuten. Seid pünktlich, sonst gehen wir ohne euch beide zum Schloss.« Kurz bevor er den Raum verließ, zwinkerte er Johann noch einmal zu. »Vielleicht finden wir bei der Gelegenheit ja auch gleich einen Spiegel für eure Camera obscura. Wenn ich auch immer noch nicht recht verstehe, was ihr damit bezweckt.«

In der folgenden Nacht konnte Johann kaum schlafen, er war viel zu aufgeregt. Nicht nur, dass er Margarethe schon bald wiedersehen durfte, nun war er auch noch ins Heidelberger Schloss geladen! Offenbar wendete sich doch noch alles zum Guten.

Unter den grimmigen, aber anerkennenden Blicken des alten Partschneider machten sich Johann und Valentin am kommenden Abend auf den Weg hinüber zur Marienkapelle. Während sie durch die dämmrigen Gassen schritten, grinste Valentin von einem Ohr zum anderen.

»Ha, wenn uns jetzt die Schwabenbursler sehen könnten! Sie würden vor Neid ersticken!«

»Wart ab«, erwiderte Johann. »Am Ende ist der Altmayer auch dabei.«

»Pah, der!« Valentin machte ein unflätiges Geräusch. »Der bekommt höchstens eine Einladung zum Trinkgelage in der Hirschgasse. Die Schwabenbursler verstehen sich mehr aufs Prügeln und Saufen denn auf Rhetorik und Poesie.«

An der Kapelle warteten im Fackelschein bereits einige andere Magister und Studenten, die allesamt ziemlich aufgeregt wirkten. Zu Johanns Erleichterung war tatsächlich weder Altmayer noch einer seiner ruppigen Freunde mit dabei. Zwei Nachtwächter mit Laternen und Hellebarden führten die kleine Abordnung den Berg hinauf zum Schloss. Noch immer konnte Johann es kaum fassen, dass er, der Bastard eines Knittlinger Bauern, mit all diesen gelehrten Herren den kurfürstlichen Hof besuchte. Wenn das seine Mutter noch erlebt hätte! Den anderen Studenten schien es ähnlich zu ergehen. Sie zwinkerten sich zu, stupsten sich an, während die älteren Magister mit Doktor Gallus würdig vorausschritten. Der Rektor trug als Zeichen seines Amtes ein vergoldetes Zepter, das er wie eine Monstranz in den Händen hielt.

Als hätte sich der Sternenhimmel auf Heidelberg herabgesenkt, leuchteten oben im neuen Schloss hinter den Fenstern Dutzende kleiner Lichter. Der Weg verlief zunächst unterhalb der Schlossmauer und dann über eine Zugbrücke, die über den Zwinger auf ein großes Tor zuführte. Es öffnete sich knarrend vor ihnen. Dahinter lag der Burghof, der trotz der späten Stunde mit Feuerkörben hell erleuchtet war. Schweigend eskortierten die Landsknechte die Abordnung von Doktoren, Magistern und Studenten in ein niedriges, mit Fackeln erhelltes Gewölbe. Darin war eine reich gedeckte Tafel aufgebaut, Mägde erwarteten sie lächelnd mit Krügen voll Wein. Es duftete verführerisch nach Gebratenem und Geräuchertem. Johanns Magen knurrte laut und vernehmlich, vor lauter Aufregung hatte er den Tag über kaum etwas gegessen.

Ein wenig beklommen setzten er und Valentin sich zwischen die anderen Studenten. Noch wagte keiner zu sprechen, eine peinliche Stille trat ein. Endlich klatschte Jodocus Gallus, der am Kopf der Tafel Platz genommen hatte, in die Hände.

»Wie heißt es so schön«, sagte der Rektor lächelnd. »*Plenus venter, non studet libenter.* Ein voller Bauch studiert nicht gern. Aber ein leerer Bauch auch nicht. Das gilt umso mehr für junge, naseweise Scholare, die noch wachsen und reifen müssen. Greift also zu.«

Hungrig fielen die Studenten über die Speisen her. Gerade die aus ärmeren Familien hatten seit Tagen nichts Anständiges gegessen. Das Gelage war bereits in vollem Gange, als sich eine Seitentür öffnete und Conrad Celtis erschien. Ehrfürchtig legte Johann die Hühnerkeule weg, in die er eben gebissen hatte. Die Studenten erhoben sich und verneigten sich ehrerbietig.

Wie bei seinem Vortrag in der Marienkapelle strahlte Conrad Celtis eine fast greifbare Autorität aus. Trotz der noch immer sommerlichen Temperaturen trug der weithin bekannte Gelehrte einen pelzverbrämten Talar und eine wollene Kappe, auf seinen Gewändern prangten bunte Muster, was ein wenig an einen Magier denken ließ. Er wirkte streng und unnahbar, doch das änderte sich schlagartig, als er Jodocus Gallus unter den Gästen entdeckte. Die beiden befreundeten Kollegen umarmten sich herzlich und fingen sogleich an, auf Lateinisch zu debattieren. Für die anderen Gäste schien dies das Zeichen zu sein, sich weiterzuunterhalten, auch an den Tischen der Studenten wurde jetzt Latein gesprochen.

Es dauerte nicht lange, und rund um die Tafel entsponnen sich leidenschaftliche Diskussionen, an denen Johann und Valentin eifrig teilnahmen. Selten hatte Johann sich so wohlgefühlt. Sein Bauch war gefüllt, der Wein machte ihn redselig, und die Unterhaltungen streiften Themen aus allen möglichen Bereichen. Man redete über den Reichstag zu Worms, der letztes Jahr stattgefunden und den Ewigen Landfrieden gebracht hatte, wie über die Schriften Petrarcas oder über den Erdapfel, den ein gewisser Martin Behaim in Nürnberg erst vor ein paar Jahren hatte anfertigen lassen und der die Welt so genau zeigte wie noch kein Globus zuvor.

So vertieft war Johann ins Gespräch, dass er gar nicht merkte, wie sich ihm jemand von hinten näherte. Er spürte ein Schulterklopfen, drehte sich um und erschrak.

Vor ihm standen Jodocus Gallus und Conrad Celtis.

»Ich möchte Euch, verehrter Kollege, einen außergewöhnlichen Studenten vorstellen«, wandte sich Gallus an Conrad Celtis. »Er heißt Johann Faustus.«

Celtis lächelte. Aus der Nähe wirkte er viel freundlicher als damals am Pult der Marienkapelle. »Soso, Faustus, der Glückliche. Ein Hans im Glück also!« Grinsend deutete er auf Gallus neben sich. »Offenbar hast du deinen Namen ebenso latinisiert wie der werte Jodocus Gallus hier, der eigentlich Hahn heißt. Und so wie ich.« Er zwinkerte Johann zu. »Aber Pickel klingt eben nicht so gut wie Celtis. Dabei ist der Pickel ein solides Handwerksinstrument, mit dem man tief schürfen kann. Auch nach Wissen, das verborgen ist. Wo kommst du her, mein Junge?«

»Aus … aus Simmern«, erwiderte Johann. Noch immer fiel es ihm schwer, die Lüge beizubehalten, die er am Tag seiner Immatrikulation Rektor Gallus gegenüber verwendet hatte. »Mein Vater arbeitete dort in den Weinbergen«, fabulierte er frei drauflos.

»Sieh an«, entgegnete Celtis. »Ebenso wie mein Vater, der

ein Winzer war. Das verbindet uns ja schon mal. Du siehst, man muss kein Königssohn sein, um die Weisheiten dieser Welt zu verstehen. Und heißt es nicht: *In vino veritas*?« Er schmunzelte. »Dann muss diese Halle hier fürwahr ein Hort der Weisheit sein.«

Johann betete, dass Celtis ihm keine weiteren Fragen zu seiner Vergangenheit stellen würde. Doch zu seiner Erleichterung wählte der Gelehrte ein anderes Thema.

»Was ist dein Lieblingsfach unter den sieben freien Künsten?«, wollte Celtis wissen.

»Nun, das ist nicht leicht zu beantworten«, begann Johann umständlich. Er ahnte, dass von seiner Antwort vielleicht seine weitere akademische Karriere abhing. »Ich denke, die sieben freien Künste bilden eine Einheit, die uns auf das weitere Studium vorbereitet. Aber im Grunde sind sie nichts weiter als das Handwerkszeug für die wahren Fragen. Fragen, die auch die Jurisprudenz, die Medizin und auch die Theologie nicht beantworten können.«

»Die wahren Fragen?« Celtis stutzte. »Wie meinst du das?«

Johann schluckte. Er spürte, dass er sich zu weit vorgewagt hatte. Neben ihm rückte Valentin unruhig auf seinem Sitz hin und her. Und auch Jodocus Gallus, der ein wenig hinter Celtis stand, sah ihn mahnend an. Doch nun gab es kein Zurück mehr.

»Ich denke, wenn wir die Welt verstehen wollen, müssen wir das alte Wissen hinter uns lassen und uns neuen Fragen zuwenden«, fuhr er fort. »Fragen, zu denen wir die Antworten vielleicht nicht in den jetzigen Studienfächern und auch nicht in den Schriften der Antike finden.«

»Hm …« Celtis wiegte den Kopf. »Aber ist es nicht gerade das Wesen des Humanismus, sich auf die Antike zu berufen?«

»Die griechischen und römischen Gelehrten haben sicher weit gedacht, doch die Zeit ist seitdem nicht stillgestanden«, entgegnete Johann mit nun immer festerer Stimme. »Neue

Welten haben sich uns erschlossen, also müssen auch neue Fragen gestellt werden.«

»Ich denke, wir haben genug von diesen Dummheiten gehört«, warf Jodocus Gallus ein und trat einen Schritt vor, um Johann Einhalt zu gebieten. Doch Celtis hielt ihn zurück. »Lass nur, alter Freund. Manchmal verbirgt sich hinter einer Dummheit ja auch ein weiser Gedanke. Heißt es nicht: Kinder und Narren sagen oft die Wahrheit?« Er wandte sich wieder an Johann.

»Und was für neue Fragen sollen das sein?«, erkundigte sich Celtis lächelnd, dem die Frechheit des jungen Studenten ganz offenbar gefiel.

Johann zögerte. Er dachte an die Bücher in Barbareses Bibliothek, an die Zeichnungen von Leonardo da Vinci, die Kriegsmaschinen und Flugapparate, und an die Laterna magica, die er mit Valentin konstruierte. Er dachte an die vielen Fragen, die ihm seitdem durch den Kopf gegangen waren. Doch er wagte nicht, Celtis damit zu bedrängen. Es war so viel, was er wissen wollte, viel zu viel, um es in einigen wenigen Sätzen zu umreißen, geschweige denn zu beantworten. Wochen, ja Monate und Jahre wären dafür notwendig gewesen.

Noch immer sah ihn Conrad Celtis fordernd an. Und plötzlich fiel Johann ein, was er den großen Gelehrten fragen konnte. Bislang hatte er in keiner Bibliothek einen Hinweis auf jenen seltsamen Namen gefunden, den ihm Magister Archibaldus mit seinem eigenen Blut hinterlassen hatte. Vielleicht wusste Celtis ja mehr. Er konnte es zumindest versuchen.

»Ich bin vor Kurzem über eine Notiz gestolpert«, begann Johann. »Es war darin die Rede von einem gewissen Gilles de Rais. Es klingt wie ein französischer Name, aber ich bin mir nicht sicher. Nirgendwo habe ich etwas über ihn finden können, sein Name ist wie ausgelöscht. Handelt es sich dabei vielleicht um einen Denker oder Philosophen, den ich noch nicht kenne und den uns die Kirche verschweigt? Jemand, der Antworten auf diese neuen Fragen haben könnte?«

»*Gilles de Rais?*« Celtis erstarrte sichtlich, sein Gesicht erbleichte.

»Wo bist du auf diesen Namen gestoßen?« Celtis' Stimme bekam plötzlich einen beißenden, kalten Klang, scharf wie die Schneide eines Schwerts. »Sag, woher kennst du ihn?«

»Ich … ich weiß es nicht mehr genau«, stotterte Johann, der sich mit einem Mal sehr unwohl fühlte. Er spürte, dass er rot im Gesicht wurde. »Ich denke, es war wohl in der Artistenbibliothek.«

»Wo auch immer es war, du solltest diesen Namen schleunigst wieder vergessen. Er verheißt nichts Gutes.«

»Aber …«, begann Johann.

»Glaubst du an das Böse?«, fragte Celtis abrupt. »Ich meine nicht das Böse, das uns täglich in mannigfaltiger Form begegnet. Der Dieb, der einem den Beutel aufschneidet, der habsüchtige Raubmörder, der im Dunkeln der Gassen lauert, der Münzfälscher, der Verräter … Ich meine das Böse in seiner absoluten Form, als Gegenspieler des Guten, so wie es der Manächismus einst gepredigt hat. Glaubst du daran?«

Johann runzelte die Stirn. »Ich fürchte, ich verstehe nicht …«

»Nun, ich habe mir dazu noch kein abschließendes Urteil gebildet«, fuhr Celtis fort. »Aber wenn es das Böse wirklich gibt, dann hatte es in Gilles de Rais sein perfektes Gefäß gefunden. Es ist gut, dass die Geschichte ihn vergessen hat. Und nun möchte ich über Angenehmeres reden.« Er musterte Johann scharf. »Studiere eifrig weiter, junger Faustus. Und bevor du dich diesen sogenannten neuen Fragen zuwendest, beantworte erst die alten.«

Mit diesen Worten wandte sich Celtis ab und ließ Johann mit seinen Gedanken allein.

16

Die folgenden Stunden verbrachte Johann wie in Trance. Zwar nahm er noch an den Gesprächen der anderen teil, doch alles, was er sagte und tat, vollzog er so mechanisch wie eine Puppe an Fäden. Wie hatte er sich nur so versteigen können! Einer der größten Gelehrten des Reiches, der Lehrer der beiden pfälzischen Kurprinzen, hatte mit ihm gesprochen, und alles, was Johann von ihm wissen wollte, war ein vermaledeiter Name. Hinzu kam, dass er alles schlechtgeredet hatte, was den Humanismus ausmachte. Er hatte sich bis auf die Knochen blamiert! Auch Valentin schüttelte wiederholt den Kopf.

»Das hättest du nicht sagen sollen«, flüsterte er Johann zu. »Einem Celtis an den Kopf zu werfen, dass die Antike nicht das Maß aller Dinge ist und die jetzigen Studiengänge nichts taugen.« Er kicherte. »Aber alle Achtung, so frech muss man erst mal sein.«

»Halt den Mund!«, raunte Johann ihm zu. »Ich weiß selbst, dass ich einen Bock geschossen habe.« Aus dem Augenwinkel sah er, wie ihn die anderen Studenten anstarrten und miteinander tuschelten. Die Sache begann sich offenbar bereits herumzusprechen.

Zornig stach Johann auf die Bratenscheibe vor sich ein, die auf einem duftenden Stück Weißbrot gereicht wurde. Ohne etwas zu schmecken, zermahlte er die Brocken im Mund und hielt den Blick gesenkt. Gut möglich, dass die Universität ihn nach diesem Gespräch entließ. Warum sollte Rektor Gallus ihn noch weiter fördern, wenn er das hergebrachte Wissen samt und sonders für alten, belanglosen Kram hielt? Tatsächlich ließen sich während des Essens weder Celtis noch Gallus wieder bei ihm blicken, und auch den Spiegel für die Laterna magica bekam er nicht – ganz so, als hätte Gallus sein Versprechen mit voller Absicht vergessen. Von einem Augenblick auf den anderen war Johann zur Persona non grata geworden.

Auch in den Vorlesungen in den nächsten Tagen bekam Johann zu spüren, dass er zu weit gegangen war. Offenbar wusste bereits die ganze Universität von seinem arroganten Auftritt im Heidelberger Schloss. Manche Studenten grinsten, wenn er an ihnen vorüberging, andere rempelten ihn an oder machten dumme Sprüche. Besonders Hans Altmayer nutzte jede Gelegenheit aus, ihm böse mitzuspielen.

»Macht Platz für Doktor Faustus, unseren neuen Dekan!«, höhnte er laut, als Johann den Vorlesungsraum betrat. »Was man so hört, gründet er demnächst seine eigene Fakultät. Er lehrt die achte Kunst des Hochmuts und des Schlaudaherredens.«

Die anderen Studenten lachten, und Johann setzte sich mit eingezogenem Kopf an seinen Platz. Schnell musste er feststellen, dass auch die Magister und Doktoren ihm nicht wohlgesonnen waren. Der alte Partschneider unterbrach seine Vorlesung mehrmals, um ihn direkt anzusprechen.

»So viel zu Platons Ideenlehre«, sagte er kühl und klappte das Buch am Pult zu. »Aber vielleicht weiß der junge Herr Faustus ja etwas, das über Platons Idea hinausgeht. Oder sind ihm die griechischen Philosophen nicht gebildet genug? Wie wäre es mit einem kurzen Exkurs dazu, verehrter Herr Kollege?«

Die anderen Kommilitonen lachten, und Johann schwieg und starrte auf seine Unterlagen.

Das Leben an der Universität wurde zur Hölle. Egal, wohin er ging und was er tat, man mied oder verspottete ihn.

Allein Valentin hielt noch zu ihm, er verteidigte ihn, wenn Altmayer und seine Kumpanen die Studentenschaft gegen Johann aufwiegelten. Oft ballte Johann die Faust in der Tasche, doch er schlug nicht zu. Er wusste, dass dies alles nur noch schlimmer gemacht hätte. Auch der Bau der Laterna magica geriet ins Stocken, da ihnen immer noch der nötige Spiegel, aber auch einige weitere Materialien fehlten.

Das Einzige, was Johann in diesen Tagen aufmunterte, war der Gedanke daran, dass er Margarethe schon bald wiedersehen würde. Er zählte die Tage bis zum Fest des Erzengels Michael und schrieb kurze griechische Liebesgedichte, die er aber sofort nach der Niederschrift verbrannte. Wenn er nachts lange wach lag, malte er sich ein einfaches Leben mit Margarethe aus, als Winzer- oder Bauernpaar mit vielen tobenden Kindern, weit weg von Heidelberg und der Universität. Mit diesen Bildern im Kopf schlief er ein.

Es war Ende September, nur zwei Tage vor der ersehnten Begegnung mit Margarethe, als Jodocus Gallus ihn nach der Vorlesung zu sich rief. Johann machte sich auf das Schlimmste gefasst.

Der Rektor sah ihn mit ernstem Blick an. »Ich denke, wir müssen nicht darüber reden, in was für eine Situation du dich mit deinen Worten im Schloss gebracht hast«, sagte er und putzte seine Augengläser. »Du wirst verstehen …«

»Ich packe noch heute meine Sachen«, unterbrach ihn Johann.

Erstaunt hielt Gallus mit dem Putzen inne. »Was redest du da? Glaubst du, nur weil dir einmal harter Wind entgegenweht, musst du gleich die Segel streichen? Bist du so schwach? Das ist nicht der Faustus, den ich kenne.«

»Und … und was erwartet Ihr dann von mir?«, fragte Johann.

»Ich erwarte gar nichts.« Gallus lächelte. »Ich überbringe nur eine Einladung. Mein Freund Conrad Celtis möchte dich gerne heute Abend noch einmal im Schloss sehen. Diesmal allein. So wie es aussieht, bekommst du Gelegenheit, deine Scharte auszuwetzen.« Er setzte die Augengläser auf und musterte Johann mit kleinen roten Augen. »Aus irgendeinem Grunde hat Conrad einen Narren an dir gefressen. Nun, ich denke, diesmal solltest du dich mit allzu neumodischen Gedanken zurückhalten.«

»Das ... ich meine ...« Johann war so verdattert, dass er nach Worten rang.

»Jetzt hat es dir schon wieder die Sprache verschlagen.« Der Rektor lachte. »Mein lieber Faustus, ich werde aus dir einfach nicht schlau. Manchmal klug wie drei Doktoren und dann wieder tumb wie ein Bauer.« Er legte den Kopf schräg und drohte mit dem Finger. »Mach mir keine Schande! Wenn mir Celtis wieder irgendwelche Dummheiten von dir berichtet, kann ich dich an der Universität nicht mehr länger halten. Für einen jungen Studenten hast du dir in kurzer Zeit erstaunlich viele Feinde gemacht.« Gallus machte eine ungeduldige Handbewegung. »Und jetzt raus hier, bevor dich noch jemand mit mir sieht und die falschen Schlüsse zieht. Diese Universität ist schlimmer als eine Horde Waschweiber.«

In dieser Nacht ging Johann ganz allein hinauf zum Schloss, ohne Nachtwächter, ohne Fackeln und Geleitzug. Die Wachen wussten offenbar Bescheid und führten ihn über eine Treppe in eines der Gemächer im Seitentrakt, wo Celtis während seines Aufenthalts im Heidelberger Schloss wohnte. Der Gelehrte saß allein an einem großen Kaminfeuer, das den schlicht möblierten Raum in ein zuckendes rotes Licht hüllte. Schimmlige Teppiche bedeckten die Wände, in einer Ecke stand eine grob behauene Truhe. Allem Anschein nach war Celtis kein Freund von Luxus und Annehmlichkeiten. Als Johann zögernd an der Tür stehen blieb, wies der große Gelehrte ihm einen Schemel neben dem Feuer zu.

»Setz dich!«, befahl er kühl.

Mit einem demütigen Kopfnicken nahm Johann Platz. Er hatte sich geschworen, diesmal jedes seiner Worte genau abzuwägen.

»Hochverehrter Meister, es tut mir ...«, begann er. Doch Celtis hielt den Finger an den Mund und befahl ihm zu schweigen. Lange musterte er Johann, während die Scheite im Feuer knackten und zu Asche zerfielen.

»Magst du Gedichte?«, erkundigte sich Celtis schließlich.

Johann nickte erstaunt. Mit dieser Frage hatte er nicht gerechnet. »Ich ... ich schreibe gelegentlich selbst welche. Nichts Großes, nur kurze, alberne Zeilen.«

Celtis schmunzelte plötzlich, kleine Lachgrübchen erschienen in dem zuvor wie aus Stein gemeißelten Gesicht. »Das tue ich auch, wie du vermutlich weißt. Überhaupt erinnerst du mich in vielerlei Hinsicht an einen jungen, dummen Kerl, der mit dem Kopf durch die Wand wollte, um dahinter neue Welten zu entdecken. Lange ist das her.« Er seufzte. »Aber deshalb habe ich dich heute nicht einbestellt. Es geht um diese eine Frage, die du mir bei unserem letzten Treffen gestellt hast.«

»Ihr meint ... Gilles de Rais?« Als Johann den Namen aussprach, glaubte er, plötzlich einen kalten Windzug im Raum zu spüren.

»Ja, Gilles de Rais.« Celtis nickte. »Möge sein Name für alle Zeiten verflucht sein. Auch ich habe mich in meinen jungen Tagen mit Gilles de Rais beschäftigt, mit dem Dunklen, dem Bösen in dieser Welt. Das Böse fasziniert die Jugend, weil es sich gegen die Ordnung wendet. Es ist der Geist, der stets verneint – so wie es kleine Kinder oft tun, um gegen ihre Eltern aufzubegehren. Das Böse ist das Chaos, das sich gegen das Althergebrachte stemmt und stets Neues verheißt. Zugegeben, ein verführerischer Gedanke. Und ich weiß aus eigener Erfahrung: Wenn sich ein Gedanke einmal im Kopf festgesetzt hat, dann bohrt er weiter und weiter. Deshalb habe ich beschlossen, dir von Gilles de Rais zu erzählen. Damit das Bohren ein Ende hat.« Celtis machte eine Pause und starrte ins Feuer, als läge dort die Antwort auf alle Fragen. Schließlich wandte er sich wieder Johann zu.

»Gilles de Rais war kein Gelehrter, sondern ein französischer Heerführer. Einer der berühmtesten und tapfersten Ritter, den dieses an edlen Kämpfern reiche Land je hervorgebracht hat. Er war Marschall von Frankreich und ein Kampfgefährte der Jungfrau von Orleans, welche die Franzosen als Märtyrerin verehren und die Engländer als Ketzerin und Zauberin auf dem Scheiterhaufen verbrannten. Damals herrschte Krieg zwischen Frankreich und England, ein Krieg, der über hundert Jahre dauerte und erst vor einigen Jahrzehnten zu Ende ging. De Rais war ohne Zweifel ein mutiger Ritter, ein Baron aus den Ländern nahe der Loire, ein Liebling des Königs. Darüber hinaus war er ein Förderer der Künste, besaß eine große Bibliothek und versuchte sich sogar selbst als Schauspieler und auch als Buchbinder und Illustrator. Doch wie so oft kam nach dem steilen Aufstieg der tiefe Sturz. Ein Sturz bis in die Tiefen der Hölle.«

»Was geschah mit ihm?«, fragte Johann leise.

»Gilles de Rais führte ein Leben wie ein Kaiser, er veranstaltete Turniere und Gelage. Nichts war ihm gut genug, bis ihm schließlich das Geld ausging. Zuerst verkaufte und verpfändete er seine Ländereien. Als auch das nicht ausreichte, verlegte er sich auf die Alchemie. Er beschäftigte eine Schar Alchemisten, die für ihn den Stein der Weisen finden und Blei zu Gold machen sollten. So hoffte er, seine Schulden loszuwerden.«

»Und? War er damit erfolgreich?«

Celtis lächelte. »Nun, die Alchemisten zumindest wurden reich, mit seinem Geld. De Rais selbst jedoch versank immer mehr in Armut.« Er machte eine Pause, und wieder war nur noch das Knacken der Scheite im Kamin zu hören. »Es muss zu dieser Zeit gewesen sein, dass er sich zum ersten Mal dem Teufel zugewendet hat.«

»Dem … dem Teufel?«

Celtis nickte. »Er schloss einen Pakt mit ihm. Wie dieser Pakt genau aussah, wissen wir nicht. Aus den Verhörprotokollen geht nur hervor, was der Teufel von ihm forderte – oder was de Rais glaubte, dass der Satan von ihm verlangte.«

»Seine Seele?«, vermutete Johann.

»Nein. Die war wohl selbst dem Teufel zu schwarz.« Celtis schüttelte den Kopf. »De Rais gab ihm das Unschuldigste, was es auf dieser Welt gibt: Kinder.«

Ein einzelner brennender Scheit krachte, und Johann erschauerte trotz des Feuers.

Kleine zuckende Bündel in den Bäumen …

»De Rais opferte dem Teufel Kinder«, fuhr Celtis fort. »Nicht eines, nicht zwei oder drei, sondern Hunderte. Er schlitzte sie auf, badete in ihrem Blut und trank es, manchmal sah er den Kindern beim Sterben zu und verging sich gleichzeitig an ihnen. Andere hängte er an die Decke seines Schlafgemachs und sah lächelnd zu, wie sie wie Puppen tanzten und sich wanden, während er dazu christliche Choräle anstimmte. Mit ihrem Blut schrieb er zauberische Formeln, um den Satan zu beschwören.«

Celtis seufzte, das Erzählen schien ihm schwerzufallen. Trotzdem sprach er weiter.

»Manche der Kinder waren erst vier, fünf Jahre alt, andere weitaus älter. De Rais hatte sie mit Naschwerk und Versprechungen in seine Schlösser an der Loire gelockt und ihre Köpfe als Andenken behalten. Manchmal schminkte er sie und fragte seine Diener, welcher Kopf am schönsten sei. Die einfachen Leute wussten davon, aber keiner glaubte ihnen. Sie versteckten ihre Kinder, doch de Rais sandte seine Schergen aus und holte sie alle, eines nach dem anderen. Die Leichen verbrannte er auf großen Feuerböcken, die Knochen verbarg er in seinen Schlössern, wo sie sich wie in einem Beinhaus stapelten. Es dauerte Jahrzehnte, bis ihm die Behörden endlich auf die Schliche kamen. Es kam nur deshalb zum Prozess, weil der König ihn fallen ließ.«

»Und … und was geschah mit ihm?«, fragte Johann, der einen dicken Knoten im Hals spürte.

»Unter Androhung der Folter gestand Gilles de Rais schließlich seine Verbrechen. Er starb am Galgen in Nantes. Doch in den Sagen und Märchen der Gegend lebt er weiter. Bis heute gilt er in Teilen Frankreichs als die Verkörperung des Bösen, als der Teufel auf Erden. Aber er war nur ein einfacher Mensch, nichts weiter. Verstehst du?« Conrad Celtis beugte sich nach vorne. »Er war böse und verrückt, doch er war kein Dämon und sicher nicht der Satan. Dazu haben ihn erst die Menschen gemacht.« Er atmete tief aus, als würde eine schwere Last von ihm abfallen. »Ich habe dir diese Geschichte erzählt, junger Faustus, weil ich nicht will, dass du einem Gespenst hinterherläufst. Egal, was du über Gilles de Rais gelesen hast, er ist tot, seine Gebeine sind längst vermodert. Er war ein Mensch, nicht mehr und auch nicht weniger. Wir Menschen brauchen den Teufel nicht, wir sind selbst Teufel.« Celtis wiegte den Kopf. »Nun, mit dieser Meinung bin ich ziemlich alleine, ich weiß. Die Kirche darf solche Worte niemals hören. Ich hoffe, dass du mich nicht verrätst«, fügte er hinzu.

»Wenn es Gott gibt, dann muss es doch auch einen Teufel geben«, beharrte Johann. »Das Gute kann nur existieren, wenn es auch das Böse gibt. So wie der Tag seinen Namen nur erhält, weil er sich von der Nacht unterscheidet.«

»Tja, so erzählten es sich die Manichäer. Eine Sekte aus der frühen Zeit des Christentums, die längst untergegangen ist. Wer weiß, vielleicht haben sie recht gehabt.« Celtis zuckte die Achseln. »Aber selbst wenn es den Teufel gibt, dann sicher nicht in der Gestalt eines verschwendungssüchtigen französischen Marschalls, in den er gefahren ist. Doch ich gebe zu, dass die einfachen Menschen Bilder brauchen, um die Abstraktion von Gut und Böse zu verstehen. In diesem Sinne …«

»Wie alt wäre Gilles de Rais jetzt?«, unterbrach ihn Johann.

»Ich habe dir doch gesagt, er ist tot! Gehenkt auf dem Marktplatz von Nantes.«

»Wenn er nicht hingerichtet worden wäre, wie alt wäre er?«, beharrte Johann.

Celtis zuckte mit den Schultern. »Nun, ich denke, so um die neunzig. Der Krieg zwischen England und Frankreich ist nun doch schon eine Weile her.« Er erhob sich schwerfällig. »Wir wollen das Gespräch für heute beenden. Ich möchte noch ein paar griechische Zeilen verfassen. Im Grunde habe ich dir das alles nur erzählt, damit du aufhörst, Antworten auf Fragen zu suchen, wo es gar keine Fragen gibt. Verstehst du? Verschwende die Klugheit und den Ehrgeiz, die ganz offenbar in dir stecken, nicht für Unwichtiges. Konzentriere dich auf das Wesentliche.«

Johann nickte zögerlich. »Ich … ich denke, ich verstehe. Habt Dank.«

»Dann ist gut. Ach ja …« Celtis hielt inne, dann drehte er sich um und kramte in der Truhe hinter sich. »Der gute Jodocus bat mich, für dich nach einem Spiegel Ausschau zu halten. Ich kenne einen Glaser hier im Schloss, der noch einen Rest übrig hatte.« Er hielt ein etwa handtellergroßes Stück in der Hand, in dem sich das Licht der Flammen brach und mehrfach zurückgeworfen wurde. »Es ist zwar nicht mehr als eine Scherbe. Aber zumindest ist es ein Spiegel. Geschaffen durch Menschenhände, Resultat von Klugheit und nimmermüdem Streben, ein Ding zum Anfassen und kein Hirngespinst.« Celtis drückte Johann den Spiegel in die Hand. »Versprich mir, dass du dafür Gilles de Rais vergisst, ja?«

»Ich … ich verspreche es.« Dankbar nahm Johann das Stück Glas in die Hand. Als er hineinblickte, sah er darin sein Gesicht, verzerrt, wie zerteilt und neu zusammengesetzt. Er versuchte ein Lächeln, doch im Spiegel sah es seltsam schief aus.

So als würde es nicht ihm gehören, sondern Tonio, dem Zauberer.

Oder einem Mann namens Gilles de Rais.

* * *

Nachdem Johann gegangen war, blieb Conrad Celtis noch eine ganze Weile am Kamin sitzen und starrte ins Feuer. Diese verfluchte Kälte! Er bekam sie einfach nicht mehr aus den Gliedern, selbst im Hochsommer. Sie hatte sich bei ihm eingenistet und fraß ihn von innen her auf.

So wie einen Hass und Bosheit auffressen können, bis nur noch eine leere Hülle übrig bleibt, dachte er.

Fröstelnd rieb Celtis die faltigen, von Gicht geplagten Hände aneinander. Er hatte diesem jungen vielversprechenden Studenten nicht alles über Gilles de Rais erzählt. Manche Details waren so grausam, so abscheulich, dass einem schon beim Gedanken daran übel wurde. Es war zum Beispiel erstaunlich, was man aus der Haut von Kindern alles machen konnte. Oder aus ihren Augen …

Andere Einzelheiten waren zu abenteuerlich. Sie geisterten durch die Erzählungen der einfachen Leute wie giftiger Nebel, der sich nie ganz auflöste. Was war Wirklichkeit? Was einfach nur ein Ammenmärchen? Gewisse Dinge waren so ungeheuerlich, dass sie niemals das Licht der Öffentlichkeit erblicken durften. Keiner konnte voraussehen, wie die Menschen reagieren würden, wenn sie davon erführen.

Das Biest ist nahe …

Conrad Celtis beschäftigte sich schon seit vielen Jahrzehnten mit Gilles de Rais. Er hatte den Namen in alten Chroniken gefunden und dann weiter gestöbert. Über die Jahre war es fast zu einer Manie geworden, und Celtis hatte Angst, dass diese Manie nun auf einen jungen äußerst wissbegierigen Studenten übergriff, der noch nicht reif für derlei Wissen war.

Also hatte Celtis ein paar wesentliche Informationen verheimlicht. Sie alle standen in einem Buch, in das er alles eingetragen hatte, was er je herausgefunden hatte. Er war in Paris und Orleans gewesen, er hatte sich in den Grafschaften und Rittergütern entlang der Loire umgehört, hatte mit den Alten gesprochen. In den Schlössern Champtocé, Machecoul und Tiffauges war er auf schreckliche Dinge gestoßen.

Vor allem in Tiffauges …

Conrad Celtis schloss die Augen und versuchte, die Erinnerungen in den tiefsten Winkel seines Bewusstseins zurückzudrängen. Nach und nach hatten sich die einzelnen Steine zu einem grausigen Mosaik zusammengefügt. Er hatte alles aufgeschrieben und dann das Buch weggesperrt, als könnte er damit auch die Wahrheit wegsperren.

Und nun war dieser junge Student gekommen, dieser Faustus, und hatte nach Gilles de Rais gefragt. Es war, als hätte er damit das Böse wieder geweckt.

Woher kannte er seinen Namen?

Celtis beschloss, dass das von ihm gesammelte Wissen zu gefährlich war, um es zwischen zwei Buchdeckeln aufzubewahren. Wenn es in die falschen Hände geriet, konnte es die Welt in Flammen setzen.

Mit grimmigem Blick stand er auf und ging hinüber zu der Truhe. Er öffnete sie und entnahm ihr ein kleines zerfleddertes Büchlein. Die Seiten waren mit der Hand geschrieben, manche so zittrig, dass sich kaum etwas entziffern ließ. Ein letztes Mal blätterte Celtis durch die Seiten, und ihn fröstelte.

Diese gottverfluchte Kälte …

Dann packte er das Buch und schleuderte es ins Feuer, wo sich die Flammen darüber hermachten. Gierig fraßen sie die Seiten, eine nach der anderen, bis nur noch graue Asche übrig war. Als Letztes verbrannten die ledernen Buchdeckel.

Dann war die Wahrheit über Gilles de Rais endgültig in Rauch aufgegangen.

* * *

Als Johann am nächsten Tag im Dionysianum Valentin die Spiegelscherbe zeigte, sah ihn sein Freund überrascht an.

»Die hat dir Celtis gegeben, auf die Bitte von Rektor Gallus?«, fragte er verblüfft. »Dann bist du wohl doch nicht so tief gefallen, wie ich gedacht habe. Wie war denn euer Gespräch gestern?«

»Oh, ich habe mich für meine hochfahrenden Worte entschuldigt, und wir haben noch ein wenig über Platon und die griechischen Tragödien geplaudert, das war alles«, erwiderte Johann. »Celtis ist wirklich ein sehr gelehrter Mann.«

»Hm …« Valentin kratzte sich an der Nase. »Bis heute habe ich nicht verstanden, was eigentlich deine letzte Frage bedeutet hatte, damals im Schloss. Du weißt schon, dein Gerede über diesen Gilles de Rais. Was hat es mit dem Kerl auf sich? Irgendetwas muss Celtis sehr erzürnt haben.«

»Und jetzt sind die Wogen eben wieder geglättet«, entgegnete Johann kühl.

Was Celtis ihm gestern erzählt hatte, hatte ihn aufgewühlt und alte Erinnerungen geweckt, die er vergeblich zu vergessen versuchte. In der vergangenen, nahezu schlaflosen Nacht waren sie alle wieder auf ihn eingeprasselt: die verschwundenen Kinder in Knittlingen und später in den Bergen bei Innsbruck, das Pentagramm im Turm, dann die unheimliche Begegnung mit dem Kerl namens Poitou, auch das ein französischer Name, genau wie Gilles de Rais. Tonio und er hatten Französisch miteinander gesprochen, da war Johann sich sicher. Doch bis heute wusste er nicht, was auf jener Lichtung bei Nördlingen tatsächlich geschehen war.

Kleine zuckende Bündel ...

Kurz bevor der Morgen dämmerte, hatte Johann schließlich das Messer wieder hervorgekramt, das ihn schon so lange begleitete, und die Inschrift darauf betrachtet.

G d R ...

Was war, wenn dieses Messer wirklich einmal Gilles de Rais gehört hatte? Die Klinge war scharf wie ein Rasiermesser. Was mochte der Ritter aus dem Loiretal damit angestellt haben?

Johann schüttelte sich, und Valentin sah ihn fragend an. »Was hast du?«

»Nichts. Lass uns über etwas anderes reden. Was ist denn nun mit unserer Laterna magica? Glaubst du, das Spiegelglas wird ausreichen?«

Nachdenklich drehte Valentin das Glas in den Händen. »Hm, wir müssen es von einem Glaser schneiden lassen. Den Spiegel sollte die Lichtquelle möglichst von mehreren Seiten umschließen, um eine besonders große Lichtstärke zu erzielen. Vorher können wir nicht weitermachen.«

»Dann warten wir eben noch ein paar Tage. Ich habe ohnehin noch andere Verpflichtungen.«

Valentin grinste. »Lass mich raten. Geht es dabei um ein Mädchen in einem Kloster?« Er seufzte tief. »Sag später nur nicht, ich hätte dich nicht gewarnt. Erst die Sache mit Celtis und jetzt auch noch das! Wenn sie dich nicht wegen Hoffart aus der Universität werfen, dann deshalb, weil du dich mit einer Nonne eingelassen hast.«

»Nicht, wenn du deinen vorlauten Mund hältst«, entgegnete Johann unwirsch. Im gleichen Moment taten ihm seine Worte leid. Warum ließ er sich nur immer wieder von seinem Jähzorn blenden! Dabei hatte er gehofft, dass ihm das Treffen mit Margarethe endlich Ruhe verschaffen würde. Valentin war der einzige Freund, den er in Heidelberg hatte. Er durfte ihn nicht auch noch verlieren.

»Verzeih mir«, sagte er. »Es war wohl alles ein wenig viel in letzter Zeit. Lass uns nach der Laterna magica schauen. Das wird mich ablenken.«

»Schon verziehen.« Valentin lächelte geheimnisvoll und deutete zum Ausgang. »Folge mir in den Schuppen. Was die Laterna angeht, habe ich eine kleine Überraschung für dich.«

Tatsächlich hatte Valentin in den letzten Tagen fleißig daran weitergearbeitet. Das Gehäuse war fertig, und auch die Öllampe war eingebaut, von der sie sich mehr Helligkeit erhofften als von einer schlichten Kerze. Verlegen zog Valentin unter dem Tisch einen kleinen Holzkasten hervor, in dem sich einige Glasplatten befanden.

»Das Glas habe ich vom Glaser der Heiliggeistkirche«, sagte er. »Es ist nichts Besonderes, nur ein Anfang. Aber ich denke, die Bilder könnten durchaus Wirkung erzielen.«

Johann nahm die Glasplatten in die Hand und hielt sie gegen das Sonnenlicht, das durch eines der Fenster in den Schuppen fiel. Überrascht lachte er auf. Auf die Platten waren kleine Tierszenen gemalt. Er erkannte einen Wolf, einen Kater, der einen Buckel machte, und einen Hirsch mit stolzem Geweih.

»Das ist ja großartig! Dieser Hirsch sieht aus, als würde er gleich losspringen!«

»Ich habe mich für Tiere entschieden«, erklärte Valentin. »Sie sind einfacher zu malen als Menschen, und man kann sie gut in Bewegung zeichnen. An der einen oder anderen Stelle habe ich zwar ein wenig geschludert …«

»Stell dein Licht nicht unter den Scheffel«, unterbrach ihn Johann. »Die Bilder sind hervorragend! Wenn diese Laterna wirklich funktionieren sollte, wird das ein Riesenspektakel. Stell dir vor, wie viel Geld wir damit verdienen könnten, wenn wir dafür Eintritt verlangen.«

Valentin verschränkte die Arme vor der Brust. »Ich hatte nicht vor, damit Geld zu verdienen. Dieses Experiment dient allein der Wissenschaft.«

»Darüber reden wir zu gegebener Zeit noch mal. Es wäre wirklich jammerschade, wenn …«

»Ich sagte, diese Bilder sind nicht für die Öffentlichkeit bestimmt«, fuhr Valentin dazwischen. »Es wird kein Spektakel auf irgendwelchen Marktplätzen oder in Bursen vor betrunkenen Studenten geben. Das ist mein letztes Wort, Johann Faustus! Ich bin Gelehrter und kein ehrloser Gaukler.«

Die letzten Worte trafen Johann ins Mark. So hatte Valentin noch nie mit ihm gesprochen, offenbar hatte er ihn in seinem Stolz verletzt. Doch Johann ließ sich nichts anmerken.

»Ist gut«, sagte er und bemühte sich um ein Lächeln. »Ich habe verstanden. Und nun zeig mir noch mal die Unterlagen, damit ich sehen kann, wie die Glasplatten eingebaut werden.«

Während der nächsten zwei Tage ließ sich Johann kaum in den Vorlesungen blicken. Er mied die Begegnungen mit anderen Studenten und fieberte auf das Treffen mit Margarethe hin. Valentin gegenüber behauptete er, er müsse sich auf seine Griechischprüfungen vorbereiten. Doch die kruden Buchstaben verschwammen ihm immer wieder vor den Augen, mehr noch, sie schienen vor ihm wegzulaufen wie kleine schwarze Käfer. Was würde geschehen, wenn Margarethe sich in den Weinhängen nicht von den anderen Nonnen trennen konnte? Oder, noch schlimmer, wenn sie ihre Entscheidung mittlerweile bereut hatte und gar nicht erst erschien? Liebte sie ihn überhaupt noch?

Gleichzeitig musste Johann immer wieder an das Gespräch mit Conrad Celtis denken und an das, was dieser ihm über Gilles de Rais erzählt hatte. Als Archibaldus in Venedig mit seinem eigenen Blut diesen Namen an die Kirchenwand geschrieben hatte – was wollte er damit sagen?

Johann versuchte, logisch zu schlussfolgern, so wie es ihm in der Universität beigebracht worden war. Wie in den Schriften des Aristoteles ging er von einer Annahme aus, die er mit Argumenten unterfütterte. Als einzige sinnvolle Erklärung für Archibaldus' Tod erschien ihm, dass der Mord irgendwie mit Signore Barbarese zusammenhing. Schließlich war der alte Mann just vor dem Treffen umgebracht worden, bei dem er Johann mehr über Barbarese erzählen wollte. Der unheimliche Venezianer war offenbar wirklich ein Anhänger irgendeiner Teufelssekte, Archibaldus war ihm auf die Schliche gekommen, und deshalb musste er sterben. Warum aber hatte Archibaldus den Namen »Gilles de Rais« mit Blut an die Wand gemalt? Vielleicht beriefen sich diese Satansjünger ja auf Gilles de Rais, möglicherweise war er eine Art Meister für sie, auch wenn er schon lange tot war. Fragte sich nur, was Tonio del Moravia mit all diesen Dingen zu tun hatte. Immerhin hatten Archibaldus' letzte Worte, ehe er verschwand, Tonio gegolten, wie sich Johann erinnerte.

Es geht um deinen früheren Lehrmeister, diesen Tonio del Moravia. Ich weiß nun endlich, woher ich seinen Namen kenne ...

Was hatte Archibaldus über Tonio herausgefunden?

Entschlossen wischte Johann diese düsteren Gedanken beiseite und versuchte, sich ganz auf den griechischen Text vor seinen Augen zu konzentrieren. Conrad Celtis hatte recht. Was kümmerte ihn ein vor langer Zeit verstorbener Franzose? Er würde Gilles de Rais vergessen. Er würde Archibaldus vergessen, die verschwundenen Kinder, seinen kleinen Bruder Martin, Signore Barbarese, den schwarzen Trank und Tonio, den Zauberer ... Alles, was noch zählte, war das Hier und Jetzt.

Und Margarethe.

Endlich kam der lang ersehnte Tag, das Fest des Erzengels Michael. In der großen Heiliggeistkirche am Heidelberger Marktplatz las der Pfarrer eine Messe, in der er vom Sieg der Engel über Luzifer sprach und von der ewigen Verdammnis, die nach dem Jüngsten Gericht auf alle Sünder wartete. Die Studenten waren verpflichtet, die Messe zu besuchen, doch Johann hörte nur mit einem Ohr zu. In Gedanken war er schon bei Margarethe.

Gleich nach dem Gottesdienst rannte er hinunter zur Mole, nahm sich eines der kleinen Boote und ruderte den Neckar stromaufwärts zum Kloster. An den Weinhängen, die sich bis zum Ufer hinabzogen, hingen schwer die Trauben. Zwischen den Rebstöcken sah Johann die Winzer mit ihren Körben. Sie winkten den Booten zu und lachten bei der Arbeit. Noch am Morgen hatte es geregnet, nun schien die Sonne warm vom Himmel, und die Feuchtigkeit hing in Nebelschwaden über den Hügeln und Wäldern. Der Herbst schien noch fern, und doch war es in wenigen Tagen schon Oktober. Ein ferner Geruch von Kälte und Wind lag bereits in der Luft.

An dem kleinen Weiler mit der Mühle legte er an und rannte hinauf zu den Weinhängen, die zum Stift Neuburg gehörten. Nervös blickte er sich um, konnte aber keine der Nonnen in den Hügeln entdecken. War er zu früh dran oder etwa schon zu spät? Hatte Margarethe es sich anders überlegt?

Da hörte er ein Kichern und Stimmengewisper. Johann duckte sich hinter die Weinreben und entdeckte eine Gruppe von vier jungen Schwestern in schwarzer Ordenstracht. Sie trugen Kraxen auf dem Rücken, die sie eher lustlos mit Trauben füllten. Ein Stück entfernt ging eine ältere Nonne, die Johann schnell als die alte Vettel ausmachte, die an der Pforte seinen Brief entgegengenommen hatte.

»*Silentium!*«, zischte sie, und die jüngeren Schwestern duckten sich wie unter einem Schlag und schwiegen. Offenbar war es nicht erlaubt, während der Lese miteinander zu reden.

Margarethe war nicht darunter. So leise wie möglich schlich sich Johann davon und stromerte weiter durch die Weinhänge. Zu rufen wagte er nicht, und so irrte er ziellos umher, bis er endlich zwischen den Rebstöcken eine einzelne Gestalt ausmachte, die leise sang und die Trauben vorsichtig von den Stöcken zupfte. Es war ein altes Kinderlied, und Johanns Herz wurde schwer wie Blei.

»Petersil und Suppenkraut wächst in unserem Garten, unser Gretchen ist die Braut, soll nicht länger warten. Roter Wein, weißer Wein, morgen soll die Hochzeit sein ...«

Margarethe und er hatten den kleinen Vers als Kinder oft gesungen. Ihn hier am Neckar zu hören, so viele Jahre danach, brach ihm fast das Herz. Er blieb hinter den Rebstöcken stehen und beobachtete Margarethe. Jetzt, da sie sich allein wähnte, glaubte er beinahe, ihr altes Lächeln wiederzusehen. Er genoss den Moment, dann sprach er sie leise an.

Margarethe zuckte zusammen. Schließlich wandte sie sich ihm zu. Ihr Blick war gleichzeitig erfreut und traurig.

»Du bist also wirklich gekommen«, sagte sie.

Johann nickte. »Ich habe sehr lange auf diesen Tag gewartet.« Er trat zwischen den Rebstöcken hervor, seine Hand näherte sich zitternd ihrer Wange. »Margarethe ...«

Doch sie drehte sich weg. »Ich bin jetzt eine Nonne, Johann. Du weißt, was das heißt.«

»Darf man Nonnen denn nicht berühren?«, fragte er augenzwinkernd. »Hat Gott das etwa auch verboten? Oder doch nur die alte, verbissene Elster, der ich eben noch begegnet bin?«

»Ich gehöre jetzt Gott. Er schützt mich und achtet darauf, dass mir kein Leid geschieht. Er wird auch dafür sorgen, dass der Schwarze Mann nicht mehr zurückkommt.«

Johann verdrehte die Augen. »Nun fängst du wieder damit an! Lass uns über etwas anderes reden. Schau, ich habe dir etwas mitgebracht.« Er zog einen Stapel Spielkarten hervor, den er gestern noch bei einem Hausierer gekauft hatte. »Zieh irgendeine Karte …«

Sie zögerte, schließlich nahm sie eine Karte, und ein Lächeln huschte über ihr Gesicht. »Der Herzbube … Du bist also immer noch ein Zauberer.«

»Sogar ein ganz großer! Als ich aus Knittlingen wegging, habe ich mich einer Gauklertruppe angeschlossen. Wir sind über die Alpen bis nach Venedig gezogen, ganz Italien haben wir bereist …«

Während sie gemeinsam durch die Weinstöcke spazierten, erzählte er Margarethe von seinen Abenteuern mit den Spielleuten, von dem begnadeten Fiedler Peter Nachtigall, dem alten Säufer Archibaldus, von Emilio und dem starken Mustafa. Nur Salome ließ er weg, und auch seine Zeit mit Tonio del Moravia erwähnte er nicht. Johann wusste, dass Margarethe den unheimlichen Zauberer nie gemocht hatte, schon als Kind nicht. Außerdem hatte er Angst, dass Tonio Margarethe an jene unselige Nacht auf der Lichtung im Schillingswald erinnerte.

»In Venedig hat mir ein Händler erzählt, dass du hier in Heidelberg bist«, schloss Johann seine Erzählung. »Ich habe die Truppe verlassen, um zu dir zu kommen. Ich dachte …« Er zögerte.

»Du dachtest was?« Sie lächelte traurig. »Dass ich alles stehen und liegen lasse und dir folge? Du wusstest doch, dass ich verheiratet bin.«

»Was ist das schon für eine Heirat!«, brauste Johann auf. »Dein Gatte schickt dich ins Kloster, nur weil du ihm von deinen Albträumen erzählt hast!«

»Jakob hat recht getan«, erwiderte Margarethe. »Hier bin ich sicher.«

»Aber liebst du ihn? Hast du ihn jemals geliebt?«

Sie lachte verzweifelt. »Wo lebst du, Johann? Um Liebe

ging es nie. Nach der … der Sache im Wald war ich für die Brettener Kaufmannsfamilie als Schwiegertochter nicht mehr zu gebrauchen. Es gab … Gerüchte, auch was dich betrifft. Also musste mich mein Vater in einen entfernten Ort verheiraten. Und Jakob Kohlschreiber schien ihm eine gute Partie zu sein. Ich gebe zu, er ist nicht der Zärtlichste und er trinkt, doch er ist ein guter Geschäftsmann.«

»Und als guter Geschäftsmann weiß man eben, wann die Frau nichts mehr wert ist«, entgegnete Johann verbittert. »Nämlich dann, wenn sie Albträume bekommt und ein wenig seltsam daherredet.«

»Das sind keine Albträume, Johann«, sagte Margarethe leise. »Es ist die Wirklichkeit. Der Schwarze Mann kommt zurück auf die Erde. Er wird wiederkehren und die Welt verändern. Der letzte Kampf zwischen Gut und Böse, er ist nicht mehr fern. Er selbst hat es mir damals gesagt …«

»Er? Was … was redest du da?« Johann lachte. »Man könnte wirklich meinen, du bist verrückt.« Sofort bereute er seine Worte, doch es war zu spät. Margarethes Lippen wurden schmal wie zwei Striche.

»Weißt du, was heute für ein Tag ist?«, fragte sie schließlich leise. »Der Tag des Erzengels Michael. Als der Engel Luzifer sich gegen Gott erhob, war es Michael, der sich mit den Engeln des Guten, mit allen Seraphim und Cherubim, gegen ihn stellte. Er warf Luzifer und seine Getreuen aus dem Himmel, und sie stürzten tief hinunter, bis in die Hölle. Doch der Lichtbringer hat nie aufgegeben, er will zurück, er will die Herrschaft über die Erde. Und bald, schon bald wird der Tag kommen, da er sein düsteres Antlitz zeigt!«

»Margarethe, hör auf! Das ist …«

»Sag, Johann, wie hast du's mit der Religion?«

Die Frage kam so abrupt, dass Johann nicht wusste, was er sagen sollte. Margarethe sah ihn fordernd an.

»Da ist etwas in dir, ich sehe es. Etwas Dunkles, so als

hätte der Schwarze Mann bereits versucht, dich auf seine Seite zu ziehen. Hat er? Sag, hat er?«

Johann dachte an Tonio und an den Pakt, den sie einst in einer regnerischen Nacht im Wald besiegelt hatten.

Du wirst es nicht schlecht bei mir haben. Nun schlag schon ein …

Er dachte an den Handschlag in Knittlingen und an den grausigen Tod von Margarethes Bruder Ludwig. Er dachte an den schwarzen Trank bei Nördlingen, an die kleinen zuckenden Leiber in den Bäumen, an die Wutanfälle, die ihn seitdem immer wieder überkamen. Doch das waren alles Hirngespinste! Geister der Vergangenheit, die ihm nichts mehr anhaben konnten.

»Keiner hat versucht, mich auf irgendeine Seite zu ziehen«, entgegnete er schließlich mit fester Stimme. »Ich bin ein treuer Kirchgänger, Margarethe.« Er lächelte. »Über mich hat das Böse keine Macht.«

Johann wusste, dass er log. Er besuchte die Messe nur an den Sonntagen oder wenn er unbedingt musste, so wie heute in der Heiliggeistkirche. Das letzte Mal, als er wirklich gebetet hatte, war am Grab von Peter Nachtigall unten in Italien gewesen. Und er glaubte nicht, dass sein Gebet Gott damals erreicht hatte.

Gott war weit weg.

Aber nun stand Margarethe vor ihm, sein Engel auf Erden. Wenn er sie nicht verlieren wollte, musste er lügen. Was blieb ihm anderes übrig? Die Zeit im Kloster hatte bei ihr Spuren hinterlassen. Doch er war sich sicher, dass er die alte Margarethe wiederfinden würde, wenn er nur genug Zeit bekam.

»Ich bete täglich zu allen Heiligen, dass sie auf meinen Weg achten«, beteuerte er.

Margarethe nickte, offenbar glaubte sie ihm. »Bete zur heiligen Anna, sie hilft denen, die mit dem Bösen in Berührung kommen. Versprichst du es mir?«

»Ich … ich verspreche es.« Johann fiel ein, dass auch Conrad Celtis ihm vor ein paar Tagen ein Versprechen abgerungen hatte. Er hielt die Schwurhand in die Höhe. »Beim Seelenheil meiner Mutter, ich schwöre es!«

Die Worte waren aus ihm herausgepurzelt, ohne dass er weiter nachgedacht hatte. Auf Margarethe hatten sie eine wunderbare Wirkung.

Sie lachte.

Sie lachte so fröhlich wie früher, als sie noch in Knittlingen zusammen im Heu getobt hatten. Johanns Herz tat vor Freude einen Sprung.

»So ist es gut, mein Johann. Wir sind in Gottes Hand.« Sie machte einen Schritt auf ihn zu. »Und Gott hat sicher nichts dagegen, wenn du mich jetzt berührst.«

Langsam streckte er die Hand aus und streichelte ihr über die Wange. Margarethe schloss die Augen und atmete so tief ein, als würde sie an alten Erinnerungen schnuppern.

»Es tut so gut, dich wieder zu spüren«, sagte sie leise. »Es ist wie Heimkommen.«

Mit der Hand fuhr er ihr durchs Haar, und Margarethe stieß ein leises Seufzen aus. Plötzlich hielt Johann es nicht mehr aus. Er beugte sich vor und küsste sie auf den Mund. Margarethe zuckte kurz zusammen, doch sie hielt still und lief nicht weg.

»Gott wird auch dies verzeihen«, flüsterte er. »Was kann Gott gegen die Liebe einwenden? Die Liebe ist die einzige Waffe, die wir haben, um gegen das Böse zu kämpfen.«

Zitternd drückte sie seine Hand. »Geh mit Gott, Johann«, hauchte sie, dann wandte sie sich ab.

»Wann kann ich dich wiedersehen?«, fragte er eilig.

»In … in drei, vier Tagen vielleicht.« Margarethe schlug die Augen nieder. »Dann bin ich wieder hier draußen in den Weinhängen zur Lese eingeteilt. Und nun geh, bevor die Schwester Oberin dich noch sieht. Mein Zauberer …«

Noch einmal lächelte sie ihn an, dann drehte sie sich um und war gleich darauf zwischen den Rebstöcken verschwunden.

»Mein Zauberer ...«, flüsterte Johann und stand da wie versteinert.

Doch im Grunde war es andersherum. Margarethe hatte ihn verzaubert.

17

Die folgenden Monate waren für Johann wie ein einziger langer Rausch. Er traf sich mit Margarethe, wann immer es möglich war. Die Nonnen waren, wie sich zeigte, oft draußen auf den Feldern rund um Neuburg zur Arbeit eingeteilt. Gelegentlich begaben sie sich sogar gemeinsam nach Heidelberg, wo das Klosterstift eine kleine Niederlassung hatte. Es waren stets nur kurze Begegnungen, ein paar herzliche Worte, eine Berührung, ein Kuss ... Doch Johann spürte, dass Margarethe sich mehr und mehr auf ihn einließ. Auch ihre Bemerkungen über den Schwarzen Mann und die Rückkehr Satans wurden seltener, wenn sie auch nicht ganz damit aufhörte.

Ein paarmal hatte Johann auch versucht, von Margarethe mehr zu bekommen als nur einen Kuss, aber jedes Mal war sie ihm lächelnd ausgewichen.

»Ich bin Gott versprochen«, sagte sie, wenn sie, verborgen hinter Ährenbündeln und Heuwagen, nebeneinander auf einem abgeernteten Kornfeld lagen. »Wenn das Kloster es will, lege ich im nächsten Jahr mein Ordensgelübde ab. Doch schon jetzt als Novizin gehöre ich Gott.«

»Ich habe mit Gott im Gebet geredet«, beteuerte Johann. »Er will nur, dass wir beide glücklich sind!«

»Sind wir das nicht?«, fragte Margarethe.

Tatsächlich war Johann glücklich. Margarethe war in seiner Nähe, er studierte an der großartigsten Universität im

Deutschen Reich, und seine Aussichten auf eine akademische Karriere waren glänzend. Die meisten Studenten hatten nach und nach ihre Späße und Rüpeleien ihm gegenüber eingestellt. Außer Valentin hatte Johann zwar nach wie vor keinen echten Freund an der Universität, dafür war er zu ehrgeizig, zu hochmütig und unnahbar. Doch Rektor Gallus und einige andere Doktoren und Magister standen auf seiner Seite. Dazu kam, dass er sich jetzt regelmäßig mit Conrad Celtis im Heidelberger Schloss traf, wo er mit ihm angeregte Gespräche führte, auch über neuere Erfindungen, die in Heidelberg von sich reden machten.

»In Venedig sollen sie jetzt für den Glockenturm am Markusplatz eine Uhr planen, die mit einem Glockenschlag den Beginn und das Ende eines Arbeitstages ankündigt«, sagte Johann, als sie wieder einmal in Celtis' kleiner düsterer Kammer saßen. »Bislang sind die Menschen dem Lauf der Sonne gefolgt. Man könnte fast meinen, das übernehmen jetzt die Uhren.«

Celtis nickte. »Wie ich hörte, gibt es neuerdings Apparate, die nicht nur die Stunden, sondern sogar die Minuten und Sekunden messen. Sekunden! Nicht mehr als ein Wimpernschlag!« Er rollte theatralisch mit den Augen. »Die Zeit rennt, und wir rennen mit. Wo soll das nur hinführen?«

»Ihr müsst bedenken, was für Vorteile es mit sich bringt, wenn es überall eine einheitliche Zeit gibt«, warf Johann ein. »Kaufleute können sich leichter treffen, die Arbeit bekommt einen Wert, gemessen an der Zahl der Stunden …«

Celtis lachte. »Nun, die beste Zeit ist immer noch die, die einfach so dahinfliegt, ohne dass wir bemerken, wie sie vergeht. Ich gebe zu, dass die Gespräche mit dir diesem Gefühl sehr nahekommen. Sie sind, nun ja …« Er schmunzelte. »… äußerst erfrischend. Auf den Mund gefallen ist der junge Herr Student jedenfalls nicht.«

Über Gilles de Rais sprachen sie kein einziges Mal, und

tatsächlich gelang es Johann, diesen Namen und alles, was damit in Verbindung stand, weitgehend zu vergessen.

Nur bei der Laterna magica erlitten Johann und Valentin einen bösen Rückschlag. Es war im nebligen November, als der Spiegel endlich eingebaut und das Gehäuse fertig war. Sie schlossen die Fensterläden im Schuppen und entzündeten im Inneren des Gehäuses die Öllampe. Mit zitternden Fingern schob Valentin eine der mit Tieren bemalten Glasplatten in den dafür vorgesehenen Schlitz. Doch alles, was auf der Wand des Schuppens erschien, war ein undeutlicher, wabernder Schemen.

»Verdammt!«, schimpfte Valentin und ruckelte ungeduldig an der Glasplatte. »Die Lichtquelle ist viel zu schwach. So viel Arbeit haben wir in den Apparat gesteckt, und jetzt das!«

»Ich glaube nicht, dass es nur an der Lichtquelle liegt«, bemerkte Johann stirnrunzelnd. »Das Licht strahlt viel zu diffus, zu sehr in alle Richtungen.«

»Du kannst Licht eben nicht einfangen wie eine Herde scheuer Pferde«, spottete Valentin. »Sobald es irgendwo austreten kann, geht es dorthin, wo es will. Wenn ich doch bloß nicht diese Zeichnungen von Fontana entdeckt hätte! Was für eine Verschwendung!« Er wollte dem Apparat, der auf dem Tisch im Schuppen stand, bereits einen Stoß versetzen, aber Johann hielt ihn zurück.

»Wir geben noch nicht auf«, mahnte er. »Vielleicht finden wir doch noch einen Weg, das Licht besser zu fokussieren.«

»Bitte, bitte«, höhnte Valentin. »Was dem großen Giovanni Fontana und auch Leonardo da Vinci nicht gelungen ist, gelingt sicher dem ach so berühmten Doktor Faustus.«

»Wer weiß, vielleicht wird man mich irgendwann wirklich so nennen«, murmelte Johann. Ihm schwirrte eine vage Idee durch den Kopf, aber immer, wenn er sie festhalten wollte, entglitt sie ihm wieder.

Vor Hans Altmayer war Johann weiterhin auf der Hut,

denn er hatte den Eindruck, dass der Kerl irgendetwas ausbrütete. Oft, wenn sie sich begegneten, grinste Altmayer breit, legte den Finger ans Barett und deutete eine Verbeugung an.

»Sieh an, der von den Doktoren so hochverehrte Herr Faustus«, feixte er. »Warte nur, wer hoch steigt, der kann auch tief fallen.«

»Und wer niemals hinaufsteigt, bleibt immer in der stinkenden Gosse liegen«, gab Johann zurück und ließ Altmayer stehen.

Es war ausgerechnet in einer Vorlesung über das archimedische Prinzip bei Rektor Gallus, als Johann sein persönliches Heureka-Erlebnis hatte.

Mittlerweile war der Winter über Heidelberg gekommen. Der Schnee lag hoch in den Gassen und machte das Vorankommen schwer. In den Vorlesungssälen war es so kalt, dass die Studenten in Mänteln und Mützen bibbernd auf ihren Bänken saßen. Nun verstand Johann auch, warum die Barette über gepolsterte Ohrenklappen verfügten. Die kleinen Öfen reichten beileibe nicht aus, die großen Räume zu beheizen. Besonders schlimm war es in der Marienkapelle, durch deren zugige Fenster der Wind pfiff. Wenn die Doktoren sprachen, bildeten sich vor ihren Mündern weiße Wolken, eine dünne Eiskruste zog sich über Bänke und Pult.

An einem Morgen im Januar herrschte draußen wie drinnen wieder einmal bittere Kälte, trotzdem schien die Sonne und leuchtete matt durch die Kirchenfenster. Der Rektor hatte wie so oft seine Brille auf, an deren seltsamen Anblick sich die Studenten mittlerweile gewöhnt hatten. Nur wenn er in die Ferne blickte, nahm er sie gelegentlich ab. Eben sprach Gallus über den Antrieb bei Schwimmkörpern, als ein verirrter Lichtstrahl durch eines der Fenster direkt auf seine Brille fiel, die auf dem Pult vor ihm lag. Erstaunt bemerkte Johann, wie das schwache Licht in den Gläsern gebündelt wurde und einen hellen Fleck an die Wand gegenüber warf. Der Fleck war heller, als das matte Sonnenlicht erwarten ließ.

Sehr viel heller.

»Archimedes postuliert, dass der statische Auftrieb ...«, hob Jodocus Gallus eben an, als Johann abrupt aufstand und aus dem Saal stürmte. Verärgert brach der Rektor ab. »Wir wollen nur hoffen, dass es lediglich eine menschliche Notdurft ist, die unseren guten Faustus so schnell verschwinden lässt«, bemerkte er süffisant.

»Oder der unfehlbare Herr Faustus weiß bereits schon alles über Archimedes, und er erfindet jetzt seinen eigenen Schwimmkörper«, höhnte Altmayer, doch diesmal lachte keiner.

Johann rannte hinüber zu den niedrigen, von Schnee gänzlich bedeckten Gebäuden der Fakultät der Artisten, wo Valentin eben einem Repetitorium beim alten Partschneider beiwohnte. Noch immer außer Atem, setzte er sich neben Valentin in die letzte Bank und beugte sich zu ihm.

»Ich weiß es jetzt«, raunte er ihm ins Ohr.

Valentin wandte sich ihm überrascht zu. »Was weißt du?«

»Ich weiß, wie wir das Licht in der Laterna magica verstärken und fokussieren. Wir nehmen gläserne Linsen! Linsen, wie sie für Brillen verwendet werden! Rektor Gallus' Brille hat mich eben darauf gebracht!«

Johanns Stimme war immer lauter geworden, und Magister Partschneider unterbrach vorne seinen Vortrag. »Wenn die jungen Herrschaften glauben, bereits alles zu wissen, können sie sich gerne aus dem Saal entfernen«, knurrte er.

Johann zog Valentin am Ärmel, bis sein Freund schließlich nachgab und mit ihm nach draußen eilte.

»Bist du verrückt?«, zischte Valentin. »Das verzeiht uns der Partschneider nie!«

»Ach, der beruhigt sich schon wieder«, erwiderte Johann.

Er grinste. »Viel wichtiger ist, dass wir jetzt die Laterna magica fertigstellen können.«

Hastig berichtete er Valentin, was er glaubte, herausgefunden zu haben. Dieser wirkte zunächst skeptisch, doch schließlich nickte er. »Hm, mit Linsen könnte es tatsächlich gehen, du hast recht. Sie bündeln das Licht, ich habe es selbst schon öfter bei der Brille vom alten Gallus gesehen. Wenn man mehrere Linsen hintereinanderlegen würde …«

»Wird das Licht stärker und das Bild schärfer«, ergänzte Johann. Ihm war eben das seltsame Rohr eingefallen, das er vor langer Zeit oben auf dem Turm nahe den Alpen gesehen hatte – damals, als er noch mit Tonio herumgezogen war. Vermutlich waren auch in dieses Rohr mehrere Linsen hintereinander eingebaut worden, was den Blick geschärft hatte. Fragte sich nur, woher Tonio ein solches Rohr gehabt hatte … Etwas Ähnliches hatte Johann nie wiedergesehen, auch hier an der Heidelberger Universität nicht.

»Zugegeben, eine hervorragende Idee, aber leider haben wir keine Linsen und auch nicht das Geld, sie zu kaufen«, unterbrach Valentin Johanns Grübeleien. »Brillen sind teuer, fast noch teurer als Spiegel.«

»Ich besorge die Linsen«, entgegnete Johann knapp. »Kümmere du dich dann nur um den Einbau.«

Bereits in der Marienkapelle hatte er insgeheim beschlossen, Rektor Gallus die Brille zu stehlen – im Dienste der Wissenschaft. Irgendwann später würde er es Gallus erzählen, und der würde sicher Verständnis dafür haben. Außerdem, er war immerhin Rektor der Heidelberger Universität, bestimmt war es ihm möglich, eine neue Brille zu erwerben. Und in ein paar Jahren, wenn Johann selbst ein hochgeschätzter Doktor war, würden sie gemeinsam über die alte Geschichte lachen.

Valentin sah Johann argwöhnisch an. »In letzter Zeit gefällst du mir nicht, Johann. Wenn du so weitermachst …«

»Willst du nun, dass die Laterna funktioniert oder nicht?«, unterbrach ihn Johann.

Valentin zuckte mit den Schultern. »Also gut. Ich hoffe, dass wir nach dem Bau wieder vernünftig miteinander reden können. Wie es unter Freunden üblich ist.«

Schon ein paar Tage später bekam Johann die Gelegenheit zum Diebstahl. In einem Gespräch mit Rektor Gallus nach der Vorlesung lag die Brille wieder einmal auf dem Pult. Es war fast zu einfach. Johann legte seine eigenen Bücher darüber und nahm beides an sich. Der Rektor bemerkte nichts.

Mit klopfendem Herzen verließ Johann die Kapelle, hinter ihm erklang weder Gallus' schneidende Stimme noch folgten ihm eilige Schritte. In einem schattigen Winkel zwischen zwei Häusern brach er schließlich vorsichtig die Gläser aus der Fassung und steckte sie ein, das Gestell vergrub er in einem Schneehaufen. Kurz überkam ihn ein schlechtes Gewissen, der Rektor hatte so viel für ihn getan. Doch dann sagte er sich erneut, dass er allein im Dienste der Wissenschaft handelte. Gallus würde es ihm später einmal danken.

Als Johann die Gläser Valentin gab, rieb dieser sie nachdenklich zwischen den Fingern. »Ich wäre froh, wenn sie nicht das sind, was ich denke«, bemerkte er düster.

»Ich habe meine Quellen«, gab Johann zurück. »Am besten, du fragst nicht weiter.«

Aus einem Stück Blech formten sie eine Röhre und experimentierten mit verschiedenen Abständen. Von Conrad Celtis hatte Johann zudem einen metallenden Hohlspiegel bekommen, sodass das Licht der Öllampe jetzt viel besser gebündelt wurde. Als sie schließlich sicher waren, auf dem richtigen Weg zu sein, bauten sie die Röhre in den Apparat ein, der nun erheblich größer war.

An einem Abend im Februar entzündete Valentin endlich erneut die Öllampe der Laterna magica und schob vorsichtig eine Glasplatte in den Schlitz. Es war das Bild mit der buckligen Katze, das ihm besonders gut gelungen war. Dann öffnete er vorne die Klappe.

Das Ergebnis war so überwältigend, dass sie beide beinahe gleichzeitig einen Schrei ausstießen und einen Schritt zurücktraten.

Von der gegenüberliegenden Schuppenwand starrte sie ein Monstrum an, groß wie ein Kalb und so bedrohlich wie ein Löwe auf der Pirsch. Es war die Katze, die mit ihrem Buckel und dem fauchenden Maul so lebensecht wirkte, als hätte sie eben in riesenhafter Form den Raum betreten. An den Rändern war sie leicht unscharf, und das Bild waberte, was dem Ganzen etwas zusätzlich Gespenstisches verlieh. Johann hatte das Gefühl, soeben eine neue, fremdartige Welt betreten zu haben.

»Das … das ist ungeheuerlich!«, keuchte er.

»Es funktioniert!« Valentin grinste breit. »Weißt du, was das bedeutet? Wir zwei Studenten haben eben einen Apparat entworfen, wie ihn sich nicht mal der große Leonardo da Vinci erdacht hat. Wenn wir ihn Rektor Gallus zeigen …«

»Wir können ihn nicht Rektor Gallus zeigen«, warf Johann ein.

Valentins Gesicht verdüsterte sich. »Dann ist es also doch so, wie ich schon vermutet habe.«

»Es sind nicht nur die Brillengläser«, erklärte Johann. »Wir haben Gallus erzählt, wir würden eine Camera obscura bauen. Wenn wir nun mit diesem Apparat ankommen, weiß er, dass wir ihn die ganze Zeit belogen haben.«

Johann versuchte, sachlich zu klingen, aber tatsächlich hatte er Angst, der Rektor wäre erzürnt und würde ihn des Diebstahls bezichtigen. Was allerdings in ihm vorherrschte, war ein anderes Gefühl: Die Laterna magica war ihre Erfindung, er wollte sie nicht mit anderen Gelehrten teilen. Sie war ihr gemeinsamer Schatz.

Außerdem reifte in ihm eine noch verschwommene Idee, wie er die Laterna zu einem bestimmten Zweck einsetzen könnte.

»Sie werden uns Hexerei vorwerfen«, erklärte er und deutete nach vorne, wo die Katze sie noch immer böse anglotzte. »Sieh selbst, wie unheimlich das Bild aussieht. Partschneider und ein paar andere Magister sind noch nicht so weit.«

»Dann sollen wir die Laterna magica also niemandem zeigen?«, fragte Valentin erstaunt.

»Noch nicht«, erwiderte Johann. »Vielleicht später einmal. Zunächst sollte sie unser Geheimnis bleiben.«

Er starrte auf die bucklige Katze, und die Idee nahm langsam Gestalt an.

Eine Idee, wie er Margarethe vielleicht doch ganz für sich gewinnen könnte.

* * *

In den kalten Monaten waren die Begegnungen mit Margarethe seltener geworden. Es gab keine Feldarbeit mehr, und die Nonnen blieben meist im Kloster. Oft musste sich Johann damit begnügen, fröstelnd unter einem der Klosterfenster zu warten, bis Margarethe endlich für einen kurzen Moment erschien. Für ihre Verabredungen benutzten sie die Briefe mit der Geheimschrift, die Johann unter devoten Verbeugungen bei der Schwester Oberin ablieferte. Stets behauptete er, sie stammten von Margarethes Gatten, der sich in Wirklichkeit nie wieder bei seiner Frau gemeldet hatte. Einmal legte Johann sogar einen kleinen Liebesvers bei, in der Hoffnung, die Schwester Oberin würde ihn nicht bemerken. Dass er sich bei diesen Botengängen gelegentlich beobachtet fühlte, führte er auf seine Angst zurück, erwischt zu werden. Die Folgen, die eine Entdeckung für ihn, vor allem aber für Margarethe hätte, wollte er sich gar nicht vorstellen.

In einer der Nächte, in der er wieder einmal bei schneidender Kälte unter dem Fenster wartete, machte ihm Margarethe eine freudige Mitteilung.

»Ich werde nach Heidelberg gehen«, sagte sie leise, um die anderen schlafenden Schwestern nicht zu wecken. »Die Cellerarin braucht für unseren Klosterhof dort noch eine Hilfskraft, und ich habe bewiesen, dass ich gut schreiben, besonders aber rechnen kann. Schon in ein paar Monaten ist es so weit.«

»Aber ... aber das ist ja großartig!«, brach es aus Johann heraus. Für einen kurzen Moment vergaß er, seine Stimme zu dämpfen. »Dann können wir uns sicher viel öfter sehen. Du musst schließlich auf dem Heidelberger Markt eure Waren verkaufen ...«

»Wir müssen umso vorsichtiger sein, Johann!«, beteuerte Margarethe. »Manchmal glaube ich, die Schwester Oberin weiß etwas. Sie schaut mich gelegentlich so komisch an und wollte am Anfang auch gar nicht, dass ich mit nach Heidelberg gehe. Und dann spüre ich ab und zu Blicke im Rücken, scharf wie Dolche ...«

»Nun fang bloß nicht wieder mit dem Schwarzen Mann an«, erwiderte Johann. »Ich habe darum gebetet, dass er dir nicht wieder erscheint. Also wird er auch nicht kommen.«

»Er wird wiederkommen, das weiß ich. Wenn nicht jetzt, dann irgendwann.« Margarethe schloss kurz die Augen, als sähe sie in ihrem Inneren ein Bild. »Der Teufel hat sich vielleicht kurz zurückgezogen, aber nur, um alles vorzubereiten für seinen letzten großen Tag. Dann müssen wir gewappnet sein!«

»Hör zu, Margarethe!« Johann kam noch näher an die Mauer, wo im Frost erstarrter Efeu emporrankte. »Du darfst so etwas nicht mehr sagen! An der Universität erzählen sie sich, dass in der Gegend ein paar Frauen als Hexen angeklagt worden sind. Oben am Heiligenberg sollen sie getanzt haben, der Bischof selbst hat in einem Schreiben die Behörden aufgefordert, wachsam zu sein. Und auf dem Dilsberg haben sie erst kürzlich zwei alte Frauen verbrannt, weil sie angeblich ein Pestilenzpulver aus den Eingeweiden unschuldiger Kinder gewonnen haben! In solchen Zeiten ist es gefährlich, vom Teufel zu sprechen.«

»Und wenn diese Frauen oben am Heiligenberg wirklich Hexen sind?«, fragte Margarethe. »Wenn sie wirklich Kinder töten, ihre Eingeweide zermahlen und die Rückkehr des Satans feiern? Hast du dir das schon einmal überlegt?« Sie senkte die Stimme. »Der Odenwald ist uralt. Es heißt, er habe seinen Namen von einem bösen Gott, der hier einst geherrscht hat.«

Johann stöhnte leise. Solange Margarethe in diesem Kloster eingesperrt war, würde sie ihre Wahnvorstellungen wohl nie loswerden. Er musste sie dort herausholen. So bald wie möglich!

»Manchmal höre ich Stimmen ...«, flüsterte Margarethe. »Es sind die Stimmen der Dämonen, die heulen und kreischen und auf den Tag des Biests warten. Der Tag des Biests ist nicht mehr weit. Seine Anhänger warten nur darauf, dass die Sterne ihnen günstig gesonnen sind. Das hat der Mann damals gesagt ...«

»Und wenn du die Stimme eines Engels hören würdest?«, fragte Johann abrupt. »Würdest du ihm glauben? Würdest du glauben, dass der Teufel dir nur etwas vorgaukelt und er doch nicht zurückkommt auf die Erde? Dass es den Schwarzen Mann nur in deinen Albträumen gibt, dass alles nur Lug und Trug ist?«

Margarethe lächelte. »Das wäre schön, doch ich fürchte, das wird nicht geschehen.« Sie zögerte. »Manchmal weiß ich ja selbst nicht, ob ich mir alles nur einbilde. Aber was ich damals gesehen habe, was der Schwarze Mann gesagt hat, das ... das war so wirklich! Und dann diese Träume, diese schrecklichen Träume ...« Sie schluchzte.

Johann zuckte zusammen wie unter einem Hieb. Wenn Margarethe weinte, kam seine eigene Angst und Unsicherheit zurück. Was war echt und was war Einbildung? Was war richtig, was falsch? Er brauchte Margarethes Lachen wie eine Medizin.

Der schwarze Trank ...

Damals im Nördlinger Wald hatte ihn allein die Erinnerung an ihr Lachen gerettet.

Doch Johann brauchte sie so, wie sie früher gewesen war, als ihr Lachen noch als ein Bollwerk gegen alles Böse diente, gegen all seine trüben Gedanken und Grübeleien.

Was er für Margarethe benötigte, war nichts weniger als ein Schutzengel.

Ein Schutzengel ...

Johann schwieg, während in seinem Kopf die Gedanken rasten. Aus seiner vagen Idee wurde ein Plan, der nach und nach in ihm Gestalt annahm, noch schemenhaft, vielleicht verrückt, aber bereits greifbar.

»Ich werde dir helfen«, sagte er schließlich. »Schon bald.«

* * *

Der Frühling zog ins Land, so langsam, dass die Menschen seine Ankunft fast nicht bemerkten. Von den Eiszapfen tropfte es auf die Gassen, wo sich zuerst Pfützen und dann schlammige Kuhlen bildeten. Angewidert hoben die Magister ihre langen Talare und schritten über den schlimmsten Dreck hinweg. Der Schnee schmolz, doch die Kälte hatte sich in den Kirchen und Vorlesungssälen eingenistet, als wollte sie nie mehr weggehen.

Johann vertiefte sich wieder in seine Studien. Im April, dem Monat, in dem er neunzehn wurde, bestand er nach nicht einmal einem Studienjahr seinen Baccalaureus, eine Prüfung, die andere Studenten erst nach zwei oder sogar mehr Jahren in

Angriff nahmen. Er schloss als Jahrgangsbester ab, und selbst der alte Partschneider nickte anerkennend.

»Lass dir den Erfolg nur nicht zu Kopfe steigen«, mahnte er. »Hochmut kommt bekanntlich vor dem Fall.«

Johann dachte daran, dass Hans Altmayer einmal etwas Ähnliches zu ihm gesagt hatte. Zwischen ihnen beiden herrschte derzeit eine Art Waffenstillstand, doch noch immer hatte Johann das unbehagliche Gefühl, dass Altmayer irgendetwas ausbrütete.

Valentin sah er in diesen Wochen immer weniger. Das hatte mit den Vorbereitungen zum Baccalaureus zu tun, aber auch damit, dass Johann dem Freund bewusst aus dem Weg ging. Er wollte nicht, dass ihn Valentin mit Fragen zu Margarethe löcherte. Insgeheim hoffte er sogar, dass Valentin davon ausging, die Affäre sei endgültig beendet. Außerdem war Johann zu sehr mit sich selbst beschäftigt – und mit seinen Plänen, von denen Valentin nichts erfahren sollte.

Wenn sein Freund in Vorlesungen saß, stahl sich Johann nun oft in den Schuppen und baute an eigenen geheimen Vorrichtungen für die Laterna magica. Die Veränderungen, die er an der Laterna vornahm, waren dabei so gering, dass er hoffte, sie würden Valentin nicht weiter auffallen. Die von ihm benötigten Teile ließen sich bei Bedarf einsetzen und auch wieder entfernen.

In ihren wenigen gemeinsamen Stunden schlossen sich die beiden Freunde im Schuppen ein, setzten sich auf zwei Schemel wie kleine Buben vor einem Puppentheater und bestaunten die Traumbilder an der Wand – den springenden Hirsch, die Katze mit dem Buckel, den zähnefletschenden Wolf und all die anderen Tiere, die Valentin auf die Glasplatten gepinselt hatte. Staubkörner flirrten im Lichtstrahl der Öllampe, der nun dank der Linsen und des Hohlspiegels stark und fokussiert leuchtete. Es roch nach Tran, verbrannter Farbe und heißem Blech. In diesen Momenten waren sich Johann und

Valentin so nah wie zwei Brüder. Gemeinsam hatten sie dieses Wunder erschaffen, und sie konnten sich nicht daran sattsehen.

»Es ist wirklich zu schade, dass wir es keinem zeigen dürfen«, seufzte Valentin und schob ein neues Bild in den Schlitz. »Aber ich meine, das gilt doch eigentlich nur für die einfachen Leute, die eine Laterna für Hexerei halten würden. Warum können wir nicht wenigstens Rektor Gallus und vielleicht auch Conrad Celtis einweihen? Was würden sie für Augen machen!«

»Warten wir noch ein wenig«, erwiderte Johann. »Wenn ich erst Magister bin, kann ich den Apparat besser als meine eigene Erfindung vorstellen. Das würde uns lästige Fragen ersparen.«

»*Deine* Erfindung?« Valentin sah ihn verdutzt an. »Wir haben den Apparat doch gemeinsam gebaut.«

»Du hast ja recht«, gab Johann zu. »Aber ich denke, dass ein Magistergrad die Laterna doch noch mehr schmückt.«

Valentin erwiderte nichts, sondern starrte nur schweigend nach vorne, wo der Wolf weiter seine Zähne fletschte.

Manchmal, wenn Johann sich unbeobachtet fühlte, summte er mit heller Stimme Lieder, nicht nur in der eigenen Kammer, sondern auch in den langen Gängen der Artistenbibliothek. Als Valentin ihn einmal dabei belauschte, brach er in lautes Lachen aus.

»Du klingst wie das Gretchen am Spinnrad«, spottete er. »Pass nur auf, dass dich der Altmayer nicht hört. Sonst hat er gleich wieder was, worüber er lästern kann.«

Johann räusperte sich. »Der Spangel hat angefragt, ob ich zu Ostern im Kirchenchor mitsinge. Sie brauchen wohl noch eine hohe Stimme.« Er zwinkerte Valentin zu. »Ich fürchte nur, ich habe sie zu sehr mit Bier und Wein geölt.«

Sein Summen wurde fast zu einer Manie. Gelegentlich, wenn sie gemeinsam im Dionysianum Schach spielten, hörte

Valentin die hohe Stimme aus einer ganz anderen Ecke des Raums. Jedes Mal blickte er sich erschrocken um und sah doch nur Johann grinsend vor sich sitzen. Dieser deutete erklärend zur Decke. »Ich unterziehe nur die These Vitruvs, dass sich Schall in Wellen in der Luft ausbreitet, einem kleinen Experiment. Conrad Celtis hat mir eine Schrift dieses erstaunlichen römischen Architekten geliehen. Offenbar geht der Schall seltsame Wege. Das wäre mal eine eigene Abhandlung wert.«

Valentin verdrehte die Augen. »Kannst du denn auch einmal *nicht* an das Studium denken?«

»Ach Gott, die Kunst ist lang und kurz ist unser Leben«, erwiderte Johann achselzuckend und begann erneut zu summen.

»Lass das!«, herrschte Valentin ihn an. Er schüttelte den Kopf. »Tut mir leid, meine Nerven liegen blank, seit ich für den verfluchten Baccalaureus lerne.« Seufzend verzog er das Gesicht. »Mein Griechisch ist eine Katastrophe, und auch in der Dialektik bin ich schwach. Wie soll das erst werden, wenn nach dem Baccalaureus auch noch Arithmetik, Geometrie, Musik und Astronomie dazukommen? Ich frage mich, warum du das alles schon von Anfang an so gut konntest. Diese ganzen Sternbilder und dann die Berechnungen der einzelnen Konstellationen ...«

»Ich hatte einen guten Lehrmeister«, sagte Johann gedankenverloren. »Er hat mir nachts die Sterne gezeigt.«

»Wo war das?«, wollte Valentin wissen.

»Es ... es war auf einem Turm. Einem Turm im Wald, am Rande der Alpen.«

Valentin runzelte die Stirn. »Ich dachte, du kommst aus Knittlingen im Kraichgau.«

»Es war auf einer Reise«, erwiderte Johann unsicher und verfluchte sich im Stillen selbst. Er musste wirklich mehr aufpassen, dass er sich nicht verhaspelte. »Einer Reise in die Alpen. Ich ... ich habe dort mal einen Winter verbracht.«

Düstere Erinnerungen stiegen in Johann auf. Erinnerungen, die er lange verdrängt hatte.

Ein blutroter Kreis … Ein Haufen mit schmutzigen, löchrigen Kinderkleidern …

»Ist alles in Ordnung?«, erkundigte sich Valentin, der ihn auf einmal beunruhigt ansah. »Du bist plötzlich ganz blass geworden.«

Johann schüttelte sich. »Es ist nichts. Vermutlich brauche ich bloß ein wenig frische Luft.« Er stand auf. »Entschuldige, ich muss noch ein paar Bücher holen, um mich auf die nächste Vorlesung vorzubereiten.«

Valentin schmunzelte. »Ah, das ist wieder der Faustus, den ich kenne! Niemals ruhend, immer auf der Suche.«

Du weißt gar nicht, wie recht du damit hast, dachte Johann. Er rang sich ein Lächeln ab, drückte dem Freund die Hand und eilte nach draußen, wo die frische Luft als heftiger Wind durch seine Haare fegte.

Im Mai kam Margarethe endlich in die Neuburger Niederlassung nach Heidelberg, und nun sahen sie sich viel öfter. Das Kloster verkaufte seine Waren, darunter Wein, Käse und frisches Gemüse, auf dem Heidelberger Markt, wo Margarethe den Verkaufsstand gelegentlich besuchte und vor Ort abrechnete. Bei dieser Gelegenheit stand Johann immer unter den dunklen Torbögen der Heiliggeistkirche, und auf ein Zeichen hin begaben sie sich beide in die Kirche, wo sie betend in den Bänken Platz nahmen, Johann eine Reihe hinter Margarethe. So konnte er zwar ihr Gesicht nicht sehen, aber sie konnten miteinander sprechen.

»Ich habe wieder gebetet«, flüsterte Johann. »Und weißt du, was geschehen ist? In der gleichen Nacht ist mir im Traum ein Engel erschienen.«

»Das ist ein gutes Zeichen, Johann«, erwiderte Margarethe leise. »Er hält die Hand über dich, damit das Böse dich nicht erreichen kann.«

»Er hat auch mit mir gesprochen. Er sagte, dass nur unsere Liebe uns beide heilen kann. Er hält die Hand über uns und gibt uns seinen Segen.«

Margarethe hielt den Kopf gesenkt, doch er sah, dass sie leicht zitterte. »Was ... was meinst du damit?«

»Ich glaube, der Engel will, dass du das Kloster verlässt. Dass du mit mir gehst, Margarethe. Dass wir gemeinsam in einer anderen Stadt ein neues Leben anfangen. Schon in zwei Jahren werde ich Magister sein, dann kann ich an einer anderen Universität arbeiten oder als Lehrer in einer Schule, als Amtsschreiber, in einer Bibliothek oder ...«

»Hör auf, Johann! Hör auf!« Margarethes Stimme wurde plötzlich laut. Ein paar Kirchenbesucher drehten sich nach ihnen um, und sie senkte sofort den Kopf. »Ich ... ich will das nicht hören. Das sind nichts weiter als Träumereien ...«

»Und doch könnten sie Wirklichkeit werden, Margarethe. Wenn du nur willst.«

Sie stand auf und eilte aus der Kirche.

Johann biss die Zähne zusammen. Er war zu weit gegangen, zu weit für das erste Mal. Er musste langsamer vorgehen, Treffen für Treffen, doch er war so ungeduldig. Er wollte mit Margarethe zusammenleben, und zwar besser heute als morgen! Also beschloss er, sein Vorhaben früher als geplant in die Tat umzusetzen.

Nur eine letzte Sache fehlte ihm noch.

* * *

»Du willst *was*?« Valentin sah Johann mit großen Augen an und legte den Griffel weg. Sie hatten sich im Repetitoriensaal des Dionysianums getroffen, wo sie einmal mehr die griechischen Philosophen paukten. In einem halben Jahr wollte auch Valentin seinen Baccalaureus machen, und Johann hatte versprochen, ihm dabei zu helfen. Valentins Griechisch war wirklich noch ziemlich verbesserungswürdig, seine Übersetzungen gespickt mit Fehlern. Da warf ihn Johanns Frage vollends aus der Bahn.

»Ich möchte, dass du einen Engel malst«, wiederholte Johann. »Auf eine Glasplatte, so wie du die Tiere gezeichnet hast. Ich werde dir eine besorgen.«

»Wozu in Gottes Namen brauchen wir einen Engel?«

»Nun, ich denke, es wäre gut, wenn sich unter den Glasplatten auch christliche Motive befinden«, erwiderte Johann. »Wenn wir die Laterna irgendwann den Gelehrten der Universität vorstellen, können wir ihnen schlecht nur Katzen, Hirsche und Wölfe zeigen. Ein Engel dagegen würde auch die Theologen überzeugen. Er wäre die perfekte Synthese aus Glaube und Wissenschaft.«

»Hm, vielleicht hast du recht.« Valentin legte den dicken Wälzer mit Plutarchs vergleichender Biografie von Julius Cäsar und Alexander dem Großen zur Seite. »Ich denke, nach dem Baccalaureus werde ich dafür Zeit finden.«

»Warum nicht vorher?«

Valentin stutzte. »Davor? Aber …«

»Hör zu«, unterbrach ihn Johann. »Als ich vor Kurzem sagte, ein Magistergrad würde die Laterna schmücken, war das dumm und eitel von mir. Das habe ich jetzt eingesehen, es tut mir leid. Im Grunde war dies alles allein deine Idee, also sollst auch du die Lorbeeren dafür erhalten. Was hältst du davon, wenn du die Laterna magica in deiner Prüfung vorstellst? Am besten bei Rektor Gallus. Du kannst ja sagen, dass wir zunächst eine Camera obscura bauen wollten und dann einen Schritt weiter gegangen sind.«

»Und die Linsen aus seiner Brille?«, fragte Valentin skeptisch.

»Die Linsen könnten überall her sein. Bestimmt hat der Alte die Brille längst vergessen, es ist immerhin schon ein paar Monate her. Und er trägt bereits wieder eine neue.«

Valentin schüttelte den Kopf. »Das wäre nicht recht, Johann. Es ist auch dein Verdienst …«

»Vergiss nicht, ich habe meinen Baccalaureus schon«, erwiderte Johann augenzwinkernd. »Und natürlich habe ich nichts dagegen, wenn du während des Vortrags auch meinen Namen erwähnst. Also?«

Er sah Valentin erwartungsvoll an. Nach außen hin blieb er kühl, doch insgeheim betete Johann, dass Valentin ihm glaubte. Es war zu wichtig! Wichtig für ihn, aber vor allem für Margarethe, die er so schnell wie möglich aus dem Kloster holen musste, bevor diese Wahnvorstellungen vom Teufel, Schwarzen Männern und Dämonen sie noch vollends auffraßen.

»Also … gut«, sagte Valentin zögerlich. »Warum nicht? Ich werde einen Engel malen. Hm, eine Jungfrau Maria und ein Kruzifix wären vielleicht auch nicht schlecht.« Er fing an, auf den Rändern seiner Unterlagen kleine Figuren zu skizzieren. Schon nach wenigen Augenblicken schien er Feuer gefangen zu haben. »Der Engel braucht natürlich Flügel und ein Schwert«, begann er und zeichnete weiter. »Ja, ich denke, ich werde einen Erzengel malen. Vielleicht den Erzengel Michael …«

Johann nickte. »Ich denke, der Erzengel Michael ist eine gute Idee. Er steht für den Kampf gegen das Böse an sich. Die Theologen werden dich dafür lieben.«

Lächelnd sah Valentin von seinen Skizzen auf. »Dass du so uneitel bist, damit hätte ich nicht gerechnet, Johann Faustus.« Sein Blick verdüsterte sich kurz. »Du hast so wenig von dir und deinem früheren Leben erzählt. Manchmal weiß ich einfach nicht, wer du wirklich bist. In letzter Zeit habe ich mir schon ein wenig Sorgen um dich und um mich gemacht, aber das war offenbar unbegründet.« Wieder lächelte er. »Du bist ein echter Freund.«

Kurz spürte Johann einen Stich in der Brust, aber der Schmerz verging schnell wieder.

18

»Und? Gefällt es dir hier?«

Johann hielt die Fackel in die Höhe, und die flackernde Flamme beleuchtete die vielen verblassten Malereien an der Decke des Höhlengewölbes, darunter eine in Rottönen gehaltene Zeichnung der Apokalypse und eine Darstellung der Jungfrau Maria mit Kind. Mutter und Jesuskindlein blickten beide gütig auf Johann und Margarethe herunter.

»Es … es ist wunderschön«, hauchte Margarethe. »Woher kennst du diesen Ort?«

»Als Student hat man viel Zeit zum Spazierengehen.« Johann grinste. »Ich bin gerne am Heiligenberg unterwegs, allein mit meinen Gedanken. Als ich mich bei einem Gewitter einmal unterstellen musste, habe ich diese Höhle entdeckt.«

Tatsächlich war er erst vor einigen Wochen auf die Höhle am Fuß des Heiligenbergs gestoßen. Der mit Eichen und Kastanien bewaldete Berg, ein Ausläufer des Odenwaldgebirges, lag auf der anderen Seite des Neckars, gegenüber dem Königstuhl, und war ein beliebter Treffpunkt für Studenten – aber auch für junge Paare, die ihre Liebe verheimlichen mussten. Unter dem grünen, schier endlosen Blätterdach der Kastanienbäume war es immer ein wenig wärmer als an anderen Orten in der Umgebung. In der Höhle hingegen war es so kalt wie im Winter.

Johann vermutete, dass sie aus einer Zeit stammte, als das Christentum in dieser Gegend noch sehr jung war. Die Zeichnungen waren laienhaft gemalt, wie von einfachen Bauern, aber sie zeigten eine Anmut, die den großen Kirchenmalereien oft fehlte. Weiter hinten in der Höhle stand ein grob behauener Felsklotz, der vielleicht einst als Altar gedient hatte.

Margarethe wickelte sich fester in ihr Wolltuch, das sie wegen der Kälte über der Nonnentracht trug. Sie fröstelte, kleine Dampfwolken bildeten sich vor ihrem Mund. »Es ist kühl hier drinnen, wir sollten nicht zu lange bleiben. Außerdem erwartet mich die Cellerarin in Heidelberg zurück. Wenn ich zu lange ausbleibe, schöpft sie Verdacht. Wenn sie das nicht ohnehin schon längst getan hat«, fügte sie seufzend hinzu.

»Du kannst ja sagen, dass dich ein Unwetter überrascht hat«, entgegnete Johann. »Hör selbst.«

Tatsächlich donnerte es draußen, und das stete Rauschen von Regen war zu hören. Es war Anfang Mai, und am Heiligenberg tobten sich in dieser Jahreszeit gerne die Gewitter aus. Seitdem der Schnee geschmolzen war, reiste Margarethe jetzt öfter zwischen dem Neuburger Stift und der Niederlassung in Heidelberg hin und her. Es galt, die zum Verkauf bestimmten Waren in die Stadt zu bringen und Nachrichten zwischen der Äbtissin und der Cellerarin zu übermitteln. Da für die Waren ein Ochsenkarren vonnöten war, nutzten die Schwestern die Straße neben dem Neckar, die unterhalb des Heiligenbergs entlangführte. Immer wenn Margarethe allein unterwegs war, bot sich für sie und Johann die Möglichkeit zu einem Treffen.

Margarethes anfängliche Scheu war nach und nach der Freude gewichen, mit Johann zusammen zu sein. Oft redeten sie über ihre Kindheit in Knittlingen, über die Spiele im Heu, das Toben in den Feldern und Johanns kleine Zaubertricks, die er ihr auch jetzt gelegentlich vorführte. Nur über die letzten gemeinsamen Tage in ihrer Heimat sprachen sie nie. Es war, als hätte sich über diese Zeit ein dichter Nebel gelegt.

Johanns Sehnsucht nach Margarethe war in den letzten

Monaten mehr und mehr gewachsen. Sie zu sehen, gelegentlich zu berühren, mit ihr zu reden, aber sich ihr nicht weiter nähern, sie nicht umarmen zu dürfen, verursachte ihm fast körperliche Schmerzen. Nachts träumte er von ihrer weichen Haut, den Lachgrübchen in den Wangen, ihren sternenblauen Augen, die alle seine Sorgen aufzusaugen schienen. Am schönsten war es, wenn sie lachte, dann war sie für einen kurzen Moment ganz die Alte. Und Johann hoffte, dass sie irgendwann einmal wieder so sein würde wie früher, für immer.

Dafür brauchte er die Höhle.

Ihre Entdeckung war ein Glücksfall gewesen, der letzte Baustein, der ihm noch gefehlt hatte. Alles war vorbereitet. Es fiel ihm schwer, ruhig zu bleiben und nicht vor Aufregung zu zittern. Eigentlich hatte er noch ein paar Wochen warten wollen, doch als die Wolken am Morgen tief über dem Heiligenberg hingen und sich ein Gewitter ankündigte, hielt er den Zeitpunkt für günstig.

Wie ein Zeichen Gottes, ging ihm durch den Kopf.

Aber dann fiel Johann ein, dass er schon lange nicht mehr an Gott gedacht hatte. Ja, er hatte Margarethe vorgegaukelt, zu Gott zu beten, zu Gott, allen Heiligen und den Engeln. Doch im Grunde war er immer sein eigener Herr gewesen.

Wenn er zu irgendeinem Gott betete, dann stand dessen Abbild gut versteckt in einer dunklen Nische der Höhle.

»Ich denke, wir sollten jetzt wirklich gehen«, sagte Margarethe und sah sich ängstlich um. »Der Ort ist unheimlich, trotz der schönen Malereien. Die ganze Gegend ist es.« Sie senkte die Stimme und schlug ein Kreuz. »Hast du nicht selbst gesagt, dass oben auf dem Heiligenberg die Hexen tanzen? Bestimmt haben sie es auch in der Walpurgisnacht letzte Woche getan.«

»Die Leute haben das behauptet«, erwiderte Johann achselzuckend. »Man hat wohl Lichter brennen sehen. Aber das können auch Feuer von Hirten gewesen sein.«

»Die Schwester Oberin meint, wir sollen uns vom Heiligenberg fernhalten. Auch wenn dort oben das Kloster Sankt Michael steht, das dem Erzengel geweiht ist. Es wurde auf den Grundmauern eines heidnischen Tempels erbaut. Hast du das gewusst?« Fröstelnd sah sich Margarethe um. »Und in den Wäldern der Gegend soll es ein tiefes Loch geben, in das die Heiden früher Menschen geworfen haben, als Opfer für ihre grausigen Rituale.«

Einen Moment lang sah Johann ein großes Feuer vor sich, schwere fleischige Brüste und faltige Hände, die ihn überall begrapschten und betasteten. Der Geruch von Erde und etwas leicht Fischigem stieg ihm in die Nase.

Oh, Ostara, erhöre uns … oh, Beliar, erhöre uns …

Er schüttelte sich, und die Erinnerung verflog.

»Dies hier ist jedenfalls kein heidnischer Ort«, sagte er hastig. »Es gibt einen Altar. Und sieh nur, dort drüben sind sogar einige Engel abgebildet.« Johann führte Margarethe weiter nach hinten und deutete auf die Zeichnungen an der Decke. »Es könnten die Erzengel sein, einer von ihnen hält ein Schwert in der Hand. Vielleicht haben ja auch die Mönche von Sankt Michael diese Höhle vor langer Zeit entdeckt und als Kapelle und Versteck benutzt, wenn wieder einmal Krieg herrschte.« Er drückte Margarethes Hand. Mit der Fackel leuchtete er in ihr Gesicht, sodass sie blinzeln musste. »Margarethe, der … der Engel hat wieder zu mir im Traum gesprochen. Er will, dass wir gemeinsam glücklich werden.«

»Ach mein lieber Johann! Mach es mir doch nicht so schwer …« Kurz erwiderte sie seinen Händedruck, und eine Welle des Verlangens durchströmte Johann. Sie war ihm so nah – und doch so fern.

»Wenn ich selbst entscheiden könnte, glaube mir, ich würde es tun«, fuhr sie traurig lächelnd fort. »Ja, ich denke, ich würde mit dir fortgehen. Aber ich habe mein Schicksal in Gottes Hände gelegt …« Sie drückte seine Hand fester, und plötzlich schimmerten Tränen in ihren Augen. »Ich weiß doch auch nicht mehr, was richtig ist und was falsch. Doch was wir hier tun, ist sicher eine Sünde …«

»Kann es eine Sünde sein, wenn wir uns lieben?«, brauste Johann auf. »Du bist Novizin, Margarethe. Noch hast du den letzten Schwur nicht getan! Du kannst das Kloster jederzeit wieder verlassen.«

»Und dann? Ich habe Angst, Johann! Angst vor dem, was dort draußen in der Welt geschieht. Vor dem Schwarzen Mann …«

»Erinnerst du dich, dass wir schon einmal in einer Höhle waren?«, flüsterte Johann. »Damals im Schillingswald bei Knittlingen. Es war der letzte schöne Moment, bevor alles über uns zusammenbrach. Jetzt sind wir wieder in einer Höhle, der Kreis schließt sich. Von nun an wird alles gut.«

Er küsste sie auf die Lippen, und anders als bei früheren Malen wandte sie nicht den Kopf zur Seite, sondern erwiderte seinen Kuss. Johann erschauerte. Sie schmeckte noch genauso süß wie in seiner Erinnerung, nach Sommer und saftigen Trauben. Langsam glitt seine Hand über die Nonnenhaube und schob sie nach hinten, darunter kam ihr strohblondes Haar zum Vorschein.

»Johann, nicht …«, hauchte sie.

Die Fackel glitt zu Boden und erlosch.

Ein leises Zischen ertönte, und ein feiner, fast nicht wahrnehmbarer Geruch von Schwefel lag in der Luft.

Nun war es ganz dunkel in der Höhle. Er umarmte sie fest und bedeckte ihre Wangen mit Küssen.

»Keiner kann uns hier sehen, Margarethe! Wir sind im Schoß der Erdmutter, geborgen wie im Schoß der Mutter Maria.«

»Die heilige Maria würde das niemals dulden. Sie … sie war Jungfrau … sie …«

Margarethe brach ab, ihr Widerstand erlahmte. Doch anstatt seine Küsse zu erwidern, ließ sie plötzlich von ihm ab und starrte auf die gegenüberliegende Wand, dorthin, wo der Felsklotz stand.

»Bei allen Heiligen!«, entfuhr es ihr.

In der Höhle, direkt hinter dem Altar, stand ein Engel.

Er war überlebensgroß, mit weit ausgestreckten Flügeln, und trug Helm und Kürass, wie gerüstet für die letzte Schlacht. In der rechten Hand hielt er ein Schwert. Doch sein Blick war nicht grimmig wie der eines Kriegers, nein, der Engel lächelte. Sein Gesicht zeigte eine überirdische Güte, wie sie sonst nur in den Darstellungen Jesu Christi zu finden war.

Wie zu Stein erstarrt stand Margarethe da, so als wäre sie Teil der Höhle, eine Säule aus Tropfstein. Kein Wort kam über ihre Lippen.

Dafür sprach der Engel.

»Fürchtet euch nicht!«, sagte er mit wispernder Stimme, die von überall gleichzeitig zu kommen schien. Das Gewölbe ließ den Hall als Echo wiederkehren, immer und immer wieder.

»Der Himmel schickt mich, um eure Liebe zu preisen. Was Gott einst verbunden hat, soll die Kirche nicht trennen!«

Der Engel waberte jetzt, beinahe so, als wollte er sich in Luft auflösen und zurück in den Himmel fahren. Er war fast durchsichtig, eine sphärische Gestalt, nicht von dieser Welt. Nun senkte er das Schwert, eine verwischte Bewegung, jedoch deutlich zu sehen.

»Gottes Liebe ist groß, und sie zeigt sich in der Liebe zwischen den Menschen!«, fuhr er fort. »Der Teufel hat keine Kraft, wenn die Liebe obsiegt!«

Erst jetzt erwachte Margarethe aus ihrer Erstarrung. Sie fiel auf die Knie und betete.

»Heiliger Erzengel Michael!«, flüsterte sie. »Hab Dank, hab Dank …«

»Der Teufel hat keine Kraft, wenn die Liebe obsiegt«, wiederholte der Engel, wobei er das Schwert erneut hob. Seine Stimme klang jetzt leiser, die Erscheinung wurde schwächer, sie zuckte und zitterte wie eine Kerzenflamme im Wind.

»Liebe … obsiegt … Liebe … obsiegt …«, hallte es durch das Gewölbe.

Schließlich war der Engel verschwunden.

Dunkelheit breitete sich über die Höhle, und es roch ganz leicht nach Lampenöl.

Johann hoffte, dass Margarethe es nicht bemerkte.

»Das war der Engel aus meinem Traum!«, rief er schließlich. »Es gibt ihn wirklich, und er hat zu uns gesprochen!«

Margarethe nickte. Noch immer kniete sie, Tränen liefen ihr über die Wangen, sie zitterte am ganzen Körper.

»Der Teufel hat keine Kraft, wenn die Liebe obsiegt«, wiederholte sie. »Das hat er gesagt. Der Teufel hat keine Kraft …«

Johann kniete sich neben sie und hielt sie fest umklammert, wie damals, als er sie als Knabe in kalten Pfälzer Herbstnächten gewärmt hatte. Nach einer Weile drückte er sie sacht zu Boden und küsste sie, auf den Mund, den Hals … Seine Finger glitten über die schwarze Nonnentracht.

»Wenn die Liebe obsiegt«, flüsterte er.

* * *

Der Erzengel Michael erschien Margarethe und Johann nun jede Woche, manchmal sogar öfter.

Immer wenn Margarethe mit dem Ochsenkarren vom Stift Neuburg nach Heidelberg reiste, wartete Johann zwischen den Kastanienbäumen auf sie. Dann gingen sie gemeinsam in die Höhle und beteten. Nach einer Weile tauchte der Engel an der gegenüberliegenden Wand auf und sprach zu ihnen, er predigte von der Liebe zwischen den Menschen und dem Sieg Gottes über den Teufel. Manchmal sah sich Margarethe erschrocken um, weil sie glaubte, die Stimme würde direkt neben ihr sprechen. Doch der Hall im Gewölbe ließ die Worte von überall her zugleich erschallen, was die himmlische Vorstellung noch verstärkte.

Jedes Mal, wenn der Engel nach kurzer Zeit wieder verschwunden war, liebten sie sich.

Es war nicht das tierische Übereinanderherfallen, wie es Johann mit Salome erlebt hatte, es glich eher einem zaghaften Entdecken. Sie kannten sich seit Kindertagen und hatten sich früher schon öfter nackt gesehen, beim Schwimmen in Waldteichen oder beim Toben im Heu. Das letzte Mal war in der Höhle im Schillingswald gewesen, doch Johanns Erinnerungen daran waren verschwommen. Zu sehen und zu spüren, wie sich der Körper des anderen entwickelt hatte, wie er gewachsen und gereift war, bereitete ihnen beiden großes Vergnügen. Johanns Finger glitten verspielt über Margarethes weißen Busen und betasteten ihre Scham, mit Zunge und Lippen schmeckte er ihren Saft, und auch Margarethe wurde von Mal zu Mal neugieriger und fordernder. Dass sie wieder aufhörten, lag allein daran, dass die Cellerarin wartete – und an der Kälte in der Höhle, die ihnen beiden eine Gänsehaut verursachte, auch wenn ein inneres Feuer sie wärmte.

Wenn Margarethe trotzdem manchmal weinte, war es gleichzeitig aus Scham, Angst und Freude.

»Würdest du wirklich mit mir fortgehen?«, flüsterte sie Johann zu, während sie in der Höhle ihren frierenden nackten Körper an dem seinen rieb. Als Schutz gegen die Kälte dienten ihnen ein altes Bärenfell und ihre Mäntel, die sie als Decken über sich gebreitet hatten. »Weg aus Heidelberg?«

»Ich würde mit dir bis ans Ende der Welt gehen«, erwiderte Johann leise. Gleichzeitig ging ihm durch den Kopf, dass dies nicht so einfach war, wie er zunächst gedacht hatte. Vermutlich würde Margarethes Mann sie suchen lassen, wenn sie das Kloster verließ. Außerdem steckte Johann gerade in den Vorbereitungen zu seinem Magister. Wenigstens diesen akademischen Grad wollte er noch in Heidelberg erlangen. Mit dem Magister in der Tasche konnte er mit Margarethe in jede andere Stadt gehen und dort als Schreiber, Lehrer oder Dozent arbeiten. Er konnte seinen Doktor machen und ein berühmter Gelehrter werden, vielleicht so berühmt wie Conrad Celtis. Der weithin gerühmte Doktor Johann Faustus!

Vielleicht hätte ich mit dem Engel doch noch ein wenig warten sollen, dachte er gelegentlich. Schließlich wusste er nicht, wie lange er dieses Possenspiel noch treiben konnte. Valentin begann bereits misstrauisch zu werden, Johann hatte es in seinen Augen gesehen. Und es war nicht leicht, die Laterna magica jedes Mal aus dem Schuppen zu holen, mitzunehmen und in der Höhle wieder aufzubauen. Früher oder später würde Valentin etwas merken …

»Was hast du?«, fragte Margarethe und fuhr mit dem Finger an seinen Lippen entlang. »Du denkst nach, gib es zu! Auch wenn ich dich im Dunkeln der Höhle nicht sehen kann, so spüre ich doch, dass du wieder grübelst und brütest.«

Johann lachte. »Ich bin Johann Faustus, vergiss das nicht. Ich grüble und brüte immer.« Er seufzte theatralisch. »Zwei Seelen wohnen, ach, in meiner Brust!« Dabei hoffte er, dass Margarethe den unsicheren Klang in seiner Stimme nicht bemerkte.

Sie richtete sich auf, im Dunkeln sah er ihre Augen leuchten, wie Sterne in der Nacht. »Also brütest du auch, wenn du mit mir zusammen bist?«

Gierig küsste Johann sie auf den Mund, er sog sie förmlich in sich auf. »Das Brüten wird schon weniger, Margarethe. Von Kuss zu Kuss, von Schluck zu Schluck. Du bist meine Medizin, vergiss das nicht, besser als jeder von Quacksalbern gepanschte Theriak.«

Nun lachte sie auch. »Das möchte ich dir auch geraten haben!«

Wieder küsste er sie, und sie fielen übereinander her.

Es war die schönste Zeit in Johanns Leben, und auch wenn er es nicht wahrhaben wollte, so ahnte er doch, dass sie nicht ewig dauern würde.

* * *

Es war Mitte Juni, als ihn Conrad Celtis wieder einmal zu sich bestellte. Es war nun schon eine ganze Weile her, dass sie sich zuletzt gesehen hatten. Celtis war an anderen Höfen zu Gast gewesen, in Dresden und auch in Mainz, und Johann hatte sich ganz auf sein Studium konzentriert. Er wollte den Magister so schnell wie möglich erwerben, um mit Margarethe endlich aus Heidelberg weggehen zu können.

Celtis empfing ihn wie so oft in seinem kargen Kaminzimmer im Schloss. Mittlerweile stand dort auch ein Tisch, auf dem sich Bücher, Pergamentrollen und Dokumente türmten. Aber etwas zu trinken oder zu essen hatte Johann dort noch nie gesehen. Es war, als würde Celtis allein von Literatur und Eisengallustinte leben.

»Und?«, erkundigte sich der Gelehrte, nachdem sie beide am Feuer Platz genommen hatten. »Wie gehen die Studien voran?«

Johann nickte. »Mit Plutarchs Werken bin ich fast durch, und auch Archimedes' mathematische Formeln sind mir wohlbekannt. Probleme bereiten mir allein noch die Kyrenaiker. Aristippos von Kyrene, Arete, Theodoros …«

Celtis winkte ab. »Die Kyrenaiker werden in den Prüfungen ohnehin kaum verlangt, weil die Doktoren sie selbst nicht begreifen. Das Empfinden von Lust ist ihnen wohl fremd, auch wenn die Kyrenaiker darunter nur sanfte Bewegungen verstehen.« Er lachte. »Ohnehin ist die Qualität der Lehrer in Heidelberg nicht die beste, wie du vermutlich selbst schon erfahren hast. Mein alter Freund Jodocus natürlich ausgenommen.«

Johann sah Celtis abwartend an. Er wusste nicht, was der

Zweck dieses Gesprächs war. Seit seinem peinlichen Auftritt im Heidelberger Schloss hatte er sich mit Kritik an den Magistern und Doktoren stets zurückgehalten – auch wenn er sich manchmal auf die Lippen beißen musste.

»Hast du dir schon einmal überlegt, in einer anderen Stadt zu studieren?«, fuhr Celtis plötzlich fort.

Johann richtete sich auf seinem Schemel auf. Er war froh, dass Celtis ihm diese Frage stellte, das würde seinen Abschied erleichtern. »Tatsächlich könnte ich mir vorstellen, nach dem Magister …«

»Ich meine, schon davor. Bereits in diesem Sommer.«

Vor Staunen blieb Johann der Mund offen. Er glaubte, sich verhört zu haben. »Aber … aber … wie soll das gehen? Ich stecke mitten in den Vorbereitungen für den Magister …«

»Den du auch in einer anderen Stadt erwerben kannst. Ein Student von deinem Format, ich bitte dich!« Celtis grinste. »Außerdem würde ich mich natürlich für dich einsetzen.«

Johann schwieg lange. »Ich fürchte, da brauche ich ein paar nähere Erläuterungen«, sagte er schließlich.

»Die sollst du haben.« Celtis beugte sich zu ihm vor und senkte die Stimme. »Ich werde noch diesen Sommer nach Wien gehen. Der deutsche König Maximilian höchstpersönlich hat mich gebeten, dort einen Lehrstuhl für Rhetorik und Poetik einzurichten. Eine große Ehre! Wien ist das Zentrum des Heiligen Römischen Reiches. Dort steht eine der größten Universitäten des Reiches …«

»Ich weiß«, flüsterte Johann. »Ich … habe von Wien gehört.« Plötzlich fühlte er sich wie auf schwankendem Boden, seine Finger krallten sich in die Stuhllehne.

»Ich bräuchte einen jungen Assistenten an meiner Seite. Jemanden, der für mich die Bibliotheken nach alten Schriften durchstöbert, Dokumente archiviert, die Spreu vom Weizen trennt. Vielleicht auch längst verschüttetes Wissen wiederfindet.«

»Und … und da habt Ihr an mich gedacht?«

Celtis lachte. »An wen denn sonst? Du magst ein hochmütiger Bursche sein, mit schlechten Manieren uns Alten gegenüber, aber du bist klug und ehrgeizig, so wie ich es früher war – und du bist der verflucht beste Student, den diese Universität seit Langem beherbergt hat. Der gute Jodocus hat es mir erst kürzlich wieder bestätigt. Deine Prüfungen bestehst du sämtlich mit summa cum laude.«

»Ihr seid zu gütig.« Johann senkte den Kopf, doch innerlich bebte er. Es stimmte, was Celtis sagte. Er war einer der Besten, das hatte sogar der alte Partschneider zugeben müssen. Seine Klugheit, aber auch das Wissen, das ihm Tonio und Archibaldus mitgegeben hatten, erhoben ihn über die anderen. Er war dazu ausersehen, ein großer Gelehrter zu werden – und mit Celtis' Angebot stand seiner Karriere nun nichts mehr im Wege. Als dessen Assistent nach Wien zu gehen, war mehr, als Johann sich je erträumt hatte. Was würde seine Mutter dazu sagen, wenn sie noch lebte! Vielleicht würde er sogar den deutschen König kennenlernen? Aber wenn er diesen Sommer schon ging, was wurde dann aus Margarethe? Bislang hatte er geplant, in Heidelberg seinen Magister zu machen und sie dann in eine andere Stadt mitzunehmen. Doch als fahrender Student an der Seite von Conrad Celtis – wie sollte das gehen?

»Du zögerst?«, fragte Celtis und runzelte die Stirn. »Hm, damit hatte ich nicht gerechnet. Nun, wenn es dir um Bezahlung geht …«

»Es geht nicht um Bezahlung«, fuhr Johann hastig dazwischen. »Es … es geht darum …« Er wand sich. »Nun, es geht darum, dass ich noch einiges in Heidelberg erledigen muss.«

»Ah, ich verstehe!« Celtis zwinkerte ihm zu. »Ein Mädchen. Nun, lass dir von einem alten Schwerenöter sagen: Die Liebe ist heiß und vergänglich, nur die Kunst währt ewig. Das Verlangen nach ihr, nach den Wissenschaften, der Philosophie, der Literatur und Malerei, ist die einzige Liebe, die wirklich zählt. Würdest du mir nicht zustimmen?«

Johann schwieg, schließlich nickte er zögerlich.

»Das wird auch dein Mädchen verstehen«, fuhr Celtis fort und klopfte ihm auf die Schulter. »Männer wie wir, Faustus, sind für Höheres bestimmt. Nicht fürs Kinderhüten und den sonntäglichen Kirchgang.« Er stand auf. »Ich erwarte in spätestens zwei Wochen deine Antwort. Ich bin mir sicher, du wirst mich nicht enttäuschen.«

In Celtis' Augen erkannte Johann, dass Widerspruch nicht geduldet wurde. Doch er glaubte, auch noch etwas anderes darin zu sehen. Celtis musterte ihn prüfend, fast so, als versuchte er, Johanns Gedanken zu lesen. Offenbar nahm ihn der Alte nicht nur mit, um einen fähigen Assistenten an seiner Seite zu wissen und Johanns Karriere zu fördern.

Er wollte ihn beobachten.

Wie betäubt taumelte Johann an diesem Nachmittag durch die Heidelberger Gassen. Was sollte er nur tun? Ein solches Angebot würde nie wieder kommen, die Welt stand ihm offen, er musste nur noch Ja sagen!

Es wäre gut gewesen, mit Valentin darüber zu reden. Aber dann hätte er auch zugeben müssen, dass er sich immer noch heimlich mit Margarethe traf, und Valentin würde vielleicht die richtigen Schlüsse ziehen. Nach langem Hadern beschloss Johann schließlich, das zu tun, was er schon lange nicht mehr getan hatte: sich ordentlich zu betrinken.

Er betrat eines der vielen Wirtshäuser nahe dem Universitätsviertel, setzte sich an einen der abgewetzten Tische und bestellte einen großen Krug Wein. Um diese Zeit war die Herberge spärlich besucht, die meisten Studenten würden erst in den Abendstunden eintrudeln. Von draußen wehten Lärm, Gelächter und Musik herein. Die Vorbereitungen zum Johannisfest, das in drei Tagen stattfand, waren in vollem

Gange. Johann dachte daran, dass es jetzt genau ein Jahr war, seit er in Heidelberg studierte. Er war gekommen, um Margarethe zu finden, und er hatte sie gefunden. Er war so glücklich wie noch nie in seinem Leben, und nun sollte er sie wieder verlassen? Je mehr er darüber nachgrübelte, desto mehr merkte er, dass dies unmöglich war. Er konnte nicht ohne Margarethe gehen. Aber er konnte auch Celtis' Angebot nicht ablehnen. Was also sollte er tun?

Innerhalb kurzer Zeit hatte er den Krug geleert. Der Wein schmeckte sauer, ein billiges Studentengesöff, doch wenigstens war er stark. Sofort bestellte er einen weiteren Krug. Mit jedem Schluck wurde Johanns Stimmung ein wenig besser. Im Grunde gab es ja eine Lösung. Er würde zwar wieder lügen müssen, aber er hatte in den letzten Jahren so oft gelogen, dass eine Lüge mehr oder weniger keine Rolle spielte. Er würde Margarethe mit nach Wien nehmen, und zwar als seine Dienstmagd. Natürlich, es war ganz einfach! Sicher reiste Celtis mit großem Gefolge, da würde ein Mädchen mehr oder weniger nicht auffallen. Später, wenn Johann den Magister hatte und sein eigenes Geld verdiente, würde er Margarethe dann in Wien zur Frau nehmen. Bestimmt hätte Celtis dafür Verständnis. Bis dahin würde er ihr ein Zimmer nahe der Universität suchen, sie konnten sich sehen, alles wäre gut …

Johann nahm noch einen tiefen Schluck, während die Welt sich mehr und mehr vereinfachte. Im Grunde war sein Plan genial, denn auf diese Weise konnte Margarethes Gatte ihm auch nicht gefährlich werden. Wer erlaubte es sich schon, den großen Conrad Celtis aufzuhalten, nur um einer entlaufenen Nonne hinterherzuschnüffeln? Vielleicht der Kurfürst oder der Bischof, aber sicher kein versoffener Heidelberger Winzer.

So begeistert war Johann von seinem Plan, so betrunken von den zwei Krügen Wein, dass er gar nicht merkte, wie sich jemand seinem Tisch näherte.

Es war Hans Altmayer.

»Sieh an, der große Faustus lässt sich herab, ein paar Schoppen mit dem gemeinen Volk zu trinken«, sagte Altmayer höhnisch. Seine Nase war seit der Prügelei mit Johann längst wieder verheilt, allerdings war sie seitdem schief und verwachsen wie die eines Kneipenschlägers oder Tagelöhners.

»Pass bloß auf, dass dir der Alkohol nicht zu Kopf steigt«, zischte er und funkelte Johann mit blutunterlaufenen Augen an. Im letzten Jahr hatte Altmayer immer mehr getrunken und war erst kürzlich durch die Prüfungen zum Baccalaureus gefallen. Der Rektor höchstpersönlich hatte ihn ermahnt und ihm bei erneutem Versagen mit dem Rauswurf gedroht. Momentan schützte Altmayer nur noch die Hand seines Vaters, der ein einflussreicher Kaufmann war.

»So blasse Studentlein, die nur den Kopf in die Bücher stecken, vertragen eben nichts«, fuhr Altmayer grinsend fort. »Das echte Leben dort draußen sieht anders aus.«

Johann erhob sich schwankend, sein Kopf war schwer und gleichzeitig ganz leicht. Im Gegensatz zu sonst verspürte er große Lust, sich mit Altmayer zu prügeln, vielleicht sogar mehr als das. Eine Wut stieg in ihm auf wie seit Jahren nicht, eigentlich nicht seit seiner Zeit mit den Gauklern. Seine Finger wanderten zum Messer, das unter dem Wams an seinem Gürtel hing. Vermutlich musste er Altmayer einmal gehörig das Maul stopfen, damit dieser endlich Ruhe gab. Johann dachte daran, wie das Messer damals in Italien in das Auge des französischen Söldners gefahren war wie in Butter. Es war ein gutes Gefühl gewesen.

»Du hast recht, mir fehlt die rechte Übung zum Saufen«, begann er leise. »So ein Weinsack wie du, der hat's da besser. Der trinkt tagaus, tagein und landet später mal als rotnasiger Dorfschullehrer in irgendeinem Kaff, wenn er nicht als räudiger Scholast auf der Straße krepiert wie ein Hund. Ich gratuliere!«

Altmayer hob die Hand, auch er war betrunken und auf

Streit aus. Doch plötzlich spielte ein seltsames Lächeln um seine Lippen, und er ließ die Hand wieder sinken. »Warum sollte ich mich mit dir prügeln, Faustus? Rache schmeckt am süßesten, wenn sie kalt getrunken wird.«

Mit diesen Worten wandte er sich ab und ging. Johann, erhitzt vom Alkohol, torkelte ihm ein paar Schritte hinterher. »He, bleib stehen, du Nichtsnutz, du breitnasiger Molch ...«

Er wollte sich bereits hinterrücks auf Altmayer stürzen, als ihn eine Hand zurückhielt. Ärgerlich blickte er sich um und starrte in Valentins besorgtes Gesicht.

»Hier finde ich dich also!«, rief Valentin. »Und wie ich sehe, gerade noch rechtzeitig.« Er nahm einen Krug vom benachbarten Tisch und schüttete Johann kaltes Wasser ins Gesicht. »Wach auf, bevor noch ein Unglück geschieht!«

»He, was fällt dir ein!« Johann ballte die Faust in der Tasche. Da spürte er wieder das Messer, es war, als wäre es von ganz allein in seine Hand geschlüpft. Das Gesicht vor ihm verschwamm, und an seine Stelle trat eine grinsende Fratze.

Tonio!

Johann hob das Messer, zum Stoß bereit. Erst im letzten Moment vergegenwärtigte er sich, dass vor ihm nicht Tonio stand, sondern sein einziger Freund. Die Fratze verschwand, und mit ihr verflogen Hass und Wut. Johann ließ die Hände sinken, plötzlich fühlte er sich schrecklich müde und leer. Was hatte er nur getan? Beinahe hätte er alles zunichtegemacht, was er sich im letzten Jahr aufgebaut hatte.

Stöhnend fiel er Valentin in die Arme.

»Es ... es tut mir so leid«, lallte er. »Glaub mir, ich habe das nicht gewollt. Es ... es ist über mich gekommen.«

Erst jetzt wurde Johann klar, was ihn so erzürnt hatte. Es war Tonio del Moravia gewesen, den er hatte erstechen wollen! Oder war es Tonio, der ihn um ein Haar dazu gebracht hätte, seinen Freund zu erdolchen? Wurde er den bösen Kerl denn nie los? Wie ein Fluch klebte der Meister an ihm.

Johann schüttelte sich, seine Beine fühlten sich an wie Wachs. »Ich möchte … heim«, sagte er mit traniger Stimme zu Valentin. »Schlafen.«

»Kein Problem, ich helfe dir.« Valentin grinste und fing Johann auf, bevor er auf dem Boden des Wirtshauses landen konnte. »Der große Faustus, niedergerungen von einem Krug Wein! Nun haben wir endlich einen Gegner gefunden, dem du nicht gewachsen bist.«

Die Kopfschmerzen am nächsten Morgen waren fürchterlich, und als sie schließlich abklangen, blieb ein Gefühl von Leere zurück. Das und die Erkenntnis, dass Johann im Suff fast seinen einzigen Freund niedergestochen hätte. Noch immer wusste er nicht, was dort im Wirtshaus genau geschehen war und ob wirklich nur der Wein dafür verantwortlich gewesen war. Er beschloss, in Zukunft auf Wein und Bier in größeren Mengen zu verzichten. Er hatte Alkohol noch nie gut vertragen, denn er löste in ihm die dünne Schicht zwischen der Vernunft und dem Tier dahinter auf. Außerdem kamen mit jedem Besäufnis die bösen Träume wieder.

Kleine zuckende Bündel …

Nun, zumindest eines musste Johann dem Alkohol gutschreiben: Er hatte eine Entscheidung getroffen. Er würde nach Wien reisen und Margarethe mitnehmen. Wie das genau vonstattengehen sollte, darüber war Johann sich noch nicht im Klaren. Aber sicher würde er auch hier eine Lösung finden, er hatte noch immer eine Lösung gefunden. Doch zunächst einmal musste er Margarethe seinen Entschluss mitteilen.

Und das hieß, der heilige Michael würde noch einmal zu ihr sprechen.

Eigentlich hatte Johann beschlossen, den Engel nicht mehr erscheinen zu lassen. Es war nicht mehr nötig und auch zu gefährlich. Lange konnte er das Ganze vor Valentin nicht mehr verheimlichen. Außerdem beschlich ihn in letzter Zeit immer wieder das dumpfe Gefühl, dass er beobachtet wurde. Nur dieses eine Mal war der Engel noch wichtig. Der heilige Michael würde Margarethe bitten, mit Johann nach Wien zu gehen. Noch ein Mal musste er erscheinen, dann würde Johann auf den Hokuspokus für immer verzichten. Margarethe war geheilt, zumindest sprach sie nicht mehr vom Schwarzen Mann und von Satan.

Alles würde gut werden. Er brauchte keine Lügen mehr, zumindest nicht mehr gegenüber Margarethe.

Schon am Vortag, in den Stunden vor der Johannisnacht, liefen die Kinder mit Stecken durch die Gassen, an denen bunte Papierbänder wie kleine Fahnen wehten. Auf den umliegenden Hügeln schichteten die jungen Burschen Scheiterhaufen auf, die sie nach Sonnenuntergang entzünden würden. Auch auf dem Heiligenberg würden Feuer brennen. Margarethe hatte Johann erzählt, dass sich alle Nonnen an Johannis, dem Feiertag von Johannes dem Täufer, im Kloster Neuburg einfinden mussten, allerdings erst zur Spätmesse. Bis dahin hatten die Schwestern einen ihrer wenigen freien Tage. Hinter vorgehaltener Hand hatte Margarethe ihm auch berichtet, dass sich an Johannis der Fluss gerne ein Opfer holte. Oft wurden am nächsten Morgen tote Mädchen aus den Fluten des Neckars gefischt.

Mit einer von Tüchern bedeckten Kraxe, welche die Laterna magica enthielt, und gekleidet wie ein einfacher Hausierer näherte sich Johann am späten Nachmittag ihrem gemeinsamen Versteck. Er war den Weg nun schon so oft gegangen, dass er jeden Baum und jeden Strauch kannte. Der Kasten auf seinem Rücken war sperrig und schwer, hinzu kamen die zusätzlichen Vorrichtungen, die er mit sich trug – eine lange Lunte, das Öl für die Lampe und ein weiterer Apparat.

Zu Valentin hatte Johann gesagt, er wolle sich zum Lernen in die Bibliothek zurückziehen. Er hatte abgewartet, bis Valentin das Dionysianum verlassen hatte, dann war er hinüber zum Schuppen geschlichen, wo er sich die alten Kleider überwarf und die Kraxe schulterte. Heftiger als bei den vorherigen Malen schlug Johann das Herz bis zum Hals, immer wieder sah er sich um, ob ihm jemand durch die Gassen folgte. Später auf dem Weg durch den Wald hatte er gelegentlich geglaubt, ein Knacksen wie von Schritten zu vernehmen, doch vermutlich spielte ihm nur seine Angst einen Streich. Er war wirklich froh, dass dies alles hier bald vorbei sein würde.

In der Höhle angekommen, entzündete Johann zunächst eine Fackel, dann baute er die Laterna, wie die vielen Male zuvor, hinter dem Altar auf. Er nestelte die Lunte hervor und verlegte sie am Rande der Felswand. Am meisten Zeit benötigte Johann dafür, die Wasseruhr an der Laterna zu befestigen. Er hatte lange überlegt, wie er die beiden Bilder wechseln könnte, ohne selbst den Apparat zu bedienen. In den alten Zeichnungen von Heron von Alexandria war er schließlich fündig geworden. Der griechische Mathematiker hatte Maschinen konstruiert, die mittels Wasserkraft einen Hebel bewegten. Für große Hebel war viel Wasser vonnöten, für Johanns erdachten Mechanismus reichten einige Liter, die langsam von einem Behälter in den anderen tropften. Ab einem gewissen Gewicht fiel der Hebel um, und das Bild des Erzengels Michael mit erhobenem Schwert fiel in den Schlitz. Nach einer Weile, wenn das Wasser wieder in den anderen Behälter geflossen war, erschien das Bild mit dem gesenkten Schwert. Johann hatte lange probiert, bis die Abstände zwischen den zwei Bildern in etwa gleich waren. So entstand eine fließende Bewegung, die den Erzengel Michael lebensecht wirken ließ.

Nach etwa zwei Stunden war er mit den Vorbereitungen fertig. Er bedeckte den Apparat mit einem grauen Stoff, sodass er in der finsteren Höhle nahezu unsichtbar war. Dann ging er nach draußen und wartete auf Margarethe.

Die Abenddämmerung hatte mittlerweile eingesetzt, auf dem Heiligenberg brannten bereits die ersten Johannisfeuer. Von fern glaubte Johann das Gelächter junger Leute zu hören. Vermutlich sprangen sie über die Flammen und feierten die kürzeste Nacht des Jahres, wie es seit Urzeiten der Brauch war. Manchmal wurden auch Strohpuppen verbrannt, um Krankheiten und Dämonen zu vertreiben. In alten Büchern hatte Johann gelesen, dass in dieser Nacht früher Menschen verbrannt worden waren, und er musste an die vermeintlichen Hexen denken, die der Bischof höchstpersönlich erst vor wenigen Wochen dem Feuer übergeben hatte. Ein Opfer, wie es früher wohl auch die Heiden ihren dunklen Göttern dargeboten hatten.

Ein unerwartetes Geräusch ließ Johann jäh zusammenzucken, und er atmete erleichtert auf, als Margarethe zwischen den Büschen hervortrat. Wie immer trug sie ihre schwarze Nonnentracht und darüber ein dünnes Wolltuch. Die Nächte konnten auch im Juni noch frisch sein, und in der Höhle herrschten das ganze Jahr hindurch eisige Temperaturen. Fröstelnd schmiegte Margarethe sich an ihn.

»Wir können nicht mehr lange so weitermachen«, flüsterte sie. »Dieses Leben mit einer Lüge … Ich … ich halte das nicht mehr aus. Willst du wirklich mit mir von hier weggehen?«

»Ich will, Margarethe! Deshalb bin ich doch den ganzen Weg von Venedig über die Alpen hierher gereist, um dich wiederzusehen. Um mit dir zusammenzuleben.« Sanft zog er sie in Richtung Höhle. »Wer weiß, vielleicht spricht der Engel heute noch einmal zu uns. Vielleicht weiß er, wo der Weg uns hinführt.«

Margarethe sah ihn forschend an, und für einen kurzen Augenblick glaubte Johann, sie hätte ihn durchschaut.

»Ich habe letzte Nacht noch einmal nachgedacht. Warum nur hat der heilige Erzengel Michael gerade uns ausgewählt? Warum spricht er zu uns? Es gibt so viele junge Paare, die nicht zusammenkommen können, obwohl sie sich lieben …«

»Weil du etwas ganz Besonderes bist, Margarethe! Der Engel will dir helfen, er will uns helfen, wieder auf den Pfad der Liebe zurückzukehren.« Johann deutete auf die dunklen Wälder um sie herum. »Und wer weiß? Vielleicht erscheint er ja auch anderen Paaren hier in der Gegend. Vergiss nicht, dies ist der Heiligenberg. Auf seinen Höhen ist ein Kloster im Namen des Erzengels Michael erbaut, es ist sein Reich.«

Mittlerweile hatten sie die Höhle betreten. Sofort wurde es schlagartig kühler, von ihren Mündern stiegen kleine Wolken auf, und Margarethe zog ihr Tuch fest um die Schultern.

Johann liebte die plötzliche Dunkelheit, die sie umfing. Hier in der Höhle war die Welt dort draußen, waren all der Lärm, das Streben nach Ruhm und Wissen mit einem Mal gänzlich unwichtig.

Es gab nur noch ihn und Margarethe.

Eine einzelne Fackel brannte, Johann hatte sie zuvor bereits entzündet. Sie steckte in einer Felsritze und wies ihnen den Weg zu ihrem Lager, das sie sich schon vor einigen Wochen aus Moos und Laub bereitet hatten. Im Vorbeigehen löschte Johann die Fackel, und ein leises zischendes Geräusch ertönte. Er hoffte, dass Margarethe es nicht gehört hatte.

Nun war es vollkommen dunkel.

Sie ließen sich auf ihrem Lager nieder und umarmten sich wie zwei Kinder, die beieinander Schutz suchten. Johann schloss die Augen und atmete den feuchten Geruch der Höhle ein, von Erde, Pilzen und moosigem Stein. Vor allem aber schnupperte er Margarethes Duft, der einfach unvergleichlich war. Er fühlte sich ihrem Körper so nahe, als ob es sein eigener wäre. Und im gleichen Moment wurde ihm bewusst, dass er noch nie so glücklich gewesen war.

Er hätte ewig hier sitzen können.

Doch ihm war klar, dass er nicht länger warten konnte. Als er zuvor die Fackel gelöscht hatte, hatte er damit noch die Lunte entzündet, die seitdem still, fast nicht hörbar, vor sich hin brannte. Er wusste mittlerweile genau, wie lange sie brauchte, um die Laterna zu erreichen.

»Wir sollten beten«, sagte Johann leise. »Vielleicht erscheint uns der Engel ja auch diesmal. Vielleicht weiß er die Antwort auf all unsere Fragen.«

Margarethe nickte schweigend und faltete die Hände.

»O heiliger Erzengel Michael!«, murmelte sie, den Kopf gesenkt, das Gesicht unter der Nonnenhaube verborgen. »Ich bitte dich, schau herab auf uns Sünder. Erlöse uns von allem Bösen und zeige uns den Weg ins Paradies.«

»Erlöse uns von allem Bösen«, wiederholte Johann.

Wie von ihm berechnet, erreichte die Lunte just in diesem Augenblick die Öllampe. Ein heller Fleck erschien auf der gegenüberliegenden Felswand, darin waberte die Gestalt des Erzengels Michael mit erhobenem Schwert. Margarethe schrie leise auf. Auch wenn Johann wusste, dass der Engel nur ein Bild war, erschauerte er. Es war, als würde Gott durch den Apparat zu ihm sprechen.

»Er kommt tatsächlich noch einmal zu uns herab«, flüsterte Margarethe. »O gütiger Herrgott …«

»Seid glücklich und freuet euch«, ertönte die hohle, eigentümlich überirdisch klingende Stimme des Engels. »Denn ich überbringe eine frohe Botschaft!«

Wie bei den Malen zuvor drehte Johann den Kopf zur Seite, sodass seine Stimme von der Wand zurückgeworfen wurde. Er hatte diese Art des Sprechens schon bei einigen Gauklern gesehen, die damit Puppen reden ließen. In den großen Räumen der Bibliothek und in der Heiliggeistkirche hatte er diesen Trick in den letzten Wochen immer wieder erprobt. Dabei kam es darauf an, gewisse Laute, bei denen Lippen bewegt wurden, zu vermeiden oder sie mit Zunge und Gaumen statt mit dem Kiefer zu formen. Eine uralte Technik, die bereits die alten Griechen beherrscht hatten.

»Fürchtet euch nicht!«, wisperte der Engel. »Denn Liebende haben nichts zu fürchten. Was der Herrgott geeint hat, kann die Welt nicht trennen.«

Das Bild wechselte, und die Schwerthand Michaels wies nun nach unten. Es war nur eine kleine Bewegung, doch sie bewirkte, dass die Gestalt vorne an der Wand so lebensecht aussah.

»Folget dem Ruf der Liebe!«, sprach der Engel weiter, und die Stimme hallte durch das Gewölbe. »Folget ihm nach Wien ... Wien ... Wien ...« Das letzte Wort wurde als Echo mehrmals zurückgeworfen. Margarethe hielt mit dem Beten inne.

»Nach Wien? Aber ...«

»Ich denke, ich weiß, was er meint!«, flüsterte Johann, wobei seine Stimme jetzt wieder normal klang. »Auch in Wien gibt es eine Universität. Wir könnten dorthin gehen, weg vom Kloster, weg von allem, was uns daran hindert, zusammen zu sein. Ich glaube, das will uns der Engel sagen!«

»O Johann! Ist das wirklich wahr? Sag mir, dass ich nicht träume!« Sie warf sich ihm in die Arme, und noch einmal roch Johann den Duft ihrer Haare. Ihre Nonnenhaube rutschte nach hinten, und er bedeckte ihr Gesicht mit Küssen. Trotz der Dunkelheit glaubte er, ihre kornblumenblauen Augen strahlen zu sehen.

Er war so glücklich! Es gab nichts, was jetzt noch zwischen ihnen stand. Sie würden gemeinsam nach Wien gehen, im Gefolge von Conrad Celtis, er würde studieren, und irgendwann würden sie heiraten und ...

Ein klirrendes Geräusch ertönte und kurz darauf das Trampeln vieler Stiefel.

Als Johann sich erschrocken umdrehte, sah er den Schein von mehreren Fackeln, die sich vom Höhleneingang her näherten. Neben ihm schrie Margarethe auf. Sie klammerte sich an ihn, doch Johann war vor Entsetzen wie gelähmt. Im gleichen Moment wusste er, dass dies das Ende war.

Ein Trupp Männer hatte die Höhle betreten.

An seiner Spitze gingen Hans Altmayer und Margarethes Gatte Jakob Kohlschreiber.

»Verfluchtes Hexenweib!«, schrie Kohlschreiber, sein von Alkohol aufgedunsenes Gesicht leuchtete im Fackelschein krebsrot. »Was hast du hier zu schaffen? Suhlst dich mit deinem Buhlen wie eine Sau im Dreck! Aber, ha, wir sind dir auf die Schliche gekommen!«

»Es ist so, wie ich es Euch gesagt habe«, sagte Hans Altmayer neben ihm. Er versuchte, ruhig zu klingen, doch seine Stimme bebte vor Bosheit und Vorfreude. »Ich beobachte die beiden schon lange. Sie treffen sich immer in dieser Höhle. Weiß der Teufel, was sie hier anstellen.«

»Seht!«, rief einer der Männer hinter ihnen. Wie die übrigen trug er einen kurzen Spieß und war in der Tracht eines Büttels gekleidet. Offenbar hatte Kohlschreiber sich zuvor noch Verstärkung bei den Heidelberger Wachen geholt. Zitternd deutete der Mann auf die Wand hinter dem Altar, wo noch immer das Bild des Erzengels Michael flimmerte. »Bei allen Heiligen, ein … ein Engel!«

Auch die anderen schrien überrascht auf. Nur Hans Altmayer blieb gelassen.

»Keine Angst, das ist kein Engel! Sicher hat die Erscheinung mit diesem teuflischen Apparat zu tun, den der Faustus immer hierher schleppt. Ich habe ihn selbst gesehen! Mit dem Valentin Brander hat er im Schuppen neben dem Dionysianum irgendein Ding gebaut. Das Bild ist nichts weiter als eitles Blendwerk!«

Mit der Fackel in der Hand eilte Altmayer suchend durch die Höhle. Schließlich entdeckte er den nur notdürftig mit der Decke verhüllten Kasten. »Ha, hier ist der Hexenapparat!«

Altmayer gab der Laterna magica einen Tritt, ein hässliches Bersten und Splittern ertönte – und das Bild des Engels erlosch für immer.

Wieder schrie Margarethe. Diesmal war der Schrei hoch und klagend, als käme er von einem gefallenen Engel.

»Was hattet ihr mit diesem Ding da vor, hä?«, zischte Jakob Kohlschreiber, der nun auf Johann und Margarethe zugetreten war. »Wolltet ihr den Teufel beschwören? Ist es vielleicht Luzifer, den ihr in dieser Höhle verehrt?«

»Es … es … ist nur ein Apparat«, erwiderte Johann leise. Jedes Wort kam schleppend aus seiner Kehle, als hätte er das Sprechen verlernt. »Nichts weiter als ein Apparat.«

»Das soll die Inquisition herausfinden«, erwiderte Kohlschreiber. Zitternd vor Wut deutete er auf Margarethe, die sich die Hände vors Gesicht hielt. Johann legte die Arme um sie, sie war kalt wie Stein. Er wusste nicht, ob sie begriff, was er eben gesagt hatte.

Nichts weiter als ein Apparat …

»Ich habe diesem Weib nie getraut. Der Tag sei verflucht, als ihr Vater sie mir zur Frau gab!«, schrie Kohlschreiber. »Der Teufel steckt in ihr, er hat aus ihrem Mund gesprochen, jede Nacht, wenn sie bei mir lag. Bei Gott, ich habe alles versucht! Habe sie in ein Kloster gesteckt, doch offenbar ist ihr das Böse nicht auszutreiben. Vermutlich kann nur noch das Feuer sie reinigen.« Er nickte grimmig.

»Und was dich Burschen angeht …« Mit giftigem Blick musterte Jakob Kohlschreiber Johann, der noch immer Margarethe hielt, als könnte er sie so vor allem Unbill beschützen. »Ich kenne dich! Ausgehorcht hast du mich damals in der Schenke, um mehr über mein Weib zu erfahren. Lüsterner Geck!«

Hans Altmayer grinste. »Der Rektor der Universität wird sich ganz bestimmt sehr dafür interessieren, was für teuflische Apparate sein Lieblingsstudent ersinnt – und mit welchen jungen Mädchen er sich einlässt. Mit einer Nonne!« Mit gespielter Traurigkeit schüttelte er den Kopf. »Ich denke, das ist das Ende deiner Zeit an der Universität, Faustus – wenn dir nichts Schlimmeres droht. Wie hast du selbst mal gesagt? Manch fahrender Scholast bleibt in der Gosse liegen, wo er dann verreckt.«

»Genug geschwätzt«, knurrte Kohlschreiber. »Ergreift die beiden!«

Die letzten Worte waren an die Büttel gerichtet, die jetzt mit gesenkten Spießen auf Johann und Margarethe zuschritten. Zwei von ihnen packten Margarethe, die gar nicht mehr zu merken schien, was um sie herum vorging. Sie hatte begonnen, ein kleines Lied zu summen. Johann zuckte zusammen, als er die Melodie erkannte.

Petersil und Suppenkraut wächst in unserem Garten, unser Gretchen ist die Braut, soll nicht länger warten …

Es war das Lied, das er und Margarethe in Kindertagen immer gesungen hatten.

»Lasst die Finger von ihr!«, schrie er. Er warf sich auf die Büttel, und ein wüstes Ringen begann.

»Mach es nicht noch schlimmer!«, rief Jakob Kohlschreiber. Er kam auf die Gruppe zu und packte Johann am Kragen wie einen Hasen. »Oder willst du gemeinsam mit der Hexe brennen? Willst du das? Brennen für dieses Stück Dreck?«

Er trat nach Margarethe, die sich wimmernd zusammenkauerte.

In dem Augenblick, als Kohlschreiber Margarethe einen Tritt verpasste, überrollte Johann die Wut wie eine dunkle Woge. Es war ein Zorn, wie er ihn noch nie erlebt hatte, nicht einmal damals, als er den französischen Söldner getötet hatte. Alles Denken war ausgeblendet, in ihm loderte unauslöschlicher Hass. Ganz plötzlich hielt er sein Messer in der Hand, wie es dort hingekommen war, wusste er selbst nicht. Er hob die Hand und stach zu, immer und immer wieder. Es tat so gut, und für einen winzigen Moment machte sich Erleichterung in ihm breit, der süße Geschmack von Rache rann durch seine Kehle. Johann dachte daran, was Tonio ihm gesagt hatte, als er ihm das Messer damals überreicht hatte.

Ich will es dir schenken ... Es schneidet durch Haut und Sehnen wie durch Butter ...

Röchelnd brach Kohlschreiber vor ihm zusammen, Blut quoll aus mehreren Wunden an seinem Bauch.

»Du ... du verdammter Narr!«, keuchte der Winzer und glitt zu Boden.

Die Büttel hielten erschrocken inne, als sie den Schwerverletzten sahen. Sie schienen zu spüren, dass der Jüngling mit dem Messer nicht mehr Herr seiner Sinne war, dass etwas Dunkles von ihm Besitz ergriffen hatte. Eine Weile war nur das Stöhnen Kohlschreibers zu hören. Auch Hans Altmayer wich einen Schritt zurück, doch in seinen Augen blitzte es.

»Gratuliere, Faustus«, zischte er. »Damit hast du dir eben dein eigenes Grab geschaufelt.«

Entsetzt starrte Johann auf das blutige Messer in seiner Hand. Erst jetzt begriff er, was er getan hatte. Sein Blick ging hinüber zu Margarethe, die ihre Arme vor der Brust verschränkt hielt, vor- und zurückwippte und mit geschlossenen Augen immer wieder die Kindermelodie summte.

Roter Wein, weißer Wein, morgen soll die Hochzeit sein ...

»Margarethe ... es ... es tut mir so leid ...«, brachte er hervor. »Ich ... ich wollte doch nur, dass wir beide glücklich sind ...«

Noch immer rührte sich keiner der anderen Männer. Furchtsam starrten sie auf das Messer in Johanns Hand, das eben ein solches Blutbad angerichtet hatte. Kohlschreiber gab keinen Laut mehr von sich, um seinen feisten Leib breitete sich eine Pfütze aus, die im Fackellicht rötlich schillerte. Endlich hoben die Büttel wieder ihre Spieße.

»Ergreift ihn!«, schrie Hans Altmayer.

Und Johann rannte.

»Dein Grab!«, erscholl hinter ihm die triumphierende Stimme Altmayers, sie hallte durch die Höhle. »Dein Grab!«

Johann stürmte nach draußen, wo mittlerweile die Nacht angebrochen war. Auf den umliegenden Hügeln brannten die Johannisfeuer. Sie funkelten wie Augen hinter einer schwarzen Maske.

»Dein Grab!«, war das Letzte, was Johann noch hörte.

Dann nahm ihn der Wald auf.

Eine ganze Weile rannte Johann den Berg hinauf, panisch wie ein Tier auf der Flucht, unfähig, irgendeinen Gedanken zu fassen. Es war wie damals, als er im Wald bei Nördlingen vor Tonio del Moravia und seinen Getreuen geflohen war. Von einem Augenblick auf den anderen hatte er alles verloren. Doch diesmal saß der Schock noch viel tiefer.

Denn er hatte verloren, was er am meisten liebte.

Margarethe.

Erst nach einer Weile merkte er, dass er immer weiter bergauf gerannt war. Die Bäume traten zurück, und unter ihm schimmerten die Lichter der Heidelberger Wachtürme, darüber thronte das erleuchtete Schloss. Es war, als würde er auf ein Leben zurückblicken, das für immer hinter ihm lag.

All sein Glück war in der Höhle unter dem Heiligenberg zurückgeblieben.

Johann raufte sich die Haare, er schrie und tobte, weinte und wimmerte. Zitternd krümmte er sich in einer Mulde auf feuchtem, stinkendem Laub zusammen und wiederholte immer wieder die gleichen Worte.

»Ich … habe … das … nicht … gewollt …«

Und gleichzeitig wusste er, dass er allein an allem schuld war. Er hatte mit hohem Einsatz gespielt und alles verloren. Es war seine Idee gewesen, mit dem Bild des Erzengels Michael Margarethe für sich zu gewinnen. Er hätte damit rechnen müssen, dass er beobachtet wurde, denn im Grunde hatte er es schon lange geahnt. Jedes Mal, wenn er vom Kloster heimgekehrt war oder die Höhle betreten hatte, hatte er einen Blick im Rücken gespürt. Wieder schüttelte ihn ein Weinkrampf.

Margarethe …

Er hätte bei ihr bleiben sollen, hätte sie mit seinem Leben verteidigen sollen. Stattdessen war er einfach davongerannt und hatte sie ihrem Schicksal überlassen. Margarethes Mann hatte unverblümt angekündigt, dass er seine Frau der Inquisition ausliefern würde. Denn sie war nicht nur eine Nonne, die sich mit einem jungen Studenten eingelassen hatte – nein, sie wurde verdächtigt, mit dem Teufel im Bunde zu stehen. Und das nur wegen der verfluchten Laterna magica! Niemals hätte er den Apparat für seine Zwecke verwenden dürfen! Doch nun war es zu spät.

Was also konnte er tun?

Hans Altmayer hatte recht, seine akademische Laufbahn in Heidelberg war vorbei. Und er würde auch nicht mit Conrad Celtis nach Wien gehen. Sicher sorgte Altmayer jetzt dafür, dass die Geschichte von Faustus, dem Nonnenschänder und Teufelsverehrer, die Runde in den Wirtshäusern und in der Universität machte. Was noch schlimmer wog: Er hatte Jakob Kohlschreiber niedergestochen, vermutlich war der hinterhältige Bastard bereits tot. Nicht, dass Johann seine Tat bereut hätte, doch nun war er ein Mörder und musste fliehen.

Aber dann würde er Margarethe im Stich lassen.

Johann schluckte schwer, doch schließlich traf er eine Entscheidung.

Er musste nach Heidelberg und sich stellen.

Er würde den Behörden erklären, dass alles seine Schuld war. Er hatte Margarethe verführt, und er hatte auch die Laterna magica gebaut. Keinen Teufelskasten, sondern schlichte

Mechanik. Sie würden es verstehen, und Margarethe wäre gerettet. Zumindest würde sie nicht als Hexe angeklagt werden. Doch dafür brauchte er Hilfe, und vor allem brauchte er einen Zeugen, der seine Geschichte bestätigte.

Johann beschloss, bis zum nächsten Morgen zu warten und dann denjenigen aufzusuchen, der ihm als Einziger noch geblieben war.

Valentin.

Die Nachtstunden verbrachte er auf einer Anhöhe, den Blick auf den Neckar gerichtet, der als schwarzes Band im Tal lag wie eine monströse Schlange. Dahinter leuchteten die Lichter Heidelbergs, und darüber flackerten die Johannisfeuer. Gelegentlich glaubte Johann, Schreie zu vernehmen. Vermutlich stammten sie von Jugendlichen, die um die Feuer tanzten.

Lange bevor der Morgen graute, machte er sich auf den Weg. Mit den ersten Hausierern und Bauern, die ihre Waren für den Markt auf Kraxen schleppten, betrat er die Stadt. Verschmutzt und mit zerrissener Kleidung sah er selbst wie ein Bettler aus. Zumindest erkannten ihn die Wachen nicht, und er schlüpfte als einer der Ersten durchs Stadttor.

Auf dem schnellsten Weg eilte Johann zum Dionysianum, kletterte über die niedrige Mauer an der Rückseite und klopfte an das Fenster der Schlafkammer, die er sich mit Valentin teilte; zunächst leise, dann immer fester. Doch keiner öffnete ihm. War der Freund etwa bereits zu den Vorlesungen unterwegs? Dafür war es doch noch viel zu früh.

Eine dumpfe Vorahnung beschlich Johann.

Feuchter Nebel lag in den Gassen, sodass kaum jemand zu sehen war. Vorsichtig schlich er hinüber zur westlichen Stadtbefestigung, wo sich ein ganz bestimmter Ort befand.

Der sogenannte Diebsturm, der als Heidelberger Gefängnis diente.

Der Diebsturm war ein bulliges Gebäude, etwa zehn

Schritt hoch und gemauert aus tonnenschweren, kantigen Steinen. Weit oben befanden sich ein paar vergitterte Fenster, bis auf eine schmale Tür mit eisernen Beschlägen gab es keinen Einlass. Vor dem Turm stand, verborgen im Nebel, ein Karren, auf dem sich ein mannshoher Kasten befand, wie eine fahrbare Zelle. Zwei dürre Klepper waren davorgespannt.

Als Johann sich eben dem Turm näherte, ging quietschend die Tür auf und zwei Wachen mit Hellebarden traten heraus. Hinter ihnen kamen zwei weitere Büttel, die zwischen sich einen Mann in zerfetzten Kleidern trugen, dessen Kopf wie bei einer Puppe zur Seite gekippt war. Blut floss aus einer Wunde an der Schläfe.

Johann hielt sich die Hand vor den Mund, um nicht aufzuschreien. Seine Befürchtung hatte sich bewahrheitet.

Der Gefangene war Valentin.

Offenbar hatte Hans Altmayer seine Drohung wahr gemacht und auch Valentin bei den Behörden angezeigt. Vermutlich wurde der Freund verdächtigt, gemeinsam mit Johann einen Apparat erbaut zu haben, mit dem man den Teufel beschwören konnte. Aber warum hatte sich die Universität, hatte sich Rektor Gallus nicht eingeschaltet? Er musste doch wissen, dass es sich bei der Laterna um eine technische Erfindung handelte, nicht um Hexenwerk, sondern um eine neue Art von Camera obscura! Johann hatte dem Rektor von ihrem geplanten Apparat erzählt, und die Universität verfügte über eine eigene Gerichtsbarkeit.

Doch dann wurde Johann bewusst, dass in diesem Fall wohl die Stadt selbst zuständig war. Schließlich ging es um nichts Geringeres als den Vorwurf der Hexerei, und die Behörden wollten keine Zeit verstreichen lassen. Vermutlich brachte man Valentin eben nach Worms, wo der Bischof seinen Sitz hatte und die weiteren Vernehmungen stattfanden. War Margarethe etwa ebenfalls schon auf dem Weg nach Worms?

War er zu spät gekommen?

Soeben öffneten die Büttel den großen Kasten, der hinten über eine Tür mit vergittertem Fenster verfügte, und schoben ihren Gefangenen hinein. Johann konnte nicht erkennen, ob Valentin bei Bewusstsein war oder ohnmächtig – oder ob er überhaupt noch lebte. Trotzdem musste er versuchen, mit ihm zu reden. Selbst wenn er Gefahr lief, dabei verhaftet zu werden. Er wartete, bis sich der Karren in Bewegung setzte, dann schlich er hinterher, wobei er das morgendliche Zwielicht und den Nebel ausnutzte und sich immer wieder in Häusernischen versteckte.

Am Brückentor schließlich bekam er seine Chance.

Die Büttel vorne auf dem Kutschbock hielten an und plauschten mit dem Torwächter. Es wurde gegrölt und gelacht, offenbar wechselte auch ein Krug Wein den Besitzer. Noch immer war so früh am Morgen kaum jemand auf der Straße, der Nebel hing in dichten Schwaden über der Brücke.

Johann schlich sich von hinten an den Wagen heran und versuchte einen Blick durch das vergitterte Fenster zu werfen. Doch dahinter war es stockfinster, es roch nach feuchtem Stroh und Exkrementen. Ganz leise vernahm Johann ein Stöhnen.

»Valentin!«, flüsterte er. »Kannst du mich hören? Ich bin es. Johann!«

Das Stöhnen verstummte abrupt. Es raschelte, jemand richtete sich auf, kurz darauf erschien Valentins Gesicht am Gitterfenster. Erst jetzt sah Johann, dass sein Freund nicht nur am Kopf blutete, auch seine Lippe war aufgeschlagen, und er hatte einige Zähne verloren. Außerdem war sein rechtes Auge zugeschwollen. Mit dem anderen musterte er Johann feindselig. Sämtliche Wärme war aus seinem Blick verschwunden.

»Was willst du?«, fragte er, wobei er wegen der fehlenden Zähne stark nuschelte.

»Valentin … es …«, begann Johann verzweifelt. »Es … es … tut mir so leid! Bitte verzeih mir, ich …«

»Was soll ich dir verzeihen? Dass du mich, deinen einzigen Freund, die ganze Zeit über angelogen hast? Dass du unseren gemeinsamen Apparat für deine niederen Zwecke benutzt hast? Dass du mich ausgenutzt und dich meiner bedient hast, wie du es ja mit allen Menschen machst? Dass ich wegen dir jetzt als Hexer angeklagt werde?« Valentins unverletztes Auge strahlte so kalt wie ein Diamant. »Für dich, Faustus, sind Menschen doch nur Forschungsinstrumente, du benutzt sie, dann wirfst du sie weg. Wie konnte ich nur so dumm sein, das nicht früher zu merken? Ich hätte auf die anderen hören sollen, aber ich bin dir gefolgt wie ein treues Kälbchen. Und jetzt geht das Kälbchen eben zur Schlachtbank.«

Johann rüttelte an den Gitterstäben, sein Gesicht war nun ganz nah bei Valentin.

»Valentin … du … du darfst so was nicht sagen! Glaub mir, ich … ich habe das alles nicht gewollt! Ich bin dein Freund, ich …«

Valentins vom Blut gefärbter Speichel traf ihn an der Wange.

»Hast du nicht gehört, was ich gesagt habe? Sie bringen mich nach Worms zur Inquisition! Nicht einmal Rektor Gallus hat etwas dagegen unternehmen können!« Valentin lachte hysterisch. »Sie werden mir so lange Schmerzen zufügen, bis ich gestehe, dass wir gemeinsam den Satan beschworen haben. Und dann verbrennen sie mich. Du aber bleibst frei!«

Johann schwieg. Schließlich stellte er die eine Frage, die er stellen musste, auch wenn er nicht glaubte, dass Valentin darauf antwortete.

»Was ist mit Margarethe?«

»Das Nönnlein?« Zum ersten Mal lächelte Valentin, doch es war ein böses Lächeln, mehr eine grausige Fratze. »Oh, sie hat Glück gehabt.«

Johanns Herz klopfte wie wild, sofort war er hellwach. »Das heißt, sie ... sie wird nicht nach Worms gebracht?«

»Nein, das wird sie nicht. Sie hat das Schlimmste hinter sich. Nur Gott ist jetzt noch ihr Richter.«

Johann erstarrte. Er konnte kaum sprechen, jedes Wort wog schwer wie Blei.

»Gott ... ist ... ihr ... Richter? Was ... was meinst du damit?«

»Ist das so schwer zu verstehen? Sie hat sich aufgehängt, Faustus! Heute Nacht in ihrer Zelle. Ich habe gehört, wie die Wachen sie abgeschnitten haben und ihr toter Leib ins Stroh plumpste. Ich sah durch mein Zellenfenster, wie sie sie hinaustrugen. Vermutlich haben sie dein Nönnlein bereits in ein Fass genagelt und in den Neckar geworfen, wie sie es mit allen Selbstmörderinnen tun.«

Die Welt hörte auf, sich zu drehen. Das Universum stand still. Der graue Morgennebel legte sich wie Tau auf Johanns Gesicht, doch es kamen keine Tränen. Er war unfähig, sich zu rühren, unfähig zu sprechen.

Die Wirklichkeit war wie der Nebel, der an ihm vorüberzog.

»Sie ist tot, Faustus«, fuhr Valentin fort. »Hast du nicht gehört? Und du hast sie auf dem Gewissen! Deine Gier, dein Hochmut, deine Lügen haben sie getötet!« Er legte den Kopf schief und betrachtete Johanns Gesicht, als studiere er seinen früheren Freund ein letztes Mal. »Übrigens hat sie noch in der Nacht gestanden, dass sie eine Hexe ist. Ich habe es selbst gehört. Sie meinte, der Schwarze Mann würde nun kommen und sie holen. Der Schwarze Mann ...« Valentins Stimme war nun ganz leise, als er weitersprach: »Bist du der Schwarze Mann, Faustus?«

Ganz plötzlich setzte sich der Karren in Bewegung. Vorne stand das Tor weit offen, und der Wagen rollte auf die Brücke zu, Valentins Gesicht wurde kleiner und kleiner.

»Bist du der Schwarze Mann, Faustus?«, rief ihm Valentin noch zu. »Sag, bist du es?«

»Sei still!«, schrie Johann. »Sei verflucht noch mal still!«

Endlich konnte er sich wieder rühren. Außer sich vor Wut und Trauer lief er dem Wagen nach, der über die Brücke rumpelte. Er wollte Valentins Gesicht zertrümmern, zermahlen wie unter einem Mühlstein, so lange darauf einschlagen, bis diese Lippen endlich verstummten. Erst jetzt merkte er, dass er noch immer Tonios Messer bei sich hatte. Nach der Bluttat hatte er es achtlos in die Tasche gesteckt. Nun zog er es wieder hervor. Er wollte Valentin zerstören, sich selbst, die ganze Welt.

»Bist du der Schwarze Mann, Faustus?«, rief Valentin ein weiteres Mal.

»Halt dein gottverdammtes Maul!« Johann hatte nun die Mitte der Brücke erreicht, unter ihm rauschte der Neckar. Er war so außer sich, dass er gar nicht merkte, dass ihm zwei der Torwachen gefolgt waren. Der Wagen vor ihm hatte angehalten, und auch von dort kamen zwei Büttel mit erhobenen Hellebarden auf ihn zu.

»Das ist der Kerl!«, rief einer von ihnen. Erst jetzt sah Johann, dass es sich um einen der Wachmänner handelte, der auch nachts in der Höhle dabei gewesen war. »Der Student des Teufels, der die Nonne verhext und den Kohlschreiber umgebracht hat. Ich erkenne ihn!«

Von beiden Seiten kamen jetzt die Wachen auf Johann zu. Er stand in der Mitte der Brücke, das Messer in der Hand, und hörte, wie Valentin lachte. Es war ein trauriges, verzweifeltes Lachen, das Lachen des einzigen wirklichen Freundes, den er je gehabt hatte. Nun hatte Johann alles verloren. Den Freund und Margarethe. Alles, wofür es sich gelohnt hatte zu leben.

Bist du der Schwarze Mann …?

Johann kletterte auf das Brückengeländer. Er steckte das

Messer weg, hob die Hände in den grauen Himmel und schloss die Augen. Eben als die Wachen nach ihm greifen wollten, sprang er.

Margarethe, ich komme!

Die Fluten des Neckars verschluckten ihn, doch der Herr hatte kein Erbarmen. Er ließ ihn wieder auftauchen und keuchend und spuckend nach einem Baumstamm greifen, der neben ihm im Wasser trieb. Langsam trudelte Johann den tiefen dunklen Wäldern westlich des Odenwalds entgegen. Das Letzte, was er aus Heidelberg hörte, war Valentins hysterisches Lachen.

Und bis zum Ende war er sich nicht sicher, ob es nicht Tonio del Moravia war, der dort lachte. Oder Signore Barbarese. Oder Gilles de Rais, der ihn aus dem Grab grüßte. Sie alle lachten über ihn.

Homo Deus est …

Der Pakt war besiegelt.

Fünfter Akt

Das Erwachen des Tiers

19

Warnheim im Hegau, Oktober 1510
Dreizehn Jahre später …

Auf dem Marktplatz schrie ein Mann und brannte.

Mit dicken Tauen war er an einen Pfahl gefesselt, bis zu den Knien hatten die Büttel die Scheite um ihn herum gestapelt, sie knisterten, prasselten und qualmten, während der Verurteilte um Erbarmen flehte – oder zumindest um einen schnellen Tod.

Schweigend betrachteten die meisten in der Menge das makabre Schauspiel, doch gab es auch nicht wenige, die lachten, grölten oder derbe Spottverse sangen. Über hundert Menschen hatten sich auf dem Warnheimer Marktplatz versammelt, einem mit Kot und Mist verdreckten Flecken, umstanden von schiefen Fachwerkhäusern und einer kleinen baufälligen Kirche. Der Großteil der Zuschauer waren Bauern in einfachen Kitteln und den für ihren Stand typischen Bundschuhen, bewaffnet mit Spießen, Forken und Knüppeln, aber auch einige Frauen und Kinder waren darunter. Sie alle sahen fasziniert zu, wie der Mann auf dem Scheiterhaufen vor Angst und Schmerzen brüllte, während seine Kleidungsstücke, seine Haut und Haare langsam zu kokeln begannen. Ein schwacher, leicht süßlicher Geruch von gebratenem Fleisch lag bereits in der Luft.

Er erinnerte Johann an den Eintopf, den er gestern erst in einem Wirtshaus gegessen hatte, an Schweinefleisch mit Bohnen und Speck.

Die Hutkrempe tief ins Gesicht gezogen, einen schmutzigen

Mantel übergeworfen, stand er in einer der vorderen Reihen und studierte aufmerksam die Flammen. Blau, gelb und rot züngelten und leckten sie über das Holz, das zuvor noch mit Öl übergossen worden war. Bislang reichte das Feuer nur etwa bis zu den Oberschenkeln des Mannes, trotzdem glaubte Johann zu erkennen, dass seine Gesichtshaut erste Blasen warf. Aufmerksam beugte er sich vor, wobei seine rechte Hand weiterhin auf dem kleinen Kastenwagen ruhte, den er mit viel Mühe bis nach vorne zum Scheiterhaufen geschoben hatte. Die Blasen waren ein interessantes Phänomen. Er vermutete, dass die Hitze in Wellen am Körper hochstieg und sich dort sogar noch verstärkte. Damals an der Heidelberger Universität, in einer längst verblassten Zeit, hatte er so etwas bei Archimedes gelesen. Oder war es Pythagoras gewesen?

Mittlerweile hatten die Haare des Verurteilten gänzlich Feuer gefangen, sein Schreien ging in ein unmenschliches Kreischen über. Noch bis vor wenigen Augenblicken war er ein hübscher Bursche mit weichen, fast weiblich anmutenden Augen und langen Wimpern gewesen. Nun war davon vermutlich nicht mehr viel übrig. Seine brennende Gestalt verschwand mehr und mehr hinter dem beißenden schwarzen Qualm, der mittlerweile den ganzen Marktplatz einhüllte.

Der Qualm …

Mit geübten Griffen entfernte Johann den Deckel, der vorne am Kastenwagen angebracht war. Leider hatte es zu lange gedauert, bis der Rauch dicht genug war. Schade, vielleicht hätte er sonst das Leben des jungen Mannes noch retten können. Aber so nützte der Qualm, den sein verkohlender Körper produzierte, wenigstens dem anderen Verurteilten.

Johanns Blick ging hinüber zu dem zweiten Scheiterhaufen, an dem ebenfalls ein junger Mann gefesselt an einem Pfahl hing. Mit vor Entsetzen geweiteten Augen hatte der Jüngling zugesehen, wie der erste Scheiterhaufen entzündet wurde und der Verurteilte qualvoll in den Flammen starb.

»Heilige Jungfrau Maria!«, stöhnte er jetzt so laut, dass es die Umstehenden hören konnten. »Hilf mir!«

Ein älterer Hegauer Bauer lachte und spuckte ins Feuer, wo der Speichel sogleich verdampfte. »Glaubst du wirklich, die Heilige Jungfrau hilft einem Sodomiten?«, krähte er. »Keiner kann dir jetzt mehr helfen, du Arschficker, nicht einmal der allmächtige Herrgott!«

Der Herrgott nicht, dachte Johann, *aber dafür jemand anderes. Der Antichrist …*

Das Kreischen und Brüllen des ersten Opfers war mittlerweile verstummt, in dem stinkenden Rauch war schemenhaft, wie eine verdrehte Puppe, ein noch schwach brennender, gänzlich schwarzer Körper auszumachen, der Mund zum letzten Schrei geöffnet. Eben ging einer der Bauern mit einer Fackel hinüber zum zweiten Scheiterhaufen.

»Fahr zur Hölle, Sodomit!«, brüllte er und hielt die Fackel an die mit Öl getränkten Scheite. »Und küss den Arsch des Teufels!«

In diesem Augenblick erschien der Teufel höchstpersönlich.

Er hatte Hörner, einen Bocksfuß und einen buschigen Schwanz, und sein Grinsen war so breit wie das eines Totenschädels. Überlebensgroß tanzte Satan im Rauch des ersten Scheiterhaufens, als wäre er geradewegs aus der Hölle auf den Warnheimer Marktplatz gefahren. Dass die Tore der Hölle weit offen standen, bewies auch das mächtige Krachen und Donnern, das nun plötzlich zu hören war. Außerdem stank es infernalisch nach Schwefel.

Die Menschen vorne in den vordersten Reihen sahen die wabernde Teufelsfratze als Erste, sie schrien und drängten zurück, wobei sie die weiter hinten Stehenden mit sich rissen. Wieder ertönte ein mächtiges Donnern, Funken regneten auf den Marktplatz herab.

»Der Teufel!«, schrie Johann und warf einen weiteren Beutel Schießpulver in die Flammen. »Der Teufel ist über uns gekommen. Flieht, ihr braven Bauern!«

Sein Rufen und das Schießpulver hatten die erwünschte Wirkung. Heulend und stöhnend wie ein großes furchtsames Tier wich die Menge zurück, einzig ein paar jüngere, wagemutige Kerle blieben stehen, die Spieße und Forken zitternd erhoben.

»Jetzt, Satan!«, flüsterte Johann.

Er pfiff auf zwei Fingern, und aus dem Unterbau des Karrens sprang eine große schwarze Dogge hervor. Im Rauch sah sie aus wie der Höllenhund Zerberus. Knurrend und mit gebleckten Zähnen näherte sich der kalbsgroße Hund den Bauern, die daraufhin das Weite suchten. Der ganze Platz versank im Chaos, Menschen schrien, heulten und rannten, einige wurden niedergetrampelt und blieben leblos liegen, andere warfen sich auf den Boden und beteten zu Gott und allen Heiligen. Wer konnte, flüchtete sich in die Gassen rund um den Marktplatz oder in eines der angrenzenden Häuser.

Nur Johann blieb ruhig stehen und betrachtete den Teufel, der zu ihm herabgrinste. Er war ihm nicht schlecht gelungen, wenn auch einige Pinselstriche zu dick aufgetragen waren. Außerdem hatte Satan eher Kuh- als Ziegenhörner, und der Bocksfuß sah aus wie ein verwischter Tintenklecks.

Ein satanisches Rindvieh, dachte er. *Mehr bekommst du nicht zustande. Was für eine jämmerliche Posse für einen Magister, einen Doktor gar!*

Johann seufzte. Es wurde wirklich Zeit, dass ein Talentierterer das Malen übernahm.

Er pfiff Satan zurück, dann ging er mit schnellen Schritten hinüber zu dem zweiten Scheiterhaufen, an dessen Pfahl immer noch entsetzt und am ganzen Leib zitternd der Jüngling lehnte. Er mochte etwa achtzehn Jahre alt sein, vielleicht auch zwanzig. Sein bartloses Gesicht war von Ruß geschwärzt, Beinlinge und Hemd zerrissen und an einigen Stellen angekokelt, doch ansonsten schien er unverletzt. Einer der Bauernführer hatte vorher noch seine Fackel auf die Scheite geworfen, glücklicherweise war bislang nur die rechte Seite des Holzstapels in Flammen aufgegangen.

Es würde jedoch nicht mehr lange dauern, bis der ganze Scheiterhaufen lichterloh brannte.

Johann zog sein Messer hervor und zerschnitt die Seile, die den Jüngling an den Pfahl fesselten. Sie bestanden aus mehrfach gewickeltem Hanf und waren zusätzlich mit Wasser getränkt, um nicht so schnell Feuer zu fangen.

Bebend und mit großen Augen starrte der junge Mann seinen Befreier an, der nun immer hektischer an dem Seil säbelte.

»Seid … seid … Ihr etwa der Teufel?«, hauchte der Jüngling.

»Nein, aber wenn wir uns nicht beeilen, wirst du ihn bald kennenlernen.«

Wenige Augenblicke später hatte Johann das Seil durchtrennt. Mit seinen Lederstiefeln trat er ein paar der brennenden Scheite zur Seite, dann packte er den Jüngling am Arm und zog ihn weg von der Feuerstelle, wo die Flammen nun immer höher schlugen. »Schnell, bevor das Lampenöl in der Laterna runtergebrannt ist!«

»Das … das … Lampenöl …? Aber …«

Beinahe willenlos ließ sich der Bursche mitschleifen. Noch waberte Rauch über den Platz, doch er wurde bereits schwächer. Auch der Teufel schien sich langsam in Luft aufzulösen.

Johann beugte sich über den Kastenwagen, zog ein paar Hebel, und der Teufel verschwand so plötzlich, wie er gekommen war. Mit einigen weiteren Handgriffen waren Glasplatte, Tubus und Laterne im Inneren des Kastens verstaut.

Dem jungen Mann blieb vor Staunen der Mund offen. »Das … das ist Zauberei …«, begann er.

»Keine Zeit für lange Erklärungen. Hier, zieh das über und

dann hilf mir, den Wagen wegzubringen! Alles Weitere später.«

Johann warf dem Jüngling einen dunklen, fleckigen Mantel mit Kapuze zu, den dieser schnell überzog. Nun sahen sie beide wie einfache Trödler aus, die sich mit ihren Mänteln gegen den Rauch schützten. Hastig schoben sie den schweren Kastenwagen über den Marktplatz, der mit fallen gelassenen Waffen, Fetzen von Kleidungsstücken und weggeworfenen Bündeln übersät war. Noch war der Platz bis auf ein paar Verletzte verlassen, doch schon trauten sich die ersten Neugierigen wieder hervor.

»Der Teufel ist verschwunden!«, rief einer von ihnen und sah hinüber zu dem brennenden Scheiterhaufen. »Und er hat den Sodomiten mit in die Hölle genommen!«

Johann lächelte schmal. »Gut so«, murmelte er. »Dann suchen sie uns nicht mehr hier im Diesseits.«

Zu zweit zerrten sie den Wagen durch die engen, schmutzigen Gassen unweit des Platzes; der große schwarze Hund folgte ihnen, wobei er die wenigen Menschen, die ihnen entgegenkamen, böse anknurrte. Keiner schöpfte Verdacht, alle waren viel zu sehr damit beschäftigt, einen Blick auf das Warnheimer Inferno zu werfen.

Nach einer Weile erreichten die beiden Fliehenden das Stadttor, das weit offen stand. Johann vermutete, dass sich die Wachen auf dem Marktplatz herumtrieben, wenn die Bauern und ihr verfluchter Haufen sie nicht vorher schon aufgespießt hatten. Ohne sich umzuschauen, hasteten sie weiter. In einem Wäldchen nicht weit vor den Stadtmauern stießen sie schließlich auf einen größeren Wagen, wie ihn Gaukler benutzten. Einige fremdartige Zeichen, darunter auch ein Pentagramm, waren mit roter Farbe auf die Bespannung gepinselt. Ein dürrer Schimmel graste, an einen Baum gebunden, friedlich in der Nähe. Als er die beiden Männer kommen sah, wieherte er freudig und scharrte mit den Hufen.

Bislang hatte der junge Mann geschwiegen, doch nun hielt er es nicht mehr aus.

»Was … was hat das alles zu bedeuten?«, begann er. »Warum habt Ihr mich vor den Bauern gerettet? Wer seid Ihr?«

»Du wirst in Kürze alles erfahren«, unterbrach ihn Johann. »Jetzt hilf mir erst mal, das Pferd anzuschirren und die Laterna magica hinten einzuladen.«

Der Jüngling runzelte die Stirn. »Die Laterna …?«

»Himmelherrgott, nun halt endlich deinen plappernden Mund, oder ich serviere dich Satan zum Frühstück!«

Die schwarze Dogge bleckte knurrend die Zähne, und der junge Mann beeilte sich, mit Johann den Kasten vom Karren zu heben und im Inneren des Wagens zu verstauen. Für einen kurzen Augenblick erblickte er weitere Kisten und Truhen. Getrocknete Kräuter hingen von der Decke, es roch intensiv nach Branntwein und etwas Harzigem.

»Komm mit nach vorne«, befahl Johann, nachdem er das Pferd angeschirrt hatte. »Während der Fahrt kannst du meinetwegen deine Fragen stellen.«

Sie bestiegen den Kutschbock. »Hü! Lauf, du alte Mähre!« Johann knallte mit den Zügeln, und der Schimmel setzte sich in Bewegung. Quietschend und rumpelnd ließ der Wagen den Wald und das kleine Städtchen Warnheim hinter sich, wo die Menschen noch immer vergeblich das Tor zur Hölle suchten.

Hinter den Mauern stieg schwarzer Rauch auf.

»Jetzt kannst du reden, wenn du möchtest«, sagte Johann nach einer Weile. »Und danke bloß nicht dem Herrgott! Der hat mit deiner Rettung wirklich rein gar nichts zu tun. Wenn, dann schon eher der Teufel.«

Aus dem Augenwinkel konnte er sehen, dass ihn der junge Mann schon seit einer ganzen Weile verstohlen musterte. In seinem Blick lag Angst und grenzenlose Erleichterung zugleich. Johann lächelte und hoffte, dass der Bursche unter der tief ins Gesicht gezogenen Hutkrempe sein Grinsen nicht bemerkte.

Er wusste, dass er auf andere Menschen oft eine unheimliche Wirkung hatte. Obwohl er erst Anfang dreißig zählte, wirkte er viel älter. Sein Gesicht war schmal, beinahe ausgezehrt, die Augen leuchteten schwarz und geheimnisvoll. Das rabenschwarze Haar trug er lang bis auf die Schultern und dazu einen ebenso schwarzen Schlapphut. Der Spitzbart war sorgfältig gepflegt und mit Bienenwachs verstärkt, sein Umhang, den er unter dem fleckigen Mantel trug und der erst jetzt zum Vorschein kam, war aus schwarzer Seide gefertigt und mit blauen Punkten gesprenkelt, ein Muster wie Sterne an einem nachtschwarzen Himmel. Mit einer gewissen Befriedigung dachte Johann daran, dass er erst kürzlich ein Bild von sich gesehen hatte, das sowohl Bart wie auch Umhang ziemlich naturgetreu wiedergab. Ein Spielmann hatte in Freiburg Knittelverse über ihn gesungen und dabei etliche bemalte Leinwände in die Höhe gehalten. Kurz hatte er überlegt, den Jahrmarktsschreier als Glasmaler anzuheuern. Doch der Kerl war schon recht alt und machte nicht unbedingt den hellsten Eindruck. Außerdem konnte er sicher nicht Schach spielen.

Johann legte den schmutzigen Mantel ab und schnalzte mit den Zügeln. »Nun lauf schon, verdammter Klepper«, knurrte er. »Sonst verwandle ich dich in eine Feldmaus und verfüttere dich an Satan. Wärst nicht das erste faule Pferd, das in seinem Rachen landet.«

Der junge Mann neben ihm schien ihn nun endlich zu erkennen. Er hob die Augenbrauen und gab einen Laut des Erstaunens von sich.

»Ihr … Ihr seid der berühmte Doktor Faustus!«, rief er. »Der Hut, der Spitzbart, der Sternenmantel … Bei meiner Treu, es gibt Euch also wirklich!«

»Warum sollte es mich nicht geben?«, erwiderte Johann achselzuckend, während er den Schimmel zu noch mehr Eile anspornte. Man konnte nie wissen, wie lange seine Possen unentdeckt blieben. Vielleicht war ja schon eine Meute dieses jähzornigen Hegauer Bauernhaufens hinter ihnen her. Der Hegau galt als nicht sonderlich sicher für Reisende, vor allem nicht für solche, die mit Schwefel, Schwarzpulver und Gaukeleien brave Bürger an der Nase herumführten.

»Nun, es existieren so viele Geschichten über Euch, dass man nicht weiß, was wahr ist und was erfunden.« Der Jüngling lachte leise. »Diese Wette in Leipzig zum Beispiel.«

»Was war in Leipzig?«

»Ihr habt Euch auf ein Fass Wein gesetzt und seid darauf die Kellertreppe hinauf bis in die Wirtsstube geflogen. Der Wirt musste Euch das Fass überlassen, das ihr mit Studenten dann ausgesoffen habt.«

»Auf ein Fass gesetzt?« Johann grinste. »Ich wäre wohl eher zur Tür hinausgeflogen, als mit ein paar rotnasigen Jungspunden zu zechen. Was weißt du noch von mir?«

»In Köln habt Ihr einen Weinstock aus einem Tisch wachsen lassen. Und in Erfurt habt Ihr zwei rote Hähne und einen Strohhalm in zwei Ochsen und ein Fuder Heu verwandelt. Es heißt, Ihr seid ein berühmter Schwarzmagier und Nekromant, ein Astrologe und Alchemist. Ich weiß gar nicht, in wie vielen Wirtsstuben ich schon von Euren Abenteuern gehört habe!« Der Jüngling musterte ihn furchtsam. »Manche behaupten sogar, Ihr wärt mit dem Teufel im Bunde.«

»Und? Bin ich das nicht?« Johann schlug die Krempe zurück und blickte sein Gegenüber düster und mit stechenden Augen an. Als der junge Mann zusammenzuckte, lachte er laut auf. »Man ist immer der, den die Leute in einem sehen wollen, nicht wahr? Von dem, was man über mich erzählt, stimmt höchstens die Hälfte. Aber ich sage dir nicht, welche.« Er zwinkerte. Es war wirklich erstaunlich, was für einen Ruf er sich in den letzten gut zehn Jahren auf seinen Reisen erarbeitet hatte. Doch plötzlich wurde er wieder ernst.

»Du heißt Wagner, mein Junge, richtig?«

»Äh, ja.« Der junge Mann nickte, ganz offensichtlich verblüfft, dass Johann seinen Namen kannte. »Wagner. Ich … ich heiße Karl Wagner. Student aus Leipzig und fahrender Scholast. Ich weiß gar nicht, wie ich Euch danken soll, dass Ihr mich gerettet habt! Auch wenn ich noch nicht ganz verstehe, wie meine Rettung vonstattenging.« Er räusperte sich und senkte die Stimme. »War da etwa Magie im Spiel? Hexenwerk?«

Johann winkte ab. »Keine Magie, bloße Technik. Ich werde es dir heute Abend demonstrieren.« Er bleckte die Zähne, und für einen kurzen Moment zeigte sein Antlitz einen spöttischen, fast teuflischen Zug.

»Und im Gegensatz zu dir weiß ich bereits, wie du mir danken kannst. Nichts im Leben ist umsonst, mein Junge.«

Gegen Abend erreichten sie einen dichten Buchenwald, dessen Blätter rot und gelb im letzten Herbstlicht leuchteten. Im Süden erhob sich mächtig der Bergfels Hohentwiel mit seiner Burg; der große Bodensee war nicht mehr weit und schickte Nebel über die Wälder. Gemeinsam führten sie das Pferd mit dem Wagen weg von der Straße, bis sie einen von mannshohen, moosbewachsenen Steinen umsäumten Hain erreichten.

»Hier sollten wir erst mal sicher sein«, sagte Johann und gab dem Schimmel aus einem Beutel Hafer zu fressen. »Das abergläubische Bauernpack meidet diesen Ort. Sie glauben, dass es hier spukt.«

»Ihr wart schon öfter hier?«, fragte Karl Wagner.

»Sagen wir, ich bin in den letzten Jahren ziemlich herumgekommen. Und jetzt red nicht lang, sondern such trockenes Holz, wir wollen ein Feuer machen und etwas essen.«

Während Wagner nach Reisig und trockenen Ästen Ausschau hielt, sah Johann sich vorsichtig um. Er war froh, dass

Satan am Rande des Hains Wache hielt. Beim geringsten Geräusch würde die Dogge anschlagen und ihren Herrn mit Zähnen und Klauen verteidigen. Es war erst wenige Jahre her, dass im Hegau der Krieg gewütet hatte. Die Schweizerische Eidgenossenschaft hatte sich gegen den Kaiser und den Schwäbischen Bund erhoben, seitdem galt das Wort des Kaisers hier nicht mehr viel. Die Ritterschaft, jahrhundertelang die Stütze des Reichs, verarmte zunehmend; um auf ihre Kosten zu kommen, zogen viele Ritter raubend und mordend durch die Lande, auch hier im Hegau. Daran hatte auch der Ewige Landfrieden nichts geändert, den Kaiser Maximilian versprochen hatte. Den Bauern ging es ebenfalls immer schlechter, etliche von ihnen waren bereits in die Wälder gegangen, wo sie sich zu gesetzlosen Banden zusammengeschlossen hatten. Die Städte hingegen erblühten, Kaufleute und Patrizier fuhren prächtige Profite ein. Alles war derzeit im Wandel ...

»Ich denke, das reicht an Holz. Was meint Ihr?«

Wagners Stimme riss ihn aus seinen Grübeleien. Der Student stand vor ihm, die Arme voll mit trockenem Holz. »Ist alles in Ordnung mit Euch?«, fragte Wagner besorgt.

»Doch, doch.« Johann schüttelte sich. »Leg das Holz hier ab.«

Wagner entzündete ein kleines flackerndes Feuer, und gemeinsam bereiteten sie sich ein Mahl aus Dörrfleisch, Karotten und wilden Kräutern. Satan bekam einen Knochen, an dem er, unter den Wagen verkrochen, nagte. Nur seine roten, fast glühenden Augen waren im Dunkeln zu sehen.

»Warum habt Ihr ihn Satan genannt?«, fragte Wagner unvermittelt.

»Den Hund?« Johann warf der Dogge einen Kaninchenknochen zu, den sie krachend zermalmte. »Wie gesagt, man ist immer der, den die Leute in einem sehen wollen. Ich bin allein unterwegs, ohne bezahlte Landsknechte oder anderen

Schutz. Wenn ich Satan rufe, glauben die Leute, ich wäre tatsächlich mit dem Teufel im Bunde und lassen mich in Ruhe.« Er zuckte mit den Schultern. »Wobei ich gestehen muss, dass der Trick vermutlich nicht funktionieren würde, wenn Satan nur ein drolliger Pudel wäre.«

Während sie aßen, betrachtete Johann Karl Wagner. Er war hübsch anzusehen, die Mädchen mochten ihn sicherlich. Und der Bursche schien nicht dumm zu sein, vielleicht ein wenig naiv, aber er war ja noch jung.

»Kannst du Schach spielen?«, fragte Johann unvermittelt.

Wagner sah verdutzt von seiner Schüssel auf. »Schach?«

»Ich spiele nach den neuen Regeln, die Luis Ramirez Lucena in seinem Schachbuch festgehalten hat. Das Buch enthält einige interessante Eröffnungen und Züge, darunter das erstickte Matt und die Lucena-Stellung. Kennst du die Lucena-Stellung?«

»Äh, leider nein. Ich habe früher ein paarmal Schach gespielt, aber ich fürchte, ich bin nicht sehr gut darin.«

»Ich werde es dir beibringen«, erwiderte Johann und bemühte sich, seine Enttäuschung zu verbergen. Doch noch immer hoffte er, dass er den Richtigen ausgewählt hatte.

»Willst du wissen, warum ich dich gerettet habe?«, fragte er nach einer Weile.

Wagner nickte.

»Ich will dir etwas zeigen. Warte hier.« Er ging hinter den Wagen und holte von dort die Laterna magica. Seit dem ersten Apparat, den er damals mit Valentin in Heidelberg gebaut hatte, hatte er einige Verbesserungen vorgenommen. Der Kasten war mittlerweile aus Kupfer gefertigt und besaß vorne ein Rohr, in das die Linsen eingesetzt waren, sowie ein weiteres Rohr zum Abzug des Rauches. Außerdem gab es neuerdings einen noch größeren Hohlspiegel, der das Licht besser reflektierte.

Johann richtete das vordere Rohr gegen die Seitenwand des

Wagens, öffnete rechts am Apparat eine Klappe und entzündete mit einem glühenden Zweig die Lampe dahinter. Sofort erschien ein heller kreisrunder Fleck auf der Wagenwand.

»Pass jetzt gut auf«, sagte Johann.

Er entschied sich für das Bild mit der Weißen Frau, es zeigte eigentlich immer die beabsichtigte Wirkung. Mit geübten Handgriffen öffnete er einen kleinen Behälter mit Glasscheiben, nahm eine davon heraus und schob sie in den Schlitz seitlich an der Laterna magica.

Anstelle des Flecks waberte nun eine weiße, geisterhafte Frau über die Wand des Wagens.

»Mein Gott!«, hauchte Wagner. Er ließ seinen Teller mit dem Eintopf fallen. »Was … was ist das?«

»Ich finde, sie ist mir nicht sonderlich gut gelungen«, sagte Johann achselzuckend. »Das weiße Kleid sieht aus wie ein Bettlaken, und ihre Augen wirken nicht sehr echt. Auch der Teufel heute in Warnheim war im Grunde eine jämmerliche Gestalt. Mehr Rindvieh als Fliegengott.«

»Das … das heißt, Ihr schiebt Glasplatten in diesen Apparat, und dann erscheinen diese … diese Gestalten?«, fragte Wagner atemlos. »So habt Ihr die Warnheimer Bauern getäuscht?«

Johann winkte ab. »Wie es genau funktioniert, erkläre ich dir ein andermal. Jetzt ist nur wichtig, dass du begreifst, dass es sich nicht um schwarze Magie handelt, sondern um reine Technik. Die Laterna magica ist mein wichtigstes Instrument. Ich verkaufe Theriak, lese aus der Hand, verscherble Horoskope, doch das tun viele andere auch. Meinen Ruf verdanke ich neben meiner Klugheit und meinem Wissen hauptsächlich der Laterna.« Er seufzte. »Aber ich bin nicht glücklich mit den Bildern. Sagen wir, ich habe andere Begabungen als die Malerei.« Johann löschte das Licht, und die Weiße Frau verschwand. »Und hier kommst du ins Spiel. Ich habe dich in Leipzig gesehen, vielmehr deine Bilder.«

Wagner sah ihn staunend an. »Ihr … Ihr wart in Leipzig an der Universität?«

»Ich war in den letzten zehn Jahren an vielen Universitäten, manchmal als Gastdozent, wenn der Rektor meinen Dokumenten Glauben schenkte, aber meist als wissbegieriger Gast. Es gibt noch so viel zu lernen.« Johann wischte sich das Fett von den Lippen. »In Leipzig habe ich deine anatomischen Skizzen gesehen, die du für die medizinischen Vorlesungen von Doktor Joventis angefertigt hast. Sie haben mir sehr gut gefallen. Sie …« Er zögerte. »Sie erinnerten mich an jemanden von früher, der auch gut zeichnen konnte. Einen guten Freund. Der beste und einzige, den ich je hatte«, fügte er nach einer Weile hinzu.

»Habt Dank.« Karl Wagner starrte nachdenklich in die Dunkelheit, leise knackten die Scheite im Feuer.

»Mein Vater ist ein bekannter Chirurgus in Leipzig«, sagte der junge Mann nach einer Weile. »Er wollte, dass ich an die Universität gehe und Medizin studiere wie er. Doch eigentlich will ich Maler werden, so wie Albrecht Dürer oder Leonardo da Vinci. Kennt Ihr ihn?«

»Es ist eine Sünde, sich mit Leonardo da Vinci zu vergleichen«, entgegnete Johann ruppig. »Einen wie ihn gibt es nur alle tausend Jahre. Und im Gegensatz zu dir faulem Schmierfink war er in allen Bereichen brillant, vermutlich hätte er auch in der Medizin oder der Jurisprudenz seinen Doktor geschafft. Du aber hast dein Studium abgebrochen.«

Wagner stutzte. »Ihr wisst davon? Aber …«

»Im Grunde wollte ich dich schon in Leipzig ansprechen. Aber dann bist du Hals über Kopf geflohen. Sehr ärgerlich …«

»Es … es gab einige, äh … Schwierigkeiten an der Universität, die mich veranlassten, von Leipzig wegzugehen.«

»Ich denke, ich weiß, was das für Schwierigkeiten waren. Und zwar die gleichen, die dich in Warnheim auf den Scheiterhaufen gebracht haben. Es sind Schwierigkeiten auf zwei Beinen mit einem prallen Gehänge dazwischen.«

Wagner wurde rot und sah zu Boden. »Ich … ich weiß nicht, wovon Ihr sprecht …«

»Du bist ein Sodomit, Karl Wagner. Einer, der sich mit Männern einlässt. Mir persönlich ist das egal, doch das Gesetz sieht dafür nun mal den Feuertod vor. In Leipzig bist du der Strafe um ein Haar entronnen. Aber in Warnheim hast du dich erneut mit einem hübschen jungen Burschen eingelassen …«

»Es war rein platonisch!«, warf Wagner erregt ein.

»Ein Begriff, den dieser ungebildete Bauernhaufen vermutlich nicht kennt.« Johann pulte einen Rest Fleisch zwischen den Zähnen hervor. »Was für eine Dummheit, sich gerade im aufrührerischen Hegau mit einem Mann im Heu erwischen zu lassen. Du kannst von Glück sagen, dass ich dir gefolgt bin. Deinen jungen Gespielen konnte ich nicht mehr retten, aber wenigstens dich.«

Wagner ließ den Kopf hängen, Tränen liefen ihm über die Wangen. »Wir … wir kannten uns erst einige Stunden. In einer Warnheimer Wirtsstube trafen sich unsere Blicke, und ein Feuer erfasste mich. Dabei wusste ich noch nicht mal seinen Namen. Ich … ich weiß, es ist widernatürlich, ich habe so oft versucht, dagegen anzukämpfen, doch der Teufel fährt jedes Mal von Neuem in mich.«

»Lass den Teufel aus dem Spiel. Der hat Wichtigeres zu tun, als in kleine Sodomiten zu fahren. Dein Studium kannst du jedenfalls vergessen. Für immer. Glaube nicht, ich wüsste nicht, was das bedeutet.« Zum ersten Mal blickte Johann fast mitfühlend drein, doch sofort verschwand diese Regung wieder aus seinem Gesicht.

»Zumindest weiß ich, was du stattdessen tun kannst: mit mir ziehen und für mich Glasbilder malen. Der Bedarf ist erstaunlich. Jede Stadt hat ihren eigenen Schutzheiligen, und auf dem Land gibt es jede Menge Naturgeister, Erdkobolde und Unholde, die beschworen werden können. Ein paar Tiere wären auch nicht schlecht, die Leute mögen Tiere, besonders Katzen. Katzen sind immer gut.«

Karl Wagner starrte Johann an, als wäre dieser soeben selbst einer Laterna magica entsprungen. »Ich … ich soll mit Euch durch die Lande ziehen und Glasbilder malen?«

»Nun, nicht nur das.« Johann zuckte mit den Schultern. »Da sind natürlich auch noch andere Dinge zu tun. Der Theriak muss gebraut, Anschläge müssen geschrieben, Veranstaltungen ausgerufen werden …« Er überlegte. »Du spielst nicht zufällig ein Instrument? Die Sackpfeife zum Beispiel?«

Wagner schüttelte schweigend den Kopf.

»Macht nichts, ich kann das Instrument ohnehin nicht leiden. Für die Glasmalereien zahle ich dir einen Gulden pro Bild, Kost und Logis ist frei.« Johann hielt ihm die Hand hin. »Also schlag schon ein.«

»Ich weiß nicht …« Endlich hatte Wagner die Sprache wiedergefunden. »Als ich sagte, ich wollte Maler werden, hatte ich mir eigentlich etwas anderes vorgestellt. Euer Angebot in allen Ehren, aber …«

»Ich fürchte, du hast keine Wahl.« Johann griff in einen Beutel neben sich und zog einen Stapel Dokumente hervor. »Du weißt, was das ist?«

Wagner erbleichte.

»Ich habe diesen Packen in den Sachen gefunden, die du heute früh leider im Wirtshaus zurücklassen musstest. Ich muss sagen, es sind wirklich anrührende Liebesbriefe, wenn auch ein wenig zu blumig im Stil. Ein Andenken an deine Liebschaft in Leipzig, nehme ich an?« Als Wagner nicht antwortete, fuhr Johann fort: »Du kannst dir aussuchen, ob ich die Briefe zuerst an deinen Vater schicke oder an die Leipziger Behörden. Beide werden sicherlich hocherfreut sein.«

»Das … das ist Erpressung«, krächzte Wagner.

»Nenn es, wie du willst.« Johann zwinkerte ihm zu. »Spätestens in ein paar Wochen wirst du froh sein, mein Angebot angenommen zu haben. Was gibt es Aufregenderes, als mit dem berühmtesten Magier des Reiches durch die deutschen Lande zu ziehen!« Er steckte den Packen weg und hielt Wagner erneut die Hand hin. Diesmal griff der Student zu. Johanns Griff war so fest, dass Wagner schmerzverzerrt zusammenzuckte.

»Willkommen im Land von Trug und Schein«, sagte Johann und grinste. »Und glaube mir, du wirst viel von mir lernen.«

* * *

Es dauerte lange, bis Karl Wagner endlich eingeschlafen war, und auch danach hörte ihn Johann des Öfteren stöhnen und leise aufschreien. Vermutlich brannte der junge Student eben neben seinem Buhlen auf dem Scheiterhaufen. Es tat Johann leid, dass er Wagners Gespielen nicht hatte retten können. Andererseits, auf diese Weise hatte er den jungen Mann wenigstens für sich allein. Wer weiß, wie Wagner sonst auf sein Angebot reagiert hätte.

Auch Johann selbst fand keine Ruhe. Er lag auf dem Rücken und starrte hinauf zu den Sternen, die noch die gleichen waren wie vor über dreißig Jahren, am Tag seiner Geburt. Jene Sterne, die ihm einst eine große Zukunft verheißen hatten.

Geboren als Glückskind, so waren die Worte seiner Mutter gewesen, *als Faustus ...*

Johann lachte lautlos; die Sterne, so schien es, trieben manch bösen Spott.

In den dreizehn Jahren seit seinem Sprung in den Neckar hatte er wahrlich viel erreicht, nur glücklich war er nicht geworden. Er hatte sich mehr tot als lebendig ans Ufer gerettet. Die darauffolgenden zwei Wochen hatte ihn ein Fieber geschüttelt, in seinen Träumen waren ihm Margarethe und Valentin erschienen und hatten mit dem Finger auf ihn gedeutet.

Du bist der Teufel, riefen sie immer wieder. *Du bist der Teufel!*

Und sie hatten ja recht. Die einzige Liebe seines Lebens und den besten Freund – beide hatte er auf dem Gewissen. Wegen ihm hatte sich Margarethe erhängt, und Valentin war in Worms vermutlich auf dem Scheiterhaufen gestorben; hinzu kam noch der Mord an Jakob Kohlschreiber, Margarethes Mann. Johann erinnerte sich, wie viel Lust es ihm bereitet hatte, den versoffenen Winzer zu töten. Wer war er in diesem Augenblick gewesen? Er selbst? Oder ein Teufel in Menschengestalt? Auf alle Fälle konnte er gut verstehen, dass die Leute Angst vor ihm hatten. Er hatte Schuld auf sich geladen, eine Schuld, die ihn nachts schreiend aufwachen ließ, die ihn plagte wie tausend glühende Zangen, und bis heute wusste er nicht, wie er sie jemals abtragen sollte.

Eine gütige alte Bäuerin hatte ihn damals aufgepäppelt, sie hatte für ihn gebetet, nicht wissend, dass alles Beten sinnlos war. Nachdem er vom Fieber genesen war, blieb eine leere Hülle zurück, äußerlich ein Mensch, doch ohne Ziel, ohne Freude, ohne einen Grund, noch weiterzuleben.

Im Graben einer Landstraße fand er schließlich einen Wurf Welpen, von dem nur noch einer am Leben war. Der Hund war schwarz wie seine Seele, und er nahm sich seiner an. Im Grunde war es Satan gewesen, der ihm geholfen hatte, wieder zu Bewusstsein zu kommen. Er hatte sich um das Tier gekümmert, damit er sich nicht mehr um andere Menschen kümmern musste, damit er keinen mehr mit sich in die Tiefe riss. Gemeinsam, Mann und Hund, zogen sie den Neckar entlang, auf den Rhein zu, und dann in die Länder im Westen, immer weiter. Satan wuchs heran, und mit ihm wuchs auch Johann.

Johann ...

Ein Name, der ihm jetzt so weit weg erschien wie die Sterne, dabei waren seit damals erst dreizehn Sommer vergangen.

Er fing mit den einfachen Gaukeleien an, die er bei Tonio gelernt hatte. Mit Kartentricks, dem Jonglieren von Bällen und Verschwindenlassen von Münzen, auch das Hütchenspiel und das Ei im Tuch gehörten wieder zu seinem Repertoire. Bald hatte er genug Geld gespart für einen Wagen, ein Pferd und gelegentlich eine warme Unterkunft in den Herbergen entlang der Reichsstraße, die ihn durch das Land trug wie ein großer, breiter Strom. Der Theriak, billig gepanschter Fusel mit angeblichen Zauberkräften, machte ihn schließlich einigermaßen vermögend. Er erwarb die einzelnen Teile, die er für die Laterna magica benötigte, und baute sie zusammen, er las aus Händen, versprach in seinen Horoskopen den Menschen eine große Zukunft und nannte sich Magister und Doktor. Alle glaubten ihm, sogar an den Universitäten, seine Klugheit, seine Redegabe und sein Wissen taten ein Übriges.

Und so wurde aus dem jungen Johann Faustus, dem wegen Hexerei und Mordes gesuchten Heidelberger Studenten, nach und nach der berühmte Doktor Johann Georg Faustus.

Eine lebende Legende.

Aus Trotz und Hohn hatte er den Namen behalten, mit dem er sich an der Heidelberger Universität eingeschrieben und mit dem ihn die Mutter einst liebkost hatte. Er selbst nannte sich Faust, kein Glücklicher, sondern nur noch Faust – wie ein Hieb ins Gesicht aller Einfältigen, Abergläubischen und Engstirnigen. Johann lächelte. Es hatte eben auch sein Gutes, dass im Deutschen Reich jede Grafschaft, jedes Bistum, jedes Herzogtum sein eigenes Süppchen kochte. Keiner schien den Zusammenhang zu bemerken zwischen dem einstigen Mörder aus Heidelberg und dem berühmten Doktor.

Bis jetzt jedenfalls.

Neben ihm stöhnte Karl Wagner erneut auf, doch nun lag

ein Lächeln auf den Lippen des Studenten. Johann vermutete, dass er nun von besseren Tagen mit seinem Gespielen träumte, so wie auch er selbst oft von der Liebe seines Lebens träumte.

Margarethe ...

Es gab keinen Tag, an dem Johann nicht an sie dachte. An ihre blauen Augen, an die strohblonden Haare und an ihr Lachen, das ihn damals auf jener Lichtung bei Nördlingen gerettet hatte.

Margarethe ...

Ein Käuzchen schrie, und Johann schreckte von seinem Nachtlager auf. Im Mondlicht sah er Nebelschwaden, die um die Felsen waberten. Vermutlich war dieser Platz einst eine Opferstätte gewesen, so wie jene bei Nördlingen, wo er den schwarzen Trank getrunken und Tonio del Moravia eben noch entronnen war. Seitdem hatte er nie wieder etwas von dem Zauberer gehört. Weder von ihm noch von Gilles de Rais, jenem verrückten französischen Marschall, der nun seit über hundert Jahren tot war.

Johann hoffte, dass dies auch so blieb.

Mit diesem Gedanken schlief er endlich ein.

* * *

Am nächsten Morgen war Johann schon vor Sonnenaufgang auf den Beinen. Er schlief nie viel, ein paar Stunden reichten ihm. Schlaf war gefährlich, da kamen oft die Träume zurück, also versuchte er, so gut es ging, den Nachtschlaf zu vermeiden. Karl Wagner schien diese Probleme nicht zu haben, er schnarchte und rekelte sich unter seiner Felldecke. Am Feuerplatz stieg noch immer eine dünne Säule Rauch auf. Von den Blättern in den Bäumen tropfte der Tau, der Herbst hauchte seinen feuchten Atem durchs Land.

Leise pfiff Johann Satan herbei und gab ihm den Rest des

Eintopfs. Während die Dogge schlabbernd über die Fleischreste herfiel, betrachtete Johann sie lächelnd, fast wie ein Kind, dem man beim Spielen zusieht. Satan war ihm ans Herz gewachsen, weit mehr als jeder Mensch, den er in den letzten Jahren getroffen hatte; ein treuer Begleiter seit dem Anfang seiner endlosen Reise durch das Heilige Römische Reich Deutscher Nation, wie das Land neuerdings hieß. Inzwischen war der Hund nicht mehr der Jüngste, hinter den Ohren und an den Tatzen wurde sein pechschwarzes Fell langsam grau, auch lief er nicht mehr so schnell wie früher. Seit einigen Wochen hinkte er zudem leicht. Doch noch immer verschaffte er Johann den Respekt, den er benötigte, wenn er ohne Begleitung und ohne teure bewaffnete Söldner durchs Land zog. Das Reich war nicht sicher, nirgends, überall lauerten Gefahren, nicht nur in den Wäldern. Außerhalb der Städte gab es keine Gesetze, keine Ordnungshüter, jeder musste selbst sehen, wie er zurechtkam.

Satan leckte sich die Lefzen und sah seinen Herrn aus blutunterlaufenen Augen an, wohl in der Hoffnung, noch mehr Fleischreste abzubekommen. Johann streichelte ihn hinter den Ohren.

»Braves Tier«, brummte er. »Bist doch mein Bester.« Er sah hinüber zu Wagner. »Na, mal sehen, wie wir mit unserem neuen jungen Freund zurechtkommen. Du magst ihn nicht sonderlich, hm? Bist wohl eifersüchtig.« Satan knurrte, und Johann lachte leise.

Als er in Leipzig Karl Wagners Zeichnungen gesehen hatte, war ihm ein Schauder über den Rücken gekrochen. Die Bilder ließen ihn sofort an Valentin in Heidelberg denken, also hatte er den Studenten weiter beobachtet. Wagners leicht tollpatschige und gleichzeitig hoffärtige Art hatten Erinnerungen in Johann geweckt. Er hatte sich selbst gesehen, wie er als Student in Heidelberg gewesen war. Und beinahe hätte er Karl Wagner auf die gleiche Weise verloren wie damals Margarethe und Valentin, er war gerade noch rechtzeitig gekommen. Auf dem Warnheimer Marktplatz hatte er sich geschworen: Nicht noch einmal sollte ein Student als Ketzer brennen, er würde Karl aufnehmen und sich um ihn kümmern.

Wenn er jedoch ehrlich war, tat er es nicht aus christlicher Nächstenliebe und auch nicht, weil er unbedingt Glasbilder für die Laterna magica brauchte. Die hätte er auch bei einem Maler in einer der großen Städte bekommen.

Nein, er tat es, weil er die Einsamkeit nicht mehr aushielt.

Trotz seiner Berühmtheit, trotz aller Freiheit und dem vielen Wissen, das er in den letzten Jahren angehäuft hatte, war Johann nicht glücklich. Er hatte verlernt zu lieben, denn seine Liebe, so schien es, brachte den Menschen Unglück. Zwar liebte er einen Hund, aber der taugte nicht zum Schachspielen. Daher wollte er es mit diesem jungen Karl Wagner versuchen, auch um die Schuld zu sühnen, die er noch immer wegen Valentins Tod empfand.

Johann hoffte inständig, dass Wagner nicht der Nächste war, der an seiner Seite ins Verderben lief.

Ein flatterndes Geräusch ließ ihn zusammenzucken. Er blickte nach oben und entdeckte im Geäst einer nahen Buche eine Krähe, die auf ihn herunterstarrte.

»Hau ab, verfluchtes Vieh!« Laut schimpfend nahm Johann einen Stein und warf ihn auf die Krähe. Mit einem fast höhnischen Krächzen entfernte sie sich, nur um sich weiter weg wieder auf einen Ast zu setzen und ihn weiterhin anzustarren. Seit der Zeit mit Tonio hasste Johann Krähen und Raben. Vielleicht hatte er gerade deshalb den Eindruck, dass sie ihn ständig beobachteten, seit Jahren schon. Diese Vögel waren überall, in den Bergen, in den Ebenen, in den Weilern, Dörfern und Städten. Sie kreisten über ihm am Himmel, saßen auf Dächern, auf Brunnenrändern und Kirchtürmen.

Manchmal erschien es Johann, als wären es immer die

gleichen drei Vögel. Zwei Krähen und ein alter Rabe mit abgewetztem, schartigen Schnabel.

»Kraah!«, rief die Krähe. »Krah, kraaah!« Johann warf einen weiteren Stein, der nicht traf, dann gab er seufzend auf.

Von dem Lärm war Karl Wagner endlich wach geworden. Der Student rieb sich die Augen und sah sich um. Offenbar brauchte er eine Weile, um zu begreifen, wo er war und was gestern geschehen war. Die Kratzer und kleinen Wunden, die er sich bei der Festnahme zugezogen hatte, würden nach und nach verheilen; was den Schrecken anging, war sich Johann nicht so sicher. Karl Wagner war dem Tod so nahe gewesen, wie man nur sein konnte.

Mit einem aufmunternden Nicken warf er dem jungen Mann einen Kanten Brot zu.

»Hier, iss das«, sagte er. »Wir brechen schon bald auf.«

»Warum so früh?«, fragte Wagner gähnend. Er war blass, Ringe lagen unter seinen Augen, ein schorfiger Kratzer zog sich quer über die Stirn. Doch selbst in diesem Zustand sah er anziehend aus – für Männer ebenso wie für Frauen.

Ich werde auf ihn aufpassen müssen, dachte Johann. *Besser, als ich auf Martin, Margarethe, Valentin und die anderen aufgepasst habe.*

»Weil die Gegend nach wie vor nicht sicher ist«, entgegnete er. »Gut möglich, dass uns die Warnheimer Bauern immer noch suchen. Und noch einmal kann ich dich nicht vom Scheiterhaufen herunterholen.«

»Wo wollt Ihr hin?«, wollte Wagner wissen.

»Norden, Osten, Süden, Westen … Ich bin überall zu Hause.« Johann zuckte die Achseln. »Aber ich denke, wir fahren nach Norden. Im Süden des Reichs herrscht zu viel Unruhe. Schwaben, Bayern, die Schweiz … Der Krieg scheint diese Länder zu lieben.« Er grinste. »Und ich habe noch nie die Nordsee gesehen. Das kalte Meer, das an die Ufer peitscht …«

»Die … die Nordsee?« Wagner war mit einem Schlag hellwach. »Aber das ist verdammt weit! Wir werden viele Monate …«

»Wir haben alle Zeit der Welt«, unterbrach ihn Johann. »Hast du schon vergessen? Du ziehst mit mir, egal wohin! Sonst schicke ich den nächsten Postreiter mit einem Packen Briefe nach Leipzig. Dein altes Leben liegt hinter dir.« Er ging hinüber zum Wagen. »Und nun beeil dich, du Faulpelz. Das Brot kannst du auch auf dem Kutschbock essen. Und bis wir diesen verfluchten Hegau verlassen haben, erklär ich dir Lucenas Schachregeln.«

Als das Pferd schließlich zurück auf die Straße trottete, saß die Krähe immer noch in den Ästen. Sie neigte den Kopf zur Seite, als würde sie aufmerksam lauschen. Ein Flattern ertönte, und aus den tief hängenden Wolken näherten sich eine weitere Krähe und ein alter Rabe mit schartigem, abgewetzten Schnabel. Sie begrüßten sich mit heiserem Krächzen und Lauten, die denen von Menschen sehr ähnlich waren.

Erst als der Wagen außer Sichtweite war, spreizten sie ihre Flügel und flogen gemeinsam davon.

20

So zogen Johann und sein junger Gefährte vom Bodensee aus immer weiter nach Norden. Die Luft wurde kälter, und der Herbstwind rüttelte an den vergilbten Planen des Wagens. Die meiste Zeit saßen die beiden ungleichen Männer schweigend nebeneinander, wobei Karl Wagner seinen unheimlichen Begleiter immer wieder verstohlen musterte. Noch immer konnte Karl nicht fassen, dass ihn ausgerechnet der berühmte Doktor Johann Georg Faustus gerettet hatte – und dass er nun an dessen Seite durch das Reich reiste. Dabei war er hin- und hergerissen zwischen Bewunderung und Furcht. Die schwarzen Augen des Doktors waren tief und geheimnisvoll wie Waldtümpel, auf ihrem Grund schienen dunkle Geheimnisse zu liegen, verborgen für gewöhnliche Sterbliche wie ihn. Sie zogen Karl magisch an, und gleichzeitig erschreckten sie ihn. Auch nach mehreren Tagen gemeinsamen Umherziehens blieb Faust ihm ein Rätsel, was unter anderem daran lag, dass der Doktor nicht sonderlich mitteilsam war.

»Stimmt es, dass Ihr bei Wittenberge an der Elbe einmal einen Schatz gefunden habt?«, bemühte sich Karl ein weiteres Mal um ein Gespräch, als sie soeben die Stadt Ulm hinter sich gelassen hatten.

»Was? Das sagt man?« Der Doktor fuhr herum und schaute in Karls neugieriges Gesicht. »Und? Waren es Goldmünzen, Diamanten oder der Stein der Weisen? Wobei ich letzteren einem anderen Gerücht zufolge ja schon in Krakau gefunden haben soll.« Die ewigen Fragereien seines neuen Begleiters gingen Faust sichtlich auf die Nerven. Dennoch glaubte Karl im Blick des fahrenden Gelehrten auch eine gewisse Eitelkeit festzustellen.

»Na ja, Ihr sollt in einem alten Keller gegraben haben und auf einen Wurm gestoßen sein, der einen Schatz bewachte. Den Wurm habt Ihr mit einem Spiegel vertrieben, und der Schatz …«

»Glaubst du, ich würde mit dir auf diesem klapprigen Wagen sitzen und billigen Fusel verkaufen, wenn ich wirklich einen Schatz gefunden hätte?«

»Es ist zumindest eine schöne Geschichte.« Karl seufzte. »Langsam bekomme ich den Eindruck, dass nicht mal die Hälfte von dem stimmt, was man über Euch sagt.«

»Nun, du wirst lange genug mit mir zusammen sein, um herauszufinden, welche Hälfte wahr ist und welche nicht. Hü, ho!« Der Doktor schnalzte mit den Zügeln, und der Wagen rumpelte weiter, dem nächsten Hügelzug entgegen, der nächsten Bergkette am Horizont. Satan stürmte voraus, heulend und mit geifernden Lefzen. Karl war der Hund fast noch unheimlicher als sein Herr. Satan war der höllische Vorbote, der den berühmten Doktor Faustus, den Magus, Chiromanten, Wunderheiler und Astrologen, in den Orten entlang der alten Reichsstraßen ankündigte. Zur Verteidigung befanden sich hinten im Wagen außerdem noch ein Degen und eine neuartige Faustbüchse mit Radschloss, doch bislang hatten sie die Waffen nicht gebraucht. Satan reichte, allein sein Anblick ließ alle Wegelagerer das Weite suchen.

Sie gastierten meist in den größeren Städten, wo Faust mit seinem Gehilfen jeweils ein paar Tage verweilte. Auf diese Weise zogen sie in den nächsten Wochen durch Rothenburg ob der Tauber, Würzburg, Mainz und in die große Handelsstadt Frankfurt am Main, wo sie auf der Tuchmesse vor dem

Rathaus die Massen begeisterten. Außer Leipzig hatte Karl, abgesehen von ein paar kleineren Käffern auf seiner Flucht, noch nicht viel vom Reich gesehen.

Jede Stadt roch anders. Da gab es den scharfen Rauch der Hafnereien und Kalkhütten, den verführerischen Duft gebackener Lebkuchen, den betäubenden Geruch von Maische und dem Blut frisch geschlachteter Schweine, vor allem aber den Gestank der Gosse. Die Dialekte wechselten und mit ihnen die Menschen, welche die beiden Reisenden wie Könige aus dem Morgenland anstarrten und hinter ihrem Rücken ein Kreuz schlugen. Nach anfänglichem Unbehagen gefiel Karl diese Art des Reisens, er mochte die weite Welt der Landstraßen, die so anders war als der Mief der Leipziger Universität. Auch seine Rolle als Ankünder, Gehilfe und Spaßmacher hatte er mittlerweile akzeptiert, obwohl er wohl nie ein begnadeter Gaukler werden würde.

Fausts Ruf eilte ihm voraus, schon von Weitem erkannten die Menschen den Wagen mit den fremdartigen Runen darauf und den geheimnisvollen Mann auf dem Kutschbock, im blauschwarzen Sternenmantel und mit Schlapphut. Meist mietete der Doktor sich in einer der besseren Herbergen ein, auf dem Marktplatz verkaufte er dann Theriak, ein übles hochprozentiges Gesöff, das neben etlichen Kräutern hauptsächlich billigen Branntwein enthielt und gegen jede Art von Krankheit helfen sollte. Faust las aus zahlreichen Händen, erstellte kleine Horoskope und legte Menschen die Hand auf, die er vorher mit seinem stinkenden Wundermittel eingerieben hatte. Dann war es Karls Aufgabe, als erblindeter junger Landsknecht aufzutreten und vom berühmten Doktor Faustus geheilt zu werden.

Die größte Attraktion jedoch war stets die Laterna magica.

Dafür mieteten sie im größten Wirtshaus des jeweiligen Ortes einen Saal, dessen wuchtige Fensterläden das Licht aussperrten. Die Leute bezahlten zwei Heller Eintritt und erlebten im Inneren ihr blaues Wunder. So etwas hatten sie noch nie zuvor gesehen! Auf einem an der Frontseite aufgespannten Tuch erschienen den vor Furcht bebenden Besuchern die grausigsten Gestalten: Teufel, Unholde, Hexen und Geister, die Faust zunächst mit lauter Stimme beschwor und dann mittels lateinischer Sprüche wieder vertrieb. Aus dem Wirtshaussaal drangen die Schreie des Publikums bis hinaus auf die Straße, die Menschen taumelten ins Freie und berichteten den anderen mit einer Mischung aus Angst und Entzücken vom eben Erlebten.

Karl malte die Glasbilder für ihre Vorstellungen meist nachts, im Schein einer flackernden Öllampe. Dabei griff er auf Sagengestalten zurück, die in den jeweiligen Gegenden verbreitet waren: der Wilde Mann, die böse Trude, Tatzelwürmer, Zwerge, Werwölfe und arglistige winzige Elfen ... Gelegentlich sah der Doktor ihm dabei über die Schulter und murmelte dabei Rätselhaftes.

»Du malst anders als er«, sagte Faust nickend, mehr zu sich selbst. »Aber nicht schlechter. Hm, nicht so verspielt, dafür detailgenauer. Ich denke, den Leuten gefällt es, und das ist die Hauptsache.«

Nie erhielt Karl eine Antwort auf die Frage, wen der Doktor mit dem anderen Maler meinte.

Im Laufe der Wochen bekam Karl ein Gespür dafür, welche Bilder gerade noch erlaubt waren und welche sie beide auf den Scheiterhaufen bringen konnten. Die Kirche und die städtischen Instanzen gestatteten das Spiel mit dem Bösen, solange es ihnen dienlich war. Trotzdem war es eine ständige Gratwanderung. Ein paarmal mussten sie eine Stadt Hals über Kopf verlassen, bevor die Büttel sie in den Kerker warfen, denn manche Bilder wirkten so echt, als wäre die Apokalypse bereits angebrochen. Karls Wölfe hatten spitze Zähne, von denen der Speichel troff, und die Augen der Erdmännlein glommen in einem unheimlichen Licht, das nicht von dieser

Welt zu stammen schien. Manchmal versuchte Karl sich auch an blumigen Landschaftsmalereien und anmutigen Jünglingen, doch solche Skizzen warf Faust jedes Mal ins Feuer.

»Die Leute sollen sich fürchten, das ist dein Auftrag«, knurrte er Karl an. »Alles Schöne und Engelsgleiche überlassen wir der Kirche.«

»Aber was wir hier treiben, ist nichts weiter als billiger Budenzauber!«, erwiderte Karl empört. »Wir könnten die Laterna auch für weitaus bessere Zwecke nutzen. In den Universitäten zum Beispiel, um den Studenten die Anatomie ...«

»Du malst, was ich dir sage, und damit basta!«, unterbrach ihn Faust unwirsch. »Bevor du muskulöse Torsi von hübschen Jünglingen zeichnest, verbessere lieber dein Schachspiel, das ist immer noch lausig. Und jetzt feg den Wagen aus, es sieht aus wie in einem Saustall.«

Es waren Momente wie diese, in denen Karl mit dem Gedanken spielte, den Doktor zu verlassen, auch wenn er wusste, dass er dann vogelfrei war. Faust besaß die vermaledeiten Briefe, die ihn als Sodomiten kenntlich machten. Wenn sie in die falschen Hände gelangten, konnte er sich zumindest in Leipzig, seiner Heimatstadt, aber vermutlich auch in vielen anderen Universitätsstädten nicht mehr blicken lassen. Er wusste nicht, wie viel Einfluss der Doktor im Reich besaß. Überall schien er schon gewesen zu sein. Auch deshalb kam Karl ihr gemeinsames Umherziehen seltsam ziellos vor, Fausts Leben erschien ihm wie eine einzige lange Reise, die niemals endete. Sein ganzes Wissen, seine ganze Klugheit verschleuderte er lustlos an dumme Bauern und sensationslüsterne Bürger, so als würfe er Perlen vor die Säue.

Dabei war der Doktor eine wandelnde Bibliothek. In einer Kiste verwahrte Faust Bücher, von denen jedes einzelne ein paar Golddukaten wert war. Karl hatte bereits heimlich in einigen von ihnen geblättert. Lucenas vermaledeites Schachbuch war darunter, aber auch die »Margarita Philosophica«

von Gregor Reisch, eine wertvolle Enzyklopädie von zwölf Büchern, die das gesamte menschliche Wissen zu beinhalten schien. Außerdem entdeckte Karl das »Speculum Astronomiae« des Albertus Magnus, der an der Leipziger Universität als Zauberer galt und auf der schwarzen Liste stand. War Faust vielleicht doch ein echter Magier?

Karl seufzte tief und packte die Gauklerbälle, die schreiend bunten Kostüme und die nach billigem Alkohol stinkenden Theriakflaschen weg und kehrte den Wagen aus, bevor der Doktor einen seiner berüchtigten Wutanfälle bekam. Faust war wie ein Getriebener, er war ständig auf der Flucht, wenn Karl auch nicht wusste, wovor.

Es sollten noch viele Monate vergehen, bis er es endlich herausfand.

* * *

In Erfurt, einer der größten deutschen Städte und in der Mitte des Reiches liegend, bezogen sie schließlich ihr Winterquartier.

Mit schrillem, hohen Pfiff rief Johann Satan herbei, als sie das breite Stadttor passierten. Die Wachen, gekleidet in dicke Wollmäntel und Pelzhauben, musterten den seltsamen Fremden in dem Sternenmantel zunächst skeptisch. Doch als Johann seinen Namen nannte und dazu den jungen Wagner ein paar Flaschen Theriak verteilen ließ, machten die Büttel bereitwillig Platz. Als weithin bekannter Doktor war Johann schon öfter hier gewesen. Erfurts Universität galt als eine der besten des Landes, der Rektor erlaubte ihm jedes Mal, gegen gutes Geld einige Vorlesungen zu halten. Die Studenten kamen zuhauf und ergötzten sich an seinen scharfsinnigen Bemerkungen und den theologischen Ausführungen, die immer knapp am Rande der Ketzerei lagen. Noch vor wenigen Jahren war Erfurt reich gewesen, doch die Schutzzölle, die die Bürger dem sächsischen Kurfürsten und dem Bistum Mainz zahlen mussten, hatten die Stadt mittlerweile an den Rand des Ruins gebracht. Als im letzten Jahr dann die Steuern angehoben werden sollten, hatte das Volk rebelliert und einen der Ratsherrn aufgehängt.

Erfurt war nicht der einzige Ort, wo sich die einfachen Leute gegen die Mächtigen erhoben. Auf seinen Reisen hatte Johann bereits etliche Aufstände erlebt. Erst vor einigen Jahren hatten im Bistum Speyer die Bauern zu Tausenden rebelliert, ihr Anführer, ein gewisser Joß Fritz, war entkommen und stachelte nun auch in anderen Gegenden das Volk zum Aufruhr an. Es brodelte und gärte im ganzen Land, und Johann wartete nur auf den Funken, der das Pulverfass endgültig zum Explodieren brachte.

Es konnte nicht mehr lange dauern.

Der Winter überfiel Erfurt mit klirrender Kälte und Schneegestöber. In den Gassen lag kniehoch der Schnee, die Bettler erfroren unter den Brücken, und in den ärmeren Häusern wurde das Feuerholz knapp. Der ehrenwerte und weit gereiste Doktor Faustus und sein Gehilfe Karl Wagner wohnten in einer der besseren Herbergen in der Michaelsgasse, nahe der Universität. Abends, wenn die Musikanten aufspielten und die Dirnen lächelnd und mit tiefem Dekolleté an die Tische kamen, saß Johann meist still in der Ecke, während Wagner unter den missbilligenden Blicken seines Herrn mit den jungen Burschen zechte.

Johann liebte die Einsamkeit nach den Vorstellungen oder Vorlesungen, billiger Tratsch war ihm ein Gräuel. Er genoss es, dass ihn die Leute zwar respektierten, aber im Grunde fürchteten und ihm aus dem Weg gingen. Daran hatte natürlich auch die kalbsgroße Dogge ihren Anteil, die immer unter dem Tisch lag und jeden aufdringlichen Gast anknurrte.

In den letzten Jahren hatte es immer wieder Frauen gegeben, die sich dem Doktor Faustus, diesem geheimnisvollen Mann mit rabenschwarzen Haaren und ebenso schwarzen

Augen, andienten. Er hatte sie alle verschmäht. Ein paarmal, wenn der Drang zu stark wurde, war Johann bei Huren gewesen. Doch meist war ihm das Keuchen und Seufzen, das Aneinanderreiben der nackten Körper schnell zuwider. Wenn er die Augen schloss, sah er Margarethe vor sich – und ihm wurde übel. Also hatte er auch das bald sein lassen. Er lebte wie ein rastloser Mönch. Daran änderte auch Wagners Anwesenheit nichts, der ihn hin und wieder vergeblich aufforderte, sich doch ein wenig zu amüsieren. Johann hatte sich vorgenommen, in Erfurt ein wenig freundlicher zu seinem neuen Gehilfen zu sein. Der Junge machte sich gut, und wenn ihm die ständige Fragerei auch gelegentlich auf die Nerven ging, so vertrieb sie doch ein wenig die Einsamkeit.

Als sie einmal nach einer besonders erfolgreichen Vorstellung bei Braten und Wein zusammensaßen, an einem abgelegenen Tisch, gemieden und doch beobachtet von den Einheimischen, hob Johann sein Glas.

»Auf deine letzten Malereien«, sagte er lächelnd zu Wagner. »Ich finde, besonders der Höllendrache ist dir gut gelungen. Gleich drei Frauen sind heute ohnmächtig geworden. Du machst dich!« Er warf Satan einen Knochen zu, der ihn aus der Luft fing und mit einem einzigen Biss zerknackte. Liebevoll tätschelte Johann den Kopf der Bestie, dann wandte er sich wieder Wagner zu.

»Nur an deinem Auftritt als blinder Landsknecht müssen wir noch feilen. Die Leute sind vielleicht dumm, aber sie sind nicht blöd wie Schafe.« Er schüttelte den Kopf. »Wie du als Blinder leichtfüßig die Bühne enterst, das nimmt dir doch keiner ab.«

»Vergesst nicht, ich bin Student der Medizin, kein ehrloser Gaukler«, brummelte Wagner.

»Verachte mir die Gaukler nicht!«, entgegnete Johann mit plötzlicher Kälte in der Stimme. »Sie verzaubern die Leute, so wie wir es auch tun.« Mit einem einzigen Schluck leerte er sein Glas und stellte es krachend auf dem Tisch ab, sodass einige der übrigen Gäste die Köpfe zusammensteckten und tuschelten. Wagners Bemerkung hatte in Johann Erinnerungen geweckt, Erinnerungen an seine Zeit in Venedig, an Salome, Emilio und Peter, den Fiedler, dessen Tod er damals vorausgesehen hatte. Gelegentlich überfiel ihn diese Gabe auch heute noch, doch er hatte gelernt, damit umzugehen. Nur bei jungen Menschen und Kindern tat es ihm noch weh, und nie sagte er dem Besitzer der Hand die Wahrheit.

Ob er wohl auch Margarethes Tod vorhergesehen hätte?

»Darf ich Euch etwas fragen?«, sagte Wagner zögerlich, und Johann schüttelte die Erinnerungen ab. Als er schweigend nickte, räusperte sich Wagner. Es schien sich um eine Angelegenheit zu handeln, die dem jungen Mann schon länger unter den Nägeln brannte.

»Warum tut Ihr das? Ich meine, Ihr seid ein hochgebildeter Mann. In den letzten Monaten habe ich Euch über Platon und Plutarch reden hören, auch hier an der Erfurter Universität. Ihr kennt Euch in der Philosophie ebenso aus wie in der Mechanik. Ihr beherrscht die Formeln des Archimedes und des Pythagoras, selbst die Medizin ist kein unbekanntes Terrain für Euch. Ihr könntet als weit geachteter Doktor, vielleicht sogar als Rektor an irgendeine Universität gehen. Stattdessen …« Wagner zögerte.

»Stattdessen was?«, sagte Johann leise und schenkte sich erneut Wein ein.

»Stattdessen reist Ihr in einem klapprigen Wagen herum und narrt die Menschen mit diesen … diesen Bildern, mit Zaubertränken und falschen Horoskopen. Man schimpft Euch einen Nekromanten und Quacksalber. Ja, Ihr seid bekannt, aber man rühmt Euch nicht.« Wagner seufzte. »Ehrlich gesagt, glaube ich, dass man Euren Namen und damit auch meinen schon bald wieder vergessen hat. Also, warum tut Ihr Euch das an?«

Johann nahm einen Schluck. Dann schwieg er lange und starrte auf das Glas vor sich, in dem der Wein blutig rot funkelte. Der Drang war groß, den Kelch sofort wieder zu leeren und dann gegen die Wand zu werfen. Aber er beherrschte sich. Stattdessen lehnte er sich zurück und musterte Wagner amüsiert.

»Jedem anderen hätte ich für derlei Dreistigkeit den Wein ins Gesicht geschüttet, aber ich denke, als mein Gehilfe hast du das Recht, mehr zu erfahren.« Er beugte sich zu ihm. »Weißt du, was ich hoffe? Ich hoffe, dass sie mich irgendwann einmal einsperren. Auf diesen Tag warte ich sehnlichst, auch wenn ich weiß, dass er niemals kommen wird.«

»Einsperren?« Wagner stutzte. »Aber warum, ich meine ...«

Mit einer knappen Handbewegung gebot ihm Johann, zu schweigen. »Nicht als Nekromant und Schwarzmagier, du Dummkopf, sondern als Betrüger. Du weißt selbst am besten, dass alles, was wir tun, nur Blendwerk ist. Und die Menschen wissen es auch, aber sie wollen es nicht sehen!« Er lachte leise. »Sie wollen verzaubert werden, sie wollen daran glauben, dass es den Teufel wirklich gibt. Denn nur, wenn der Teufel existiert, existiert auch Gott. Also spielen sie das Spiel mit, kaufen unsere Zaubertränke und lassen sich von Glasbildern in Angst versetzen. Und solange sie das tun, haben Leute wie du und ich freie Hand. Das ist unsere Aufgabe in dieser Welt. Wir spielen den Teufel, damit Gott existieren kann.«

»Glaubt Ihr denn nicht an Gott?«, fragte Wagner stirnrunzelnd.

Johann zögerte. »Stellen wir uns kurz vor, es gäbe keinen«, sagte er schließlich. »Dann gäbe es auch niemanden, der unser aller bösem Tun Einhalt gebietet. Schließlich gründen all unsere Gesetze auf Gott. Es gäbe keine Verbote, und alles wäre erlaubt. Auch alle Schriften, alles Denken ... Ein verlockender Gedanke. Ich selbst bin ihm lange nachgehangen, zu lange …« Johann starrte eine Weile ins Leere, bevor er fortfuhr: »Gleichzeitig würde das Chaos regieren, denn nichts hätte mehr einen Sinn. Wir wären allein im Universum, ohne Trost, ohne Hoffnung. So stelle ich mir die Hölle vor. In meinen düsteren Stunden denke ich, dass wir schon längst in der Hölle sind und es nur nicht merken.«

»Wenn es die Hölle gibt, dann gibt es wohl auch den Teufel«, entgegnete Wagner.

»O ja, den gibt es.« Johann nahm einen letzten tiefen Schluck und starrte ins Leere. »Es gibt ihn. Er ist nur nicht so, wie wir ihn uns vorstellen.«

Abrupt stellte er sein Glas ab. »Und jetzt Schluss mit diesen trüben, nichtsnutzigen Gedanken! Es ist an der Zeit, dass du endlich deine Fähigkeiten im Schach verbesserst. Bislang war das ja eher ein Trauerspiel.«

Er griff in seine Manteltasche und zog das quadratische Brett und den Beutel mit den Figuren hervor. In langen schlaflosen Nächten hatte er sie selbst aus Horn und Alabaster geschnitzt. Er stellte das Brett auf den Tisch und begann, die Figuren zu sortieren, wie er es schon Tausende Male zuvor gemacht hatte.

Doch Karl Wagner sah nicht auf das Spielbrett, stattdessen starrte er hinüber zu den Butzenglasscheiben, hinter denen der Schnee in dicken Flocken vom Nachthimmel fiel.

»Was hast du?«, fragte Johann.

»Ach, nichts. Nur …« Wagner zögerte. »Vorhin, als wir vom Teufel redeten, dachte ich, hinter dem Fenster jemanden stehen zu sehen. Einen schwarzen Mann. Er sah zu uns herein, gerade so, als … als würde er uns beobachten. Seine Augen, sie … sie leuchteten wie Feuer.«

»Einen schwarzen Mann? Und nun glaubst du, es war der Teufel?« Johann lachte. »Mein guter Wagner! Du hast mehr Fantasie, als ich dachte. Vermutlich war es nur ein Student, der den großen Doktor Faustus einmal von Nahem sehen möchte. Oder eine schwarze Katze.« Schmal lächelnd hielt Johann seinem jungen Gefährten die beiden Könige hin. »Wer willst du sein? Schwarz oder weiß? Die Figuren hier sind die Wirklichkeit, nicht irgendwelche Schemen dort draußen.«

Äußerlich ließ Johann sich nichts anmerken, doch Wagners Bemerkung hatte ihn mehr verunsichert, als er zugeben wollte. Denn auch er hatte kurz geglaubt, dort draußen im Schneegestöber eine Gestalt zu erblicken.

Einen schwarzen Mann.

Und du glaubst, es war der Teufel ...

Aus dem Augenwinkel sah Johann noch einmal hinüber zum Fenster. Draußen braute sich ein Schneesturm zusammen, der Wind heulte wie ein einsames Kind.

Doch da war nichts, nichts außer pechschwarzer Nacht.

Das Gefühl, beobachtet zu werden, verließ Johann nicht. Im Gegenteil, es wurde in den nächsten Wochen sogar noch stärker. Wenn er zu seinen Vorlesungen in der Erfurter Universität hinüberging, blickte er sich jetzt öfter um und nahm auch den Degen mit. Gelegentlich glaubte er, unter den Studenten im Auditorium ein bestimmtes Augenpaar auf sich gerichtet zu sehen. Dann geriet er bei seiner Vorlesung ins Stocken und musterte die Stuhlreihen, aber er blickte nur in unbekannte, ahnungslose Gesichter. Schließlich schalt er sich selbst einen Narren, es mussten die dunklen Wintertage sein, die ihn so ängstlich und verdrießlich machten. Auch schon früher hatte er das Gefühl gekannt, beobachtet zu werden. Es klebte an ihm wie ein übler Geruch, und er betrachtete es als einen Teil seiner Ängste. Mal war das Gefühl auch für einige Monate verschwunden, dann tauchte es plötzlich wieder auf. So stark wie jetzt war es allerdings noch nie gewesen.

Und da war noch etwas anderes: Mit der Frage, die Wagner ihm im Erfurter Wirtshaus gestellt hatte, hatte sein Gehilfe einen wunden Punkt berührt.

Warum macht Ihr das?

Johann hatte Wagner zwar eine Antwort gegeben, doch im Grunde wusste er selber nicht, warum er dieses Leben führte. Weil er kein anderes kannte? Oder weil er vor irgendetwas auf der Flucht war, weil er darauf wartete, dass etwas geschah? Was das sein könnte, wusste Johann nicht. Doch die schwarze Gestalt vor dem Fenster hatte etwas in ihm aufgerüttelt. Etwas war in Bewegung geraten, nur kannte er die Richtung noch nicht.

Um seine Laune zu verbessern, ging er jetzt öfter mit Satan vor der Stadt in den Flussauen der Gera spazieren. Auch Wagner begleitete ihn gelegentlich und verwickelte ihn in Gespräche über die Medizin. Es zeigte sich, dass der Student in seiner Leipziger Zeit doch einiges gelernt hatte. Er war klüger, als Johann zunächst angenommen hatte, und er besaß einen Witz und Scharfsinn, der ihn an Valentin erinnerte.

»In den Vorlesungen hat man uns immer nur mit Galen gelöchert«, stöhnte Wagner. »Als hätte sich seit der Antike nichts verändert in der Medizin!«

»Hat sich denn etwas geändert?«, fragte Johann lächelnd. Er musste an seine Gespräche mit Conrad Celtis in Heidelberg denken. Damals hatte er auch die Welt aus den Angeln heben wollen, so wie jetzt der junge Wagner.

»Ich habe die anatomischen Zeichnungen von Mondino dei Luzzi gesehen«, schwärmte Wagner. »So genau würde ich auch gerne zeichnen können! Vielleicht nicht unbedingt das Innere des menschlichen Körpers, aber seine Pinselführung …«

»Für mich malst du Glasbilder, das reicht«, entgegnete Johann barsch. »Zumindest für den Augenblick.« Er sah Wagner streng an. »Und halte dich von den Erfurter Studenten fern! Ich habe erst gestern wieder mitbekommen, wie du einem von ihnen begehrliche Blicke zugeworfen hast. Auf Sodomie steht, wie du weißt, der Feuertod, auch hier in Erfurt.«

Karl Wagner schlug die Augen nieder. »Ich weiß, es ist eine Sünde. Ich bete jede Nacht.«

»Gebete nützen dir auf dem Scheiterhaufen auch nichts mehr. Dann hilft nur ein Beutel Schießpulver um den Hals, der den schnellen Tod bringt.« Johann pfiff nach Satan, der hechelnd heranstürmte. Als Karl Wagner die Hand ausstreckte, begann die große Dogge sofort zu knurren.

»Ich fürchte, er mag mich nicht sonderlich«, seufzte Wagner. »Er ist wohl eifersüchtig.«

»Sie«, sagte Johann und tätschelte Satans kalbsgroßen Rücken. »Satan ist eine Sie.«

Wagner starrte zuerst ihn an und dann den Hund. »Eine *Sie*? Das ist nicht Euer Ernst!«

Johann nickte. »Du kannst selber nachschauen, wenn ich auch bezweifle, dass sie dich lässt.« Er zuckte mit den Schultern. »Leider kann sie aus irgendeinem Grund keine Welpen bekommen. Ich hatte so gehofft, dass sie mir Nachwuchs schenkt, und nun ist sie ohnehin zu alt dafür.«

»Eine Sie!« Wagner schüttelte lachend den Kopf. »Nun, warum auch nicht? Ich habe immer geahnt, dass der Teufel eine Frau ist.«

So vergingen die Wochen, und im März, als der Schnee auf den Dächern Erfurts schmolz, machten sie sich wieder auf den Weg, immer weiter in Richtung Norden.

In den letzten Jahren waren die großen Straßen im Reich stetig besser geworden, Wälder waren gerodet, Furten aufgeschüttet, Brücken gebaut worden. Die Gebrüder Janetto und Francesco de Tasso, aus altem lombardischen Adelsgeschlecht, hatten vom Kaiser den Auftrag erhalten, das deutsche Postwesen auszubauen. Mittlerweile gab es allein zwischen Schongau und Venedig zwei Dutzend Rottstationen, und von den Niederlanden bis nach Innsbruck brauchten berittene Boten nur noch sechs Tage.

Auch jetzt jagten selbst bei Sturm, Hagel und Regen die Postreiter am Wagen der beiden Reisenden vorbei. Johann dachte an seine Zeit in Knittlingen, an die Poststation im Gasthaus »Zum Löwen«, wo alles seinen Anfang genommen hatte. Er erinnerte sich daran, wie gern er sich als kleiner Junge im »Löwen« herumgetrieben hatte. Die grimmigen Postreiter, vor allem aber die fremden Dialekte und Sprachen, die oft exotisch gekleideten Reisenden mit ihren Waren aus aller Herren Länder hatten ihm gezeigt, dass es eine Welt hinter den nächsten Hügeln gab. Niemals war er seitdem in seine Heimatstadt zurückgekehrt. Was aus seinem Stiefvater und seinen Halbbrüdern geworden war, wusste er nicht. Ebenso wenig, wie er wusste, wer sein wirklicher Vater gewesen war. Er wollte es auch nicht wissen. All das lag hinter ihm, er wollte nicht daran rühren. Er hatte das Gefühl, sein altes Leben war wie die Büchse der Pandora: Wenn er sie öffnete, kamen die Erinnerungen zurück wie Schwärme von Mücken. Auch die Erinnerungen an Margarethe, an Valentin, Archibaldus und den kleinen Martin …

Kleine zuckende Bündel …

Vor seinem inneren Auge sah Johann noch einmal die dunkle Gestalt hinter den Scheiben des Erfurter Wirtshauses. Sie war wie ein Bote aus der Vergangenheit gewesen. Als hätte jemand ans Fenster geklopft und ihn ermahnt, endlich wieder die Fährte aufzunehmen. Nur wo? Der junge Wagner hatte mehr recht gehabt, als er ahnte. Johann lief im Kreis, wie der gute alte Satan auf der Suche nach einem Knochen, den es nicht gab …

So kamen sie durch Jena, durch Halle in Sachsen und durch Magdeburg, von wo aus sie am großen trägen Strom der Elbe weiter nach Norden zogen. In manchen Städten war Faust schon öfter gewesen, in anderen gastierten sie das erste Mal, überall wurden sie begeistert empfangen. Doch Faust hatte kaum einen Blick für ihr Publikum, er hielt Ausschau nach einer schwarzen Gestalt, einer Gestalt, die er nun immer öfter zu sehen glaubte – hinter den Butzenglasscheiben eines Wirtshauses, in einer Häusernische, im Nebel der Felder … Nachts verriegelte er oft die Tür zu seiner Kammer und vertiefte sich bis zum Morgen in das »Speculum« des Albertus Magnus und in andere astronomische Bücher. In all den Jahren hatte er in den Sternen nicht erkennen können, warum Tonio ihn als einen Auserwählten bezeichnet hatte. Auch seine Mutter hatte geglaubt, er sei unter einem glücklichen Stern geboren, ein fahrender Scholast, ein Spielmann aus dem Westen, hatte es ihr einst gesagt.

Geboren am Tag des Propheten …

Was hatte dieser Spielmann damit gemeint? Und warum hatte Tonio ihm damals in Nördlingen den schwarzen Trank eingeflößt? Was hatte er mit ihm vorgehabt?

Die Welt wird dir, wird uns zu Füßen liegen! Du kannst sie aus den Angeln heben, wenn du nur willst. Homo Deus est!

Während der Wagen über die verschlammten Treidelpfade entlang des Flusses rumpelte, zerbrach sich Johann den Kopf, wo seine Reise ihn hinführte. Lag sein weiterer Weg im wahrsten Sinne des Wortes in den Sternen? Gab es dort oben am Himmel vielleicht etwas, was er nicht sehen konnte? So viele Bücher hatte er studiert, in jeder Universität hatte er gesucht und geforscht, doch gefunden hatte er nichts darüber.

Es war an einem Tag im August, als ihm, nach so vielen verlorenen Jahren, schließlich drei Vögel den Weg wiesen.

Sie waren bereits an Wittenberge vorbei, wo er laut einer der vielen Legenden einen Schatz gefunden haben sollte. Der sumpfige, leicht brackige Geruch der Elbe, die nicht weit entfernt dahinfloss, um schließlich in die Nordsee zu münden, waberte durch die Räume der schlichten Herberge mit den windschiefen Wänden. Wie so oft lag Johann schlaflos im Bett. Die Nacht war hell, wie es in den Sommermonaten hier oben im Norden üblich war, durch das offene Fenster sah er die Sterne am Firmament funkeln. Nachdem er sich eine Weile hin und her gewälzt hatte, stand er schließlich auf und ging zum Fenster. Er sah hinauf zum Himmel, betrachtete die glitzernden Lichter, und erst jetzt wurde ihm bewusst, dass der Tag seiner Geburt längst wieder vorüber war. Das Rad des Lebens drehte sich weiter …

In diesem Augenblick sah er den Raben und die zwei Krähen.

Sie hockten in einer alten Eiche genau gegenüber dem Wirtshaus und starrten ihn mit kleinen bösen Augen an. Diesmal war Johann davon überzeugt, dass es die gleichen Vögel waren, die Tonio damals schon bei sich gehabt hatte. Zumindest bei dem Raben war er sich sicher.

Er trug das gleiche grauschwarze Gefieder, ein Stück aus dem unteren Teil seines Schnabels war herausgebrochen wie nach einem Kampf und eine der Krallen war leicht verdreht. Johann stutzte. War so etwas möglich? Raben wurden sehr alt, älter als Menschen. Aber warum sollten gerade Tonios Vögel hier bei ihm sein? So viel Zeit war vergangen. Warum gerade jetzt, nach so vielen Jahren?

Der Rabe öffnete den Schnabel und krächzte. Es klang fast menschlich.

»Tschilld … Räh …«, schnarrte der Rabe. »Tschilld … Räh …« Dabei flatterte er mit den Flügeln und starrte ihn so unbeirrt an, als wollte er ihm etwas sagen.

»Tschilld … Räh …«

Mit einem letzten heiseren Krächzen breitete er die Flügel aus und flog in Richtung Norden davon. Die Krähen folgten ihm.

Lange sah ihnen Johann hinterher. Er konnte es kaum glauben, dennoch meinte er zu wissen, welchen Namen der Rabe eben gerufen hatte.

Tschilld … Räh … Gilles de Rais …

Noch einmal starrte er aus dem Fenster, hinter dem die Nacht lauerte. Die Vögel waren verschwunden. Dafür glaubte er, draußen auf dem Feld eine Gestalt zu sehen.

Einen schwarzen Mann mit rot glühenden Augen.

Gilles de Rais ... der Teufel ... Tonio del Moravia ...

Johann wischte sich über die Augen, als könnte er damit den Spuk vertreiben. Als er die Lider wieder öffnete, stand auf dem Feld nichts weiter als eine Vogelscheuche in zerrupftem Mantel. Trotzdem wusste er, dass das Böse zurück in sein Leben gekommen war. Er hatte versucht, wegzulaufen, dreizehn Jahre lang, doch es gab keinen Ort, wo er sicher war.

Nicht, bis er herausfand, wie alles zusammenhing.

Der Rabe und die schwarze Gestalt hatten Johann in Erinnerung gerufen, dass es in seinem Leben einen dunklen Punkt gab, so schwarz wie die Seele des Teufels. Egal, ob er sich alles nur einbildete oder ob es tatsächlich Tonios Vögel gewesen waren – er musste sich seiner Vergangenheit stellen, sonst würde er niemals Ruhe finden. Er musste herausfinden, warum Tonio ihn als einen Auserwählten bezeichnet hatte, warum er unter einem besonderen Stern geboren war. Alles, was seit der ersten Begegnung mit Tonio geschehen war, das Grauen im Schillingswald, die unheimlichen Vorkommnisse in Venedig, der schreckliche Tod von Magister Archibaldus, die Geschichten über Gilles de Rais, all das waren Mosaiksteine eines Gemäldes, dessen Bedeutung er noch nicht kannte.

Doch Johann wusste insgeheim: Der Tag seiner Geburt war der Schlüssel zu allem. Er musste seine eigene Nativität berechnen, und zwar genauer als alle Horoskope, die er je angefertigt hatte.

Wutentbrannt und zugleich so wild entschlossen wie schon lange nicht mehr stieß er gegen den Fensterladen, der krachend zuschlug. Satan schreckte aus dem Schlaf hoch und sah seinen Herrn fragend an. Mit besänftigenden Worten beugte sich Johann zu der Dogge hinab und streichelte sie.

Dabei dachte er nach.

Als der Morgen graute, wusste er endlich, was er tun musste. Ohne zu wissen, warum, war er nach Norden gereist, so als würde ihn das Schicksal dorthin führen. Und die Vögel hatten ihm den Weg gewiesen.

Hamburg …

Es war ein Gedankenblitz, ein winziger Fetzen Erinnerung an etwas, was ihm der gute Magister Archibaldus einmal vor vielen Jahren gesagt hatte. Ja, vielleicht würde er in Hamburg fündig werden … Es gab dort einen Ort, von dem er Karl Wagner noch nichts erzählt hatte.

Einen Ort, den er schon lange hätte aufsuchen sollen.

21

Auch in den nächsten Tagen und Wochen, während sie weiter auf Hamburg zufuhren, ließ Johann der Gedanke an den Raben und den schwarzen Mann nicht mehr los. Ständig nagte an ihm das Gefühl, beobachtet zu werden. Oft sah er hinauf zum Himmel oder betrachtete die Bäume am Wegesrand, wo Krähen in den Ästen hockten und ihn anstarrten. Degen und Faustbüchse lagen nun immer griffbereit, gleich hinter dem Kutschbock. Schon ein paarmal hatte Johann überlegt, einige der Krähen einfach über den Haufen zu schießen. Doch es waren viel zu viele.

»Was habt Ihr?«, fragte Wagner verwundert. »Man könnte fast meinen, Ihr seht überall Räuber und Vagabunden.«

»Eher Gespenster der Vergangenheit«, knurrte Johann, ging aber nicht weiter darauf ein.

Wenigstens war der schwarze Mann nicht wieder aufgetaucht, dafür kreisten die Krähen weiter über ihm, wie Aasvögel. Ein paarmal glaubte Johann, auch den Raben unter ihnen zu sehen.

Hamburg empfing sie mit bestialischem Gestank. Es war wieder Sommer geworden, und der Mist und Kot auf den Straßen stank zum Himmel. Die Hansestadt lag zwischen der breiten Elbe und einem Nebenfluss namens Alster, der zu einem See aufgestaut worden war. Die Stadt selbst war von Kanälen durchzogen, in denen Kadaver und Unrat trieben. Wie in allen anderen Orten des Reiches kippten die Menschen ihre

Exkremente und Abfälle einfach in die Gosse, wo sie sich mit den Ausscheidungen von Tieren, dem Blut der Schlachtereien und fauligem Gemüse mischten und in die Stadtbäche und Kanäle gespült wurden. Ratten huschten durch die dunklen Ecken, in den Gassen, und auf den Plätzen boten Marktfrauen und Krämer gleich neben Misthaufen, hinter denen sich die Leute erleichterten, ihre Waren feil. Nur unten an der Elbe war die Luft ein wenig besser. Hier stellten Johann und Karl Wagner ihren Wagen ab, bauten ein paar Bänke auf und empfingen die vielen Seeleute mit ihren Vorstellungen.

Ihre Zuschauer waren meist Männer mit kantigen, wettergegerbten Gesichtern, sie kamen aus England, Dänemark und Schweden, aber auch aus ferneren Ländern, die irgendwo im Norden und Osten hinter dem Horizont lagen. Fremdartig klingende Sprachfetzen schwirrten durch die Luft. Vieles, was der hochberühmte und gelehrte Doktor Faustus sagte, verstanden die Männer nicht, doch die Lust an Gaukeleien und faulem Zauber verband die Seeleute, egal, woher sie kamen. Außerdem schmeckte ihnen der hochprozentige Theriak.

Von Hamburg aus fuhren die großen Segelschiffe, die Koggen, Holke und Kraweele, die Elbe hinauf bis in die Nordsee und von dort hinaus in die ganze Welt. Früher waren es wohl noch mehr Schiffe gewesen, doch seitdem ein Portugiese namens Vasco da Gama vor etwa zehn Jahren den Seeweg nach Indien entdeckt hatte und die Augsburger und Nürnberger Kaufleute eher andere Routen wählten, ging der Handel zurück. Außerdem machten immer wieder Piraten die Küste unsicher. Die Köpfe derjenigen, die man gefasst hatte, staken auf Spießen neben der Hinrichtungsstätte auf dem Grasbrook, einer Insel in der Elbe.

Die Vorstellungen fanden jeweils am Vormittag statt, jeden Nachmittag verließ Johann ihr Lager am Fluss, während Karl Wagner mit Satan auf den Wagen aufpasste und alles für die nächste Aufführung vorzubereiten hatte.

»Geht Ihr nicht doch einmal in ein Freudenhaus?«, fragte Wagner, der es gewohnt war, dass sein Herr ihm meist nicht mitteilte, wo er sich herumtrieb. »Die Hamburger Bordelle sind berühmt für ihre Dirnen! Es würde Euch sicher mal auf andere Gedanken bringen.«

Johann zuckte die Achseln. »In der Tat suche ich ein Haus auf, das mir Freude bringt – wenn auch nicht die Freude, die dir vermutlich vorschwebt. Ach, und übrigens … Wenn ich zurückkomme, hast du zwei Dutzend neue Flaschen Theriak angerührt. Diese Seemänner saufen wie die Löcher. Und denk an das Glasbild von diesem Piraten! Es muss spätestens morgen fertig sein.« Damit ließ er Wagner stehen und machte sich auf den Weg in die Stadt.

Johann folgte den stinkenden Kanälen, bis er zum Rathaus an der Trostbrücke kam, einen mehrstöckigen Backsteinbau, den er in den letzten Tagen immer wieder aufgesucht hatte. Ein kleines Seitenportal führte zu einer Treppe. Im ersten Stock saß hinter einem Pult ein kleines Männlein, das Johann freudig zunickte.

»Ah, der hochgerühmte und gelehrte Doktor Faustus!«, begann er und rückte sein Monokel zurecht. »Jaja, täglich auf der Jagd nach neuem Wissen. Wo man doch weiß, dass man vom Studieren der Akten eine trockene Kehle bekommt …«

Johann drückte dem Mann wie schon die Male zuvor eine Flasche Theriak in die Hand. »Ich habe noch nicht mal die Hälfte Eurer Bücher studiert«, brummte er. »Wenn Ihr weiter so maßlos trinkt, habe ich keinen Theriak mehr für meine Vorstellungen.«

Das Männlein, ein glatzköpfiger, spindeldürrer Alter in pelzverbrämter Schaube und fleckigem Barett, grinste mit zahnlosem Mund. »Nun, ein paar betrunkene Zuschauer weniger. Was bedeutet das schon, wenn einem dafür die Welt des Wissens offensteht!«

Er zog einen großen Schlüssel hervor und öffnete die Tür

hinter sich. Dahinter befand sich ein hoher Raum, an dessen Wänden Regale bis zur Decke ragten. Mit einer Leiter gelangte man auch in die höheren Bereiche. Die Regalbretter bogen sich unter der Last der Bücher und Pergamentrollen, ein muffiger, ledriger Geruch lag in der Luft. Johann liebte ihn, als wäre es der Duft von Veilchen. Das Männlein machte eine weit ausholende Handbewegung. »Die Bibliothek gehört Euch, verehrter Doktor, jedenfalls bis zum Sechsuhrläuten, dann endet mein Dienst.« Mit diesen Worten schloss er hinter Johann die Tür.

Andächtig sah sich Johann um. Er konnte nicht fassen, dass er hier der einzige Gast war, wie so oft in den letzten Tagen. In Wittenberge an der Elbe, wo er die schwarze Gestalt das letzte Mal gesehen hatte, war ihm etwas eingefallen, etwas, was schon fünfzehn Jahre zurücklag. Magister Archibaldus stammte aus Hamburg, und er hatte ihm damals auf der Reise nach Venedig von einer Bibliothek erzählt. Die Hamburger Ratsbibliothek war die einzige öffentliche Bibliothek im ganzen Deutschen Reich. Sonst befanden sich diese Horte des Wissens meist in Privatbesitz, an Universitäten oder in Klöstern, deren Äbte dem vermeintlichen Schwarzmagus und Nekromanten Doktor Johann Georg Faustus den Eintritt verwehrten. Hier hingegen konnte er stöbern, solange es ihm beliebte. Die Ratsbibliothek war größer als die im Kloster Maulbronn, die er damals mit Pater Antonius aufsuchen durfte, und auch größer als die des unheimlichen Signore Barbarese in Venedig. Archiviert waren etliche kirchliche Werke, aber auch viel Weltliches – philosophische Abhandlungen ebenso wie griechische Dramen und wissenschaftliche Bücher. Sogar einige Aufzeichnungen Leonardo da Vincis hatte Johann bereits entdeckt.

Was er jedoch suchte, waren vor allem astronomische Werke, die ihn bei der Berechnung der eigenen Nativität weiterbrachten. Er war an einem Tag geboren, an dem Jupiter und Sonne im gleichen Grad des gleichen Zeichens standen. Das war vielleicht ungewöhnlich, aber doch nicht so außerordentlich; viele Menschen waren unter dieser Konstellation auf die Welt gekommen, denn sie tauchte mehrmals im Jahr auf. Was also war das Geheimnis seiner Geburt?

Gefunden hatte er bislang einige Schriften des Wiener Astronomen Heinrich von Langenstein, außerdem ein Buch Roger Bacons, in dem der bekannte englische Franziskanermönch unter anderem den Aufbau einer Camera obscura zur Sonnenbetrachtung beschrieb. Doch keines der Bücher hatte ihm sagen können, warum gerade sein Geburtstag von den Sternen so besonders gesegnet war. Auch über Gilles de Rais hatte Johann nichts in Erfahrung gebracht, jedenfalls nichts, was über das Altbekannte hinausging. Ebenso wenig war der Name Tonio del Moravia in den Dokumenten aufgetaucht.

Johann ging an den Buchreihen entlang und studierte aufmerksam die Titel. Nach einigem Zögern zog er ein Buch hervor, das vielversprechend klang. Es stammte von einem gewissen Johannes Müller und beschäftigte sich unter anderem mit der Frage, ob sich nicht die Sonne um die Erde drehte, sondern vielmehr die Erde um die Sonne. Ein faszinierender Gedanke, von dem ihm bereits Pater Bernhard damals in Knittlingen erzählt hatte und der in den letzten Jahren immer häufiger in Gelehrtenkreisen hinter vorgehaltener Hand diskutiert wurde. Johann nahm das Buch, ging hinüber zum Pult und begann es zu studieren. Es war durchaus interessant, doch bei seinen Überlegungen brachte es ihn nicht weiter. Er wollte es eben wieder zurückstellen, als er bemerkte, dass auf dem Pult noch ein anderes Manuskript lag. Es war unter ein paar losen Pergamentseiten verborgen gewesen, so als sei jemand gerade dabei, davon eine Abschrift zu machen. Beiläufig studierte Johann Titel und Verfasser.

»Occulta philosophia«, von Henricus Cornelius Agrippa von Nettesheim.

Johann runzelte die Stirn. Er hatte von diesem Agrippa bereits gehört. Ein kluger Kopf, der wohl in Köln an der Universität studiert hatte und über dessen Scharfsinn einige Wundergeschichten kursierten. Es hieß, er habe bereits mit vierzehn Jahren seinen Baccalaureus gemacht, außerdem beherrsche er acht Sprachen und sei trotz seiner jungen Jahre jetzt schon gelehrter als die meisten Doktoren des Reiches. Zurzeit hielt er wohl einige Vorlesungen in Köln, wenn er nicht durch die Lande reiste, wo ihn die Reichen und Mächtigen zu sich einluden. Mit seinen scharfsinnigen Ausführungen hatte Agrippa sich bei der Kirche nicht eben Freunde gemacht.

Zu seinem Erstaunen bemerkte Johann, wie leise Eifersucht in ihm aufkam. Dieser Agrippa schien ihm tatsächlich gewachsen zu sein. Ein Ebenbürtiger in einer Welt, in der das Wissen sich noch immer schwertat gegen dumpfe Scholastik und Bigotterie.

Mit wachsender Neugier beugte sich Johann über die Manuskriptseiten, die in sorgfältiger, sehr kleiner Handschrift geschrieben waren. Schon nach wenigen Zeilen war er so darin vertieft, dass er alles um sich herum vergaß. Es war wie ein Wunder! Das Werk fasste systematisch sämtliche bekannten Gebiete der Magie zusammen, von der Chiromantie über die Astrologie bis hin zur Alchemie. Alles, was Johann von Tonio beigebracht bekommen und alles, was er sich danach noch selbst angeeignet hatte, war hier in Latein aufgeschrieben. Woher hatte dieser Agrippa nur sein immenses Wissen? Man brauchte Jahrzehnte, um all das zu erfassen! Johanns Blick flog über die Seiten, und sein Herz schlug schneller. Dieses Werk war das verdammt beste Buch, das er je gelesen hatte! Brillant geschrieben und mit einer Weisheit gesegnet, die die Magie auf die gleiche Stufe stellte wie Glaube und Wissenschaft. Auch die astrologischen Ausführungen gingen weiter als alles, was Johann bislang gekannt hatte. Er blätterte wild durch die Pergamente und stellte zu seinem Erschrecken fest, dass es nur etwa fünfzig dürftige Seiten waren.

Das Buch hörte auf, bevor es richtig begonnen hatte. Dabei versprach der Autor völlig unbescheiden ein dreibändiges Werk.

Wo um alles in der Welt …?

Johann eilte zu den anderen Pulten, er hastete an den Regalreihen vorbei, schließlich packte er die Manuskriptseiten, öffnete die Tür und hielt die Seiten dem überraschten Archivar vor die Nase.

»Wo ist der Rest?«, fragte er barsch.

»Der Rest? Von was?« Das Männlein setzte sich das Monokel auf und studierte die Seiten. Sein Gesicht hellte sich auf. »Ach, das! Interessant, nicht wahr? Ein reisender Kaufmann, der eben aus England kam, hat es mir gestern erst vorbeigebracht. Offenbar hat er diesen Agrippa in London getroffen, wo der Gelehrte im Auftrag des Kaisers war, und diese Abschrift von ihm erworben. Ich wollte sie heute noch kopieren. Eine überaus …«

»Wo ist der Rest?«, wiederholte Johann.

Das Männlein seufzte. »Es gibt keinen Rest. Das ist alles, was der Kaufmann mir gebracht hat. Er meinte, Agrippa arbeite noch daran.«

Johann schloss kurz die Augen. Zum ersten Mal seit Langem hatte er das Gefühl, nicht mehr im Kreis zu rennen.

»Ich kaufe diese Seiten«, sagte er. »Wie viel?«

»Sie sind nicht verkäuflich. Ich müsste zumindest erst eine Abschrift …«

»Dafür habe ich keine Zeit.« Johann legte einen Golddukaten auf das Pult, es war die größte Münze, die er besaß. Ein fetter Erfurter Kaufmann hatte sie ihm für eine wohlgefällige Nativität gegeben.

Der Archivar bekam große Augen. »Dafür könnt ihr zwei Dutzend Bücher kaufen!«

»Ich will nur dieses eine Manuskript. Und jetzt entschuldigt mich.«

Mit den Seiten in der Hand eilte Johann nach draußen, über den Rathausplatz und durch das Stadttor der Elbe zu.

Er war so in Gedanken vertieft, dass er die Gestalt nicht bemerkte, die unmittelbar nach ihm die Ratsbibliothek betrat.

Am Ende des Tages hatte der Archivar drei Golddukaten verdient, einen von diesem seltsamen Doktor Faustus, von dem jetzt alle redeten, und zwei weitere von einem Mann, der Antworten auf ein paar Fragen haben wollte und den der Archivar so schnell wie möglich wieder vergaß.

Schon am Ende des Tages konnte er nur noch sagen, dass der Mantel des Mannes, ja seine ganze Erscheinung schwarz wie die Nacht gewesen war.

Nur seine Augen schienen auf unheimliche Weise geglüht zu haben.

* * *

Unten am Hafen saß Karl Wagner im Wagen an einem wackligen Tisch und malte den Bart eines Piraten. Durch den zugezogenen Vorhang vorne am Kutschbock drang nur wenig Licht, die Talgkerzen blakten kärglich, sodass Karl sich dicht über die Glasplatte beugen musste. Er arbeitete mit besonders feinen Pinseln, jeder Strich musste wohlüberlegt sein, da die Zeichnungen auf den Platten sehr klein waren. Karl dachte an den berühmten Nürnberger Maler Albrecht Dürer, der sich vermutlich an mannshohen Leinwänden austoben durfte, während er selbst fingernagelgroße Piratenbärte malte.

Zu seinen Füßen lag Satan, der bei jeder kleinsten Bewegung zu knurren begann. Manchmal hatte Karl das Gefühl, dass der Hund nicht den Wagen, sondern eigentlich ihn bewachte. Wenn er den Wagen verließ, würde Satan ihn vermutlich zerfleischen. Karl hasste die Dogge, aber er wusste auch, dass sein Herr sie über alles liebte, mehr als jeden Menschen. Gerade eben wieder fletschte Satan die Zähne, und Karl rang sich ein Lächeln ab.

»Alte Misttöle«, sagte er und lächelte dabei weiter. »Magst mich wohl ebenso wenig wie ich dich. Tja, wir müssen wohl oder übel miteinander auskommen. Also mach schön Platz, sonst gibt es kein Leckerchen.«

Er warf Satan einen Wurstzipfel zu, was diesen zumindest kurzfristig besänftigte.

Müde rieb sich Karl die Augen und streckte den Rücken durch. Von außen ertönten die Geräusche des Flusses – das Geschrei der Seeleute, das Bimmeln der Schiffsglocken, die Schreie der Möwen, die von der Nordsee über die Elbe landeinwärts geflogen kamen und ihn zu verhöhnen schienen.

Karl malte im Wagen, um sich das neugierige Getratsche der Leute zu ersparen; in Wittenberge an der Elbe hatte er sich dafür eigens einen kleinen Tisch zimmern lassen. Er hatte es oft genug erlebt, dass er vor lauter Fragen gar nicht mehr zum Arbeiten gekommen war. Der Seeräuber, den er heute malen sollte, hieß Klaus Störtebeker, irgendein Blutsäufer, der schon vor langer Zeit hingerichtet worden war und über den immer noch schauerliche Geschichten kursierten. Nach der Enthauptung, so sagte man, sei Störtebeker noch kopflos an elf seiner Männer vorbeigegangen, bevor ihm der Henker schließlich ein Bein stellte.

Mit einem tiefen Seufzer auf den Lippen pinselte Karl weiter. Ab morgen hatte der Doktor einen Saal in der Stadt gepachtet, wo sie die Hamburger Berühmtheit Störtebeker gegen Geld mit der Laterna magica zeigen wollten. Er hoffte, dass er es bis dahin schaffen würde, diesen verfluchten Piraten auf die Glasplatte zu bannen. Den halben Nachmittag hatte er damit zugebracht, den stinkenden Theriak anzurühren und mit aromatischen Kräutern zu versetzen. Dafür war er bereits frühmorgens aufgestanden und hatte noch vor der ersten Vorstellung auf dem Grasbrook Minze, Wermutkraut und wilden Fenchel gepflückt.

Einmal mehr beschlichen Karl Zweifel, ob er den richtigen Weg eingeschlagen hatte. Sicher, Doktor Faustus hatte ihm das Leben gerettet, er war ihm zu Dank verpflichtet. Außerdem war der Mann eine Berühmtheit, bekannt im ganzen Reich, ja sogar darüber hinaus. Aber mittlerweile waren sie fast ein Jahr zusammen unterwegs, und der Doktor wurde Karl immer unheimlicher. Hinzu kamen die vielen seltsamen Bücher in der Truhe, die Karl in seinen einsamen Stunden studierte, auch wenn er sie nicht recht verstand. Der Doktor hatte ihm nie erzählt, was er früher gemacht hatte, bevor er seine Reisen durch das Reich begann. Doch etwas sagte Karl, dass Faust eine dunkle Vergangenheit hatte, so als wäre er vor langer Zeit verflucht worden. War das der Preis, den man für Reichtum und Berühmtheit zahlen musste?

Mit vorsichtigen Tupfern verpasste Karl dem Piraten Störtebeker ein Barett, das ihm verwegen ins Gesicht hing. Der Blick des Seeräubers war wütend und geheimnisvoll zugleich. So geheimnisvoll wie der Doktor, der mindestens eine ebensolche Legende war wie dieser Störtebeker.

Doktor Faustus bezeichnete sich selbst als Betrüger, doch Karl wusste, dass er mehr war als das. Faust war der gelehrteste Mann, den er je getroffen hatte, gesegnet mit messerscharfem Verstand und aufgeschlossen gegenüber allem Neuen. Karl verehrte den Doktor, vielleicht mehr, als er sich selbst eingestehen wollte, doch er fürchtete auch vieles an ihm: Fausts gelegentliche Wutausbrüche, seine hochfahrende Art, den beißenden Spott und die Schreie in der Nacht.

Besonders die Schreie.

Oft schliefen sie zusammen in einer Kammer, und wenn Karl noch länger wach lag, hörte er den Doktor manchmal im Traum murmeln und stöhnen. Er weinte und seufzte auch oft, und es fielen immer wieder die gleichen Namen.

Margarethe, Martin, Tonio, Gilles de Rais …

Besonders den letzten Namen erwähnte Faust im Schlaf sehr oft.

Hinzu kam, dass der Doktor offenbar unter Verfolgungswahn litt. In den letzten Wochen war es immer schlimmer geworden, auf ihrer Reise in den Norden hatte er sich häufig umgedreht oder die Vögel betrachtet, die über ihnen am Himmel kreisten. Es schien fast so, als fürchtete Faust, von ihnen beobachtet zu werden. Allerdings musste auch Karl zugeben, dass ihm manches in letzter Zeit nicht ganz geheuer war. Diese schwarze Gestalt mit den roten Augen zum Beispiel, die er in Erfurt am Fenster gesehen hatte. Noch zwei weitere Male danach hatte er geglaubt, am Wegesrand zwischen den Bäumen eine solche Gestalt zu sehen. Er hatte dem Doktor nichts davon erzählt, auch weil er befürchtete, dass dieser dann noch argwöhnischer wurde.

Karl Wagner hatte bei Faust mehr gelernt, als er an der Leipziger Universität je hätte lernen können. In Leipzig war er nur der Sohn eines ehrgeizigen Vaters gewesen, dem er ohnehin nie gerecht werden konnte. Die Mutter, die Karl so sehr geliebt hatte, war schon vor längerer Zeit gestorben. Nun, auf den Reisen mit dem Doktor, reifte er zum Mann. Trotzdem hatte er beschlossen, dass er nicht ewig mit Faust herumziehen würde. Es war ihm, als ginge mit den Monaten das Schwermütige, das seinem Herrn anhing, auch auf ihn über. Noch diesen Winter wollte er ihn begleiten, doch bereits im Frühling würde er fortgehen. Mit oder ohne die vermaledeiten Briefe … Seine Pflicht war erfüllt.

Eine Bewegung am Vorhang ließ Karl aufschrecken. Der Pinsel rutschte ab, und das Furcht einflößende Langschwert, das er dem Piraten eben hatte verpassen wollen, geriet zum langen Sternenschweif. Karl fluchte leise, nun würde er noch einmal von vorne anfangen müssen! Unter der Wagenbank knurrte Satan und stellte die Ohren auf.

»Wer ist da?«, fragte Karl barsch. »Der Doktor ist in der Stadt. Kommt morgen wieder.«

»Wird es denn morgen wieder eine Vorstellung geben?«, ertönte eine helle männliche Stimme. »Ich würde so gerne den Doktor noch mal sehen. Und … und auch Euch.«

»Mich?« Irgendetwas am Klang der Stimme ließ Karl aufhorchen. Er warf Satan einen Knochen zu, der eigentlich für die abendliche Suppenbrühe gedacht gewesen war, dann stand er auf und öffnete den Vorhang. Vor dem Kutschbock stand ein adretter Bursche von vielleicht sechzehn, siebzehn Jahren. Er war Karl schon in den letzten Tagen aufgefallen, bislang hatte er keine Vorstellung ausgelassen. Ihre Blicke waren sich auf eine Art begegnet, die Karl gut kannte.

Sie erkannten sich immer an den Blicken.

Der Jüngling lächelte unsicher, er hatte einen blassen Teint und dünnes schwarzes Haar. Von der Kleidung her war er ein einfacher Hafenarbeiter, wozu seine zierliche Gestalt nicht so recht zu passen schien. Seine Wimpern waren lang wie die eines Mädchens. Vorsichtig sah Karl sich um. Im Augenblick war es am Fluss ziemlich ruhig, etwa einen Steinwurf weit entfernt luden ein paar Tagelöhner Kisten in ein kleineres Boot, das wohl Richtung Alsterhafen unterwegs war. Keiner sah zu ihnen herüber. Karl zögerte, jedoch nicht lange. Der Doktor würde sicherlich nicht vor dem Sechsuhrläuten heimkommen, sie hatten also genug Zeit.

»Komm rein«, sagte er und deutete nach hinten. Er zwinkerte dem Jüngling zu. »Dann zeig ich dir etwas.«

»Und … und der Hund?«, fragte dieser ängstlich und lugte durch den Vorhang, wo Satan noch immer an dem Knochen nagte.

»Wird dir nichts tun. Jedenfalls nicht, solange ich das verfressene Biest mit meinem Abendessen füttere. Also komm schon rein, du hast nichts zu befürchten.«

Der Junge tat, wie ihm geheißen. Neugierig schlüpfte er ins

Wageninnere und betrachtete die getrockneten Kräutersträuße, die von der Decke hingen, und die vielen Kisten, von denen einige geöffnet waren und ihren geheimnisvollen Inhalt offenbarten. Als sein Blick auf die bemalte Glasplatte am Tisch fiel, kicherte er wie ein Weib.

»Oho! Das soll wohl der Störtebeker sein, oder? Meiner Treu, er ist Euch gut gelungen!«

»Danke.« Auch Karl lächelte jetzt. »Wir werden diesen Unhold ab morgen in unserer Vorstellung mit der Laterna magica zeigen.«

»Mit der Laterna was?« Die Augen des Jünglings wurden groß.

»Nun, das ist ein Apparat, mit dem man Bilder an die Wand werfen kann«, erklärte Karl gönnerhaft. »Ich zeichne diese Bilder. Auch den Papst und den Kaiser hab ich schon porträtiert. Ich bin Maler«, fügte er überflüssigerweise hinzu. »So wie Leonardo da Vinci oder Albrecht Dürer. Kennst du Dürer?«

Der Jüngling schüttelte schweigend den Kopf.

»Ich habe seine apokalyptischen Reiter kopiert«, sagte Karl. »Nun ja, im Grunde habe ich das Bild neu gemalt. Ich finde, es ist mir nicht schlecht gelungen. Manche behaupten, es sei sogar besser als das von Dürer.«

Der junge Bursche starrte weiter auf die bemalte Glasplatte. Fast andächtig strich er über den Rand des Miniaturgemäldes. »Diese Bilder müssen sehr wertvoll sein.«

»Wie heißt du, mein Junge?«, fragte Karl, um das Thema zu wechseln.

Der Jüngling machte eine Verbeugung. »Sebastian, junger Herr.«

Karl lachte. »Du musst nicht Herr zu mir sagen, ich bin nicht so viel älter als du. Sebastian ist ein schöner Name.« Er zwinkerte ihm zu. »Wie ja auch der heilige Sebastian ein schöner Mann war. So schön wie du«, fügte er leise hinzu.

Mittlerweile war er sich sicher, dass der Junge aus einem ganz bestimmten Grund hier war. Ob aus freien Stücken oder weil er sich Geld versprach, konnte Karl nicht sagen. Doch im Grunde war es ihm egal. Er hatte sich auch in den letzten Monaten immer mal wieder mit jungen Kerlen getroffen; bislang schien Faust noch nichts davon bemerkt zu haben, wenn er wohl auch Verdacht schöpfte. Meist waren es schnelle Begegnungen unter einer Brücke oder in den Büschen gewesen. In jeder Stadt gab es welche wie diesen Jüngling, man musste sie nur finden. Sie alle verband die Angst, entdeckt zu werden. Mit Sodomiten hatten brave Bürger fast noch weniger Mitleid als mit Ketzern, Juden und Brunnenvergiftern.

Der zierliche junge Mann wandte sich ab und begann, in den Kisten zu wühlen. »Das sind Bälle zum Jonglieren, nicht wahr?« Er kramte einen roten und einen goldenen Lederball hervor und fing an, damit zu spielen. Die Bälle fielen zu Boden, und er lachte.

»Lass das«, erwiderte Karl. Ihn beschlich eine dunkle Vorahnung, dass es vielleicht doch keine so gute Idee gewesen war, den adretten Burschen mit in den Wagen zu nehmen. Sein ganzes Auftreten wirkte ziemlich erfahren, um nicht zu sagen abgebrüht. Karl vermutete, dass dies nicht der erste Wagen war, den er durchwühlte.

»Ich sagte, hör auf!«, befahl er. Doch der Junge hörte nicht auf ihn. Er wühlte weiter in der Truhe, dabei griff er nach einem schwarzen Schlapphut, roten Tüchern und einem weiß bemalten Holzei. Dann ging er zur Truhe mit den Büchern und fischte achtlos ein paar Bände heraus.

»Pass auf, du machst sie kaputt!«, rief Wagner.

Plötzlich stieß der Jüngling einen überraschten Laut aus. Er ließ die Bücher fallen, bückte sich und zog aus der Truhe ein Messer hervor. Fast ehrfurchtsvoll sah er es an, und auch Karl betrachtete es verwundert. Er hatte das Messer noch nie zuvor gesehen, es musste unter den vielen Büchern zuunterst in der Truhe gelegen haben. Der Griff schien aus irgendeinem Knochen gearbeitet und war mit schwarzen Mustern und Linien verziert, es sah alt und sehr wertvoll aus. Mit einem stillen Lächeln fuhr der Knabe über die scharfe Schneide.

»Es ist wunderschön«, sagte er. »Schenkst du es mir?«

Karl räusperte sich, die Sache entwickelte sich in eine Richtung, die ihm überhaupt nicht gefiel. Er lachte verkrampft. »Das ist nicht dein Ernst, oder? Dieses Messer gehört dem Doktor, er ...«

»Und jetzt gehört es eben mir«, sagte der Junge bestimmt. Er musterte Karl mit kühlem abschätzenden Blick, dabei deutete er mit der Messerspitze auf ihn. »Oder willst du es mir wegnehmen, hm?«

Nervös sah Karl hinüber zu Satan, der zufrieden an seinem Knochen nagte. Es war zum Verzweifeln! Da könnte man diese Töle einmal gebrauchen, und dann war sie fromm wie ein Lamm!

Der Jüngling grinste, in seinen Augen glitzerte es wölfisch. »Also, dann verstehen wir uns ja. Ich nehme jetzt dieses Messer und ...«

Hinter ihm wurde plötzlich der Vorhang aufgerissen. Zu Karls großer Erleichterung war es der Doktor, der viel früher zurückgekommen war als erwartet. Er war ganz außer Atem, sein Mund stand offen. Offenbar hatte er gerade etwas sagen wollen. Doch nun starrte er auf den Knaben mit dem Messer.

»Was geht hier vor?«, fragte er barsch.

»Äh, es ist nichts«, stotterte Karl. »Wir haben uns nur ein wenig unterhalten.«

»Wir?« Noch einmal musterte der Doktor den Jüngling, der verunsichert in der Mitte des Wagens stand. Erst jetzt schien Faust zu erkennen, was der Bursche da in der Hand hielt. Sein Gesicht wurde so aschfahl, als hätte er einen Geist gesehen.

»Leg das sofort hin«, sagte Faust leise zu dem Jungen. »Ich zähle bis drei, dann reißt dich Satan in kleine Stücke, und ich verfüttere dich anschließend an die Möwen. Eins, zwei …«

Der Junge ließ das Messer fallen und stürmte an Faust vorbei nach draußen. Kurz waren noch seine Schritte zu hören, dann herrschte Stille im Wagen.

»Es … es tut mir …«, begann Karl. Doch Faust unterbrach ihn mit einer ungeduldigen Handbewegung.

»Pack deine Sachen, wir brechen auf.«

»Aber … aber die Vorstellung mit der Laterna«, stotterte Karl. »Klaus Störtebeker …«

»Ich sagte, wir brechen auf. Und wenn ich dich noch einmal mit so einem Kerl erwische, beißt Satan euch beiden die Eier ab. Ist das klar?«

Karl senkte den Blick und nickte. »Wo…wohin reisen wir?«, fragte er nach einer Weile leise.

»Nach Köln. Wir werden dort jemanden besuchen, den ich schon lange hätte treffen sollen. Schon vor Jahren. Und jetzt geh raus und schirr das Pferd an.«

Als Karl nach draußen schlich, sah er, wie der Doktor das Messer vom Boden aufhob und länger betrachtete.

Dann ließ er es in die Truhe fallen, als wäre es ein Stück glühendes Eisen.

22

»Hü, alte Mähre! Nun lauf schon schneller!«

Johann ließ die Zügel schnalzen und trieb das Pferd zur Eile an. Der Wagen rumpelte über die staubige Straße, die sich schier endlos durch die Heide schlängelte. Satan lief hechelnd neben dem Wagen, wobei er von Zeit zu Zeit stehen blieb, sich erleichterte oder unter einen Busch legte. Er war nicht mehr kräftig genug für ausgiebige Reisen und musste nun öfter rasten. Sie waren noch am frühen Abend von Hamburg aufgebrochen und in Richtung Lüneburg gefahren. Die Heidelandschaft glühte violett im Licht der Nachmittagssonne, seit drei Tagen waren sie fast ohne Unterlass unterwegs, dabei hatte Johann nur das Nötigste gesprochen.

Er sah hinüber zu Karl Wagner, der mit verkniffenem Gesicht neben ihm auf dem Kutschbock hockte. Vermutlich dachte er, dass ihm Johann noch immer böse war wegen des jungen Burschen in Hamburg. Tatsächlich war Johann wütend gewesen. Es waren genau solche Treffen, die sie beide den Kopf kosten konnten! Ihm war es egal, ob Wagner Mädchen, Jungen oder vielleicht auch Schafe liebte – aber er durfte sie mit seinen Eskapaden nicht in Gefahr bringen. Vor allem nicht jetzt, da Johann zum ersten Mal seit Langem wieder ein Ziel vor Augen hatte. Er musste Heinrich Agrippa treffen und mit ihm über die »Occulta philosophia« reden, dieses Meisterwerk, das ihm die Augen geöffnet hatte! Wenn jemand etwas über Sternenkonstellationen und Prophezeiungen wusste, dann dieser Agrippa. Vielleicht würde Johann ja nun endlich erfahren, was es mit seiner Geburt auf sich hatte.

Und vielleicht auch mehr über Tonio del Moravia und Gilles de Rais.

War es ein Zufall, dass dieser junge Dieb in Hamburg das Messer gefunden hatte? Über all die Jahre hatte Johann es behalten, wenn er auch nicht sagen konnte, warum. Es hatte ihm bisher nur Unglück gebracht, aber es erinnerte ihn auch daran, welche Schuld er auf sich geladen hatte. Er hatte nicht gewagt, es wegzuwerfen – fast so, als würde sonst ein Fluch in Erfüllung gehen. Ganz unten in der Truhe war das Messer verborgen gewesen, nun war es wieder zum Vorschein gekommen. Als Johann es vom Boden des Wagens aufgehoben hatte, hatte er auch kurz die Initialen betrachtet.

G d R

Gilles de Rais …

Aus der öden Heide erhob sich einmal mehr ein Schwarm Krähen, der wie eine giftige schwarze Wolke über den Himmel zog. Die Vögel krächzten laut, und plötzlich hörte Johann wieder den einen Namen.

Tschilld Räh … Gilles de Rais … Tschilld Räh …

Warum bekam er den verfluchten Namen nur nicht aus dem Kopf? Seit so vielen Jahren quälte er ihn schon! Als hinge dieser eine Name unweigerlich mit seinem Schicksal zusammen, wie Tonio, wie alles, was seit den Tagen damals in Knittlingen geschehen war.

Diesmal hielten sie sich nicht lange mit Vorstellungen auf, und so kamen sie zügig voran. Große Teile im Norden des Reiches waren mit Moor und Heide bedeckt, eine öde, wüstengleiche Landschaft ohne größere Anhöhen, ohne Täler, ohne Seen. Der Wind wirbelte den Sand auf, in den sich das Heidekraut krallte, oft versanken die Wagenräder in den sandgefüllten Fahrrinnen, und sie mussten den Wagen herausziehen wie aus einer Schneewehe. Später folgten sie den

Flüssen, an deren Ufern meist bessere Straßen verliefen. Immer wenn sie eine neue Grafschaft, eine neue kleine Baronie passierten, hatten sie Wegzoll zu bezahlen, das ganze Reich war wie ein fadenscheiniger Teppich, genäht aus kleinsten Flecken, nur zusammengehalten von einem Kaiser, der so weit weg war wie der Mond.

So näherten sie sich schließlich dem Rheintal, und die Landschaft wurde lieblicher. Die ersten Weinhänge tauchten auf. Endlich, nach zwölf anstrengenden Reisetagen, erstreckte sich vor ihnen das breite Band des Rheins, an dessen Ufern auch Köln lag.

Johann hatte die Stadt, die eine der größten des Reiches war, bislang eher gemieden. Der Prior des Kölner Dominikanerklosters, der auch der päpstliche Inquisitor war, galt als äußerst streng gegenüber vermeintlichen Ketzern. Außerdem war Köln ein berühmter Pilgerort mit unzähligen Heiltümern, allen voran die Gebeine der Heiligen Drei Könige. Magier und Chiromanten waren hier nicht gern gesehen. Doch auch in Köln hatte man von dem legendären Doktor Faustus bereits gehört. Als Johann seinen Namen am Stadttor laut nannte, berieten sich die Wachen eine Weile, schließlich ließen sie ihn ein – nicht, ohne vorher noch das eine oder andere Fläschchen Theriak zu konfiszieren. Satan lag hinten im Wagen. Es war auch ohne die kalbsgroße Dogge schon schwer genug, einen Permiss für den Aufenthalt in der Stadt zu bekommen, außerdem zog der Hund sein rechtes Hinterbein immer mehr nach. Johann machte sich ernstlich Sorgen um ihn.

Im Nordosten ragte der unfertige Turm des Doms auf, jenes Wunderwerk, an dem die Kölner nun seit gut zweihundertfünfzig Jahren bauten und das immer noch eine Baustelle war. Die Stadt war übersät von kleinen und großen Kirchen, in fast jeder von ihnen war eine andere Reliquie ausgestellt. Auf ihrem Weg durch die belebten Straßen kamen ihnen immer wieder Pilger mit Stäben und schlichter Gewandung entgegen. Nach Rom und Santiago de Compostela war Köln der bekannteste Wallfahrtsort der westlichen Welt. Aber die Stadt war auch ein Ort der Gelehrsamkeit, sie besaß eine der größten Universitäten des Reiches. Der berühmte Albertus Magnus, den Johann seit seinen Tagen im Kloster Maulbronn verehrte, hatte hier Theologie studiert und war zum Priester geweiht worden.

»Und wo wollt Ihr diesen Agrippa nun finden?«, fragte Karl Wagner, während sie mit dem Wagen durch die engen ungepflasterten Gassen auf den Rhein zufuhren. Mittlerweile hatte Johann ihm die Affäre in Hamburg verziehen. Was er genau von Agrippa wollte, hatte er Wagner jedoch nicht gesagt. Er hatte nur allgemein von einem Austausch unter Gelehrten gesprochen.

»Nun, Heinrich Agrippa von Nettesheim ist in Köln kein Unbekannter«, erwiderte Johann. »Die Flaschen Theriak für die Wachen waren gut angelegt. Sie haben mir gesagt, wo er wohnt. Offenbar in der Nähe des Heumarkts bei seiner Schwester, die auch für ihn kocht. Es ist nicht mehr weit von hier.«

Sie bogen in eine weitere kleine Gasse ein und näherten sich einem schmalen zweistöckigen Fachwerkhaus, das frisch angestrichen war und auch sonst einen sauberen Eindruck machte. Johann spürte, wie die Unruhe in ihm wuchs. Was, wenn Agrippa ihn nicht empfing? Schließlich war Johann in den Augen vieler Studierter nichts weiter als ein Betrüger. Oder wenn auch Agrippa ihm nicht weiterhelfen konnte? Der ganze Plan, die überstürzte Abreise aus Hamburg, die Hoffnung, von dem bekannten Gelehrten mehr über seine Nativität zu erfahren, erschien ihm plötzlich fürchterlich naiv. Was erhoffte er sich schon? Doch nun war es für Zweifel zu spät.

»Warte hier«, sagte Johann zu Karl Wagner. Er stieg vom Kutschbock, ging hinüber zu dem kleinen Häuschen und läutete am Glockenzug. Es dauerte eine Weile, dann öffnete ihm eine junge füllige Frau mit Haube und Schürze. Sie sah Johann freundlich, wenn auch ein wenig reserviert an. Offenbar war sie Bittsteller gewohnt.

Johann räusperte sich. »Mein Name ist Doktor Johann Georg Faustus. Ich bin auf der Suche nach dem großen Gelehrten Heinrich Cornelius Agrippa von Nettesheim. Wisst Ihr, wo ich ihn finden kann?«

»Mein Bruder ist noch in der Universität«, entgegnete die Frau knapp. »Er wird wohl bald kommen. Am besten, Ihr wartet draußen auf ihn.«

Johann wollte noch etwas erwidern, doch Agrippas Schwester hatte die Tür bereits wieder geschlossen. Stirnrunzelnd ging er zurück zu Karl Wagner, der gerade neugierige Straßenjungen vertrieb. Dies verlief in der Tat nicht besonders vielversprechend.

Es dauerte nicht lange, und um den Wagen herum hatte sich eine Menschentraube gebildet. Johann trug seinen blauschwarzen Sternenmantel und den Schlapphut, die fremdartigen Symbole auf der Plane des Wagens taten ihr Übriges. Mittlerweile schien sich in Köln herumgesprochen zu haben, dass ein reichsbekannter Zauberer vor dem Haus des großen Agrippa wartete.

»Das ist der Schwarzmagus Doktor Faustus«, flüsterte ein älterer Bauer seiner Frau im breitesten Kölsch zu. »Ein Nekromant und Teufelsbeschwörer! Hab schon von ihm gehört. Unten in Speyer hat er zwei Kälber zum Mond fliegen lassen. Da grasen sie heute noch.«

»Gott schütze uns!« Die Alte schüttelte den Kopf. »Wenn zwei Magier zusammenkommen, wird es uns allen schlecht ergehen!«

Die Menge murrte, die ersten Herbeigelaufenen begannen an der Plane zu ziehen, wohl um zu sehen, welches teuflische Ding sich darunter befand. Karl Wagner war vom Kutschbock gesprungen und versuchte, zumindest die frechsten

Kerle zu vertreiben. Doch sie entfernten sich nicht, im Gegenteil, immer mehr Menschen kamen, riefen, zeterten und rüttelten am Wagen. Die Gasse war so voll, dass kein Durchkommen mehr möglich war. Nervös sah sich Johann um. Es konnte nicht mehr lange dauern, bis die Stadtwachen auftauchten, was sicher nicht zu seinen Gunsten sein würde. Er galt ohnehin schon als Störenfried. Sollte er Satan auf die Menge hetzen? Doch damit würde er sich nur noch mehr Ärger einhandeln.

»Was soll dieser Unfug vor meinem Haus? Schert euch weg, es gibt nichts zu sehen!«

Johann drehte sich um und sah zwischen den Leuten einen eher klein gewachsenen Mann mit Barett und Talar. Er mochte jünger als Johann sein, wirkte aber im schwarzen Universitätsmantel und mit seinem herrischen Auftreten weitaus älter und würdevoller. Der Mann hatte kluge, wache Augen, eine spitze Nase und einen schmalen Mund, um den ein spöttischer Zug spielte. Trotz seiner jungen Jahre waren seine Haare und auch der dünne Bart bereits an einigen Stellen ergraut.

»Was der Unfug soll, müsst Ihr die Leute fragen und nicht mich«, gab Johann vom Kutschbock aus zurück.

»Wenn Ihr der seid, für den Euch die Leute halten, seid Ihr zumindest der Quell all dieses Trubels.« Der Mann lächelte und sah mit einem Mal viel jünger aus. Er sprach den Kölner Dialekt, was sich in Verbindung mit seiner gekünstelten Ausdrucksweise wie ein billiger Schwank anhörte. »Doktor Faustus, nicht wahr? In Anbetracht der Menge von Erzählungen über Eure Person hätte ich Euch für älter gehalten.«

»In Anbetracht der Vielzahl Eurer Werke ich Euch auch, Meister Agrippa«, erwiderte Johann schmallippig, noch immer verärgert über den Aufruhr, den er verursacht hatte. »Oder hat sie doch ein anderer geschrieben?«

»*Touché*, Herr Kollege!« Agrippa lachte und verbeugte sich

spielerisch, während die Menge respektvoll Abstand hielt. »Mir ist ein offener Angriff immer lieber als die Schattenfechtereien dieser ganzen verknöcherten Gelehrten, die mich so oft der Ketzerei überführen wollen. Lasst uns zu Friedensverhandlungen nach drinnen gehen, da parliert es sich ungestörter.« Grinsend deutete er auf eine Seitengasse links des Anwesens.

»Von dort führt ein Tor in den Hinterhof meines bescheidenen Häuschens. Ihr müsst entschuldigen, dass meine Schwester Martha Euch nicht eingelassen hat. Wir haben einfach zu viele Bittsteller, meist irgendwelche fahrenden Studenten, die auf eine Stelle hoffen. Aber Euren Besuch lasse ich mir natürlich nicht entgehen, Herr Doktor. Schon auf dem Weg von der Universität hierher habe ich mindestens ein Dutzend Geschichten über Euch gehört.«

»Nur die Hälfte davon ist wahr«, entgegnete Johann achselzuckend.

»Und er wird Euch nicht verraten, welche«, ergänzte Karl Wagner mit einem Seufzen.

Agrippa bedachte ihn mit einem Seitenblick. »Ich sehe, Ihr habt einen Assistenten?«

»Ein begabter junger Mann«, erwiderte Johann. »Wenn mit ihm auch manchmal die Leidenschaft durchgeht.«

Gemeinsam mit Agrippa schritt er durch die Menschenmenge, die den beiden Doktoren nun Platz machte. Etliche der Bürger nahmen ihren Hut ab, doch Johann sah auch einige, die ein Kreuz schlugen oder ein Abwehrzeichen gegen das Böse machten. Derweil stieg Karl Wagner auf den Kutschbock und steuerte den Wagen durch die johlende Menge hindurch auf die Seitengasse zu.

Hinter dem Eingang schloss ein einfach eingerichteter Flur an, mit Fellen und Teppichen an den Wänden und duftenden Binsen auf dem Boden.

»Folgt mir ins Ofenzimmer«, sagte Agrippa und betrat die

Treppe zum ersten Stock. »Dort können wir in Ruhe plaudern. Euer Assistent mag sich gerne so lange in der Küche von Martha verwöhnen lassen. Es gibt frische Kölner Schmalznudeln, eine echte Köstlichkeit! Wir wollen uns unterdessen mit der mageren, wenn auch ebenso wohlschmeckenden Kost des Kollegendisputs begnügen.«

Das sogenannte Ofenzimmer wurde dominiert von einem mannshohen grünen Kachelofen, wie er jetzt in Bürgerhäusern immer mehr in Mode kam. Hier herrschte im Gegensatz zum aufgeräumten Flur ein wildes Durcheinander. Auf Truhen und kleinen Tischen lagen überall verteilt Bücher und Schriftstücke, zwischen Tintenfass und Feder faulte ein bräunlicher Apfelbutzen. Es roch nach Pergament, Staub und Männerschweiß.

»Mein Reich«, sagte Agrippa lächelnd und wies Johann einen Schemel zu. Sie setzten sich, und Agrippa musterte sein Gegenüber lange.

»Soso, der berühmte Doktor Faustus«, sagte er schließlich und lehnte sich zurück. »Man hat mir von Euren Vorlesungen in Erfurt erzählt. Nicht schlecht, was Ihr da über den theologischen Begriff Gottes vorgetragen habt. Wenn auch ein wenig gefährlich, in diesen Zeiten ist man damit schnell ein Ketzer. Ich weiß, wovon ich rede.«

»Ihr gebt in Köln Vorlesungen?«, fragte Johann.

»Einfache theologische Diskussionen, ohne schematische Einordnung. Der Rektor hat mich darum gebeten.« Agrippa zuckte mit den Schultern, und Johann war sich nicht sicher, ob diese zur Schau gestellte Langeweile nur gespielt oder echt war. Agrippa schien äußerst klug zu sein, aber er hatte auch etwas Prahlerisches, allzu Lautes an sich.

Wie ich auch, dachte Johann.

»Allerdings werde ich wohl nur für eine Weile in Köln bleiben«, fügte Agrippa hinzu. »Vermutlich ziehe ich bald weiter nach Italien, ich begleite dort als kaiserlicher Offizier eine schwer bewachte Kriegskasse. Davor habe ich einem Freund geholfen, in Spanien seine Burg zurückzuerobern. Ach ja, und erst kürzlich war ich in England als Agent unterwegs, im Auftrag des deutschen Kaisers. Es ging darum, mit dem neuen König Heinrich VIII. gute Handelsbeziehungen herzustellen, da war mein Englisch wohl förderlich.« Er hielt kurz inne und zog die Augenbraue hoch. »Kennt Ihr das Gefühl, nie zufrieden zu sein, immer mehr vom Leben zu wollen, immer weiter zu forschen, ohne Rücksicht auf Verluste?«

Johann nickte. »O ja, das kenne ich gut.«

Viel zu gut …

»Dann sind wir wohl Brüder im Geiste.« Agrippa lachte, es war ein leise klingelndes Lachen, fast wie das einer Frau. Er sah sich nach einem Krug Wein um, angelte von einem mit Büchern vollgestellten Tisch schließlich zwei schmutzige Becher und goss ihnen beiden ein.

»Ihr seht, ich bin ebenso rastlos wie Ihr. Heute hier, morgen dort, das Studium generale bezieht eben das ganze Leben mit ein. Aber Ihr seid sicher nicht nur da, um zu plaudern. Nicht wahr?« Agrippa klatschte in die Hände. »Der Worte sind genug gewechselt, lasst mich auch endlich Taten sehen. Also, warum seid Ihr hier?«

Johann räusperte sich. »Als Ihr in England wart, habt Ihr offenbar an einem Manuskript geschrieben. Ich hatte in Hamburg die Möglichkeit, eine Abschrift davon zu erwerben.« Ein wenig nervös zog er den Packen mit den mitgebrachten Seiten hervor und strich sie glatt. Agrippa warf einen kurzen Blick darauf.

»Die ›Occulta philosophia‹«, sagte der Gelehrte mit einem Nicken. »Ich bin noch lange nicht fertig damit.« Er seufzte. »Ich hätte niemals zulassen sollen, dass dieser fette Hansekaufmann eine Abschrift erwirbt. Aber er hat gut gezahlt, und der Kaiser ist mit seinen Zahlungen bei mir mal wieder im Rückstand.«

»Ich muss Euch gratulieren. Es ist ein Meisterwerk!« Johann tippte auf die Seiten, die vor ihnen auf dem Tisch lagen. »Noch keiner hat die Magie so systematisch erfasst wie Ihr. Astrologie, Beschwörungen, Bannzauber, Mantiken, Zaubermittel …«

»Alles reine Theorie.« Agrippa winkte ab. »Mir fehlt die Praxis, auf diesem Gebiet seid Ihr der Lehrer und ich nur ein eifriger Schüler. Warum interessiert Ihr Euch so dafür?«

»Nun, das Werk rührt an Fragen, die …« Johann zögerte. »Die auch mich betreffen.«

Zum ersten Mal wirkte Agrippa wirklich interessiert, er beugte sich nach vorne. »Wie meint Ihr das?«

»Es sind in meinem Leben Dinge eingetreten, die … nun ja, man könnte wohl von einem Fluch sprechen. Seit Längerem schon frage ich mich, ob diese Vorfälle mit meiner Nativität zusammenhängen. Ich bin geboren im Jupiter. Sonne und Jupiter standen am Tag meiner Geburt im gleichen Grad des gleichen Zeichens.«

Agrippa nickte. »Eine starke Konstellation, in der Tat. Ihr müsst vom Glück gesegnet sein, daher wohl auch Euer Name.«

»Nun, dieses Glück habe ich noch nicht gefunden«, entgegnete Johann verbittert. Er wechselte das Thema. »Sagt Euch der Ausdruck ›Geboren am Tag des Propheten‹ etwas? Er ist mir im Zusammenhang mit meiner Geburt begegnet.«

»Nein, tut mir leid.« Agrippa schüttelte den Kopf. »Aber es ist durchaus möglich, dass die Sterne mehr über Euch sagen, als wir einfachen Erdenbürger sehen können.« Als Johann ihn fragend ansah, fuhr Agrippa fort: »Ich bin davon überzeugt, dass es dort draußen noch viel mehr Sterne gibt. Manche leuchten schwach, als wären sie sehr weit entfernt. Ich frage mich: Was kommt hinter ihnen?«

»Ptolemäus meinte, die Welt sei umgeben von acht Sphären«, erwiderte Johann. »Dahinter ist nichts.«

»Gebt Ihr Euch damit wirklich zufrieden?« Agrippa lächelte. »Ihr enttäuscht mich, Faustus. Wollt Ihr nicht erfahren, was hinter der achten Sphäre liegt?«

»Hinter der achten Sphäre …« Johann sah nachdenklich in die Ferne. »Das hat schon einmal jemand zu mir gesagt.«

»Dieser Jemand muss ein kluger Mann gewesen sein.« Agrippa leerte sein Glas in einem Zug und goss ihnen beiden frischen Wein ein. »Aber lasst uns zunächst von weltlicheren Dingen sprechen. Ich mache Euch einen Vorschlag, Doktor Faustus. Ihr erzählt mir von Euch, und ich berichte Euch von der Welt hinter der achten Sphäre. Wenn nur jede zweite Geschichte über Euch wahr ist, werden wir zwei ein paar vergnügliche und anregende Wochen verbringen.«

Agrippa sollte recht behalten. Es wurden die anregendsten Wochen, die Johann je erlebt hatte.

Heinrich Cornelius Agrippa von Nettesheim, der berühmte Kölner Gelehrte, war der erste Mensch, den Johann als ebenbürtig empfand. Ihre Gespräche waren wie ein Kampf, ausgefochten nicht mit Schwertern, sondern allein mit Verstand und spitzer Zunge. Dabei waren die beiden Männer äußerst unterschiedlich. Agrippa entstammte einer angesehenen Kölner Adelsfamilie, sein Vater war Diplomat im Dienste des Hauses Österreich gewesen. Seit seiner Geburt war Heinrich ein von Glück Gezeichneter, geliebt von den Eltern, umgeben von Büchern, ausgestattet mit unzähligen Talenten. Johann hingegen war der Stiefsohn eines Knittlinger Großbauern, ein Bastard, der sich alles im Leben hatte hart erkämpfen müssen, ein Gaukler und Aufschneider.

Auch wenn Agrippa vermutlich wusste, dass die meisten Geschichten über Faust nicht stimmten, ließ er sich gerne damit unterhalten. Aus einer kleinen abenteuerlichen Episode wurde dann schnell ein wissenschaftlicher Diskurs, der bis spät in die Nacht dauern konnte.

»Meine Studenten haben mir berichtet, Ihr könnt es donnern und blitzen lassen«, wandte Agrippa sich eines Abends lächelnd an Johann, als sie noch zu zweit oben im Ofenzimmer saßen. »Und? Könnt Ihr?«

Johann zuckte die Achseln. »Nun, sagen wir, ich verfüge über genügend Schwarzpulver, um den Himmel poltern zu lassen, zumindest für die einfachen Leute. Es ist wirklich interessant, was diese teuflische Mischung aus Schwefel, Kohle und Salpeter alles vermag. Ich fürchte, wir sind bei der Entwicklung dieses Pulvers noch lange nicht am Ende angelangt.«

»Und wie entsteht der Donner oben am Himmel?«, fragte Agrippa und nippte an seinem Glas Wein. »Aristoteles behauptet ja in seiner ›Metereologica‹, dass es der Wind ist, der gegen die Wolken prallt und dabei dieses Geräusch auslöst. Was meint Ihr?«

»Kennt Ihr Albertus Magnus' Regenbogen-Experiment?«, entgegnete Johann nach einigem Nachdenken. »Ein achteckiger Kristall, der halb in die Sonne gelegt wird, wirft ebenso die Farben an die Wand wie ein Regenbogen. Vielleicht ist es mit dem Donner ja so ähnlich. Er entsteht durch etwas anderes, was wir nicht sehen können. Der Donner ist nur die Folge, nicht die Ursache.«

Agrippa wiegte den Kopf. »Ein interessanter Gedanke, werter Herr Kollege. Vielleicht greife ich ihn in einer meiner nächsten Vorlesungen auf.«

Den Vormittag verbrachte Agrippa meist an der Kölner Universität, wo die Studenten in seine Veranstaltungen drängten und gebannt seinen Gedanken lauschten, die den einen als ketzerisch, den anderen als fortschrittlich erschienen. Diese Zeit nutzte Johann, um sich in der großen Hausbibliothek des Gelehrten umzuschauen, während die Düfte aus der Küche bereits das Mittagessen ankündigten. Mittags saßen sie dann gemeinsam mit Agrippas Schwester und Karl Wagner bei Tisch, Satan bekam einen Platz im Garten, wo auch der Wagen stand.

So vergingen die Wochen, und der Oktober zog ins Land. Es wurde kühler, Regen peitschte durch die Kölner Gassen. Gelegentlich glaubte Johann immer noch, dass ihn jemand beobachtete. Doch der Drang, von Agrippa mehr zu erfahren über die Sternenkonstellation am Tag seiner Geburt und auch über das, was hinter der achten Sphäre lag, war so stark, dass er alles andere um sich herum vergaß. Die Nächte verbrachte er gemeinsam mit Karl Wagner im Wirtshaus »Zur Goldenen Krone«, einer der besten Herbergen der Stadt. Er schlief tief und traumlos, so gut wie schon lange nicht mehr. Der gedankliche Austausch mit Agrippa machte ihn satt und zufrieden wie einen soeben gestillten Säugling. Selbst an Margarethe dachte er in dieser Zeit nicht.

Vorstellungen mit der Laterna magica gaben sie keine, auch deshalb, um sich nicht dem Vorwurf der Ketzerei auszusetzen. In den Straßen Kölns genoss Johann ohnehin nicht den besten Ruf, die Leute redeten über den Schwarzmagus im Hause des rebellischen Gelehrten, ein paarmal wurde Johann auch mit Mist beworfen. Trotzdem ließ er es sich nicht nehmen, Agrippa zu Hause im Ofenzimmer die Laterna vorzuführen.

»Wirklich erstaunlich«, sagte sein Gastgeber, nachdem das letzte Bild mit der Weißen Frau verblasst war und Johann die Kerzen im Raum wieder entzündete. »Was für Möglichkeiten würden sich erst eröffnen, wenn sich diese Bilder auch bewegen könnten, so wie echte Menschen.«

»Oder sogar sprechen«, warf Johann lächelnd ein. »Wer weiß, vielleicht kommt ja irgendwann dieser Tag, auch wenn wir ihn vermutlich nicht mehr selbst erleben werden.«

Nach und nach erfuhr Johann nun auch mehr über Agrippas Überlegungen zu den Sternen. Tatsächlich erschien es dem Kölner Gelehrten möglich, dass es noch andere Sonnen gab, ja sogar andere Welten! Das Universum mochte vielleicht endlos sein, und die Erde nichts weiter als ein Staubkorn.

»Bedenkt die Kometen«, wandte Agrippa sich an Johann,

als sie einmal mehr oben im Ofenzimmer saßen. »Wo kommen sie her? Aus einer fernen Welt hinter der achten Sphäre? Wie lange mögen sie hierher gereist sein? Die Menschen glauben ja seit Aristoteles, Kometen wären nur Ausdünstungen der Erdatmosphäre, Verkünder schlechter Nachrichten oder zukünftiger Ereignisse. Ich aber glaube, sie kommen von weiter her. Auch von weiter, als der weise Astronom Johannes Müller vermutete, der sie immerhin als selbstständige Himmelskörper begriff.« Agrippa seufzte. »Es ist wirklich schade, dass wir mit unseren Augen nicht erkennen können, was sich hinter der achten Sphäre verbirgt.« Er deutete auf die Laterna magica, die noch immer in der Ecke des Zimmers stand. »Dieses Ding hier ist eine hübsche Spielerei. Aber ich frage mich, ob man es nicht auch anders nutzen könnte. Diese Linsen, die Ihr verwendet habt …« Er zögerte.

»Was ist damit?«, fragte Johann.

Agrippa nahm die bügellose Brille in die Hand, die er gelegentlich nutzte, und betrachtete sie nachdenklich. »Wenn wir durch Linsen sehen, schärfen wir unseren Blick. Das wissen wir seit dem englischen Franziskanermönch Roger Bacon. Was aber, wenn wir dadurch auch die Dinge am Himmel schärfer sehen könnten? Dann könnten wir vielleicht auch verstehen, was Eure Nativität so besonders macht. Ihr sprecht von einem Fluch. Warum?«

Johann zögerte kurz.

»Sagt Euch der Name Gilles de Rais etwas?«, fragte er schließlich.

Agrippa fasste sich an die Nase, so als würde er nachdenken. Für einen winzigen Augenblick glaubte Johann, ein Flackern in seinen Augen zu sehen. »Nein, tut mir leid«, erwiderte er. »Sollte ich ihn kennen?«

Johann musterte Agrippa, dessen Gesicht ausdruckslos blieb. Wenn der Gelehrte tatsächlich log, war er auch darin ein Meister.

»Es ist nicht wichtig, entschuldigt meine Frage.« Johann zuckte die Schultern. »Was den Fluch angeht … Es ist, als ob mir jemand alles Wissen, alle Weisheit dieser Welt schenkt, mir dafür aber immer wieder Steine in den Weg legt. Schlimme Dinge ereignen sich, mein ganzes Leben lang schon. Allerdings ist mir geweissagt worden, ich sei ein von Glück Gezeichneter. Geboren am Tag des Propheten … Wie soll das zusammenpassen? Ich will endlich wissen, wer ich bin. Versteht Ihr? Erst dann, glaube ich, hat mein Suchen ein Ende.«

»Wer Ihr seid?« Agrippa schmunzelte. »Seit wann wollen Menschen wissen, wer sie sind? Ein ungewöhnlicher Gedanke, findet Ihr nicht? Auf irgendeine Weise, nun ja … neu.« Er lachte. »Aber Ihr seid ja auch ein ungewöhnlicher Mensch, Doktor Faustus, fast wie ein neues Exemplar unserer Gattung.«

So vertieft in die Gespräche mit Agrippa war Johann, dass er gelegentlich vergaß, dass er einen Assistenten hatte. Karl Wagner ging in Köln seine eigenen Wege, außer am Mittagstisch und abends in der Herberge sahen sie sich kaum. Johann achtete nicht mehr auf Karl, wie er es sich selbst bei ihrer ersten Begegnung im Wald bei Warnheim versprochen hatte. Der Drang nach Wissen war stärker als die Freundschaft.

Und so nahm das Schicksal – jener Fluch, von dem Johann gesprochen hatte – erneut seinen Lauf.

* * *

Mit schwerem Kopf torkelte Karl Wagner aus dem Wirtshaus unten am Rheinufer und ließ sich den Herbstregen ins Gesicht prasseln. Hinter ihm erschollen noch immer Musik, Gelächter und das Klirren zerbrochenen Glases. Der »Schwarze Walfisch« war eine verrufene Herberge, auch wenn sich dort immer wieder auch bessere Herrschaften blicken ließen. Man erkannte sie daran, dass sie mit hohem Kragen und Schlapphut meist an den hinteren Tischen saßen, die teuren Gewänder unter einem einfachen Wollmantel verborgen. Es dauerte dann oft nicht lange, bis sich ein junger hübscher Bursche zu dem jeweiligen Herrn setzte. Ein wenig später gingen die beiden über eine schmale Stiege in die oberen Zimmer.

Auch Karl war schon öfter in den oberen Zimmern gewesen.

Es gab Tage, da verfluchte er sich selbst für das, was er tat. Warum nur hatte Gott ihn mit diesem Laster gestraft? Er wusste, dass es eine Todsünde war und dass darauf der Feuertod stand, doch sein Fleisch war schwach. Warum konnte er nicht wie andere junge Männer Mädchen lieben? Es war zum Verzweifeln! Wenn das, was er tat, sündig war, warum hatte Gott ihn dann so geschaffen? War es eine Prüfung, so wie der Herr Hiob geprüft hatte? Mittlerweile wagte Karl seine Vergehen nicht einmal mehr in der Beichte zu erwähnen. Er fürchtete, dass der Pfarrer bei einer solch schweren Todsünde das Beichtgeheimnis nicht achtete. Stattdessen stürzte er sich wie im Rausch von einem amourösen Abenteuer ins nächste. Sein schlechtes Gewissen ertränkte er mit Wein und Schnaps, der im Walfisch reichlich floss.

Eine plötzliche Übelkeit übermannte Karl, er stürzte die paar Schritte auf den Rhein zu, kniete nieder und erbrach sich. Im Wasser spiegelten sich die Lichter der Wirtshäuser am Hafen, die geduckt neben den vielen Molen, Stapelhäusern und Fischkaufhäusern lagen und mit Dirnen und anderen verbotenen Lastern lockten. Karl würgte. Wenn er auf diese Weise doch auch seinen Trieb loswerden könnte! Ihn einfach ausspucken, so wie vom Teufel Besessene manchmal rostige Nägel ausspuckten und dann geheilt waren.

Für ihn, so schien es, gab es keine Heilung.

Die Hölle war ihm sicher.

Umso schlimmer wog, dass er einen Mann liebte, der für ihn unerreichbar war. Es hatte ganz langsam begonnen, schleichend. Am Anfang waren es nur Bewunderung und Respekt gewesen, was Karl dem Doktor gegenüber empfand. Doch mittlerweile paarte sich dieser Respekt mit echter Zuneigung und mit … Karl Wagner zitterte vor Scham … mit, ja, unkeuschen Gedanken. Doktor Faustus war ein Dutzend Jahre älter als er, doch noch immer war er ein gut aussehender Mann, mit weichen rabenschwarzen Haaren und einem dunklen, geheimnisvollen Blick. Vermutlich war es vor allem der Blick, der Karl so anzog. Er glaubte, in zwei tiefe Tümpel zu blicken. Dem Geheimnis, das auf ihrem Grund lag, kam er nicht auf die Spur, sosehr er sich auch bemühte.

Karl wusste, dass er seine Gefühle dem Doktor gegenüber niemals gestehen durfte. Hinzu kam, dass ihn sein Herr hier in Köln mit Nichtachtung strafte. Ja, sie aßen zusammen und trafen sich abends in der Herberge »Zur Goldenen Krone«. Aber Faust war nie wirklich bei ihm, er war mit seinen Gedanken immer ganz weit fort, bei diesem hochmütigen Agrippa, dessen Gesellschaft den Doktor viel mehr anregte als ein Gespräch mit seinem unwissenden Adlatus. Auch deshalb hatte sich Karl in diverse Abenteuer gestürzt, wenn er dabei auch kein gutes Gefühl gehabt hatte. Insbesondere der letzte Bursche war ihm unheimlich gewesen. Ein schöner Jüngling, mit ebenso schwarzen Haaren wie der Doktor. Aber in seinem Blick hatte etwas Berechnendes, geradezu Böses gelegen. Manchmal, wenn sie nachts zusammenlagen, hatte Karl die Augen des Jünglings auf sich gespürt. Die Blicke brannten fast wie glühende Kohlen. Doch kaum hatte er selbst die Augen aufgeschlagen, hatte ihn der andere nur angelächelt und mit Küssen gefügig gemacht. Gerade eben war Karl wieder bei ihm gewesen, doch er hatte sich unwohl gefühlt und war schließlich nach draußen gestürmt.

Noch immer betrunken, erhob sich Karl und wischte sich über den Mund, er schmeckte bittere Galle. Dies alles musste ein Ende haben! Er würde zum Doktor gehen und darum bitten, entlassen zu werden. Faust sollte ihm die Briefe zurückgeben, und Karl würde wieder seiner Wege gehen und versuchen, den Doktor zu vergessen. Es war für alle das Beste.

Mit unsicheren Schritten wankte Karl den Rhein entlang, während die Regentropfen wie kalte Tränen vom Himmel fielen. Er hatte die Stadtwachen bestochen, daher war das kleine Einmanntor am Frankenturm nur angelehnt. Die Wachen verdienten gutes Geld damit, Männer wie ihn nicht zu verpfeifen. Erst vor einigen Jahren war ans Licht gekommen, dass über zweihundert angesehene Kölner Bürger sich heimlich der Sodomie hingegeben hatten. Die Angelegenheit war damals unter den Teppich gekehrt worden, bis heute schlichen brave Ehemänner durch das Tor hinaus zu den verrufenen Häusern am Rhein. Karl blickte nach oben zum Turm, der auch als Gefängnis diente und ihn daran erinnerte, was ihm drohte, sollte sein Tun jemals entdeckt werden.

Vorsichtig drückte er gegen das Tor, das erwartungsgemäß offen stand. Er war gerade hindurchgeschlüpft, als er in der Nische daneben eine Bewegung ausmachte. Erleichtert registrierte Karl, dass es nur eine der Stadtwachen war, der Mann zwinkerte ihm höhnisch zu. Karl wollte schweigend an ihm vorbeigehen, doch da stellte sich ihm der Soldat plötzlich in den Weg. Sein Lächeln erstarb, und er zog sein Schwert.

»Da ist der Sodomit Wagner!«, rief der Wachmann nach hinten, wo sich im Dunkeln jetzt weitere Gestalten abzeichneten. »Holt ihn euch!«

Im gleichen Augenblick ertönte lautes Stiefelpoltern, Männer mit Schwertern und Spießen stürmten auf Karl zu. Die Szene erschien ihm wie ein Traum, alles war merkwürdig verlangsamt. Seltsamerweise empfand er in diesem Moment keine Furcht, alle Sinne waren vollauf damit beschäftigt, sein Überleben zu sichern.

Die Soldaten hatten ihn noch nicht erreicht, blitzschnell schlug er einen Haken nach rechts und rannte links an dem verdutzten Wachmann vorbei. Schon als kleiner Bub war Karl immer einer der Schnellsten gewesen. Auch jetzt lief er wie ein Hase und schlug weitere Haken, während ein Armbrustbolzen nur knapp an seinem Ohr vorbeizischte. Hinter ihm schrien die Männer, Karl stolperte, fing sich wieder und stürmte in eine schmale Seitengasse. Er warf ein Fass um, hetzte weiter und hörte hinter sich wütendes Rufen. Planlos lief er durch das Gewirr der Gassen, bog mal links, mal rechts ab, bis er am Rande der größeren Straße stand, die vom Hafen zum Dom führte.

Panisch, keuchend, mit pochendem Herzen sah Karl sich um. Die Männer waren verschwunden. Der Regen rauschte hernieder und machte die mondlose Nacht noch finsterer, als sie ohnehin schon war. Es war unwahrscheinlich, dass sie ihn jetzt noch entdeckten.

Im ersten Moment durchspülte ihn eine Welle der Erleichterung. Er hatte die Soldaten wirklich abgehängt! Doch dann kehrte die Angst mit doppelter Wucht zurück. Er wurde als Sodomit gesucht, ihm drohten Folter und der Scheiterhaufen! Die Erinnerung an Rauch und den Gestank von verbranntem Fleisch kehrte zurück … Ein Zittern überkam Karl, während er verzweifelt überlegte, was er nun tun sollte. Jemand musste ihn verraten haben, anders ließ sich nicht erklären, dass der Kerl am Tor gerade ihn herausgegriffen und auch seinen Namen gekannt hatte.

Und wenn man ihn kannte, dann wusste man auch, wessen Assistent er war.

Erschöpft und den Tränen nah, lehnte sich Karl an eine Hauswand. Alles war verloren! Er konnte nicht zurück in das Gasthaus, wo er mit dem Doktor wohnte. Schlimmer noch: Der Doktor befand sich selbst in Gefahr, als Sodomit festgenommen zu werden. Vielleicht war das ja auch der eigentliche Grund gewesen, warum man ihm aufgelauert hatte: Man suchte einen Grund, dem Schwarzmagier und Nekromanten

Doktor Faustus den Prozess zu machen. Karl musste ihn warnen! Das war das Mindeste, was er tun konnte.

Noch immer ganz außer Atem, schlich er die dunkle, unbeleuchtete Gasse auf den Dom zu. Das Wirtshaus »Zur Goldenen Krone«, ein frisch getünchtes Fachwerkhaus mit Butzenglasscheiben und beheizten Zimmern, befand sich nur einen Steinwurf weit davon entfernt. Als Karl schließlich in Sichtweite war, kauerte er sich in eine Hausnische, in der sich stinkender Unrat türmte, und wartete. Wenn er Glück hatte, war Faust noch bei Agrippa.

Ratten huschten um seine Füße, ein Nachtwächter ging mit seiner Laterne nur eine Handbreit an ihm vorüber, ohne ihn zu sehen. Nach etwa einer halben Stunde, als Karl schon bis auf die Haut durchnässt war, näherte sich vom Dom her eine Gestalt im blau-schwarzen Mantel und mit Schlapphut. Karl atmete erleichtert auf, es war tatsächlich der Doktor. Faust ging leichten Schritts, die Dogge neben ihm, vermutlich hatte ihn das abendliche Gespräch mit Agrippa beschwingt und angeregt. Karl spürte eine leise Eifersucht in sich aufkommen, doch nur kurz, dann trat er vorsichtig hinaus auf die Straße und winkte.

Es dauerte eine Weile, bis Faust ihn erkannte, und auch dann näherte er sich nur zögerlich. Als der Doktor Karl gegenüberstand, rümpfte er die Nase. Satan knurrte und schnupperte an Karls von Kot und Unrat befleckten Beinlingen.

»Wie siehst du denn aus?«, fragte Faust unwirsch. »Hast du im Dreck gewühlt?«

»Etwas … etwas Fürchterliches ist geschehen, Herr!«, platzte es aus Karl heraus. »Mein Gott, es … es tut mir so leid …«

Faust wurde sofort ernst. »Was ist? Sprich schon!«

»Der Himmel möge mir vergeben! Man sucht mich als Sodomiten, und ich … ich fürchte, Euch auch …«

Hastig erzählte Wagner dem Doktor von seinem Besuch im »Walfisch«, der Begegnung am Frankenturm und der anschließenden Flucht. Zu seinem Erstaunen blieb Faust ganz ruhig.

»Du sagst, sie kannten deinen Namen«, murmelte er. »Das ist schlecht, sehr schlecht …« Er überlegte kurz. »Du hast recht, wir können nicht mehr zurück ins Wirtshaus. Und auch nicht zu Agrippa, wenn wir ihn nicht da hineinziehen wollen. Wohin dann? Wohin …?« Faust schloss die Augen und rieb sich die Nasenflügel.

»Vielleicht, wenn ich mich stelle«, wimmerte Karl. »Wenn ich sage, dass Ihr mit alldem nichts zu tun …«

»Halt den Mund!«, fuhr ihn Faust unwirsch an. »Man wird mir einen Strick daraus drehen, so oder so. Ich hätte dich nie …« Er brach ab und schüttelte den Kopf. »Was auch immer geschehen ist, nun müssen wir nach vorne schauen. Diese Flucht muss endlich ein Ende haben.«

»Was meint Ihr?« Karl sah seinen Herrn gespannt an. Der Doktor fand immer eine Lösung, vielleicht ja auch jetzt, in dieser schier ausweglosen Lage. »Was habt Ihr vor?«, fragte er ängstlich.

»Du wirst jetzt ganz genau zuhören, was ich dir sage«, erwiderte Faust leise. »Nur wenn wir keinen Fehler machen, kommen wir heil aus dieser Sache raus.«

»Wo … wo wollt ihr hin?«, hakte Wagner nach. »Der Arm der Kölner Inquisition reicht weit.«

Der Doktor nickte entschlossen, so als hätte er eben eine wichtige Entscheidung getroffen. Noch immer prasselte der Regen auf sie herab, von Fausts Schlapphut tropfte es wie aus einer Traufe.

»Nun, ich denke, ich kenne einen Platz, wo wir eine Weile bleiben können«, sagte Faust schließlich mit fester Stimme. »Zwar war ich schon lange nicht mehr dort. Aber der Ort eignet sich gut, um sich zu verstecken und zu überwintern, wenigstens so lange, bis sich die Aufregung gelegt hat. Ich hätte ihn ohnehin schon viel früher aufsuchen sollen. Es gibt dort etwas, das meine Fragen vielleicht endlich beantworten kann.« Der Blick ging einen Moment lang ins Leere, dann sprach er weiter.

»Es ist ein Turm.«

Von einem Fenster oben im ersten Stock des Wirtshauses sah ein Mann dabei zu, wie sich der Doktor und sein Assistent in Richtung Heumarkt entfernten. Ihre Schemen zeichneten sich nur undeutlich hinter den Butzenglasscheiben ab. Eine blutrote Flüssigkeit schimmerte in dem teuren Glaspokal, den er in Händen hielt. Der Mann nahm einen tiefen Schluck, leckte sich die Lippen und lächelte.

Das Ende und der Anfang waren nahe.

Als der Doktor diesem Heinrich Agrippa seine Aufwartung gemacht hatte, war der Mann kurz beunruhigt gewesen. Faustus durfte nicht zu viel erfahren, noch nicht. Auch wenn der Mann sich nicht vorstellen konnte, dass dies am Schicksal irgendetwas ändern würde.

Das Schicksal stand in den Sternen. Unverrückbar.

Trotzdem wollte er vermeiden, dass die beiden Gelehrten, diese Einäugigen unter den Blinden, ihre Überlegungen zu weit trieben. Also hatte er eingegriffen. Es war ein Leichtes gewesen, den jungen Karl Wagner um den Finger zu wickeln. Jeder hatte seinen wunden Punkt, sein kleines Geheimnis, und bei Wagner hatte es nicht lange gedauert, seines herauszufinden.

Der Mann fuhr mit dem Finger über den gläsernen Rand des Pokals, was ein summendes, fast wimmerndes Geräusch erzeugte. Eigentlich hatte er gewollt, dass sie den Burschen schnappten, folterten und womöglich auch hinrichteten. Schon länger war es ihm ein Dorn im Auge, dass Faustus einen Gefährten hatte. Allein war der Doktor am schwächsten, am willenlosesten, am leichtesten zu lenken. Nach der Festnahme seines Assistenten hätte Faust nicht länger in Köln bleiben können, die Gespräche mit Agrippa wären beendet gewesen.

Der Mann nahm einen weiteren Schluck von dem köstlichen roten Saft. Nun, dann sollten sie eben zu zweit fliehen. Er würde sich diesen Wagner für später aufheben. Wichtig war nur, dass er Fausts Spur nicht wieder verlor, wie ihm das schon einmal passiert war. Damals hatte er lange nach ihm suchen müssen. Jetzt, da der schicksalhafte Zeitpunkt fast erreicht war, durfte er ihm nicht mehr aus den Augen geraten! Über etliche Jahre hatte er Fausts Tun aus der Ferne verfolgt, hatte ihm gelegentlich geholfen und ihm nötigenfalls auch Steine aus dem Weg geräumt. Doch seit einigen Wochen hatte er sich fast durchgehend an seine Fersen geheftet, wie ein Spürhund.

Das Ende und der Anfang.

Nur noch wenige Monate.

Der Mann nahm einen letzten Schluck, dann ging er mit dem Pokal hinüber zu dem Käfig mit den Vögeln, die ihn mit Krächzen und Flattern begrüßten.

»Hier, meine Kleinen«, sagte Tonio del Moravia und schüttete den Rest roter Flüssigkeit, der noch im Glas verblieben war, auf den Boden des Käfigs. »Trinkt! Stoßt mit mir an auf den Tag, der schon bald kommen wird. Wir haben lange genug gewartet.«

Gierig tranken die Vögel das frische Blut. Wer den Meister im Zwielicht betrachtete, beschienen nur von einigen Kerzen, die im Deckenleuchter vor sich hin flackerten, hätte meinen können, er sei um keinen Tag gealtert.

23

Ächzend und quietschend jagte der Wagen die Straße am Rhein entlang. Noch immer regnete es, im Osten zeigte sich über den Weinbergen matt der erste Schein der Morgensonne.

Wie besessen schlug Johann mit der Peitsche auf das Pferd ein, das im wilden Galopp über die Straße fegte. Sie waren nun schon seit drei Stunden auf der Flucht, Johann wollte so viele Meilen wie möglich zwischen sich und Köln bringen, bevor die Wachen Alarm schlugen. Vermutlich war bereits ein Trupp Soldaten unterwegs, um sie abzufangen. Was ihnen dann drohte, mochte Johann sich nicht ausmalen. Zwei Sodomiten, die gleichzeitig Ketzer und Schwarzmagier waren! Für die Kölner Inquisition war das ein gefundenes Fressen. Vermutlich hatten die Behörden nur darauf gewartet, ihnen einen Strick zu drehen, und Wagner war ihnen direkt in die Falle gelaufen.

Gleich nachdem Karl Wagner Johann von seiner Flucht erzählt hatte, waren sie gemeinsam zu Agrippa geeilt. Dort stand ihr Wagen, und Agrippa war auch der Einzige, der ihnen jetzt noch helfen konnte. Mit seinen Kontakten und einem Batzen Geld war es schließlich möglich gewesen, die Stadt noch in der Nacht zu verlassen. Eine kurze Umarmung war alles, was den beiden ebenbürtigen Gelehrten geblieben war. Das und die Aussicht, dass sie sich irgendwann einmal wiedersehen und ihre Gespräche fortsetzen würden.

Doch das wichtigste Gespräch hatten sie bereits geführt.

Johann wusste jetzt, dass es nur einen Ort gab, wo er das Geheimnis um seine Geburt ergründen konnte. Im Grunde hatte ihn Agrippa schon vor einigen Tagen darauf gebracht, aber erst in der letzten Nacht war ihm die Bedeutung klar geworden. Sie hatten über Linsen gesprochen, über Brillen und die Linsen der Laterna magica, und dann hatte Agrippa noch etwas gesagt.

Was aber, wenn wir dadurch auch die Dinge am Himmel schärfer sehen könnten? Dann könnten wir vielleicht auch verstehen, was Eure Nativität so besonders macht.

Johann wusste einen Apparat, der dies vielleicht möglich machte. Doch er war an einem sehr gefährlichen Ort versteckt, einem Ort, den er seit fünfzehn Jahren nicht mehr aufgesucht hatte – und von dem er nicht wusste, ob Tonio dort noch sein Unwesen trieb.

Hinten im Wagen wimmerte Satan. Dem alten Hund ging es nicht gut, beim Laufen hatte er immer mehr Schwierigkeiten, und bisweilen schien er große Schmerzen zu leiden, besonders wenn er gefressen hatte. Er schlief viel und zuckte im Schlaf. Johann hatte ihm zur Beruhigung ein wenig Theriak gegeben, doch er befürchtete das Schlimmste.

Ich werde ihn verlieren, wie auch alle zuvor, die ich jemals geliebt habe …

Wenigstens Karl Wagner hatte er retten können. Johann nickte grimmig. Es war sein Fehler gewesen, er hatte sich zu wenig um den Jungen gekümmert. Stattdessen waren ihm die Gespräche mit Agrippa wichtiger gewesen. So wie ihm immer etwas wichtiger gewesen war als diejenigen, die ihm nahestanden. Jetzt saß Wagner schweigend neben ihm, nur manchmal warf er ihm einen wehmütigen Blick zu, der dem von Satan glich.

»Hör auf, mich so anzuschauen!«, herrschte Johann ihn an. »Was geschehen ist, ist geschehen. Ich hatte dich gewarnt, aber ich hätte auch besser auf dich achten sollen.«

»Es tut mir so leid«, jammerte Wagner. »Eure Gespräche mit Agrippa …«

»Waren ohnehin beendet«, fuhr Johann dazwischen. »Ich habe erfahren, was ich wissen wollte. Diese Reise muss endlich mal ein Ende haben.«

»Das habt Ihr in Köln auch schon gesagt«, erwiderte Wagner. »Was meint Ihr damit? Welche Reise?«

»Die Reise meines Lebens.«

Johann knallte mit der Peitsche und trieb das Pferd zur Eile an, während der Wind an den Planen des Wagens rüttelte.

Sie reisten immer am Rhein entlang bis nach Worms, der uralten Kaiserstadt. Ein Stich fuhr durch Johanns Herz, als er daran dachte, dass man Valentin in diese Stadt gebracht hatte, um ihm wegen Ketzerei den Prozess zu machen. Als wollte es ihn strafen, wurde das Wetter nun von Tag zu Tag schlechter. Es war der kühlste Herbst seit Menschengedenken, und die ersten Vorboten des Winters zeigten sich schon Ende Oktober. Ein eiskalter Wind fegte über die Ebenen und Stoppelfelder. Nach zwei Wochen kamen sie schließlich nach Bayern, wo am Horizont bereits die Alpenkette zu sehen war. Johann wurde von Tag zu Tag schweigsamer. Immer wenn er die Berge erblickte, kamen die Erinnerungen zurück. An Salome und an Venedig, aber auch an die Zeit mit Tonio im Turm.

Der Turm …

Dort hatte Tonio ihn vor nunmehr fünfzehn Jahren in die Geheimnisse der schwarzen Zunft eingeführt, aber bis heute wusste Johann nicht, was der Meister in den kalten Winternächten wirklich getrieben hatte. Seitdem war Johann der Gegend ferngeblieben, fast so, als fürchtete er, Tonio könnte ihn dort erwarten und erneut in seine schwarzen Rituale hineinziehen. Doch trotz all seines Unbehagens hatte Johann nicht vergessen, was sie damals vor der Abreise in einer schweren Kiste hinter dem Turm vergraben hatten.

Bücher und ein Rohr.

Ein Rohr, mit dem man die Sterne näher betrachten konnte. Johann hoffte, dass es noch immer dort war.

Nach zehn weiteren Tagen hatten sie schließlich die Alpen erreicht. Mittlerweile war der Winter hereingebrochen. Zwar lag der Schnee noch nicht hüfthoch wie bei Johanns erster Reise, trotzdem hatten sie Schwierigkeiten, zwischen den durch die Schneelast tief gebeugten Bäumen den richtigen Weg zu finden. Manchmal mussten sie absteigen und das Pferd durch die Schneewehen führen. Oben am Himmel kreisten Krähen, und Johann versuchte, nicht daran zu denken, dass es vielleicht Tonios Krähen waren. In den letzten Tagen hatte er öfter das Krächzen eines Raben gehört. Es hatte menschlicher geklungen als das der Krähen, beinahe wie ein Lachen.

Tschilld Räh ... Tschilld Räh ...

Endlich, nach fast drei Wochen und langem Suchen erreichten sie den Turm.

Noch immer stand er wie ein abgebrochener Zahn oben auf dem Hügel, ein uraltes Bollwerk am Rande der Alpen. Der Schuppen daneben war mittlerweile verfallen, doch die Eingangstür des Turms war noch immer mit einem schweren Balken gegen wilde Tiere und Plünderer gesichert. Auch die Fenster waren genauso fest vernagelt, wie er sie damals mit Tonio hinterlassen hatte.

Beim Anblick des trutzigen schwarzen Gemäuers atmete Johann erleichtert aus. Offenbar hatte es keine unliebsamen Gäste gegeben. Eigentlich seltsam, da der Turm erhöht lag und damit gut zu sehen war. Es war, als wäre er von einer unsichtbaren Linie umgeben, die nur wenige Menschen zu überschreiten wagten. Daran mochte auch das Pentagramm Anteil haben, das schwarz an der Eingangstür prangte, die Farbe noch genauso frisch wie damals am Tag ihrer überstürzten Abreise.

Johann sprang vom Kutschbock und ging eilig um den

Turm herum. Er wischte den Schnee mit den Füßen vom gefrorenen Erdboden und stellte erleichtert fest, dass die weißen Steine noch an derselben Stelle lagen. Keiner hatte hier gegraben. Nachdem er sich versichert hatte, ging er wieder nach vorne und entfernte den Balken vom Eingang. Dann zog er einen großen Schlüssel unter einer Steinplatte hervor und öffnete die Tür. Quietschend schwang sie nach innen, ein muffiger Geruch wie aus einer uralten Krypta entströmte dem Gemäuer. Es dauerte eine Weile, bis sich Johanns Augen an das Zwielicht gewöhnt hatten. Zuerst glaubte er, alles wäre noch so wie beim letzten Mal. Doch nach und nach fielen ihm die Veränderungen auf.

Sehr beunruhigende Veränderungen.

Was um Himmels willen …?

»Aber … aber das ist ja fantastisch!«, schwärmte Wagner, der mittlerweile neben Johann im Eingang stand. »Ich hatte ein schmutziges Loch erwartet. Doch das ist eine ritterliche Kammer!«

Johann schwieg und betrachtete weiter die Einrichtung. Es gab ein frisch gezimmertes Regal aus Tannenholz mit etwa zwei Dutzend Büchern. Daneben stand ein mit Samt überzogenes Himmelbett, außerdem eine mit Silber beschlagene Truhe und ein Tisch mit elfenbeinernen Schachfiguren. Hinter einer spanischen Wand, gleich neben dem Kamin, befand sich ein weiteres Bett, das mit Dutzenden weicher Kissen und Fellen bedeckt war. Nachdenklich fuhr Johann mit dem Finger durch den Staub, der sich auf den Kissen ausgebreitet hatte.

Er ist hier gewesen … Nur wann?

»Hier steht das Gesamtwerk des Aristoteles!«, rief Karl Wagner aus. Mittlerweile war der junge Student an die Regalwand getreten und zog wahllos einige Bücher hervor. »Ha! Und das ist, wenn mich nicht alles täuscht, Avicennas Buch der Heilung! In der Leipziger Universitätsbibliothek hieß es immer, das Werk sei wegen Ketzerei verbrannt worden. Habt Ihr Euch hier so schön eingerichtet und all das gesammelt?«

»Ein … ein alter Freund von mir«, sagte Johann zögerlich. Sein Herz schlug wie wild, und einmal mehr hatte er das Gefühl, beobachtet zu werden. Tonio hatte den Turm in den letzten Jahren aufgesucht und zu einem behaglichen Heim ausgebaut! Tisch, Truhe und Bett waren mit einer dicken Staubschicht überzogen, der letzte Besuch mochte also schon eine Weile her sein, vermutlich länger als ein Jahr.

Aber wer konnte sagen, wann der Meister zurückkam?

Seltsamerweise hatte Tonio die Kiste draußen nicht ausgegraben, die Steine waren jedenfalls noch an ihrem Platz.

»Ihr habt der schwarzen Magie gegenüber wohl keine Berührungsängste?«, sagte Wagner eben und riss Johann so aus seinen Grübeleien. Sein Assistent hielt ein Buch in den Händen, auf dessen ledernem Einband ein Pentagramm prangte. Als Johann den verschnörkelten Titel las, zuckte er zusammen.

»Das Schwurbuch des Honorius.«

Es war eines jener Bücher, die er damals in Venedig von Signore Barbarese bekommen hatte! Wie um alles in der Welt kam es hier in den Turm? Es musste sich um eine andere Ausgabe handeln, etwas anderes war nicht möglich.

»Stell es zurück«, befahl Johann. »Sofort! Es ist für dich nicht geeignet. Und für mich auch nicht«, fügte er leise hinzu.

Er wartete, bis Wagner das Buch wieder ins Regal gestellt hatte, dann deutete er nach oben. »Du wohnst im ersten Stock. Dort steht ein weiteres Bett. Mit ein bisschen Stroh und Kissen dürfte es ganz behaglich werden. Der zweite Stock ist für dich tabu, ebenso die Turmplattform. Hast du das verstanden?«

Wagner nickte.

»Gut so«, brummte Johann. »Und du denkst besser an meine Worte. Denn wenn ich dich einmal dort oben erwische, ziehe ich dir die Haut ab wie einem Kaninchen. Und nun hilf mir, Satan hereinzubringen und Feuer zu machen, bevor wir hier noch erfrieren.«

Während sie gemeinsam den Kamin anheizten, erinnerte sich Johann daran, dass Tonio einst fast die gleichen Worte ihm gegenüber verwendet hatte. Vor einer Ewigkeit war das gewesen.

Doch in diesem Moment kam es ihm so vor, als wäre seitdem kein Tag vergangen.

* * *

Die nächsten Wochen verbrachten sie fast ausschließlich in der unteren Turmkammer, während Satan am Kamin schlief und nur noch gelegentlich vor die Tür ging. Sie lasen viel oder spielten Schach, wobei Wagner von Spiel zu Spiel besser wurde. Zwar schlug ihn Johann noch regelmäßig, doch längst waren die Spiele nicht mehr ganz so langweilig, gelegentlich kam Johann sogar ins Grübeln. Auch Wagner hatte an dem vertrackten Zeitvertreib zunehmend seine Freude.

»Ha, Ihr denkt nach! Gebt es zu!«, sagte er, als Johann einmal besonders lange über einem Zug brütete. »Ich bringe Euch ins Schwitzen.«

»Wenn mich etwas ins Schwitzen bringt, dann das Kaminfeuer«, knurrte Johann. »Du hast viel zu viel Scheite aufgelegt. Eine Hitze ist das hier drinnen wie auf dem Scheiterhaufen, dem du in Köln einmal mehr entgangen bist.«

Wagner schwieg und sah ihn dabei beinahe demütig an. Aber da war noch etwas in seinen Augen, was Johann nicht recht deuten konnte. Auch später, als sich diese Art von Blick häufte, konnte er sich keinen Reim darauf machen. Doch er war ohnehin viel zu sehr mit anderen Dingen beschäftigt.

Gleich am ersten Tag hatte Johann allein draußen die Kiste ausgegraben und mit klopfendem Herzen geöffnet. Rohr und

Bücher waren in Wachstücher eingeschlagen und unbeschädigt. Viele der von Tonio so sorgsam versteckten Werke beschäftigten sich mit Astronomie. Die meisten waren am Rand mit winzigen Zahlenreihen und Symbolen versehen, die Johann nicht verstand. Es sah fast so aus, als hätte Tonio codierte Einträge verfasst. Sie erschienen ihm wie ein verschlüsselter Brief, den der Meister ihm hinterlassen hatte. Johann dachte an die verschlüsselten Botschaften, die er sich mit Margarethe damals in Knittlingen geschrieben hatte. Sicher gab es auch hier eine Lösung, irgendeinen Trick, wie man die Zahlenreihen lesen konnte. Doch sosehr er sich auch bemühte, er fand ihn nicht.

Mit den Entschlüsselungsversuchen verbrachte Johann viele Stunden, sowohl tagsüber als auch nachts. Dabei zuckte er immer wieder zusammen, wenn draußen ein Geräusch zu hören war – Schnee, der von den Bäumen fiel, eine verschreckte Wildkatze auf der Jagd, das verfluchte Krächzen der Krähen … Stets erwartete er, Tonio könnte zurückkommen.

Doch der Meister kam nicht. War es möglich, dass er diesen Ort für immer verlassen hatte?

In den klaren Nächten stand Johann oben auf der Plattform und beobachtete die Sterne. Es war ihm nach einigen Fehlversuchen gelungen, das Rohr selbst aufzubauen. Im Grunde ähnelte es einer Laterna magica, im Inneren befanden sich Linsen, die die Sicht so verstärkten, dass die Sterne klar vor ihm standen. Alles, was mit bloßem Auge so fern war, schien nun zum Greifen nah. Der Mond, der sonst nur als gelbliche runde Scheibe mit verwaschenen Konturen über ihnen wachte, war plötzlich überzogen mit Kratern und sandigen Seen, fast wie ein kleines Abbild der Erde. Auch die Planeten, ja selbst die Sternbilder der achten Sphäre, waren viel besser zu erkennen.

Was hinter der achten Sphäre lag, das sah Johann allerdings nicht, vermutlich waren die Linsen dafür nicht stark genug. Und so war er einer Antwort auf seine drängenden Fragen bislang noch keinen Deut näher gekommen.

Er hatte versucht, die Linsen genauer zu studieren, ohne sie herauszunehmen. Sie schienen viel besser und genauer geschliffen zu sein als alles, was er bislang bei Glasschleifern gesehen hatte. Ein wahres Wunderwerk, und nicht zum ersten Mal fragte sich Johann, woher Tonio diesen erstaunlichen Apparat hatte. Er selbst hatte so ein Rohr bislang noch nirgendwo gesehen, an keinem Hof, an keiner Universität.

Als käme es aus einer fremden Welt.

Satan tat die Wärme gut, der Hund ging jetzt fast nicht mehr weg vom Kamin, und Johann stellte ihm die besten Fleischstücke hin, die Satan jedoch meist nicht anrührte. Er magerte immer mehr ab, nur vom Theriak schlabberte er noch von Zeit zu Zeit. Jedes Mal, wenn Johann das große Tier streichelte, sah es ihn mit treuen Augen an. Der Blick brach ihm fast das Herz.

Was soll ich tun, wenn du nicht mehr da bist?, dachte er und kam sich dabei selbst merkwürdig vor, dass er einem Tier eine solche Frage stellte.

Auf der Reise hin zum Turm hatten sie sich mit reichlich Proviant eingedeckt, sodass sie nicht hinunter ins Dorf mussten. Mittlerweile schneite es auch so stark, dass an ein Fortkommen überhaupt nicht zu denken war; der Schnee häufte sich vor der Tür und den Fenstern, sodass sie ihn täglich wegschaufeln mussten, um das nötige Feuerholz zu besorgen.

»Als wäre man eingesperrt!«, stöhnte Karl Wagner, als sie einmal mehr nachmittags bei einem Schachspiel saßen, während es draußen schon wieder dämmerte.

»Red keinen Unsinn«, murrte Johann und schlug Wagners Dame. »Ich habe es dir schon mal gesagt. Du könntest jetzt auch in Köln im Kerker sitzen und auf den Scheiterhaufen warten.«

»Warum darf ich dann nicht wenigstens nach oben in den

zweiten Stock?«, fragte Wagner. »Oder auf die Plattform? Dieses Ding, mit dem Ihr die Sterne beobachtet ... Sind sie denn damit wirklich so viel näher?«

»Ich sagte Nein, und dabei bleibt es.« Johann setzte Wagner mit einem weiteren Zug schachmatt, drehte das Schachbrett und sortierte die Figuren neu. »Noch mal von vorne, diesmal hast du Schwarz.«

Tatsächlich wusste Johann nicht so recht, warum er Wagner die obere Kammer verweigerte. Dort war wirklich nichts.

Bis auf ein verwaschenes rötliches Pentagramm, das nicht verblasste. Ebenso wenig wie die bösen Erinnerungen.

Ein Haufen schmutziger, löchriger Kinderkleider ...

Schon oft hatte Johann versucht, das Pentagramm wegzuwischen – vergeblich. Er blieb eine stete Mahnung, dass Tonio jederzeit zurückkehren konnte.

Satan starb in einer besonders kalten Nacht im Dezember. Am Abend zuvor hatte er noch vor dem Kamin gelegen und ein wenig am Theriak geschlabbert, am Morgen, als Johann die Stiege zu ihm herunterkam, war er bereits kalt und steif wie ein Stück Brennholz, ein monströses Gerippe, gehüllt in ein struppiges Fell.

Johann kniete bei ihm nieder und streichelte ihn lange. Er dachte an all die vielen schönen Momente mit ihm zurück. Seit seiner Flucht aus Heidelberg war Satan sein Begleiter gewesen, und auch wenn er nur ein Hund war, hatte Johann ihn mehr geliebt als die meisten Menschen. Er legte sich neben ihn in die kalte Asche am Kamin und versuchte, noch ein wenig Wärme zu erspüren, einen letzten Rest von Leben. Doch da war nichts.

In den letzten Tagen und Wochen hatte Johann vieles versucht, um Satan zu helfen. Er hatte im Wald Fichtenschösslinge gesammelt und daraus einen Trank gebraut, er hatte auch Satans Bauch abgetastet. Im unteren Bereich war er auf eine verhärtete Stelle gestoßen, von da an wusste er, dass es keine Rettung mehr gab. Er konnte nur noch die Schmerzen lindern. Im Grunde war Johann froh, dass Satan in dieser Nacht von selbst gegangen war. Wäre sein Leiden noch schlimmer geworden, hätte er den Hund töten müssen. Er glaubte nicht, dass er es übers Herz gebracht hätte, ihm die Kehle durchzuschneiden.

Sie begruben ihn hinter dem Turm, in der Grube, in der zuvor die Truhe mit dem Rohr und den Büchern gelegen hatte. Ein Gebet erschien Johann unpassend, doch er blieb noch lange an der zugeschütteten Grube stehen, trotz der bitteren Kälte und des schneidenden Windes, der ihm wie mit Messern durch die Kleider fuhr. Wagner stand eine Weile neben ihm, dann seufzte er tief, bedachte Johann mit einem letzten mitfühlenden Blick und ging hinein ins Warme.

Die folgenden Tage war Johann eine leere Hülle. Nicht einmal das Schachspiel erfreute ihn noch, und auch die Sterne beobachtete er nicht mehr. Er hatte so sehr gehofft, hier im Turm das Geheimnis seines Lebens zu lüften, doch er hatte nichts herausgefunden, seine Hoffnung war ein Trugschluss gewesen. Nun, nach Satans Tod, hatte er sämtliche Willenskraft verloren, jene Kraft, die ihn seit seiner Kindheit immer weiter getrieben hatte. Er starrte nur noch ins Feuer. Er war so müde geworden, so viele Jahre des Reisens, die im Grunde nur eine Flucht vor sich selbst gewesen waren. Was hatten ihm seine Klugheit, was all sein Wissen genutzt? Auch in den Nächten blieb er jetzt immer öfter unten am Kamin sitzen und sah der Asche beim Erkalten zu.

Am dritten Tag war Karl Wagner verschwunden.

Er war am Morgen nicht nach unten gekommen, und als Johann oben in seiner Kammer nachgesehen hatte, war das Bett leer gewesen. Vermutlich war Wagner in den frühen Morgenstunden, als Johann kurz eingenickt war, an ihm vorbei nach draußen geschlichen und für immer von ihm gegangen. Johann konnte es ihm nicht verdenken. Er wusste selbst, dass die Jahre aus ihm einen jähzornigen, hochfahrenden, bisweilen unausstehlichen Mann gemacht hatten. Nun, da ihn auch noch sein Wille verlassen hatte, war er nicht einmal mehr ein guter Lehrer. Was sollte der junge Kerl noch bei ihm? Wenn sie ihn nicht wegen Sodomie schnappten, hatte Wagner eine vielversprechende Zukunft vor sich. Er war klug und neugierig, wenn vielleicht auch ein wenig zu weich für diese Welt. Als Johann an ihn dachte, spürte er plötzlich echte Zuneigung.

Zu spät …

Seltsam war nur, dass Wagner keinen Proviant mitgenommen hatte und keine Decken. Auch das Pferd war noch da. Wie wollte der junge Bursche nur so durch die Berge kommen?

Stundenlang blieb Johann vor dem erkalteten Kamin sitzen, während draußen ein weiterer Schneesturm tobte. Er dachte daran, seinem Leben ein Ende zu setzen. Dazu müsste er einfach nur hinaus in den Schnee gehen, sich hinlegen und einschlafen. Passender wäre es allerdings, sich mit dem Messer, das Tonio ihm damals gegeben hatte, die Pulsadern aufzuschneiden.

Tonio …

Der Meister schien ihn bis in den Tod zu verfolgen, ebenso wie Gilles de Rais, dieser fremdartige Name, der ihn nie in Ruhe gelassen hatte. Das Rätsel um diesen Menschen blieb ungelöst. Zum wiederholten Mal fragte sich Johann, ob Agrippa vielleicht doch etwas über Gilles de Rais gewusst und es ihm bewusst verheimlicht hatte. Doch nun war es zu spät, ihn danach zu fragen.

Es war für alles zu spät.

Draußen krächzte ein Rabe. Dreimal, wie das Klopfen an einer Tür.

Abrupt fuhr Johann auf, er zögerte kurz, dann ging er hinüber zu einer der Truhen.

Verfluchtes Biest! Du kriegst mich nicht!

Tonio sollte über ihn keine Macht mehr besitzen! Und um ihm zu entkommen, gab es wohl nur einen Ausweg, und den würde er jetzt wählen. Ganz unten in der Truhe lag das Messer mit den seltsamen Initialen. Johann nahm es in die Hand, fuhr mit dem Daumen über die scharfe Klinge. Es schien so alt zu sein wie die Welt, geschmiedet aus dem flüssigen Erz speiender Vulkane.

Nur ein Schnitt, und alles Suchen hatte ein Ende.

Dann wäre er endlich bei Margarethe, bei Valentin, bei Martin, bei der Mutter, bei allen anderen, die er hinter sich gelassen, die er so enttäuscht hatte.

Nur ein Schnitt ...

Johann packte das Messer am Griff und hob es empor wie bei einer rituellen Schlachtung.

Du kriegst mich nicht ...

In diesem Augenblick ertönte ein Geräusch, ein leises Knarzen der Tür. Für einen kurzen Moment war Johann sich sicher, dass es Tonio war. Der Meister war gekommen, um ihn zu holen.

Doch es war nicht Tonio, sondern Karl Wagner. Er war ganz von Schnee bedeckt wie ein weißes Untier, seine Wangen glühten rot. Tauwasser tropfte zu Boden und bildete auf der Schwelle zur Kammer eine kleine Pfütze.

Mit zitternden Händen ließ Johann die Klinge sinken. Er kämpfte mit den Tränen, zum ersten Mal seit Langem war er gerührt. Etwas hatte den kalten Panzer seines Herzens durchdrungen, und es war kein Messer gewesen. Der Junge hatte ihn nicht verlassen! Karl Wagner stand in der Tür mit einem leisen Lächeln auf den Lippen, in den Händen hielt er ein schmutziges Tuch, in dem etwas Wolliges eingewickelt war. Das Bündel fiepte und zappelte. Vorsichtig wickelte Wagner es aus.

Es war ein kleiner Hund mit pechschwarzem, drahtigen

Fell. Er wackelte mit dem Schwanz und tapste auf unsicheren Pfoten durch den Raum.

»Ich konnte Eure Grabesmiene nicht mehr mit ansehen«, sagte Wagner. »Also habe ich mich auf die Suche gemacht nach etwas, das Euch wieder froh machen könnte.« Er deutete auf das Hündchen, das sich mit ungelenken Sprüngen Johann näherte und dabei kläffte. »Den hier habe ich bei einem Schäfer nicht weit vom Dorf gefunden. Es ist ein Wolfshund. Ich weiß, er sieht noch nicht sehr gefährlich aus. Doch der Schäfer meinte, er würde verflucht groß werden. Ihr könnt ihn wieder Satan nennen, wenn Ihr wollt.« Wagner zwinkerte ihm zu. »Diesmal ist es übrigens ein Männchen, ich habe selber nachgesehen.«

»Satan«, sagte Johann leise und beugte sich hinunter zu dem Hündchen. Er streckte die Hand aus, und das Tier kam vorsichtig näher. Mit seiner rauen Zunge schleckte das Hündchen über Johanns Handfläche. Es kitzelte, und Johann musste unwillkürlich lächeln.

»Vielen ... Dank«, sagte er, an Wagner gewandt. »Das ... werd ich dir nie vergessen.« Er räusperte sich, seine Kehle war trocken. Erst jetzt merkte er, dass er schon lange nicht mehr gesprochen hatte.

Wagner zuckte die Achseln, sein Blick flackerte, und er sah zu Boden. »Ehrlich gesagt, mag ich Hunde nicht besonders. Aber ich war eben auf der Suche nach einem Geschenk, der Hund erschien mir wie eine Fügung Gottes.«

Johann nahm den Hund auf den Schoß und streichelte ihn. »Eine Fügung Gottes?«

»Wisst Ihr es denn nicht, Herr?« Wagner grinste ihn an. »Heute ist Heilige Nacht. Frohe Weihnachten wünsche ich Euch!«

Draußen fiel der Schnee in weichen Flocken.

* * *

Im Nachhinein kam es Johann so vor, als wäre auch das Auftauchen Wagners eine Fügung Gottes gewesen. Er war nur noch einen Fingerbreit davon entfernt gewesen, seinem Leben ein Ende zu setzen, just am Tag von Christi Geburt. Doch der kleine Hund und die Rückkehr Wagners gaben ihm neuen Mut. Johann erinnerte sich, wie traurig es damals gewesen war, mit Tonio am Weihnachtsfest allein im Turm zu sitzen, während von Weitem die Kirchenglocken des Dorfes läuteten. Jetzt tranken Wagner und er süßen Rheinwein und aßen Soleier und gepökelten Schinken, wovon auch das Hündchen einige Bissen abbekam.

Johann gefiel die Idee, den Kleinen Satan zu nennen, so als würde der alte Satan in dem neuen fortleben. Und der junge Hund machte seinem Namen alle Ehre: Er zerbiss Kissen und Stuhlbeine und zerschlitzte den Stoff des wertvollen Himmelbetts; schon jetzt ließ sich erkennen, dass er einmal ein echter Wildfang werden würde. In den Tagen nach Weihnachten entstand zwischen ihm und Johann sehr schnell ein festes Band. Satan hockte auf seinem Schoß, wenn Johann nun aufs Neue in den Büchern nach einer Antwort auf seine Fragen suchte. Und er strich um Johanns Beine, wenn dieser auf der Plattform durch das Rohr die Sterne betrachtete. Mittlerweile ließ Johann auch Wagner nach oben auf den Turm. Gemeinsam beobachteten sie die Sternbilder des Winterhimmels.

»Im Winter leuchten die Sterne heller«, erklärte Johann an Neujahr. »Siehst du dort hinten das Wintersechseck? Darunter sind Sirius, Pollux und Prokyon im Kleinen Hund. Wenn du durch das Rohr blickst, wirst du dahinter auch noch andere Sternbilder erkennen, die für das menschliche Auge sonst unsichtbar sind.«

Karl Wagner starrte durch das Rohr in den Nachthimmel, den Mund vor Staunen weit geöffnet. »Es sind so viele«, murmelte er. »Und dahinter kommen immer weitere! Der Himmel ist endlos …«

Johann lächelte. »Ja, es macht einen schwindlig …«

»Ha!« Wagner schrie überrascht auf. »Ich habe eine Sternschnuppe gesehen! Meine Mutter, Gott hab sie selig, meinte immer, ich darf mir etwas wünschen, wenn eine Sternschnuppe am Himmel erscheint.«

»Na, dann wünsch dir eben etwas«, sagte Johann mit einem Schmunzeln. »Du darfst es jedoch keinem verraten, das bringt Unglück.«

Karl Wagner sah ihn kurz an, dann schüttelte er seufzend den Kopf. »Was ich mir wünsche, geht ohnehin nicht in Erfüllung.« Erneut wandte er sich dem Fernrohr zu. »Die Sternschnuppe ist schon wieder verschwunden. Wo sie jetzt wohl sein mag?«

»Ich habe gehört, dass einige von ihnen auf die Erde fallen«, erwiderte Johann. »Manchmal findet man Überreste, Stücke fremdartigen Gesteins. Im Elsass ist wohl vor Jahren mal eine solche Schnuppe vom Himmel gestürzt, der Kaiser selbst soll ein Stück von ihr besitzen. Die anderen …« Er zuckte mit den Schultern. »Vielleicht verglühen sie einfach.«

»Wäre es denn nicht auch möglich, dass sie wiederkommen?«, fragte Karl Wagner. »So wie die Sterne und Sternbilder, die ja auch über den Himmel wandern?«

»Die Gelehrten sagen, Sternschnuppen sind, wie auch Kometen, lediglich Ausdünstungen am Himmel, wie Gase, die ja auch manchmal aus der Erde kommen und zu brennen beginnen. Agrippa bestreitet das, aber …« Plötzlich stockte Johann. Wagners Frage hatte etwas in ihm ausgelöst, Gedanken, die vorher unbeweglich wie Felstrümmer gewesen waren, gerieten mit einem Mal in Fluss.

Dass sie wiederkommen …

»Ich muss etwas überprüfen«, sagte er knapp. Er eilte die Stiege nach unten, bis er in der unteren Kammer beim Regal angelangt war. Hektisch griff er nach den Büchern mit Tonios Aufzeichnungen und begann darin zu blättern. Und plötzlich bekamen all die Zahlen und Formeln, die ihm so rätselhaft erschienen waren, einen Sinn! Johann schloss die Augen und stellte sich den sternenklaren Winterhimmel vor, den er eben noch oben auf der Plattform gesehen hatte. Er versuchte, ein Raster darüberzulegen. Als er die Augen wieder öffnete und die Zahlen betrachtete, war es offensichtlich. Die Zahlen und Buchstaben waren Koordinaten! Sie beschrieben Positionen, doch offenbar nicht von Sternen. Tage und Uhrzeiten waren angegeben, auch das heutige Datum war darunter. Die Positionen auf dem Papier veränderten sich, viel schneller, als das bei Sternen der Fall war. Und endlich erkannte Johann, was Tonio verschlüsselt aufgezeichnet hatte. Er musste sich niedersetzen, weil die Erkenntnis ihn wie ein Schlag traf.

Es waren die Bahnen von Kometen.

Die nächsten Stunden verbrachte Johann über die Bücher gebeugt, hoch konzentriert, unansprechbar, während der kleine Satan zu seinen Füßen hüpfte und herumtollte. Karl Wagner war bereits zu Bett gegangen, nicht ohne vorher noch einmal besorgt nach seinem Herrn geschaut zu haben.

Johann ging die Zahlenreihen durch, Zeile für Zeile. Was Tonio hier verzeichnet hatte, war ungeheuerlich! Kometen galten als Unheilsbringer, die Kriege oder Epidemien ankündigten, oder auch als Glücksboten. Doch nie ließ sich voraussehen, wann sie kamen. Tonio hingegen hatte unzählige Kometenbahnen aufgeschrieben, über viele Jahre und Jahrzehnte hinweg! Die meisten waren mit dem bloßen Auge nicht zu erkennen, doch Tonios Theorie besagte, dass sie wiederkehrten, wie der Mond und die Sterne, die ebenso ihre regelmäßige Bahn hatten. Nur waren die zeitlichen Abstände bei den Kometen so groß, dass sie bislang keinem aufgefallen waren. Manche Kometen kamen nur alle siebzig Jahre, andere alle zehn, dreißig oder vierzig. Ob wohl auch der Stern von Bethlehem, am Tag der Geburt Jesu Christi, in einem gewissen Rhythmus wiederkehrte?

Aufgeregt blätterte Johann in den zerfledderten Seiten zurück bis zum Anfang. Die ersten Einträge stammten aus einer so frühen Zeit, dass sie nicht von Tonio sein konnten. Oder vielleicht bezogen sie sich auf aktuellere Berechnungen. Sie reichten zurück in die Jahrhunderte, bis hin zur Eroberung Englands durch die Normannen und sogar bis in die Römerzeit, als in Italien der Vesuv ausbrach und eine ganze Stadt verschluckte. Und tatsächlich, auch der Stern von Bethlehem war darunter, sogar rot angestrichen! Tonio hatte das Wort »Messias« darüber geschrieben. Johann konnte sich nicht erinnern, dass andere Gelehrte zuvor solche Aufzeichnungen gemacht hatten. Er machte sich Notizen, verglich die Einträge mit weiteren astronomischen Büchern, und endlich, als bereits der Morgen graute, stieß er auf jenen Eintrag, den er so lange gesucht hatte. Das Geheimnis seiner Nativität …

Auch am Tag seiner Geburt war ein Komet am Himmel erschienen. Tonio hatte auch ihm einen Namen gegeben.

Larua.

Johann schauderte. Larua war ein altlateinischer Ausdruck für einen bösen Geist. Ein Komet, der Böses brachte … Was wollte Tonio damit sagen? Als Johann mit zittrigen Fingern die Einträge weiterverfolgte, erkannte er, dass Larua in regelmäßigen Abständen wiederkehrte, und zwar alle sechzehn Jahre und elf Monate, also ungefähr alle siebzehn Jahre.

Alle siebzehn Jahre …

Johann rechnete. Wenn er vom Tag seiner Geburt im Jahre 1478 ausging, war der Komet das nächste Mal Ende März 1495 erschienen. Ein Schauder durchfuhr ihn. Das war damals in Nördlingen gewesen, als Tonio ihm den schwarzen Trank eingeflößt hatte! Er erinnerte sich, wie Tonio zu Poitou gesagt hatte, dass sie nicht warten könnten, weil die Sterne günstig stünden. Mit klopfendem Herzen rechnete Johann weiter. Er notierte sich die Jahreszahl und starrte darauf.

Ende Februar 1512.

Das war in zwei Monaten! Erklärte sich so das Gefühl, beobachtet zu werden, jene Anspannung, dass schon bald irgendetwas geschehen würde? Aber was?

Larua … Böser Geist …

Johann erinnerte sich daran, wie Margarethe in Heidelberg vom Schwarzen Mann gesprochen hatte.

Er wird wiederkehren, hatte sie gesagt. *Er wird wiederkehren und die Welt verändern …*

Johann hatte immer geglaubt, dass dieser Schwarze Mann ein Hirngespinst sei, im schlimmsten Fall ein Mensch mit schlechten Absichten.

Niemals hätte er dahinter einen Kometen vermutet.

Er legte den Federkiel weg und lehnte sich zurück, seine Augen schmerzten vom vielen Lesen. War das möglich? Und wenn ja, was hatte er damit zu tun? Was bedeutete es, dass er just an Laruas Tag geboren war, dem Tag des Propheten, und dass Tonio ihm bei der Wiederkehr des Kometen den Trank eingeflößt hatte?

Und vor allem: Was würde in zwei Monaten geschehen?

In den Tagen und Wochen darauf grübelte Johann und studierte die Bücher. Er fand keine Antwort, doch zumindest wusste er jetzt, dass er abwarten musste. Irgendetwas würde passieren. Sein Wille und seine Lebensfreude waren zurückgekehrt, tagsüber machte er mit Wagner und dem kleinen Satan nun immer öfter Spaziergänge oder stand oben auf der Plattform. Er genoss die frische Luft, die ihn zum Denken anregte, und die entspannten Gespräche mit Wagner, wenn sie durch die schneebedeckten Wälder streiften. Auch jetzt erblickte er in den Zweigen gelegentlich Krähen und einmal einen Raben. Doch sie flößten ihm keine Angst mehr ein. Sie waren Vorboten eines Ereignisses, das kommen würde, unausweichlich, und er würde vorbereitet sein, was immer auch geschehen mochte.

Und dann geschah wirklich etwas, just als er tagsüber in dickem Mantel und Schlapphut oben auf der Plattform stand und durch das Rohr hindurch die Berge betrachtete. Es war Anfang Februar, und der eiskalte Wind blies Johann ins Gesicht, trotzdem gab es keinen Zweifel.

Vom Waldrand her näherte sich ein Reiter.

* * *

Zuerst war es nur ein dunkler Punkt, als ob sich eine Fliege auf die vordere Linse des Rohrs verirrt hätte. Doch der Punkt wurde größer, er bewegte sich auf der Straße in Richtung Turm. Spätestens als die Gestalt von der Straße abbog und den schmalen Wildwechsel nahm, der auf den Turm zuführte, war klar, dass der Reiter hierher wollte.

Noch immer stand Johann oben auf der Plattform. Mittlerweile hatte er das Rohr abgesetzt und beobachtete den Ankommenden. Es war ein groß gewachsener Mann, der einen Mantel trug und darunter einen blitzenden Kürass, ein langes Schwert steckte in einer Tasche neben dem Sattel. Das Pferd war schwarz, massig und schnell, kein billiger Klepper, sondern eher ein Schlachtross, das so viel kostete wie ein ganzes Wirtshaus. Nun hatte auch der Mann seinen Beobachter erkannt. Er hob die Hand zum Gruß, galoppierte die letzten Meter den Hügel empor und stieg ab.

Dann wartete er.

Nachdenklich ging Johann die Stiege hinunter. Er wusste nicht, wer der Fremde war und wie er ihn und Wagner gefunden hatte. Nun, zumindest war der Mann allein gekommen. Es ging also offensichtlich nicht darum, ihn vor einen Richter und schließlich auf den Scheiterhaufen zu zerren. Ob er ein Abgesandter des Kölner Bischofs war? Johann bezweifelte, dass der Arm der Kölner Inquisition so weit reichte. Außerdem sah der Reiter nicht wie ein Geistlicher aus, sondern eher wie ein Ritter.

War er etwa ein erster Vorbote auf das, was kommen würde? Ein Hinweis auf die Wiederkehr Laruas?

»Was ist geschehen?«, fragte Wagner, der unten mit einem Buch am Schachtisch saß. Verwirrt blickte er auf, als Johann an ihm vorbei eilig zur Tür schritt.

»Wir bekommen Besuch. Und es ist nicht der Krämer aus dem Dorf.«

Noch einmal atmete er tief durch, dann öffnete er die Tür und trat ins Freie. Bei dem Mann dort draußen schien es sich tatsächlich um einen Ritter zu handeln. Er trug Harnisch, Bein- und Armschienen, nun konnte Johann auch das schwarze Kreuz auf seinem Mantel sehen. Es war das Ritterkreuz, wie es die Deutschritter trugen. Ein uralter Orden, der zu Zeiten der Kreuzzüge entstanden war und an den Höfen des Reichs noch immer viel Einfluss hatte. Johann stutzte.

Was in Gottes Namen wollten die Deutschritter von ihm?

»Seid Ihr der Doktor Johann Georg Faustus?«, fragte der Ritter, ein alter Haudegen mit etlichen Narben im Gesicht. Er war sicher sechs Fuß groß und von beeindruckender Statur. Johann nickte und schwieg.

»Wolfgang von Eisenhofen schickt mich«, sagte der Ritter, und sein Harnisch knarzte in der Kälte. »Der Komtur des Nürnberger Deutschritterordens. Er bittet Euch, nach Nürnberg zu kommen. Ein alter Freund erwartet Euch dort.«

»Ein alter Freund?« Johann zog die Augenbraue hoch. »Sein Name?«

»Den darf ich Euch nicht nennen. Ihr werdet alles Weitere in Nürnberg erfahren.«

Johann musterte sein Gegenüber, doch das Gesicht des Ritters blieb starr und ausdruckslos. Eine eisige Böe fegte heran und rüttelte an den Fensterläden. Mittlerweile war auch

Karl Wagner hinzugetreten, der den Ritter neugierig betrachtete. Im Hintergrund knurrte Satan, schon beinahe wie ein großer Hund, so als wittere er Gefahr.

»Ihr glaubt, nur weil irgendein unbekannter Freund mich sehen will, reise ich mit Euch den ganzen Weg nach Nürnberg?«, fragte Johann mit schneidender Stimme. »Da müsst Ihr mir schon mehr erzählen.«

Der Ritter nickte. »Euer Freund meinte, Ihr würdet so etwas in der Art sagen. Deshalb soll ich Euch noch etwas anderes mitteilen.«

»Und das wäre?«

»Er meinte, er könne Euch mehr über eine Person erzählen, die Euch sicherlich sehr interessiert. Der Name dieser Person lautet Gilles de Rais.«

Es war, als hätte ein Blitz Johann getroffen. Wie versteinert stand er da, während der Name in ihm nachhallte. Ein Name, der ihn seit fast fünfzehn Jahren verfolgte.

Gilles de Rais …

Nun war er sich sicher, dass der Mann aus Nürnberg ein Vorbote Laruas war.

Das Spiel hatte begonnen.

Es dauerte eine ganze Weile, bis Johann seine Sprache wiederfand. Schließlich räusperte er sich.

»Gebt uns eine Stunde«, wandte er sich an den Ritter. »Wir begleiten Euch.«

24

Der Ritter hieß Eberhart von Streithagen, doch viel mehr als seinen Namen sollten sie in den nächsten Tagen nicht von ihm erfahren. Gemeinsam mit ihm und dem kleinen Satan reisten sie im Wagen nordwärts, im Gepäck die Laterna magica, das Sternenrohr und auch einige der astrologischen Bücher. Anfangs hatte Karl Wagner noch versucht, Johann nach dem Grund ihrer Reise zu fragen. Doch dieser gab nur ausweichende Antworten, schließlich schwieg er ganz.

Im Grunde wusste Johann selbst nicht, wer oder was ihn in Nürnberg erwartete. Der einzige Mensch, der sein Interesse an Gilles de Rais kannte, war Conrad Celtis. Doch der alte Gelehrte war vor einigen Jahren gestorben, Johann hatte ihn nach ihrem letzten Gespräch im Heidelberger Schloss nie wiedergesehen. Wer also konnte noch davon wissen? Zumindest war dieser seltsamen Person bewusst, dass Johann die Suche nach Gilles de Rais umtrieb – und er ließ just in der Zeit nach ihm schicken, in der sich ein ganz bestimmter Komet nach siebzehn Jahren erneut ankündigte.

Mit Eberhart von Streithagen an ihrer Seite reisten sie schnell und sicher. Kein Wegelagerer war so dumm, einen geharnischten Ritter mit Schlachtross und Langschwert anzugreifen. Und auch die Raubritter, die in den letzten Jahren im Reich immer mehr geworden waren, hielten Abstand. Wenn Streithagen auch nicht viel redete, so hatten sie doch immerhin von ihm erfahren, dass die Nürnberger Deutschritterkommende eine der letzten Bastionen des Kaisers in der Stadt war. Die Freie Reichsstadt Nürnberg, die nur dem Kaiser selbst untertan war, hatte sich in den letzten Jahren immer mehr von ihrem einstigen Schutzpatron abgewendet. Nur die Kommende stand noch hinter dem Regenten, ihr Gebiet in der Reichsstadt war unantastbar.

Johann lächelte grimmig. Auf diese Weise würde er dort immerhin vor den Anfeindungen der Kölner Inquisition sicher sein. Aber was wollte der Kaiser, was wollten die Deutschritter von ihm? Und wer war dieser merkwürdige alte Freund?

Nach zehn äußerst schweigsamen Reisetagen, als ihre Hinterteile vom Gerüttel auf dem Kutschbock schon gehörig schmerzten, erreichten sie gegen Mittag schließlich Nürnberg.

Schon von Weitem war die mächtige Burg zu sehen, die sich wie eine Krone über dem doppelten Mauerring, den Kirchen und den vielen schmucken Fachwerkhäusern erhob. Johann blickte auf die mächtige, drei Meilen lange Stadtmauer mit ihren über achtzig Türmen, und ein beinahe ehrfürchtiges Gefühl überkam ihn. Durch so viele Städte war er bereits gereist, gerade im letzten Jahr waren er und Wagner überall im Reich gewesen, im Norden, Osten, Süden und Westen – doch Nürnberg blieb etwas Besonderes. Augsburg mochte vielleicht die reichste Stadt des Landes sein, Köln die heiligste, Erfurt die gelehrteste und Hamburg die unternehmungslustigste, aber Nürnberg war von allen die erfindungsreichste, mit den klügsten, gewitztesten und findigsten Bürgern. Die Stadt war zugleich Seele und Kopf des Reiches, die heimliche Hauptstadt in einem Land, das eigentlich keinen festen politischen Mittelpunkt kannte. Erst vor Kurzem hatte ein Nürnberger namens Peter Henlein eine Uhr mit Federantrieb gefertigt, die man in der Westentasche mit sich herumtragen konnte. Ein gewisser Martin Behaim hatte hier einen sogenannten Globus in Auftrag gegeben, der die Welt kugelrund und nicht flach wie eine Scheibe zeigte, und auch viele andere technische Erfindungen kamen neuerdings aus Nürnberg. Außerdem lebten in der Stadt etliche herausragende Kunsthandwerker, allen voran der berühmte Maler Albrecht Dürer – für Karl Wagner ein Grund mehr, sich auf Nürnberg zu freuen.

»Vielleicht können wir Dürer ja mal einen Besuch abstatten«, wandte er sich an Johann, während sie zwischen etlichen anderen rumpelnden Wagen, Ochsenkarren und schreienden Händlern auf die Stadt zufuhren. »Übrigens ein schöner Mann, dieser Dürer. Ich habe mal ein Selbstporträt von ihm gesehen, er hat sich selbst fast wie der Heiland gemalt, mit langen Haaren und Bart. Möchte zu gern wissen, was die Kirche dazu sagt.« Wagner schüttelte lachend den Kopf. »Wenn der Mensch sich selbst zum Gott macht, kann das dem Papst wohl kaum gefallen.«

Jetzt im Februar lag noch Schnee auf den Feldern, von denen Nürnberg in allen Himmelsrichtungen umgeben war. Das Land war karg, die Pegnitz nicht schiffbar, doch trotz aller Widrigkeiten trafen hier einige der wichtigsten Straßen des Landes zusammen, sodass die Stadt wie eine gierige Spinne in ihrem Netz hockte. Gegen die Kälte trugen die vielen Händler und kleinen Kaufleute, die ihnen entgegenkamen, schwere Umhänge und unförmige Wollgugeln.

»Ich meine, Ihr seid ja nicht irgendwer«, schwadronierte Wagner weiter. »Also sollte ein Besuch …«

»Ich bin nicht irgendwer, sondern ein gesuchter Sodomit und Teufelsbeschwörer, schon vergessen?«, unterbrach ihn Johann. »Ich glaube zwar nicht, dass die Kölner Inquisition hier noch Einfluss hat, aber wie ich die Menschen und ihre Klatschsucht kenne, ist die Geschichte auch bis nach Nürnberg gedrungen, vermutlich aufgebauscht zu einem wahren Gräuelmärchen.«

»Tatsächlich hat der Doktor in der Stadt nicht den besten

Ruf.« Eberhart von Streithagen, der neben ihnen auf seinem großen Schlachtross ritt, nickte bedächtig. »Die Rede ist von Nekromantie und etlichen Betrügereien. Auch die Freundschaft zu diesem Agrippa in Köln hat manchen Kirchenleuten nicht gefallen. Wir werden deshalb nicht durch das große Frauentor, sondern durch das Spittlertor in die Stadt einziehen. Es ist nahe unserer Kommende und wird nicht so streng bewacht.«

Über eine kleinere Straße, die durch vereiste, brachliegende Äcker führte, erreichten sie schließlich den Stadtgraben und dahinter eines der bulligen Stadttore, das von einem ebenso bulligen Turm flankiert wurde. An der Stirnseite prangte der Doppeladler, das Wappen des Kaisers. Als die Wachleute den Ordensmantel der Deutschritter erkannten, winkten sie Streithagen und auch den dazugehörigen Wagen umstandslos durch.

Satan saß auf Johanns Schoß und hielt die Nase schnuppernd in die Luft. Jetzt um die Mittagszeit schien trotz der Kälte die ganze Stadt auf den Beinen zu sein. Trödler mit Kraxen auf dem Rücken hasteten an ihnen vorbei, von einem nahen Platz wehten die Rufe der Marktfrauen zu ihnen herüber, das stete Gehämmer einer Schmiede dröhnte Johann in den Ohren. Über dem Häusermeer und dem Labyrinth enger Gassen erhoben sich die Kirchen Sankt Sebald und Sankt Lorenz, dazwischen floss ruhig die Pegnitz, die die Stadt in zwei etwa gleiche Hälften teilte. In der Luft lag der Geruch von Holzfeuern, gekochtem Kohl und Pferdeäpfeln. Johann dachte daran, wie schlimm Hamburg im Sommer gestunken hatte; der Geruch Nürnbergs um diese Jahreszeit war dagegen fast angenehm.

Eberhart von Streithagen führte sie von der Stadtmauer ein kurzes Stück stadteinwärts, durch die lärmende Menge. Nicht weit hinter dem Tor befand sich ein ummauertes Areal mit mehreren Häusern und einer kleineren Kirche. Eine Art überdachter Wehrgang führte als Brücke über die Gasse hinüber zu einer zweiten, größeren Kirche. Johann war vom Kutschbock abgestiegen und führte das unruhige Pferd am Zügel. Intuitiv ging seine Hand zum Beutel, als ihn ein paar Passanten anrempelten.

»Einst lag die Kommende vor der Stadt, doch seit der letzten Mauererweiterung sind wir nun wie eine Insel in einem Meer Ungläubiger«, erklärte Streithagen mit grimmiger Miene, während sie sich dem ummauerten Bezirk näherten. »Die letzte Insel des deutschen Kaisers, wie mir scheint. Lasst den Wagen hier stehen, er wird später hereingebracht.«

Er klopfte an ein massives, mit Eisenbändern verstärktes Portal. Durch eine Luke musterte sie argwöhnisch ein Wächter, erst dann wurden sie eingelassen. Hinter der Mauer schloss ein großer begrünter Innenhof an, von dem aus weitere Tore zu Steinhäusern und größeren Feldern und Gartenanlagen führten. Im Gegensatz zum Lärm draußen herrschte hier eine friedliche Stille, auch war der Geruch besser. Satan sprang von Johanns Armen und pinkelte an einen der Büsche.

»Ein üppiges Stück Land, das Ihr hier besitzt«, sagte Johann anerkennend. »Der Kaiser war offensichtlich recht großzügig.«

»Dafür betreiben wir auch das größte Spital der Stadt, neben dem Heiliggeistspital auf der Pegnitzinsel«, erwiderte Streithagen. »Wie Ihr sicherlich wisst, lautet unser Motto ›Helfen, heilen, wehren‹.«

»Wohl mehr wehren als helfen und heilen«, flüsterte Wagner Johann zu. »Im Osten des Reichs haben die Deutschritter einst böse gewütet.«

Johann warf ihm einen mahnenden Blick zu. Er pfiff Satan zu sich, und sie passierten schweigend ein paar weitere bewachte Türen, bis sie schließlich in einen großen Saal gelangten. Schilde mit Wappen hingen überall an den Wänden, wuchtige Säulen trugen eine kunstvoll verzierte Eichendecke.

In der Mitte des Saals stand ein runder Eichentisch, an dem ein hagerer älterer Ritter mit buschigem Vollbart und tonsurhafter Halbglatze über ein paar Dokumenten saß. Sein Gesichtsausdruck war ernst und grimmig. Als er die Gruppe bemerkte, sah er auf, und ein Lächeln huschte über sein verhärmtes Gesicht.

»Mein guter Eberhart!«, rief er erfreut aus und erhob sich. »Die Wachen haben Euch bereits angekündigt.« Sein Blick streifte Johann, und das Lächeln verschwand. »Und das ist wohl der weithin gerühmte Doktor Faustus, seines Zeichens Magier, Sternendeuter und Nekromant.«

»Doktor reicht vollkommen«, gab Johann mit einer Verbeugung zurück. »Manche Titel erwirbt man, andere werden einem ohne eigenes Zutun verliehen.« Seine Stimme war verhalten, noch wusste er nicht, was hier gespielt wurde. Er deutete auf Wagner. »Das ist mein Gehilfe, ein fahrender Scholast, der mich aus Studienzwecken begleitet.«

Der ältere Mann nickte Wagner kurz zu, ohne ihn weiter zu beachten, dann wandte er sich wieder an Johann. »Nun, Doktor, ich kenne Euch nicht persönlich, nur aus einigen haarsträubenden Erzählungen, die mir nicht unbedingt gefallen, die jüngsten übrigens aus Köln. Aber es gibt offenbar Leute, die große Stücke auf Euch halten.« Er wies Johann und Wagner einen Platz an der großen, mit Pergamenten und Papieren bedeckten Tafel zu. Satan kroch unter den Tisch und knabberte an einem der Stuhlbeine.

»Mein Name ist Wolfgang von Eisenhofen, ich bin der Komtur dieser Kommende«, fuhr der Ältere fort. »Ich habe Euch nach Nürnberg gebeten, weil es … nun ja, ein Problem gibt. Und ein alter Freund von Euch meinte, Ihr wärt der Einzige im Reich, der dieses Problem vielleicht lösen kann.«

»Man wird sehen«, erwiderte Johann achselzuckend. Er bemühte sich, seine innere Unruhe zu verbergen. »Zunächst wäre es hilfreich, diesen alten Freund einmal wieder in die

Arme schließen zu dürfen. Ich bin immerhin sehr weit für ihn gereist. Vielleicht erkenne ich ihn ja gar nicht mehr.«

»Ihr habt recht. Möglicherweise hat er sich seit Eurer letzten Begegnung ein wenig … verändert. Wie er mir sagte, ist es doch schon eine Weile her, dass Ihr Euch das letzte Mal saht.« Lächelnd wandte sich Eisenhofen an Ritter Eberhart, der hinter ihnen stand. »Wohlan, dann bringt ihn herein.«

Eberhart von Streithagen ging zu einer gegenüberliegenden zweiflügligen Tür und öffnete sie. Eine gekrümmte Gestalt hatte dahinter gewartet, ein Mann, den Johann nur allzu gut kannte.

Johann zuckte zusammen und fühlte, wie ihm das Blut aus dem Gesicht wich.

»Was in Gottes Namen …«, entfuhr es ihm.

Hinter der Tür stand kein anderer als Valentin.

Johanns alter Freund aus Heidelberg war fast kahlköpfig. Ein winziger faltiger Greis, der viel älter wirkte als die etwa dreißig Jahre, die er mittlerweile zählen musste. Er sah aus, als hätte ihn das Leben ausgesaugt und weggeworfen.

Nur in Valentins Augen blitzte noch der gleiche kluge, wache Geist wie damals. Sie musterten ihn mit einer Mischung aus Abscheu, Neugier und …

Johann zögerte.

Liebe … Kann das sein?

Johann saß wie festgewachsen am Tisch, unfähig, sich zu rühren. Träumte er? Das letzte Mal, als er Valentin gesehen hatte, war der Freund in einem gepanzerten Kastenwagen von Heidelberg nach Worms zur Inquisition gebracht worden. Knapp fünfzehn Jahre war das nun her. Valentin hatte damals eine Anklage als Satanist gedroht, ein Verbrechen, das unweigerlich mit dem Feuertod bestraft wurde. Und nun stand er hier vor ihm, verändert zwar, aber doch lebendig.

Erst auf den zweiten Blick fielen Johann ein paar weitere

Veränderungen an Valentin auf. Er wirkte seltsam krumm, als hätte er einen Buckel, Narben verunstalteten sein Gesicht, und seine rechte Hand hing schlaff herab wie die einer Puppe. Nun hob er ebenjene Hand und grüßte.

Sie hatte die Form einer Klaue, zwei Finger fehlten.

»Daumenschrauben sind ein übles Folterinstrument«, sagte Valentin und winkte mit der Hand wie mit einem Fetzen Fleisch. Seine Stimme klang trocken und heiser, fast wie verbrannt. »Beinahe so schlimm wie die glühenden Zangen, die rauchenden Schürhaken und das Strecken, bei dem sie dir langsam das Kreuz brechen.«

»Du … du lebst …«, hauchte Johann.

»Zumindest ein Teil von mir.« Valentin zuckte die Achseln, wobei eine Schulter höher aufragte als die andere. »Sie haben mich damals drei Wochen lang gefoltert, jeden Tag zweimal, morgens und am Nachmittag, mit Zangen, Haken, Feuer … Aber ich blieb stark. Ich wusste gar nicht, was für Kräfte in mir kleinem Wicht stecken.« Er grinste schief, und Johann sah, dass ihm zwei seiner Schneidezähne fehlten. »Vermutlich war es der Hass auf dich, der mich weiterleben und alles leugnen ließ. Am Ende haben sie mich freigelassen. Das ist das Schöne an der Folter: Wenn du durchhältst und nicht gestehst, bist du irgendwann frei.« Er zuckte mit schmerzlich verzerrter Miene zusammen, mit schleppenden Schritten näherte er sich der Gruppe am Tisch. »Allerdings gibt es keinen Tag, an dem mich mein Rücken und meine Hand nicht an jene Zeit erinnern.«

»Es würde wohl nichts bringen, wenn ich sage, dass es mir leidtut«, meinte Johann.

»Nein, wirklich nicht.« Valentin lachte trocken. »Aber weißt du, alter Freund? Hass ist kein guter Begleiter. Ebenso wie die Liebe kann er einen auffressen. Ich habe meinen Hass begraben. Und hoffe, dass er sich nie mehr aus seinem Grab erhebt.«

»*Du* also hast mich hierher bringen lassen«, sagte Johann kopfschüttelnd. »Wie in Gottes Namen hast du mich gefunden?«

Valentin zögerte kurz. »Erinnerst du dich, wie du mir damals in Heidelberg von einem Turm in der Nähe von Füssen erzählt hast? Du sagtest, du hättest dort mal einen Winter verbracht. Als ich erfuhr, dass du Ärger in Köln hattest, dachte ich, der Turm könnte ein gutes Versteck sein. Also bat ich den Komtur, nach dir zu suchen.«

Johann fuhr sich durch die Haare, seine Finger zitterten leicht. Noch immer konnte er kaum glauben, dass sein alter Freund lebendig vor ihm stand. Offenbar hatte er sich getäuscht, als er dachte, der Ritter am Turm sei ein Vorbote des Kometen. In Wahrheit war es Valentin, der nach ihm geschickt hatte.

»Ich habe mich eine Zeit lang als fahrender Schreiber über Wasser gehalten, hier und dort, immer auf Reisen«, fuhr Valentin fort und setzte sich zu ihnen an den Tisch, wobei er sich wie ein Hering krümmte. »Vor drei Jahren haben mir die Nürnberger Deutschritter dann dankenswerterweise eine feste Stelle in ihrer Kommende angeboten. Wir waren glücklich hier.«

»Wir?« Johann runzelte die Stirn. »Wer …?«

»Sicher fragst du dich, warum ich von deinem Interesse für Gilles de Rais weiß«, unterbrach ihn Valentin, ohne auf Johanns Frage einzugehen. »Ich muss zugeben, du hast mich immer beschäftigt, mein lieber Faustus, wie ein Floh, der beißt und juckt. Auch später, als du längst als der berühmte Doktor Johann Georg Faustus durch die Lande zogst, wollte ich noch wissen, was dich eigentlich antreibt. Diese Gier nach Wissen, die nie nachließ, egal, wie viele Bücher du auch lasest, dieses ständige Grübeln. In deinen Träumen in Heidelberg hast du oft den Namen Gilles de Rais gemurmelt und auch geschrien. Du hast damals viel geträumt.« Valentin lächelte traurig. »Man erfährt so einiges, wenn man mit einem Kommilitonen die Kammer teilt. Später, Jahre nach meiner Freilassung, hatte ich Gelegenheit, noch einmal mit dem großen Conrad Celtis zu sprechen. Das war kurz vor seinem Tod. Auch ihn hat der Name Gilles de Rais nie losgelassen. Er ermahnte mich, diesen Namen niemals wieder zu erwähnen.«

»Ein Name ist Schall und Rauch«, entgegnete Johann matt.

»Ist er das?« Valentin schmunzelte. »Nun, Celtis hat mir jedenfalls erzählt, dass es dir wohl genauso erging. Ich wusste, dass dich dieser Name nach Nürnberg bringen würde. Hätte ich Eberhart von Streithagen meinen eigenen Namen nennen lassen, dann hätte dich das schlechte Gewissen vielleicht von der Reise abgehalten. Also entschied ich mich für Gilles de Rais, und sieh an, du bist gekommen. Wobei …« Er zögerte. »Ich fürchte, Celtis hat mir damals nicht alles über diesen Unhold erzählt. Aber als Schreiber hat man genug Zeit, sich in alten Klosterbibliotheken umzusehen. In mehr als einem Jahrzehnt kann man doch so einiges finden.«

»Du weißt also von den Kindern«, flüsterte Johann. Erst jetzt bemerkte er, dass seine Finger zitterten.

»Ja, ich weiß.« Valentin nickte. »Und das ist auch der Grund, warum du hier bist.«

»Verzeihung …« Neben Johann räusperte sich Karl Wagner. »Ich störe die zwei alten Freunde ja nur ungern, aber vielleicht ist es jetzt an der Zeit, mir zu erklären …«

Ein strenger Blick Valentins sowie ein noch strengerer Blick von Johann brachten ihn zum Schweigen.

»Gilles de Rais war ein Ritter«, mischte sich nun Wolfgang von Eisenhofen ins Gespräch. »Zwar kein Deutschritter, kein Templer und auch kein Johanniter, aber doch ein Mann, der den ritterlichen Tugenden und Werten zunächst verbunden war, ebenso wie dem christlichen Glauben. Bei der Befreiung von Orleans kämpfte er gegen ein Dutzend Ritter und behielt die Oberhand, der berühmten Jeanne d’Arc war er ein tapferer Weggefährte, sie waren wohl so etwas wie Freunde. Der französische König ernannte ihn sogar zum Marschall! Umso fürchterlicher ist es, was er später angerichtet hat.« Der alte Mann biss sich auf die Lippen und schlug ein Kreuz.

»Aber das kann ja wohl kaum der Grund sein, warum ich hier bin«, erkundigte sich Johann mit wachsender Unruhe. »Nur damit ich erfahre, was dieser verfluchte Gilles de Rais verbrochen hat? Das hat mir Conrad Celtis damals schon erzählt.«

»Nein.« Valentin schüttelte den Kopf. »Du bist hier, weil es so aussieht, als wäre Gilles de Rais zurückgekommen.«

Johann erstarrte. Seine Nackenhaare stellten sich auf, als würde ein böses Tier an seinem Schweiß schnuppern.

Hatte er richtig gehört?

Als wäre Gilles des Rais zurückgekommen …

»Wie kannst du behaupten …?«, begann er.

»Natürlich ist er nicht wirklich zurückgekommen.« Valentin winkte ab. »Ich weiß selbst, dass die Bestie seit siebzig Jahren tot ist. Aber seine Taten wiederholen sich. Jetzt, hier in Nürnberg. Und keiner weiß, wer dahintersteckt.«

Wolfgang von Eisenhofen schob Johann ein Dokument zu, auf dem etwa zwei Dutzend Namen verzeichnet waren. »Das sind alles Namen von Nürnberger Kindern, die in den letzten Monaten verschwunden sind«, erklärte der Komtur mit bebender Stimme. »Patrizierkinder, aber auch die Söhne und Töchter einfacher Bürger, ja selbst von Tagelöhnern, und keines der Kinder war älter als zehn Jahre. Einige von ihnen hat man später tot in den Gassen gefunden, wie weggeworfenen Unrat. Mit zerschnittener Kehle und vollkommen ausgeblutet. Kein einziger Tropfen Blut war mehr in ihnen, in ihren offenen Mündern steckte eine getrocknete Kröte. Gilles de Rais hat die Kinder damals auf die gleiche Weise getötet, er hat sie aufgeschlitzt, in ihrem Blut gebadet und es getrunken. Ein seltsamer Zufall, nicht wahr?«

»Mein Gott, wie grauenhaft!«, stöhnte Karl Wagner. »Wie kann ein Mensch nur so etwas tun?«

»Es gibt Leute, die behaupten, Gilles de Rais sei gar kein Mensch gewesen«, sagte Valentin. »Neben die Leichen waren jedes Mal drei Worte auf den Stein der Gasse gepinselt. Mit Blut.« Seine raue Stimme hallte durch das Gewölbe. »Die Worte lauten ›Homo Deus est‹. Kennst du diesen Spruch, Johann?«

Wieder war es Johann, als würde ihm jemand einen Knüppel mitten in den Magen rammen.

Homo Deus est … Der Mensch ist Gott …

»Ja, ich kenne ihn«, flüsterte er.

Valentin sah ihn aufmerksam an. »Es hat den Anschein, als wüsstest du mehr, als ich dachte. Ich habe also recht daran getan, nach dir zu schicken.«

»Ich halte auf Meister Brander große Stücke«, sagte Wolfgang von Eisenhofen und drückte Valentins unversehrte Hand. »Er arbeitet schon lange als Schreiber in unserer Kommende, er ist klug und belesen, und es war seine Idee, nach Euch zu schicken. Wenn er sicher auch seine ganz eigenen Motive hatte«, fügte er bedeutungsvoll hinzu. »Er meint, Ihr seid der Einzige, der vielleicht Licht in diese grauenvollen Fälle bringen kann. In der Stadt gärt es, die Furcht ist fast greifbar! Es ist, als säßen wir alle auf einem Pulverfass, das jeden Moment zu explodieren droht.«

»Ich verstehe immer noch nicht, was ich für Euch tun kann«, sagte Johann. »Ich bin nur ein fahrender Doktor, ein Fremder in Nürnberg …«

»Nun, wenn es stimmt, was Euer alter Freund sagt, dann seid Ihr nicht nur irgendein Doktor, sondern einer der klügsten Männer im Reich, mit allen Wassern gewaschen.« Eisenhofen musterte ihn scharf. »Dazu auch noch ein Magier. Ausgeblutete Kinder, vertrocknete Kröten, ein Satz mit Blut geschrieben … Wir haben es hier ja wohl eindeutig mit schwarzer Magie zu tun.« Der Komtur machte eine kurze Pause, als würde er seine folgenden Worte gründlich wählen. »Gott stehe uns bei, aber ich fürchte, dass nur ein Magier uns noch helfen kann. Das Wohl der Stadt, ja des gesamten Reiches steht auf dem Spiel! Wenn sich herumspricht, dass in Nürnberg der Teufel sein Unwesen treibt, kann das die Macht des Kaisers ernsthaft in Gefahr bringen. Und der hat momentan alle Hände voll damit zu tun, die Franzosen und gleichzeitig auch die Türken in Schach zu halten. Ja, wir brauchen Magie!«

»Magie? Das glaubt Ihr doch wohl selber nicht!«, brauste Johann auf. Er schüttelte den Kopf. »Ich mag ein Gelehrter sein, der gelegentlich ungewöhnliche Mittel einsetzt, ein Astrologe, Heiler und Chiromant. Aber ich bin sicherlich kein Zauberer, der sich wie der Erzengel Michael dem Teufel entgegenstellen kann!«

»Nennt Ihr Euch nicht selbst einen Magier?«, fragte Eisenhofen scharf.

Johann seufzte. »Aber doch nur, um das einfache Volk zu beeindrucken! Ein Komtur aus adligem Stand sollte es wirklich besser wissen.«

»Wenn es Euch lieber ist, kann ich Euch gerne meinen Rittern übergeben, die Euch und Euren Assistenten nach Köln bringen«, bemerkte Eisenhofen. »Die Belohnung für Eure Ergreifung liegt mittlerweile bei hundert Gulden. Wusstet Ihr das?«

»Das ist Erpressung!« Johann sprang auf und schlug auf den Tisch. »Ist der Deutsche Orden wirklich so tief gesunken, dass Ihr Euch wie Halunken gebärden müsst?«

»Hütet Eure Zunge, Doktor!« Auch Eisenhofen erhob sich nun, seine Augen funkelten zornig. Hinter dem Komtur trat Eberhart von Streithagen einen Schritt näher, die Hand am Schwertknauf. Satan unter dem Tisch knurrte und fletschte seine kleinen spitzen Zähne.

»Vielleicht ist es besser, wenn ich meinen Freund kurz allein sprechen könnte«, mischte sich Valentin ein und hob beruhigend die Hände. »Ein Spaziergang an der frischen Luft wird uns beiden sicher guttun.«

Eisenhofen zögerte, doch dann nickte er. Er wandte sich an Valentin. »Geht hinaus in den Komtursgarten und erzählt es ihm. Alles, auch den Rest. Vielleicht stimmt ihn das ja um. Zum Einuhrläuten erwarte ich eine Antwort.« Er hob den Finger und warf Johann einen strengen Blick zu. »Und denkt immer daran, Herr Magier. Nach Köln ist es nur ein schneller Ritt von einer Woche.«

Kurze Zeit später standen Johann und Valentin allein in einem großen gepflegten Garten, der hinter dem Rittersaal anschloss und sich nach Westen bis zur Mauer ausbreitete. Sternförmig verliefen die Wege entlang von Büschen, verblühten Rosen und beschnittenen jungen Obstbäumen. Satan stromerte durch das Gelände und hob hier und da sein Bein. Auf den Sträuchern und Blumen lag eine dünne weiße Schicht Raureif. Schritte knirschten, als die einstigen Freunde über die schmalen geharkten Wege gingen. Eine Zeit lang schwiegen sie, gefangen in Erinnerungen. Schließlich blieb Johann stehen.

»Glaub mir, Valentin, wenn ich die Zeit zurückdrehen könnte, dann …«

»Nicht einmal Gott kann das.« Valentins Blick ging starr geradeaus. »Ich habe lange gebraucht, um zu verstehen. Doch mittlerweile weiß ich, dass Liebe manchmal auch zerstören kann.«

»Meine Liebe zu Margarethe, meinst du?«, fragte Johann leise.

»Liebst du sie denn noch immer?«, wollte Valentin wissen und wandte sich ihm zu.

Johann zögerte. »Sie … sie besucht mich in meinen Träumen. Doch im Gegensatz zu früher sind es keine schönen Träume.«

Valentin nickte gedankenverloren. »Ich kann gut verstehen, dass du sie nicht vergessen kannst. Gerne hätte ich sie gemalt.« Schmerzverzerrt hob er seine verkrüppelte rechte Hand. »Ich habe lange gebraucht, um zu lernen, mit der linken Hand zu zeichnen. Mittlerweile geht es ganz gut.«

»Du zeichnest noch immer?«, erkundigte sich Johann.

»O ja!« Valentin lächelte. Er deutete auf die Bäume und Sträucher ringsumher, auf die Steinbänke, die im Frühling und Sommer zum Verweilen einluden. »Ich bin oft hier im Garten. Das Licht fällt sehr günstig.« Er legte den Kopf schief und musterte Johann neugierig. »Vielleicht sollte ich dich auch einmal zeichnen, du bist ja jetzt eine richtige Berühmtheit.«

»Warum wolltest du mit mir allein in den Garten gehen?«, fragte Johann. »Der Komtur meinte, du sollst mir alles erzählen, auch den Rest. Was ist dieser Rest?«

Valentins Gesicht verdunkelte sich. »Du fragst dich sicher, warum ich den Komtur gebeten habe, gerade dich hierher zu holen. Aber ich glaube tatsächlich, dass du der Einzige bist, der vielleicht noch helfen kann. Und du bist mir einen Gefallen schuldig.«

Johann nickte. »Jeden Gefallen der Welt. Ich würde alles tun, um meine Schuld zu sühnen.«

»Dann hilf mir, ein Kind zu befreien.«

»Ein Kind?« Johann stutzte. Kurz glaubte er, sich verhört zu haben. »Wie meinst du das?«

Valentin schluckte schwer. »Nun kommen wir zum eigentlichen Grund, weshalb du hier bist. Dem Grund, den dir Eisenhofen noch nicht verraten hat.«

Er bedeutete Johann, sich auf eine Bank in der Mitte des Parks zu setzen. Um sie tirilierten die Amseln, Spatzen balgten sich in den Zweigen. Es schien, als statte der Frühling dem Komtursgarten einen kurzen Besuch ab, während außerhalb der Mauern noch immer tiefer Winter herrschte.

»Eisenhofen sprach davon, dass es für mich durchaus eigennützige Motive gab, dich nach Nürnberg zu holen«, sagte Valentin mit verbitterter Miene. »Das ist wahr. Es gibt da ein Mädchen, das mir sehr ans Herz gewachsen ist. Ein Straßenkind, das ich vor einigen Jahren aufgenommen habe. Ich habe sie Greta genannt.«

»Greta?«, flüsterte Johann. »Du hast sie genannt wie …«

»Es erschien mir passend«, entgegnete Valentin ruppig. »Vielleicht, weil ich das Mädchen ebenso liebe wie du damals deine Margarethe, jedoch nicht wie ein Mann, sondern eher wie ein Vater sein Kind. Ich habe sie großgezogen, sie ist eben erst vierzehn geworden. Sagt man nicht, dass die Liebe zu den Kindern die stärkste von allen ist? Sie nennt mich Onkel, außer mir hat sie keinen Menschen auf der Welt. Und …« Er zögerte. »Sie ist in großer Gefahr.«

»Wie meinst du das?«

»Nun, Gretchen hatte noch nie einen sonderlich guten Ruf in der Stadt. Seit wir hier in der Kommende leben, gilt sie als Herumtreiberin und hat wohl auch schon mal auf dem Markt ein Ei oder einen Apfel stibitzt. Als man sie vor ein paar Wochen des Nachts neben einer der Kinderleichen nahe der Pegnitz antraf, haben die Behörden kurzen Prozess mit ihr gemacht. Sie …«, Valentins Stimme zitterte, »sie haben sie ins Lochgefängnis gesteckt. Wohl auch deshalb, weil bei ihr ein Zeichen des Teufels gefunden wurde, ein Widderhorn mit irgendwelchen eingeritzten Symbolen. Jemand muss es ihr unbemerkt zugesteckt haben.«

»Und jetzt glauben die Behörden, dieses Kind habe etwas mit den teuflischen Morden zu tun?«, fragte Johann ungläubig.

»Verstehst du nicht?« Sein alter Freund kämpfte mit den Tränen. »Die Behörden wollen meinem kleinen Gretchen etwas anhängen! Sie soll gestehen, dass sie mit dem Satan zusammen war, und verraten, was sie über diese Kindermorde weiß. Aber sie weiß nichts! Sie ist doch noch ein Kind! Sie suchen … sie suchen nur irgendeinen Sündenbock.« Mit seiner unverletzten Linken drückte Valentin Johanns Hand. »Das ist der wahre Grund, warum ich dich nach Nürnberg geholt habe, Johann Georg Faustus. Bitte hilf mir, mein Gretchen aus dem Kerker zu befreien!«

Johann biss sich auf die Lippen. Deshalb also war er hier. Nicht wegen eines Kometen, nicht, um endlich Antworten auf seine Fragen zu finden, sondern wegen eines Straßenmädchens. Genauer gesagt, er war hier, um einem Freund zu helfen, dem einzigen, den er je hatte.

Um meine Schuld zu sühnen, dachte er.

»Wie lange?«, fragte er.

Valentin wischte sich die Tränen aus dem vernarbten Gesicht. »Was meinst du?«

»Verflucht, wie lange wird es dauern, bis sie deiner Greta den Prozess machen?«

»Ich … ich weiß es nicht. Sie sitzt seit fast einem Monat im Kerker. Vielleicht haben sie sie vergessen, vielleicht haben sie mit der Tortur schon angefangen. Sie ist erst vierzehn, aber ich habe gehört, dass sie auch bei Jüngeren … Ich weiß, wie sich das anfühlt, ich kenne die Schmerzen.« Erneut liefen Valentin Tränen über die Wangen, er zitterte am ganzen Leib. »Ich habe den Bütteln gesagt, dass Greta eine entfernte Nichte ist. So darf ich sie alle paar Tage besuchen, das hat der Komtur für mich möglich gemacht. Bislang hat er das Schlimmste verhindern können, auch er glaubt nicht an Gretas Schuld. Doch selbst der Orden der Deutschritter hat nicht unendlich Einfluss. Wir dürfen keine Zeit verlieren!«

»Verflucht!« Johann raufte sich die Haare. »Was stellst du dir vor, was ich tun soll? Ich habe von den Nürnberger Lochgefängnissen gehört, sie sind gut gesichert und liegen tief unter dem Rathaus! Ich will dir ja gerne jeden Gefallen tun, aber das ist unmöglich!«

»Es muss einen Weg geben!«

Johann lachte verzweifelt. »Soll ich vielleicht mit der Laterna magica einen Dämon herbeizaubern und die Wachen damit vertreiben? Das mag in einem kleinen Städtchen gehen, aber nicht im weltoffenen Nürnberg.«

Valentin musterte ihn scharf. »Du hast also wieder eine Laterna? Nun, ich hatte so etwas bereits gehört. Meine Laterna …« Er schloss kurz die Augen. »Nein, mit der Laterna magica wird es wohl nicht gehen. Aber vielleicht fällt uns ja eine andere Möglichkeit ein.«

Er beugte sich nach vorne. »Ich möchte dir einen Vorschlag machen, Johann. Morgen darf ich Gretchen wieder besuchen, und ich möchte, dass du mitgehst. Wenn du dir die Kerker anschaust, finden wir vielleicht gemeinsam eine Lösung. Ich werde sagen, dass du ein fahrender Medicus bist, der sich das Kind ansehen möchte. Der Komtur wird ein gutes Wort für dich einlegen.«

»Ich werde sehen, was ich tun kann.« Johann seufzte und nahm Valentin bei den Händen. Für einen Augenblick waren sie wieder die alten Freunde, die sie in Heidelberg einst gewesen waren. »Aber ich kann dir nichts versprechen. Vielleicht …«

Er stockte, als auf dem Kies Schritte zu hören waren. Im gleichen Moment schlug die Glocke der Ordenskirche einmal, und Eberhart von Streithagen tauchte hinter einem Busch auf.

»Der Komtur wünscht zu erfahren, wie Ihr Euch entschieden habt, Herr Doktor«, sagte er, an Johann gewandt.

Dieser wechselte einen kurzen Blick mit Valentin.

»Ich werde versuchen, Euch zu helfen«, erwiderte er schließlich. »Ob nun mit oder ohne Magie.«

* * *

Tief unten in den Eingeweiden der Stadt, nicht weit vom Komtursgarten entfernt, rumorte es.

Ein monotones Summen ertönte, das von den Wänden der Gänge vielfach zurückgeworfen wurde, bis es wie das Heulen von hundert hungrigen Wölfen klang. Dort unten in den uralten Gewölben stand vor einem Kupferbecken ein Mann in schwarzer Kutte, die Hände weit ausgebreitet, den Kopf in den Nacken gelegt – als würde er etwas huldigen, was noch viel tiefer in der Erde lauerte. Auf der Kutte des Mannes prangten uralte Zeichen, gewoben aus getrockneten Sehnen und winzigen Adern, die mit scharfen Messern aus jungen menschlichen Leibern geschnitten worden waren. Das Summen schwoll an, und der Mann ließ etwas Glitschiges in das dunkle Wasser des Beckens fallen, woraufhin sich die Oberfläche kräuselte.

Der Mann lächelte.

Blut ist ein ganz besonderer Saft.

Eben wollte er mit der Beschwörung fortfahren, als ein Krächzen seine Litanei störte. Verärgert sah der Mann auf.

»Baphomet, Asasel, Belial, lasst das! Oder ich tunke euch kopfüber ins Becken!«

Die zwei Krähen und der Rabe starrten mit kleinen, bösen Augen zu ihrem Herrn hinüber. Hinter den Gitterstäben ihres Käfigs tippelten sie aufgeregt hin und her, wie Kinder, die es nicht mehr auf ihren Stühlen hielt. Der Mann schmunzelte.

»Ihr seid hungrig, nicht wahr? Bald, bald ist es so weit.«

Der Meister griff in eine Tasche und zog einen weiteren glitschigen Fetzen hervor, den er den Vögeln zuwarf.

Sie hackten danach, zerteilten den Fetzen mit ihren spitzen Schnäbeln und schlangen die einzelnen Brocken hinunter.

Sie waren erstaunlich zart.

25

Valentin erwartete Johann schon kurz nach Sonnenaufgang im Garten der Kommende. Er schien nur wenig geschlafen zu haben, sein vernarbtes Gesicht war blass und unrasiert, tiefdunkle Ringe umgaben seine Augen. Nervös sprang er von der Bank auf, auf der er gesessen hatte, und kam Johann gebückt entgegen.

»Ich bin seit dem Fünfuhrläuten wach. Es gibt gute Nachricht vom Komtur! Eisenhofen hat es tatsächlich möglich gemacht, dass du als Arzt dabei sein darfst. Immerhin gehört Gretchen im weiteren Sinne zum Gesinde der Kommende, und als oberster Dienstherr hat Eisenhofen ein Recht zu wissen, wie es ihr geht.«

Johann schüttelte den Kopf. »Ich kann immer noch nicht glauben, dass die Nürnberger Behörden ein vierzehnjähriges Mädchen der Hexerei anklagen. Das ist doch Irrsinn!«

»Sie wäre nicht die Erste«, erwiderte Valentin seufzend. »Aber so weit ist es, Gott sei Dank, noch nicht. Trotzdem setzt ihr die lange Haft mehr und mehr zu. Du musst wissen, Gretchen ist ein äußerst neugieriges und lebhaftes Kind. Es bricht mir jedes Mal das Herz, wenn ich daran denke, wie sie dort unten im Verlies sitzt, ganz allein …« Valentins Stimme zitterte.

»Du musst sie sehr lieb haben«, sagte Johann mitfühlend.

»Sie hat etwas an sich, etwas Vertrautes …« Valentin zögerte. »Nun, du wirst sie ja bald selbst sehen.«

Sie traten durch die Pforte und gingen nach Norden auf die Pegnitz zu. Valentin hatte einen kleinen Lederbeutel dabei, in dem sich ein paar Leckereien für Gretchen befanden, und Johann trug eine Tasche mit medizinischen Instrumenten. Noch war es ruhig in den Gassen, nur vom Arsenal her, dort, wo der alte Stadtgraben lag, erklang bereits das Hämmern aus den Waffenschmieden. Eine Gruppe Nonnen zog, leise Gebete murmelnd, zum Klarakloster; oben auf der Nürnberger Burg brannten noch die Wachfeuer der vergangenen Nacht und tauchten den Sandstein in ein warmes Licht.

Auch Johann hatte nicht viel geschlafen. Der Komtur hatte ihm erlaubt, im Turm der Sankt Jakobskirche sein Sternenrohr aufzustellen. Von dort hatte er stundenlang den Nachthimmel abgesucht, in der Hoffnung, vielleicht schon ein erstes Anzeichen des nahenden Kometen zu erkennen, doch vergebens. Vielleicht hatte er sich ja auch getäuscht, und es gab überhaupt keinen Zusammenhang zwischen Larua und ihm? Seine Reise nach Nürnberg jedenfalls schien ganz andere Gründe zu haben.

Sie gingen über eine steinerne Brücke, die das Lorenzviertel vom vornehmeren Sebaldusviertel trennte. Hier wohnten die Kaufleute, sie hatten ihre Häuser möglichst nahe an den Hauptplatz gebaut. An diesem Platz, der sich eben mit Leben füllte, stand eine weitere große Kirche mit reich geschmücktem Vorbau. Außerdem gab es einen Brunnen, in dessen Mitte ein hoher dünner Turm mit Skulpturen aufragte, wie Johann ihn aus keiner anderen deutschen Stadt kannte.

»Da ist noch etwas, was du wissen solltest«, sagte Valentin zögerlich, während sie den großen Platz überquerten. Er hinkte leicht, auch das offenbar eine Folge der Folter. »Letzte Nacht ist wieder ein Kind verschwunden, diesmal der achtjährige Sohn eines Amtmanns von der Burg. Der Junge hat in einem trockengelegten Teil des Zwingergrabens gespielt. Als die Mutter kurz darauf nach ihm suchte, war er fort. Es ist wirklich wie damals in Frankreich, als dieser verfluchte französische Ritter sein Unwesen trieb.« Valentin biss sich auf die Lippen. »Ich fürchte, uns rennt die Zeit davon. Die Leute werden immer nervöser, sie suchen nach einer Erklärung. Es kann nicht mehr lange dauern, bis sie Greta peinigen, auch wenn sie erst vierzehn ist.«

Nördlich des Brunnens erhob sich das Rathaus, ein düsterer gotischer Bau, der aus einer anderen Zeit zu stammen schien. An seiner Rückseite befand sich der Eingang in die berüchtigten Lochgefängnisse.

Johann war froh, dass er den jungen Satan bei Karl Wagner gelassen hatte. Der Hund fraß derzeit, als hätte er seit Wochen nichts bekommen, es war wirklich erstaunlich, wie schnell er wuchs. Schon jetzt hatte er die Größe eines ausgewachsenen Bassets, dabei war er noch keine zehn Wochen alt. Satans Disziplin ließ jedoch noch stark zu wünschen übrig, erst gestern Abend hatte er im Rittersaal einen großen Haufen hinterlassen, was Eisenhofen mit ein paar derben Flüchen quittiert hatte. Johann mochte sich nicht vorstellen, was ihm und dem Hund blühte, würde das Gleiche im Rathaus geschehen.

Vor einem kleinen, massiv wirkenden Portal standen zwei Wachen, bewaffnet mit Hellebarde und Spieß, die die beiden Ankömmlinge mit missmutigen, müden Mienen musterten. Mit seiner verkrüppelten Hand zog Valentin ein zusammengefaltetes Dokument hervor und reichte es einem der Männer. Dieser betrachtete lange und aufmerksam das Siegel der Deutschritter. Offenbar konnte er nicht lesen, wollte dies aber nicht zugeben.

»Valentin Brander von der Kommende«, stellte sich Valentin nach einer Weile vor. Er deutete auf Johann. »Dies ist ein fahrender Medicus, der die Erlaubnis hat, meine Nichte in Augenschein zu nehmen.«

»Der Krüppel und das Teufelsmädchen.« Der Wachmann

grinste und kratzte sich den struppigen Bart. »Soll der Doktor das Gör doch gleich auf Hexenmale untersuchen, sicher findet er welche.«

»Eben deshalb bin ich hier«, entgegnete Johann mit der hochfahrenden Stimme eines Arztes, der heute noch viele Termine bei reichen Leuten hatte. »Also lasst uns schon ein. Na, wird's bald?«

Murrend traten die Wachen zur Seite, und Johann und Valentin betraten einen steinernen Innenhof. Zur Linken befand sich eine weitere, ebenfalls bewachte Pforte, hinter der eine Treppe nach unten führte. Erst nach einer dritten, mit Eisenbändern verstärkten Tür standen sie im Vorraum zu den Verliesen. Rußig blakende Fackeln erhellten nur spärlich ein niedriges Gewölbe, aus einem Felsbrunnen mit Kette und Eimer wehte eine kalte Brise empor. Es roch nach Rauch, dünner Kohlsuppe und abgestandener Luft. Auch hier waren Wachen postiert.

Niemals kommen wir hier ungesehen rein, dachte Johann. *Nicht mit aller Magie der Welt.*

Der Lochwirt, ein buckliger, ungewaschener Kerl, der für die Aufsicht und die Versorgung der Gefangenen zuständig war, schlurfte gelangweilt auf sie zu und warf einen kurzen Blick in ihre beiden Beutel.

»Man hat Euch schon angekündigt«, brummte er. »Gibt nicht viele Gefangene, die gleich von zwei Herren Besuch bekommen und mit Leckereien versorgt werden. Zuerst die Laterne und jetzt auch noch Schinken und Käse. Habt wohl einiges springen lassen. Mein Essen ist der feinen Dame offenbar nicht gut genug, hä?«

»Das Mädchen ist meine Nichte«, entgegnete Valentin knapp. »Bei weiteren Fragen wendet Euch an den Deutschritterorden.«

Der Lochwirt winkte ab, und sie folgten ihm über einen schmalen Gang, von dem einzelne Zellentüren abgingen. Gelegentlich hörte Johann dahinter ein Jammern und Stöhnen. Ein kurzer Blick durch die Zellenfenster zeigte ihm, dass die bemitleidenswerten Gefangenen auf Bänken angekettet waren oder mit den Händen und Füßen in Holzblöcken steckten. Zeichen über der Kerkertür zeigten jeweils an, was das Verbrechen war, dessen man den Insassen anklagte. Ein roter Hahn für den Brandstifter, eine schwarze Katze für den Verräter … Der Gang wurde in regelmäßigen Abständen von weiteren versperrten Türen unterbrochen, die der Lochwirt jedes Mal umständlich mit einem großen Schlüsselbund öffnete.

Johann sah hinüber zu Valentin, der unruhig wartete, bis sie weitergehen konnten. Ihm musste die Ausweglosigkeit ihres Vorhabens doch bewusst sein, niemals würden sie hier jemanden befreien können. Nicht aus einem so gut gesicherten Gefängnis wie diesem hier! Doch Valentin lächelte ihm nur müde zu, in seinen Augen stand ein fast manisches Flackern.

So kamen sie nur langsam voran, Tür für Tür. Etwa in Kopfhöhe des schmalen Ganges befanden sich in regelmäßigen Abständen schmale vergitterte Löcher, durch welche die Morgensonne schien und der Lärm des Marktplatzes zu hören war. Draußen begann der Tag, doch in den Lochgefängnissen herrschte ewige Dämmerung.

Endlich blieben sie, fast am Ende des Ganges, vor einer Zellentür stehen. Ein Drudenfuß war darübergezeichnet, das Zeichen für Hexen, wie Johann vermutete. Der Lochwirt zog ein letztes Mal den großen Schlüsselbund hervor und sperrte auf.

»Eine halbe Stunde«, sagte er. »Nicht länger.«

Die Tür schwang auf, und Johann erstarrte.

Die Zelle war ganz in Holz ausgekleidet, das wurmstichig war und Flecken zeigte, die von getrocknetem Blut oder Exkrementen stammen mochten. Es gab eine Pritsche, eine schmale Bank und einen Eimer für die Notdurft, mit einem Brett darauf, welches zugleich als Tisch diente. Eine rußige Laterne hing von der Decke und spendete trübes Licht.

Auf der Bank saß im Schneidersitz ein Mädchen, das in ein Fadenspiel vertieft war. Es trug einen schmutzigen Kittel, aber keine Schuhe, seine Zehen waren blau vor Kälte. Um die Finger beider Hände gewickelt war eine dünne Schnur, die das Mädchen zu unterschiedlichen Mustern verstrickte. Beim Eintreten der beiden Männer sah es auf und blickte Johann direkt ins Gesicht.

Das ist nicht möglich!, dachte er. *Mein Gott! Wie um alles in der Welt …?*

»Onkel Valentin!«, schrie das Mädchen erfreut und sprang von der Bank. »Endlich bist du da, ich habe so lange auf dich gewartet!«

»Mein Kleines, lass dich umarmen!« Valentin legte den Beutel zur Seite und trat auf Greta zu, er umarmte sie fest, wobei sie verträumt die Augen schloss.

»Geh nicht mehr weg«, sagte sie leise. »Nie mehr.«

Die beiden verschmolzen im Zwielicht zu einem einzigen Körper, eine Weile waren nur von fern die leisen Seufzer der anderen Gefangenen zu hören.

Johann betrachtete derweil Gretas Gesicht. Zwar war es dunkel in der Zelle, doch auch so gab es keinen Zweifel. Die Sommersprossen, der weiche Mund, der immer zu lächeln schien, die vorragenden Wangenknochen, die strohblonden Haare … Nur die Augen waren anders. Schwarz und geheimnisvoll wie tiefe Waldtümpel.

Seine Augen.

Johann war wie gelähmt. *Nicht möglich*, dachte er. *Das muss ein Traum sein …*

Endlich löste sich Greta aus der Umarmung Valentins und sah hinüber zu Johann.

»Wer ist das?«, fragte sie neugierig.

»Ein alter Freund«, erwiderte Valentin lächelnd. Sein Blick streifte Johann, abwartend, forschend. »Wir standen uns einmal sehr nahe, wir waren beide Scholasten in Heidelberg.«

»Was sind Scholasten?«, wollte Greta wissen.

»Oh, das sind junge Burschen, die zu viel Wein und Bier trinken und glauben, dass sie unsterblich sind!«, entgegnete Valentin mit einem Augenzwinkern. Er wandte sich an Johann. »Nicht wahr? Unsterblich.«

Johann antwortete nicht, er starrte noch immer Greta an. Sie befand sich just an der Grenze zwischen Mädchen und junger Frau. Zwar war sie groß gewachsen und athletisch – winzige Brüste zeichneten sich unter dem Kittel ab –, doch im Gesicht trug sie noch deutlich kindliche Züge. Johann dachte zurück an Sommertage in Knittlingen, an das Tollen im Heu, Haschmich in den Wäldern … Es musste ein Zufall sein, etwas anderes war nicht möglich. Trotzdem war die Ähnlichkeit verblüffend. Jetzt verstand er, was Valentin gemeint hatte, als sie vorhin die Kommende verlassen hatten. *Sie hat etwas an sich, etwas Vertrautes …*

Greta schien das Interesse an Johann bereits wieder verloren zu haben.

»Hast du mir etwas mitgebracht?«, wandte sie sich aufgeregt an Valentin.

»Na, was denkst du?« Valentin zwinkerte ihr zu und hielt ihr mit der verkrüppelten Hand den Beutel hin, wie mit einer Zange. »Sieh selbst nach.«

Aufgeregt begann Greta, in dem Beutel zu wühlen. Mit einem verzückten Aufschrei zog sie ein Stück Käse hervor, außerdem einen halben Laib Brot und ein paar verschrumpelte Äpfel. Sie stopfte sich ein paar Brotbrocken in den Mund und schob den Käse hinterher.

»Iss nicht so schnell, mein Kind«, mahnte Valentin. »Sonst wird dir nur übel.«

Schweigend sahen die beiden Männer zu, wie das Kind

sich satt aß. Greta war erschreckend mager, das Gesicht und die Arme schmutzig und von Flohstichen und Schorf überzogen, allerdings konnte Johann keine größeren Verletzungen erkennen. Offenbar hatte der Henker noch nicht mit der Tortur begonnen. Überhaupt war Johann erstaunt, was für einen guten Eindruck Greta machte. Es musste furchtbar sein, so allein in der Zelle, nachts die Schreie der Mitgefangenen und kein Mensch, mit dem man reden konnte, außer dem buckligen Lochwirt und ein paar mürrischen Wachen. Greta verfügte anscheinend über eine innere Stärke, die selbst viele Erwachsene nicht besaßen. Noch immer stand Johann wie versteinert da und starrte das Mädchen auf der Pritsche an.

Als Greta einigermaßen satt war, räusperte sich Valentin. »Ich habe dir noch etwas mitgebracht. Ich dachte, du kannst sie brauchen, wenn du dich einsam fühlst. Du bist vielleicht schon ein wenig zu alt dafür, aber dennoch …«

Unter seinem Mantel zog er eine verschlissene Puppe hervor, mit verfilzten Wollhaaren und Knopfaugen, von denen das eine nur noch an einem dünnen Faden hing. Greta schrie erfreut auf und drückte die Puppe fest an ihre Brust.

»Mein Bärbelchen«, flüsterte sie. »Hast du mich vermisst? Ich gebe zu, ich habe mich die letzten Jahre nicht mehr viel um dich gekümmert. Das tut mir leid.« Sie streichelte die Puppe, plötzlich wirkte sie viel jünger als vierzehn Jahre.

»Mein Freund hier ist ein Doktor«, sagte Valentin und deutete auf Johann. »Er möchte dich gerne untersuchen, damit wir wissen, wie es dir geht. Er heißt Johann.«

»Gott zum Gruß, Greta.« Johanns Stimme kam so stockend, als wäre sie nicht seine eigene, er lächelte aufmunternd. »Darf … ich dich näher anschauen?«

Greta presste die Lippen aufeinander, sie wirkte mit einem Mal sehr ängstlich. »Das hat der Lochwirt auch gesagt«, flüsterte sie. »Ich mag das nicht.«

Johann hob die Hände. »Ich werde dir nichts tun, versprochen! Ich bin nur ein Doktor. Und ein Zauberer«, fügte er plötzlich geheimnisvoll hinzu.

Greta sah ihn erstaunt an. »Ein Zauberer?«

Johann nickte. »Gib mir deine Puppe, dann zeig ich es dir.«

Greta überlegte kurz, sie wechselte einen Blick mit Valentin, der aufmunternd nickte. Schließlich überreichte sie Johann die Puppe. »Aber tu ihr nicht weh.«

Die Idee, sich als Zauberer vorzustellen, war Johann ganz spontan gekommen. Er konnte sich noch gut daran erinnern, wie er selbst als kleiner Bub die Zauberer und Gaukler geliebt hatte. Nun nahm er Bärbel auf den Schoß und hielt ihre kleinen Puppenhände.

»Guten Tag, Bärbelchen«, sagte er.

»Guten Tag, Johann«, sagte die Puppe.

»Wie ich höre, hat sich Greta in letzter Zeit nicht so recht um dich gekümmert. Was hast du denn angestellt, so alleine?«

»Oh, ich bin in die Küche der Kommende geschlichen und hab einen Eimer Honig gestohlen«, erwiderte die Puppe mit hoher Stimme. »Damit hab ich dem Komtur nachts den Bart eingestrichen. Das war ein Heidenspaß!«

Die Puppe klatschte in die Hände, und Greta blieb vor Staunen der Mund offen. Sie sah hinauf zu Johann, dann wieder nach unten zu Bärbel auf seinem Schoß. Johann verkniff sich ein Lächeln. Er hatte sich das Bauchreden damals beigebracht, um den Erzengel Michael zu Margarethe sprechen zu lassen – aus reinem Eigennutz, wie ihm später klar geworden war. Jetzt setzte er den Trick ein, um ein Mädchen in einer Kerkerzelle zu trösten.

»Ich möchte Greta gern ein Lied vorsingen«, sagte die Puppe. »Vielleicht kann sie ja mitsingen.« Johann summte mit hoher Stimme eine Melodie, zuerst zögerlich, dann immer fester, schließlich kamen Worte über seine Lippen, wie von selbst.

»Petersil und Suppenkraut wächst in unserem Garten …« Die Puppe Bärbel klatschte dabei in ihre kleinen zerrissenen Stoffhände. »Unser Gretchen ist die Braut, soll nicht länger …« Johann stockte. Ohne es zu wollen, hatte er das Lied gewählt, das Margarethe früher immer gesungen hatte. Das Lied, das sie auch noch in der Höhle unter dem Heiligenberg gesummt hatte, als die Wachen über sie hergefallen waren.

»Weiter, weiter!«, forderte ihn Greta auf. »Nicht aufhören!«

»Weißt du was, Bärbelchen?«, sprach Johann zur Puppe und setzte sie neben Greta aufs Bett. »Ich denke, ich zeige euch mal, was man mit Äpfeln alles machen kann.«

Er kramte die Äpfel aus dem Beutel hervor und begann mit ihnen zu jonglieren. Greta und auch Valentin sahen ihm dabei staunend zu.

»Ihr seht fünf Äpfel!«, rief Johann, mit der geheimnisvoll verführerischen Stimme aller Gaukler und Trickser. »Hokuspokuslokus, jetzt sind es nur noch vier!« Einer der Äpfel war plötzlich verschwunden. »Hokuspokus, dreimal schwarzer Kater, jetzt sind es nur noch drei!« Es folgten nacheinander zwei weitere Äpfel, bis Johann den letzten in der Hand hielt.

»Du siehst«, sagte er zu Greta. »Man kann mit Äpfeln jonglieren, man kann sie verschwinden lassen, und … man kann sie essen.« Mit den letzten Worten biss er vom Apfel ab.

»He, das ist mein Apfel!«, rief Greta lachend.

Johann zuckte zusammen. Greta lachte! In einem Verlies kam ihm dieses Geräusch so fehl am Platz vor wie Engelssingen.

Und gleichzeitig war das Lachen sehr vertraut.

»Ich lass dir den Apfel, wenn du dich dafür von mir untersuchen lässt«, erwiderte Johann zögernd.

Greta willigte ein, und Johann trat näher. Er tastete sie auf Brüche ab, säuberte die Flohstiche und rieb ihre Frostbeulen mit einer Salbe ein. Schließlich riss er seinen Übermantel in

Fetzen und wickelte ihre Füße darin ein. Seine Hände zitterten, und das nicht wegen der Kälte. Es war Gretas Lachen gewesen, was die letzten Zweifel ausgeräumt hatte.

Ein Lachen, das er schon viele Jahre nicht mehr gehört hatte.

»Kommst du wieder?«, fragte Greta mit vollem Mund, während sie bereits ihren dritten Apfel verspeiste. Johann hatte die Früchte in der Zwischenzeit wieder für sie hervorgezaubert. »Du musst wiederkommen und für mich zaubern, bitte!«

»Ich ... will es versuchen«, sagte Johann stockend. Er wandte den Blick ab, als er spürte, dass ihm die Augen feucht wurden. »Das nächste Mal bringe ich dir dann auch Schuhe mit.«

»Und mein Bärbelchen kannst du auch mal untersuchen«, schlug Greta vor. »Ich glaube, ihr eines Auge ist krank.«

Johann nickte. »Das mach ich, versprochen. Ich ...«

Es klopfte an der Tür, und die fordernde Stimme des Lochwirts ertönte. »Die halbe Stunde ist um! Raus jetzt, sonst bleibt ihr gleich mit hier!«

»Ich komme wieder, versprochen«, sagte Johann noch einmal. Dann stand er auf und ging mit Valentin aus der Zelle. Das Letzte, was er sah, war, wie Greta ihm zuwinkte, in ihren Augen stille Trauer und Hoffnung zugleich.

»Komm wieder«, sagte sie leise.

Dann schloss sich krachend die Zellentür.

Den ganzen Weg hinaus aus den Lochgefängnissen schwiegen sie beide. Erst als sie wieder hinaus in das Morgenlicht vor dem Rathaus traten, wandte sich Johann an Valentin.

»Du ...«, begann er zitternd. »Du hast es ...«

»Lass uns drüben am Markt in eines der Wirtshäuser gehen«, unterbrach ihn Valentin. »Dort erkläre ich dir alles.«

Sie eilten über den Platz, auf dem jetzt, am späten Morgen,

schon etliche Krämer an ihren Ständen Waren feilboten. Es gab Pökelfisch, Wildbret, Eier, Geflügel und lebende Gänse, die in ihren Käfigen vor sich hin schnatterten. Doch Johann hatte für all das keinen Blick. Er konnte nur daran denken, was er eben in der Zelle erlebt hatte. Sein ganzes Leben stand plötzlich kopf.

Sie betraten eines der billigeren Lokale in einer Seitengasse des Marktplatzes und suchten sich einen ruhigen Tisch in einer Nische. Nachdem ihnen eine vollbusige Schankmaid zwei Gläser heißen Gewürzwein gebracht hatte, fing Valentin endlich zu sprechen an.

»Ja, sie ist es«, sagte er leise. »Margarethes Tochter. *Deine* Tochter«, fügte er hinzu. »Hast du ihre Augen gesehen? Es sind deine Augen, Johann Faustus. Es gibt keinen Zweifel.«

Johann saß da wie erstarrt, all den Lärm um sich herum, die lauten Gespräche der Leute, das Klirren der Gläser, nahm er nur wie hinter einer dicken Mauer wahr.

Meine Tochter, dachte er.

Aber wie war das möglich? Margarethe hatte sich im Heidelberger Kerker aus Verzweiflung erhängt, Valentin hatte es ihm erzählt. Selbst wenn sie schwanger gewesen war, es konnte kein Kind geben. Es sei denn …

Johann sah Valentin an, der mit frostroten verkrüppelten Händen das heiße Glas umklammerte, den Kopf gesenkt, als wollte er Johanns Blick ausweichen.

»Margarethe hat sich gar nicht erhängt«, flüsterte Johann. »Du … du hast mich damals angelogen.«

»So wie du mich ständig belogen hast, all die Wochen und Monate.« Valentin seufzte. »Ich war so voller Hass auf dich, Johann. Ich wollte dir wehtun, dir den größten Schmerz zufügen, der möglich war. Also sagte ich, Margarethe sei tot. In Wirklichkeit war sie kurz vorher weggebracht worden. Ich traf sie in Worms wieder, sie lag in der Zelle neben mir. Zweimal täglich, wenn sie mich zur Folter schleppten, sah ich sie kurz, ihre Schönheit half mir über die schlimmsten Schmerzen hinweg.« Er pustete auf den heißen Gewürzwein und nahm einen Schluck. »In den Nächten unterhielten wir uns flüsternd. Ich habe viel von dir erfahren, Faustus, von dem kleinen Johann in Knittlingen, von seinen Träumen und seinen Gaukeleien. Wie ich sehe, beherrschst du sie immer noch.« Valentin lächelte. »Du musst mal ein netter, aufgeweckter Bursche gewesen sein.«

»Aber Margarethe …«, fragte Johann leise. Die Stimme versagte ihm. »Warum …?«

»Warum man sie verschonte? Schon bei der ersten Vernehmung in Worms stellte sich heraus, dass sie schwanger war.« Valentin lachte traurig. »Sie selbst wusste es natürlich schon länger, und sie wusste auch, wer der Vater war. Es konnte keinen anderen geben. Sie war eine Nonne, du warst der einzige Mann, bei dem sie lag.« Mit dem Finger fuhr er über die Tischplatte, als zeichnete er Margarethes Gesicht nach. Die Sonne, die mittlerweile über den Dächern stand, fiel durch eines der Fenster der Herberge und brachte die Gläser zum Leuchten.

»Sie verschonten sie, bis das Kind auf der Welt war«, fuhr Valentin fort. »So ist nun mal das Gesetz. Selbst bei der Folter gibt es Regeln, streng verzeichnet in der Bamberger Halsgerichtsordnung. Kurz bevor sie mich entließen, nahm Margarethe mir das Versprechen ab, dass ich mich um das Kind kümmere, wenn sie nicht mehr da ist.«

»Und …?«, hob Johann an.

»Gleich nach der Geburt gestand Margarethe, mit dem Teufel im Bunde gewesen zu sein. Doch der Henker hatte Mitleid. Er erdrosselte sie mit dem Würgeeisen, bevor das Feuer sie fraß. Sie hat nicht viel gelitten.«

Valentins Blick ging erneut ins Leere, Männer lachten, Gläser klirrten. Es war so friedlich, dass Johann am liebsten laut geschrien hätte. Er wollte aufheulen, weinen, doch es kamen keine Tränen. Es war lange her, seit er das letzte Mal geweint hatte. Das war damals gewesen, als er in Heidelberg von Margarethes Tod erfahren hatte.

Erst jetzt war sie wirklich gestorben.

Und gleichzeitig neu geboren worden.

»Überhaupt war Margarethe in den letzten Wochen vor ihrem Tod eigentlich schon nicht mehr auf dieser Welt«, fuhr Valentin fort. »Bis zuletzt war sie davon überzeugt, dass der Teufel zurück auf die Erde kommt. Sie sprach immer wieder vom Schwarzen Mann, den sie in einem Wald gesehen hätte. Und vom Erzengel Michael, der sie, der uns alle im Stich gelassen habe.«

Johann schloss die Augen.

Der Schwarze Mann ... Der Erzengel Michael ...

Hörte dieses Grauen denn niemals auf? So viel war er gereist, doch egal, wohin er auch kam, das Böse war schon vor ihm da und erwartete ihn.

Weil du es in dir trägst ...

»Greta ist kein Straßenkind«, erklärte Valentin seufzend. »Ich habe sie in einem Waisenhaus in Worms gefunden. Es war ein Leichtes, sie mitzunehmen. Niemand zieht gern das Kind einer Hexe auf. Ich habe ihr nie erzählt, wer ihre Mutter wirklich war. Auch von ihrem Vater weiß sie nichts. Nur, dass die Mutter bei ihrer Geburt starb und ich ein entfernter Onkel bin.« Er lächelte, und für einen Moment sah Valentin wieder aus wie der junge eifrige Student aus Heidelberg. »Sie nennt mich Onkel Valentin. Ist das nicht schön? Wir hatten wunderbare Zeiten, wenn sie auch hier in der Kommende oft ein rechter Treibauf ist. Starrköpfig und mit einem Hang zum Gaukeln, Flunkern und Tricksen. In dieser Hinsicht kommt sie wohl ganz nach dir.«

Johann saß auf der Wirtshausbank und bemühte sich, ruhig zu bleiben. So viel Neues, Unvorhergesehenes war in der letzten Stunde geschehen. Wenn Valentin recht hatte, drohte seiner Tochter das gleiche Schicksal, das bereits ihrer Mutter widerfahren war. Er musste sich konzentrieren, er musste eine Lösung finden! All seine Klugheit, all sein Wissen war nichts wert, wenn er seine Tochter jetzt nicht beschützen konnte.

Das Kind, das er nie hatte kennenlernen dürfen.

26

In den nächsten Tagen überlegte Johann verzweifelt, wie er Greta aus den Lochgefängnissen befreien könnte. Es erschien ihm wie die Quadratur des Kreises, jenes Problem, an dem bereits der große Archimedes gescheitert war.

Oft saß er abends mit Valentin und Karl Wagner zusammen in der Kommende. Sie trafen sich in der Bibliothek der Ordenskirche, einem kahlen Raum, den die Deutschritter nur selten benutzten und der Valentins eigentliches Zuhause war. Als Mobiliar dienten einzig ein wackliger Tisch und ein paar klapprige Schemel. Dafür waren die Regale an den Wänden so gut gefüllt mit Büchern und Pergamentrollen, dass sie hervorquollen und teils schon auf den Boden gefallen waren. Auch auf dem Tisch stapelten sich Bücher. Ein Lüster brannte, dessen Kerzenwachs auf die Tischplatte tropfte und dort zu weißlich tranigen Flüssen erstarrte. Satan lag zusammengerollt zu Johanns Füßen.

Mit Valentin hatte Johann vereinbart, dass sie Karl Wagner nicht die ganze Wahrheit erzählen würden, noch nicht. Für Wagner war Valentin einfach nur Gretas Onkel und ein alter Freund, der Hilfe brauchte. Dass Greta eigentlich Johanns Tochter war, verschwiegen sie, und auch alles, was damals in Heidelberg zwischen ihm und Valentin vorgefallen war. Johann wollte einen besseren Zeitpunkt abwarten, um seinem Assistenten seine Sünden aus der Vergangenheit zu beichten. Zurzeit war Wagner ohnehin zu sehr damit beschäftigt, die vielen Gemälde, Skulpturen und Kunstschätze zu bewundern, die in den Kirchen Nürnbergs zu sehen waren. Überhaupt hatte Johann den Eindruck, dass Karl Wagner fast ein wenig eifersüchtig war, wie sehr seinen Herrn das Schicksal eines unbekannten Mädchens mitnahm. Zumindest half Wagner gelegentlich im Spital aus, was den Komtur ihnen gegenüber freundlicher stimmte.

»Die Lochgefängnisse sind vermutlich die sichersten Verliese im ganzen Reich«, bemerkte Valentin düster. Auf dem Tisch zwischen ihnen lag ein Grundrissplan des Rathauses, den Valentin heimlich kopiert hatte. »Ich bin öfter im Rathaus wegen Amtsgeschäften. Schon dieses Gebäude ist gut bewacht, ganz zu schweigen von den Verliesen darunter! Hinzu kommen die zahlreichen Türen.«

»Wo werden die Schlüssel aufbewahrt?«, fragte Johann.

»Daran hab ich auch schon gedacht.« Valentin seufzte tief. »Einen Schlüsselbund hat der Lochwirt immer an seinem Gürtel, ein weiterer hängt in der Wachstube.«

»Die natürlich gut bewacht ist«, warf Johann ein. Er schwieg und dachte nach, doch sosehr er auch grübelte und kombinierte, er fand keine Lösung.

»Was ist mit Bestechung?«, erkundigte sich Wagner. »Wenn man dem Lochwirt Geld geben würde …«

»Du kannst vielleicht den Lochwirt bestechen und noch ein, zwei Wachen, aber niemals alle«, unterbrach ihn Valentin. »Es sind zu viele!«

»Vielleicht müssen wir einfach akzeptieren, dass wir dieses Mädchen nicht befreien können«, sagte Wagner achselzuckend.

»Wenn ich das Gleiche damals in Warnheim gesagt hätte, säßest du jetzt nicht hier!«, entgegnete Johann zornig. »Ich verzichte darauf, zu erwähnen, in welchem Kreis von Dantes Inferno du jetzt schmoren würdest!«

Wagner schwieg betroffen.

»Es muss eine Lösung geben«, murmelte Johann schließlich und rieb sich die Schläfen. »Es muss einfach!«

Mittlerweile war er sich sicher, es konnte kein Zufall sein, dass Valentin ihn genau jetzt nach Nürnberg gerufen hatte. In den letzten Nächten hatte er mit dem Sternenrohr von der Jakobskirche aus erneut den Himmel beobachtet, der Komet konnte nicht mehr weit sein. Zum dritten Mal erschien Larua nun in Johanns Leben. Das erste Mal war bei seiner Geburt gewesen, beim zweiten Mal hatte er sich beinahe einem unheimlichen Bund von Teufelsanbetern angeschlossen, und nun, bei der dritten Wiederkehr, gab ihm Gott eine letzte Chance. Wegen seines Eigensinns und seiner Arroganz war Margarethe, die Liebe seines Lebens, gefoltert und hingerichtet worden, er hatte schwere Sünde auf sich geladen.

Doch jetzt war seine Tochter in sein Leben getreten, unerwartet wie ein Engel. Als würde ihm Margarethe noch einmal die Hand zur Vergebung reichen.

Gott gab ihm einen Schlüssel, das Rad der Zeit zurückzudrehen.

Jetzt oder nie …

»Wir überlegen weiter«, sagte er und starrte auf den Grundrissplan. »Vielleicht müssen wir auch abwarten, bis sie Gretchen den Prozess machen. Wenn sie sie hinaus vor die Stadt bringen, zum Schafott, ergibt sich vielleicht eine Möglichkeit.«

Doch er wusste selbst, dass er nicht so lange warten konnte. Jeder Tag unten in den Verliesen war ein Tag zu viel für das Kind. Es war ohnehin schon merkwürdig, dass die Nürnberger Behörden Greta so lange dort unten festhielten, ohne mit den peinlichen Befragungen zu beginnen.

Wolfgang von Eisenhofen ließ beinahe täglich nachfragen, ob Johann bereits eine Spur habe, was die teuflischen Morde anging. Johann hielt ihn hin und erzählte etwas von Sternenkonstellationen, die es genauer zu beobachten galt. Im

Grunde war es ihm egal, wer hinter den Morden steckte – er wollte nur seine Tochter befreien und dann schleunigst aus Nürnberg verschwinden.

Durch die Beziehungen des Komturs und die eine oder andere Silbermünze gelang es Johann und Valentin zumindest, Greta nun fast täglich zu besuchen. Manchmal ging Johann auch allein zu ihr. Er nahm Spielkarten, Münzen und bunte Lederbälle mit, er zeigte ihr all die Gaukeleien, die er früher auch ihrer Mutter gezeigt hatte. Auf diese Weise hoffte er, den Schrecken ein wenig zu bannen. Greta freute sich jedes Mal aufs Neue, wenn er die Puppe Bärbel sprechen ließ oder Münzen aus ihren Ohren zauberte.

Die größte Freude aber verschaffte er ihr mit Satan.

Für einen Batzen Schweigegeld erlaubte der Lochwirt, dass Johann den Hund mit ins Verlies brachte. Satan schnupperte am Aborteimer, sprang auf die Pritsche und schleckte Greta das Gesicht ab, sodass sie lachen musste. Später ließ er sich von ihr streicheln und blieb ganz still auf ihrem Schoß sitzen.

»Ich wollte immer einen Hund haben«, sagte sie. »Doch Onkel Valentin meinte, der Komtur möchte das nicht.«

»Vermutlich weil er befürchtet, dass so ein Köter in den Saal scheißt.« Johann lächelte. »Wenn du ihn gut erziehst, dann geht es ja vielleicht.«

Plötzlich sah ihn Greta ernst an. »Die Wachen sagen, ich sei eine Hexe. Und dass ich auf den Scheiterhaufen komme. Ich habe Angst, Johann! Tut es sehr weh, wenn man brennt?«

»Du ... du wirst nicht brennen.« Johann schluckte schwer. »Denn du hast nichts verbrochen.«

»Aber sie sagen, ich bin eine Hexe!« Greta begann nun zu weinen, und Johann spürte, wie es ihm das Herz brach. »Dabei habe ich gar nichts gemacht! Ich war nur unten am Fluss, an der Brücke beim Heilig-Geist-Spital, und dort war dieses tote Kind, ein kleiner Junge, alles war voller Blut ...« Sie schluchzte. »Es war so furchtbar! Dabei habe ich gar nicht zum Fluss gewollt. Der Mann hat gesagt, ich soll dort hingehen.«

»Der Mann?« Johann richtete sich auf. Das hatte ihm Valentin noch nie erzählt. »Welcher Mann?«

»Ich weiß es nicht. Er trug einen schwarzen Mantel, und er ... er war ganz schwarz, so schwarz wie die Nacht. Und seine Augen ... Im Nebel sahen sie aus, als würden sie brennen, wie glühende Kohlen. Er sagte, dort am Fluss würden Kinder spielen, und es gäbe Musik und Spezereien. Als ich dann dort hingegangen bin, war niemand da, nur der kleine tote Junge unter der Brücke.« Gretas Augen gingen ins Leere, zitternd streichelte sie den Hund. »Dann kamen schon die Wachen und haben so ein Ding in meiner Tasche gefunden. Ein stinkendes Horn von einem Widder. Sie haben gesagt, das hat mir der Teufel gegeben.«

»Wahrscheinlich hat er das auch«, sagte Johann so leise, dass ihn Greta nicht hören konnte. Er erschauerte.

Seine Augen ... sie sahen aus, als würden sie brennen, wie glühende Kohlen ...

Auch er hatte einen solchen Mann gesehen, damals in Erfurt und später noch einmal auf dem Weg nach Hamburg. Offenbar hatte jemand Greta zu dem toten Jungen gelockt, und vermutlich hatte derselbe Mann ihr auch das Widderhorn zugesteckt, ohne dass sie es gemerkt hatte. Aber warum? Dieser ganze Fall wurde immer merkwürdiger.

Johann schwieg eine Weile, während Satan sich an Greta kuschelte. Der Hund legte ihr die Schnauze auf den Schoß, als wären sie schon lange miteinander vertraut.

»Du bist keine Hexe«, sagte Johann schließlich. Als die schweren Schritte des Lochwirts zu hören waren, stand er auf. Es war Zeit zu gehen. »Du bist keine Hexe«, wiederholte er. »Und ich verspreche dir, ich hole dich hier raus.« Er bemühte sich um ein Lächeln. »Vergiss nicht, ich bin ein Zauberer. Für einen Zauberer ist nichts unmöglich.«

Er umarmte sie so fest, dass er Gretas klopfendes Herz unter dem dünnen Kleid spürte. Als er sie danach ein letztes Mal ansah und ihr zulächelte, hoffte er, dass sie die Angst in seinen Augen nicht bemerkte.

Auf dem Weg zurück ins Freie dachte Johann weiter über das nach, was ihm Greta eben erzählt hatte. Ein schwarzer Mann mit rot glühenden Augen hatte sie unter die Brücke gelockt. Es musste sich um eine Ausgeburt ihrer kindlichen Fantasie handeln, so wie er selbst auch damals auf dem Weg nach Hamburg eine Vogelscheuche für einen solchen Mann gehalten hatte. Die Natur spielte einem manchmal böse Streiche. Trotzdem wäre es mehr als merkwürdig, wenn jemand *gewollt* hatte, dass Greta unter die Brücke am Heilig-Geist-Spital ging. Wer konnte ein Interesse daran haben, dass ein unschuldiges Mädchen als Hexe verdächtigt wurde?

So in Gedanken versunken war Johann, dass er gar nicht merkte, dass Satan den Gang schon vorgelaufen war. Erst als er wildes Kläffen und Rufen hörte, schrak er auf. Im vorderen Kellergewölbe standen einige Wachen um den Brunnen herum. Sie lachten und deuteten nach unten, wo das Bellen herkam. Johann eilte darauf zu und sah, wie Satan in etwa sieben Schritt Tiefe verzweifelt im Wasser paddelte. Offenbar war er über den Brunnenrand gesprungen und drohte nun zu ertrinken.

»Holt ihn sofort wieder raus!«, befahl Johann den grienenden Wachen.

»Was schert mich die Töle?«, blaffte einer von ihnen zurück. »Ist es mein Hund? Hättet Ihr ihn halt nicht hierher gebracht.« Satan wimmerte und kläffte zum Steinerweichen.

»Wenn ihr es nicht tut, wird er noch stundenlang so weiterbellen«, sagte Johann und musterte die Wachen scharf. »Wollt ihr das?«

»Verflucht, der Doktor hat recht«, knurrte von weiter hinten der Lochwirt. »Holt das Vieh raus, bevor mich der Lärm noch wahnsinnig macht.«

Die Wachen sahen sich zweifelnd an, schließlich griff einer von ihnen nach der Kette über dem Brunnen und kletterte daran hinunter. Er packte den winselnden Satan am Kragen, während die anderen ihn mit der Kurbel hochzogen. Oben angekommen, gab der Lochwirt dem Hund einen Tritt, sodass Satan quer durch das Gewölbe geschleudert wurde. Er wimmerte fast wie ein Kind und verkroch sich unter Johanns Mantel.

»Lasst Euch mit dem Vieh nie wieder hier blicken!«, drohte der Lochwirt. »Wer seid Ihr überhaupt? Ich werde Erkundigungen über Euch einziehen und oben im Rathaus Bescheid geben, dass diese Besuche von Euch von nun an ausbleiben. Diese Göre ist ohnehin schon genug verwöhnt worden!«

Als Johann diesmal ins Freie hinaustrat, hatte er Mühe, nicht laut aufzuschreien. Er hielt Satan, der noch immer jaulte und zitterte, in den Armen und streichelte ihn, während seine Gedanken rasten. Der Lochwirt würde sicherlich dafür sorgen, dass er seine Tochter nicht mehr besuchen konnte. Doch das war im Moment nicht so wichtig.

Wichtig war, dass er eine Möglichkeit gefunden hatte, wie er Greta vielleicht befreien konnte.

* * *

»Der Brunnen.« Johann deutete auf den Grundrissplan des Rathauses, der auf dem Tisch der Bibliothek lag. Früher als gewöhnlich hatte er sich mit Valentin und Karl Wagner dort getroffen. An seiner Aufregung hatten die beiden anderen gemerkt, dass es dringend war.

»Als der Wachmann Satan dort unten rausgeholt hat, habe ich in der Tiefe eine vergitterte Tür gesehen«, fuhr Johann fort. »Ich hätte eigentlich schon früher draufkommen können. Der Brunnen ist keine Zisterne, das Wasser muss also von irgendwoher kommen!«

»Die Felsengänge«, murmelte Valentin. »Du … du könntest tatsächlich recht haben.« Er starrte auf die Karte.

Johann sah ihn ungeduldig an. »Was sagst du da?«

»Große Teile der Stadt, zumindest auf der Nordseite der Pegnitz, sind unterkellert«, erwiderte Valentin zögernd. »Viele der Keller dienen zum Aufbewahren von Bier, doch es gibt auch etliche Gänge, die für die Wasserversorgung notwendig sind. Im Rathaus habe ich mal eine Karte davon gesehen. Das Wasser strömt von außerhalb in die Stadt hinein, zuerst in kleinen Rinnsalen, die eins nach dem andern in Rinnen aufgefangen und schließlich zu den einzelnen Brunnen geleitet werden, auch zum Schönen Brunnen am Hauptplatz.«

»Und einer dieser Gänge führt direkt unter das Rathaus?«, fragte Karl Wagner skeptisch.

Valentin seufzte. »Verflucht, ich weiß es doch auch nicht! So genau konnte ich mir die Karte nicht ansehen. Sie wird im Rathaus zusammen mit den Schlüsseln für die Felsengänge sorgfältig aufbewahrt. Man fürchtet nämlich, dass auf diese Weise feindliche Söldner in die Stadt eindringen könnten.«

»Wann bist du das nächste Mal im Rathaus?«, erkundigte sich Johann knapp.

»Mmh …« Valentin überlegte. »Übermorgen. Das Heilig-Geist-Spital quillt aus allen Nähten, die Stadt wünscht, dass wir mehr Kranke aufnehmen, und will die Bettenzahl in der Kommende wissen. Warum?«

»Erinnerst du dich, wie wir damals in Heidelberg einen Abdruck vom Schlüssel des Dionysianums gemacht haben, um auszubüxen? Ich möchte, dass du auch diesmal Abdrücke machst. Und schau dir die Karte noch einmal an. Wir müssen herausfinden, wo diese Gänge beginnen!«

»Selbst wenn wir diesen Gang unter dem Rathaus finden

und er in den Brunnen der Lochgefängnisse führt«, warf Wagner ein. »Es gibt weitere Wachen, weitere Türen …«

»Verdammt, das alles weiß ich selbst!«, erwiderte Johann zornig. Er schlug auf den Tisch. »Trotzdem ist das unsere einzige Chance. Es ist nur der Anfang eines Plans, aber zumindest schon mal ein Anfang.« Er biss sich auf die Lippen. Das alles war Irrsinn, ein aussichtsloses Unterfangen! Wagner hatte ja recht, selbst wenn sie den Gang fanden, der bis zum Brunnen führte … Wie sollten sie es jemals schaffen, bis zu Greta vorzudringen? Zu seiner unschuldigen Tochter, die offenbar in eine Falle gelockt worden war.

»Da ist noch etwas anderes«, sagte Johann schließlich. »Greta hat mir heute erzählt, dass ein Mann sie überredet hat, unter die Brücke zu gehen, wo sie den toten Buben gefunden hat. Jemand hat sie also dorthin gelockt. Warum? Weil die Behörden endlich einen Schuldigen wollten? Aber warum dann ein vierzehnjähriges Kind, warum keine Hebamme oder irgendeinen Außenseiter, der ohnehin schon der Hexerei verdächtigt wird?« Er schüttelte den Kopf. »Es gibt so viele Merkwürdigkeiten in dieser Geschichte. Warum gerade Greta? Warum sitzt sie dort unten schon so lange, ohne Prozess, ohne Tortur? Irgendetwas stimmt nicht, aber ich komme einfach nicht drauf, was es ist. Verflucht!«

Gerne hätte er jetzt Satan gestreichelt, es beruhigte ihn immer, wenn der kleine Hund auf seinem Schoß saß. Doch Satan hatte sich bei dem Tritt des Lochwirts eine Pfote gebrochen. Johann hatte sie geschient und dem Hündchen ein wenig Theriak verabreicht, sodass es jetzt in der Schlafkammer schlummerte, die der Komtur Johann und Wagner zur Verfügung gestellt hatte.

Eine Zeit lang schwiegen sie alle drei, schließlich räusperte sich Valentin.

»Ich werde uns die Schlüssel aus dem Rathaus besorgen«, sagte er. »Und ich denke, ich weiß auch einen günstigen Zeitpunkt, wann wir in die Lochgefängnisse einbrechen sollten.« Er zögerte. »In vier Tagen.«

»Warum gerade in vier Tagen?«, fragte Wagner.

»Das ist die Nacht vor dem Nürnberger Schembartlauf, einem Umzug zu Karneval, bei dem viele Bürger verkleidet sind und sich besaufen, bevor die strenge Fastenzeit beginnt. Da sind die Wachen nicht so aufmerksam, besonders in den frühen Morgenstunden vor Sonnenaufgang.«

»In vier Tagen also …« Johann nickte. »Dann machen wir es so.« Er sah Valentin an, der mit verkrümmtem Rücken am Tisch saß. »Bete für mich, dass ich mit Greta zurückkomme.«

»Wenn du glaubst, du gehst allein, dann hast du dich getäuscht«, erwiderte Valentin. »Ich bin vielleicht ein Krüppel, aber ich werde nicht zulassen, dass du Gretchen allein befreist. Ich besorge die Schlüssel, also komme ich auch mit.«

»Wie du meinst«, sagte Johann. Er lächelte traurig. »Ich kann dich ja schlecht hier festbinden.« Im Grunde war er froh, dass Valentin ihn begleitete. Sie konnten jeden Mann gebrauchen, selbst einen Krüppel.

Einen Augenblick herrschte Stille in der Bibliothek, irgendwo draußen vor dem Fenster krächzte einsam ein Rabe. Schließlich ertönte Karl Wagners verzweifeltes Lachen.

»Ihr … Ihr meint, Ihr wollt tatsächlich durch diese dunklen Gänge kriechen? Und dann? Wollt Ihr die Wachen mit Zauberei und Geisterspuk vertreiben?«

»So etwas in der Art«, sagte Johann und erhob sich. »Du hast es ja gehört, wir haben noch vier Tage. Zeit genug, um Pläne zu machen und einige Vorbereitungen zu treffen.«

* * *

Die nächsten Tage verbrachte Johann wie im Fieber. Nachts stand er oben im Turm der Jakobskirche und beobachtete die Sternenkonstellation, die sich immer mehr derjenigen seiner

Geburt näherte. Jupiter stand nun fast genau im gleichen Zeichen wie die Sonne, doch der Komet war noch nicht aufgetaucht. Waren seine Berechnungen etwa falsch? Johann wusste, dass es immer leichte Abweichungen gab. Aber er glaubte fast sicher, dass Larua in den nächsten Nächten am Himmel erscheinen würde.

Vielleicht genau am Tag von Gretas Befreiung.

Tagsüber war Johann jetzt immer in der Stadt unterwegs und machte Besorgungen. Das meiste fand er bei Händlern in der Stadt, auf dem Hauptplatz oder im Handwerkerviertel auf der Lorenzseite. Ansonsten streifte er durch die Gassen, ziellos, grübelnd, während sein Plan langsam Gestalt annahm. Vor der Frauenkirche am Marktplatz beobachtete er mittags das Männleinlaufen, bei dem unter Glockengeläute die sieben Kurfürsten als kleine Puppen hoch über dem Portal am Kaiser vorbeizogen, der ewige Kreislauf. Auch für ihn schien sich nun ein Kreis zu schließen. Ganz im Gegensatz zu seinen sonstigen Gepflogenheiten betete er sogar. Er ging in die große berühmte Lorenzkirche mit ihrem figurenreichen Westportal, setzte sich in eine der hinteren Kirchenbänke und rief Gott um Hilfe an, während das Licht milde durch die bunten Kirchenfenster fiel.

Herr, ich habe viel gesündigt in meinem Leben! Ich habe dich verhöhnt und an dir gezweifelt. Hilf mir, meine Tochter zu befreien! Ich schwöre, ich werde mich um sie kümmern, mein Leben lang!

Er stellte sich vor, wie Greta eben unten in den Verliesen auf ihrer Pritsche kauerte, voller Angst, und nicht verstehen konnte, warum Johann und Valentin sie nicht mehr besuchten. Tatsächlich hatte der Lochwirt dafür gesorgt, dass sie beide das Verlies nicht mehr betreten durften. Doch auch so hätte Johann das Rathaus gemieden. Er wollte nicht, dass noch im letzten Moment etwas dazwischenkam. Erst gestern war wieder ein Kind verschwunden, unten an der Pegnitz, diesmal in der Nähe des Henkershauses. Die Nürnberger wurden immer bedrückter, man tuschelte in den Gassen, Verdächtigungen und Gerüchte verbreiteten sich wie ein schlechter Geruch. Die Leute forderten endlich einen Schuldigen, egal wen – Hauptsache, das Böse wurde gebannt.

Die unheimliche Stimmung griff auch auf Johann über. Bei seinen Gängen durch die Stadt glaubte er einmal mehr, verfolgt zu werden. Aber vielleicht waren es auch einfach nur die vielen Maskierten, die jetzt in den Tagen vor Karneval immer öfter auf den Straßen zu sehen waren und ihn an einen schwarzen Mann mit rot glühenden Augen denken ließen.

Sie sahen aus, als würden sie brennen ...

Am Nachmittag des vierten Tages bat ihn Valentin sichtlich aufgeregt in die Bibliothek. Sein alter Freund ging hinüber zu den Regalen und holte ein Buch hervor, das in der Mitte ausgeschnitten war. Darin lag ein Schlüsselbund mit etwa einem Dutzend Schlüssel. Valentin hob ihn triumphierend hoch.

»Frage nicht, was es gekostet hat, diese Zweitschlüssel anzufertigen. Ich habe mir sogar die Karte mit den Felsengängen noch einmal anschauen können und aus dem Gedächtnis eine Abschrift gemacht.«

Johann atmete erleichtert aus. Valentin hatte es also tatsächlich geschafft! Bis zum Schluss hatte er eigentlich nicht daran geglaubt. Sein Freund war früher immer sehr ängstlich gewesen. Die Vorstellung, dass Valentin einen Schlüsselbund stahl, der im Rathaus gut bewacht wurde, hatte ihm viele schlaflose Stunden bereitet – Stunden, die er oben im Kirchturm mit dem Sternenrohr verbracht hatte, jedoch ohne Erfolg. Der Komet, auf den er so sehnlichst wartete, war immer noch nicht aufgetaucht.

»War es schwierig, an die Originalschlüssel zu kommen?«, fragte Johann.

»Ich ... hatte einen unbeobachteten Augenblick oben im

Rathaussaal«, sagte Valentin nach einigem Zögern. Einen kurzen Moment glaubte Johann, dass sein alter Freund ihm etwas verschwieg.

»Wichtig ist jetzt nur, dass wir die Schlüssel haben«, fuhr Valentin ein wenig zu hastig fort. »Die Schlüssel und die Karte. Hast du deine Besorgungen abgeschlossen?«

»Alle bis auf eine«, erwiderte Johann. »Ich möchte, dass du noch einmal etwas für mich stiehlst. Es ist nicht sonderlich groß, ich habe es im Zimmer des Komturs auf dem Tisch gesehen.«

Johann nannte Valentin den Gegenstand, und dieser nickte. »Das müsste möglich sein, ich bringe ihm täglich Dokumente ins Zimmer. Wobei der Komtur langsam ungeduldig wird. Er will wissen, ob du mit deinen Zaubereien vorankommst.«

»Sag ihm, ich bereite einen komplizierten Zauber vor, mit dem wir diesen teuflischen Morden endlich auf die Spur kommen«, erwiderte Johann und lächelte müde. »Das ist nicht einmal gelogen, und er ist abergläubisch genug, es uns abzunehmen.« Er sah Valentin nachdenklich an. »Du kannst immer noch hierblieben.«

»Ich komme mit, das ist mein letztes Wort.«

»Also gut«, sagte Johann zögerlich. Zurück blieb das unerklärliche Gefühl, dass etwas nicht stimmte.

»Zeig mir diese Karte«, forderte Johann Valentin auf, um sich abzulenken. »Vielleicht finden wir einen guten Einstieg in die Gänge. Einen, der nicht so unter Beobachtung steht.«

Valentin zog die Karte hervor. »Ich denke, ich weiß einen. Er ist nicht der gemütlichste, aber zumindest haben wir dort nichts zu befürchten.« Er deutete auf einen bestimmten Punkt auf der Karte. »Zumindest keine Wachen.«

Johann nickte, der Einstieg war wirklich gut gewählt.

»Dann ist es beschlossen«, sagte er. »Wir werden kommende Nacht losschlagen. Und wenn wir scheitern, dann brennen wir wenigstens gemeinsam.« Johann lächelte traurig.

»Alte Freunde, im Feuer vereint.«

Über ihnen in den unendlichen Weiten des Universums zog ein Komet seine Bahn. Er näherte sich der Erde, wie er das ungefähr alle siebzehn Jahre tat. Für das bloße Auge war er nicht zu sehen. Er zog einen grellweißen Schweif hinter sich her, einen buschigen Schwanz wie eine feurige Lunte.

Der Schwanz Luzifers, des Lichtträgers, Chaosstifters und aus dem Himmel Gestürzten. Jenes Geistes, der stets verneint. Ein Teil der Finsternis, die sich das Licht gebar.

Es gab jemanden, der diese Finsternis sehnlichst erwartete.

Larua …

Nicht weit von der Kommende schloss der Meister die Augen, er lauschte. Beinahe glaubte er, ein Rauschen zu hören, das durch die acht Sphären bis zu ihm drang. Dann setzte er sich an einen Tisch und schrieb Nachrichten, schickte seine Krähen und den Raben aus. Er rief seine Getreuen zusammen. Sie waren viele, so viele wie die Zahl des Tiers, und sie wurden immer mehr.

All dies geschah in den Stunden vor der Nacht zum 24. Februar Anno Domini 1512.

Eine Nacht, die die Welt für immer verändern sollte.

27

Unter einem wolkenverhangenen Mond zogen drei Gestalten in dunklen Mänteln durch die Gassen des Nürnberger Lorenzviertels.

Die Kapuzen hatten sie tief ins Gesicht gezogen. Eine von ihnen trug einen Kasten auf dem Rücken, der mit Tüchern verhüllt war, die anderen zwei, von denen eine hinkte, schleppten schwere Ranzen. Sie sahen aus wie wandernde Hausierer oder Scherenschleifer. Keiner hätte vermutet, dass sich unter den Tüchern eine Laterna magica verbarg und unter einem der Mäntel einer der berühmtesten Doktoren und Zauberer des Reiches. Es war Johanns schillernder Sternenmantel, den er allerdings mit der schwarzen Innenseite nach außen trug – eine Schwärze, finsterer als eine sternenlose Nacht.

Johann hatte Karl Wagner die Wahl gelassen, ob er mitgehen wollte oder nicht. Zu seiner Verwunderung hatte dieser zugestimmt. Tiefe Dankbarkeit erfüllte Johann. Er wusste nicht, was Wagner genau dazu veranlasst hatte, vielleicht wollte er noch immer seine Schuld zurückzahlen. Auf alle Fälle war er ein guter Kerl, der es nicht verdient hatte, dass ihn sein Herr so rüde behandelte. Sollten sie diese Sache heil überstehen, dann würde Johann ihm die Briefe zurückgeben und ihn reichlich entlohnen.

Aber im Grunde glaubte er selbst nicht so recht daran, dass sie diese Unternehmung unbeschadet überstanden.

Satan hatten sie in der Kommende gelassen, wo er mit geschienter Pfote in Johanns Kammer hin und her tippelte und vermutlich gerade eben wieder auf den Boden pinkelte oder am Teppich nagte. Der Hund hatte gespürt, dass etwas vorging, er war unruhig gewesen und hatte lange gejault, nachdem sie die Tür hinter ihm verschlossen hatten.

Noch in den Abendstunden waren Johann etliche kostümierte Gestalten auf den Straßen rund um den Hauptplatz begegnet. Die Nürnberger fieberten dem Schembartlauf entgegen, der ab morgen Vormittag durch die ganze Stadt führen würde. Die Maskierten trugen alle dieselbe enge weiß-rote Tracht, die mit züngelnden Flammen verziert war. Bewaffnet waren sie mit stumpfen Spießen, an ihren Füßen klingelten kleine Glöckchen. Die Gesichter verbargen sie hinter glatten Masken, mit denen sie wie glasierte Puppen aussahen.

»Der Zeitpunkt für unser Unternehmen könnte wirklich kein besserer sein«, flüsterte Valentin Johann und Karl Wagner zu, während sie durch die finsteren Gassen schlichen. »Morgen werden Dutzende dieser Narren durch die Stadt tanzen. Es ist ein uralter Brauch.«

»Sind das denn alles Spielleute und Gaukler?«, wollte Wagner wissen.

»O nein! Hinter nicht wenigen dieser Masken stecken die Köpfe einflussreicher Patrizier. Sie alle stammen aus angesehenen, reichen Nürnberger Familien.« Valentin lächelte grimmig. »Als Hölle soll es diesmal sogar einen Elefanten geben. Ihr wisst schon, so ein Rüsselwesen von jenseits des Meeres.«

»Als Hölle?«, fragte Johann.

»So nennen die Schembartläufer einen großen Wagen, der immer am Ende des Umzugs vor dem Rathaus gestürmt wird. Dabei kann es sogar Verletzte und Tote geben – wie gesagt, ein ziemlich wildes Treiben.«

Eine Tür knallte, und jemand lachte laut und schrill. Argwöhnisch blickte Johann sich um und sah einen der kostümierten Männer über die Gasse tanzen und im Dunkel eines Hauseingangs verschwinden. Ein zweiter, jüngerer Mann mit einem Spieß folgte ihm, er kicherte weibisch und verbeugte sich spöttisch in ihre Richtung. Dann wurde auch diese Gestalt von der Dämmerung verschluckt. Nur das Klingeln der Fußglöckchen war noch eine Zeit lang zu vernehmen, wie das leise Meckern von Kobolden. Nicht zum ersten Mal fragte sich Johann, ob es vielleicht diese Maskierten gewesen waren, die in den letzten Tagen seine alte Angst, verfolgt zu werden, wieder hervorgerufen hatten. Er tastete nach dem Messer, das er nach längerem Überlegen mitgenommen hatte. Das verfluchte Messer, er trug es wie früher an einer dünnen Schnur um den Hals, bereit, es jederzeit abzureißen und zu werfen ... Er mochte es nicht, aber er wusste, dass es die Waffe war, mit der er am besten umgehen konnte, vor allem in engen Gängen und Verliesen. Karl Wagner hatte er Faustbüchse und Degen mitgegeben, doch er bezweifelte, dass der Student als Kämpfer viel taugte.

Johann ließ seinen Blick über die im Schatten liegenden Häuser nahe der Stadtmauer schweifen. Auch jetzt verspürte er ein Jucken zwischen den Schulterblättern, als würde ihn jemand beobachten. Doch immer, wenn er sich umsah, war da nichts.

Mittlerweile hatten sie die Pegnitz westlich des Heilig-Geist-Spitals überquert und strebten auf den Hauptplatz zu. Jetzt, mitten in der Nacht, waren die Stände der Marktfrauen und Krämer abgebaut. Ein eisiger Wind pfiff über die offene Fläche. Gleich dahinter schloss das Rathaus an. Trotz der späten Stunde patrouillierten davor Wachen mit Spießen und Hellebarden.

Johann dachte an seine Tochter, die nur einen Steinwurf weit von ihm entfernt war. Wie mochte es ihr gerade ergehen? Er hoffte, dass sie schlief und nichts Schlimmes träumte. Wenn sein Plan aufging, würde er sie schon in wenigen Stunden in die Arme schließen können. Und wenn er scheiterte, würden sie sich bald alle im Paradies wiedersehen. Margarethe, Greta, Valentin, Karl Wagner ... Ob Gott auch für ihn einen Platz im Paradies hatte, wusste Johann nicht.

Hinter der Sebalduskirche bogen sie schließlich links ab und wandten sich wieder der Stadtmauer zu.

»Ich habe immer noch nicht verstanden, warum wir die Stadt erst verlassen müssen, um wieder in die Stadt hineinzugelangen«, sagte Karl Wagner missmutig. »Gibt es denn keine anderen Zugänge in dieses Tunnelsystem?« Er stöhnte und zerrte an den Riemen des Kastens auf seinem Rücken. »Die Laterna ist verflucht schwer, ich will sie nicht bis Fürth tragen müssen.«

»Die meisten Zugänge in der Stadt sind schwer bewacht oder liegen unter den Häusern von Bürgern, die dort ihre Keller haben«, erklärte Valentin. »Ich habe einen Eingang gefunden, der mehr oder minder frei zugänglich ist. Vermutlich, weil die Leute ihn ohnehin meiden.«

»Und wo ist dieser Eingang?«, hakte Wagner nach.

»Auf einem Friedhof«, erwiderte Johann.

»Auf einem ...?«

»Psst!« Johann bedeutete Wagner mit einer Geste, zu schweigen. »Die Toten müssen wir nicht fürchten, nur die Lebenden. Also sei still!«

Vorsichtig näherten sie sich dem Neutor nahe der Burg, das um diese Zeit längst versperrt war. Im linken Torflügel befand sich ein kleines Einmanntor, vor dem eine einzelne Wache stand.

»Wartet hier«, flüsterte Valentin.

Er näherte sich dem Wachmann, ein paar Münzen wechselten den Besitzer. Dann öffnete der Mann die Tür und ließ sie grinsend und mit einem gespielten Bückling passieren.

Vor ihnen lag öde und leer die Landstraße. Krähen flogen krächzend von den vereisten Feldern auf, der Mond war hinter den Wolken hervorgekommen und tauchte die spärlich bewaldete Umgebung in grausilbriges Licht. Im Westen, etwa eine halbe Meile entfernt, leuchteten einige Lichter.

»Sankt Johannis«, sagte Valentin und deutete in Richtung der Lichter. »Dort befindet sich der Pestfriedhof der Stadt. Seit der letzten großen Epidemie lässt Nürnberg die Toten lieber draußen vor den Toren.«

»Der Zugang ist auf einem Pestfriedhof?«, fragte Wagner.

»Erst gestern hat man ein neues großes Grab ausgehoben und Kalk auf die Leichname gestreut.« Valentin zuckte die Achseln. »Unser Glück. Die Leute meiden den Ort.«

»Zu Recht«, sagte Wagner. »Zu Recht.«

Johann betrachtete seinen jungen Assistenten und fragte sich, ob dieser es bereits bereute, mitgegangen zu sein. Doch Wagner schritt weiter voran, den schweren Kasten mit der Laterna magica auf dem Rücken. Die Laterna war Teil jenes Planes, den Johann in den letzten Tagen ausgeheckt hatte. Ein Plan, für den sie viel Glück und ein ganz bestimmtes Überraschungsmoment brauchten.

Nach einer Weile erreichten sie die Lichter, die zu einigen niedrigen Häusern gehörten. Eine kleine Kirche stand ein wenig abseits, um sie breiteten sich Grabsteine aus, deren Silhouetten sich grau gegen die Dunkelheit abhoben. Eine niedrige Bruchsteinmauer umfasste das Areal, dürre Rosensträucher rankten an den Mauersteinen empor. An einem rostigen Gatter blieb Valentin schließlich stehen und holte einen mehrfach gefalteten Zettel unter seinem Wams hervor. Es war ein Pergament, auf das hastig Striche und Pfeile gezeichnet waren.

Mittlerweile hatten sie eine Laterne entzündet, die Valentin ganz nah über die Karte hielt.

»Der Zugang befindet sich in der Pestkapelle, und zwar in einer bestimmten Krypta.« Valentin tippte auf einen Punkt auf der Karte. »Die einflussreiche Patrizierfamilie Holzschuher hat dort ihre Begräbnisstätte, irgendwo da muss der Eingang sein.« Er sah auf und deutete auf die Kapelle inmitten der Gräber. Das Gebäude stand nicht weit von ihnen entfernt.

»Dann los.« Johann öffnete das rostige Gatter. Kurz glaubte er, von jenseits der Mauer das Klingeln von Glöckchen zu hören. Doch das Quietschen des Gatters übertönte alle übrigen Geräusche. Mit vorsichtigen Schritten gingen sie vorbei an alten schiefen Grabsteinen, die wie die Zähne von Riesen aus der Erde ragten. Einige frische Grabhügel waren zu sehen, darunter ein großer Erdhaufen, auf dem einige schwarze Vögel saßen, die Johann in der Dunkelheit nicht genau erkennen konnte. Trotz der Kälte lag der süßliche Geruch von Verwesung in der Luft.

Nach einer Weile hatten sie die Pestkapelle erreicht, ein kleiner turmartiger Kirchenbau, an den ein halbrunder Chor anschloss. Johann drückte gegen die Tür und betrat den dunklen Raum dahinter. Im Licht der Laterne erkannte er an den Seiten hölzerne Chorstühle und weiter hinten in der Apsis einen Altar; auf dem Boden vor ihnen befanden sich etliche Grabplatten, die Abbilder längst verstorbener Nürnberger Patrizier zeigten.

»Die Holzschuher-Krypta«, zischte Valentin und deutete auf einige der Platten. »Dort müssen wir hinunter.«

Er nahm den Ranzen von seiner verkrümmten Schulter und kramte ein Stemmeisen hervor, Wagner nahm es ihm ab. Der Student setzte das Stemmeisen an einer der Grabplatten an. Es knirschte, dann hob sich die Platte ein winziges Stück.

»Warte.« Johann eilte nach vorne in die Apsis, wo ein fast mannshohes schlichtes Kreuz hing. Unter Aufbietung all seiner Kräfte hob er es herunter und schleppte es hinüber zur Grabplatte.

»Jetzt noch einmal«, befahl er Wagner, während ihm trotz der Kälte der Schweiß auf der Stirn stand.

Dieser stemmte mit leisem Stöhnen die Platte hoch, und

Johann schob den langen Balken des Kreuzes darunter. Dann stellte er sich ans äußerste Ende und hebelte die Grabplatte hoch, die schließlich mit lautem Krachen zur Seite fiel. Steinstaub breitete sich in der Kapelle aus, aus dem Loch vor ihnen stieg ein muffiger Geruch auf.

»Das Hebelgesetz von Archimedes«, verkündete Johann lächelnd und wischte sich den Schweiß von der Stirn. »Der Betrag des Drehmoments ist proportional zum Hebelarm. Nur ein weiterer Beweis, dass man mit Wissenschaft oft besser zum Ziel kommt als mit purer Muskelkraft.« Er nahm Valentin die flackernde Laterne ab und hielt sie kurz in den Raum unter sich. Dann raffte er seinen Mantel zusammen. »Wohlan, im Anfang war die Tat.«

Mit der Laterne in der Hand sprang er hinunter in die Krypta.

Die Kammer unter dem Kirchenboden war etwa schulterhoch. Überall standen Steinsarkophage, auf denen als Wappen jeweils ein Mohr mit rot gestulpter Mütze und ein Holzschuh prangten. Die Luft roch modrig und nach Erde und Pilzen.

In der Zwischenzeit waren auch Karl Wagner und Valentin in die Krypta hinabgestiegen, wobei Wagner dem Älteren half. Zu dritt schwärmten sie aus und betasteten die Wände, die trotz Laterne nur undeutlich zu erkennen waren.

»Hier!«, rief Wagner nach einer Weile. Er deutete auf ein schulterhohes schmales Türchen, das mit Eisenbändern verstärkt war. Ein rostiges Vorhängeschloss hing daran.

»Das muss der Zugang sein«, murmelte Valentin. »Jetzt gilt es.« Er nestelte den Schlüsselbund hervor und steckte einen Schlüssel nach dem anderen ins Schloss. Endlich, beim siebten Mal, ertönte ein Klicken, und die kleine Tür schwang nach innen auf. Dahinter schloss sich ein stockdunkler Gang an.

»Der Eingang zu den Nürnberger Felsengängen«, raunte

Valentin. »Wir haben ihn tatsächlich gefunden.« Er starrte hinein in die Finsternis. »Von nun an müssen wir ganz Gott vertrauen. Gott und meiner Karte.«

Mit Laterne und Karte in der Hand tappte er hinkend voraus, Karl Wagner und Johann folgten ihm.

Der Stollen war etwa zwei Armlängen breit und so hoch, dass man gebückt darin gehen konnte. Er war ganz ohne Abstützungen in den Sandstein hineingegraben worden. Von der Decke tropfte Wasser, und Johann versuchte, nicht mit den Tropfen in Berührung zu kommen. Über ihnen lagen die Gräber von Pesttoten, deren Verwesungsflüssigkeit sicherlich durch Särge und auch Sand hindurchdrang. Kleine Pfützen hatten sich auf dem Boden gebildet, dazwischen lagen modrige Holzsplitter und auch einzelne Knochenstücke.

Ihre Schritte hallten durch den Gang, keiner sagte ein Wort. Nach einer gefühlten Ewigkeit endete der Weg in einer engen Kammer, von der sternförmig drei weitere Gänge abzweigten. Alle waren mit Türen und Vorhängeschlössern versperrt. Valentin hob die Laterne und studierte aufmerksam die Karte.

»Wir sind jetzt wohl ganz in der Nähe des Tiergärtnertors«, vermutete er. »Also bereits wieder innerhalb der Stadt, nicht weit von der Burg. Ich denke …« Er zögerte. »Wir nehmen den rechten Gang.«

»Und wenn wir uns verirren?«, fragte Wagner.

»Wir werden uns nicht verirren«, sagte Johann. Er hatte aus seinem Ranzen einen schwarzen Kohlestift hervorgekramt, mit dem er nun an die Wand neben der rechten Tür ein Zeichen malte. »Das sind Markscheiderzeichen, wie sie auch die Bergleute in den Erzbergwerken benutzen«, erklärte er. »Wenn wir an jeder Abzweigung einen Wegweiser hinterlassen, sollten wir nicht verloren gehen.«

Valentin lächelte. »Ich wusste, es war richtig, dich nach Nürnberg zu holen, Johann. Du magst mich angelogen und verraten haben, aber noch immer bewundere ich deine Klugheit und Gelassenheit.«

Wenn du wüsstest, dachte Johann. Er bebte innerlich, seine Finger zitterten. Sein ganzes Leben schien eben jetzt, in diesen Stunden, auf ein einziges Ziel zuzulaufen.

Das Ziel, seine Tochter zu befreien und damit eine uralte Schuld wiedergutzumachen.

Valentin holte den Schlüsselbund hervor, und schon bald schwang auch diese Tür auf. Sie traten in einen weiteren Gang, der leicht abschüssig verlief. Es tropfte und gurgelte, an den Wänden bildeten sich Rinnsale, wie weit verästelte Adern in einem riesigen steinernen Organismus. In der Mitte des Ganges verlief eine Rinne, die von Ziegelsteinen abgedeckt war. Hier fing sich das Wasser und rauschte unter ihren Füßen hindurch.

»Es ist tatsächlich die alte Lochwasserleitung!«, triumphierte Valentin. »Die Rinnen sammeln das Wasser und leiten es zu den einzelnen Brunnen. Hm ...« Er blickte auf die Karte. »Das Rathaus befindet sich von hier in südöstlicher Richtung ...«

»Und der Gang verläuft auch exakt in südöstlicher Richtung«, ergänzte Johann. »Ich denke, wir sind richtig.«

»Woher wollt Ihr das wissen?«, fragte Wagner.

Johann zog unter seinem Mantel ein kleines, etwa handgroßes Kästchen hervor, unter dessen Glasscheibe sich eine Nadel drehte. »Das hier stammt vom Komtur«, sagte er und hielt das Kästchen eine Armlänge von sich entfernt, wobei er die zuckende Nadel musterte. »Ein Kompass. Er hat den Vorteil, dass er auch unterirdisch und ohne Sterne die Richtung anzeigt. Wir sollten ihn zurückbringen, wenn wir diese Sache beendet haben. Er ist mit kardanischer Aufhängung, wie sie Leonardo da Vinci entwickelt hat, und ungefähr so viel wert wie ein Schlachtross.« Er schüttelte den Kopf und konzentrierte sich ganz auf die Nadel. »Man mag sich gar nicht vorstellen, dass die Kirche Kompasse vor nicht allzu langer Zeit noch als Zauberei verdammte.«

Mithilfe des Kompasses und der Wegscheiderzeichen gelang es ihnen, sich genau in südöstlicher Richtung zu halten, wobei sie noch etliche Kammern mit Türen passierten. Jedes Mal zückte Valentin den Schlüsselbund und öffnete die jeweilige Tür. Gelegentlich vernahmen sie in der Ferne ein Rascheln und Tapsen, offenbar von Ratten, die hier unten durch die Tunnel schwärmten. Einmal glaubte Johann, erneut das Klingeln eines Glöckchens zu hören, doch vermutlich waren es nur Valentins Schlüssel.

Schließlich standen sie vor einer weiteren Tür. Als Valentin sie aufsperrte, schloss sich diesmal kein weiterer Gang an, sondern eine runde Zisterne. Johann stockte der Atem. Er hielt die Laterne hinein und spähte hinunter. In etwa drei Schritt Tiefe schimmerte schwarz die Wasseroberfläche, auf der ein Eimer dümpelte. Er war an einer Kette aufgehängt, die sich weiter oben im Dunkeln verlor. Nur schemenhaft waren dort ein heller Fleck und ein Flackern zu sehen, wie von blakenden Fackeln.

»Das ist der Brunnen im Lochgefängnis!«, flüsterte Johann, die Stimme so gedämpft, dass ihn nur die Umstehenden hören konnten. »Ich erkenne ihn wieder!«

»Aber was ist mit Stimmen, mit Klagen und Schreien?«, warf Wagner leise ein. »Müsste man trotz der späten Stunde nicht wenigstens ein paar Wachen hören, die sich unterhalten?«

»Um das herauszufinden, müssen wir wohl oder übel nach oben klettern«, sagte Johann.

»Aber dann laufen wir den Wachen direkt in die Arme!«

»Du vergisst, dass ich ein paar Dinge besorgt habe.« Johann nahm den Ranzen von der Schulter und begann, darin zu wühlen. Schließlich zog er ein kleines, nach Schwefel stinkendes Holzfässchen hervor.

»Wenn ich dieses Fass hier entzünde, muss es sehr schnell gehen«, flüsterte er. »Es wird ordentlich rauchen. Karl und ich klettern an der Eimerkette hinauf, Valentin bleibt zunächst unten.« Er wandte sich an seinen alten Freund. »Du sagtest, ein Schlüsselbund hängt in der Wachkammer?«

»Ich ... ich denke, ja.« Valentin nickte zögerlich.

»Wir nehmen zur Sicherheit auch noch deine Schlüssel mit.« Johann gab Karl Wagner ein Zeichen, der daraufhin Valentins Schlüsselbund nahm.

»Aber wie willst du in die Kerker kommen, wenn alles voller Wachen ist?«, fragte Valentin. »Da helfen dir auch die Schlüssel nicht.«

Johann lächelte. »Du hast dir einen Zauberer geholt, vergiss das nicht, Valentin.«

Mit einem Kienspan, den er zunächst an die brennende Laterne hielt, entzündete Johann den Inhalt des Fässchens, und sofort breitete sich rostroter Rauch aus, der über die Zisterne in dicken Schwaden nach oben zog. Vorsichtig stellte er das Fässchen am Rande der Zisterne ab und band sich sein feuchtes Halstuch vor Mund und Nase.

»Jetzt!«, befahl er.

Dann griff er nach der Kette und zog sich daran nach oben.

Die rostigen Kettenglieder bissen sich in seine Finger, jeder einzelne Muskel schmerzte, es war lange her, seit er das letzte Mal an einem Seil hochgeklettert war. Das war noch in seiner Zeit als Gaukler gewesen.

Stück für Stück schob Johann sich nach oben, unter sich konnte er Wagner keuchen hören, der ihm mit der Laterna auf dem Rücken folgte. Der Rauch war mittlerweile so dicht, dass Johann blinzeln musste. Er bemühte sich, so wenig wie möglich davon einzuatmen. Der Inhalt des Fässchens bestand aus einer speziellen Mixtur, die Zinnober und Ocker beinhaltete, Farbstoffe, die er bei einem der vielen Nürnberger Färber gekauft hatte. Das Pulver produzierte roten, fast violetten Qualm, was besonders teuflisch aussah. Außerdem ließen sich darauf hervorragend schreckliche Bilder mit der Laterna magica projizieren.

Endlich hatte Johann den Rand des Brunnens erreicht und zog sich ächzend daran hoch. Verwundert hielt er inne und sah sich um. Spätestens jetzt hatte er damit gerechnet, dass sie auf Wachen treffen würden. Sein Plan war es gewesen, im allgemeinen Chaos, verborgen hinter den Nebelschwaden, in die Wachstube zu eilen und dort den Schlüsselbund zu stehlen – oder den Lochwirt niederzuschlagen und ihm die Schlüssel zu entreißen. Wagner sollte die Wachen zudem mit Bildern der Laterna magica ablenken. Es war ein verflucht schlechter Plan, aber der einzige, den er hatte. Fünf Minuten, so hatte Johann es sich ausgerechnet, hätte er benötigt, um die Türen zu öffnen, den Gang entlangzurennen und mit Greta vorbei an den Soldaten wieder im Brunnen zu verschwinden.

Aber da waren keine Soldaten.

Der Raum war leer, und auch aus der oberen Wachkammer waren keine Geräusche zu hören. Johann blieb stehen und horchte. Kein Gelächter, kein Schreien, überhaupt nichts.

Was um alles in der Welt …?

In der Zwischenzeit hatte auch Karl Wagner das in Rauch gehüllte Gewölbe erreicht, die schwere Kraxe mit der Laterna magica auf dem Rücken. Er hustete, dann blickte er sich blinzelnd um. Ebenso wie Johann hatte er sich ein feuchtes Tuch vor Mund und Nase gebunden.

»Wo sind die Wachen?«, fragte er mit gedämpfter Stimme.

»Verflucht, ich weiß es nicht! So oder so haben wir nicht viel Zeit, also komm!«

Ein klammes Gefühl beschlich Johann, die Nackenhaare stellten sich ihm auf. Was ging hier vor? Mit der Öllaterne in der Hand rannte er den Gang entlang, von dem in regelmäßigen Abständen die Kerkertüren abgingen. Alle standen offen, alle Verliese waren leer. Das konnte doch nicht sein! Was war hier los? In blinder Verzweiflung eilte Johann weiter, hin zu Gretas Kerkerzelle.

Johann stürzte darauf zu und drückte gegen die unverschlossene Tür, die krachend nach innen aufschwang.

Die Zelle war leer.

28

Der rostrote Rauch hatte sich mittlerweile auch im Kerkergang und in der Zelle ausgebreitet, doch noch immer war es totenstill.

»Verdammt, was wird hier gespielt?«, fragte Wagner, der hinter Johann an der offenen Tür stand. »Ist es die falsche Zelle?«

Ohne zu antworten, trat Johann ein. Ein paar Ratten huschten quiekend davon, der Eimer mit dem Brett darauf war umgeworfen, auf der Pritsche lag noch immer Gretas Puppe. Johann nahm sie hoch und sah sie an, als könnte ihm Bärbelchen erzählen, was hier vorgefallen war.

Was, in Gottes Namen, ging hier vor?

Hatten die Wachen Greta mitgenommen, sie etwa schon zum Schafott geschleift? Aber davon hätte Valentin doch sicherlich erfahren. Und warum standen alle anderen Kerkertüren offen, wo waren die Gefangenen, die zahlreichen Wachen? Johanns Gedanken rasten, etwas stimmte nicht, stimmte ganz und gar nicht. Einige seltsame Umstände fielen ihm ein, Geschehnisse aus den letzten Tagen, Warnhinweise, die er in der Eile übersehen hatte. Er hatte seine Tochter retten wollen und war blind vorangeprescht, ohne nach links und rechts zu blicken. Noch immer war er sich nicht darüber im Klaren, was hier genau gespielt wurde. Aber das klamme Gefühl, das er zuvor schon verspürt hatte, wurde stärker und stärker.

Das Gefühl, in eine Falle getappt zu sein.

»Zurück!«, schrie er. »Raus hier!«

Er ließ die Puppe fallen, und sie rannten den Gang zurück. Der rote Qualm war jetzt so dicht, dass sie kaum etwas sahen. Fast blind erreichten sie den Brunnenrand, wo noch immer die Kette hing. Johann seilte sich ab, und bald stand er wieder in dem Gang, der in den Raum oberhalb der Zisterne mündete. Was ihn hier erwartete, hatte er bereits befürchtet. Trotzdem traf ihn die Wirklichkeit wie ein Schlag.

Valentin war verschwunden.

Du bist so dumm!, dachte er. *So schrecklich dumm! Alle Klugheit, all dein Wissen haben dir nichts gebracht. Du hast den Wald vor lauter Bäumen nicht gesehen!*

Stille Verzweiflung machte sich in ihm breit, er hatte versagt, ganz und gar versagt.

Du hast alles verspielt, du hast deine Tochter verspielt! Du Narr, du …

Plötzlich hielt Johann in seinen stummen Flüchen inne, er hörte etwas.

Ein Summen und Klagen, das von irgendwo aus den Tiefen der Gänge zu ihm herüberwehte, ein an- und abschwellendes Quaken, wie aus den Mündern großer blinder Frösche, die in tiefen unterirdischen Seen schwammen. Einzelne unverständliche Wortfetzen waren zu vernehmen.

»O Mephistophiel … Jesum … Escha … Eloha … Penothot …«

Johann gab Wagner, der mittlerweile hinter ihm stand, ein Zeichen, still zu sein. Er lauschte. Dann gingen sie gemeinsam auf die Quelle des Summens zu, das lauter und lauter wurde.

»Rolamicon … Hipite … Mephistophiel … Koreipse … Loisant et Dortam …«

Mit schnellen Schritten eilte Johann seinem Schicksal entgegen. Er brauchte Gewissheit, auch wenn er schon ahnte, wohin der Weg ihn führen würde.

Oder vielmehr zu wem.

»O Mephistophiel, prasa deus ... O Larua ...«

* * *

Angst kroch in Karl Wagner hoch, fast so stark wie damals auf dem Scheiterhaufen.

Während sie zu zweit durch die dunklen Felsengänge schlichen, den unheimlichen Klagegesängen entgegen, versuchte Karl zu ergründen, warum seine Angst so gewaltig war, warum sein Herz so schnell schlug, dass er kaum noch atmen konnte. Seine Hand umklammerte den Griff des Degens, den Faust ihm gegeben hatte. Doch er ahnte, dass ihm die Waffe nichts nützen würde, ebenso wenig wie die Faustbüchse, die er im Kasten der Laterna magica verwahrte. Noch immer trug er die Laterna auf dem Rücken, wie einen letzten Gruß aus der alten Welt über ihnen.

In der letzten Woche hatte sich der Doktor mehr und mehr verändert. Karl war sich sicher, dass dies mit Fausts altem Freund Valentin zusammenhing. Irgendetwas Grauenvolles musste zwischen den beiden vorgefallen sein, etwas, bei dem der Doktor große Schuld auf sich geladen hatte. Seitdem Faust bei Valentins Nichte im Kerker gewesen war, schien er wie von einem Dämon besessen. Was war nur mit ihm los? Der Plan, dieses Mädchen zu befreien, war von vornherein zum Scheitern verurteilt gewesen. Trotzdem hatte Wagner den Doktor begleitet, weil ... ja, weil er ihn liebte. Weil er nicht zulassen konnte, dass dieser so begabte Kopf, diese Ausnahmeerscheinung der Menschheit, blindlings in sein Verderben lief.

Nur, so wie es jetzt aussah, liefen sie gemeinsam hinein.

Noch in Köln hatte Karl Faust bitten wollen, ihn zu entlassen. Doch dann mussten sie Hals über Kopf fliehen, es folgten die Monate im Turm, und sie waren sich nähergekommen – beinahe hätte Karl dem Doktor seine Liebe gestanden, auch wenn er wusste, dass er sich damit nur noch unglücklicher machen würde. Er war an Faust gebunden wie mit einem unsichtbaren Band.

In den letzten Stunden hatten sich die Dinge in eine Richtung entwickelt, die sich mehr und mehr Wagners Verstand entzog. Warum, in Gottes Namen, war das gesamte Lochgefängnis leer, fast so, als wäre die Pest über die Stadt gekommen? Warum war Valentin weggelaufen, wo ihm doch so viel daran lag, seine geliebte Nichte zu befreien? Und was war dieses grauenhafte Summen, durchmischt von lateinischen Wörtern und absurden Verballhornungen, das einem fast den Schädel platzen ließ?

Was Karl Wagner jedoch am meisten ängstigte, war, wenn er ehrlich war, der Doktor.

Noch nie hatte Karl ihn so erlebt. Bislang hatte er Johann Georg Faustus, den weit gerühmten Magier, als scharfsinnigen, klugen Mann gekannt, der in brenzligen Situationen Ruhe bewahrte und jeden Angriff, jede Überraschung allein mit seinem kühlen Verstand parierte. Doch nun zeigte sich im Gesicht seines Lehrmeisters etwas, das Wagner dort noch nie gesehen hatte.

Der Doktor fürchtete sich.

Schweißperlen standen auf Fausts Stirn, sein Gesicht war aschfahl. Er murmelte einzelne Wörter, die für Wagner ebenso wenig Sinn ergaben wie diese verfluchte gesummte Litanei.

»Der Turm …«, flüsterte Faust. »Er wusste von dem Turm und hat es ihm erzählt … Es war immer sein Rabe … es muss sein Rabe gewesen sein … Baphomet … Ich habe versagt …«

Die letzten Worte bereiteten Wagner die meiste Angst. Wenn der Doktor versagt hatte, hatte auch sein letztes Stündchen geschlagen. Keiner konnte sie mehr retten, sie waren lebendig begraben.

Mittlerweile hatten sie auf ihrem Weg zu den geheimnisvollen Stimmen weitere unterirdische Kammern und Keller passiert, bei denen jeweils eine Tür offen stand, fast so, als wollte man ihnen einen bestimmten Weg weisen. Den alten Weg zurück zum Friedhof hatten sie gleich zu Beginn verlassen. Karl hatte den Eindruck, dass sie nach Westen unterwegs waren, doch im Grunde hatte er völlig die Orientierung verloren. Das Summen und Singen wurde nun immer lauter, sie betraten ein geräumiges Kellergewölbe, an den feuchten und schimmligen Wänden zur Linken und Rechten stapelten sich etliche alte Fässer.

An der Stirnseite befand sich ein zweiflügliges Portal, in dessen Holz fremdartige Runen eingeritzt waren.

Dahinter war der Gesang vieler Männer zu hören.

»O Adonai … prasa Deus et praesant Deus … O Spiritus Mephistophiel Deuschca … O Larua …«

Karls Angst war nun so groß, dass sie ihm den Atem nahm. Er konnte kaum noch Luft holen. Was war nur mit ihm los? Es war, als würde eine unsichtbare Kraft ihn zurückhalten, jeder Schritt schnürte ihm die Kehle noch weiter zu. Als wüsste etwas tief in seinem Inneren, dass hinter diesem Tor der Tod lauerte.

Oder etwas, das noch schlimmer war als der Tod.

Faust ging auf das Portal zu.

»Nicht!«, krächzte Wagner. »Lasst es zu! Lasst es …«

Doch es war zu spät.

Der Doktor hatte das Tor bereits geöffnet.

* * *

Mit beiden Händen stieß Johann das hohe Portal auf, lautlos schwangen die Flügel nach innen.

Dahinter tat sich ein saalartiges Gewölbe auf, das sicherlich zehn Schritt hoch und doppelt so lang war. Unzählige

Fackeln und Kerzen brannten und tauchten den Raum in flackerndes Licht, an den Wänden standen glühende Kohlebecken. Im ersten Augenblick hatte Johann den Eindruck, sich in einer unterirdischen Kirche zu befinden. Es gab einen Chor, ein Haupt- und ein Querschiff, wuchtige Säulen trugen die bemalte Decke, unter der eine Kanzel thronte. Vorne in der Apsis stand ein Altar samt Taufbecken, dahinter hing ein Kreuz. Ein Mönch, der hinter dem Altar stand, hatte die Hände erhoben wie zum Gebet und wandte sich eben an eine Reihe Gläubige, die sich in den Bänken vor ihm versammelt hatten.

»*O Mephistophiel … Obdesca mihy Aglam … O Christe meschca … O Larua …*«

Auf den zweiten Blick erkannte Johann die Unterschiede zu einer gewöhnlichen Kirche: Die Bilder an der Decke zeigten keine Heilsgeschichte, sondern Blut, Mord, Folter und Kriege. Das Kreuz in der Apsis hing verkehrt herum …

Und auf dem Altar lag ein junges Mädchen, das ohnmächtig oder tot war.

»Greta!«, schrie Johann. Der Anblick war zu viel für ihn, die Knie wurden ihm weich, er hielt sich am offenen Türflügel fest, um nicht zusammenzubrechen.

Der Mönch, der eine schwarze Kutte und eine ebenso schwarze Kapuze trug, ließ die Arme sinken, und die Litanei verstummte abrupt.

»Sei gegrüßt, Johann«, sagte der Mönch, seine Stimme hallte durch das Gewölbe. »Es ist lange her, dass wir uns das letzte Mal gesehen haben. Habe ich dir nicht damals auf der Poststraße gesagt, dass unser Pakt so lange gilt, bis ich dich wieder entlasse?«

Johann zitterte am ganzen Leib, er konnte kein Glied rühren, wie ein Hase beim Anblick eines offenen Schlangenmauls. Er kannte diese Stimme, vor genau siebzehn Jahren hatte er sie zum letzten Mal gehört. Seitdem war er vor ihr geflohen, immer wieder, doch im Traum hatte sie ihn stets verfolgt.

Jetzt hatte sie ihn eingeholt.

»Komm ruhig näher, Johann«, sagte Tonio del Moravia. »Meine Jünger möchten dich gerne näher betrachten, sie haben lange auf deine Rückkehr gewartet. Siebzehn Jahre lang.«

Die Köpfe der etwa dreißig Anwesenden drehten sich nun zu ihm um, und Johann starrte in ausdruckslose Masken. Unter den schwarzen, formlosen Mänteln, die mit dem Zwielicht zu verschmelzen schienen, trugen alle die bunten Kostüme der Schembartläufer. Hier und da klingelte es leise.

Die Glöckchen, dachte Johann. *Sie sind uns die ganze Zeit gefolgt!*

Erst jetzt bemerkte er noch eine weitere Gestalt. Sie hatte sich nur unweit des Altars geduckt hinter einer Säule verborgen, doch nun trat sie bebend hervor.

»Valentin!«, zischte Johann. »Du Verräter!«

»Vergib mir!«, winselte Valentin. »Sie ... sie haben mich dazu gezwungen. Sie sagten, es sei die einzige Möglichkeit, wie ich Greta retten könnte. Glaub mir, ich liebe deine Tochter ebenso wie du!«

Der Zorn weckte neue Kräfte in Johann. Mit einem wütenden Schrei stürmte er nach vorne, doch sofort sprangen einige der Schembartläufer von ihren Bänken auf und hielten ihn zurück. Unter den engen Kostümen zeichneten sich feste Muskeln ab. Mit Leichtigkeit rangen ihn die Männer zu Boden.

»Bringt ihn nach vorne zu mir!«, befahl Tonio.

Die Schembartläufer nahmen Johann in ihre Mitte und schleppten ihn wie einen Sack Korn in die Apsis, wo sie ihn schließlich niederdrückten, sodass er vor seinem ehemaligen Lehrmeister knien musste. Erst jetzt nahm Tonio die Kapuze ab.

Sein Gesicht ließ Johann aufstöhnen.

»Bei allen Heiligen ...!«, flüsterte er.

»Bete nicht«, sagte Tonio. »Es liegt dir nicht, und es wird dir auch nicht helfen.«

Tonio schien kaum gealtert. Sein Gesicht war noch immer genauso hager und blass wie vor siebzehn Jahren, die Gestalt hoch aufgerichtet und muskulös. Einige wenige Falten und Runzeln waren dazugekommen, die Gesichtshaut schien straffer gespannt zu sein, wie bei einem Reptil. Aber ansonsten sah er aus, als wäre seit ihrer letzten Begegnung kein Jahr vergangen.

Das ist unmöglich!, dachte Johann.

»Freut mich, dass du mich nach all den Jahren nicht vergessen hast, Johann«, sagte Tonio. »Ich gebe zu, nach deiner überstürzten Flucht bei Nördlingen habe ich einige Zeit gebraucht, dich wiederzufinden. Zunächst schienst du ja wie vom Erdboden verschluckt. Aber dann berichteten mir Freunde aus Venedig von ein paar Spielleuten im Fondaco dei Tedeschi, sie nannten sich ›Johann Faustus' fabulöse Gauklertruppe‹. Ein ungewöhnlicher Name, findest du nicht?« Tonio lächelte sein altes Haifischlächeln. »Da dachte ich, dass ich dich mal besuche. Ich hatte schon immer einen Hang zur Schauspielerei.«

»Ihr … Ihr wart Signore Barbarese!«, keuchte Johann. »Es waren Eure Bücher!«

»Natürlich waren es meine Bücher, du Dummkopf!« Tonio lachte. »Kein anderer besitzt das ›Schwurbuch des Honorius‹ in der Originalausgabe, geschweige denn so viele Schriften Leonardo da Vincis. Ich habe dich reifen lassen wie guten Wein, du solltest selbst den Weg zu mir finden. Ich hatte verstanden, dass du noch eine Weile brauchtest. Es war schön, zu sehen, wie du wuchst und gediehst, ganz ohne die Krakauer Universität, die ich eigentlich für dich vorgesehen hatte.« Er zuckte die Achseln. »Was sind schon siebzehn Jahre, wenn man so lange schon auf ein Ereignis wartet. Aber der Alte in Venedig ist mir auf die Schliche gekommen.«

»Ihr habt Magister Archibaldus umgebracht!« Johann stemmte sich gegen seine Widersacher, die ihn weiter festhielten. »Ihr … Ihr …«

»Teufel?« Tonio grinste. »Ist es das, was du sagen willst? Wenn es dich beruhigt, ich habe deinen versoffenen Freund nicht getötet. Jedenfalls nicht persönlich, es waren Anhänger meines Ordens.«

Johann schwieg. Ob Tonio wusste, dass Archibaldus ihm damals mit Blut eine Nachricht hinterlassen hatte? Immer noch drückten ihn die muskulösen Arme der Schembartläufer nach unten. Aus dem Augenwinkel spähte er hinüber zu Greta auf dem Altar. Ein Schmerz durchbohrte ihn, schlimmer als jeder Messerstich.

Wie in der Zelle trug Greta den groben Leinenkittel, ihre Augen waren geschlossen, das kindliche Gesicht blass, fast durchsichtig. Johann bemerkte, dass sich ihr Brustkorb schwach hob und senkte. Seine Tochter war also noch am Leben! Vermutlich war sie betäubt worden mit irgendeinem Kraut oder Gifttrank. Was hatten diese Verrückten nur mit ihr vor?

Mit aller Kraft stemmte Johann sich gegen die Hände der Männer, doch es war vergebens. Wütend starrte er Valentin an, der noch immer hinter der Säule stand. Seine Blicke wanderten zwischen Johann und Greta hin und her.

»Gottverfluchter Verräter!«, zischte Johann erneut.

Valentin wand sich wie unter einem Schlag. »Sie sind mächtig, Johann! Was sollte ich tun?« Er deutete auf die ohnmächtige Greta. »Sieh nur, was sie mit meinem liebsten Schatz gemacht haben. *Sie* haben das alles eingefädelt! Greta war lediglich der Köder, sie wollten immer nur dich!«

Johann zuckte zusammen.

Lediglich der Köder …

Am liebsten hätte er sich selbst ins Gesicht geschlagen. Noch immer konnte er kaum glauben, dass er die Falle nicht früher bemerkt hatte. Im Grunde hätte es ihm schon bei seiner Ankunft in der Kommende auffallen müssen. Alles war so leicht gegangen. Der Felsengang, der direkt in die Lochgefängnisse führte, der nötige Schlüsselbund, den Valentin gestohlen hatte, die vermeintliche Karte ... Es war so offensichtlich gewesen, eine billige Posse, auf die er, der berühmte, ach so kluge Doktor, reingefallen war! Wie eine Maus war er dem Speck gefolgt, und die Falle hatte zugeschnappt.

»Der Turm«, flüsterte er und sah Valentin ausdruckslos an. »Ich hatte dir damals in Heidelberg zwar vom Turm erzählt, aber niemals, wo genau er sich befand. Erst später ist mir das wieder eingefallen. Es gab nur einen, der dir davon erzählt haben konnte. Jemand, der dort von Zeit zu Zeit selber wohnt.«

»Du verstehst immer noch nicht, wie mächtig dieser Mann ist«, sagte Valentin so leise, dass es fast nicht zu hören war. Zitternd sah er hinüber zu Tonio del Moravia.

»O doch, das weiß ich«, erwiderte Johann.

Ich habe es immer gewusst, ich wollte es nur nicht sehen.

Er war ihm nie entkommen, sein Meister war ihm immer einen Schritt voraus gewesen. Nun erklärte sich auch das ständige Gefühl, beobachtet zu werden. All die Jahre hatte ihn Tonio nicht aus den Augen gelassen. Doch es musste einen Grund geben, warum der Meister ihn erst jetzt wieder zu sich geholt hatte. Nach siebzehn Jahren ...

Im gleichen Moment begriff Johann.

Siebzehn Jahre ...

Wieder stand Larua am Himmel, wie damals bei seiner Geburt, wie später auf der Lichtung bei Nördlingen. Vermutlich zog der Komet eben gerade über Nürnberg hinweg. Sie hatten genau diesen Tag gewählt! Deshalb hatte Valentin den Schlüsselbund erst jetzt beschafft, deshalb hatten sie Greta so lange im Kerker festgehalten. Auf diesen einen Tag hatten sie gewartet. Und er hatte gedacht, er hätte alles selbst in der Hand!

Valentin schien seine Gedanken zu erraten. »Sie meinten, du solltest selber auf den Plan mit dem Tunnel kommen«, sagte er mit zitternder Stimme. »Wenn du es nicht rechtzeitig geschafft hättest, hätte ich dir geholfen. Aber so war es glaubwürdiger.« Er lächelte traurig. »Im Grunde wusste ich immer, dass du die Lösung finden würdest. Jetzt bist du genau dort, wo sie dich haben wollten. Wo *er* dich haben wollte.«

Johann betrachtete das umgekehrte Kreuz vor sich an der Wand. Damals auf der Lichtung bei Nördlingen hatte er vermutet, dass er ermordet werden sollte, wie so viele Kinder und Jugendliche vor ihm, ein Opfer für irgendwelche satanischen Rituale, ausgeführt von einer Horde Wahnsinniger. Doch offenbar hatten sie etwas ganz anderes mit ihm vor.

Etwas, das jetzt und hier in Nürnberg seinen Abschluss finden sollte.

»Warum habt Ihr mich nicht einfach entführt und hergebracht, wenn ich Euch so wichtig bin?«, sagte Johann, das Gesicht nun ganz seinem einstigen Meister zugewandt. »Warum dieses Possenspiel?«

»Nun, ich fand, eine Posse ist eines Gauklers und Zauberers würdig«, erwiderte Tonio achselzuckend. »Hat es dir denn nicht gefallen? Du konntest gaukeln und tricksen und mit deinem Scharfsinn protzen, wie du es doch immer so gerne tust. Aber du hast recht, das ist nicht der eigentliche Grund. Der wahre Grund ist: Du musst freiwillig zu mir zurückkehren. Das ist ein uraltes Gesetz, geschrieben in der Zeit vor allen Zeiten.«

Tonio del Moravia musterte ihn mit schwarzen Augen, die Pupillen so spitz wie Nadeln.

»Damals, als du den schwarzen Trank getrunken hast, warst du fast mein, doch dann bist du mir im letzten Moment entwischt. Dass ich deine Tochter in Nürnberg gefunden habe, war ein Wink des Schicksals. Im Grunde wollte ich mich nur mit deinem alten Freund hier unterhalten. Ich hatte seinen Namen in den Listen der Heidelberger Universität entdeckt …« Tonio deutete mit dem Finger auf Valentin, dessen vernarbtes Gesicht alle Farbe verloren hatte. »Er war sehr … gesprächig. Keiner will die Tortur ein zweites Mal durchleben, nicht wahr? Danach mussten wir dich nur noch nach Nürnberg locken, in diese findige Stadt, wo ich die meisten Anhänger im Reich habe. Und schließlich hierher, in den Schoß des Tieres. Ich wusste, dass du das kleine Gretchen nicht im Stich lassen würdest. Nicht nach dem, was du ihrer Mutter damals angetan hast.« Tonio lächelte kalt und trat einen Schritt auf Johann zu. »Du musstest freiwillig an diesen Ort kommen, und nun bist du hier. Genau zur richtigen Zeit, am richtigen Platz.«

»Wo sind wir?«, fragte Johann.

»Oh, direkt unterhalb der Sebalduskirche, einer der ältesten Kirchen Nürnbergs. Ihr Vorgängerbau war dem heiligen Petrus geweiht.« Tonio schmunzelte. »Wie überaus passend, hat der gute Petrus die christliche Kirche doch einst gegründet. Diese verschüttete Krypta nutzen wir schon seit einigen Jahren für unsere kleinen Versammlungen. Ich habe die Halle ganz nach meinen Vorstellungen umbauen lassen, immer dann, wenn ich auf meinen Reisen hier haltmachte. Jede Messe braucht ihren passenden Rahmen, nicht wahr?«

»Und was wollt Ihr von meiner Tochter?«, fragte Johann. »Wenn Ihr Euch an mir rächen wollt, wofür auch immer, dann …«

Tonio winkte ab. »Deine Tochter ist unwichtig, wir wollen dich.« Er beugte sich ganz tief hinunter zu Johann, sodass dieser einen süßlichen Geruch wahrnehmen konnte. »*Ich* will dich.« Tonio schnupperte, seine Nasenflügel bebten vor Wollust. Fast liebevoll strich er über Johanns Wangen. »Du bist der Richtige, Johann. Schon damals, bei unserem ersten Zusammentreffen in Knittlingen, habe ich es gespürt. Schon als du noch ein kleiner Junge warst. Alles hat sich so entwickelt, wie es prophezeit war.«

Angewidert drehte Johann den Kopf zur Seite. Jetzt erst wurde ihm klar, nach was Tonio roch und wo der süßliche Geruch herrührte.

Es war der Geruch von frischem Blut.

»Ich mache dir einen Vorschlag, Johann«, sagte Tonio. »Du setzt dich hier zwischen meine Jünger und gibst Ruhe. Und dann sage ich dir, wie du deine Tochter retten kannst. Es ist nicht schwer, es liegt ganz allein in deiner Hand. Wirst du Ruhe geben und mir zuhören, Johann? Wirst du das?«

Johann nickte stumm, und die Schembartläufer zogen ihn hinüber zur vordersten Reihe der Kirchenbänke, wo sie ihn zwischen sich nahmen. Auch Valentin saß dort, zitternd und bebend, bewacht von zwei maskierten Männern. Johann blickte in leere, glatte Masken. Im Grunde war er froh, dass Greta ohnmächtig war und diesen Irrsinn nicht miterleben musste.

Tonio war in der Zwischenzeit hinüber zu der Säule mit der Kanzel gegangen. Eine schmale Wendeltreppe führte hinauf. Der Meister erklomm die Stufen, bis er oben unter einem schwarzen Baldachin stand. Er hielt kurz inne, so als würde er die fast heilige Atmosphäre aufsaugen, dann wandte er sich an seine Anhänger.

»Lange musstet ihr warten«, rief er in die Halle. Er sah aus wie das Zerrbild eines zornigen, ausgezehrten Predigers. »Doch nun endlich ist es so weit. Die Herrschaft Gottes endet, und das Zeitalter des Menschen beginnt! *Homo Deus est!*«

»*Homo Deus est!*«, wiederholten die Maskierten.

Johann erschrak. Es waren ebenjene Worte, die er in all den Jahren immer wieder gehört hatte, ohne ihren wahren Sinn zu verstehen. Magister Archibaldus hatte gewusst, wer hinter diesen Worten steckte, und hatte dafür sterben müssen. Kurz überlegte Johann, an was ihn Tonios Tonfall erinnerte, dann fiel es ihm wieder ein. Es war der gleiche Tonfall, mit dem der Zauberer früher die Leute auf den Marktplätzen verführt hatte.

»Jahrhundertelang hat uns die Kirche glauben lassen, es gäbe nur eine Weisheit, eine Lehre«, fuhr Tonio fort. »Sie hat euch Bücher verboten und, ja, das Denken! Sie hat euch eingelullt und jedes neue Wissen als Ketzerei verdammt. Ihren sturen, bornierten Gott hat sie in den Mittelpunkt des Universums gestellt und nicht den Menschen, doch damit ist nun Schluss!«

»Homo Deus est, Deus homo est!«, skandierten die Maskierten. Etliche von ihnen waren nun aufgestanden.

»Warum ist diese Stadt denn so weit gekommen, warum ist sie reicher und prächtiger und bekannter als alle anderen im Reich?«, fragte Tonio höhnisch. »Warum preist man den Nürnberger Witz, die Nürnberger Klugheit?« Johann sah, wie sein alter Lehrmeister sich in der Rolle des geifernden Predigers gefiel, seine Augen glitzerten vor Vergnügen. »Weil ihr erkannt habt, dass ihr es selbst zu etwas bringen könnt! Mit Wissenschaft, Technik, Erfindungen ... Ihr braucht keinen Gott, ihr seid selbst Götter! Die Menschen können das Paradies bereits hier auf Erden erschaffen. Von Nürnberg aus wird unsere Bewegung die Welt erobern. Die Wiedergeburt des Menschen beginnt hier!«

Die maskierten Männer jubelten, und Johann stockte der Atem. Wer waren diese Leute? Irrsinnige? Anhänger einer dunklen Sekte von Satanisten? Doch dann fiel ihm ein, was Valentin über die Teilnehmer des Schembartlaufs gesagt hatte.

Sie alle stammen aus einflussreichen Nürnberger Familien ...

Konnte das sein? Verbargen sich hinter den Masken etwa Nürnberger Patrizier? Dann war das vermutlich auch der Grund, warum in den Lochgefängnissen keine Wachen gewesen waren. Ein paar sehr einflussreiche Leute hatten die Zellen für kurze Zeit räumen lassen, um ihn in die Falle zu locken. Wer mochte alles diesem unheimlichen Orden angehören? Patrizier, Händler, vielleicht sogar die Herren Bürgermeister? Wer sagte eigentlich, dass nicht auch die Deutschritter in dieses Komplott eingeweiht waren?

Johann fragte sich, was Tonio mit alldem hier bezweckte. Was hatte er davon? Ein Leben lang hatte Johann für die Wissenschaft gekämpft, für Verstand und Ratio statt Bigotterie und dumpfen Aberglauben, ganz so, wie es ihn Conrad Celtis, Jodocus Gallus und Archibaldus gelehrt hatten. Er hatte wirklich geglaubt, dass ein neues Zeitalter anbrechen würde – eigene Gedanken statt Dogmen, die Welt vom Menschen ausgedacht, und nicht von einem zornigen Gott, dessen verstaubte Regeln auf ewig festgeschrieben waren. Und nun pervertierte Tonio all diese Ideen, die Johann doch immer mit Inbrunst vertreten hatte. Die Wiedergeburt des Menschen, gefeiert als satanische Messe – was für ein Hohn! Tonio zeigte ihm in einer bösen Karikatur, wie der Mensch sich selbst als Gott bejubelte.

Homo Deus est …

Glaubten diese Leute denn wirklich daran, dass das Zeitalter Gottes seinem Ende entgegenging? Konnten sie wirklich so verrückt sein? Und eine dunkle Ahnung wurde in Johann langsam zur Gewissheit: Es mussten diese Wahnsinnigen sein, die hinter all den entsetzlichen Kindermorden in Nürnberg steckten.

Er zuckte zusammen, als er diesen Gedanken weiterverfolgte.

Vielleicht ja nicht nur hier in Nürnberg, sondern auch in anderen Teilen des Reiches?

Doch ob diese Irren nun an das Ende der Welt glaubten und unschuldige Kinder auf dem Gewissen hatten – sie hatten ihn und seine Tochter in ihrer Gewalt. Er war ihnen in die Falle gelaufen wie ein Esel, dem man eine Mohrrübe vor die Nase hält.

Tonio wandte sich nun von der Kanzel aus direkt an Johann, den Kopf tief über die Balustrade gebeugt. Er lächelte aufmunternd, wobei er seine spitzen Zähne zeigte. Ein Wolf auf der Jagd.

»Mein lieber Johann, die Stunde ist da, auf die du so lange gewartet hast, nun endlich sollst du die Wahrheit erfahren. Die Wahrheit, die in den Sternen stand, seit dem Tag deiner Geburt. Ich habe es in deiner Hand gelesen, schon damals! Du bist zur Welt gekommen an dem Tag, an dem große Propheten geboren werden. Auch deine Mutter hat dir davon erzählt, erinnerst du dich? Und sie hatte recht. Du bist jener große Prophet!«

Die Menge klatschte und jubelte, während Johann mit offenem Mund dasaß. Er konnte nicht glauben, was er hörte.

»Du bist der Zauberer, von dem im Testament Salomos die Rede ist! Jener Prophet, der mit Larua kommt und auf den wir so lange gewartet haben.« Tonio hob die Stimme, als würde er einen uralten Text rezitieren. »Und wenn der Tag kommt und das große Tier erwacht, dann gebt ihm ein Kleid. Und es wird ein Zauberer kommen, wenn die Sonne und Jupiter im gleichen Zeichen stehen, und er wird dieses Kleid sein. Und er muss sich freiwillig hingeben und die drei Opfer tun. Dann wird das Tier kommen, und kein Gott wird es aufhalten.«

Voller Sanftmut sah Tonio Johann an, der wie versteinert in der Kirchenbank saß. Es war der gütige Blick eines Vaters auf den lange verschollenen Sohn. »Dies ist deine Bestimmung, Johann. Du bist dieser Zauberer, auf den wir so lange gewartet haben. Oft dachte ich, ich hätte ihn gefunden, aber ich hatte mich stets getäuscht. Andere Kinder, die sich dann doch als leere Versprechen herausstellten. Wir hatten die Hoffnung schon fast aufgegeben. Bis du kamst! Du musstest deinen Weg gehen, ich ließ dich ziehen. Aber nun ist die Zeit endlich gekommen, so steht es in den Sternen! Larua gibt uns die Kraft für die drei Opfer!«

»Ihr … Ihr seid wahnsinnig!«, keuchte Johann. »Ich habe es schon damals geahnt! Ihr seid nichts weiter als ein wirrer Narr!«

»Bin ich das?« Tonio zuckte mit den Schultern. »Ein Narr? Nun, warum nicht?« Er bleckte die Zähne. »Von allen Geistern, die verneinen, ist mir der Schalk am wenigsten zur Last. Glaube, was du willst, Johann. Ich stelle dich vor die Wahl. Entweder gibst du dich freiwillig in meine Hände, oder …« Er stieg von der Kanzel und näherte sich der leblosen Greta auf dem Altar. Seine Finger fuhren spinnengleich über ihren Kittel, langsam schob er ihn über ihre Knie nach oben.

»Sie ist hübsch, ohne Zweifel. Ich hätte gute Lust, sie zu besteigen wie ein Bock, trotz ihrer jungen Jahre. Es ist wie mit den Zicklein, jung schmecken sie am besten.« Tonio leckte sich über die Lippen. »Vielleicht nehme ich sie auch in ein paar Jahren an Walpurgis mit, wo wir sie uns teilen. Wir werden ihr ein Kind machen, deinen Enkel. Auch er wird das Zeichen in sich tragen. Wer weiß, vielleicht wäre er sogar ein besseres Kleid als du? In siebzehn Jahren stehen die Sterne wieder günstig. Siebzehn Jahre mehr oder weniger …« Er zuckte mit den Schultern. »Wir haben so lange gewartet, Jahrhunderte, Jahrtausende … Darauf kommt es nun nicht mehr an. Auch wenn ich dich nur allzu gerne wählen würde. Ich habe dich lieb gewonnen, Johann. Ob du es glaubst oder nicht.« Tonios Stimme war plötzlich eisig und schneidend wie gehärteter Stahl, während seine Finger Gretas kleine Brüste erreicht hatten.

»Du hast die Wahl, Johann. Deine Tochter oder du.«

Ein Heulen ertönte. Es stammte von Valentin, der sich an seinem maskierten Bewacher vorbeigestohlen hatte und sich nun Tonio entgegenwarf. »Du Monstrum!«, schrie Valentin.

»Ich hätte mich niemals auf diesen Handel einlassen sollen. Du ... du Teufel!«

Amüsiert betrachtete Tonio den kleinen, verkrümmten Mann. Als Valentin ihn erreicht hatte, machte er eine Drehung und trat ihm die Beine weg. Wimmernd fiel der Bucklige zu Boden, doch er robbte davon, auf den Altar zu, die Hände nach Greta ausgestreckt. Noch einmal trat Tonio zu, mit dem Absatz seines Stiefels und mit ganzer Wucht, so wie man einen Käfer zerquetscht. Es gab ein knackendes Geräusch, und der kleine Mann lag still.

»Bringt ihn weg«, befahl Tonio. »Sein Blut soll die Zeremonie nicht verunreinigen.«

Sie trugen Valentin weg wie ein schmutziges Bündel, und Tonio kam auf Johann zu.

»Deine Tochter oder du«, wiederholte er.

Johann schloss die Augen und öffnete sie wieder, in der Hoffnung, aus einem Albtraum aufzuwachen. Aber dies war kein Traum, es war die Wirklichkeit. Er wollte weinen, doch es kamen keine Tränen. Was hier geschah, war jenseits aller Trauer, aller Schmerzen ...

Es war die Hölle auf Erden.

Was wollten diese Wahnsinnigen von ihm? Wenn er es richtig verstanden hatte, sollte er etwas unendlich Schrecklichem geopfert werden. Etwas so Unvorstellbarem, dass ihm die Menschen einen Namen gegeben hatten, um es besser zu verstehen. So wie sie es auch mit Gott gemacht hatten. Doch der Name dieses unvorstellbaren Wesens war nicht Gott, nicht Christus, Jahwe oder Jehova.

Er lautete Satan. Luzifer. Lichtträger.

In den alten Geschichten war Luzifer jener Erzengel, der gegen Gott aufbegehrt hatte und aus dem Himmel verstoßen wurde. Der seitdem in den Tiefen der Hölle schmorte und auf seine Rückkehr hoffte. Er war die Nacht vor dem Tag, das Chaos vor der Ordnung, der Geist, der stets verneint ...

Jetzt erst sah Johann vollkommen klar, was hier vor sich ging: Diese Menschen, alles angesehene Nürnberger Bürger, erwarteten Luzifers Rückkehr. Sie hatten die armen Kinder ermordet für irgendein schreckliches Ritual, dessen krönenden Abschluss er selbst bildete.

Johann hatte schon lange gewusst, dass es Luziferianer gab. Doch genau wie er Gott stets als ein Prinzip der Ordnung verstanden hatte, war auch der Teufel für ihn, wenn überhaupt, nur eine abstrakte Größe. Sein Teufel hatte keine Hörner und keinen Bocksfuß, er stank nicht nach Schwefel, auch wenn die Kirche das lehrte, um ihren Schäflein Angst zu machen. Und deshalb konnten Luziferianer auch nichts anderes sein als fehlgeleitete Menschen, die ins Narrenhaus oder auf den Scheiterhaufen gehörten.

Das war die eine Seite.

Doch wenn Johann ehrlich war, hatte er den Teufel in seinen Träumen gesehen, viele, viele Male schon. Er hatte sehr echt gewirkt.

Und nun stand er vor ihm.

»Deine Tochter oder du«, sagte Tonio ein drittes Mal. »Du hast mein Wort, dass ich sie nicht anrühre, wenn du dich für meine Seite entscheidest.«

Johann schwieg. Er wusste nicht mehr, was er glauben sollte. Sein ganzes Weltbild wankte. Er wusste nur, dass er Greta retten musste, seine Tochter, das war das Einzige, woran er sich festhalten konnte.

In der eingetretenen Stille war nur das Krächzen eines einzelnen Raben zu hören, der um die Säulen flog.

»Du kannst mich haben«, erwiderte Johann schließlich leise.

»Eine gute Wahl. Für dich und die Welt.« Tonio nickte lächelnd, dann schnippte er mit den Fingern. »Bringt mir den schwarzen Trank!«, befahl er. Mit siegesgewissem Lächeln wandte er sich wieder Johann zu. »Und glaub mir, Johann, diesmal werde ich dafür sorgen, dass du den Trank bis zur Neige austrinkst.«

* * *

Der Trank kam in einem Kelch, der aus pechschwarzem Obsidian geschnitten war und im Licht der Fackeln funkelte. Vermutlich hatte er bereits die ganze Zeit über im Dunkel zwischen den Säulen gestanden. Zwei der Maskierten trugen das Gefäß feierlich wie den Heiligen Gral hinüber zum Altar und reichten ihn Tonio. Mit beiden Händen hielt der Meister Johann den Trank hin.

»Freiwillig bist du zu uns gekommen, und du hast dich entschieden, den schwarzen Trank zu nehmen«, sagte er. »Wisse, all dies ist nur zu deinem Besten. Drei Opfer musst du unter Schmerzen geben, so wie auch der verfluchte Gottessohn sein Opfer gegeben hat. Der Trank wird deinen Geist weiten, und du wirst verstehen.« Noch einmal hob er das Gefäß in die Höhe, und die Anwesenden stimmten in ein gebethaftes Gemurmel ein.

»O Satanas, o Mephistopheles, o Phosphoros!«, hallte es durch das kirchenartige Gewölbe. Der Meister verbeugte sich vor Johann, dann nickte er ihm aufmunternd zu.

Widerwillig nahm Johann den Kelch, der sich kalt und fremd anfühlte. Darin schwappte eine stinkende Flüssigkeit.

»Trink«, sagte Tonio.

Kurz zögerte Johann noch. Er wusste, dass es nach den ersten Schlucken kein Zurück mehr gab.

Für Greta, dachte er. *Für meine Tochter. Möge sie ein glücklicheres Leben führen als ihr Vater.*

Er setzte an und trank. Wie beim letzten Mal, vor siebzehn Jahren, musste er augenblicklich würgen. Der Trank schmeckte wie Feuer, er verätzte seine Kehle und breitete sich wie brodelnde Lava in seinem Inneren aus. Eine Weile stand

Johann mit geschlossenen Augen einfach nur da, dann schien etwas in ihm zu explodieren. Fast augenblicklich erfasste ihn ein Gefühl der Betäubung, er wankte, und sämtliche Geräusche waren plötzlich unglaublich laut.

»Folge mir, Johann«, tönte Tonios Stimme durch die Halle. »Ich werde dir nun die Wahrheit zeigen. Nur wenigen ist dieser Anblick vergönnt.«

Der Zauberer führte ihn hinüber zum Taufbecken neben dem Altar, wobei Johann Mühe hatte, sich auf den Beinen zu halten. Er taumelte und fiel mit der Hand in eines der glühenden Kohlebecken, den Schmerz spürte er kaum. Ein maskierter, sehr großer Mann trat hinzu und griff ihm unter die Arme. Mühelos, wie ein trockenes Bündel Holz, trug der Riese Johann seinem Schicksal entgegen. Dabei unterhielt er sich leise mit Tonio, und Johann glaubte zu hören, dass sie französisch sprachen. Doch die Worte waren seltsam verzerrt, wie unter Wasser.

Das Becken vor ihm war ein grob behauener Stein mit Kerben und Runen an der Seite. In der Wölbung in der Mitte schimmerte eine schillernde Flüssigkeit, wie ein monströses Auge.

»Sieh hinein«, sagte Tonio.

Mühsam beugte sich Johann über das Taufbecken. Er blinzelte, es fiel ihm schwer, den Blick scharf zu stellen. Nach einer Weile erkannte er, dass die Flüssigkeit rot war.

Rot wie Blut.

Im gleichen Moment begriff er.

Er blickte in das Blut all jener Kinder, die in den letzten Monaten verschwunden waren.

»Blut ist ein ganz besonderer Saft«, sagte Tonio. Er tauchte den Finger hinein und leckte daran. »Die Schwierigkeit besteht darin, dass es nicht gerinnen darf, sondern frisch bleiben muss.« Genüsslich fuhr er sich mit der Zunge über die Lippen. »Für den großen Tag brauchen wir viel, sehr viel. Das

Tier hat lange nichts getrunken. Doch ich denke, es dürfte nun reichen.«

Tonios Lippen erschienen plötzlich ein winziges bisschen frischer als vorher, die blasse Haut rosiger, die Haut weniger runzlig. Die rote Oberfläche im Becken erzitterte, und Johann erblickte darin sein eigenes Spiegelbild. Dann verschwand das Bild, und schemenhafte Wälder tauchten an der Oberfläche auf, verzerrt von Nebelschwaden. Muskulöse Krieger, in Felle gehüllt und die Gesichter mit blauen Streifen bemalt, stürmten daraus hervor, sie trugen Schwerter und Lanzen, die sie nun gegen ein berittenes Heer erhoben. Pferde schrien, Reiter mit Helmen stürzten, in den Bäumen eines Eichenwaldes brannten hölzerne Käfige, in denen sich Menschen wie lebendige Fackeln kreischend gegen die Gitter warfen. Neue Krieger tauchten auf, brennende Scheiterhaufen, Blut, aufgerissene Münder, Kinderweinen, Blut, in Flammen stehende Häuser, verheerte Felder, Blut …

Überall Blut.

Denn alles, was entsteht, ist wert, dass es zugrunde geht …

Johann blinzelte. Er wusste, dass es nur der Trank war, der ihm all diese Bilder vorgaukelte. Trotzdem waren sie so echt, als würde all das gerade jetzt vor seinen Augen passieren. Er streckte die Hände aus und tauchte seine Finger in die erstaunlich warme Oberfläche. Die Bilder verschwanden und machten einem vertrauten Gesicht Platz. Es war Tonios Gesicht und doch wieder nicht, es war jünger, schöner, geradezu verführerisch.

»Sei willkommen, Johann Georg Faustus«, sagte der jüngere Tonio und lächelte. »Bist du bereit für das erste Opfer?«

Nun war die ganze Gestalt im Becken zu sehen, ein Ritter, in vollem Harnisch auf seinem Streitross, mit den schönsten Augen und den vollsten Lippen, die Faust je bei einem Menschen gesehen hatte. Blutvolle Lippen und gesund gerötete Wangen, wie nach einem langen Ritt, ein athletischer Körper, der vor Kraft und Jugend strotzte. Und im gleichen Augenblick wusste Johann, dass dies der Mann war, den er so lange gesucht hatte.

Gilles de Rais.

»Der rechte kleine Finger«, sagte der Ritter. Das Bild erzitterte, sodass sich das erst so schöne Gesicht zu einer Fratze verzerrte.

»*Faites vite*. Das Ende und der Anfang sind nah.«

29

Mit klopfendem Herzen und einem metallischen Geschmack im Mund rannte Karl Wagner durch die unterirdischen Felsengänge. Er musste raus hier, so schnell wie möglich! Die Laterna magica hatte er zurückgelassen, was sollte sie ihm jetzt noch nützen? Das, was er in dem Gewölbe, diesem Zerrbild einer Kirche, gehört und gesehen hatte, war so schrecklich, dass es ihm fast den Verstand raubte.

Die maskierten Männer waren ganz offensichtlich Anhänger des Teufels, und der Doktor sollte als Opfer dienen. Als Opfer dafür, um das Böse auf die Welt zurückzubringen! Karl hatte keinen Zweifel daran, dass diese Wahnsinnigen auch die unschuldigen Nürnberger Kinder auf dem Gewissen hatten. Greta hatte nur als Köder gedient, um den Doktor an jenen unheimlichen Ort zu locken. Ohnmächtig oder vielleicht bereits tot lag das unschuldige Mädchen auf dem Altar. Was für ein Irrsinn!

Nachdem Faust das Gewölbe betreten hatte, hatte sich Wagner hinter einer der Portaltüren versteckt. Durch einen Schlitz hatte er von dort aus beobachtet, wie der Anführer der Satanisten zunächst Valentin niedergetreten und dann dem Doktor einen Kelch gereicht hatte. Was die beiden gesprochen hatten, war kaum zu verstehen gewesen; doch das wenige, was er gehört hatte, ließ Karl noch jetzt das Blut in den Adern gefrieren. Schließlich war Faust über dem Taufbecken zusammengebrochen.

Bei dem, was dann folgte, hatte Karl in seinem Versteck an sich halten müssen, um nicht laut aufzuschreien. Vor Angst und Ekel hätte er sich fast übergeben.

Mit einem großen, gekrümmten Messer hatte der Anführer Faust den rechten kleinen Finger abgeschnitten und in das Becken mit Blut geworfen.

Das war der Moment gewesen, in dem Karl geflohen war.

Panisch blickte er sich um. Die tranige Laterne, die er mitgenommen hatte, spendete nur noch wenig Licht, das Öl ging zur Neige. Wenn der Docht erlosch, würde ihn die Dunkelheit verschlucken wie der Walfisch den Propheten Jona. Wo sollte er hin? Er hatte bereits etliche Kreuzungen und Keller passiert. Diese verfluchten Gänge sahen alle gleich aus, es war das reinste Labyrinth! Manchmal glaubte er, in der Ferne wieder das Summen und Klagen zu hören, was ihn dazu brachte, noch schneller zu laufen. Nur weg von diesem höllischen Ort des Wahnsinns! Immerhin hatte er Valentins Schlüsselbund, mit dem er bei Bedarf Türen öffnen konnte. Doch was nützte einem das, wenn man nicht wusste, welche Türen ins Freie führten?

An der nächsten Ecke brach Karl schließlich keuchend zusammen. Er kauerte sich auf den Boden und schloss die Augen. Das war das Ende. Nun, zumindest würde er hier unten nicht verdursten, sondern nur langsam verhungern. Direkt zwischen seinen Füßen floss ein weiteres der kleinen Rinnsale, die wie Adern unter der Stadt verliefen.

Als Karl erneut hochsah, erblickte er im flackernden Licht der Laterne das Zeichen.

Überrascht schrie er auf. Es war eines der Wegscheidezeichen, die Faust zur Orientierung an die Wände gemalt hatte. In seiner Verzweiflung hatte Karl es zuvor ganz übersehen. Er sprang auf, sofort kamen seine Kräfte zurück. Wenn er von hier aus den Zeichen folgte, würde er wieder zum Ausgang auf dem Johannisfriedhof zurückfinden. Von dort aus könnte er weiter nach Westen gehen, immer der Landstraße nach, und diesen verfluchten Ort für immer hinter sich lassen.

Den verfluchten Ort und den Doktor.

Den Doktor, den er liebte.

Karl biss sich auf die Lippen. Er musste daran denken, wie er Faust in dem Gewölbe zurückgelassen hatte. Wie ein Kalb auf der Schlachtbank.

Wie ein Opferlamm …

Er kannte den Doktor jetzt seit fast zwei Jahren. Es war nicht immer leicht mit ihm gewesen, Faust war hochfahrend, zynisch und jähzornig, trotzdem hatte Karl viel von ihm gelernt. Fast wie ein Vater war der Doktor für ihn gewesen, viel verständnisvoller als sein eigener strenger Vater, der ihn als zu weichherzig beschimpft und nie respektiert hatte.

Aber da war noch mehr: Karl hatte in seinem Leben schon einige tiefer gehende Männerbekanntschaften gehabt, die erste in der Lateinschule mit einem feinfühligen Freund, den die Eltern bald darauf in ein Kloster gesteckt hatten, noch bevor die Sache ans Licht gekommen war. Keine seiner Beziehungen war von langer Dauer gewesen – einfach deshalb, weil es zu gefährlich war. Beim Doktor war das anders, je länger Karl mit ihm zusammen war, umso fester wurde das Band zwischen ihnen. Faust war Karl unheimlich, und doch war er von ihm fasziniert, in den schwarzen Augen des Doktors lag ein tiefes, unergründliches Geheimnis. Die Liebe zu ihm fraß Karl auf, und gleichzeitig nährte sie ihn. Er wusste, dass der Doktor aller Wahrscheinlichkeit nach sein Untergang war, aber er konnte nicht von ihm lassen. Und deshalb konnte er ihn auch nicht hier unten zurücklassen …

Karl legte den Kopf in den Nacken und stöhnte. Es war zum Aus-der-Haut-Fahren! Wenn er sich nach links wandte, winkten ihm Freiheit und Vergessen. Mit Faust würden auch die Briefe verschwinden, die ihn so sehr belasteten. Vermutlich würde das Feuer, das ihn jetzt innerlich verzehrte, irgendwann erlöschen. Wenn er jedoch nach rechts ging …

Ebenso wie die Wegweiser ihn zurück zum Friedhof brachten, zeigten sie ihm auch den Weg zu den Lochgefängnissen. Karl war sich sicher, dass er von dort auch wieder den Zugang zu dem unterirdischen Gewölbe finden würde. Der Weg war nicht weit gewesen.

Links oder rechts …

Leise fluchend stand Karl auf, schimpfte auf Gott, die Welt und insbesondere auf den Doktor, dann ging er nach rechts.

Tatsächlich führten ihn die Wegscheidezeichen zurück zu der Zisterne unterhalb der Kerkerzellen. Von oben war noch immer kein Laut zu hören. Karl machte kehrt und folgte von hier aus dem Weg, den er noch in Erinnerung hatte. Das immer lauter werdende Summen führte ihn in die richtige Richtung. Es waren nur wenige Abzweigungen, dann stand er wieder in dem Keller mit dem zweiflügligen Portal. Auch der Kasten mit der Laterna magica lag noch dort, wo er ihn in seiner Panik zurückgelassen hatte.

Vorsichtig schlich er sich hinter die offen stehende Tür und spähte durch den Schlitz. Erneut summten und murmelten die maskierten Männer ihre fremdartigen Sprüche, vorne in der Apsis stand ihr Anführer, die Kapuze nun wieder tief ins Gesicht gezogen.

Doch auf dem Altar lag nicht mehr die kleine Greta, sondern der Doktor.

Karl ballte die Fäuste. War sein Herr bereits tot? Blut tropfte von Fausts rechter Hand, die in einen Verband gewickelt war, nachdem ihm dieser Wahnsinnige den Finger abgeschnitten hatte. Sein Kopf war leblos zur Seite gekippt, das Gesicht war verhüllt. Jemand hatte ihm Augen und Stirn mit schmutzigen Tüchern umwickelt. Was, in Gottes Namen, hatten die Männer noch mit dem Doktor gemacht?

Nun hob der Anführer jenen Krummdolch, mit dem er vorher Fausts kleinen rechten Finger abgeschnitten hatte. Der Gesang verebbte.

»Das erste und das zweite Opfer sind vollbracht!«, tönte der Mann in der Kutte. »Das Tier erwacht aus seinem Schlaf, ich kann es hören, tief in den Eingeweiden der Erde rührt es sich. *Homo Deus est!*«

»*Homo Deus est, Deus est Homo!*«, riefen die Maskierten wie im Rausch.

Der Anführer hielt den Dolch nach oben, ganz so wie ein Priester den Kelch bei der Heiligen Kommunion. Es sah aus, als wollte er die Waffe segnen lassen.

»O Spiritus Mephistophiel, Madeschea, Diabola, Larua … du dreifacher Höllenzwang … *Sanguis tuus, cor tuum* …«

Karl hatte es längst aufgegeben, aus den lateinischen Verballhornungen irgendeinen Sinn herauszuhören. Doch die letzten Worte waren ihm geläufig, es war nicht schwer, sie zu verstehen.

Sanguis tuus, cor tuum … Dein Blut, dein Herz …

Er ahnte, was nun kommen würde. Der schwarze Mönch würde Faust den Dolch in den Leib rammen, er würde ihn aufschlitzen wie einen zappelnden Fisch, und dann würde er ihm das Herz herausreißen. Noch immer sprudelten die finsteren Zaubersprüche aus dem Mund des Anführers, doch es konnte nicht mehr lange dauern, bis der Dolch niederfuhr. Karl musste etwas unternehmen! Nur was? Panisch sah er sich um. Ließ sich dieses Ritual denn gar nicht aufhalten oder wenigstens für eine Weile unterbrechen?

Sein Blick fiel auf die Laterna magica vor ihm auf dem Boden und von dort zu der kleinen Laterne in seiner Hand. Die Flamme züngelte nur noch sehr schwach. Karls Finger zitterten. Mittlerweile war er schnell und geübt darin, den Apparat aufzubauen. Würde die Zeit noch reichen?

Zum Teufel!

Er riss den Kasten zu sich heran, öffnete ihn und hielt einen der mitgebrachten ölgetränkten Lumpen an die Laterne, deren Docht fast erloschen war. Mit dem brennenden Lumpen entzündete er schließlich die Öllampe in der Laterna magica. Er richtete den Tubus so aus, dass der warme Lichtkreis direkt auf die Wand hinter der Apsis fiel.

Die Männer im Gewölbe schrien überrascht auf, ihr Anführer unterbrach seine Litanei. Verärgert sah er sich um und entdeckte den Kreis, der hell waberte und zuckte wie ein überirdisches Wesen.

Ein fast nicht mehr menschlicher Laut entwich der Kehle des Mönchs. Es klang wie das zornige Knurren eines Wolfes.

Dann legte Wagner das erste Glasbild ein, das ihm in die Hände fiel.

* * *

Johann erwachte und starrte in die Dunkelheit.

Wo war er? Was war geschehen? Fetzen der Erinnerung kamen zurück, die sich langsam zu einem Ganzen zusammensetzten. Tonio … das unterirdische Gewölbe … der schwarze Trank … ein Taufbecken mit Blut … seine Tochter, nackt und leblos auf einem Altar …

Greta!

Er fuhr auf, und eine Welle der Übelkeit übermannte ihn. Würgend erbrach er sich, noch immer war um ihn herum alles schwarz. War er etwa blind? Oder gar tot? War dies hier die Hölle?

Er versuchte, sich ganz auf seinen Körper zu konzentrieren. Unter ihm war es kalt, er lag offenbar auf einem Steinboden. Vorsichtig bewegte er die Gliedmaßen, zuerst die Beine, dann die Hände. Er spürte feuchtes Stroh. Durch seine rechte Hand fuhr ein stechender Schmerz, der ihn aufschreien ließ. Irgendetwas war mit seiner Hand geschehen, doch er konnte sich nicht mehr erinnern. Ein einzelnes Bild huschte durch sein Gedächtnis.

Ein Krummdolch, die scharfe Klinge funkelt im Licht …

Wieder schrie er. Es war seltsam, seine eigene Stimme zu hören, sie klang wie die eines Fremden. Sie hallte, als befände er sich tief unter der Erde. Außerdem hatte er verfluchte Kopfschmerzen, das Atmen fiel ihm schwer, als würde etwas seine Nase verstopfen. Warum nur konnte er nichts sehen?

Mit der linken, vom Griff in das Kohlebecken leicht verbrannten Hand fuhr sich Johann vorsichtig über das Gesicht und stellte fest, dass es fast gänzlich von einem Verband umhüllt war. Er zerrte an den Binden, und sofort stach etwas wie mit Nadeln in seinen Kopf, noch schlimmer als die Schmerzen in seiner Hand. Wieder musste er sich übergeben, sein Mund brannte wie Feuer, als er die ätzende Flüssigkeit ausspuckte.

»Ich würde den Verband dort lassen, wo er ist«, ertönte eine heisere Stimme ganz in der Nähe. »Er ist zwar schmutzig, aber sie haben ihn mit Johanniskrautöl getränkt, gegen Entzündungen. Man riecht das Öl bis hierher.«

Johann erstarrte. Er kannte die Stimme.

»Va… Valentin?«, krächzte er. »Du … du lebst?«

»Ich bin mehr tot als lebendig. Dieses Monstrum hat irgendetwas in mir zerbrochen. Ich … ich kann mich nicht mehr bewegen. Aber ja, ich lebe.«

»Was ist geschehen?«, fragte Johann leise.

»Willst du es wirklich wissen?«

Als Johann schwieg, begann Valentin schleppend zu sprechen.

»Nachdem du den schwarzen Trank getrunken hast, hat dir ihr Anführer den kleinen rechten Finger abgeschnitten. Er sagte, dies sei das erste Opfer …«

Johann zuckte zusammen. Die Wunde an seiner Hand pochte dumpf, fast spürte er dort noch immer seinen Finger.

Doch er wusste, dass er nicht mehr da war. Ein weiteres Bild tauchte in seiner Erinnerung auf: Tonio hatte den Finger, seinen kleinen Finger, der einst Spielkarten gehalten und Münzen versteckt hatte, in das Taufbecken geworfen.

Aber das war noch nicht alles ...

»Und das zweite Opfer?«, sagte er leise. »Was war das zweite Opfer?«

Stille breitete sich aus, eine Stille, die fast noch schwerer zu ertragen war als die Dunkelheit um ihn herum.

»Verdammt, nun rede schon!«, keuchte Johann. »Was war das zweite Opfer?«

»Sie ... sie haben dir das linke Auge herausgeschnitten.«

»Mein Gott ...« Johann stöhnte. Ihm wurde erneut übel, doch es gab nichts mehr, was er erbrechen konnte. Die Versuchung war groß, mit der Hand den Gesichtsverband anzufassen. Aber ihm war klar, dass jede Berührung nur schmerzen würde und zu Entzündungen führen konnte. Vermutlich hatte er jetzt schon Fieber.

»Sie sind sehr fachmännisch vorgegangen«, sagte Valentin mit zitternder Stimme. »Mit chirurgischem Besteck, wie Wundärzte. Vermutlich ist unter den Maskierten auch ein Nürnberger Physicus. Ich denke, sie wollen dich lebend.«

»Für das dritte Opfer«, murmelte Johann.

»Ja, aber so weit kam es nicht. Irgendetwas ist passiert. Ich bin selbst kurz ohnmächtig geworden, doch ich habe Geschrei gehört, wilde Flüche und Verwünschungen, dann haben sie uns in diese Kammer hier gesperrt. Ich vermute, es ist irgendein vergessener Vorratskeller unter der Sebalduskirche. Was weiter geschehen ist, weiß ich nicht.«

Wieder verging eine Zeit des Schweigens, während es in Johanns Augenhöhle pulsierte. Doch die Schmerzen hielten sich in Grenzen, wohl dank der Wirkung des schwarzen Tranks. Wahrscheinlich enthielt der Trank Bilsenkraut oder Stechapfel, vielleicht beides. Das würde auch die Sinnestäuschungen erklären. Johann erinnerte sich, in der schimmernden Oberfläche des Taufbeckens jemanden gesehen zu haben. Zuerst Tonio, einen jüngeren Tonio als den jetzigen, dann einen Ritter. Er hatte ihn für Gilles de Rais gehalten, den Mann, dessen Name seit Jahren durch seine Träume geisterte. Kein Wunder, dass er auch in den Halluzinationen vorgekommen war.

»Darf ich dich etwas fragen, Johann?« Valentins Stimme unterbrach seine Grübeleien. »Dieser Trank, den sie dir gegeben haben. Ich dachte, es wäre ein Gift und dass du nie mehr das Bewusstsein erlangen würdest. Und doch bist du wieder aufgewacht, du kannst sprechen ...«

»Asche«, sagte Johann müde.

»Was sagst du?«

»Asche. Ich habe Asche gegessen. Als sie mich zum Taufbecken schleppten, habe ich mich an einem der Kohlentöpfe festgehalten. Ich habe so getan, als würde ich hinfallen, dabei habe ich mir den Mund mit kalter Asche vollgestopft und das Zeug hinuntergeschluckt.«

Johann fuhr sich mit der Zunge über Gaumen und Zähne. Noch immer spürte er die übel schmeckenden Krumen im Mund. »Schon die alten Griechen wussten, dass Asche entgiftet. Es hat wohl die schlimmsten Auswirkungen des Tranks gemildert. Wenn es auch mein Auge nicht gerettet hat«, fügte er verbittert hinzu.

Zitternd tastete er erneut nach dem Verband. Dann schob er das Tuch auf der einen Gesichtshälfte so zur Seite, dass das gesunde rechte Auge frei lag. Zunächst blieb alles dunkel, und Johann glaubte schon, vollständig erblindet zu sein. Doch dann nahm er erste Schemen um sich herum wahr. Er lag in einem dunklen Kellerraum auf dem Boden, an der gegenüberliegenden Wand zeichnete sich eine verschlossene Tür ab. Neben ihm kauerte ein zitterndes Bündel, das wohl Valentin war. Sein alter Freund sah noch elender aus als er selbst.

Sein Körper wirkte seltsam verdreht, wie eine Puppe, der man die Fäden durchgeschnitten hatte.

»Es ... es tut mir so leid, Johann«, stammelte Valentin. »Glaub mir, ich wollte nur Greta retten. Sie haben mich dazu gezwungen, dass ich dich genau in dieser Nacht hier herunterbringe. Es hat wohl etwas mit den Sternen zu tun, mit einem Kometen ...«

»Ich denke, wir sind quitt«, unterbrach ihn Johann. »Du ...«

Ein Geräusch ließ ihn zusammenzucken. Es war ein Schlüssel, der sich knirschend im Schloss drehte.

Johann atmete tief durch.

Nun würden sie ihn also holen für das dritte Opfer. Sein Körper versteifte sich, der Puls raste. Er wollte keine Angst zeigen, doch er wusste, dass ihm das nicht gelingen würde. Hoffentlich konnte er mit seinem Opfer wenigstens Greta retten.

Was auch immer dieses Opfer war.

»Gott ist groß und allmächtig«, kam es über seine spröden Lippen. »Gott, gib mir Stärke ...« Dabei fiel ihm auf, dass es schon sehr lange her war, dass er für sein eigenes Seelenheil zu Gott gebetet hatte. Vielleicht war jetzt der richtige Zeitpunkt.

»Der Herr ist mein Hirte«, begann er jenen Psalm, der vor ihm schon vielen Sterbenden und Ängstlichen Trost gespendet hatte. »Mir wird nichts mangeln. Er weidet mich auf einer grünen Aue und führet mich ...«

»Herr Doktor, ich bin es ...«

Johann brach ab und wandte den bandagierten Kopf der Tür zu.

Dort standen keine Maskierten, keine wahnsinnigen Teufelsanhänger, kein Tonio ...

Sondern Karl Wagner.

Von draußen drang Fackelschein in die dunkle Kammer, was den Umriss seines Gehilfen hell hervortreten ließ.

Was um alles in der Welt …?, fuhr es Johann durch den Kopf. Zum ersten Mal fragte er sich, ob es Gott vielleicht wirklich als leibhaftige Person gab. Und ob er hier in Gestalt Karl Wagners eben vor ihm stand.

Wagners Wams war schmutzig und zerrissen, das Haar hing ihm wirr ins Gesicht, in der Hand hielt er Valentins Schlüsselbund.

»Einer hat auch hier gepasst«, sagte er und lächelte dabei müde. »Gleich der erste. Wie gut, dass ich den Schlüsselbund behalten habe, als wir in die Lochgefängnisse hinaufgeklettert sind.« Ängstlich blickte er zurück in den dunklen Gang, der hinter der Tür lag. »Ich denke, wir haben nicht viel Zeit, sie werden sicher bald wieder hier sein.«

Johann keuchte, es klang wie ein Rasseln. Erst nach einer Weile fiel ihm auf, dass er wohl laut lachte. Ein Umstand, der ihm angesichts ihrer Situation so seltsam erschien, als würde er träumen.

»Mein Gott, Junge, dich schickt der Himmel!«, rief er schließlich aus.

»In diesem Fall muss ich Euch sogar zustimmen«, erwiderte Wagner. »Ich habe diese entsetzliche Teufelsmesse mit einem Bild unseres Heilands gestört. Jesus Christus im schimmernden Lichtkreis, der Anführer der Satanisten war nicht eben erfreut. Sie haben die Laterna magica zwar gleich darauf entdeckt und zerstört. Aber zumindest haben sie ihre Zeremonie für eine Weile unterbrochen und mich gesucht.«

»Und nun bist du zurückgekommen«, murmelte Johann. »Du bist nicht geflohen …«

Karl Wagner senkte den Blick. »Ich war Euch noch etwas schuldig, Ihr erinnert Euch? Ich denke, ich habe nun auch das Recht, meine Briefe zurückzuerhalten.«

»Verdammt, das hast du.« Johann erhob sich mühsam, und Wagner deutete auf den Verband auf Fausts Gesicht. Offenbar hatte er ihn im Zwielicht bislang nicht gesehen.

»Was um Himmels willen haben sie mit Euch gemacht?«

»Das ist jetzt unwichtig. Wichtig ist nur, wo sie Greta hingebracht haben.«

»Ich weiß zwar immer noch nicht, warum Euch die unbekannte Nichte eines Freundes so viel bedeutet. Aber sei's drum.« Wagner zuckte die Achseln. »Als ich mit der Laterna magica den Tumult auslöste, haben ein paar der Maskierten das Mädchen weggebracht.« Er zögerte. »Dieser unheimliche Kerl schrie irgendetwas, dass man sie in die Kirche bringen solle.«

»Wohl in die Sebalduskirche. Ich denke, sie wollen Greta als Faustpfand behalten«, mischte sich nun Valentin ein, der noch immer verkrümmt in der Ecke kauerte. Er stöhnte leise. »Erst wenn die dritte Opferung vollbracht ist, kommt sie vermutlich frei. Wenn sie sie nicht einfach als lästige Mitwisserin töten.«

»Er hat mir sein Wort gegeben«, sagte Johann nachdenklich, mehr zu sich selbst. »Daran ist er gebunden.« Er zögerte. »Wir müssen diese Leute in Sicherheit wiegen. Ich kann also nicht von hier weg. Wenn sie sehen, dass ich geflohen bin, werden sie Greta töten oder ihr noch Schlimmeres antun.«

Er musste an Tonios Worte am Altar denken.

Es ist wie mit den Zicklein, jung schmecken sie am besten … Vielleicht nehme ich sie auch an Walpurgis mit, wo wir sie uns teilen …

»Verdammt!«, fluchte er. »Es muss eine Lösung geben, es gibt immer eine!«

Doch sosehr Johann auch grübelte, er fand keine. Egal, ob er blieb oder floh – er würde seine Tochter nie wiedersehen, er war verloren. All sein Wissen war hier unten, in der Hölle auf Erden, zu nichts nutze.

»Ich weiß eine Lösung«, ließ sich Valentin plötzlich vernehmen. Seine Stimme klang fest und entschlossen.

»Und die wäre?«

»Du gehst, und ich bleibe hier.«

»Was soll das bringen?«, fragte Wagner. »Sie werden auch so sehen, dass der Doktor ausgeflogen ist.«

»Nicht, wenn ich der Doktor bin«, erwiderte Valentin.

»Du der Doktor ...?« Mit seinem einen gesunden Auge starrte Johann den Freund fragend an. »Was redest du da?«

»Du trägst einen Verband, der fast dein ganzes Gesicht verhüllt«, erklärte Valentin. »Ich bin zwar um einiges kleiner als du, aber ich denke, das wird in der Dunkelheit so schnell keiner merken. Nicht, wenn ich deinen Sternenmantel trage. Meine Kleider stopfen wir mit Stroh aus und legen sie in die Ecke. Sie werden die Attrappe nicht groß beachten, schließlich denken sie vermutlich ohnehin, ich wäre schon tot. Sie wollen dich, Johann!«

Johann schüttelte den Kopf. »Das kann nicht dein Ernst sein.«

»Hör zu, Johann. Ich werde sterben! Ich kann es fühlen, mein ganzer Körper ist taub, die Kälte kriecht mir in Arme und Beine. Ich war vorher schon ein Krüppel, aber dieses Monstrum hat mir die letzten noch heilen Knochen gebrochen. Selbst wenn ich weiterleben würde, ich wäre eine lebende Leiche.« Valentin sah Johann flehend an. »Alles, was ich noch habe, ist Greta! Du musst sie finden und retten. Es ist das Letzte, worum ich dich bitte. Ein letzter Freundschaftsdienst!«

»Ich habe dich schon einmal im Stich gelassen«, murmelte Johann. »Ich kann es nicht wieder tun.«

»Du lässt mich nicht im Stich, Johann! Ich habe dir verziehen, dass du mich damals belogen und ausgenutzt hast. Aber ich würde dir niemals verzeihen, wenn Greta etwas zustößt. Du selbst würdest es dir nicht verzeihen, das weiß ich!«

Johann schwieg. Sein Kopf schmerzte, die Augenhöhle und auch seine rechte Hand brannten wie Feuer. Die Wahrscheinlichkeit war groß, dass er dies alles hier nicht überlebte. Wenn ihn nicht diese Wahnsinnigen ermordeten, raffte ihn vermutlich das Wundfieber hinweg. Er hatte Opfer gebracht, doch nun wollte sich sein einziger Freund für ihn opfern!

Valentin schien seine Gedanken zu erraten. »Ich tue es nicht für dich, Johann«, flüsterte er. »Ich tue es für Greta.«

Für Greta ...

Johann nickte langsam. Sie waren beide nicht wichtig, wichtig war nur das Mädchen.

Seine Tochter.

»Ich werde einen neuen Verband brauchen«, sagte er mit schwerer Stimme.

Dann wickelte er langsam und vorsichtig die schmutzigen Tücher von seinem Gesicht.

30

Als sie kurze Zeit später den Gang entlang eilten, war Johann, als stapfte er durch nassen Sumpf. Mehrmals knickten die Beine unter ihm weg, und Wagner musste ihn stützen. Trotz der Asche tobte noch immer das Gift des schwarzen Tranks in seinem Körper, gelegentlich sprangen Schatten aus den Wänden hervor, und er glaubte, die Stimme des schönen Ritters zu hören.

Faites vite … faites vite … faites vite …

Alles, was ihn noch aufrechterhielt, war der Gedanke an Greta, seine Tochter. Er musste sie finden!

Bevor sie gegangen waren, hatte ihn Valentin ein letztes Mal umarmt, und Johann hatte gespürt, dass seinen alten Freund die Kräfte verließen. Als er noch einmal mit seinem einen gesunden Auge auf Valentin herabgeblickt hatte, hatte Johann sich selbst auf dem Steinboden gesehen. Mit bandagiertem Kopf und Sternenmantel, nur ein verkrüppelter Körper, eine Hülle, nichts weiter …

Eines hatte er von Valentin gelernt: Was zählte, war nicht das Äußere, nicht blindes Streben nach mehr Wissen, nach mehr Macht.

Alles, was zählte, war die Liebe.

Was war all seine Klugheit wert, wenn er nicht diejenigen beschützen konnte, die er liebte? Valentin hatte ihm gezeigt, wozu Liebe fähig war, indem er sich für ihn und Greta opferte. In diesem Augenblick hatte Johann erkannt, dass es allein die Liebe war, die dem Leben einen Sinn verlieh. Etwas, das Tonio nie verstehen würde.

Diese Erkenntnis war es, die ihn jetzt noch antrieb.

Johann taumelte mehr, als er ging. Ihm war eiskalt. Er trug nur noch ein dünnes Hemd, das ihm bis zu den Knien reichte, alles andere hatten sie Valentin gelassen. Trotzdem schaffte er es irgendwie, eine steile Treppe hochzusteigen, die sie zu einer weiteren Tür führte. Mit einem der vielen Schlüssel von Valentins Schlüsselbund öffnete Wagner das Schloss, und sie standen in einem Raum, der im Gegensatz zu allen vorherigen über ein Fenster verfügte. Durch blau getönte Butzenglasscheiben fiel morgendliches Zwielicht.

Sie waren wieder an der Oberfläche.

Zitternd vor Fieber sah Johann sich um. Die Tür war so glatt in die Wand eingepasst, dass sie von außen kaum zu sehen war. Ein schmaler, von Säulen umrahmter Durchgang führte hinüber in einen weiteren Raum. An den Wänden reihten sich edle, mit Furnieren besetzte Eichenholztruhen, auf einem Tisch in der Mitte standen goldene und silberne Becher. Als Wagner eine der Truhen hastig öffnete, stieß er einen überraschten Laut aus. Andächtig hielt er ein mit Edelsteinen verziertes Kreuz in die Höhe, ganz offenbar eine Monstranz.

»Wir sind im Allerheiligsten!«, flüsterte er. »In der Sakristei der Sebalduskirche. Vermutlich sind die maskierten Männer mit Greta auf die gleiche Weise hier hereingekommen.« Wagner legte das Kreuz weg und sah sich um. »Hm, dann müssten irgendwo auch …« Er öffnete eine weitere Truhe, wühlte darin herum und zog schließlich mit triumphierendem Grinsen zwei muffig riechende Priestergewänder hervor. »Ha, wusst ich's doch! Eine bessere Verkleidung werden wir in einer Kirche wohl kaum finden.«

Mühsam zog Johann eine Kutte über, deren Kapuze sein notdürftig bandagiertes Gesicht verhüllte. Er zitterte noch immer, doch wenigstens war ihm jetzt ein wenig wärmer.

Trotzdem spürte er, wie sich das Fieber weiter in ihm ausbreitete.

Als Wagner sich ebenfalls ein Gewand übergezogen hatte, sah er Johann fragend an. »Und nun? Was ist Euer Plan?«

Johann schloss die Augen. Er wollte den Moment hinauszögern, in dem er Wagner sagen musste, dass er keinen Plan hatte. Der allseits bekannte und kluge Doktor war nichts weiter als ein armer, halb blinder Tor.

»Du ... du meintest vorhin, sie hätten Greta hoch in die Kirche gebracht«, erkundigte er sich bei Wagner, der in seinem Priestergewand wie ein blutjunger Novize aussah. »Haben sie noch etwas gesagt? Irgendeinen Ort, irgendetwas ...«

»Nun ... eigentlich nicht.« Wagner zuckte mit den Schultern. Kurz glaubte Johann, ein Flackern in seinem Blick zu bemerken. »Dieser unheimliche Anführer hat nur geschrien, sie sollten mit dem Mädchen hinauf in die Kirche. Vermutlich sind sie von dort aus mit ihr in der Stadt verschwunden. Nürnberg ist groß.«

Johann seufzte und griff nach der Tischplatte, um sich abzustützen. »Dann ... dann lass uns wenigstens in den Kirchenraum gehen, vielleicht finden wir dort einen Hinweis, wo Greta geblieben ist.« Doch schon während er den letzten Satz aussprach, merkte er, wie hilflos er klang.

Nach dem Durchgang schloss ein zweiter Raum an, dessen Tür über einen Riegel verfügte, der bereits zur Seite geschoben war. Vorsichtig öffnete Wagner die Tür.

Vor ihnen lag das Hauptschiff der Sebalduskirche. Die Sakristei befand sich nicht unweit des Altars, hinter dem die silberne Truhe mit den Reliquien des heiligen Sebaldus stand. Durch die hohen Glasfenster fiel die Morgendämmerung und tauchte die vielen Säulen, Arkaden und Seitenaltäre in ein fast überirdisches Licht.

Noch war kein Kirchenbesucher anwesend, doch bis zur Frühmesse konnte es nicht mehr lange dauern. Weiter hinten fegte ein alter Küster den Boden, er hatte den Rücken tief gebeugt, sodass er die beiden seltsamen Priester nicht bemerkte.

Verzweifelt blickte sich Johann um.

Er sah nichts. Keinen Hinweis, nichts …

Greta war aus seinem Leben verschwunden, genauso schnell, wie sie es betreten hatte.

Sanft berührte ihn Wagner an der Schulter. »Ich weiß, Ihr sucht dieses Mädchen für Euren Freund«, begann er. »Aber Ihr müsst einsehen, dass es sinnlos ist. Es sind seitdem etliche Stunden verstrichen. Sie könnten sie überall hingebracht haben.«

»Wir müssen weitersuchen«, murmelte Johann. »Weiter… suchen…« Das Fieber und der Trank machten ihn schwer, so furchtbar schwer.

»Hört zu …« Wagner zögerte, bevor er weitersprach: »Als ich vorhin sagte, ich wüsste nichts Näheres darüber, wo sie das Mädchen hingebracht haben, war das nicht ganz richtig. Dieser Anführer brüllte irgendetwas, es war ziemlich unverständlich. Aber ich denke, es war: ›Bringt sie hinauf in die Kirche und dann …‹«, Wagner schluckte, »›… und dann direkt in die Hölle.‹«

»In … die Hölle?«, fragte Johann, seine Stimme zitterte.

»In die Hölle.« Wagner nickte. »Das waren seine Worte. Ich hatte sie Euch bislang verschwiegen, weil … weil ich merke, dass Euch das Mädchen viel bedeutet. Aber ich denke, wir müssen davon ausgehen, dass man sie umgebracht hat. Wir aber sind in Sicherheit! Wir müssen nur durch das Kirchenportal gehen und …«

Johann rutschte an einer Säule nach unten, er war kurz davor, die Besinnung zu verlieren.

In die Hölle …

Fürsorglich beugte sich Karl Wagner zum ihm hinunter. »Ihr müsst jetzt an Euch selber denken, Herr Doktor. Vergesst das Mädchen, vergesst …«

»Verdammt, ich kann sie nicht vergessen!«, schrie Johann. Er war so entkräftet, dass ihm die Stimme versagte, nur noch ein Krächzen kam heraus.

»Ich kann sie nicht vergessen ... Sie ... sie ist meine ... Tochter.«

Wagner starrte ihn an. »Eure Tochter? Aber warum ...?«

In diesem Augenblick brach Johann endgültig zusammen.

* * *

Tief unten klickte ein Schloss, und Valentin Brander sprach sein letztes Gebet.

Knirschende Schritte ertönten, dann wurde er langsam emporgehoben wie eine Puppe. Unter dem Gesichtsverband breitete sich ein Lächeln auf Valentins Gesicht aus.

Sie haben es nicht gemerkt ...

Es mussten vier Männer sein. Er spürte ihre Hände, wie sie ihn auf eine Art Trage hoben und schließlich aus der Kammer trugen. Wieder war die fremdartige Litanei zu hören, während sie sich dem unterirdischen Gewölbe näherten. Valentin roch verbranntes Öl und Rauch, viel Rauch. Er durfte nicht husten, seine Stimme hätte ihn sonst verraten.

Die Männer stellten die Trage ab, und die Litanei verebbte.

»Wir werden diesen frechen Kerl schon noch kriegen, sehr bald!«, zischte es, nicht weit von Valentin entfernt. Die Stimme erinnerte ihn an eine Schlange. »Ein Jammer, dass mir der Krüppel nicht gleich erzählt hat, dass Fausts Gehilfe mit dabei ist. Meine Vögel brauchen Futter, und er ist ein schöner junger Bursche. Aber das ist jetzt nicht wichtig. Wichtig ist nur das letzte Ritual, das dritte Opfer.«

Valentin hielt ganz still. Als er dem Mann namens Tonio del Moravia vor einigen Stunden die Botschaft hatte zukommen lassen, er werde Faust zu dem vereinbarten Ort locken, hatte er Karl Wagner nicht erwähnt. Er hatte selbst nicht gewusst, warum. Es war mehr eine Laune gewesen, ein letzter Rest Widerstand gegen das übermächtige, unerklärliche Böse. Wer war dieser Tonio? Ein Wahnsinniger, der ebenso wahnsinnige Jünger um sich geschart hatte, oder doch mehr als das? In den wenigen Gesprächen, die Valentin seitdem, meist nachts und in nebligen Gassen, mit ihm geführt hatte, war er dem Geheimnis dieses Mannes nicht näher gekommen. Etwas unsäglich Kaltes ging von ihm aus, er wirkte wie ein uraltes Reptil in Menschengestalt. Nur seine Augen hatten geglüht.

Wer bist du?

Valentin hatte gehofft, vor seinem Tod noch eine Antwort zu finden. Doch dann war ihm klar geworden, dass er nach dem Tod keine Antworten mehr brauchte, weil es auch keine Fragen mehr gab. Alles war unwichtig. Wichtig war nur Greta, jenes Mädchen, das er liebte wie seine eigene Tochter, jene Greta, die sein kleines, jämmerliches Leben in den letzten Jahren so bereichert hatte. Bilder tauchten vor seinem inneren Auge auf; Erinnerungen, die ihm Kraft gaben.

Greta lachend auf einer Schaukel, die kleinen Hände umklammern die Hanfschnüre, und sie baumelt mit den Beinen ... Greta, die sich ein Knie aufgeschlagen hat und sich an ihn schmiegt ... Greta mit ihrer Puppe auf dem Schoß, den Mund verschmiert mit Honig ... Erzähl mir eine Geschichte, Onkel Valentin, nur noch eine Geschichte vor dem Schlafengehen, bitte!

Mit diesen Bildern wollte er aus dem Leben scheiden.

Die Litanei schwoll wieder an, und Valentin hörte die Stimme der Schlange, die schneidend über dem Gesang schwebte.

»O Mephistophiel, o Satanas, o Diabolos, o Larua ...«

Valentin zitterte nicht, er war jetzt ganz ruhig. Er hatte keine Angst mehr, weil er wusste, dass sein Leben einen Sinn gehabt hatte. Und dass auch sein Sterben nicht sinnlos war.

Durch ihn würde Greta weiterleben, und sie würde einen Vater haben. Weitere Erinnerungen tauchten auf, es gab so viele.

Greta splitternackt in einem Holzzuber, glucksend, die Ärmchen nach ihm ausgestreckt …

»O Samael, o Azazel, o Beelzebub …«

Greta und er auf einem Pferd, sie reiten gemeinsam über die brachen Felder vor Nürnberg, und sie lacht, o wie sie lacht …

»O Iris, o Scheitan, o Urian …«

Greta, wie sie für ihn tanzt, sie dreht sich, ihr Kleid ist ein wirbelnder Kreis … Dieses Lachen … o dieses glockenhelle Lachen …

»O Luzifer, empfange das dritte Opfer!«

Etwas fuhr tief in Valentins Brust, doch er spürte keinen Schmerz, nur angenehme Wärme, die sich in seinem ganzen Körper ausbreitete.

Er lachte, während seine Seele in den Himmel fuhr.

Weit unter ihm, in einer Welt, die nicht mehr die seine war, schrie jemand vor Hass und Enttäuschung laut auf, und Valentin wusste, dass der Teufel das Spiel diesmal verloren hatte.

* * *

Johann träumte.

Warm schien die Augustsonne herab vom blauen, wolkenlosen Himmel, Bienen und Fliegen umsummten ihn, durch die Ähren strich ein Wind, so sanft, als streichelte jemand seine Haut. Neben ihm lag Margarethe, sie sang das alte, Johann so vertraute Kinderlied.

Petersil und Suppenkraut wächst in unserem Garten, unser Gretchen ist die Braut, soll nicht länger warten …

Gemeinsam dösten sie in ihrem Versteck im Roggenfeld, nicht weit vor den Mauern Knittlingens, das Korn war in einem Kreis niedergetrampelt, in der Mitte stand das verwitterte Steinkreuz.

»Wirst du mich heiraten, wenn wir einmal groß sind, Johann?«, fragte ihn Margarethe zärtlich in seinem Traum. »Wirst du auf mich aufpassen? Jetzt und immerdar?«

Johann lächelte und drückte ihre Hand. »Ich werde auf dich aufpassen, versprochen. Jetzt und immerdar.«

»So wie du …« Margarethe zögerte, sie wischte sich das strohblonde Haar aus dem Gesicht, die Luft flirrte vor Hitze. »So wie du …« Ganz plötzlich bekam ihre Stimme einen anderen Ton, sie klang tief und verzerrt, wie aus einem Brunnen, als wäre sie jemand Fremdes …

Jemand abgrundtief Böses.

»SO WIE DU AUF MARTIN AUFGEPASST HAST, JA? DU VERFLUCHTER FEIGLING! DU STÜCK DRECK!!!«

In diesem Augenblick schoben sich Wolken vor die Sonne, und ein Schatten legte sich über Margarethes Gesicht, das schon nicht mehr das ihre war. Es war das von Martin, von Signore Barbarese, von Tonio, dem Zauberer, von Gilles des Rais …

Von Gilles de Rais, dem schönen Ritter.

»Am liebsten fange ich gleich zwei Kinder, ich töte das eine und lass das andere dabei zusehen«, sagte Margarethe, und ihre Lippen tropften zu Boden wie flüssiges Wachs.

Johann wollte schreien, doch nur ein Gurgeln kam aus seinem Mund. Seine abgerissene Zunge lag vor ihm im Staub.

Ein Donnern ertönte, das ein nahes Gewitter ankündigte, die Ähren wogten im Wind. Schritte waren zu hören, laut wie das Schneiden einer Sense. Sie pflügten durch das Feld, *ritschratsch, ritschratsch*, langsam kamen sie näher.

Ritschratsch, ritschratsch …

Immer näher.

Ritschratsch, ritschratsch …

»Wer hat Angst vorm Schwarzen Mann?«, fragte Margarethe, ihre Stimme nur noch ein leises, krächzendes Flüstern.

»Niemand«, antwortete Johann.

»Wenn er aber kommt?«

»Dann laufen wir davon!«

Ritschratsch, ritschratsch … Ritschratsch, ritschratsch … Ritsch …

Er sprang auf und rannte über das Feld, während der beginnende Regen ihm ins Gesicht peitschte. Erst nach einer Weile fiel ihm auf, dass er überhaupt nicht an Margarethe gedacht hatte. In seiner Angst hatte er sie vergessen und war einfach davongerannt.

Als er sich umdrehte, war sie verschwunden.

»Margarethe!«, rief er gegen Regen, Donner und den heulenden Wind an. »Margarethe, wo bist du?«

Verzweifelt hielt er in allen Richtungen nach ihr Ausschau. Da war sie! Sie stand zwischen den Ähren und winkte. Doch als er ein weiteres Mal hinblickte, war da nur noch eine Vogelscheuche. Die Vogelscheuche hatte schwarze Augen, schwarze tote Knopfaugen, stechend wie Nadeln.

»Wo bist du?«, schrie Johann noch mal.

»Ich bin in der Hölle«, sagte Greta, seine Tochter, die Vogelscheuche mit den Knopfaugen. »Such mich in der Hölle.«

Dann lief sie auf staksigen Besenbeinen davon, ein immer kleiner werdender Punkt am Horizont, den der Regen schließlich wegspülte. Nur ihre Worte hallten noch über die sturmgepeitschten Felder.

»Such … mich … in … der … Hölle.«

Der Junge, der einmal vor langer Zeit, in einem anderen Leben, Johann geheißen hatte, erwachte mit einem heiseren Schrei. Sein Gesicht war nass von Schweiß, sein Mund trocken wie eine spröde Hostie.

»Margarethe!«, keuchte Johann. »Bleib bei mir! Greta …«

»Ihr seid in Sicherheit, Doktor«, erklang eine Stimme neben ihm. »Alles wird gut.«

Johann öffnete sein eines gesundes Auge, und sofort kam die Erinnerung zurück. Über ihm tauchte das besorgte Gesicht Wagners auf. Er hielt einen nassen Lumpen in der Hand, mit dem er Johann nun über die Stirn wischte. Aus dem Augenwinkel erkannte Johann einige wurmstichige Balken an der Decke, ein schmales, von Spinnweben verhangenes Fenster, durch das milchig die Sonne schien, ein kärgliches Bett, am Boden lagen verstreut Binsen, dazwischen stand ein stinkender Nachttopf. Von fern erklangen Rufe, Jubel und die Musik von Fanfaren, Pauken und Schellen.

»Wo sind wir?«, fragte Johann. Ihm schwindelte, sein Kopf schmerzte, doch er fühlte sich ein wenig besser als noch zuvor.

»In der Dachkammer eines Wirtshauses«, erwiderte Wagner. »Nicht weit von der Sebalduskirche. Ihr seid ohnmächtig geworden, ich habe Euch hierher getragen. Ihr habt ein paar Stunden geschlafen.« Er lächelte müde. »Der Wirt hielt uns für zwei betrunkene Wanderprediger, er hat mir diese Kammer unter dem Dach gegeben. Es ist vielleicht nicht die beste, aber zumindest musste ich keine neugierigen Fragen beantworten.«

Johann stöhnte, erst jetzt spürte er wieder den Verband im Gesicht und die leere Augenhöhle darunter. Vorsichtig berührte er seine linke Gesichtshälfte, die Tücher schienen frisch zu sein.

»Ich habe vielleicht nicht sonderlich lange Medizin studiert, aber doch das eine oder andere aus den Vorlesungen behalten«, sagte Wagner und betrachtete seinen Patienten mit sorgenvoller Miene. »Es gibt eine Apotheke nicht weit von hier, dort habe ich von meinem letzten Geld ein paar Heilkräuter gekauft, um die Blutung zu stillen. Frauenmantel, Hirtentäschel …« Er zögerte. »Unser Doktor damals an der Universität meinte ja, man sollte die Wunde ausbrennen und mit einer Paste aus Ei und Asche beschmieren. Aber das habe ich dann doch unterlassen. Zumindest sind Hand und Gesicht jetzt gut verbunden. Den Rest wird man sehen.«

»Da…danke.« Langsam erhob sich Johann von der muffig riechenden Bettstatt, ihm war immer noch übel von dem Trank, den ihm Tonio gegeben hatte.

»Wasser«, verlangte er.

Karl Wagner gab ihm einen Krug, und er trank in großen Schlucken daraus.

»Was ist das für ein Lärm dort draußen?«, fragte Johann schließlich und wischte sich über die spröden Lippen.

»Das ist der Schembartlauf. Er hat vor etwa einer Stunde begonnen, ganz Nürnberg ist auf den Beinen.« Wagner zuckte die Achseln. »Diese Maskierten tanzen durch die Gassen und narren die Zuschauer, am Ende erobern sie wohl einen lebensgroßen Elefanten aus Holz und Leinen. Ich habe ihn vorhin kurz gesehen, er stand neben der Sebalduskirche. Ein wirklich eindrucksvolles …«

Johann fiel der Krug aus der Hand, er zersprang mit lautem Klirren.

»Die Hölle …«, sagte er.

Wagner legte ihm die Hand auf die Stirn. »Ihr habt noch immer starkes Fieber, Herr Doktor. Ihr solltet Euch jetzt besser wieder hinlegen. Ich bringe Euch einen neuen …«

»Die Hölle«, wiederholte Johann.

Mit wackligen Beinen stand er auf und ging zur Tür.

»Um Himmels willen, was tut Ihr da?«, fragte Wagner. »Ihr könnt jetzt nicht raus! Wo wollt Ihr bloß hin? Ihr seid verletzt, Ihr halluziniert!«

»Ich war noch nie so klar im Kopf«, sagte Johann, während er bereits die Treppe hinunterstakste. »Ich gehe jetzt hinab in die Hölle und hole meine Tochter.«

Nur kurze Zeit später standen sie beide draußen auf der Straße. Um sie herum tobte der Karneval. In mehreren Reihen warteten die Menschen am Rande der Gasse auf die Tänzer und Maskierten, die in Gruppen an ihnen vorbeizogen.

Johann quetschte sich durch eine Lücke und beobachtete von dort aus ein halbes Dutzend Schembartläufer, die mit Glocken an den Füßen und Spießen in den Händen an den Zuschauern vorbeihüpften und dabei allerlei drollige Gebärden vollführten. In regelmäßigen Abständen stürmten sie auf das johlende Publikum zu, piksten die Zuschauer mit ihren stumpfen Lanzen und drängten sie so zurück. Die Leute lachten und klatschten, der Geruch von Gebratenem und Gesottenem lag in der Luft.

Auch etliche Spielleute und Gaukler, die nicht zu den Schembartläufern zählten, hatten sich dem Zug angeschlossen. Es waren Auswärtige, die diesen Tag für ihre eigenen Possen nutzten, auf Flöten spielten, die Sackpfeife bliesen und kleine Kunststücke zeigten. Suchend sah sich Johann im Gewimmel um.

Wo ist die Hölle?, dachte er. *Wo ist sie?*

Eine Hand tippte ihm auf die Schulter. Es war Karl Wagner, der sich bis zu ihm durchgeschoben hatte. »Ihr habt Fieber«, drängte er. »Ihr müsst zurück ins Bett!«

Johann schwieg und starrte weiter auf den Zug. Es fiel ihm schwer, sich zu konzentrieren, er zitterte, teilweise glaubte er, noch immer zu träumen. Eben zog ein großer, muskulöser Mann in einem Kostüm aus Laub und Moos an ihm vorbei, das Gesicht unter einem buschigen falschen Vollbart verborgen. Er schwang einen großen Baumstamm, an dem irgendetwas Gefesseltes hing, was jedoch im Gedränge nicht genau zu erkennen war. Johann hatte die Kapuze tief ins Gesicht gezogen, trotzdem glaubte er, den Blick des Riesen auf sich zu spüren.

Der Schritt des Hünen wurde ein wenig langsamer.

»Jeder von diesen Maskierten könnte einer der Verrückten aus der Krypta sein!«, zischte Wagner Johann zu und zog ihn an der Kutte. »Wenn sie uns entdecken, ist alles aus. Wir müssen schleunigst weg von hier!«

Noch immer reagierte Johann nicht, stattdessen beobachtete er einige künstliche Pferde, die den Tänzern nun folgten. An den Füßen unter dem Fell erkannte er, dass in jeder der Attrappen jeweils zwei Männer steckten. Der Wilde Mann war mittlerweile hinter der nächsten Hausecke verschwunden, die Schembartläufer zogen weiter. Lärm und Gelächter brandeten auf und ab, wie das Wasser auf einer Mühle.

»Der Elefant«, sagte Johann plötzlich leise, mehr zu sich selbst. Erst jetzt wandte er sich Wagner zu. »Wo ist der Elefant?«

»Der Elefant?« Wagner runzelte die Stirn. »Als wir die Kirche verließen, stand er direkt neben dem Portal. Warum fragt Ihr?«

»Verflucht, verstehst du denn immer noch nicht?« Johann hatte die Stimme erhoben, er schrie jetzt fast. »Der Elefant ist die Hölle! So nennen die Schembartläufer ihren großen Umzugswagen. Erinnere dich! Valentin hat es uns gestern Nacht erzählt, als wir die Kommende verlassen haben. Die Hölle!«

»Ihr ... Ihr meint ...«, begann Wagner zögerlich.

»Zum Teufel, *das* ist die Hölle, von der Tonio sprach! Nicht irgendein Inferno oder Strafgericht, sondern der Umzugswagen!« Johann packte Wagner am Ärmel, sein eines schwarzes Auge funkelte bedrohlich. »Bringt sie hinauf in die Kirche und dann direkt in die Hölle, das waren seine Worte, nicht wahr? Sie haben sie dort versteckt! Wegen des Schembartlaufs ist ganz Nürnberg auf den Beinen, sie konnten sie nicht unbemerkt wegschaffen. Nur auf diese Weise war es möglich. Mit dem Umzugswagen von der Sebalduskirche durch alle Gassen Nürnbergs, und keiner schöpft Verdacht!« Johanns schweißüberströmtes Gesicht war jetzt ganz nahe an dem von Wagner. »Ich frage dich noch einmal: Wo ist dieser Elefant jetzt? Wo ist die Hölle?«

»Der ... der Wirt meinte vorher, der Umzug endet mittags

auf dem Hauptplatz«, erwiderte Wagner und versuchte, sich aus Johanns Griff zu befreien. »Es gibt dort ein großes Spektakel, mit Tanz und Feuerwerk, dann wird wohl auch der Elefant gestürmt.«

Johann sah hinauf zum Himmel, wo die kalte Märzsonne fast senkrecht stand. Verdammt, wie lange hatte er geschlafen?

Mittags auf dem Hauptplatz ...

»Also los!«, rief er. »Wir haben nicht mehr viel Zeit.«

Er bahnte sich einen Weg durch die Menge, wobei er mit den Ellenbogen nach links und rechts austeilte, um sich Platz zu verschaffen. Seine rechte Hand brannte wie Feuer, die Schmerzen im Kopf raubten ihm fast den Verstand. Trotzdem hastete er weiter.

»He! Wartet auf mich!«

Wagner folgte ihm mit wehender Kutte. Johann stieß einen beleibten älteren Mann zur Seite, der wütend aufschrie und ihm einen Tritt verpasste. Johann stolperte, fing sich wieder und hetzte weiter. Dabei hatte er Schwierigkeiten, sich zu orientieren. Sein Sichtfeld war durch den Verband eingeschränkt, gelegentlich verschwamm die Umgebung, hinter seinen Schläfen klopfte es wie mit einem schweren Hammer.

Mit einem Mal befand er sich mitten im Zug der Maskierten, die um ihn herum tanzten, sprangen und Räder schlugen. Grinsende Masken starrten ihn an, Glöckchen klirrten, jemand versetzte ihm einen weiteren Stoß, und Johann fiel zu Boden. Über ihm stand plötzlich der Wilde Mann in seinem Kostüm aus Moos und Farn, er hielt den riesigen Baumstamm in der Hand, den er bedrohlich schwang. Nun konnte Johann auch erkennen, was an den Stamm gebunden war.

Es war die etwa unterarmlange Puppe eines Kindes, eine lebensecht wirkende Miniatur.

Der Wilde Mann zielte mit der riesenhaften Keule genau auf Johanns Kopf.

»*Bienvenue en enfer!*«, knurrte er auf Französisch, und Johann glaubte, die Stimme schon einmal gehört zu haben.

Plötzlich wankte der Hüne, verärgert schrie er auf, weil ihn jemand offenbar im Gedränge angerempelt hatte. Der Baumstamm zischte nur um Haaresbreite an Johann vorbei.

»Weg hier!«

Es war Wagner, der Johann hochzog und wegschob von dem unheimlichen Riesen mit der Keule, hinüber zu einem Pulk lachender und tanzender Zuschauer, die das Ganze offenbar für einen Teil des Schembartlaufs hielten.

Wieder taumelte Johann weiter, teils geschoben von der Menge, teils gezerrt von seinem Gehilfen. Es roch nach Schweiß, Alkohol und Pferdedung, alles war so laut, so schrecklich laut, die Pauken, das Klingeln der Glocken, die Rufe der Zuschauer, die sich zu einem monotonen Brei vermischten ... Hinter sich sah Johann kurz den Wilden Mann, flankiert von anderen Maskierten, der Riese fuchtelte wild mit der Keule herum. Doch da hatte Wagner den Doktor auch schon um eine Hausecke herumbugsiert, und die Menge zog an ihnen vorbei. Sofort war es wesentlich ruhiger.

»Sie haben uns erkannt«, keuchte Wagner und lehnte sich erschöpft an die Hauswand. »Ich kann ihre Blicke unter den Masken zwar nicht sehen, und ich weiß auch nicht, ob es die gleichen Männer sind wie in der Krypta. Aber ich bin mir trotzdem sicher, dass sie uns erkannt haben. Dieser Unhold wollte Euch umbringen! Nicht einmal in der Menge sind wir geschützt.« Er sah Johann warnend an. »Wollt Ihr immer noch zu diesem Elefanten?«

Johann nickte knapp. Er gab keine Antwort, dafür war er viel zu erschöpft.

»Also gut«, seufzte Wagner. »Dann laufen wir eben schnurstracks in die Hölle.« Er deutete nach rechts. »Lasst uns durch diese kleine Gasse hier gehen. Der Umzug führt in einem größeren Bogen um den Hauptplatz. Wenn wir uns beeilen, sind wir vor den Maskierten da.«

Die schmale, kotverdreckte Gasse machte eine Kehre, sie durchquerte einen mit Fässern vollgestellten Innenhof, bevor sie schließlich auf den Marktplatz mündete. Der Umzug näherte sich von Osten her. Bislang war von ihm noch nichts zu sehen, doch schon jetzt ertönten Musik und Jubel. Etwas knallte und zischte, als würden irgendwo Feuerwerkskörper abgebrannt.

Johann blinzelte, sein eines Auge war geblendet vom Mittagslicht. Auf dem Hauptplatz war bereits etliches Volk zusammengelaufen, das den Umzug erwartete. Die Menge stand dicht an dicht, vom Rathaus über den Schönen Brunnen mit seinem goldenen, mit Figuren verzierten Turm bis hinüber zur Frauenkirche, und auch auf den Balkonen der Patrizierhäuser drängten sich die Leute. Mit klopfendem Herzen ließ Johann den Blick über die vielen Menschen schweifen.

Wo …?

Da! Direkt neben dem Schönen Brunnen, in einer Traube von Menschen, stand der Elefant! Er war sicher drei Schritt hoch, auf Rädern, gekrönt von einem hölzernen Wehrturm, der wiederum von künstlichen Zinnen umrahmt war. Winzige Kanonen waren an den vier Ecken befestigt. Einige Maskierte standen hinter den Zinnen, außerdem ein Priester, auf dessen Kutte Dutzende von Ablassbriefen genäht waren. Andere Narren hatten Spielkarten oder Würfelmuster auf ihren Kostümen, dazwischen stand eine bucklige, verkrümmte Hexe mit langer Nase, auf dem Rücken trug sie eine Kraxe. Die Menge jubelte den Kostümierten zu, die nun mit ihren Kanonen rotes Feuer versprühten. Es krachte, dampfte, donnerte und zischte.

»Die Hölle auf Erden«, sagte Johann. »Wir haben sie gefunden.«

»Und was habt Ihr jetzt vor?«, fragte Wagner. »Selbst wenn Greta irgendwo in diesem Umzugswagen ist, Ihr könnt doch nicht einfach darauf losstürmen und … He!«

Er brach ab, als Johann bereits auf den Elefanten zurannte.

Der Zug der Schembartläufer näherte sich aus einer Gasse neben der Frauenkirche und wurde mit lautem Jubel empfangen. Schon jetzt war es auf dem Hauptplatz so voll, dass Johann Mühe hatte, sich seinen Weg zu bahnen. Auch etliche der Spielleute und Gaukler hatten sich eingefunden, sie jonglierten mit ihren Bällen oder zeigten kleine Possen. Der Elefant schwankte zwischen den vielen Menschen wie ein Rohr im Wind, von seinem Turm warfen die Narren kleine Spezereien ins Volk. Dabei bedienten sie sich aus der Kraxe der buckligen Hexe, die durch ihre Maske mit bösen kleinen Augen auf die Leute herabglotzte. Wieder wurden die Kanonen entzündet und versprühten ihr rotes Feuer.

Johann kämpfte sich durch die Massen, er war nun schon ganz nahe am Elefanten, und noch immer wusste er nicht, wie er weiter vorgehen sollte. Er war sich sicher: Greta war irgendwo in dem Umzugswagen, wahrscheinlich unter den Aufbauten, vermutlich gefesselt und geknebelt. Bis jetzt hatten die Maskierten noch keine Möglichkeit gehabt, sie wegzuschaffen. Doch was sollte er jetzt tun? Wagner hatte recht. Er konnte schlecht allein den Turm erstürmen, zumal dieser von etlichen Narren bewacht wurde, von denen sich nicht sagen ließ, ob sie zu Tonios Männern gehörten.

Ratlos verharrte er nur wenige Schritte vom Elefanten entfernt, als ihm der Zufall zu Hilfe kam. Von rechts, dort, wo die Schembartläufer den Hauptplatz betreten hatten, näherte sich mit lautem Geschrei eine Horde bunt gekleideter Landsknechte mit geschlitzten Hosen. Sie trugen Leitern in den Händen, mit denen sie nun grölend auf den Elefanten zurannten. Johann zögerte. Schreiende Landsknechte wie im

Krieg? Fantasierte er etwa im Fieberrausch? Doch dann fiel ihm ein, was Wagner vorher noch gesagt hatte.

Am Ende erobern sie wohl einen lebensgroßen Elefanten aus Holz und Leinen …

Diese Landsknechte waren Teil des Spektakels, und sie wollten die Hölle erstürmen.

Eben als die Männer unter dem Jubel der Menge an ihm vorbeirannten, schloss Johann sich ihnen an. Aus dem Augenwinkel sah er, dass Wagner mittlerweile zu ihm aufgeschlossen hatte, sein Gesicht eine Grimasse aus Furcht und Entschlossenheit. Johann wunderte sich, dass die Landsknechte sie beide so einfach mitlaufen ließen. Aber dann fiel sein Blick auf den Ablassprediger oben auf dem Turm. Vermutlich dachten die Männer, dass unter den Priesterkutten zwei weitere maskierte Umzügler steckten.

Unter wüstem Geschrei lehnten die als Söldner kostümierten Männer ihre Leitern an den Elefanten und begannen, an ihm hochzuklettern. Von oben bewarfen sie derweil die Narren mit Spezereien und zündeten unter Zischen und Donnern ihre Kanonen, dass es in Johanns Ohren dröhnte. Keuchend erklomm er eine der Leitern, als er merkte, wie diese von einem der Narren weggeschoben wurde. Die Leiter schwankte bedrohlich, sie drohte, nach hinten umzufallen. Es war Wagner, der sie im letzten Moment festhielt, bevor er schließlich selber daran hochkletterte.

Während Johann die Sprossen erklomm, musterte er den Elefanten. Er war tatsächlich aus Holz und grau gefärbtem Leinen gefertigt, an den Füßen befanden sich Räder, mit denen das künstliche Tier durch die Gassen rollen konnte. Der Bauch des Elefanten war so groß, dass darin sicher eine Person Platz fand, wenn nicht sogar mehrere. Wenn es einen Zugang gab, dann wohl über den Turm, der über dem Elefanten noch fast zwei weitere Schritt in die Höhe ragte.

In der Zwischenzeit hatten Johann und auch Wagner die

Balustrade rund um den Turm erklommen. Auch einige der Landsknechte standen mittlerweile dort, sie winkten dem Publikum zu und ließen sich als Eroberer feiern. Der Ablassprediger zappelte in den Armen eines der Söldner, er gab quiekende Laute von sich wie ein Schwein und verdrehte die Augen, was die Leute zum Lachen brachte. Nur die bucklige Hexe stand immer noch ruhig da und starrte in die Menge.

Unter dem Gewicht der vielen Menschen schwankte der Turm bedrohlich, es würde nicht mehr lange dauern, bis er umfiel. Vermutlich rechneten die Zuschauer sogar damit, es gehörte zum finalen Spektakel des Nürnberger Schembartlaufs, dem größten Fest des Jahres. Wankend und mit weichen Knien näherte sich Johann einem künstlichen, mit dünnem Holz verstärkten Torbogen, der ins Innere des Turms führte. Das Tor war nicht höher als einen Schritt. Johann spähte hinein, konnte aber keinen Zugang zum Bauch des Elefanten entdecken. Wütend schlug er gegen die Verschalung, sodass das Leinen einriss.

Verdammt!

Ganz plötzlich kam ihm seine Idee völlig absurd vor, die Ausgeburt eines Fiebertraums. Wie hatte er nur denken können, Greta wäre hier in der Hölle? Vermutlich hatten sie die Maskierten schon längst weggebracht, vielleicht war sie gar nicht mehr in der Stadt.

Vielleicht ist sie schon tot …

Johanns gesunde Hand krallte sich in das Leinen, das weiter einriss. Lange hatte er den Gedanken verdrängt, hatte gegen das Unvermeidliche angekämpft, nun schlug es mit aller Macht zurück.

Er hatte seine Tochter verloren, nur wenige Tage nachdem er sie kennengelernt hatte.

Unter ihm wogte lachend die Menge, die Leute klatschten und jubelten. Schon begannen die ersten Zuschauer am grau gefärbten Leinen des Elefanten zu zerren. Nicht mehr lange, und die Nürnberger würden das Untier in Stücke zerreißen, die Hölle wäre besiegt und der Schembartlauf vorüber.

Alles wäre vorüber.

Verzweifelt sah sich Johann nach Wagner um, konnte ihn aber nirgendwo entdecken. Vielleicht war es ganz gut, dass ihn sein Gehilfe in dieser dunklen Stunde nicht sah. Johann war kurz davor, sich von dem Elefanten zu stürzen, in der Hoffnung, seinem verpatzten Leben so ein Ende zu bereiten – so wie damals, als er von der Heidelberger Brücke in den Neckar gesprungen war. Reichte die Höhe, um sich das Genick zu brechen? Sein Blick ging hinunter in die Tiefe, dabei streifte er die Hexe, die noch immer seltsam steif an der Balustrade stand. Sie trug Kleid, Schürze und Kopftuch, so wie bei alten Frauen üblich, ihr Körper war verkrümmt, was sie kleiner wirken ließ. Zum ersten Mal sah Johann nun auch die Augen hinter der Maske.

Er zuckte zusammen wie unter einem Schlag.

Schwarze Augen wie Waldtümpel ...

Es waren seine Augen.

Die Hexe hatte einen künstlichen Buckel, und erst jetzt bemerkte Johann, dass sie nicht verkrümmt, sondern wirklich nicht größer als ein Kind war. Ihre Hände lagen über Kreuz auf der Balustrade und waren mit dünnen Schnüren gefesselt, auch über ihr Kleid liefen graue, fast unsichtbare Schnüre. Sie endeten am Turm und hielten den ganzen Körper aufrecht. Wie ein Brett stand die Hexe aufgerichtet an der Brüstung, nur ihr Kopf unter der Maske wippte leicht hin und her. In den Augen schimmerten Schmerz und Verzweiflung.

»Greta!«, schrie Johann. Im Lärm der Menge ging sein Ruf unter. »Greta!«

Er stürzte auf seine Tochter zu, als ihn jemand jäh zurückriss. Ein Seil legte sich um seinen Hals und wurde zugezogen, dann zerrte ihn jemand hoch wie einen tollwütigen Köter. Eine große Hand hob ihn über die Umrandung des Turms, und Johann zappelte in der Luft. Keuchend und um Atem ringend, versuchte er, einen Blick auf die Gestalt hinter sich zu erhaschen.

Es war der Wilde Mann.

Unter seinem falschen Bart grinste der Unhold böse, die schwarzen Haare hingen ihm wie fauliges Schilf ins von Pockennarben entstellte Gesicht. Und jetzt erst erkannte Johann ihn.

Es war Poitou, jener französische Freund, den Tonio damals in Nördlingen getroffen hatte.

Schon unten in der Krypta hatte Johann seine Stimme gehört. Ebenso wie sein Meister schien auch Poitou nicht sonderlich gealtert, wobei sich das allerdings wegen des falschen Barts und der Perücke nur schwer genauer sagen ließ. Seine Kraft zumindest war noch genauso erstaunlich wie vor siebzehn Jahren.

Mittlerweile hatte der Riese sein Opfer vollends über die Balustrade gehoben. Unter sich sah Johann einige der Maskierten mit ihren Spießen stehen. Die Lanzen waren nicht stumpf wie zuvor beim Umzug, ihre Spitzen glitzerten in der Mittagssonne, und sie waren genau auf Johann gerichtet. Er würgte und keuchte. Wenn Poitou ihn jetzt losließ, wurde er von den Lanzen aufgespießt wie ein Hase. Wenn der Riese ihn weiter festhielt, wurde er erhängt.

Die Menge lachte und klatschte. Offenbar hielt sie den zappelnden Mönch für eine weitere lustige Einlage. Johann schnappte nach Luft, verzweifelt griff er mit der gesunden Hand nach dem Seil um seinen Hals, doch er war viel zu schwach, sich zu wehren. Die Stimmen der Zuschauer verebbten, Schlieren zogen über sein inneres Auge wie Öl auf einer Wasserpfütze. Die Welt verengte sich zu einem Tunnel, an dessen Ende eine liebliche Gestalt erschien, leuchtend, umgeben von einem Heiligenschein …

Margarethe, ich komme … Ich bin dir ganz nah … Ich …

Etwas brummte, und Johann brauchte eine Weile, um zu begreifen, dass es Poitou war. Dann krachte es, der Riese taumelte nach hinten gegen den Turm, wobei er Johann mit sich riss. Das Seil lockerte sich, jedoch nur ein wenig, Johann hustete und würgte. Aus dem Augenwinkel sah er, wie Karl Wagner mit Poitou rang. Offenbar hatte sein Gehilfe sich von hinten auf den Riesen gestürzt und ihn so überrumpelt. Einer der Maskierten, die mittlerweile ebenso wie die Landsknechte den Turm erobert hatten, drehte eben die kleine Kanone, um damit auf Wagner zu feuern. Und zwischen all den Kämpfenden stand Greta noch immer stumm und starr an der Brüstung.

Johann zerrte am Seil, das sich immer noch nicht weiter lockerte. Wie ein Eisenring hatte es sich um seinen Hals gelegt, die Luft wurde immer knapper. Wenn er doch nur …

Das Messer!, fuhr ihm durch den Kopf.

Hektisch kramte er nach dem Messer unter der Kutte, ebenjenem Messer, das er einst von Tonio geschenkt bekommen hatte und das er an einer dünnen Lederschnur über der Brust trug. Er tastete danach, riss es ab und schnitt das Seil um seinen Hals durch.

Frische, Leben spendende Luft strömte in seine Kehle.

Erst jetzt hatte Johann Gelegenheit, sich umzublicken. Noch immer rang Wagner mit Poitou, doch die Kräfte des jungen Gehilfen schienen bereits zu erlahmen. In den Augen des Riesen glomm ein teuflisches Funkeln.

»*C'est la fin et le début*«, raunte er. »*Bienvenue en enfer!*«

In diesem Augenblick, während die Menge tobte und schrie und die Kanone neben Wagner soeben in einem gleißenden roten Funkenregen explodierte, breitete sich eine unendliche Ruhe in Johann aus. Und obwohl er ahnte, dass nur wenige Sekunden vergingen, kam es ihm vor, als würde sich die Zeit bis in die Unendlichkeit ausdehnen.

Gretas ängstlicher Blick hinter der Maske … Das Messer,

das ihre Fesseln auftrennt … Poitous wütender Schrei … Die Klinge in seiner Hand, so kühl wie Eis … Ein letzter berechnender Blick, dann der Wurf, der eine Wurf, als hätte er sein Leben lang darauf gewartet.

Das Messer flog wie ein Pfeil durch die Luft.

Ohne einen Laut fuhr die Klinge in Poitous linkes Auge.

»Auge um Auge, Zahn um Zahn«, keuchte Johann.

Mit einem erstaunten Aufkeuchen sackte Poitou an der Turmwand in die Knie, gefällt durch das Messer seines Meisters. Sein verbliebenes Auge starrte leblos hinauf in den Mittagshimmel, wo einsam ein Rabe und zwei Krähen kreisten. Sie krächzten laut, und es klang, als würden sie lachen. Dann flatterten sie davon.

Noch schienen die Zuschauer nicht begriffen zu haben, was eben geschehen war. Johann packte Greta unter den Armen und zog sie auf eine der Leitern zu. Die Hexenmaske war mittlerweile verrutscht, darunter tauchte ihr blasses Kindergesicht auf. Sie war nicht mehr ohnmächtig, wenn auch noch nicht ganz bei Sinnen.

»Was …?«, murmelte sie. »Wer …?«

»Hab keine Angst, mein Liebes, wir bringen dich hier weg«, sagte Johann leise.

In der Zwischenzeit hatte Wagner einen der Maskierten an der Kanone über die Balustrade geworfen, und durch den Funkenregen hatte ein Teil des Turms Feuer gefangen. Es knisterte und rauchte – nicht mehr lange, dann würde der gesamte Turm in Flammen stehen. Die ersten Narren beugten sich nun über den toten Poitou, jemand schrie laut um Hilfe.

»Schnell, nimm Greta auf den Rücken und dann weg von hier!«, zischte Johann Wagner zu.

Wagner zögerte, doch dann erkannte auch er Greta.

»Die Hölle«, flüsterte er. »Ihr hattet tatsächlich recht, Doktor.«

Wagner nahm das Mädchen auf die Schulter, wo es sich

mühsam festklammerte. So bepackt stieg er eilig auf der Leiter nach unten, und Johann folgte ihm. Die Landsknechte und Maskierten waren viel zu sehr mit dem Feuer beschäftigt, um sie zu bemerken.

Während um sie herum das Chaos ausbrach, bahnten sie sich einen Weg durch die Menge, weg von dem Elefanten, der nun bereits wie eine gigantische Fackel brannte.

* * *

Je weiter sie sich entfernten, umso stiller wurde es. Es schien, als hätte sich ganz Nürnberg auf dem Hauptplatz versammelt, in den Gassen, durch die sie liefen, war hingegen kein Mensch zu sehen. Noch immer trug Wagner Greta auf dem Rücken. Sie seufzte gelegentlich und schrie leise, dabei schien sie kaum wahrzunehmen, was um sie herum geschah. Johann vermutete, dass Tonio auch ihr einen Trank eingeflößt hatte. Im Gegensatz zu ihm hatte sie jedoch keine Asche gegessen. Welche Albträume mochten sie gerade plagen?

Johann betrachtete seine Tochter, und ein Feuer brannte in seinem Herzen, ein Gefühl, wie er es noch nie zuvor gespürt hatte. Gleichzeitig empfand er Erleichterung. Es war, als hätte er eine uralte Schuld beglichen. Doch dann kamen die Schmerzen und das Fieber zurück. Er zitterte am ganzen Leib, der Kampf mit Poitou hatte ihm die letzten Kräfte geraubt. Verband und Kutte waren zerrissen. Wie ein lebender Leichnam schleppte er sich über das Pflaster, nicht mehr lange, und er würde erneut zusammenbrechen. Und diesmal würde er nicht wieder aufstehen.

»Wir … wir … müssen die Stadt verlassen«, keuchte er. »Tonio … Er sucht uns bestimmt schon … Die … die Maskierten werden ihm erzählen, was geschehen ist.«

Wagner schwieg, während er Greta weiter auf dem Rücken durch die Gassen schleppte. Sein Gesicht war schweißüberströmt, er blutete an der Stirn. Auch er war mit seiner Kraft am Ende und stolperte mehr, als er ging. Stur starrte er geradeaus, wo die enge Gasse eben in einen kleineren Marktplatz nahe dem Heilig-Geist-Spital überging. Die Stände, an denen sonst teure Gewürze, aber auch Käselaibe und Pökelfisch feilgeboten wurden, waren verwaist. Alle, selbst die Marktfrauen, waren zum Hauptplatz hinübergelaufen, über dem schwarzer Qualm aufstieg. Vermutlich hatte die Kunde vom brennenden Elefanten auch den letzten Nürnberger aus dem Haus getrieben.

Erschöpft blieb Wagner an der Brücke östlich des Spitals stehen. »Wir sollten zurück in die Kommende«, sagte er matt. »Ich kann Greta nicht mehr länger tragen. Die Deutschritter können uns Unterschlupf gewähren, sie werden sie pflegen, Euch pflegen …«

»Auf keinen Fall!« Johann schüttelte den Kopf und stapfte weiter über die Brücke. »Keiner kann sagen, ob nicht auch in der Kommende Verräter sitzen. Tonio hat seine Männer unter sämtlichen Patriziern der Stadt. Warum nicht auch in der Kommende? Es ist zu gefährlich.«

»Aber wir brauchen einen Unterschlupf!«, drängte Wagner. »Irgendein Versteck. Schaut Euch doch an!« Er lachte verzweifelt. »Ein Einäugiger, den das Wundfieber kaum noch geradeaus gehen lässt.«

Johann sah an sich herunter. Wagner hatte recht. Er war ein zitterndes Bündel, eingehüllt in schmutzstarrende Verbände; von dem einst so stolzen berühmten Doktor war nichts mehr übrig geblieben.

»Also gut«, räumte er ein. »Lasst uns … kurz ausruhen. Wir suchen uns irgendein Plätzchen.«

Er wusste, dass er nach einer Rast vermutlich nicht mehr wieder hochkommen würde. Dennoch sah er sich nach einem Versteck um. Von der Brücke führte eine Treppe hinunter zu einer lang gezogenen Insel in der Pegnitz. An die sandigen

Ufer spülten die Fluten bräunlichen Schaum und Dreck, der von den Mühlen am Fluss herrührte. In der Mitte der Insel befand sich eine Art Hain, der wohl in wärmeren Monaten als Stelldichein für Liebespärchen diente. Niedrige Bäume und Buschwerk versprachen zumindest ein wenig Schutz. Sie betraten die Insel vom Westen her, schleppten sich ins Unterholz und ließen sich dort erschöpft fallen. Greta gab keinen Laut mehr von sich.

»Ob sie sich jemals wieder erholt?« Sorgfältig öffnete Wagner Gretas zerlumptes Kleid und beugte sich über sie. »Ihr Atem ist sehr schwach.«

Johann spürte einen Stich in der Brust. Daran hatte er bislang gar nicht gedacht. Vielleicht war der Trank, den Tonio seiner Tochter gegeben hatte, zu stark gewesen. Vielleicht kam sie nie wieder zu ihm zurück, blieb auf ewig im Zwielicht gefangen? Doch da schlug Greta plötzlich die Augen auf, seine schwarzen Augen.

»Wo ... wo sind wir?«, fragte sie matt.

»In Sicherheit«, erwiderte Johann und hielt ihre kalte Hand.

»Johann ...« Greta lächelte müde. Erst jetzt schien sie ihn unter dem Verband zu erkennen. »Ich ... ich bin so schwer, alles ist so schwer. Kannst du für mich zaubern? Ich ... ich mag es so gern, wenn du zauberst.«

Johann strich ihr über die Wange, dann zog er einen kleinen Kiesel aus ihrem Ohr, so wie er es sonst mit Münzen machte. »Dein Kopf ist ganz voll Steine«, sagte er, wobei er versuchte, ruhig und fröhlich zu klingen. »Kein Wunder, dass du schwer bist.« Er fuhr fort, Kiesel aus ihrem Ohr zu klauben, einen nach dem anderen. Wieder lächelte sie.

»Bist ... du wirklich ein Zauberer?«

Ich bin dein Vater, mein Kind, dachte er. *Der Mann, der deine Mutter in den Tod getrieben hat. Und zugleich der Mann, der sie über alles liebte. Wirst du mir jemals verzeihen können?*

»Wo … wo ist Onkel Valentin?«, wollte Greta plötzlich wissen.

Johann schluckte. Er konnte ihr nicht antworten, noch nicht jetzt. Was sollte er ihr sagen? Doch da schloss Greta erneut die Augen, ihre Atemzüge wurden ruhiger und regelmäßiger. Und während Johann sie betrachtete, wurde auch er ruhiger. Es war seltsam. So vieles hatte er studiert, so viele Vorlesungen hatte er besucht, alle sieben freien Künste hatte er gelernt, aber eine Kunst hatte ihm kein einziger Gelehrter der Welt beigebracht, nicht die Heidelberger Magister und Doktoren, nicht Archibaldus und vor allem nicht Tonio. Spröde, meist versteckt stand diese Disziplin in den lateinischen und griechischen Texten, sie war wie trockenes hartes Brot, schwer zu kauen. Es war etwas völlig anderes, sie am eigenen Leib zu erfahren. Ovid hatte sie einst »Ars Amatoria« genannt, wenn er auch etwas völlig anderes damit gemeint hatte.

Die Kunst zu lieben.

Die achte freie Kunst.

Ja, er hatte Margarethe geliebt, er liebte sie noch immer. Doch diese Liebe fußte auf Erfahrungen aus der Kindheit, auf einer längeren Vorgeschichte, auch auf Erwartungen, die vermutlich nie erfüllt worden wären. Die Liebe zu diesem Kind hingegen, zu seiner Tochter, von der er erst seit wenigen Tagen wusste, hatte kein Ziel. Sie war einfach da. Sie erfüllte ihn und gab ihm eine Ruhe, wie er sie noch nie zuvor erlebt hatte. Johann fragte sich, was geschehen wäre, wenn er Greta schon früher begegnet wäre, wenn er von Anfang an ihr Vater gewesen wäre. Hätte sie sein ewiges Streben, seinen Drang, immer mehr wissen zu wollen, vielleicht beendet? Vermutlich nicht. Aber sie hätte sein Leben in ruhigere Bahnen gelenkt.

Entschlossen reckte Johann das Kinn vor. Dieses Leben, ihr gemeinsames Leben, durfte jetzt noch nicht vorbei sein.

Es hatte eben erst angefangen. Und er würde darum kämpfen.

Von fern wehten die Geräusche des Spektakels vom Hauptplatz zu ihnen herüber, das Donnern einer Kanone, Schreie, das metallische Läuten einer Glocke. Johann vermutete, dass die Nürnberger den Brand mittlerweile gelöscht hatten, ohne dass es größeren Schaden gegeben hatte. Das Fest war vorüber, die Leute gingen nach Hause.

Johann döste, schon bald nickte er ein, beseelt von dem Gefühl, seine Tochter zumindest vorläufig gerettet zu haben. Sanfte Musik streichelte sein Ohr, himmlische Fanfaren wie die von Engeln …

So müde … so schrecklich müde …

»Wacht auf, Doktor!« Karl Wagners Stimme riss ihn aus seinen Träumen. Doch er wollte schlafen, einfach nur schlafen.

»Lass mich …«, sagte er stockend. »So warm, die Musik …«

Aber Wagner gab nicht auf. Er zerrte an der Kutte des Doktors wie ein lästiger Köter, schließlich rieb er Johanns Brust mit dem wenigen Schnee ein, der unter den Bäumen lag.

»Was fällt dir ein, du unverschämter …« Johann fuhr hoch, die gesunde Hand zum Schlag erhoben, doch bei Wagners Anblick wusste er sofort wieder, wo er war. Neben ihm lag seine Tochter und schlief, ihr Brustkorb bewegte sich regelmäßig. Er schüttelte sich, um die Müdigkeit zu vertreiben.

»Diese Verrückten werden uns sicher suchen, wenn sie das nicht bereits jetzt schon tun«, sagte Wagner mit drängender Stimme. »Wir können nicht ewig hierbleiben!«

»Verzeih, du … du hast recht.« Johann wischte sich den Schnee von der Kutte, sofort war er wieder hellwach. »Wir müssen Nürnberg so schnell wie möglich verlassen.«

»Die Frage ist nur, wie?« Wagner sah sich skeptisch um. Auch er fröstelte unter seiner dünnen Kutte. Die Sonne war mittlerweile weitergezogen und stand nun schräg über der nahe gelegenen Stadtmauer. Träge und kalt wie Eis floss die Pegnitz an ihnen vorüber.

»Wenn Ihr glaubt, dass Tonio seine Männer überall hat, dann wird er sicher auch die Stadttore überwachen lassen«, fuhr Wagner fort. »So, wie wir aussehen, kommen wir nicht raus aus der Stadt. Vermutlich würden uns nicht mal die städtischen Wachen gehen lassen. Wir sehen aus wie Vogelfreie.«

»Wir müssen es zumindest versuchen. Hier in Nürnberg können wir auf keinen Fall bleiben. Es ist zu …«

Johann stockte, als er erneut die Musik hörte, die ihn zuvor in den Schlaf gewiegt hatte. Er hatte sie zunächst für eine Ausgeburt seiner Fantasie gehalten, doch jetzt erkannte er, dass sie Teil der diesseitigen Welt war. Flöten, Trommeln, Schellenkränze, leise, aber doch vernehmbar … Auch das quäkende Geräusch einer Sackpfeife war darunter. Die Musik kam nicht vom Hauptplatz her, sondern irgendwo von Nordosten, dorther, wo das Laufer Tor lag, die Straße nach Prag.

Eine leise Ahnung beschlich Johann.

»Schnell, mir nach!«, befahl er.

»Was habt Ihr vor?«, fragte Wagner. Doch Johann antwortete nicht, sondern rüttelte Greta, die immer noch schlief. »Kind, wach auf! Du musst versuchen zu gehen, nur ein kurzes Stück!«

»Was … was …?«, murmelte sie. Sie schlug die Augen auf und blickte sich verwirrt um.

»Nimm sie hoch und dann los!«, wandte sich Johann an Wagner. »Bevor es zu spät ist!«

Ohne ein weiteres Wort eilte er zur Brücke. Keuchend trug Wagner Greta die schmale steile Treppe hoch. Langsam, mehr stolpernd als gehend, strebten sie nach Nordosten, vorbei an Brunnen, Wirtshäusern und kleineren Marktplätzen, die sich eben wieder mit Menschen füllten. An der altehrwürdigen Egidienkirche bogen sie um eine Ecke und standen schließlich vor der breiten, gepflasterten Straße, die zum Laufer Tor führte. Die Musik war währenddessen immer lauter geworden, jetzt war sie ganz nah.

Und endlich sah Johann sie.

Es waren etwa ein Dutzend Flötenspieler, einige Trommler und ein kleiner Kerl mit einer Sackpfeife, der einen uralten Marsch blies. Noch nie hatte Johann das quäkende, nervtötende Geräusch als so wohltuend empfunden. Den Musikanten folgten in rot-blaue Kostüme gekleidete Narren, die Räder schlugen, ein buckliger Zwerg, der mit Bällen jonglierte, ein leibhaftiges Kamel aus dem Morgenland, außerdem eine Reihe bunt angestrichener Wagen, behängt mit allerlei Hausrat. Zwischen den Wagen schritten mit wichtigtuerischer Miene einige Wanderprediger, die vermutlich als fahrende Schreiber und Reliquienhändler ihr Geld verdienten. Sie alle zogen wie eine schillernde, im Winterlicht funkelnde Schlange auf das Laufer Tor zu. Von den unheimlichen Schembartläufern war keiner zu sehen.

»Die Gaukler vom Hauptplatz!«, rief Karl Wagner erstaunt aus. Zusammen mit Johann stützte er Greta, die mittlerweile in kleinen Schritten laufen konnte, auch wenn sie immer noch nicht ganz bei Besinnung war. »Daher kam also die Musik!«

Johann nickte. »Der Schembartlauf ist zu Ende, und die Spielleute ziehen weiter, in eine andere Stadt. So wie sie es immer tun.« Er seufzte. »Ich hatte sie vorher schon gesehen, aber vor lauter Müdigkeit ganz vergessen.«

Karl Wagner beobachtete den bunten, lärmenden Zug, der eben an ihnen vorbeikam. Einer der Gaukler mit roter Narrenkappe machte eine äffische Verbeugung und zeigte ihnen den Hintern, wobei er ein unappetitliches Geräusch von sich gab. Angewidert wandte Wagner sich ab.

»Was sollen wir hier?«, fragte er. »Ich habe wirklich genug von Narren und Maskierten.«

»Nun, ich werde sie fragen, ob wir mit ihnen ziehen können.« Johann deutete auf die Wanderprediger in ihren abgerissenen Kutten. »Zwischen all den erbärmlichen Quacksalbern und Hochstaplern werden wir nicht weiter auffallen, und für Greta finden wir sicherlich einen Platz in einem der Wägen. Warte hier.«

Er humpelte auf eines der Gefährte zu und kam schon bald darauf lächelnd zurück.

»Sie nehmen uns mit«, sagte er. »Wenn wir wollen, bis nach Prag. Dort soll es im Sommer ein großes Spektakel geben.«

»Einfach so?« Wagner sah ihn mit offenem Mund an. »Wie habt Ihr das so schnell gemacht? Geld habt Ihr keines, also wie …?«

»Ich spreche eben ihre Sprache. Ein paar Worte in Rotwelsch, ein paar alte Geschichten, der übliche Münztrick …« Johann grinste. »Wir Gaukler kennen einander.«

»Der große Doktor Johann Georg Faustus, ein ehrloser Gaukler?« Wagner lachte ungläubig. »Ist das Euer Ernst?«

Johann zwinkerte seinem Gehilfen mit dem einen Auge zu. »Ich habe viele Leben, mein Junge. Du kennst noch nicht einmal die Hälfte, und ich werde dir nie verraten, welche Hälfte die wahre ist. Und jetzt komm, bevor sie ohne uns weiterziehen.«

Gemeinsam erreichten sie einen der bunt angestrichenen Gauklerwagen, wo Greta einen Platz im Wageninneren bekam. Wagner schloss sich den Wanderpredigern an, die vorangingen, während Johann mit tief ins Gesicht hängender Kapuze auf dem Kutschbock Platz nahm. Der Kutscher, ein rot gelockter junger Bursche mit ebenso roter Gugel, grinste ihn spitzbübisch an.

»Wohl was ausgefressen, Alter?«, spottete er. »Wärst nicht der Erste, der sich dem fahrenden Volk anschließt. Kannst du denn was?«

»Oh, ich denke doch.« Johann lächelte und blickte hinaus auf die Straße, die unter dem Laufer Tor hindurchführte. Das Zwingergatter stand offen, einige Wachen musterten den quirligen Zug mit finsterer Miene, so als wären sie froh, dass die Ehrlosen nun endlich die Stadt verließen. Keiner hielt sie an.

Als die Gaukler das Tor hinter sich ließen, die Musikanten eine letzte Abschiedsmelodie spielten und die bunt bemalten Wagen über die Zugbrücke rumpelten, sah Johann noch einmal zurück. Neben dem Straßengraben stand ein kleiner Junge, der dem lärmenden Zug mit offenem Mund hinterherstarrte.

Er schien wie verzaubert, und Johann wusste, warum.

Epilog

Mai, Anno Domini 1513, irgendwo im Breisgau, nahe der Schweiz ...

»Sehet diesen Trank und staunet! Es ist der Trank, mit dem sich der griechische König Mithridates einst gegen Schlangenbisse schützte, mit dem Herakles den Höllenhund Zerberus besiegte und der den weisen Kaiser Friedrich über hundert Jahre alt werden ließ! Für nur zwei Heller gehört die Flasche euch! Und für drei weitere Heller lese ich in euren Händen euer Schicksal. So wahr ich Doktor Johann Georg Faustus heiße!«

Die Menschen auf dem kleinen Marktplatz gafften und staunten. Vor ihnen, auf dem Kutschbock eines Wagens, stand ein Mann in einem schwarz-blauen Sternenmantel, unter dem Schlapphut funkelten zwei stechende schwarze Augen, wovon besonders das linke die Umstehenden bedrohlich zu mustern schien. Es schimmerte unheimlich, wie ein schwarzer Edelstein aus den Tiefen der Hölle.

»Der Erste von euch, der einen Trank bei mir kauft, bekommt ein Horoskop für ein ganzes Jahr!«, versprach der Doktor. Er hob die Hände, von denen die rechte in einen schwarzen Lederhandschuh gehüllt war. »Kommt ruhig näher, habt keine Angst! Was ich prophezeie, tritt immer ein! Zumindest die guten Dinge«, fügte er zwinkernd hinzu.

Die Leute murmelten und stupsten sich gegenseitig an. Sie kannten diesen unheimlichen Mann aus Erzählungen und von zerfledderten, billig gedruckten Handzetteln, die in den Wirtshäusern die Runde machten. In Basel war der Doktor kürzlich auf einem Schwan geflogen, den er zuvor mit seinem Theriak gemästet hatte. In Braunschweig hatte er einem reichen Bauern die vier Räder seines Wagens weggezaubert, und im fernen Morgenland hatte er einst einem kaiserlichen Ritter ein Hirschgeweih auf den Helm gehext, woraufhin die Heiden in Scharen geflohen waren.

Und nun war dieser gelehrte Mann tatsächlich in ihr kleines Städtchen gekommen, wie ein Bote aus einer fernen Welt. Der weit gerühmte Doktor Johann Georg Faustus. Es gab ihn also wirklich!

Johann schmunzelte, als er vom Kutschbock in die gaffende Menge hinunterblickte. Hier im Breisgau, nahe der Alpen, war das Publikum besonders dankbar. Vielleicht, weil sich die Gegend so weit weg befand von den großen Städten, von Köln, Frankfurt, Nürnberg oder Augsburg, wo sich die Welt gerade veränderte, so schnell wie noch nie zuvor.

»Nur noch wenige Wundertränke sind übrig!«, tönte Johann und deutete mit weit ausholender Geste hinter sich. »Mein treuer Gehilfe, ein weit gereister Scholast von der Pariser Universität, wird sie eben für euch holen.«

Aus dem Wageninneren trat gebückt Karl Wagner, die schwere Kiste mit den verkorkten Theriakflaschen in den Händen. Wagner hatte die Rezeptur selbst zusammengestellt, eine Mischung aus Wacholder, Enzianwurzel, einer Prise Bilsenkraut und viel starkem Branntwein. Die Leute liebten das Gesöff! Ebenso liebten sie Wagners bemalte Leinwände, die an den Seiten des Wagens wie Fahnen herabhingen. Sie zeigten Feuer speiende Drachen, monströse Kopfrüssler, Menschen mit Wolfsköpfen und einen Löwen mit dem Schwanz eines Skorpions. All diesen Kreaturen war der legendäre Doktor Faustus auf seinen Reisen dereinst begegnet, zu jeder gab es eine Geschichte zu erzählen. Wagner war zu Recht stolz auf seine Malereien. Sie waren vielleicht nicht so perfekt wie die von Albrecht Dürer oder dem großen Leonardi da

Vinci, aber sie ließen die Menschen staunen und in eine fremde Welt eintauchen. Und was konnte sich ein Maler schon mehr wünschen?

Während Wagner eifrig die Flaschen an die Leute verteilte und das Geld einsammelte, bat Johann einzelne Zuschauer zu sich herauf auf den Kutschbock, um ihnen dort die Zukunft aus der Hand zu lesen. Meist erzählte er seinen Kunden blumige Ereignisse, von der nächsten Ernte oder einer baldigen Heirat, nie prophezeite er ihnen den nahenden Tod – selbst wenn er ihn sehen konnte. Und nie hatte er seine eigene Zukunft gelesen.

Was zählte, war allein die Gegenwart.

»Seid gegrüßt, Herr ... Herr Doktor. Äh, darf ich Doktor zu Euch sagen?« Die Stimme der dicken Bäuerin, die neben ihm auf dem Kutschbock Platz genommen hatte, zitterte vor Ehrfurcht. Sie reichte ihm eine von der Arbeit gezeichnete Hand, faltig und durchzogen von Linien und Kratern wie ein verdorrtes Feld. »Mein treuer Hans ist erst letztes Jahr gestorben«, sagte sie leise. »Alles, was mir noch bleibt, ist meine Tochter Else. Wird es uns denn gut ergehen in den kommenden Jahren?«

»Hm, lasst mich sehen.« Johann beugte sich über die Hand und blinzelte. Er sah nicht mehr so gut wie früher, das Glasauge juckte. Es war eine Sonderanfertigung von einem venezianischen Händler und hatte ihn ein Vermögen gekostet. Sein Blick wirkte dadurch noch starrer und unheimlicher. Die Augenhöhle war, auch dank Wagners Verbandswechseln, mittlerweile gut verheilt, ebenso wie seine rechte Hand, an der er einen Handschuh mit einem künstlichen Finger trug. Trotz Wagners Pflege war Johann nach ihrer Flucht aus Nürnberg drei Wochen im Fieber gelegen, ganz knapp war er dem Tod von der Schippe gesprungen. Nur noch manchmal erinnerte ihn ein dumpfes Drücken an seinen kleinen Finger. Jenen Finger, den er in Nürnberg vor über einem Jahr verloren hatte.

Das erste Opfer …

»Ich sehe einen guten Sommer und eine ebenso reiche Ernte«, murmelte er und tippte auf eine bestimmte Stelle auf der Handfläche der Frau. »Eure Lebenslinie ist breit und tief wie der Rhein.«

Während er sich in die Hand der dicken, jammernden Bäuerin vertiefte, wanderten seine Gedanken zurück nach Nürnberg. Tonio del Moravia war seitdem aus seinem Leben verschwunden, Johann hatte nie wieder etwas von ihm gehört. Bis heute wusste er nicht, was damals wirklich geschehen war, die Erinnerungen an die unheilvolle Nacht in der Krypta unter der Sebalduskirche waren verschwommen. Das hatte wohl an der Wirkung des schwarzen Tranks gelegen wie auch an dem darauf folgenden Fieber.

Oder auch daran, dass er sich nicht erinnern *wollte*, was Tonio und seine Getreuen unten in der Krypta heraufbeschworen hatten und welche Rolle er dabei spielen musste.

Waren wirklich Nürnberger Patrizier in diesen Wahnsinn verwickelt gewesen? Hatten sie tatsächlich geglaubt, sie könnten den Teufel auf die Erde holen?

Oder war der Teufel vielleicht schon längst unter ihnen?

»Eine gerade Kopflinie, wie ein Pfeil auf seinem Flug«, fuhr Johann geheimnisvoll fort. »Sie zeugt davon, dass Ihr selber mit anpackt und Euch auf dem Hof Eures verstorbenen Mannes durchzusetzen wisst.«

»Das stimmt!« Die Bäuerin nickte. »Ihr seid wirklich ein Hellseher!«

Johann lächelte still in sich hinein. Mittlerweile wusste er schon von vornherein, was die Leute hören wollten. Er konnte ihnen das Blaue vom Himmel erzählen, während er mit den Gedanken ganz woanders war.

Die schrecklichen Kindermorde hätten nach seiner Flucht aus Nürnberg aufgehört, das hatten ihnen Reisende erzählt. Er war erleichtert gewesen, auch wenn er bis heute nicht wusste, was er selbst mit der Sache zu tun hatte. Warum hatte Tonio ihn damals auserwählt? Warum glaubte der Zauberer, dass Johann ein ganz besonderer Mensch sei? Nur wegen eines Kometen, der alle siebzehn Jahre am Himmel erschien? Manchmal, in den langen Nächten auf seinen Reisen durch das Reich, wachte Johann schreiend auf, weil er von einem schönen Ritter geträumt hatte, einem Ritter, dessen französischen Namen er seitdem nicht mehr aussprach.

In diesen Nächten hallte ein Satz in ihm nach, den Tonio, der Zauberer, damals in der Krypta gesprochen hatte und der ihm erst hinterher als zutiefst verstörend aufgefallen war. Seitdem bekam er ihn nicht mehr aus dem Kopf.

Weil du selbst der Sohn eines großen Zauberers bist …

Die Mutter hatte ihm nie erzählt, wer sein Vater war. Sein Stiefvater hatte von einem fahrenden Scholasten und Gaukler gesprochen, das war alles, was er wusste. Hatte Tonio seinen Vater etwa gekannt?

Der Sohn eines großen Zauberers …

»Karl hat die Possenburg aufgebaut, die Leute warten auf das Puppenspiel. Kommst du, Onkel?«

Johann schrak vom Handlesen auf. Es fühlte sich immer noch seltsam an, wenn Greta ihn so nannte. Er sah hoch und blickte in ihr fröhliches Gesicht mit den stetig lächelnden Lippen ihrer Mutter und den dunklen Waldtümpelaugen ihres Vaters. Greta war mittlerweile fünfzehn und schon fast eine Frau. Sie war kräftig und athletisch, mit wallenden blonden Haaren bis zu den Schultern und zahlreichen Sommersprossen im Gesicht, die sie immer etwas aufmüpfig erscheinen ließen.

Die Schrecken von damals waren ihr nicht mehr anzumerken, was wohl auch daran lag, dass sie sich an fast nichts erinnern konnte. Johann hatte Greta erzählt, dass man ihr in den Nürnberger Lochgefängnissen einen Trank eingeflößt habe, um sie für Folter und Verhöre gefügig zu machen. Er,

Johann, habe sie damals zusammen mit Wagner und Valentin befreit. Was dazwischenlag, war für Greta nichts weiter als ein böser Traum.

Auch von Valentins Opfer hatte er ihr nicht erzählt.

»Ist alles in Ordnung mit dir?«, fragte Greta, noch immer lächelnd.

»Na…natürlich«, erwiderte er ein wenig zu zögerlich. »Ich stecke nur eben mitten in einer schwierigen Chiromantie, das erfordert meine vollste Konzentration.«

Die Bäuerin nickte ehrfürchtig.

In seinen Geschichten abends am Lagerfeuer war Valentin ein alter Freund, mehr nicht. Beim Versuch, Greta zu befreien, war er von den Wachen niedergestochen worden. Greta hatte nächtelang geweint, doch mittlerweile war sie darüber hinweggekommen. Seitdem nannte sie Johann Onkel.

Irgendwann würde er ihr die Wahrheit erzählen, er wusste nur noch nicht, wann.

»Äh, Ihr werdet einen Enkel bekommen«, schloss er abrupt die Handschau und klopfte der alten Bäuerin auf den Rücken. »Ein strammer Bursche, der den Hof weiterführen wird.«

»Wann?«, fragte die Bäuerin zitternd.

»Oh, schon diesen Herbst, seid gewiss …«

»Aber meine Tochter ist doch gar nicht in froher Erwartung!«

»Seid Ihr Euch da völlig sicher?« Johann grinste und ließ die verdatterte Bäuerin sitzen.

Er sprang vom Kutschbock und ließ sich von Satan die Hand abschlecken. Der große Wolfshund hatte geduldig auf seinen Herrn gewartet und trottete ihm nun hinterher. Satan war mittlerweile ausgewachsen, ein Monstrum von einem Hund mit einer Schulterhöhe von über drei Fuß. Abergläubische Leute hielten ihn tatsächlich für den Teufel.

Als der Komtur Wolfgang von Eisenhofen erfahren hatte, dass Johann überstürzt aus Nürnberg abgereist war, hatte er ihm seinen Ritter Eberhart von Streithagen hinterhergeschickt. »Ein Geschenk des Komturs«, hatte Streithagen geknurrt und ihm mit angewiderter Miene den zappelnden Satan überreicht, ebenso wie die Kiste mit den Büchern und das Sternenrohr. »Seine Exzellenz ist der festen Überzeugung, dass es Unglück bringt, die Habseligkeiten eines Zauberers zu behalten, insbesondere dessen Hund. Seine einzige Bitte ist es, dass Ihr nie wieder nach Nürnberg zurückkehrt.«

Johann hatte genickt und Satan in die Arme geschlossen. Auch so hätte er um Nürnberg, das Zentrum jener unheimlichen Sekte, für alle Zukunft einen großen Bogen gemacht.

Er ging hinter den Wagen, wo Wagner in der Zwischenzeit den mannshohen hölzernen Kasten aufgebaut hatte. Es war keine Laterna magica, die Zeiten dafür waren zu gefährlich geworden. Überall im Land brannten Scheiterhaufen, umso mehr, als die Kirche sich zunehmend gegen falsche Prediger und auch gegen Aufrührer mit ehrlichen Absichten verteidigen musste. Die Welt, so schien es Johann, saß auf einem Pulverfass, das jeden Moment in die Luft gehen konnte. Und er hatte nicht vor, als schwarzer Zauberer und Nekromant sein Leben vorzeitig zu beenden. Außerdem war ihm das Puppentheater ohnehin lieber als die Laterna magica, es ließ mehr Platz für Träume.

Und es erinnerte ihn nicht daran, was damals mit Margarethe geschehen war.

Auch den Turm in den Alpen hatte er nie mehr aufgesucht, denn er fürchtete, dort wieder auf Tonio zu treffen. In seinen Träumen sah er den Zauberer oben auf der Plattform stehen, das seltsame Sternenrohr, das sich mittlerweile in Johanns Besitz befand, auf ein fernes Ziel gerichtet. Tonios Auge war so groß wie das eines Walfischs.

Ich sehe dich, Johann ... Immer, jeden Tag ... Du kannst mir nicht entkommen ... Noch siebzehn Jahre ...

»Kommet zuhauf!«, rief Greta den Leuten auf dem Marktplatz zu, mit der weithin tönenden anpreisenden Stimme, die Johann sie gelehrt hatte. »Staunet über die seltsamen Reisen des Doktor Faustus, die ihn in die fernsten Länder brachten!«, trug sie in einem Singsang vor, der die Menschen zu verzaubern schien. »Erlebt Wunder, wie ihr sie noch nie zuvor gesehen habt!«

Greta nannte das kleine Theater ihre Possenburg, sie liebte es. Karl Wagner hatte den Kasten bunt bemalt und mit schmissigen Zeichnungen ferner Länder versehen. Es gab einen kleinen roten Vorhang, etliche Kulissen und sogar das Licht einer Öllampe, mit der man die Sonne in der Wüste scheinen lassen konnte. Anerkennend betrachtete Johann Wagners Bilder, die das brütend heiße Morgenland darstellten oder jenes ferne Land, das neuerdings Amerika hieß, benannt nach einem florentinischen Seefahrer und Entdecker, der glaubte, dass es sich dabei wirklich um einen neuen Kontinent handelte. Wagner hatte einen grünen Urwald gemalt und kleine Menschen mit Speeren darin, die auf Drachen ritten.

Unwillkürlich musste Johann grinsen. Als Gaukler war Karl Wagner keinen Pfifferling wert, dafür hatte er eindeutig andere Talente. Was Johann jedoch irritierte, war, dass er manchmal Wagners Blicke im Rücken zu spüren glaubte, Blicke, die eindeutig mehr waren als nur die eines ihn bewundernden Assistenten. Einmal hatte Wagner sogar Johanns Namen im Schlaf gemurmelt. *Faust, o mein Faust …* Johann hatte ihn nicht darauf angesprochen, auch um ihn nicht zu beschämen.

Vor der kleinen Bühne befand sich ein Areal mit Holzbänken, zusammengeschoben aus Ziegelsteinen und Fichtenlatten mit zahlreichen Astlöchern. Gut drei Dutzend Zuschauer hatten sich bereits eingefunden. Gespannt sahen sie hinüber zu Greta, die mit gleich fünf Bällen gleichzeitig jonglierte und so noch mehr Leute in die Vorstellung lockte. Johann nickte anerkennend. Trotz ihrer erst fünfzehn Jahre ließ sich jetzt schon erkennen, dass Greta eine äußerst begabte Gauklerin war, sogar die Sackpfeife konnte sie spielen. Was sie gemeinsam den Leuten boten, war vielleicht nicht mehr jene bombastische Vorstellung, wie sie Johann mit der Laterna magica einst präsentiert hatte, sie war kleiner, nicht so spektakulär, doch die Menschen waren glücklich.

Und er war es auch.

Karl Wagner war bereits hinter den Kasten gekrochen, Greta fing die Bälle einzeln aus der Luft, ließ sie wie von Zauberhand unter ihrem Kleid verschwinden und folgte ihm. Manche der männlichen Zuschauer feixten und machten eindeutige Gesten, denn trotz ihrer jungen Jahre hatte Greta jetzt schon einen sehr weiblichen Körper. Manchmal erinnerte sie Johann ein wenig an Salome, jene unersättliche Tänzerin, die ihn einst auf der Reise nach Venedig so verzaubert hatte. Vielleicht würde er sich ja irgendwann wieder einmal verlieben, doch im Moment reichte ihm die Liebe zu seiner Tochter.

»Sehet nun, wie ich, der weit gereiste Doktor Faustus, einst in Afrika gegen einen Löwen kämpfte und ihn allein mit der Kraft weißer Magie besiegte!«, tönte Johann, der sich nun neben das Theater gestellt hatte. Wie immer spielte er den Erzähler, während Wagner und Greta die Puppen bedienten.

Vor einer Wüstenkulisse tauchte ein Löwe mit goldener Mähne auf, der so laut brüllte, dass die Zuschauer erschrocken aufschrien. Eine zweite Puppe erschien, es war ganz eindeutig Doktor Faustus, im Sternenmantel und mit Schlapphut.

»Böses Untier!«, ertönte Wagners Stimme hinter dem Theater. »Hier, friss meinen Theriak!« Die Faustpuppe bewarf den Löwen mit einer kleinen Flasche, woraufhin dieser fahrig, wie betrunken, hin und her wankte und schließlich mit einem Grunzen zu Boden fiel. Das Publikum lachte und applaudierte.

»Auch der schönen Helena begegnete ich einst«, fuhr Johann fort. »Ich entführte sie aus dem Hades, wo sie seit Troja darbte und auf ihren Paris wartete!«

Die Kulisse wurde hastig gewechselt, und nun waren im Hintergrund zuckende Flammen zu sehen. Die Figur einer Prinzessin mit blondem Haar erschien auf der Bühne und weinte bitterlich.

»Oh, ich Arme!«, erklang Gretas Stimme. »Der Teufel selbst hat mich hinab in die Hölle geschleppt, auf dass ich nie mehr wieder meinen geliebten Paris sehen werde!«

Die Leute seufzten, manche kicherten, von rechts näherte sich erneut die Puppe des Faustus, diesmal mit einem Buch in der Hand.

»Ich werde dich befreien, schöne Helena!«, tönte Wagner. »Mein Zauberbuch bannt selbst den Teufel!«

»*Harhar*, das wollen wir doch sehen!«, fuhr Karl Wagner plötzlich mit veränderter dunkler Stimme fort. Im gleichen Augenblick ertönte ein blecherner Donnerschlag, und der Teufel tauchte aus den Tiefen des Theaters auf. Er hatte Ziegenhörner und einen langen Schweif, außerdem rauchte es, der Gestank von Schwefel lag in der Luft. Die Zuschauer schrien vor Entsetzen auf.

»Nun müsst ihr beide in der Hölle bleiben!«, knurrte der Teufel und zerrte an Helena. »Ihr seid mein!« Die Puppen balgten miteinander, und die Leute buhten den Teufel aus.

»Ha, spüre die Kraft der Magie!«, rief die Puppe Faustus dem Teufel zu. »Dies ist mein Zauberbuch. *Vade Satanas!*«

Mit dem Buch versetzte Doktor Faustus dem Teufel einen Hieb auf die Nase, woraufhin dieser heulend verschwand. Die Zuschauer grölten und klatschten, während der Vorhang fiel und Wagner und Greta mit den Puppen nach vorne traten und sich verbeugten.

Johann stand lächelnd daneben, versonnen betrachtete er die Figur des Teufels in Wagners Hand, eine billige Holzpuppe mit Hörnern aus Blech, rot gefärbtem Lumpenkleid und struppigem Schweif, eine Witzfigur, über die die Leute lachten und die nun besiegt war.

Doch im Grunde seines Herzens wusste Johann, dass der Teufel eines Tages zurückkehren würde.

Faust und ich – eine Art Nachwort

Dieses Buch verdanken Sie dem Stummfilmregisseur F. W. Murnau, meinem ehemaligen Deutschlehrer Kurt Weiß und der Gewerkschaft Deutscher Lokomotivführer. Warum? Nun, am besten, ich fange ganz von vorne an …

Ich muss etwa sechs Jahre alt gewesen sein, als ich Murnaus expressionistisches Meisterwerk »Faust – eine deutsche Volkssage« zufällig im Fernsehen sah. Ich war allein zu Hause und zappte mich durch die Programme, wie das Kinder eben tun. Die unheimlichen Schwarz-Weiß-Bilder von einem überlebensgroßen Teufel mit wehendem Mantel, von entstellten Pesttoten und nebligen Landschaften, durch die ein bärtiger alter Mann irrt, haben mich mehr verstört als sämtliche Horrorfilme danach. (Dies als Warnung an alle Eltern, die meinen, ihr Kind schon früh an Kunst heranführen zu müssen. Kunst kann Albträume erzeugen!)

Am Anfang des Films stand in altdeutscher Schrift das Wort FAUST, und ich grübelte lange, was es wohl bedeuten mochte. Ich dachte dabei immer an eine Faust, die auf ein Gesicht eindrischt. Erst viel später erfuhr ich, dass dies der Name jenes bärtigen alten Mannes war, der später in einen Jüngling verwandelt wird und sich in ein Mädchen namens Gretchen verliebt. Die Liebesgeschichte hat mich damals weniger interessiert, fasziniert war ich vom Teufel, dem Nebel und den furchtbaren Grimassen der Stummfilm-Ära. Bis heute üben diese Filme auf mich eine fast magische Anziehung aus.

Erst viel später im Gymnasium stieß ich dann wieder auf Faust. Diesmal war es unser Deutschlehrer Kurt Weiß, einer der wenigen Lehrer, die mich wirklich geprägt haben. (Jeder von uns kennt den einen oder anderen guten Lehrer, es waren nicht alle schlecht, okay …?) Herr Weiß war ein passionierter Kinofan, er zeigte bei sich zu Hause alte Lubitsch- und Chaplin-Filme und schleppte uns eines Tages in die Matinee von Goethes »Faust«, und zwar in die bekannte Gründgens-Inszenierung von 1960. Wenn Schule ausfällt, finden das gelangweilte Siebzehnjährige immer gut – selbst wenn man dafür einen verstaubten Film aus der Nachkriegszeit sehen muss.

Seltsamerweise fesselte mich der Film vom ersten Moment an, alte Erinnerungen an Murnaus »Faust« kamen hoch. Ich war bewegt von der Geschichte, am meisten jedoch faszinierten mich Goethes Verse, die mich seitdem durch mein Leben begleiten. Kurz nach dem Kinobesuch besorgte ich mir das Drama auf einem Dutzend Kassetten, die ich auf längeren Autofahrten immer wieder hörte. Dabei fiel mir auf, wie viele von Goethes Zeilen in unseren allgemeinen Wortschatz übergegangen sind. Bis heute liebe ich es, aus dem »Faust« zu zitieren. Auch in diesem Roman finden sich etliche Zitate. (Außerdem kommt es nach wie vor gut, wenn man auf durchsoffenen Kneipentouren den Saufkumpanen ein »Ihr naht euch wieder, schwankende Gestalten« entgegenschmettert. Und auf Wanderungen quäle ich meine Familie gerne mit Auszügen aus dem Osterspaziergang oder dem Anfangsmonolog, wobei ich die Stirn grübelnd in Falten lege und ganz und gar faustisch aussehe.)

Überhaupt fühle ich mich oft wie Faust – nie zufrieden, immer auf der Suche, das Schöne liegt direkt vor einem, doch man sieht es nicht. Wohl auch deshalb gilt Faust als die deutscheste aller Sagenfiguren.

An dieser Stelle kommt die Gewerkschaft Deutscher Lokomotivführer ins Spiel …

Im Jahr 2015 befand ich mich auf einer Lesereise in der Nähe von Karlsruhe. Just zu dieser Zeit beschlossen die deutschen Lokomotivführer, zu streiken – was zur Folge hatte, dass eine Reihe von Zugverbindungen ausfiel, blöderweise auch meine. Ich saß in einer Kleinstadt namens Bretten fest und kam nicht mehr heim. Sämtliche Mietautos Deutschlands befanden sich bereits in den Händen gewiefter Geschäftsreisender, die wohl schon früher als ich den Braten gerochen hatten. Auch alle Busse waren ausgebucht.

Also machte ich aus der Not eine Tugend. Ich verlängerte meinen Hotelaufenthalt, lieh mir ein Fahrrad aus und erkundete den schönen Kraichgau. Auf diese Weise gelangte ich in einen kleinen Ort namens Knittlingen. Es gab dort eine alte Steinkirche, einen winzigen Kirchplatz, der den Namen »Platz« eigentlich nicht verdiente, und daneben ein Haus, auf dem eine Plakette angebracht war. Darauf stand:

Geburtshaus von Dr. Johannes Faust, 1480 bis 1540

Verwundert stieg ich vom Fahrrad ab und trat näher. Bis zu diesem Zeitpunkt hatte ich immer gedacht, dass Faust nur eine Sagengestalt war. Sollte es ihn wirklich gegeben haben?

Neben Fausts Geburtshaus befand sich ein kleines Museum, das glücklicherweise offen hatte. Ich ging hinein und lernte dort einen Quacksalber, Astrologen, Wahrsager, Alchemisten, Scharlatan, weisen Doktor und listigen Beschwörer kennen, der um das Jahr 1500 gelebt und nach seinem Tod eine erstaunliche internationale Karriere gemacht hatte. Fast vierzig Jahre nach meiner ersten Begegnung mit Faust trat der Doktor hier in Knittlingen leibhaftig in Erscheinung, als historische Figur!

Von diesem Moment an wusste ich, dass ich einen Roman über ihn schreiben würde.

Ich möchte mich an dieser Stelle noch einmal ausdrücklich bei der Gewerkschaft Deutscher Lokomotivführer bedanken. Vielleicht muss die Welt gelegentlich stillstehen, damit Ideen sprudeln. Den nächsten Streik wünsche ich mir übrigens, wenn ich in Paris, London oder Amsterdam bin. Dort warten sicher auch noch etliche Geschichten darauf, ausgegraben zu werden.

Über den historischen Faust gibt es nur eine Handvoll Quellen, aber jede Menge Spekulationen. Als Romanautor habe ich den Vorteil, dass ich mir aus der vorhandenen Fachliteratur das auswählen darf, was mir gefällt, ohne von Historikern dafür Prügel zu kassieren.

Knittlingen gilt als Fausts wahrscheinlichster Geburtsort, sein Geburtsdatum entnahm ich einer Quelle, in der Faust gegenüber dem Prior des Rebdorfer Augustiner-Chorherren-Stifts davon spricht, dass »wenn Sonne und Jupiter im gleichen Grad eines Sternzeichens stehen … Propheten geboren« werden. »Vielleicht wie seinesgleichen.« Zusammen mit Fausts zweitem Namen Georg, dessen Fest am 23. April gefeiert wird, ergibt sich der 23. April 1478. Auch der Name Jörg Gerlach (bei mir Fausts Stiefvater) ist überliefert, bewohnte ein Großbauer namens Jörg Gerlach doch ebenjenes Haus in Knittlingen. In einer der Türschwellen hat man übrigens ein Stück Papier mit einer magischen Schutzformel gefunden, auch ein sternförmiger Alchemistenschrank soll aus diesem Anwesen stammen.

Fausts weiterer Lebensweg liegt im Dunkeln. Möglich, dass er in Heidelberg studiert hat, wo sich ein entsprechender Name in den Unterlagen findet. Danach ist er wohl durchs Reich gezogen, in den Sagen tauchen auch immer wieder ein schwarzer Hund und die Figur eines Famulus namens Wagner auf. Faust hat dem Bamberger Fürstbischof Georg III. ein Horoskop gestellt, er weilte unter anderem in Erfurt, im Kloster Rebdorf, in Nürnberg und Ingolstadt; der berühmte Sponheimer Abt Johannes Trithemius (selbst eine Art Magier) hat in einem Brief böse über einen Scharlatan und Sodomiten namens Faust gelästert. Sodomie war damals das Wort für Homosexualität – einen Vorwurf, den ich in meinem Roman aufgreife. Auch ein Treffen mit dem Universalgelehrten Heinrich Cornelius Agrippa von Nettesheim, wie in meinem Roman beschrieben, ist nicht auszuschließen, aber nicht belegt.

Mehr weiß man über Fausts Ende. In Staufen im Breisgau soll er sich, wie die Legende erzählt, bei einem alchemistischen Experiment in die Luft gejagt haben, und zwar auf ziemlich grausige Weise: »Das Hirn klebte an der Wand ... es lagen auch seine Augen und etliche Zähne allda.« Verständlich, dass bei einem solch theatralischen Abgang der Teufel seine Hand im Spiel haben musste. Und so wurde die Geschichte von Fausts Pakt mit dem Satan geboren, ein Thema, so alt wie die Menschheit ...

Dass Doktor Johann Georg Faustus eine bekannte Gestalt im Deutschen Reich war, zeigt sich auch an der Vielzahl der Geschichten und Legenden, die schon bald nach seinem Tod kursierten. Im Jahre 1587 bringt der Buchdrucker Johann Spies die »Historia von D. Johann Fausten« heraus, die zum ersten deutschen Beststeller avanciert und sogar ins Ausland verkauft wird.

Und nun wird die Geschichte erst recht wunderlich ...

Es muss Ende des sechzehnten Jahrhunderts gewesen sein, als ein gewisser Christopher Marlowe in London ebenjenes Faustbuch in die Hände bekam. Sein Konkurrent William Shakespeare landete einen Erfolg nach dem anderen, und Marlowe brauchte eine gute Story. Da kam ihm Faust gerade recht. Die Geschichte hatte alles, was ein gutes Stück benötigt: Action, Blut, Special Effects, den tiefen Fall des Protagonisten und selbstverständlich den Teufel. Für Theaterbetreiber damals war Satan so viel wert wie heutzutage Superhelden für die Filmindustrie. Der Teufel ging immer ...

Das Stück mit dem Titel »The Tragical History of D. Faustus« war in England ein großer Erfolg. Da es auf der Insel jedoch zu viele Spielleiter und Schauspieler gab, wanderten diese aus, auch ins Deutsche Reich. Im Gepäck hatten sie ebenjenes schmissige Stück, das sie auf Jahrmärkten zur Schau boten. Da aber die wenigsten der englischen Schauspieler Deutsch konnten, führten sie eine komische Figur ein, die zwischen den Akten die Handlung zusammenfasste. Dies war die Geburt des Harlekin, auch Hanswurst oder Kasper genannt.

Im Deutschen Reich fand das Stück großen Gefallen, vor allem als Puppentheater, und so kam es, dass etwa hundertfünfzig Jahre später ein kleiner Junge namens Johann Wolfgang, der später unter seinem Nachnamen Goethe berühmt werden sollte, davon hingerissen war. Ebenso wie ich Murnaus verstörenden Film bekam auch Goethe den Stoff nicht mehr aus dem Kopf. Von August 1771 bis Mai 1772 arbeitete er als junger Rechtsanwalt in Frankfurt, wo er Zeuge eines Kindsmörderinnenprozesses wurde. Eine gewisse Susanna Margarethe Brandt hatte aus Verzweiflung kurz nach der Geburt ihr Kind getötet. Goethe war von dem Fall sehr bewegt, er fügte diese traurige Geschichte und den Fauststoff zusammen, und so entstand die Faust-Tragödie, die seitdem als das deutscheste aller deutschen Dramen gilt. Geliebt, verehrt, heiliggesprochen und immer wieder neu erzählt.

Eine uralte Geschichte, die vom ewigen Kampf des Menschen mit dem Bösen erzählt, von Liebe und Versuchung, von Aufstieg und Fall und vom Pakt mit dem Teufel – ein archetypisches Gleichnis, das vielleicht schon die Steinzeitmenschen an ihren Lagerfeuern kannten.

Ach ja, und zum guten Schluss noch mein Lieblingswitz zu diesem Thema:

Der Teufel kommt zum Schriftsteller und spricht: »Ich verspreche dir einen Millionenbestseller, du wirst zahllose Auflagen haben, Ruhm, Interviews, Talkshowauftritte und Badewannen voller Geld! Alles, was du tun musst, ist dies.« Der Teufel hebt den Finger und grinst böse. »Du verkaufst mir deine Seele.«

Der Schriftsteller sieht den Teufel eine Zeit lang an. Schließlich fragt er misstrauisch: »Okay, und wo ist der Haken?«

In jedem von uns steckt ein kleiner Faust, und in Schriftstellern eben ein ziemlich großer.

Dieser Roman hat mich viel Schweiß und Mühe gekostet, mehr als andere Bücher. Er ist nur zustande gekommen, weil eine ganze Menge Leute mir dabei geholfen haben.

An erster Stelle möchte ich mich bei Gerd Schweizer und Berit Bräuer bedanken, die mich mit reichlich Literatur zum Thema Faust eingedeckt haben und viele wichtige Details beisteuerten. Berit Bräuer hat außerdem ein sehr gutes Sachbuch über Faust geschrieben (»Im Bann der Zeit«), das ich hiermit wärmstens empfehle.

Eva-Maria Springer führte mich durch das Knittlinger Faust-Museum und Fausts Geburtshaus, Brit Veith zeigte mir Knittlingen, Barbara Gittinger war meine Expertin für das Kloster Maulbronn. Einen Dank auch an Richard Dietz von der Internationalen Faustgesellschaft e. V., die Fausts Erbe in der Welt verwaltet und immer wieder zu interessanten Vorträgen einlädt.

Alexander Kipphahn vom Brettener Stadtarchiv lieferte mir die Namen reicher Brettener Kaufleute, Horst Kaufmann von der Schembart-Gesellschaft Nürnberg e. V. erzählte mir alles Wissenswerte über den Nürnberger Schembartlauf, der mir als Showdown diente. Das Nürnberger Stadtarchiv war ein kompetenter Partner bei den Themen Lochwasserleitungen, Lochgefängnisse und Heilig-Geist-Spital. Die Latein-Übersetzungen besorgte wie so oft Professor Dr. Manfred Heim, mein Küchen-Italienisch korrigierten Barbara Lambiase und Christian Platzer, das Französische hat Alexandra Baisch durchgesehen. Helmut Hornung beantwortete mir meine Fragen zu den Themen Kometen, Laterna magica und Fernrohre. Er hat mich auch darauf hingewiesen, dass ein Fernrohr, wie es in meinem Roman Tonio und später Faust besitzen, erst um das Jahr 1608 in Holland erfunden wurde. Nun, ich denke, der Teufel war auch damals seiner Zeit voraus, zumindest in diesem Buch … Wie immer gehen sämtliche möglichen Fehler auf meine Schussligkeit zurück und nicht auf meine kundigen Helfer.

Danke auch an meinen Vater, der als Arzt weiß, wie Amputationen von Fingern und Augen vorgenommen werden, an Gerd, Martina und Sophia von der Agentur Gerd F. Rumler, die mich in allen Belangen, von Kaffee bis zu psychologischem Beistand, unterstützen, an das gesamte Ullstein-Team, das einen super Job macht, und an meine Lieblingslektorin Uta Rupprecht. Mein Sohn Niklas hat zudem dafür gesorgt, dass am Anfang des Romans alles Kindliche und Kitschige rausgeworfen wurde. Meine Tochter Lily, eine begeisterte Malerin, hat das tolle Cover abgesegnet.

Eine zweite wichtige Lektorin war bei diesem Projekt meine Frau Katrin, die als Erste gemerkt hat, dass der letzte Akt noch nicht funktioniert. Sorry, wenn ich zuerst die Diva gespielt habe. Du hattest wie immer recht!

Reiseführer auf Fausts Spuren

Faust war ein Reisender, und vielleicht wollen Sie ja auch einer sein. Mit dem folgenden Reiseführer können Sie auf den Spuren des geheimnisumwitterten Gelehrten ein Land entdecken, das heute Deutschland heißt – und damals, im frühen 16. Jahrhundert, aus Hunderten kleinerer und größerer Herzog- und Fürstentümer, Bistümer und Rittergüter bestand. Ein Land, so vielfältig und bunt wie seine Bewohner, mit unterschiedlichen Dialekten, Eigenarten und kulinarischen, nun ja ... Köstlichkeiten (Pfälzer Saumagen, Münchner Weißwurst, Grünkohl mit Pinkel, ich habe sie alle gekostet und geliebt!), mit Bergen, Meeren, tiefen Wäldern und weiten Ebenen, kleinen Dörfern und Städten mit großer Vergangenheit. Auf Fausts Spuren zu reisen heißt, die Geschichte dieses Landes sprichwörtlich zu »erfahren«. Am besten taugte dafür natürlich ein klappriger alter Karren mit einem Vogelkäfig, Jonglierbällen und einer Kiste voller Bücher. Zur Not tun es aber auch das Auto, der Zug oder das Fahrrad. Zumindest auf die Bücher müssen Sie ja nicht verzichten!

Wo alles begann ... Knittlingen und Umgebung

Knittlingen, das sich selbst Fausts Geburtsstadt nennt, liegt im Kraichgau, etwa dreißig Kilometer östlich von Karlsruhe. Es ist ein beschaulicher kleiner Ort, den man sonst wohl leicht übersehen würde. In der Mitte erhebt sich die **St. Leon-**

hardskirche, daneben steht das Alte Rathaus, das heute als **Faust-Museum** dient. Hier erfährt man wirklich alles über die historische Figur, aber auch über die Sagengestalt Faust. Besonders interessant ist der sternförmige alchemistische Schrank, der im 19. Jahrhundert in der Scheune neben dem Geburtshaus entdeckt wurde, vergraben und in einer schwarzen Talg-Teerschicht konserviert. Auch der Pergamentzettel mit der magischen Schutzformel, gefunden unter einer der Türschwellen des Hauses, befindet sich hier. Die sogenannte »Sator-Arepo-Formel« diente im Mittelalter und der Frühen Neuzeit als verbreiteter Zauberspruch gegen Unheil und Seuchen.

Auf der anderen Seite der Kirche steht das **Faust-Geburtshaus**, das jedoch nicht besichtigt werden kann. Nur die Plakette mit dem ungefähren Geburts- und Todesdatum lässt erkennen, wer hier aufgewachsen sein soll. Knittlingen beruft sich auf einen alten Kaufbrief, in dem das berühmteste Kind der Stadt erwähnt wird. Neben dem Geburtshaus ist in der Alten Lateinschule das **Faust-Archiv** untergebracht, das für Interessierte offen steht. Zwischen koreanischen Faustbänden, englischer Fachliteratur und verstaubten Jugendstilausgaben lässt sich hier wunderbar stöbern. Im Faust-Archiv und im Faust-Museum finden auch immer wieder interessante Veranstaltungen zum Thema Faust statt.

Östlich der Kirche beginnt das **Pfleghofareal**, einst ein riesiger Komplex mit Scheunen, Keltern, Zugbrücke, Pranger und Gefängnis. In meinem Roman trifft sich dort Johann mit Margarethe, der Tochter des Pflegverwalters, und Margarethes Bruder Ludwig kommt in der großen Kelter zu Tode.

Südlich des Pfleghofareals verläuft die **Marktstraße**, wo früher der Cantate- und der Simonis-Judaemarkt abgehalten wurden – und wo Johann zum ersten Mal auf Tonio, den Zauberer trifft. In der Marktstraße befand sich auch das **Gasthaus »Zum Löwen«**, das ab 1495 als Poststation diente.

An der Stelle steht heute eine Metzgerei mit leckeren Wurstsemmeln und zuckrigem Spezi, die typische Recherchenahrung für reisende Schriftsteller.

Wer möchte, kann von Knittlingen aus auf der alten Reichsstraße, die schon Johann beschritt, zum **Kloster Maulbronn** spazieren. Der Fußweg dauert ungefähr eine Stunde. Er beginnt südöstlich am Oberen Steinweg und führt über einen waldigen Hügel, wo früher die Richtstätte war. Auf der anderen Seite des Hügels liegt das **Kloster Maulbronn**.

Die ehemalige Zisterzienserabtei ist UNESCO-Weltkulturerbe und gilt als die am besten erhaltene mittelalterliche Klosteranlage nördlich der Alpen, für historisch Interessierte ein Muss! Auch hier gibt es eine Faust-Legende. Der verschwenderische Abt Johannes Entenfuß beauftragte den Doktor mit der Goldherstellung, noch heute heißt einer der Klostertürme »Faustturm«. Außerdem soll hier in Maulbronn die Maultasche erfunden worden sein. Als die Mönche just in der Fastenzeit einmal Fleisch geschenkt bekamen, vermengten sie es mit Kräutern und versteckten es in Teigtaschen, auf dass es der Herrgott nicht bemerken würde. Ob die Geschichte mit den »Herrgottsbscheißerle« stimmt, weiß ich nicht – die Maultaschen in der Klosterwirtschaft sind jedenfalls eine Sünde wert.

Neben Knittlingen und Maulbronn sollte man in der Gegend unbedingt noch **Bretten** besichtigen, ein hübsches Städtchen mit vielen Fachwerkhäusern, das nur wenige Kilometer entfernt liegt. Auch Bretten hat einen berühmten Sohn, nämlich den Reformator Philipp Melanchthon. Sein Geburtshaus neben dem Alten Rathaus ist zwar beim großen Stadtbrand 1689 in Flammen aufgegangen, doch an der Stelle steht nun ein anderes Haus, das Brettener **Melanchthonhaus**, das ganz dem bekannten Gelehrten und Gefährten Martin Luthers gewidmet ist. Ebenso am Marktplatz befindet sich das **Hotel Krone**, in dem ich gezwungenermaßen meinen Aufenthalt verlängern musste – nicht die schlechteste Wahl. Das dachte sich wohl auch Kaiser Karl V., der hier 1550 weilte.

Lust auf eine Zeitreise? Das **Brettener Peter-und-Paul-Fest** (immer am ersten Wochenende nach dem Hochfest Peter und Paul am 29. Juni) führt einen ins Jahr 1504, als eine Belagerung durch die Württemberger abgewehrt wurde – also genau in die Zeit von Faust.

Unterwegs mit Tonio auf der alten Poststrasse

Im Jahre 1490 begründete Kaiser Maximilian die erste dauerhaft betriebene Poststraße im Heiligen Römischen Reich, die Innsbruck mit den Niederlanden und Italien verband. Seit 1495 führte sie auch eine Zeit lang durch Knittlingen. In sogenannten Felleisen transportierten Reiter Briefe, die wie bei einem Staffellauf weitergereicht wurden. Poststationen gab es ca. alle vierzig Kilometer, so bewältigten die Reiter eine Strecke von fast siebenhundert Kilometern in nicht einmal sechs Tagen.

Tonio und Johann reisen auf dieser **Poststraße**, und Sie können es Ihnen gleichtun und auf diese Weise Deutschland erkunden. Von Knittlingen geht es südöstlich nach Cannstatt, Ulm, Memmingen und Kempten und schließlich nach Innsbruck. Den Turm in den Alpen werden Sie allerdings vergeblich suchen, ich habe ihn mir ausgedacht. (Ebenso wie das seltsame Fernrohr Tonios, das um diese Zeit noch gar nicht erfunden war.) Aber auch so stoßen Sie immer wieder auf Spuren der Römer, die unter Kaiser Augustus dieses Gebiet eroberten und als **Provinz Raetia** ihrem Reich einverleibten.

Johanns Reise mit Tonio endet in **Nördlingen** im sogenannten Nördlinger Ries. Vor über vierzehn Millionen Jahren traf hier ein Meteorit auf die Erde und schlug einen Krater mit einem Durchmesser von etwa zwanzig Kilometern. Der Kraterrand ist als bewaldete Hügelkette vom Nördlinger Kirchturm, dem **Daniel**, noch gut zu erkennen. Gleich neben der Kirche befindet sich der **Gasthof »Zur Güldenen Sonne«** (jetzt Kaiserhof), in dem Johann und Tonio damals abstiegen, so wie vor ihnen auch Kaiser Friedrich III. und sein Sohn, Kaiser Maximilian I. Auch die Hinrichtungsstätte, wo der Spielmann Freudenreich von Hohenlohe verbrannt wird, gibt es. Sie befindet sich nordwestlich, ein wenig außerhalb der Stadtmauern, auf der Marienhöhe. Der sogenannte **Hexenfelsen** ist ein mächtiger Felsbrocken, auf dem auch die Opfer der Nördlinger Hexenprozesse zwischen 1589 und 1598 den Tod fanden.

Wo die satanischen Rituale in der Gegend von Nördlingen in meinem Roman stattfanden, dürfen Sie sich selbst aussuchen. Vielleicht ja auf einer Radtour durch das Nördlinger Ries, als Rastpunkt in Richtung Donauwörth sehr zu empfehlen ist die **Harburg**. Sie wissen ja, ich bin Burgenfan. Kein Reiseführer ohne Burg …

Unterwegs mit den Gauklern auf der Via Claudia Augusta

Wer damals über die Alpen wollte, nahm entweder die Obere oder Untere Straße. Letztere führte über den Brenner, der damals schon die Hauptverkehrsader zwischen Italien und den deutschen Landen bildete (allerdings ohne Stau und Abgase, nur Wegzoll nahmen die Tiroler und Welschen damals schon). Die Obere Straße ging über Füssen, Reute, Imst, Nauders, Meran, Bozen und Trient nach Venedig und war Teil der **Via Claudia Augusta**, der alten Römerstraße, auf der die Römer ihre Truppen in den Norden transportierten. Sie ist heute eine schöne Alternative für alle Italienreisenden, denen es nicht um Geschwindigkeit, sondern um das Reiseerlebnis geht.

Johanns Fahrt mit den Gauklern beginnt in **Augsburg**, der Hauptstadt der Fugger. Das Rathaus und der berühmte Augustusbrunnen entstammen zwar einer späteren Zeit, doch der **Perlachturm** stand schon damals, ebenso natürlich der **Dom**, den Sie sich unbedingt ansehen sollten. (Er spielt in einem meiner anderen Bücher eine größere Rolle. Wissen Sie noch, in welchem?)

Augsburg war unter dem Namen Augusta Vindelicorum Militärlager und Hauptstadt der Provinz Raetia, und die **Maximilianstraße**, auf der Johann zum Marktplatz mit den Gauklern kommt, war ebenfalls ein Teil der Via Claudia Augusta. Auf den Überresten der alten Straße geht es nun durch das **Rote Tor** nach Süden am Lech entlang, und zwar nach **Landsberg am Lech** ...

Landsberg ist ein schmuckes Städtchen, mit schönen Cafés und Eisdielen direkt am Lech. Von der einstigen Burg ist fast nichts mehr übrig, der Hauptplatz mit seinen schmucken Häusern folgt dem Verlauf der alten Salzstraße, von der Landsberg früher sehr profitierte. Der mittelalterliche Marktbrunnen, der Vorgänger des heutigen Marienbrunnens, muss eine echte Sehenswürdigkeit gewesen sein, mit bis zu fünf Meter hohen Wassersäulen. Selbst venezianische Reisende berichteten von ihm, und die waren, was Sehenswürdigkeiten anging, bestimmt sehr verwöhnt.

Weiter geht die Reise durch **Altenstadt** bei Schongau (eine Stadt, die Sie sicher aus meinen Henkerstochter-Romanen kennen ...) nach **Füssen**. Kaiser Maximilian I. weilte hier mehr als dreißigmal, allerdings meist nur auf der Durchreise. Er hätte ruhig länger bleiben können, denn die Stadt ist wunderschön gelegen, am Rande der Alpen – ein Umstand, den später auch der bayerische Märchenkönig Ludwig II. erkannte und in der Nähe **Schloss Neuschwanstein** erbauen ließ. (Ein kurzer Abstecher führt Sie auf die Spuren meines Romans »Die Ludwig-Verschwörung«.)

Hinter Füssen beginnen die Berge. Man kann die Via Claudia Augusta übrigens auch mit dem Fahrrad fahren, abseits der großen Straßen. An den steilsten Stellen gibt es einen Shuttleservice. Ich liebe diese Strecke! Auch deshalb, weil sie an einer weiteren tollen Burg entlangführt, der Ruine **Ehrenberg.** Einst galt die Burg als uneinnehmbares Bollwerk, sie war die wichtigste Zollstation auf der Strecke. Über die Schlucht ist eine Hängebrücke von über vierhundert Metern Länge gespannt, die man aber nur begehen sollte, wenn man schwindelfrei ist. Ich weiß, wovon ich rede, die Brücke ist 114 Meter hoch, und man kann durch das Gitter nach unten schauen …

Weiter geht es nach **Finstermünz**, einem Ort, den ich schon allein wegen des Namens in den Roman einbauen wollte. Für mich ein absolutes Highlight der Reise! Tief unten in einer Schlucht führt eine Brücke über den reißenden Inn, der Brückenturm steht mitten im Fluss. Die dazugehörige Feste ist in den Felsen gehauen, wobei eine natürliche Höhle als Gewölbe dient. Es gibt ein kleines Infozentrum, das unterhaltsam in die Geschichte der Zollstation einführt.

Nun geht es steil hinauf zum **Reschenpass**, wo die Gauklertruppe im Roman beinahe abstürzt. In **Nauders** hat man fast die Passhöhe erreicht, kurz danach ist man in Italien, und es ist Zeit für einen ersten italienischen Kaffee. Nun führt die Straße sanft abwärts durch den malerischen **Vinschgau.**

Wenn Sie genug Zeit haben, planen Sie unbedingt ein paar Tage für Meran, Bozen und Verona ein. Am Ende der Reise erwartet Sie das berühmte **Venedig.** Ein paar wenige Zeilen werden diesem Wunder an Stadt nicht gerecht. Deshalb hier nur so viel: Das **Wirtshaus zur Flöte**, in dem die Gaukler abstiegen, war eine bekannte Pilgerherberge. Der **Fondaco dei Tedeschi** liegt am Canal Grande und war die Niederlassung deutscher Händler. Das ursprüngliche Gebäude brannte 1505 ab, heute befindet sich in dem schönen Wiederaufbau von 1508 ein, nun ja … Einkaufszentrum eines Luxuskonzerns. Die Fugger hätte es sicher gefreut.

Studium und Liebesleid … Heidelberg und Umgebung

Heidelberg ist eine meiner Lieblingsstädte in Deutschland, ich bin eben ein unverbesserlicher Romantiker. Auch meine Jugendbuchserie »Die Schwarzen Musketiere« spielt teilweise hier. Es hat mich also sehr gefreut, dass Faust dort vermutlich studiert hat. Zwar ist Heidelberg immer noch eine Universitätsstadt, aber von den damaligen Universitätsgebäuden ist fast nichts mehr erhalten. Dafür können Sie das berühmte **Heidelberger Schloss** besichtigen, die **Altstadt** mit den vielen Wirtshäusern erkunden oder mit der Fähre den Neckar hinaufschippern, vorbei an **Stift Neuburg**, wo Margarethe im Roman als Nonne lebt. Eine Zeit lang gehörte das Stift dem Ehemann von Goethes Schwester und war ein Zentrum der Heidelberger Romantik und aller Goethe-Fans (wobei Goethe selbst nie hier war …), heute ist es wieder eine Benediktiner-Abtei mit einer heimeligen Klostergaststätte. Ein etwa einstündiger Wanderweg führt vom Kloster zurück nach Heidelberg. Dort irgendwo, unterhalb des Heiligenbergs, befindet sich auch die Höhle, in der Johann Margarethe mithilfe eines Engels verführt. Aber halt, nicht suchen! Diesen Ort habe ich mir ausgedacht.

Dafür lege ich Ihnen eine kleine, etwa zweistündige Wanderung auf den **Heiligenberg** ans Herz, für mich der beste historische Spaziergang, den es in Deutschland gibt. Er beginnt an der Heidelberger Karl-Theodor-Brücke (auch Alte Brücke genannt), wo sich direkt gegenüber der Einstieg in den **Philosophenweg** befindet. Es geht steil die Stufen hinauf, dafür wird man mit einer fantastischen Aussicht über die Stadt belohnt. Hier spazierten schon zur Zeit der Romantik die Studenten und trafen sich zu so manchem Schäferstündchen mit ihren Mädchen. Danach geht es weiter hinauf, am **Bismarckturm** vorbei, bis man einen ziemlich unheimlichen

Ort erreicht, die sogenannte **Thingstätte.** Das mit Gras überwachsene Areal ist ein ehemaliger Versammlungsort der Nationalsozialisten, wo heute gelegentlich Freiluftkonzerte aufgeführt werden. Keine Viertelstunde entfernt befindet sich die Klosterruine **Sankt Michael**, die wiederum auf den Grundfesten einer römischen Kultstätte erbaut wurde. Deren Grundrisse sind am Boden der ehemaligen Klosterkirche markiert. Von hier führt der Weg wieder zurück durch Eichen- und Kastanienwälder nach Heidelberg, wo man bei ein oder zwei Bier über die lange, verworrene deutsche Geschichte sinniert.

Fausts grosse Reise

Der ältere Faust reist in meinem Roman mit seinem Famulus Wagner durch das ganze Deutsche Reich. Dabei kommt er in etliche Städte, die jede für sich eine Reise wert sind. Wenn Sie also nicht wie Faust auf dem schnellsten Weg das Rätsel Ihrer Geburt ergründen müssen, lassen Sie sich Zeit. Jede dieser Städte birgt ihr eigenes Geheimnis.

Das Städtchen Warnheim, wo Faust Karl Wagner vor dem Scheiterhaufen rettet, habe ich mir ausgedacht. Es befindet sich irgendwo in der Nähe des **Hohentwiel**, einer beeindruckenden Burgruine auf einem Berg bei Singen, westlich des Bodensees. Den Winter verbringen die beiden Reisenden in **Erfurt** in Thüringen, das damals eine der größten deutschen Städte war und über eine der ältesten Universitäten verfügte. Faust soll hier Vorlesungen gehalten und die Studenten mit seinen Streichen genarrt haben. Es gibt auch ein Faustgässchen in Erfurt. Suchen Sie es …

Über **Wittenberge an der Elbe** geht die Reise weiter in den hohen Norden nach **Hamburg.** Ich liebe diese Stadt! Am schönsten lässt sie sich mit dem Fahrrad erkunden und natürlich mit dem Schiff. Besteigen Sie eines der öffentlichen Fährboote, und schippern Sie die Elbe entlang. Der **Hamburger Hafen** hat sich zwar seit Fausts Zeiten sehr verändert, früher befand er sich am Hauptmündungsarm der Alster, dem heutigen Nikolaifleet, aber es riecht noch immer nach großer weiter Welt – und nach den Fischbrötchen, die es hier überall gibt. Vom **Grasbrook** mit seiner Hinrichtungsstätte ist nichts mehr zu sehen, bis 1624 wurden hier über vierhundert Seeräuber enthauptet, darunter wohl auch der berühmte Klaus Störtebeker. Wer sich heute noch gruseln möchte, geht in den **Hamburg-Dungeon** in der Speicherstadt, eine Art Geisterbahn mit blutigem Geschichtsunterricht.

Die erste öffentliche **Bibliothek** auf deutschem Boden befand sich seit 1479 im ehemaligen Hamburger Rathaus. Sie wurde vom Hamburger Bürgermeister Hinrich Murmester eingerichtet, der in Italien studiert hatte und dort mit dem Humanismus in Berührung kam. Johann findet hier ein Manuskript von Agrippas »De occulta philosophia«. Nachfolgerin dieser Büchersammlung ist die Staats- und Universitätsbibliothek Hamburg, die vielleicht nicht mehr den Charme einer mittelalterlichen Bibliothek hat, aber dafür wesentlich besser sortiert ist.

Durch die **Lüneburger Heide** geht es nun wieder nach Süden. So wie in dieser Naturlandschaft sah es noch bis ins 19. Jahrhundert in weiten Teilen Norddeutschlands aus. Eine mystische Landschaft, wie sie zum Beispiel in Gedichten von Annette von Droste-Hülshoff oder Theodor Storm beschrieben wird.

Johanns Reise führt ihn weiter nach **Köln**, in die Stadt des Karnevals. Meine Frau hat dort studiert, ihrer Meinung nach kann man nirgendwo in Deutschland besser feiern. Die Kölner sind die freundlichsten und aufgeschlossensten Deutschen – wenn ihre Biere für einen Bayern wie mich auch sehr klein sind. Aber man kann ja mehrere davon trinken, in jeden hohlen Zahn passt eines …

Wo der berühmte Gelehrte Heinrich Cornelius **Agrippa von Nettesheim** in Köln gewohnt hat, ist nicht bekannt. Sein Name findet sich in den Unterlagen der Kölner Universität, wo er studierte und später auch eine kurze Zeit lehrte. Noch immer steht der **Kölner Dom**, nach dem Ulmer Münster das zweithöchste Kirchengebäude Europas. Darin befindet sich der Schrein mit den Gebeinen der Heiligen Drei Könige, damals einer der wichtigsten Schätze der Christenheit. Zu Zeiten Fausts war Köln die größte Pilgerstätte nördlich der Alpen, man nannte die Stadt deshalb auch »Sancta Colonia«, über vierzig Gotteshäuser gab es hier. Im Zweiten Weltkrieg hat Köln schweren Schaden genommen, die Innenstadt wurde zu über neunzig Prozent zerstört. Die Kölner haben ihre Stadt wiederaufgebaut, und wenn sie auch nicht mehr so aussieht wie vor dem Krieg – feiern lässt es sich hier immer noch prima, getreu dem alten Kölner Spruch »Et hätt noch emmer joot jejange« ...

Der Nabel der deutschen Welt ... Nürnberg

Dass ich Nürnberg als Ort für den Showdown ausgesucht habe, hat seinen Grund. Wenn es damals ein Zentrum des Deutschen Reiches gab, dann war es diese Stadt. In der Goldenen Bulle, einer Art Reichsgrundgesetz, wurde festgeschrieben, dass jeder neu gewählte König seine erste Reichsversammlung in Nürnberg abhalten musste. Außerdem wurden hier seit 1424 die Reichskleinodien aufbewahrt, jene Insignien, die zur Krönung des Königs benötigt wurden. Gerade um 1500, also zu Fausts Zeiten, war Nürnberg so etwas wie das Silicon Valley der Frühen Neuzeit. Der sogenannte »Nürnberger Witz« sorgte dafür, dass technische Neuheiten und Erfindungen oft hier ihren Anfang nahmen, beispielsweise der Globus oder die Taschenuhr. Auch viele berühmte Künstler wohnten in Nürnberg, der bekannteste ist sicher der

Maler Albrecht Dürer, der von 1471 bis 1528 lebte. Johann Georg Faustus taucht in einem Nürnberger Ratsbeschluss aus dem Jahr 1532 auf, wo dem »Sodomiten und Nekromanten« der Zutritt zur Stadt, ja möglicherweise sogar eine dauerhafte Niederlassung verwehrt wurde,

Bis heute gut erhalten sind die **Festungsmauern**, die rund fünf Kilometer lang sind und die Altstadt umschließen. Nie wurden diese Mauern überwunden, in ihrem Graben kann man heute spazieren gehen oder den Hund Gassi führen – so ändern sich die Zeiten. Johann betritt die Stadt durch das **Spittlertor.** Nicht weit davon entfernt befindet sich der Jakobsplatz mit der Jakobskirche zur Rechten und der Elisabethkirche zur Linken. Dort, wo jetzt die Elisabethkirche steht, war die **Deutschordenskommende**, die das neben dem Heilig-Geist-Spital größte Spital der Stadt betrieb. Eine überdachte Brücke verband die Kommende mit der benachbarten Jakobskirche.

Wir gehen nun nordwärts durch den **Weißen Turm**, wo der bekannte **Hans-Sachs-Brunnen** (auch Ehekarussellbrunnen) steht. Bei seinem Bau im Jahre 1984 haben sich die Nürnberger über die teils sehr drastischen Darstellungen das Maul zerrissen, heute gehört er zum Image der Stadt und fehlt in keinem Reiseführer. Am nachfolgenden Josephsplatz wenden Sie sich nach links, wo Sie bald darauf das **Henkershaus** an der Pegnitz erreichen. Es kommt zwar in meinem Roman nicht vor, aber dort erfahren Sie allerlei Wissenswertes über die Scharfrichterei, wie es auch in meinen Henkerstochter-Büchern zu finden ist. An der Pegnitz gehen Sie nun nach Osten bis zur Museumsbrücke, die Sie überqueren. Zur Rechten steht das **Heilig-Geist-Spital**, das über den Fluss erbaut wurde. In der dazugehörigen Kirche befanden sich lange Zeit die Reichskleinodien.

Der Weg führt jetzt zum **Hauptmarkt** mit dem **Schönen Brunnen** und der **Frauenkirche**, wo um Punkt zwölf Uhr beim sogenannten Männleinlaufen die Kurfürsten am Kaiser vorbeiziehen. Beides sieht noch in etwa so aus wie zu Fausts Zeiten, das **Nürnberger Rathaus** hingegen ist im 17. Jahrhundert neu erbaut worden. Ein Muss auf unserer Faust-Tour sind natürlich die **Lochgefängnisse**, wo in meinem Roman das arme Gretchen eingekerkert ist. Sie sind nur mit einer Führung zu besichtigen, die ich Ihnen wärmstens ans Herz lege. Sie werden feststellen, dass hier alles noch genauso aussieht wie im Jahre 1512. Und achten Sie darauf, dass Ihr Hund nicht in den Kerkerbrunnen springt …

Links vom Rathaus und ein wenig nördlicher erhebt sich die **Sebalduskirche** mit dem Grabmal des Heiligen Sebaldus. Das reich geschmückte Gehäuse stammt von dem Kunsthandwerker Peter Vischer und ist schon allein einen Besuch wert, es stammt genau aus der Zeit Fausts. Die geheimnisvolle Krypta, wo Faust beinahe geopfert wird, werden Sie allerdings nicht finden, ich habe sie mir ausgedacht. Ich persönlich mag die **Lorenzkirche** sogar noch lieber, sie liegt im Lorenzviertel auf der anderen Seite der Pegnitz. Aber das ist natürlich Geschmackssache.

Auf dem Weg zur Burg überqueren wir den Albrecht-Dürer-Platz, wo Nürnberg wirklich noch so aussieht wie im 16. Jahrhundert. Dort befindet sich auch das **Albrecht-Dürer-Haus**, wo der Meister von 1509 bis zu seinem Tod wohnte und in dem ein sehr empfehlenswertes Museum untergebracht ist. Auf dem Gang durch die einzelnen Zimmer lernt man viel über Dürer, vor allem aber über die damalige Zeit.

Die **Nürnberger Burg** ist das Wahrzeichen der Stadt. Für Rundgang und Führung sollten Sie mindestens zwei Stunden einplanen, auch wenn die Burg in meinem Roman nur am Rande vorkommt. In der Bergstraße unterhalb der Burg starten auch die Führungen durch **Nürnbergs historische Felsengänge,** die ich sehr empfehle. Ziehen Sie sich warm an, und verlieren Sie Ihren Führer nicht aus dem Auge. Faust, Wagner und Valentin hatten keinen, als sie dort unten den Einstieg in die Lochgefängnisse suchten … Dieser Zugang existiert übrigens tatsächlich und wird in alten Quellen erwähnt. Karten für die Führung und auch für die Führung durch die Lochgefängnisse erhalten Sie im Internet oder in der Tourismusinformation am Hauptplatz.

Einen Abstecher wert ist auf alle Fälle der **Johannisfriedhof**, der etwas außerhalb der Altstadt im Westen liegt. Er gilt als einer der schönsten und romantischsten Friedhöfe Europas, wenn er anfangs auch ein Pestfriedhof war. Die Kapelle, in der Faust, Wagner und Valentin in die unterirdischen Gänge absteigen, steht immer noch. Es ist die **Holzschuherkapelle**, benannt nach einer der ältesten Patrizierfamilien Nürnbergs. In Quellen wird auch von einem Gang unter dem Friedhof berichtet, der von der Kapelle in östlicher Richtung verläuft. Auf dem Johannisfriedhof ist übrigens auch Albrecht Dürer begraben. Finden Sie seinen Grabstein, es ist gar nicht so einfach!

Egal, wo Ihr Stadtbummel endet, gönnen Sie sich am Ende auf alle Fälle Nürnberger Bratwürstchen und ein, zwei fränkische Biere. Mein Tipp für eine urige Einkehr: das sogenannte »Hexenhäusle« hinter der Burg. Dort hatte ich meine besten Ideen – wenn mein Schritt nachts zurück ins Hotel auch ein wenig unsicher und schwer war. In diesem Zustand und mit den dunklen Umrissen der Burg im Rücken fühlte ich mich Faust so nahe wie sonst nirgendwo in Deutschland.

In diesem Sinne, Ihr noch immer hoffnungslos romantischer

Oliver Pötzsch

Faust für Klugschwätzer

Sind Sie Faust-Experte? Dies sind die Zitate, die ich aus Goethes berühmtem Drama »Faust, Der Tragödie erster Teil« verwendet habe. Welche davon haben Sie erkannt?

S. 69, 628: Namen sind Schall und Rauch (eigentlich: Name ist Schall und Rauch), Vers 3457 (Faust)

S. 117: Johann, mir graut's vor dir (eigentlich: Heinrich, mir graut's vor dir), Vers 4610 (Gretchen)

S. 131, 637, 700: Blut ist ein ganz besonderer Saft, Vers 1740 (Mephisto)

S. 136, 518: (heiße) Magister, (heiße) … Doktor gar, Vers 360 (Faust)

S. 582: Der Worte sind genug gewechselt, lasst mich auch endlich Taten sehen, Vers 214 (Direktor)

S. 136: Die Masse kannst du nur durch Masse zwingen (eigentlich: könnt Ihr nur …), Vers 95 (Direktor)

S. 177: In Brudersphären Wettgesang, Vers 244 (Engel Raphael)

S. 185: Du musst verstehn, aus eins mach zehn, und zwei lass gehen, und drei mach gleich, so bist du reich, Vers 2540 (Hexe)

S. 200: Durchaus (studiert) mit heißem Bemühen, Vers 357 (Faust)

S. 202, 216: was die Welt im Innersten zusammenhält, Vers 382 (Faust)

S. 264: (Ich sollte) Philosophie (lernen), Juristerei und Medizin. Und leider auch Theologie …, Vers 354 (Faust)

S. 332: Zwar weiß ich viel, doch möcht ich alles wissen, Vers 601 (Wagner)

S. 392: Ein fahrender Scholast, der Casus macht mich lachen, Vers 1324 (Faust)

S. 418: Von Zeit zu Zeit seh ich den Alten gern und hüte mich, mit ihm zu brechen, Vers 350 (Mephistopheles)

S. 438, 666, 697: … der Geist, der stets verneint, Vers 1338 (Mephistopheles)

S. 453: Wie hast du's mit der Religion?, Vers 3415 (Gretchen)

S. 471: Ach Gott! Die Kunst ist lang und kurz ist unser Leben, Vers 558 (Wagner)

S. 484: Zwei Seelen wohnen, ach, in meiner Brust, Vers 1112 (Faust)

S. 666: Ein Teil der Finsternis, die sich das Licht gebar, Vers 1350 (Mephistopheles)

S. 673: Im Anfang war die Tat, Vers 1237 (Faust)

S. 696: Von allen Geistern, die verneinen, ist mir der Schalk am wenigsten zur Last, Vers 338 (Der Herr)

S. 701: Denn alles, was entsteht, ist wert, dass es zugrunde geht, Vers 1339 (Mephistopheles)

Koblenz
Worms
Heidelbe
Rheinhausen
Knittling
Maulbronn
Ca
Rhein
Poststraße
Mi
Bodensee
Fins
Re
A
Rhône
Lo
Po
P
o
Genua
Ligurisches Meer